KB191099

앨리스 B. 토클러스의 자서전

세계문학전집
261

The Autobiography of Alice B. Toklas : Gertrude Stein

앨리스 B. 토클러스의 자서전

거트루드 스타인 장편소설

윤희기 옮김

문학동네

일러두기

1. 번역 대본으로는 *The Autobiography of Alice B. Toklas*(Gertrude Stein, Penguin Books, 1966)를 사용했다.
2. 각주는 모두 옮긴이주다.
3. 영어 외 다른 언어는 경우에 따라 번역하거나 음차하여 이탤릭체로 표기했다.

차례 ∎

1장
파리에 도착하기 전

내가 태어난 곳은 캘리포니아주 샌프란시스코다. 그런 까닭에 늘 다른 곳보다는 기후가 온화한 곳에서 사는 것을 좋아했지만 유럽대륙에서 그런 곳을 찾기가 쉽지 않았고, 미국에서도 사정은 마찬가지였다. 외할아버지는 개척민으로 1849년 캘리포니아에 들어온 뒤, 음악을 몹시 좋아하는 외할머니와 결혼했다. 외할머니는 클라라 슈만의 아버지에게서 음악을 배웠다. 우리 어머니 에밀리는 조용하고 매력적인 여성이었다.

우리 아버지는 폴란드의 애국자 집안 출신이다. 아버지의 큰할아버지는 나폴레옹을 돕는다고 연대 병력의 군사를 모집하여 연대장으로 전쟁에 뛰어들었다. 아버지의 아버지, 그러니까 친할아버지는 할머니와 결혼한 뒤 바로 집을 떠나 파리의 전투에 참가했다가 할머니가 지원하던 보급품을 끊어버리자 이내 집으로 돌아와서는 보수주의적이고 부유한 지주로 여생을 보냈다.

나는 폭력과 관련된 일과는 담을 쌓고 살았으며, 대신 바느질이나 정원을 돌보는 일에 빠져 즐거운 시간을 보내곤 했다. 그림, 가구, 태피스트리, 집, 꽃을 좋아하고 채소와 과수나무도 좋아했다. 아름다운 경치를 좋아하지만, 그 경치를 등뒤에 두고 앉아 있는 것도 좋아한다.

유년시절과 청소년기에 나는 유복한 집안에서 자란 아이들이 그렇듯 아무 탈 없이 편안한 삶을 살았다. 그 시절에 지적인 모험을 시도하기도 했지만, 그 모험이라는 것도 야단스럽지 않고 아주 조용했다. 열아홉 살쯤 되었을 땐가, 나는 헨리 제임스의 열렬한 숭배자였다. 그가 쓴 『미숙한 사춘기』라는 작품을 멋진 극으로 만들 수 있다고 생각한 나는 헨리 제임스에게 그 작품을 각색하고 싶다는 내용의 편지를 보냈다. 그에게서 호의적인 내용의 답장이 왔지만 과연 내게 그런 능력이 있는지 부끄럽게 생각한 나머지 그 편지를 그냥 어디다 치워버리고 말았다. 아마 당시 내가 그 편지를 간직할 자격이 없다고 생각한 게 아닌가 싶은데, 어찌되었든 그것은 이제 더이상 존재하지 않는다.

스무 살이 될 때까지 내가 진정으로 관심을 두고 있었던 것은 음악이었다. 그래서 열심히 공부하고 연습도 했지만 얼마 지나지 않아 쓸데없는 짓을 하는 게 아닌가 싶었고, 그러다 어머니가 돌아가시고, 그 슬픔이 결코 이겨낼 수 없는 것은 아니었지만, 그후로는 정말 나 자신이 푹 빠질 만한, 진정으로 관심을 가질 만한 것을 찾지 못했다. 그때의 내가 어떠했는지, 거트루드 스타인은 『지리와 희곡』에서 에이더의 이야기를 통해 잘 그려내었다.

그때 이후 육여 년은 그런대로 바쁘게 살았던 시기였다. 즐거운 생활을 이어갔으며, 많은 친구와 어울리고, 한껏 신나서 해보고 싶은 일을 이것저것 다 해보며 꽤 충실하고 충만한 삶을 살면서 기분좋게 누렸지만, 온 정열을 바칠 만큼 열의가 있었던 것은 아니었다. 그러던 중 샌프란시스코 대화재*가 발생했고, 그 때문에 거트루드 스타인의 오빠가 아내**와 함께 파리에서 샌프란시스코로 돌아오게 되었는데, 그 일로 인해 내 인생이 완전히 바뀌게 되었다.

그즈음 나는 아버지와 오빠와 함께 살고 있었다. 아버지는 좀처럼 말이 없는 분으로, 어떤 일이든 진지하고 신중하게 생각하면서 이러쿵저러쿵 따지지 않고 모든 일을 조용히 처리했다. 끔찍했던 샌프란시스코 대화재가 일어났던 첫날 아침, 나는 아버지를 흔들어 깨우고는 지진으로 도시가 흔들리더니 이제는 화재까지 발생했다고 말했다. 그러자 아버지는, 그럼 동부에 갔다가는 조롱거리만 되겠군, 하고는 돌아누워 다시 잠을 청했다. 한번은 오빠가 동료 한 사람과 말을 타고 나갔는데, 말 두 마리 중 하나가 사람도 없이 혼자 호텔로 돌아왔고, 그것을 본 오빠 동료의 어머니가 울며불며 난리를 친 적이 있었다. 그러자 아버지는, 진정하십시오, 부인, 죽은 아이가 제 아들일 수도 있으니까요, 라며 위로했다. 아버지가 내게 들려준 귀한 말 가운데 늘 마음에 새기고 있는 것 하나는, 내키지 않아도 반드시 해야 하는 일이라면 그 일을 하더라도 품위는 잃지 말라는 말이다. 또하나는 집안 살림을 맡아하는 안주

---

* 1906년 4월 샌프란시스코에서 리히터 규모 8.3의 대지진이 일어나며 발생한 화재.
** 거트루드 스타인의 큰오빠로 미술품 수집가였던 마이클 스타인과 그의 아내 세라 스타인을 말한다.

인이라면 살림하다가 실수를 해도 절대 변명해서는 안 되며, 집에 안주인이 있으면 그 안주인이 있는 한 잘못되는 일이 없다는 말이었다.

앞서 말했듯이 나는 아버지와 오빠와 함께 사는 동안 아무 걱정이 없었으며, 그러다보니 변화를 바라는 어떤 욕망이나 생각이 내 마음속에서 전혀 꿈틀거리지 않았다. 하지만 평온했던 일상의 삶이 대화재로 흔들거리게 되고, 뒤이어 거트루드 스타인의 오빠가 아내와 함께 다시 돌아오면서 변화가 시작되었다.

거트루드 스타인의 올케언니인 미시즈 스타인은 마티스의 그림 소품 세 점을 갖고 왔는데, 그것들이 대서양을 건너온 최초의 현대 회화 작품이었다. 모든 것이 뒤죽박죽인 혼란의 시기에 그녀를 알게 된 셈인데 그녀는 내게 그 그림들을 보여주었고, 또 파리에 살면서 겪은 일을 이것저것 많이 들려주었다. 차츰차츰 나는 아버지에게 어쩌면 나도 샌프란시스코를 떠나게 될지 모른다고 귀띔하기 시작했다. 아버지는 별 반응이 없었는데, 당시는 미국을 떠나거나 미국으로 새로 들어오는 사람들이 무척 많았던 시절이고 내 친구들 가운데도 미국을 떠나는 이들이 많았던 터라 그러려니 했던 모양이다. 아무튼 일 년이 채 지나지 않아 나는 파리로 떠나게 되었다. 파리에 도착한 나는 그전에 이미 다시 파리에 돌아와 있던 미시즈 스타인을 만나러 갔고, 그녀의 집에서 거트루드 스타인을 만나게 되었다. 그녀의 옷에 달린 산호 브로치, 목소리가 대단히 인상적이었다. 이렇게 말해도 될지 모르겠지만 나는 내 인생에서 천재를 한 번에 한 명씩 딱 세 명 만났는데, 정말 틀림없는 사실은, 그들을 만날 때마다 내 안에서 종소리가 울렸다는 것이고, 세 번 다 그들의 천재성을 세상이 인정하기 전에 내가 먼저 알아봤다는 것이다.

내가 말하려고 하는 세 명의 천재는 거트루드 스타인, 파블로 피카소, 그리고 앨프리드 화이트헤드*다. 중요한 사람을 많이 만나기도 했고, 몇몇 위대한 사람을 만나기도 했지만 내가 아는 최고의 천재는 오직 그 셋뿐이며, 그들을 처음 만날 때마다 분명 내 안에서 어떤 종소리가 울렸다. 세 사람의 경우 모두 틀림없는 사실이었다. 부족할 것 하나 없는 멋진 나의 새 인생은 이렇게 시작되었다.

---

* 영국의 수학자이자 철학자로, 과정 형이상학 혹은 과정철학으로 불리는 형이상학 체계를 제시했다.

2장

파리 도착

1907년이었다. 거트루드 스타인은 자비로 출판하려 하는 『세 인생』의 교정지를 들여다보고 있었고, 그러면서 천 쪽이나 되는 방대한 분량의 『미국인의 형성』을 쓰느라 정신이 없었다. 피카소는 당시엔 화가인 자신과 모델이 된 거트루드 스타인을 빼고는 아무도 좋아하지 않았지만 지금은 너무나 유명해진 거트루드 스타인의 초상화를 마무리하고, 세 여성이 등장하는 어딘가 낯설고 복잡해 보이는 그림을 이제 막 그리기 시작했으며, 마티스는 최초의 대작이면서 그에게 야수파 혹은 포악한 집단이라는 이름을 안겨준 〈생의 기쁨〉을 막 완성한 참이었다. 그 시기는 막스 자코브*가 후에 입체파의 여명을 알리는 영웅시대였다고 말한 바로 그때였다. 얼마 전 피카소와 거트루드 스타인이 당시 일어났던 여러 일을 얘기하는 가운데, 누군가 한 해에 그 모든 일이 다 일어날 수는 없다고 하자 다른 사람이 오, 이런, 잊으셨나봐요, 그땐 우리가 젊었고, 그래서 그 한 해 동안 정말 많은 일을 하고 또 많은 일을 겪었지요, 라며 서로 말을 주고받던 기억이 난다.

그 시기에 있었던 일들, 그리고 그전에 일어났으나 그 여파가 그때까지 계속되었던 일들에 대해 할말이 많지만, 지금은 내가 파리에 도착해서 두 눈으로 본 것만 말하는 게 좋을 듯하다.

예나 지금이나 마찬가지로 플뢰뤼스가 27번지의 집은 작은 방 네 개와 부엌 하나 욕실 하나로 이루어진 누각처럼 생긴 이층짜리 조그만 살림집 건물에 제법 큰 화실이 별채처럼 딸려 있었다. 지금이야 화실이 1914년에 추가로 설치한 작은 복도를 통해 본 건물과 오갈 수 있도록 연결되어 있지만 당시엔 화실에도 따로 출입문이 있어, 찾아오는 사람들이 볼일에 따라 본 건물의 초인종을 누르거나 아니면 화실 출입문에 노크를 했는데, 둘 다, 그러니까 초인종도 누르고 화실 출입문에 노크도 하는 사람들이 많았지만 그래도 화실 출입문에 노크를 하는 사람이 더 많았던 것 같다. 나도 초인종을 눌러 집을 방문하거나 노크를 하고 화실에 들어가도 되는, 특권을 누리는 편에 속했다. 그 집에 모든 사람이 모이고, 실제로 온갖 사람이 다 찾아오는 토요일 저녁이면 나는 식사 초대를 받곤 했다. 그러면 나는 참석했다. 저녁식사는 엘렌이 차렸다. 여기서 엘렌에 대해 잠시 얘기 좀 해야겠다.

---

* 프랑스 시인이자 화가, 상징주의자들과 초현실주의자들 사이의 연결고리 역할을 한 중요 인물. 피카소와 평생 친구였으며, 피카소를 기욤 아폴리네르에게 소개한 사람이다.

엘렌은 이미 이 년 전부터 거트루드 스타인과 그녀의 오빠*와 함께 지내며 살림을 맡아주고 있었다. 엘렌은 집안 살림을 도맡는 하녀로서 는 아주 훌륭한 축에 속하는 여자로, 달리 말하면 모든 일을 척척 해내고 요리도 잘할뿐더러 고용주나 자신이 어떻게 하면 잘 지낼 수 있을까를 늘 궁리하고, 돈 주고 사는 것은 일단 너무 비싸다고 생각하면서 일을 처리하는, 흠잡을 데 없는 살림꾼이었다. 무엇을 물어도 늘, 아니, 그건 너무 비싸잖아요, 라는 게 그녀의 대답이었다. 엘렌은 무엇 하나 낭비하는 게 없었으며, 하루에 팔 프랑씩 쓴다고 정해놓고 살림을 꾸려 나갔다. 손님이 찾아와도 그 돈의 범위 안에서 대접하고 싶어했는데, 그것이 그녀의 자존심이었지만, 주인 마음에도 들고 집안 체면도 생각하면 손님에게 먹을 것을 모자라지 않게 내와야 하기 때문에 그리 쉬운 일은 아니었다. 아무튼 그녀는 음식 솜씨가 대단했으며, 수플레를 아주 맛있게 잘 만들었다. 그 시절 손님들 대부분 삶이 불안했으며, 굶어죽는 사람도 없고 불쌍한 사람들을 누군가가 늘 도와주기는 했지만, 그러나 여전히 많은 사람의 생활이 풍족하다고 할 수는 없었다. 사 년 정도 지나 사람들이 서로를 잘 알게 되었을 무렵, 안도의 한숨과 더불어 미소 띤 얼굴로, 그나마 이제는 수플레를 만들어 내놓는 요리사가 있으니 살림살이가 많이 나아진 편이라고 말한 사람은 바로 브라크** 였다.

---

* 거트루드 스타인의 두 살 터울 오빠로 미술품 수집가이자 미술평론가였던 레오 스타인을 말한다. 레오와 거트루드는 여러 해를 파리에 함께 거주하다가 거트루드가 토클러스와 너무 친밀하게 지내는 것에 레오가 화를 내면서 1914년 갈라서게 되었다.
** 프랑스 화가.

엘렌은 자기 나름의 견해도 분명해서, 예를 들어 자기는 마티스를 좋아하지 않는다고 했다. 프랑스 사람은 미리 약속하지 않았다면 남의 집에 가서 식사시간 때까지 머물러서는 안 되고, 특히 주인집 하녀에게 저녁식사로 뭐가 나오는지 미리 물어봐서도 안 된다고도 했다. 그러면 서 예외로 외국인은 그래도 되지만 프랑스인은 절대 안 되는데, 마티스 가 그랬다는 것이다. 한번은 미스 스타인이 마티스 씨가 더 있다가 저 녁식사까지 하고 갈 거라고 얘기하자 엘렌은, 그러면 오믈렛을 만들지 않고 달걀 프라이를 내놓겠다고 대꾸했다고 한다. 두 음식에 들어가는 달걀 개수나 버터의 양은 같아도 달걀 프라이가 성의가 좀 없어 보이 니까, 어쨌든 그도 무슨 뜻인지 이해는 하리라는 것이 엘렌의 생각이 었다.

엘렌은 1913년 말까지 그 집에 있었다. 그즈음 그녀는 결혼을 해서 어린 아들 하나를 두었는데, 남편이 이제는 남의 집 일을 제발 그만두 라고 했다. 무척 섭섭하고 아쉽기도 했지만 그녀는 일을 그만두었고, 그뒤로 집에서 살림하는 것보다는 플뢰뤼스가에서 일할 때가 훨씬 좋 았다고 입버릇처럼 말하곤 했다. 그로부터 많은 시간이 흐른 뒤, 불과 삼 년 전, 엘렌은 다시 플뢰뤼스가로 돌아와 일 년 더 일을 했는데, 불 황 탓에 살림이 어려워진데다 아들도 잃었기 때문이었다. 하지만 그녀 는 외려 전보다 더 쾌활했고, 오만 것에 다 관심을 보이며 신경쓰기 시 작했다. 참 별일이네요, 제가 알던 사람들, 이름이 있는지 없는지도 몰 랐던 사람들이 이제는 신문에 자주 등장하니 말예요, 그런데 어느 날 밤에는 라디오에서 피카소 씨 이름도 들리더군요. 신문에 브라크 씨 이 야기도 실리던데, 대체 무슨 영문인지, 그 사람은 큰 그림을 벽에 걸기 위해 수위들이 못을 박는 동안 그 그림들을 들고 서 있었잖아요, 하기야 워낙 힘이 좋은 사람이니까, 그런데 이건 또 뭔지, 글쎄 사람들이 루브르박물관에다, 기가 막혀서, 한번 상상해보세요, 루브르박물관에 작달막하니 불쌍해 보이는 루소 씨*의 그림을 집어넣으려 하잖아요, 숫기도 없어서 문에 노크도 제대로 하지 못했던 사람인데 말예요. 엘렌은 피카소 씨, 그리고 그의 아내와 아이를 끔찍하게 보고 싶어했으며, 피카소 씨가 찾아오는 날이면 그 사람을 위해 솜씨를 모두 발휘해 음식을 내오곤 했는데, 하는 말이, 참 많이 변했어요, 그래요, 어쩌면 당연한 일이겠네요, 그래도 아들은 어찌나 귀여운지, 이런 식이었다. 우리는 엘렌이 다시 돌아온 이유가 실은 젊은 세대가 어떤지 한번 쭉 살펴보려는 데 있는 것이라 생각했다. 어떻게 보면 그런 면이 없지는 않았지만 사실 그녀는 젊은 세대에 관심이 전혀 없었다. 그녀는 젊은이들이 자기한테 깊은 인상을 심어주지 못해 무척 애태운다며 그것은 자기가 누군지 파리에서 모르는 사람이 없을 정도로 유명하기 때문이라고 했다. 아무튼 일 년이 지나 형편이 나아지고, 남편도 돈을 더 벌게 되면서 그녀는 다시 자기 집으로 돌아갔다. 이쯤 하고 다시 1907년 이야기로 돌아가보자.

당시 찾아왔던 손님들에 관한 이야기에 앞서 내가 본 것부터 말하겠다. 앞서 말했듯이 저녁식사에 초대받은 나는 작은 살림집 건물의 초인종을 눌렀고 이어서 작은 홀을 지나 벽을 따라 책이 줄지어 쌓여 있는 조그만 식당으로 안내되었다. 사람이 드나드는 문 몇 개가 책이 없는

---

* 가난한 배관공의 아들로 독학으로 그림을 배워 이른바 '일요화가'의 대명사로 널리 알려졌으며, 특히 파리 세관에서 일한 경력으로 '세관원'이란 별명이 붙었다.

유일한 빈 공간이었는데, 피카소와 마티스가 그린 데생 작품 몇 점이 그 문들에 붙어 있었다. 다른 손님들이 도착하기 전이어서 그런지 미스 스타인이 나를 화실로 안내했다. 당시 파리에는 비가 자주 내렸고, 그래서 비 오는 날에 야회복을 입고 살림집에서 화실로 건너가는 일이 여간 성가신 일이 아니지만 그럼에도 별로 신경쓸 필요가 없는 것은, 주인이나 손님 대부분이 별로 개의치 않았기 때문이다. 우리는 당시 그 지역에서 그 집에만 유일하게 있던 예일 자물통*을 열쇠로 열고 화실로 들어섰는데, 그 집이 예일 자물통을 사용한 것은 그 시절만 하더라도 그림들이 그리 큰 가치가 있지 않았기에 안전을 위해서라기보다는, 프랑스의 다른 열쇠들이 크기가 엄청난 데 비해 예일 자물통의 열쇠는 크기가 작아 지갑 속에 넣어 다닐 수 있기 때문이었다. 벽을 뒤로한 채 이탈리아 르네상스풍의 큼지막한 가구 몇 점이 놓여 있었고, 방 중앙에는 역시 르네상스풍의 커다란 탁자가 자리를 차지하고 있었는데 그 위에 예쁘게 생긴 잉크스탠드가 있었고, 탁자 한쪽 끄트머리쯤에 프랑스 어린아이들이 사용하는 것과 같은 종류의, 겉면에 지진이나 탐험을 묘사한 그림이 그려진 공책들이 가지런히 정리되어 있는 모습이 눈에 띄었다. 그리고 모든 벽면에는 천장 높이까지 그림들이 걸려 있었다. 방 한쪽 끝에는 엘렌이 들어와 덜거덕거리는 소리를 내며 석탄을 채워넣던 커다란 주철 난로가 있었고, 또다른 한쪽 구석엔 커다란 탁자가 있었는데 그 위엔 누구나 호기심어린 눈으로 바라만 보고 건드리지 않던, 나중에야 피카소와 거트루드 스타인의 주머니 속에서 나온 것으로 밝

---

* 라이너스 예일이 발명한 원통형 자물쇠.

혀진, 편자 못과 조약돌과 작은 담배 파이프들이 놓여 있었다. 다시 그림 이야기로 돌아가자. 그 방에 있던 그림들은 하도 별나 보여서 사람들이 처음에는 본능적으로 아예 다른 곳으로 눈길을 돌리곤 했다. 나중에 당시 화실에서 찍은 스냅 사진 몇 장을 보니 그때 사람들이 그랬던 것이 새롭게 기억났다. 방안에 있던 의자 또한 모두가 이탈리아 르네상스풍이라 다리가 짧거나 평소에 다리를 꼬고 앉는 습관이 있는 사람들에게는 그리 편안하지 않았다. 미스 스타인은 난로 옆의 등받이가 높은 예쁜 의자에 앉아 편안하게 다리를 늘어뜨렸는데, 평소 습관이었던 것 같고, 그러다 손님 중 누군가 다가와 무언가를 물으면, 그녀는 자리에서 일어나 보통은 프랑스어로, 지금은 좀 곤란할 것 같아요, 라고 대답하곤 했다. 손님들이 물어보는 질문이란 대개가 뭘 보고 싶다는 것이거나, 언젠가 어떤 독일인이 잉크를 흘렸던 그림을 포함해서 치워버린 데생 작품을 보고 싶다거나, 아니면 그 밖에 뭔가 바라는 일이 있었다. 다시 그림 이야기로 돌아가자. 내가 말한 것처럼 그림들은 하얗게 회칠을 한 벽면을 따라 천장의 제일 높은 곳까지 벽면을 완전히 뒤덮고 있었다. 방안은 높은 곳에 설치된 가스등 불빛으로 환했다. 가스등은 예전보다 한 단계 더 발전된 두번째 단계의 조명이었다. 설치된 지 얼마 지나지 않았다. 그전에는 등잔불밖에 없었고, 그래서 다른 사람들이 그림 구경을 하는 동안엔 누가 됐든 건장한 사람이 등잔을 들고 있어야 했다. 그러다 가스등이 설치되었는데, 발명에 재능이 있는 세이옌이라는 미국 화가가 첫아이가 태어난 뒤에 마음을 바꿔 가스등 대신 높은 곳에 설치되어 스스로 불을 밝히는 기계장치를 설치하고자 했다. 그러나 굉장히 보수적인 늙은 여자 주인이 자기 집에 전기가 들어오는 것을 허락하지 않다가 주인이 너무 늙어 가스등인지 전기등인지 제대로 분간하지 못할 지경이 되었던 1914년에야 주인의 대리인이 허락해서, 그때 비로소 집에 전기가 들어오게 되었다. 근데 이제는 정말 그림 이야기를 해야겠다.

이제는 사람들이 이런저런 것에 다 익숙해진 터라 당시 사람들이 벽에 걸린 그림들을 처음 보았을 때 느꼈을 불편함이 어떤 것인지 말하기가 매우 어렵다. 당시는, 세잔과 피카소의 그림들만 있던 시절은 물론 그 이전의 세잔과 르누아르와 마티스와 피카소의 그림들만 있던 시절보다도 앞선 때라, 그곳엔 정말로 온갖 그림이 다 있었다. 마티스, 피카소, 르누아르, 세잔의 그림뿐 아니라 다른 그림들도 무척 많았다. 고갱의 그림이 두 점, 망갱의 그림들, 마네의 〈오달리스크〉와 비슷하게 느껴지지만 분명히 다른 발로통의 대형 누드화, 그리고 툴루즈로트레크의 그림도 있었다. 한번은 피카소가 로트레크의 그림을 바라보더니, 그래도 역시 그림 그리는 일은 저 사람보다는 내가 한 수 위야, 하고 말한 적이 있었다. 툴루즈로트레크가 피카소의 작품 활동 초기에 영향을 준 이들 가운데 가장 중요한 인물인데도 말이다. 나중에 나는 피카소가 로트레크의 영향을 받던 시절에 그린 소품을 구입했다. 발로통이 그린 거트루드 스타인의 초상화도 있었는데, 얼핏 보면 자크 루이 다비드 작품 같지만 아니었고, 그 외에 모리스 드니의 그림, 도미에의 소품, 세잔의 수채화 여러 점 등, 한마디로 모든 그림이 다 있었으며, 심지어 들라크루아의 소품과 엘 그레코의 중간 크기 그림까지 있었을 정도였다. 피카소의 '어릿광대 시대'* 그림이 무척 많았고, 마티스의 그림은 두 줄로 세워놓아야 할 정도였으며, 세잔이 그린 어느 여성의 대형 초상화와 소품 여러 점도 있었는데, 그 그림 모두가 나름의 역사를 지닌 것들로 곧 그 이야기를 다 할 참이다. 어쨌든 그때 화실에 들어섰을 때 나는 당황했고 아무리 그림을 보고 또 보아도 머릿속이 완전히 뒤죽박죽이었다. 거트루드 스타인과 그녀의 오빠는 손님들이 보이는 당혹감을 익히 봐서 잘 아는지 별로 신경쓰지 않는 눈치였다. 그때 누군가 화실의 문을 세차게 두드렸다. 거트루드 스타인이 문을 열자 가무잡잡한 얼굴에 몸집은 작지만 머리, 눈, 얼굴, 손과 발 모두 활기에 넘치고 기민해 보이는 사람이 들어섰다. 거트루드 스타인이 반갑게 맞이하며 말했다, 어서 오세요, 앨피, 이쪽은 미스 토클러스예요. 만나서 반갑습니다, 미스 토클러스, 진지한 목소리였다. 오래전부터 그 집에 자주 드나드는 단골손님인 앨피 모러**였다. 그는 그 집에 그 그림들이 들어오기 전에, 그러니까 일본 판화들만 있었을 때부터 드나들었으며 세잔의 조그만 초상화를 보겠다며 성냥불을 그어대던 사람 중 하나였다. 언젠가 화실을 찾아온 미국 화가들이 그 초상화를 보며 고개를 갸웃거리자, 당연히 이것은 완성된 작품입니다, 표구를 했잖습니까, 완성되지도 않은 그림에 표구를 한 사람이 있다는 얘기, 누구 들으신 분 있습니까? 하며 나서서 설명한 사람이 바로 앨피였다. 그는 늘 겸손하고 늘 진지한 태도로 사람들 뒤를 따라다니고 또 따라다니며, 언제든 이것저것 시중들듯 도와

---

* 피카소가 어두운 눈으로 세상을 바라보던 1901년에서 1904년까지의 청색 시대 다음에 긍정적인 시각으로 세상을 바라보며 밝은 그림을 그린 1905년에서 1906년의 기간을 말하는 것으로 흔히 '장밋빛 시대'라고 부르며, 이 시기의 그림에 어릿광대들이 많이 등장하여 일명 '어릿광대 시대'라고도 한다.
** 미국 모더니즘 화가.

주었으며 몇 년 뒤 유명한 반스 컬렉션*에서 소장할 첫 그림들을 선정하는 일에 정말 성실하고 열정적인 태도로 뛰어든 사람이기도 했다. 그런데 후에 반스가 그 집에 찾아와 그림을 팔라며 수표책을 흔들었을 때, 오, 이런, 저 사람, 내가 데려온 게 아닙니다, 하며 손사래를 치던 사람도 바로 그였다. 어느 저녁인가 불같은 성질을 지닌 거트루드 스타인이 화실에 들어섰을 때, 그곳에 그녀의 오빠와 앨피, 그리고 어떤 낯선 사람이 있었다. 그녀는 그 낯선 사람의 표정이 영 마뜩지 않았다. 저분 누구죠? 그녀가 앨피에게 물었다. 내가 데려온 게 아닙니다, 앨피의 대답이었다. 유대인처럼 보이네요, 거트루드 스타인이 말하자 앨피는 이렇게 대답했다, 유대인보다 인상이 더 험하죠. 다시 그 첫날 저녁으로 돌아가자. 앨피가 들어오고 난 뒤 얼마 지나지 않아 문을 세차게 두드리는 소리가 들리더니 저녁이 준비됐다는 엘렌의 말이 들렸다. 그러자 모두가 말했다, 피카소 가족이 늦는 게 이상해요, 하지만 엘렌을 기다리게 할 수는 없으니까 어쩔 수 없죠. 그래서 우리는 안뜰을 지나 살림집으로 건너가 식당에서 저녁을 먹기 시작했다. 미스 스타인이 말문을 열었다, 이상해요, 파블로는 항상 시간을 정확하게 지키는데, 약속시간보다 일찍 오는 법도 없고 늦는 경우도 전혀 없었는데 말예요, 시간을 엄수하는 게 제왕의 예법이라며 얼마나 자존심을 내세웠는지, 심지어 페르낭드**까지 시간을 정확히 지키도록 만들었잖아요. 하기야 그 사람

---

* 미국의 화학자이자 사업가이며 미술품 수집가인 앨버트 C. 반스가 필라델피아에 설립한 '반스 파운데이션'을 가리킨다.
** 페르낭드 올리비에. 1904년 파리로 영구 이주한 피카소의 모델이 되었다가 그의 연인이 되어 그와 팔 년 동안 동거한다.

도 마음에도 없이 예, 라고 말할 때가 많긴 해도 아뇨라고 말하는 법은 없어요, 아뇨라는 말이 그 사람이 쓰는 어휘 속에 있지 않으니까요, 그래서 그 사람이 말하는 예라는 말이 진짜 예를 뜻하는지 아니면 아니요라는 뜻인지 알아내야 하지만 일단 그 사람이 예라고 말하면 그게 진짜 예라는 뜻이니까 늘 그렇듯이 오늘 밤에도 정확한 시간에 와야 했어요. 그 당시는 자동차가 나오기 전이라 사고가 난 게 아닐까 걱정하는 사람은 아무도 없었다. 우리가 첫번째 요리를 막 다 먹었을 때 안뜰을 다급하게 지나오는 발걸음소리가 들렸고 초인종을 누르기 전에 엘렌이 얼른 문을 열어주었다. 당시 모든 사람이 그들을 그렇게 불렀듯이 파블로와 페르낭드가 들어섰다. 키가 작은 파블로는 행동이 재빨랐지만 그렇다고 아무 일에나 무턱대고 나서지는 않았으며, 그의 눈은 보고자 하는 것이 있으면 크게 벌어지며 대상을 다 빨아들이는 신기한 능력을 지녔다. 그의 머리는 뒤따르는 사람들과 거리를 두고 행렬의 선두에 서서 당당하게 움직이는 투우사의 머리 같았다. 우아해 보이는 큰 모자를 머리에 쓰고 분명 새로 맞춘 것이 틀림없는 멋진 드레스를 입은 페르낭드는 키가 커서 늘씬하고 아름다웠는데, 아무튼 두 사람은 모두 어쩔 줄 몰라하는 기색이었다. 파블로가 입을 뗐다, 무척 당혹스럽군요, 하지만 거트루드 당신이 잘 아시지만 제가 절대 늦는 일이 없는데 실은 페르낭드가 전시회 개막전에 입고 가려고 주문한 드레스가 오지 않아서요. 그러자 미스 스타인은, 그래도 이렇게 오셨으니 괜찮아요, 엘렌이 늦게 와도 싫어하지 않는 사람이 바로 당신이잖아요. 그렇게 해서 우리 모두가 자리에 앉았다. 나는 피카소 바로 옆에 앉았는데, 그는 말이 없었고 차츰차츰 마음이 편안해지는 모양이었다. 앨피가 페르낭드에게 이런저런 찬사의 말을 건넸고 그녀 역시 마음이 진정되는지 평온해 보였다. 잠시 후 나는 피카소에게 작은 소리로 그가 그린 거트루드 스타인의 초상화가 마음에 든다고 말했다. 내 말에 피카소는 이렇게 대답했다, 아, 예, 근데 보는 사람들마다 모두가 그녀의 모습이 그림과 다르다고 하더군요, 하지만 그게 중요한 건 아니니까요, 아마 그녀도 같은 생각일 겁니다. 곧이어 대화가 활기를 띠게 되었는데 온통 그해의 가장 큰 행사인 앵데팡당전*의 개막전에 관한 이야기들뿐이었다. 모두가 어떤 일이 벌어지고 벌어지지 않을지를 둘러싸고 떠도는 온갖 풍문에 관심을 보였다. 피카소는 한 번도 전시회를 연 적이 없지만 그의 추종자들은 전시회를 열었던 터라 그 추종자들 각각과 관련된 많은 이야기가 오갔으며 희망과 두려움을 담은 말들이 활발하게 오갔다.

우리가 커피를 마시고 있을 때 안뜰에서 한둘이 아니라 여러 사람의 발소리가 들려왔는데 순간 미스 스타인이 일어서며 말했다, 괜찮아요, 제가 맞이할게요. 그러면서 그녀는 자리를 떴다.

화실에 들어서자 이미 많은 사람이 삼삼오오 무리를 지어 여기저기 흩어진 채, 혼자이거나 짝을 이루어, 이 그림 저 그림을 구경하고 있었다. 거트루드 스타인은 난로 옆 의자에 앉아 사람들에게 말을 건네기도 하고 듣기도 하고 일어나서 문을 열어주기도 하고 여럿에게 다가가 말을 하고 듣기도 했다. 노크 소리가 나면 대체로 그녀가 문을 열어주었는데 그럴 때마다 형식을 갖춰 그녀가 물어보는 것은, 누구 소개로 오

---

* Salon des Indépendants. 프랑스 독립미술가협회가 정부 주관의 미술전람회에 반대하여 자유로운 작품 발표를 위해 심사와 시상 없이 1884년부터 개최하기 시작한 미술 전시회.

셨지요, 소개해준 분이 누구신지요? 였다. 그녀가 이렇게 물어보게 된 것은 누구라도 그 화실에 들어올 수는 있지만 그래도 예의라는 게 있고 파리에서는 말을 해도 격식을 갖춰야 했으며, 또 찾아오는 손님이 자기들한테 그 화실에 관한 이야기를 들려준 사람의 이름 정도는 알고 있으리라는 생각 때문이었다. 하지만 그저 형식적으로 예의를 갖추기 위한 것이었고, 실제로는 누구든 화실에 들어올 수 있었으며 게다가 당시 그 그림들의 가치가 알려지지 않았기 때문에 그곳에 있는 그림 중 하나를 안다고 사회적으로 특별한 대우를 받는 것도 아니어서, 실제로 그냥 그림에 관심이 있는 사람들만 찾아왔다. 그래서 내가 말했듯이 누구라도 그곳에 들어올 수 있었지만, 그래도 격식이라는 것은 있었다. 한번은 미스 스타인이 문을 열어주면서 늘 하듯이 누구의 초대로 오셨냐고 물었는데 누군가 불만 가득한 목소리로, 바로 당신입니다, 마담, 하고 대답하는 소리가 들려온 적도 있었다. 그는 거트루드 스타인이 어디선가 만났던 젊은 남자로, 한참 그와 대화를 나누고 나서 진심으로 초대를 했는데 그녀가 그만 곧바로 잊어버리고 말았던 것이다.

  곧 방은 발 디딜 틈 없이 많은 사람으로 북적였고 올 사람은 다 온 셈이었다. 먼저 헝가리 화가들과 작가들이 있었는데, 언젠가 누군가의 손에 이끌려 따라온 헝가리 사람이 헝가리 전역에 소문을 퍼뜨렸고, 그래서 어느 마을에 살든 플뢰뤼스가 27번지에 대한 이야기를 들은 야망에 부푼 젊은이들이 찾아오게 되어 정말 많은 헝가리 사람이 왔다. 항상 헝가리인이 있었는데, 키나 몸집이 크든 작든, 부유하든 가난하든, 매력적이든 거칠든 정말 각양각색이었으며 이따금 굉장히 잘생긴 농사꾼도 눈에 띄었다. 그리고 독일인이 많이 있었는데, 늘 치워버린 그림을 보고 싶어하고 물건을 자주 깨뜨리는 바람에 인기가 없었다. 그런데 깨지기 쉬운 물건을 워낙 좋아하는데다, 깨지지 않는 것만 수집하는 사람들을 특히 싫어했던 거트루드 스타인에게는 깨지기 쉬운 물건들이 많았다. 다음으로는 정말 몇 안 되는 미국인이 있는데, 그중에는 여러 사람을 데려오기도 하고 전기기술자 세이옌 혹은 간혹 화가 한 사람을 데려오기도 했던 밀드러드 올드리치*가 있었고, 어쩌다 그곳에 오게 된 건축학도가 가끔 찾아왔으며, 단골손님처럼 드나들던 이들 가운데는 훗날 거트루드 스타인이 「미스 퍼와 미스 스킨」이라는 산문시에서 그려낸 미스 마스와 미스 스콰이어가 있었다. 내가 처음 화실에 갔던 바로 그날 밤에 미스 마스와 나는 당시로서는 완전히 새로운 주제인, 얼굴 화장을 어떻게 할 것인가를 놓고 이야기를 나눴다. 사람이 어떤 유형인지 관심이 많았던 미스 마스는, 세상에는 장식적인 여성, 가정적인 여성, 그리고 매력적이지만 간교한 여성이 있다고 생각했고, 그래서 내가 페르낭드 피카소는 장식적인 여성이 분명하지만, 마담 마티스는 어떤 유형일까 생각하면 가정적인 여성일 것 같다고 하자, 그녀는 무척 기뻐하는 표정을 지었다. 이따금 피카소가 스페인어로 목청 돋우며 떠드는 소리와 말 울음소리 비슷하게 웃어젖히는 소리와 거트루드 스타인의 나지막하면서도 쾌활한 웃음소리, 사람들이 오가는 소리, 들어오고 나가는 소리가 들렸다. 미스 스타인은 나더러 페르낭드 옆에 앉으라고 했다. 페르낭드는 정말 아름다웠지만 친해지기가 그리 쉽지는 않았다. 나는 그녀 옆에 앉았고, 그때가 바로 내가 처음으로 천재의 아

---

* 미국 언론인이자 작가, 번역가. 1898년 프랑스로 옮겨간 이후에도 특파원과 번역가로 활동했다.

내 옆에 앉은 때였다.

거트루드 스타인과 함께했던 이십오 년의 세월을 책으로 써보겠다고 마음먹기 전, 나는 종종 글을 쓰겠노라고, 자리를 함께했던 천재들의 아내에 관해서 글을 쓰겠노라고 말했었다. 나는 너무나 많은 사람과 자리를 같이했었다. 진정으로 천재라고 할 수 있는 사람들의 아내가 아닌 여성들과도 자리를 같이했다. 진짜 천재가 아니면서 천재라 일컬어지는 사람들의 진짜 아내들과도 자리를 같이했다. 천재들의 아내들, 거의 천재에 가까운 사람들의 아내들, 앞으로 천재가 될지도 모를 사람들의 아내들과도 자리를 같이했던 나는, 간단히 말해 많은 여성과 많은 천재의 아내들과 너무나 자주 너무나 오랫동안 자리를 같이했었다.

앞서도 말했지만 당시 같이 살고 있던 피카소와 페르낭드는 둘 다 스물네 살밖에 안 되었지만 사귄 지 제법 오래되어, 피카소와 많은 세월을 같이 지낸 페르낭드가 바로 내가 옆자리에 같이 앉았던 천재의 아내들 중 첫번째였는데 꽤 재미있는 구석이 있었다. 우리는 모자 이야기를 했다. 페르낭드는 모자와 향수에 관해 이야기하는 것을 좋아했다. 우리는 처음 만난 날 모자 이야기를 했다. 그녀는 모자를 좋아했고, 모자에 관한 한 정말 프랑스 사람다운 감각을 지니고 있어서, 만일 모자가 거리의 남자들에게서 재치 있는 찬사를 불러일으키지 못하면 그 모자는 실패라고 생각했다. 훗날 언젠가 그녀와 함께 몽마르트르 거리를 거닌 적이 있었다. 그녀는 큼직한 노란색 모자를 썼고 나는 크기가 훨씬 작은 파란색 모자를 쓰고 있었다. 그렇게 함께 길을 걸어가는 우리를 보고 어느 일꾼이 걸음을 멈추고는 소리쳤다, 저기 눈부신 해와 달이 함께 가는구면. 그러자 페르낭드는 환한 미소를 지어 보이며 나에게 말했다, 봐요, 우리 모자가 성공한 거라니까요.

미스 스타인이 나를 부르더니 마티스 씨를 소개해주고 싶다고 말했다. 그녀는 적당한 키에 불그스름한 턱수염을 기른 안경 쓴 남자와 이야기를 나누고 있었다. 약간 살이 찐 모습이었지만 행동 하나하나가 매우 기민했던 그 남자와 미스 스타인은 둘만 아는 감춰둔 이야기가 많은 모양이었다. 그들 곁으로 다가갔을 때 그녀의 목소리가 들렸다, 예, 맞아요, 하지만 이제는 좀 힘들 거예요. 그러고는 나를 보며 말했다, 작년에 여기서 열린 오찬에 대해 얘기하고 있던 중이었어요. 그림을 모두 벽에 건 다음에 그림을 그린 화가들을 초대했거든요. 화가들이 어떤 사람들인지 아시겠지만, 그래서 전 그들을 행복하게 해주고 싶어서 자기 그림을 마주보고 앉도록 자리를 배치했는데, 사람들이 행복해하고 너무 흡족해하는 바람에, 아 글쎄, 빵을 두 번이나 더 내오라고 시켜야 했다니까요, 프랑스가 어떤 곳인지 알게 되면 무슨 뜻인지, 그러니까 그게 사람들이 굉장히 만족하고 행복해한다는 의미라는 걸 알게 될 거예요, 왜냐면 프랑스 사람들은 빵이 없으면 뭘 먹지도 마시지도 못하거든요, 그래서 우리는 빵을 두 번이나 더 내와야 했고 그건 사람들 기분이 아주 좋았다는 뜻이죠. 아무도 저의 작은 배려를 끝까지 알지 못했지만 마티스 씨는 예외였는데 그나마 떠나기 직전에 눈치챘어요, 그런데 이제 와서 그게 제가 너무 영악하다는 증거라는 거예요. 마티스 씨가 웃으며 대꾸했다, 그래요 마드무아젤 거트루드, 당신한테는 세상이 하나의 극장으로 보일지 모르겠지만 사실 세상에는 여러 극장이 있는 겁니다, 당신은 신중하고 진지한 태도로 내 말에 귀를 기울이는 척하지만 실은 내가 하는 말을 한마디도 듣지 않으니까 당신이 아주 영악하다고 말하는 겁니다. 그러더니 그 두 사람은 다른 이들과 마찬가지로 앵데팡당전의 개막전에 관한 이야기를 주고받기 시작했고 당연히 나는 도통 무슨 말을 하는지 알 수 없었다. 그러나 시간이 지나면서 그 이야기를 알게 되었고 그래서 나중에 그들 대화 속에 거론된 그림들과 그것들을 그린 화가들, 그리고 그들의 추종자들에 관한 이야기와 그때 두 사람이 나눈 대화가 어떤 의미였는지를 들려줄 참이다.

얼마 후 나는 피카소 곁에 있게 되었는데, 그는 명상을 하듯 깊은 생각에 빠진 채 서 있었다. 그가 물었다, 당신은 정말 내가 당신네 대통령 링컨을 닮았다고 생각하나요. 그날 저녁 나는 여러 가지 많은 생각을 했지만 그런 생각은 하지 않았다. 자, 봐요, 그가 계속 말을 이었다, 거트루드(피카소가 그녀의 이름을 부를 때마다, 그리고 그녀가 파블로라고 그를 부를 때마다 그들이 내보인 그 순박한 애정과 신뢰를 제대로 전달할 수 있다면 좋으련만. 두 사람이 오래도록 우정을 쌓는 동안 곤란했던 순간도 있고 일이 복잡하게 꼬이던 시기도 있었지만 그래도 그들의 애정과 신뢰는 변한 적이 없었다), 거트루드가 나에게 링컨의 사진을 보여줘서 그의 머리 모양과 비슷하게 내 머리를 이리저리 매만졌는데, 지금 생각해보니 이마가 닮아서 그런 것 같아요. 아무튼 나는 그 질문이 농담인지 아닌지 알 수 없었지만 공감할 수는 있었다. 사실 그때까지 나는 거트루드 스타인이 얼마나 철저하고 완전한 미국인인지 깨닫지 못했다. 급기야 나중에는 종종 그녀더러 장군 같다고, 남이든 북이든 혹은 양쪽 모두와 관련이 있는 남북전쟁 때의 장군 같다며 놀리기도 했다. 남북전쟁과 관련된 사진들을, 굉장히 멋진 사진들을 소장하고 있었던 거트루드는 피카소와 함께 그것들을 뚫어지게 바라보곤 했다. 그런데 한번은 피카소가 돌연 미국과 스페인의 전쟁*을 떠올리며 누가 봐도 스페인 사람 같다고 할 정도로 태도를 바꿔 원한에 사무친 사람처럼 변했고 그 바람에 두 사람은 각자가 스페인과 미국을 대표하여 상대방 나라에 대해 굉장히 험한 말을 주고받았다. 하지만 그 첫날 저녁까지만 해도 나는 이런 사실을 전혀 알지 못해서 그냥 공손한 태도로 예의를 갖춰 사람들을 대했고 그게 전부였다.

그렇게 시간이 지나면서 저녁도 끝나가고 있었다. 사람들이 모두 자리를 뜨기 시작했지만 그래도 그들 모두의 입에서 앵데팡당전의 개막전에 관한 이야기는 끝이 나질 않았다. 나도 개막전 초대장을 한 장 받아들고는 그곳을 나왔다. 내 인생에서 가장 중요했던 하루의 저녁이 그렇게 끝났다.

초대장 한 장으로 두 사람이 입장할 수 있었고, 그래서 나는 친구를 데리고 개막전에 참석하기로 했다. 우리는 서둘러 출발했다. 일찍 도착하지 않으면 그림도 제대로 구경하지 못하고 앉을 자리도 없을 거라는 얘기를 들었고, 또 같이 간 친구가 앉아 있길 좋아해서였다. 우리는 그 전시회를 위해 세워진 건물로 향했다. 프랑스에서 늘 벌어지는 일이지만 이 나라 사람들은 단 하루나 며칠 동안 잠시 벌어지는 행사를 위해 시설물을 뚝딱 세웠다가 행사가 끝나면 다시 허무는 게 다반사였다. 거트루드 스타인의 오빠는 프랑스의 장기고용비율이 높고 실업률이 낮

＊ 쿠바의 독립 문제에서 시작되어 스페인의 해외영토였던 쿠바와 필리핀 등의 지배권을 놓고 1898년 4월에서 8월까지 스페인과 미국 간에 벌어진 전쟁을 말한다. 쿠바와 필리핀에서 미국이 승리를 거두고, 그해 12월 파리조약으로 쿠바와 필리핀, 푸에르토리코, 괌의 지배권이 미국에 넘어가게 된다.

은 비결이 실은 많은 사람이 그런 가건물을 세우고 허무는 일에 고용되는 데 있다고 입버릇처럼 말하곤 했다. 프랑스인들의 본성은 바뀌는 법이 없어서 그들은 자기네들이 원한다면 임시건물 같은 것은 언제든 지었다가 부술 수 있는 사람들이었다. 우리는 앵데팡당전을 위해 매년 설치되는, 높이는 낮은데 길이는 정말로 굉장히 긴 건물로 걸음을 옮겼다. 전쟁 후인지 그 직전인지 잘 기억이 나지 않지만, 아무튼 앵데팡당전이 대규모 전시관인 그랑팔레* 내부의 영구 전시 공간을 얻어 열리게 된 뒤로는 전시 건물에 대한 흥이 많이 사라졌다. 결국 중요한 것은 모험정신이 아닌가 싶다. 아무튼 그 긴 건물은 파리의 불빛에 아름답게 빛나고 있었다.

초기에, 정말 초기 시절에, 이를테면 쇠라가 활약하던 시기, 앵데팡당전은 비가 들이치는 건물에서 열렸다. 실제로 이런 사정 때문에 빗속에서 그림을 걸던 쇠라가 안타깝게도 치명적인 독감에 걸린 적도 있었다. 이제는 비가 들이치는 경우도 없고, 날도 화창해서 당연히 우리는 즐겁고 들뜬 기분으로 건물에 들어설 수 있었다. 안으로 들어섰더니 너무 일찍 왔는지 한산한 게 정말 맨 먼저 온 게 아닌가 싶을 정도였다. 아무튼 우리는 이 방 저 방 전시실을 옮겨다니며 그림을 구경했는데 정말 솔직히 말해서 전시된 그림 가운데 어떤 것이 토요일 저녁에 모여든 관객들의 눈에 예술작품으로 보일 것인지 그리고 어떤 것이 프랑스에서 일요화가라 불리는 사람들, 그러니까 노동자, 미용사, 수의사나 몽상가들이 일이 없을 때 일주일에 딱 한 번 그리는 그런 그림인지 우

---

* 1900년 파리 만국박람회를 기념해 건립된 대형 건축물로 샹젤리제 거리와 콩코르드 광장 사이에 위치해 있다.

리는 전혀 알 수 없었다. 알 수 없다고 말은 했지만 알려고 들면 어쩌면 알 수도 있었을 것이다. 그런데 그날 그곳에는 전시회의 추문거리가 되었던, 공화국의 관료들을 그린 루소의 대형작품으로 지금은 피카소가 소장하고 있는 그림이 있었는데, 루소에 관해서는 문외한이었던 우리는 그 그림이 위대한 대작이 될 줄은 꿈에도 생각하지 못했으며, 엘렌이 말했듯이, 그것이 루브르박물관으로 옮겨지리라는 것도 전혀 몰랐다. 그뿐 아니라 내 기억이 정확하다면 그곳에는 세관원 루소가 그린 또다른 작품도 있었는데, 기욤 아폴리네르와 그뒤에 시인에게 영감을 주는 뮤즈처럼 나이든 모습의 마리 로랑생을 그린, 어떻게 보면 두 사람을 신격화한 요상한 그림이었다.* 나는 그 그림도 진지한 예술 작품인지 아닌지 알아보지 못했다. 그 당시 마리 로랑생이나 기욤 아폴리네르에 관해 전혀 알지 못했던 나로서는 어쩌면 당연한 일이었겠지만 어쨌든 두 사람에 관해서는 나중에 할 얘기가 많다. 그다음에 계속 방을 옮겨다니던 우리는 마티스의 작품을 보게 되었다. 아 드디어 마음이 편안해졌다. 그림을 보자 우리는 그것이 마티스의 작품이라는 것을, 그것도 보는 순간 단번에 알아보고 즐겁게 감상했으며 분명 위대하고 아름다운 예술작품이라고 생각했다. 선인장 사이에 누워 있는 여성을 그린 그림이었다. 전시회가 끝나면 플뢰뤼스가로 옮겨질 예정이었다. 플뢰뤼스가에 있는 거트루드 스타인의 집을 자주 방문하는 건물 관리인이 있었는데 그 사람의 다섯 살짜리 아들이 어느 날인가 자기를 몹시 귀여워하는 거트루드 스타인이 열려 있는 화실 문 앞에 서 있는 것을 보

---

* 그림이 그려졌을 당시 아폴리네르와 로랑생은 연인 사이였는데 사실은 아폴리네르가 세 살 더 많았다.

자 얼른 달려가 팔에 안겼다가 그녀 어깨 너머로 그 그림을 보고는 넋이 나가 탄성을 질렀다, 우와, 여자의 몸이 진짜 예뻐요. 그때 이후 거트루드 스타인은 어쩌다 찾아온 낯선 사람이 그 그림을 보고 험한 말이라도 할라치면 늘 이 꼬마의 이야기를 들려주었고, 그러면서 그것이 그 그림의 의미라고 말하곤 했다.

같은 전시실, 그러니까 마티스의 작품이 걸려 있는 전시실을 칸막이로 나눈 또다른 한쪽에 작은 작품이 걸려 있었는데, 플뢰뤼스가에서 본 적이 있는 초벨 형제* 중 하나가 그린 그림을 헝가리 방식으로 재현한 것으로, 스승인 초벨 형제를 열정적으로 추종하면서도 썩 적절하게도 독립적인 방식을 이용하여 스승의 격정적인 방식과는 정반대로 그려내었다.

정말 방도 많고 전시된 그림도 많아 계속 발걸음을 옮기던 차에 우리는 전시실 중앙에 있는 어느 방에 다다랐고 사람들이 많이 몰려들어올 즈음 그곳 정원용 벤치에 앉아 잠시 쉬기로 했다.

우리는 쉬면서 지나가는 사람들을 바라보았고 마치 오페라에 나오는 보헤미안의 삶을 보여주는 듯 그 광경은 그야말로 눈을 즐겁게 해주는 좋은 볼거리였다. 그런데 바로 그때 뒤에서 누군가가 우리 어깨에 손을 올려놓으며 웃음을 터뜨리는 것이었다. 거트루드 스타인이었다. 정말 좋은 자리에 앉아 계시네요, 그녀가 말했다. 그게 무슨 뜻이죠, 우리가 물었다. 당신들 앞에 모든 이야기가 펼쳐지고 있으니까요. 우리는 앞을 바라봤지만 보이는 것이라곤 똑같아 보이면서도 전혀 똑같지 않

---

* 20세기 초 부다페스트에서 젊은 화가들과 함께 8인회를 결성하여 헝가리에 후기인 상파 양식을 소개한 초벨 라슬로와 초벨 벨라 형제를 말한다.

은 커다란 그림 두 점뿐이었다. 거트루드 스타인이 하나는 브라크의 그림이고 다른 하나는 드랭의 작품이라고 설명했다. 나무토막같이 생긴 괴상한 형체를 그린 이상한 그림이었는데, 내 기억이 정확하다면 하나는 남자와 여자를 그린 것이고, 다른 하나는 여자 셋을 그린 것이었다. 구경 잘 하세요, 그녀는 계속 웃으면서 말했다. 하지만 우리는 어리둥절할 수밖에 없었다, 너무나 이상한 그림을 많이 봐온 터라 그 두 그림이 특별히 더 이상하게 보이지 않았던 것이다. 어느 틈엔가 거트루드 스타인은 흥에 겨워 열심히 떠들어대는 관객들 사이로 사라지고 없었다. 우리는 파블로 피카소와 페르낭드가 지나가는 것을 보았고, 그 외에 우리가 아는 많은 사람이 오갔는데, 분명한 점은 모두가 다 유독 우리가 앉아 있는 자리와 우리가 어딜 가지 않고 가만히 앉아 있는 것에 관심을 보였다는 사실이었다. 그러나 사람들이 왜 그렇게 우리에게 각별한 관심을 내보였는지는 알지 못했다. 한참이 지난 뒤 거트루드 스타인이 다시 돌아왔는데, 아까보다는 눈에 띌 정도로 더 흥겹고 즐거운 표정이었다. 그녀는 우리에게 몸을 기울이며 진지한 목소리로 물었다, 프랑스어를 배워보지 않을래요. 우리는 머뭇거렸다, 프랑스어를 배울 수만 있다면 우리야 좋죠. 그래요, 아마 페르낭드가 가르쳐줄 수 있을 거예요, 가서 그 사람을 찾아 프랑스어를 배우고 싶은 마음이 정말 절실하다고 해봐요. 근데 그 사람이 우리한테 프랑스어를 가르쳐줄 이유가 있나요, 우리가 물었다. 그건요, 그러니까 그건 페르낭드와 파블로가 영영 헤어지기로 결정을 했기 때문이에요. 내가 그 사람들을 알기 전에 이미 그렇게 결정했다나봐요. 아실지 모르겠지만 파블로는 여자를 사랑하면 그 여자가 넉넉히 살아갈 수 있도록 돈을 충분히 줘야 한다고 말하는 사람이죠. 그리고 헤어지고 싶으면 그녀에게 돈을 충분히 줄 수 있을 때까지는 참고 기다려야 하는 게 도리라고 생각하고 있거든요. 다행히 볼라르*가 파블로 화실의 그림을 구입해줬고 그래서 받은 돈의 반을 그녀에게 줄 수 있는 모양이에요. 페르낭드는 프랑스어를 가르치며 혼자 독립해서 살고 싶어하니 두 사람이 가서 배우면 좋을 것 같아요. 그런데 그게 저 두 그림하고 무슨 관련이 있죠, 늘 꼬치꼬치 캐묻기 좋아하는 내 친구가 물었다. 전혀 상관이 없어요, 거트루드 스타인은 이렇게 말하고는 커다란 웃음소리를 남긴 채 자리를 떴다.

그뒤에 알게 된 모든 일은 나중에 말하기로 하고 어쨌든 그때 나는 페르낭드를 찾아내어 그녀에게 프랑스어를 배우고 싶다는 말을 해야 했다.

페르낭드를 찾아 여기저기 돌아다니던 나는 자연히 사람 구경을 하게 되었고, 그림을 그리는 사람이나 구경을 하는 사람이나 웬 남자들이 그리도 많은지 놀라지 않을 수 없었다. 미국에서는, 심지어 샌프란시스코에서도, 그림 전시회에서는 늘 여자만 많이 봤지 남자는 별로 보질 못했는데, 여기는 남자, 남자, 남자가 득실댔고, 이따금 남자들과 같이 온 여자들이 눈에 띄기는 했지만 대개가 남자 서넛에 여자 하나, 아니면 남자 대여섯에 여자 둘 정도였다. 시간이 지나면서 나는 그런 남녀 비율에 익숙해졌다. 피카소 커플은 남자 대여섯에 여자 둘이 섞인 무리에 있었는데, 내 눈에 먼저 보인 것은 반지를 낀 집게손가락을 위로 쭉 뻗어올리는, 그 특징적인 손짓을 하고 있는 페르낭드였다. 나중에 알게

---

* 20세기 초 프랑스 현대미술계의 중요한 화상이자 수집상으로 세잔, 르누아르, 피카소, 고흐 등 유명 화가들을 세상에 알리고 지원했다.

된 사실이지만 페르낭드의 아주 단단해 보이는 집게손가락은 가운데 손가락보다 길지는 않았지만 그래도 꽤 긴 축에 속했고, 그녀는 기분이 좋고 기운이 넘칠 때면, 사실 좀 빈둥거리는 편이라 드문 일이긴 했지만, 여지없이 손가락을 허공을 찌르듯 위로 쑥 내미는 버릇이 있었다. 무리의 양쪽 끝에 따로 떨어져 있던 페르낭드와 피카소는 각자가 시선을 끄는 중심이 되어 사람들에게 둘러싸여 있었는데 나는 굳이 그 무리에 불쑥 끼어들고 싶지 않아 잠시 기다렸지만 그렇다고 마냥 기다릴 수는 없어서 용기를 내어 앞으로 다가가 그녀와 눈길이 마주친 순간 프랑스어를 배우고 싶어 물어보러 왔다고 말했다. 어머 그래요, 그녀는 다정한 목소리로 대꾸했다, 거트루드가 말하더군요, 당신하고 당신 친구, 제가 가르칠 수 있다면 저도 좋지요, 며칠 동안은 새 아파트로 옮기고 짐 정리도 해야 해서 눈코 뜰 새가 없을 것 같아요. 그런데 거트루드가 주말에 찾아오기로 했거든요, 그러니 그때 친구하고 같이 오시면 어떻게 할 건지 이러저런 얘기를 할 수 있을 것 같은데. 페르낭드의 입에서 나오는 프랑스어는 정말 우아했다, 물론 가끔 내가 알아듣기가 힘든 몽마르트르식 억양이 나올 때도 있지만, 그래도 그녀는 교사 교육을 받은 사람이었고, 목소리가 아름답고 얼굴의 모양이나 살갗이 무척 고운 너무너무 사랑스러운 여자였다. 몸집은 컸지만 그렇게 크다는 느낌은 안 들었는데, 몸동작이 크지 않은데다 모든 프랑스 여자의 특징적인 아름다움인 둥글고 아담한 팔을 가졌기 때문이었다. 물론 그런 아름다운 모습에 짧은 스커트 차림이라는 게 조금 유감이긴 했는데 그 당시만 하더라도 모두들 아담하고 둥근 팔의 아름다움만 생각했지 프랑스 여자의 다리가 그렇게 튼튼하리라고는 상상도 하지 못해서였다. 페르낭드의 제안에 그러겠다고 하고 나는 자리를 떴다.

친구가 앉아 있는 곳으로 돌아오는 중에 나는 그림보다는 사람들에게 더 익숙해지기 시작했다. 그러면서 깨달은 것은 어느 특정 유형 사람들에게 동일하게 나타나는 공통점이 있다는 사실이었다. 그로부터 많은 해가 지난 뒤, 지금부터 따지면 바로 몇 년 전에, 우리 모두가 사랑했던 후안 그리스*가 사망했을 때(후안 그리스는 거트루드 스타인이 파블로 피카소 다음으로 좋아하던 친구였다), 나는 장례식장에서 브라크와 함께 서 있던 거트루드 스타인이 브라크에게 이렇게 말하는 것을 들었다. 저 사람들이 다 누구죠, 사람도 참 많고 낯익은 것 같기도 한데 누가 누군지 잘 모르겠어요. 오, 브라크가 대답했다, 저들은 당신이 앵데팡당전과 가을 전시회에서 봤던 사람들인데 일 년에 두 번씩, 그것도 해마다 저들 얼굴을 보았을 테니, 그래서 아마 낯이 익을 겁니다.

열흘 후쯤 거트루드 스타인과 함께 몽마르트르에 갔는데, 처음 가보는 곳이었다. 그후로 나는 항상 몽마르트르를 사랑했다. 우리는 지금도 이따금 그곳에 가는데 나는 갈 때마다 처음 갔을 때 느꼈던 은근한 기대감을 느낀다. 몽마르트르는 사람들이 늘 서 있거나 때로는 뭔가를 기다리는 곳이지만, 무슨 일이 일어나기를 기다리는 것이 아니라, 그냥 무턱대고 서 있어서 그렇게 보일 뿐이다. 몽마르트르 주민들은 앉아 있는 경우가 거의 없고 대부분 그냥 서 있는데, 그 모습이 마치 누구더러 앉으라고 유혹하는 모양새가 아니라 그냥 그렇게 세워진 프랑스의 식당 의자들 같았다. 몽마르트르로 간 나도 그렇게 서 있는 연습을 하기

---

* 스페인 출신 화가.

시작했다. 처음에 우리는 피카소를 만나러 갔고 그다음에는 페르낭드를 만나러 갔다. 지금이야 피카소는 몽마르트르에 가기를 정말 싫어하고 그곳을 거론하는 것은 물론 머릿속에 떠올리는 것조차 질색한다. 심지어 거트루드 스타인에게도 그곳에 관해 언급하기를 꺼렸는데, 스페인 사람으로서의 그의 자긍심에 깊은 상처를 입힌 일로 인해 몽마르트르에서의 그의 삶이 쓰라림과 환멸로 끝났기 때문이다. 그가 겪은 환멸보다 더 고통스럽고 쓰라린 경험은 아마 어디에서도 찾아볼 수 없을 것이다.

그후 사정이야 어찌되었든 내가 몽마르트르에 갔던 시기에 피카소는 몽마르트르 안의 라비냥가에 거주하고 있었다.

우리는 오데옹극장까지 간 다음 그곳에서 합승마차를 탔는데, 타다 보니 마차 꼭대기에 올라가게 되었고, 멋지게 생긴 늙은 말이 끄는 합승마차는 제법 빠른 속도로 꾸준히 파리 시내를 지나 언덕을 오른 다음 블랑슈광장에 도착했다. 마차에서 내린 우리는 먹을 것을 파는 상점들이 양쪽으로 길게 늘어서 있는 가파른 거리인 르피크가를 따라 올라갔고, 그런 다음엔 방향을 틀어 어느 골목길로 접어들어 거의 수직에 가까운 훨씬 더 가파른 경사로를 올라 지금은 에밀구도광장이라 불리지만 예전하고 달라진 것은 하나도 없는 라비냥가에 다다랐다. 그곳에 있는 계단을 오르면 아담한 나무가 몇 그루 서 있고 한쪽 구석에서 뭔가를 만들고 있는 목수도 만날 수 있는, 평평하니 조그마한 광장에 들어서게 되는데, 얼마 전 내가 그곳에 마지막으로 갔을 때도 그 광장 구석에서 여전히 목수가 일하고 있었다. 계단을 다 오르기 전에 사람들이 음식을 먹던 조그만 카페가 있었는데, 아직도 그 카페가 남아 있었고,

마찬가지로 왼쪽으로 여러 화실이 들어선 높지 않은 목조 건물 역시 여전히 남아 있었다.

두세 계단을 올라 열린 문으로 들어선 우리는 왼편에 있던 화실을 지났는데 그 화실은 나중에 후안 그리스가 순교자의 삶과 같은 고뇌의 시간을 보낼 곳이지만, 당시엔 나중에 루소를 위한 잔치에서 그곳을 여성용 드레스룸으로 사용하도록 빌려준 바이양이라는 정체가 불확실한 화가가 살던 곳이다. 그곳을 지나친 우리는 이어서 얼마 뒤에 막스 자코브가 화실을 꾸렸던 곳으로 내려가는 가파른 계단을 지났으며, 그런 다음엔 얼마 전 어느 젊은이가 자살을 했다는 화실, 피카소의 초기 걸작 중 하나가 바로 그 젊은이의 관 주위에 함께 모여 있는 친구들의 모습을 그린 것인데, 아무튼 그 화실도 지나 마침내 커다란 문 앞에 다다랐고 거트루드 스타인이 문을 두드리자 피카소가 문을 열어주어 우리는 안으로 들어섰다.

피카소는 프랑스 사람들이 원숭이 복장이라 부르는 바지를 입고 있었는데, 보통 청색이나 갈색 진으로 만든 작업 바지로, 피카소가 입은 것은 청색이었던 것 같고 원숭이라는 이름이 붙은 것은 그 통바지에 달린 허리띠를 매지 않으면, 대개는 매지 않는다지만, 띠가 뒤로 헐렁하게 늘어져 바지를 입은 사람이 꼭 원숭이처럼 보이기 때문이었다. 생기에 넘친 갈색 눈, 피카소의 두 눈은 아무리 기억을 떠올려봐도 그때만큼 아름다운 적이 없었던 것 같았고, 그의 두 손은 검게 타 단단해 보이면서도 우아하고 민첩했다. 우리는 안쪽으로 더 들어갔다. 한쪽 구석엔 소파가, 다른 쪽 구석엔 요리용으로도 쓰고 난방용으로도 쓰는 아주 조그만 난로가 있었고, 의자 몇 개, 그리고 거트루드 스타인이 모델이 될 때 앉았다는 망가진 큰 의자도 보였으며 집안 곳곳에 개냄새와 물 감냄새가 배어 있었는데 정말로 그 집엔 큰 암캐가 있었고 피카소는 그 개가 마치 무슨 가구라도 되는 양 이리저리 옮겨놓기도 했다. 그가 우리에게 어디라도 좀 앉으라고 했지만 의자마다 뭔가가 잔뜩 얹혀 있어 서 있어야 했고 실제로 그 집에서 나올 때까지 우리는 내내 서 있었다. 그때가 내가 서 있기를 경험한 첫날이었고 나중에 알게 된 사실이지만 그들은 그런 식으로 몇 시간씩 서 있는 것이 몸에 배어 있었다. 굉장히 큰 그림이 벽에 기대어져 있었는데, 밝은색과 어두운색이 섞인 이상한 작품으로, 굳이 말하자면 한 무리의 사람을 그린 것인데, 큼직하게 그린 무리 옆에 적갈색의 또다른 무리, 다부진 자세로 포즈를 취하고 있으며 전반적으로 어딘가 모르게 다분히 위협적인 자세를 취한 듯한 세 여자의 모습이 보였다. 피카소와 거트루드 스타인은 서서 이야기를 나누었다. 나는 뒤로 물러나 그들의 모습을 지켜보았다. 무엇을 깨달았다고 말할 순 없어도 막연하게나마 그곳엔 뭔가 고통스러우면서도 아름다운 것과 위압적이면서도 꼼짝 못하고 갇혀 있는 무엇이 있다는 느낌을 받았다. 거트루드 스타인의 목소리가 들렸다, 그리고 내 것은. 그 말을 듣고 피카소는 작은 그림을 내왔는데, 아직 끝내지 못한, 아니 끝낼 수 없을 것 같아 보이는 두 형상, 거의 흰색에 가까울 정도로 굉장히 창백한 두 형상만 그려진, 아직 완성되지 않았으나 완성시킬 수 없을 것 같은 작품이었다. 피카소가 말했다, 그 사람이 절대 받아들이지 않을 겁니다. 예, 알아요, 거트루드 스타인이 대답했다. 그래도 유일하게 이 그림이 담을 것은 다 담고 있으니 마찬가지 아닐까 싶어요. 그건 나도 압니다, 피카소는 이렇게 대답했고 두 사람은 곧 입을 다물고 말았다. 잠시 침묵이 이어지다 얼마 후 그들은 목소리를 낮춰 대화를 이어갔고 그러던 중 미스 스타인이 말하는 소리가 들렸다, 이제 우리 가야 해요, 페르낭드와 차를 마시기로 해서요. 그래요, 알고 있어요, 피카소가 대답했다. 페르낭드는 자주 만나세요, 미스 스타인이 묻자 피카소는 얼굴이 빨개지면서 당황해하는 표정을 지었다. 그녀 집에는 가본 적이 없습니다, 화가 잔뜩 묻어나는 목소리였다. 이에 미스 스타인은 싱긋이 웃으며, 어쨌든 우린 페르낭드 집에 가봐야 해요, 하고는 계속 말을 이었다, 미스 토클러스가 프랑스어를 배우기로 했거든요. 아 미스 토클러스, 피카소가 응수했다, 스페인 여자처럼 발이 작고 집시처럼 귀 고리를 하고 다니고 폴란드 왕이었던 포니아토프스키를 닮은 아버지를 두었다는 여자 말이죠, 그럼요 그녀라면 프랑스어를 배울 겁니다. 우리 모두 웃음을 터뜨리며 문가로 향했다. 문에 멋지게 생긴 남자가 서 있었고, 피카소가 얼른 말을 건넸다, 오 아게로,* 자네 이 숙녀분들 잘 알지. 꼭 그리스인처럼 생겼네요, 내가 영어로 말했다. 피카소가 내 말을 알아들은 모양이었다, 가짜 그리스인입니다, 그가 말했다. 참 당신한테 줄 게 있었는데 깜빡할 뻔했어요, 거트루드 스타인이 신문 꾸러미를 피카소에게 건네며 말했다, 심심하지는 않을 거예요. 피카소가 신문을 펼쳤는데, 미국 신문의 일요증보판이었으며, 〈시끄러운 아이들〉** 이 눈에 확 띄었다. *우와, 네*, 피카소는 만면에 아주 흡족한 표정을 지었고, 이어서 감사의 말을 건넸다, *고마워요* 고맙습니다 거트루드, 그리고 우리는 그의 집을 나섰다.

---

* 피카소 그룹의 일원이었던 스페인 조각가 아우구스토 아게로.
** 풍자 만화가 루돌프 딕스의 연재 만화.

밖으로 나온 우리는 언덕을 따라 계속 올라갔다.

보니까 어때요, 미스 스타인이 물었다. 글쎄요 뭔가 알 것도 같아요. 그럴 거예요, 그녀가 말했다, 그런데 앵데팡당전에서 오랫동안 앉아서 보던 그 두 그림과 어떤 관련이 있다는 생각은 안 들었나요. 그냥 피카소 그림만 좀 섬뜩하고 다른 작가들 그림은 그렇지 않았다는 생각은 했어요. 그래요, 그녀가 말했다, 언젠가 파블로가 한 말이긴 한데, 어떤 사람이 뭔가를 만들면, 만드는 과정이 하도 복잡해서 다 만들고 나면 그게 추하게 보일 수밖에 없지만, 그다음에 다른 사람들이 그 사람을 흉내내어 만든다고 하면 만드는 과정에 대해선 걱정할 필요가 없기 때문에 예쁘게 만들 수가 있고, 그래서 훗날 다른 사람이 만들어 내놓은 것은 모두가 다 좋아하게 되는 법이죠.

우리는 계속 길을 가다가 방향을 틀어 조그만 길을 따라 또다른 작은 집이 있는 곳으로 내려갔고 그 집에 다다라 마드무아젤 벨발레를 찾아왔다고 말하자 누군가가 우리를 어느 문으로 이어지는 작은 복도로 안내했으며 우리는 문을 똑똑 두드린 다음 아담한 크기의 방으로 들어섰는데 방안에는 아주 큰 침대와 피아노와 작은 차탁 그리고 페르낭드와 다른 두 사람이 있었다.

두 사람 가운데 한 사람은 알리스 프랭세였다. 성모마리아처럼 생긴, 크고 아름다운 눈에 매력적인 머릿결을 지닌 사랑스러운 여자였다. 나중에 페르낭드는 그녀가 노동자의 딸이어서 집안 특성을 물려받았는지 엄지손가락이 투박하고 거칠다고 설명해줬다. 페르낭드의 설명에 따르면, 그녀는 정부기관에서 일하는 프랭세 씨와 칠 년을 같이 지내는 동안 몽마르트르 사람들이 그렇듯이, 즉 아플 때나 아프지 않을 때나 그의 곁을 떠나지 않고 늘 그에게 충실했다는데, 그녀도 그렇게 그와 함께 지내는 것이 즐거웠다고 한다. 그래서 두 사람은 결혼하기로 했다. 그사이에 자기가 일하던 기관에서 작은 부서의 책임자가 된 프랭세는 다른 부서의 책임자들을 자기 집으로 초대했는데 알리스와의 관계를 공식화할 필요성을 느꼈기 때문이다. 결국 두 사람은 몇 개월 뒤 실제로 결혼을 했고 한 여자를 칠 년 동안이나 갈망하다 마침내 그녀를 차지하다니 얼마나 멋진 일인가, 라는 막스 자코브가 했던 유명한 말도 실은 이 둘의 결혼을 두고 한 말이었다. 반면에 피카소는 사람들이 왜 이혼하기 위해 결혼을 해야 하는지, 그 까닭을 모르겠다며 보다 현실적인 언급을 했다. 피카소의 말은 앞날을 예견한 것이었다.

결혼한 지 얼마 지나지 않아 알리스 프랭세는 드랭을 만났고 드랭도 그녀를 만났다. 프랑스 사람들이 말하는 쿠 드 푸드르 *coup de foudre*, 즉 한눈에 반한 사랑이었다. 그들은 서로에게 미친듯이 빠져들었다. 남편인 프랭세는 눈감아주려 했지만 결혼을 한 상태에서는 분명 사정이 달랐다. 그는 평생 처음으로 화를 냈고 그러던 가운데 분을 삭이지 못하고 알리스가 결혼선물로 난생처음 갖게 된 모피코트를 찢어버렸다. 그 일로 모든 게 끝장나고 말았다. 결혼한 지 반년도 지나지 않아 알리스는 프랭세 곁을 떠나 다시는 돌아가지 않았다. 대신 알리스는 드랭과 함께 떠났고 이후 그 두 사람은 절대 헤어지지 않았다. 나는 늘 알리스 드랭을 좋아했다. 그녀는 어딘가 거친 구석이 있었는데 어쩌면 그녀의 거칠고 투박한 엄지손가락과 관련이 있을지 모르지만 그래도 성모마리아 같은 그녀의 아름다운 얼굴과 묘하게도 조화를 잘 이루었다.

또다른 여자는 알리스와는 완전 딴판인 제르멘 피초트였다. 조용하고 신중한 그녀는 스페인 여성 특유의 다부진 어깨에 좀처럼 움직이지 않아 아무데도 바라보지 않는 듯한 눈을 지니고 있었다. 굉장히 부드럽고 우아한 여자였다. 그녀는 스페인 화가 피초트*와 결혼했는데, 남편 피초트 역시 남다르게 훌륭한 인물로, 몸매가 가늘고 늘씬하여 스페인 교회에 걸려 있는 초기 그리스도의 모습과 비슷했으며 후에 루소를 위한 그 유명한 파티에서도 그랬지만 그가 스페인 춤을 출 때면, 종교적인 영감에 도취된 듯한 그의 모습에 사람들은 위엄과 경외감을 느끼곤 했다.

페르낭드의 말에 따르면 제르멘은 여러 기이한 이야기의 주인공이었다는데, 한번은 어느 음악회에서 싸움이 벌어졌는데 그때 한 젊은이가 부상을 당했지만 같이 온 무리가 그를 그냥 놔두고 달아났고, 그것을 본 그녀가 그 젊은이를 병원에 데려갔다. 그리고 제르멘은 병원에서도 당연하다는 듯이 젊은이가 치료를 받는 동안 내내 서서 지켜봤다고 한다. 그녀에게는 자매가 많았는데 그들 모두가 몽마르트르에서 태어나고 자랐지만 아버지는 다 달랐으며 그리고 모두가 서로 다른 국적, 심지어 튀르키예와 아르메니아 국적의 남자와 결혼했다. 제르멘은, 훨씬 뒤의 일이지만 여러 해 동안 아파 몸져누운 적이 있었는데 그럴 때도 늘 주위에 머물며 헌신적으로 돌봐주는 동료들이 있었다. 그들이 안락의자에 앉혀 근처의 가장 가까운 극장에 데려다주었고 그러면 안락의자에 앉은 그녀와 동료들은 공연을 끝까지 함께 보았다. 정기적으로 일주일에 한 번씩 그렇게 했다고 한다. 상상컨대 아마 그들은 지금도

---

* 피카소의 친구이자 살바도르 달리의 초기 스승이었던 카탈루냐 출신 인상파 화가.

그렇게 하고 있을지도 모르겠다.

페르낭드의 차탁에 둘러앉아 나눈 대화는, 서로 별로 할말이 없어 그랬는지 활발하게 이루어지지는 않았다. 그냥 만나는 일 자체가 즐겁고, 심지어 영광스러운 것일지도 모르지만, 그게 전부였다. 페르낭드는 파출부가 청소도 제대로 안 하고 찻그릇도 깨끗이 씻지 않는다고 슬쩍 불만을 표하더니, 이어서 침대와 피아노를 할부로 구입한 것이 잘한 짓이 맞는지 마음에 걸린다고 투덜거렸다. 그것 말고는 우리 모두 달리 할말이 많지 않았던 것이다.

드디어 그녀와 나는 프랑스어 배우는 문제를 이야기하기 시작했고, 나는 시간당 50센트를 수업료로 지불하고 이틀 후부터 그녀가 우리집으로 와 가르치기로 하고 마무리지었다. 그날의 방문이 끝나갈 즈음이 되어서야 사람들이 좀더 자연스러워졌다. 페르낭드는 미스 스타인에게 혹시 만화가 실린 미국 신문 증보판을 여분으로 가지고 있느냐고 물었다. 거트루드 스타인은 남은 것을 좀전에 파블로에게 다 주고 왔다고 대답했다.

페르낭드는 새끼를 지키려는 암사자처럼 발끈하며 흥분하기 시작했다. 바로 그런 무도함 때문에 내가 그 사람을 용서할 수 없는 거라고요, 그녀가 말했다. 한번은 파블로를 길에서 만났는데, 손에 만화가 실린 증보판을 들고 있기에 심심할 때 읽어보게 좀 달라고 했더니, 글쎄 그 자리에서 정말 인정머리 없게도 단칼에 안 된다고 하더라고요. 내가 용서할 수 없는 게 바로 그런 몰인정함이죠. 거트루드, 내가 부탁 하나 할게요, 다음번 만화 증보판은 나한테 주세요. 그러자 거트루드 스타인이 대답했다. 그럼요 기꺼이 드려야죠.

그 집을 나서면서 거트루드 스타인이 내게 말했다. 파블로에게 그 신문을 주지 않으면 분명 뒤집어질 테고 그렇다고 페르낭드에게 주면 또 한바탕 야단법석이 일어날 텐데 바라건대 다음번 〈시끄러운 아이들〉이 실린 증보판이 나오기 전에 두 사람이 화해하고 다시 만나면 좋겠어요. 그래서 있잖아요 차라리 신문을 잃어버렸다고 하거나 우리 오빠가 실수로 파블로에게 준 것처럼 해야 할까 생각중이에요.

페르낭드는 약속시간을 정확히 지켰고 우리는 공부를 시작했다. 프랑스어를 배우는 것이니 당연히 대화를 해야 해서 페르낭드가 세 가지 주제를 꺼냈는데, 맨 먼저는 모자, 하지만 우리는 모자에 관해서는 별로 할말이 없었고, 다음엔 향수, 그런데 향수에 대해선 그런대로 할말이 있었다. 페르낭드는 향수에 대해서는 누구도 못 말릴 정도로 엉뚱한 데가 있어서, 그 때문에 한번은 몽마르트르에서 말이 참 많았던 일이 있었다. 그녀가 당시 돈으로 십육 달러에 해당하는 팔십 프랑을 주고 스모크라는 이름의 향수를 구입했는데 색깔만 굉장히 아름다웠지 아무런 향도 나지 않아, 흡사 연기를 액체화해 담아놓은 듯했던 것이다. 세번째 주제는 모피였다. 모피에는 세 가지 범주가 있는데 첫째는 검은 담비의 모피, 둘째는 산족제비의 흰 모피나 친칠라의 모피, 셋째 범주는 갈색 제비와 여우 그리고 다람쥐의 모피였다. 모피에 관한 말이 내가 파리에서 들었던 얘기 중 가장 놀라웠다. 친칠라가 두번째라는 것이 놀라웠고, 다람쥐 가죽도 모피로 분류되는데 바다표범 가죽은 그렇지 않다는 것도 놀라웠다.

그 외에 유일한 대화 주제는 당시 인기가 많았던 개에 관한 설명과 개의 이름이었다. 개는 내가 꺼낸 주제였는데 내가 뭐라고 설명을 하고 나면 그녀는 늘 잠시 주저하다가, 아 예, 하며 무슨 생각이 떠오른 듯이 말하곤 했다. 그러니까 당신은 벨기에산 작은 개 그리폰을 설명하고 싶으신 거군요.

그렇게 우리는 같이 있었고, 페르낭드는 무척 아름다웠지만 분위기가 좀 무겁고 지루한 감이 없지 않아서 나는 밖에서 만나면 어떻겠느냐고, 찻집이나 몽마르트르 거리를 산책하면서 대화를 나누면 좋지 않겠느냐고 제안했다. 그편이 훨씬 좋았다. 드디어 그녀가 이야기를 풀어내기 시작했다. 내가 막스 자코브를 만났거든요. 페르낭드와 그는 함께 있을 땐 참으로 유쾌했다. 마치 자신들이 프랑스 제1제국의 왕실 연인이라도 된 듯, 자코브는 늙은 후작처럼 그녀의 손에 키스를 하며 찬사를 늘어놓고 페르낭드는 조제핀 왕비인 양 찬사를 듣는 듯 행동했던 것이다. 어줍게 왕실 연인 행세를 했지만 그런대로 훌륭한 연기였다. 그다음에 페르낭드가 들려준 이야기는 짐승소리를 내며 피카소를 괴롭혔다는 마리 로랑생이라는 신비로우면서도 무서운 데가 있는 여자에 관한 이야기였다. 나는 마리 로랑생이 혹시 무섭게 생긴 늙은 여자가 아닌가 생각했는데 막상 그녀를 만났을 때 클루에*의 초상화에 그려진 소녀처럼 젊고 맵시 있다는 사실을 알고는 무척 기뻤다. 막스 자코브는 나의 별자리를 읽어 점을 쳐주었다. 더욱이 그 내용을 적어주기까지 했으니 더할 나위 없이 영광스러웠다. 물론 얼마나 영광스러운 일인지 그때는 몰랐고 시간이 흘러 최근 들어, 요즘 막스를 존경한다는 젊은 신사 모두가 막스는 점괘를 즉석에서 말로 들려주고 말 뿐 절대

---

* 르네상스시대 프랑스 초상화가.

글로 써주지 않는다며 나한테 점괘를 글로 써주었다면 예사로운 일이 아니라며 놀라고 감탄하는 것을 보고 비로소 깨닫기 시작했다. 어쨌든 나는 내 점괘를 가지고 있고 그가 써서 준 것이다.

그다음에 페르낭드는 판 동언*과 그의 네덜란드인 아내와 어린 딸에 관해 많은 이야기를 들려주었다. 판 동언은 페르낭드의 초상화를 그려 논란을 불러일으킨 화가였다. 페르낭드의 초상화에서 그가 그려낸 연한 황갈색 눈은 나중에 대단한 인기를 끈 눈매가 되었다. 페르낭드의 황갈색 눈은 자연스러운 데가 있었고, 좋든 나쁘든 페르낭드의 모든 것이 자연스러웠다.

물론 판 동언은 페르낭드의 초상화라는 사실을 인정하지 않았지만, 실제로는 페르낭드가 모델로 그의 앞에 앉아 있었고 그가 그 사실을 부인하는 바람에 여러 가지 씁쓸한 일이 많이 일어났었다. 그 당시 판 동언은 가난했고, 네덜란드인인 그의 아내는 채식주의자여서 그들은 시금치만 먹으며 살아야 했다. 판 동언은 종종 시금치에서 탈출하여 여자들이 저녁식사를 대접하고 술값을 대신 내주는 몽마르트르를 찾아 사람들과 어울리곤 했다.

판 동언의 딸은 네 살밖에 안 되었지만 대단한 아이였다. 판 동언은 자기 딸과 곡예를 하곤 했는데 딸아이의 한쪽 다리를 잡아 머리 위로 돌리는 묘기를 부리기도 했다. 그 아이는 피카소를 몹시 좋아해서 그를 보면 거의 쓰러뜨릴 정도로 달려가 안겼고, 그래서 피카소는 그애를 무

---

* 네덜란드 태생 화가로 초기에는 인상파 화풍의 그림을 그리다가 마티스의 영향을 받은 야수파로 활동했다. 제1차세계대전 이후엔 초상화를 많이 그렸는데, 특히 여성 초상화로 유명하다.

서워하기까지 했다.

　제르멘 피초트와 그녀가 사랑하는 사람들을 만났던 서커스에 관한 이야기와 몽마르트르의 과거와 현재의 삶의 모습에 관한 또다른 이야기가 많았다. 페르낭드에게는 자신이 바라는 이상형의 인물이 있었다. 바로 당대의 여자 주인공인 에벌린 소*였다. 그리고 페르낭드는 이후 세대가 메리 픽포드**를 찬미하듯이 에벌린을 흠모했는데, 에벌린은 대단한 금발, 창백한 얼굴 외에는 아무것도 없는 존재였지만 그래도 페르낭드는 부러움에 깊은 탄식을 내뱉곤 했다.

　그다음에 거트루드 스타인을 만났을 때 그녀가 불쑥 내게 물었다, 페르낭드가 귀고리를 했던가요. 모르겠어요, 내가 대답했다. 한번 잘 보세요, 그녀가 말했다. 그뒤에 다시 거트루드 스타인을 만났을 때 나는 말했다, 맞아요 페르낭드가 귀고리를 하고 있었어요. 아 그래요, 그녀가 말했다, 그렇담 아직 아무 일도 없다는 얘긴데, 파블로는 화실에 누가 없으면 집에 가만히 있지 못하는데 좀 귀찮겠는데요. 그다음주가 되어서야 나는 페르낭드가 귀고리를 안 하고 있다는 소식을 전할 수 있었다. 그러자 거트루드 스타인이 말했다, 아 잘된 일이네요 그건 페르낭드의 수중에 돈이 없다는 뜻이니 이제 문제가 해결된 거예요. 정말 그랬다. 일주일 후 나는 플뢰뤼스가에서 페르낭드와 피카소와 함께 식사를 했던 것이다.

　나는 페르낭드에게 샌프란시스코에서 가져온 중국식 가운을 선물로 주었고 파블로는 나에게 아름다운 소묘 작품을 주었다.

---

* 미국 배우이자 모델.
** 캐나다 출신 미국 영화배우로 무성영화 시대의 스타였다.

48

이제부터 나는 여러분에게 당시 다른 외부세계에서는 전혀 알지 못했던 예술운동의 중심에 두 미국인이 어떻게 들어서게 되었는지 그 이야기를 들려주고자 한다.

3장

파리에서의 거트루드 스타인, 1903년~1907년

거트루드 스타인이 1900년에서 1903년까지 볼티모어의 존스 홉킨스 대학교 의과대학에서 마지막 두 해를 보내는 동안, 그녀의 오빠는 피렌체에서 살고 있었다. 그곳에서 그는 세잔이라는 이름의 화가에 대한 이야기를 들었고 찰스 로서*가 소장하고 있던 세잔의 그림을 보았다. 이듬해 그와 여동생인 거트루드 스타인은 파리에 거처를 마련하고는 세잔의 그림을 보기 위해, 유일하게 세잔의 그림을 거래하던 화상인 볼라르의 화랑으로 갔다.

몸집이 크고 피부는 거무스레한 볼라르는 말할 때 혀짤배기소리를 내는 사람이었다. 그의 화랑은 가로수가 늘어선 대로에서 그리 멀지 않

* 미국 뉴욕 출신 미술수집가이자 비평가.

은 라피트가에 있었다. 길지 않은 라피트가를 따라 더 가면 뒤랑뤼엘의 화랑이 있고 좀더 가서 순교자의 교회 가까이까지 가면 예전에 광대였던 사고Sagot가 운영하는 화랑이 있었다. 몽마르트르에서 좀더 높이 올라가면 빅토르마세가에 그림과 책과 골동품들을 거래하는 마드무아젤 바일의 화랑이 있고 파리에서 그곳과는 완전히 다른 구역의 포부르생토노레가에는 예전에 카페 주인이자 사진작가였던 드루에의 화랑이 있다. 라피트가에는 또한 푸케라는 사람이 운영하는 제과점이 있어 그곳에서 사람들은 맛있는 꿀 케이크와 견과 사탕으로 지친 몸을 달래고 가끔은 그림 대신 유리그릇에 담긴 딸기잼을 사 가기도 했다.

볼라르의 화랑을 처음 방문했던 거트루드 스타인은 지울 수 없는 깊은 인상을 받았다. 터무니없는 곳이었다. 화랑처럼 보이지 않았다. 안으로 들어서자 벽을 향해 세워진 캔버스 두 개가 보였고, 한쪽 구석에는 크고 작은 캔버스들이 바닥에 쓰러져 엉망진창 제멋대로 쌓여 있으며, 방 한가운데에는 육중한 몸에 시커멓게 보이는 남자가 우울한 표정으로 서 있었다. 유쾌할 때의 볼라르의 모습이었다. 영 기분이 아니다 싶을 때면 그는 거리로 이어지는 유리문에 큰 덩치를 기대고 두 팔을 머리 위로 올려 두 손으로 문의 양쪽 맨 위 귀퉁이를 잡고 서서 슬픈 눈으로 거리를 내다보았다. 그럴 땐 어느 누구도 감히 화랑 안으로 들어갈 생각을 못했다.

두 사람은 세잔의 그림을 볼 수 있느냐고 물었다. 볼라르의 표정이 조금 밝아지면서 태도도 대단히 정중하게 바뀌었다. 스타인 남매가 나중에 알게 된 사실이지만 볼라르의 삶에서 세잔은 로맨스의 대상이었다. 세잔이라는 이름은 그에게 마법의 단어였다. 그는 화가 피사로를 통해 처음 세잔을 알게 되었다. 초기에 세잔을 좋아했던 모든 사람은 사실 피사로를 통해 세잔의 이야기를 듣고 알게 된 것이다. 그런데 당시 세잔은 엑상프로방스에서 우울하고 고통스러운 삶을 살고 있었다. 피사로가 그런 세잔의 이야기를 볼라르에게 전해주었고, 볼라르는 파브리, 피렌체 사람인 파브리에게, 파브리는 로서에게, 로서는 피카비아에게 전해주는 식으로, 실제로 당시 세잔을 알던 사람들 모두가 이렇게 세잔을 알게 되었던 것이다.

볼라르의 화랑에는 세잔의 그림이 전시되어 있었다. 나중에 거트루드 스타인은 「볼라르와 세잔」이라는 시를 썼는데, 헨리 맥브라이드*가 그 시를 〈뉴욕 선〉에 실었다. 순간적으로 떠오른 주제를 다룬 거트루드 스타인의 글 가운데 최초로 지면에 실린 작품으로, 이 시가 발표되었다는 사실이 그녀와 볼라르에게 말로 표현할 수 없는 큰 기쁨을 안겨주었다. 나중에 볼라르가 세잔에 관한 책을 썼는데, 그는 거트루드 스타인의 제안을 받아들여 헨리 맥브라이드에게 증정본을 보냈다. 거트루드 스타인은 볼라르에게 아마 뉴욕의 주요 일간지가 한 면을 전부 그 책의 서평에 할애할 것이라고 장담했다. 볼라르는 파리에 있는 사람 누구에게도 그런 일이 일어난 적이 없다며, 그게 어떻게 가능하겠느냐며 믿지 않았다. 그러나 거트루드 스타인의 말대로 그런 일이 벌어졌고 볼라르는 크게 감동을 받아 입을 못 다물 정도로 기뻐했다. 일단 여기까지 하고 다시 그날의 첫 방문으로 돌아가보자.

스타인 남매는 볼라르에게 피렌체의 로서 씨의 이야기를 듣고 찾아

---

* 미국과 유럽의 현대 미술가들을 후원한 것으로 잘 알려진 미국의 미술비평가.

왔으며, 세잔의 풍경화를 보여줄 수 있느냐고 물었다. 오, 물론이죠, 볼라르는 아주 유쾌한 표정을 지으며 말하고는 방안을 돌아다니는가 싶더니, 곧 뒤편에 있는 칸막이 뒤로 자취를 감추었고 이어서 계단을 오르는 무거운 발소리가 들려왔다. 한참 기다리자 계단을 내려오는 소리가 들리면서 사과 하나만 그려져 있을 뿐 여백은 비어 있는 작은 그림을 들고 그가 나타났다. 스타인 남매는 그 그림을 자세히 들여다보았고, 잠시 뒤 말했다, 잘 봤어요 근데 저희가 보고 싶은 것은 풍경화거든요. 아 그렇군요, 볼라르는 한숨을 내쉬었지만 표정은 한결 더 밝아졌고, 잠시 자리를 비운 뒤 다시 돌아오면서 이번에는 사람의 등을 그린 그림을 들고 왔는데, 물론 의심할 바 없이 아름다웠지만 두 남매는 아직은 세잔의 누드화를 충분히 감상할 만한 능력이 없어서 다시 자신들이 원하는 것을 밝혀야 했다. 그들은 풍경화를 보고 싶다고 했다. 이번에는 아까보다 더 오래 기다렸고 드디어 볼라르가 굉장히 큰 캔버스에 풍경이 아주 조그맣게 그려진 그림을 들고 나타났다. 예 바로 이런 풍경화요, 스타인 남매가 말했다, 하지만 그들은 캔버스의 크기는 작더라도 그림이 다 채워진 것을 원했다. 그들은 말했다, 자신들은 그런 그림을 보고 싶다고. 스타인 남매가 그렇게 말할 즈음 파리의 초겨울 저녁이 찾아왔고 바로 그때 굉장히 나이들어 보이는 청소부가 볼라르가 오르내리던 계단을 내려와, *안녕하세요 여러분*, 중얼거리는 목소리로 인사하고는 조용히 문을 열고 나갔고, 잠시 후 또다른 늙은 청소부가 똑같은 계단을 내려와, 역시 웅얼거리는 목소리로 *안녕하세요 여러분*, 인사하고는 마찬가지로 조용히 밖으로 나갔다. 거트루드 스타인은 웃음을 터뜨리고는 자기 오빠를 보며 말했다, 이건 말도 안 돼요, 세잔의 그림이 없잖아요. 볼라르가 위층에 올라가 아까 그 늙은 여자들한테 이런 저런 그림을 그리라고 했는데 실은 저 양반이 우리 말뜻을 이해하지 못한 거고 그 여자들도 저 양반 말을 이해하지 못한 상태에서 여자들이 뭔가를 그렸고 그걸 저 양반이 가지고 내려와 세잔의 그림이라면서 보여준 거예요. 스타인 남매는 도저히 참을 수 없다는 듯이 계속 웃기 시작했다. 잠시 뒤 마음을 진정시킨 스타인 남매는 다시 한번 자신들이 보고 싶은 풍경화가 어떤 것인지 설명했다. 그들은 자신들이 보고 싶은 것은 로서 씨가 몇 점 소장하고 있는 것과 같은 노란 햇살이 아름답게 비치고 있는 엑상프로방스의 풍경을 담은 그림이라고 말했다. 다시 한번 볼라르가 사라졌다가 드디어 아름다운 초록의 경치를 담은 조그만 풍경화 한 점을 들고 나타났다. 아름다운 작품이었고, 캔버스를 꽉 채운 그림이었고, 더욱이 가격도 비싸지 않아 스타인 남매는 그 그림을 구입했다. 그뒤에 볼라르는 사람을 만날 때마다 정신 나간 미국인 둘이 찾아온 적이 있다고 그때 일을 설명하면서 두 미국인이 계속 웃어대는 바람에 대단히 불쾌했는데 나중에 알고 보니 그렇게 크게 웃을 때마다 뭔가를 사더라면서 이제는 그들이 웃음을 터뜨리기를 기다린다고 했다.

그때 이후 스타인 남매는 시간이 날 때마다 볼라르의 화랑을 자주 방문했다. 덕분에 곧 그들은 무더기로 쌓여 있는 캔버스를 뒤져 원하는 그림을 고를 수 있는 특권도 누리게 되었다. 그들은 늙은 여인의 두상을 그린, 크기가 아주 작은 도미에 작품을 구입했다. 세잔의 누드화에도 관심을 보이기 시작한 그들은 드디어 작은 캔버스에 집단 누드를 담은 그림 두 점도 구입했다. 또한 전경에 포랭*의 모습을 담은 검은색과 흰색의 아주 작은 모네 작품도 찾아내 구입했으며, 르누아르의 소품 두 점도 찾아냈다. 그들은 좋아하는 그림이 서로 달랐기 때문에 종종 그림을 한 번에 두 점씩 구입했는데, 아무튼 그런 식으로 해서 그해가 저물어갔다. 봄이 되자 볼라르는 고갱 전시회를 연다고 발표했고 그래서 스타인 남매는 처음으로 고갱의 작품 몇 점을 볼 수 있었다. 조금은 무서운 느낌을 주는 그림들이었지만 결국 좋아하게 되었고, 그 바람에 그의 그림 두 점을 구입했다. 거트루드 스타인은 고갱이 그린 해바라기 그림을 좋아했지만 인물화는 탐탁지 않아 했는데 그녀 오빠는 오히려 인물화를 더 좋아했다. 지금이야 고갱의 그림을 구입하는 것이 돈이 많이 들어 대단한 일이겠지만 당시는 가격이 그리 비싸지 않았다. 그렇게 또 겨울이 지나갔다.

볼라르의 화랑을 드나드는 사람들은 그리 많지 않았지만 어느 날 거트루드 스타인은 그곳에서 사람들이 나누는 대화를 듣고 몹시 기뻐한 일이 있었다. 뒤레**는 파리의 유명 인사였다. 나이가 많이 들었지만 그래도 굉장히 멋진 사람이었다. 그는 휘슬러의 친구였는데, 이브닝가운을 입고 팔에 하얀 오페라 망토를 걸친 그의 모습을 친구인 휘슬러가 그려준 적이 있었다. 아무튼 그날 뒤레는 볼라르의 화랑에서 젊은이들과 이야기를 나누고 있었는데 그중 하나가 루셀, 그러니까 뷔야르, 보나르 등 후기 인상파 화가 가운데 한 사람인 루셀이었는데, 그 젊은이가 자기와 자기 친구들이 제대로 인정받지 못하고 있다고 불평을 늘어놓으며, 심지어 미술 전람회에 작품을 전시하는 것도 허용되지 않는다

---

* 프랑스 인상파 화가이자 석판화가.
** 인상파 화가들을 옹호했던 프랑스 저널리스트이자 미술비평가.

고 투덜댔다. 그러자 부드러운 눈길로 그를 바라보고 있던 뒤레가, 이보게 젊은 친구, 하며 말을 이었다, 세상에는 두 가지 종류의 예술이 있다네, 잊지 말고 잘 듣게나, 진정한 예술이 있고 관변 예술이 있단 말이지. 불쌍한 젊은 친구 같으니, 어찌 자네가 관변 예술가가 되기를 바란단 말인가. 자네 자신을 보게나. 어떤 중요한 인사가 파리에 왔다고 상상해보자고, 그런데 그 인사가 대표 화가들을 만나 자기 초상화를 그려달라고 부탁한다고 생각해보게. 이보게 젊은 친구, 자기 자신을 봐야지, 자네 모습을 보면 그 중요 인사가 놀라서 나자빠질 걸세. 물론 자네는 정말 멋진 젊은이지, 예의바르고 지적이기도 하고, 허나 그 인사의 눈에는 그렇게 보이지 않을 걸세, 끔찍한 모습으로 보일 거란 말이지. 당연하지, 그들이 원하는 대표 화가란 중키에 조금은 몸집이 있고 단단해 보이는 체구, 그렇게 잘 차려입은 것은 아니지만 자기 계급의 격에 맞는 옷차림, 대머리도 아니고 잘 빗어넘긴 머리도 아니며 공손하게 나비넥타이를 맨 사람일세. 자네 모습이 그렇지 않다는 건 자네도 잘 알지 않나. 그러니 공식적으로 인정받는다는 둥 그런 얘기는 다시는 하지 말게, 거울에 비친 자네 모습을 보고 중요 인사들을 생각한다면 그런 말 못할 걸세. 이보게 젊은 친구, 세상에는 진정한 예술과 관변 예술이 있다네, 늘 그래왔고 앞으로도 그럴 걸세.

그 겨울이 끝나기 전, 지금까지도 좀 지나친 게 아닌가 싶었지만 거트루드 스타인과 그녀 오빠는 이왕 저지른 김에 더 나아가보자며 세잔의 대형 작품 하나를 더 구입했고, 그다음엔 일단 멈추기로 마음을 먹었다. 그리고 좀 합리적으로 따져가며 살리라 생각했다. 스타인 남매는 먼저 큰형에게 이번 지출이 마지막이고 꼭 필요하다고, 곧 분명하게 드

러나겠지만 정말 필요한 것이라고 확신시켰다. 그들은 볼라르에게 세
잔이 그린 초상화를 한 점 사고 싶다고 했다. 당시 세잔의 대형 초상화
가 실제로 거래된 적이 없었다. 볼라르가 세잔의 초상화를 거의 대부분
소장하고 있었다. 스타인 남매의 결정에 볼라르는 떨듯이 기뻐했다. 스
타인 남매는 거트루드 스타인이 분명 늙은 여자들이 세잔의 그림을 그
렸을 거라고 확신했던 칸막이 뒤쪽의 계단을 올라 방으로 안내되었고
그곳에서 며칠을 보내며 어떤 초상화를 고를지 고민했다. 초상화 여덟
점 가운데 하나를 골라야 하는데 쉽게 결정을 내릴 수가 없었다. 그래
서 가끔 그들은 푸케 제과점으로 가 꿀 케이크를 먹으며 기운을 차리
고 마음을 다잡기도 했다. 마침내 선택의 폭이 좁혀져, 남자 초상화 한
점과 여자 초상화 한 점이 남았는데, 예전과는 달리 두 점을 한꺼번에
구입할 여력이 없었던 그들은 결국 여자 초상화로 결정을 내렸다.

볼라르는 보통은 늘 여자 초상화가 남자 초상화보다 가격이 비싸다
고 운을 떼고는, 그림을 굉장히 신중하게 바라보더니 이렇게 말을 이었
다, 세잔의 경우엔 별 차이가 없다고 생각합니다. 스타인 남매는 그 초
상화를 택시에 실어 집으로 가져왔다. 앨피 모러가 완성된 작품이라고
말했으며 표구가 되어 있기 때문에 완성작임을 금방 알아볼 수 있다고
설명하던 그림이 바로 그 초상화였다.

그 초상화는 아주 중요한 구입품이었는데, 왜냐하면 그것을 보고 또
보고 하면서 거트루드 스타인이『세 인생』을 썼기 때문이다.

거트루드 스타인은 얼마 전 문학 공부를 한다며 플로베르의『세 가
지 이야기』를 번역하기 시작했고 그런 다음 세잔의 초상화를 구입했으
며 그 초상화를 보면서 자극을 받아『세 인생』을 써내려갔던 것이다.

그다음 일은 가을에 벌어졌다. 그해는 가을 미술 전람회가 열린 첫해로, 파리에서 열린 첫번째 가을 전람회였기 때문에, 스타인 남매는 마음이 들떠 많은 기대를 안고 전람회장을 찾았다. 그곳에서 그들은 나중에 〈모자를 쓴 여인〉이라고 알려진 마티스의 그림을 보게 되었다.

그 첫번째 가을 전람회는 앵데팡당전에 참가한 화가들이 공식적으로 인정을 받는 자리였다. 그들이 그린 그림은 대규모 봄 전람회가 열리는 그랑팔레의 맞은편에 있는 프티팔레에서 전시될 예정이었다. 그동안 공식적으로 인정받지 못했던 화가들 가운데 그런대로 잘나가는 사람들의 그림이 전시되어 나중에 주요 화랑에서 그림들이 팔리게 되는 것이다. 아무튼 이들과 이전의 많은 전람회에서 반발하고 뛰쳐나온 화가들이 협력하여 가을 전람회를 만들어냈다.

전람회는 굉장히 신선한 느낌을 주었지만 깜짝 놀랄 정도는 아니었다. 그런대로 시선을 끌 만한 작품들이 많았는데 그 가운데 사람들의 눈살을 찌푸리게 만든 그림이 딱 한 점 있었다. 관객들은 화가 났고, 그래서 그들은 그 그림을 뜯어내려 했다.

거트루드 스타인은 그 작품이 마음에 들었는데, 부채를 들고 있는 얼굴이 긴 여인의 초상화였다. 색조나 해부학적 측면에서 보면 매우 이상한 그림이었다. 그녀는 그 그림을 사고 싶다고 말했다. 반면 그녀의 오빠는 푸른 잔디밭 위 흰 드레스를 입은 여인의 모습을 그린 그림을 찾아내 그것을 사고 싶어했다. 늘 그랬듯이 그들은 두 그림을 다 사기로 하고 가격을 알아보기 위해 전람회 사무실로 향했다. 지금까지 그들은 전람회 사무실에 들어가본 적이 없었기 때문에 작은 사무실에 들어가는 것 자체가 신나고 흥분되는 일이었다. 사무실 간사는 카탈로그를 들고 가격을 살펴보았다. 거트루드 스타인은 푸른 잔디 위 흰 드레스와 개가 그려진 그림의 가격이 얼마이고 그 작가가 누군지는 잊었지만, 마티스가 그렸다는 초상화 그림은 오백 프랑이었다. 간사는 화가가 요구하는 대로 당연히 값을 다 치르는 것은 아니라고, 구입하는 사람이 가격을 제시하기도 한다고 설명해주었다. 스타인 남매는 가격을 얼마로 제시하면 좋겠냐고 물었다. 그러자 간사는 얼마까지 지불할 용의가 있냐고 물었다. 스타인 남매는 잘 모르겠다고 대답했다. 간사는 사백 프랑을 제안했고 나중에 결과를 알려주겠다고 했다. 그들은 알겠다고 하고는 사무실을 나왔다.

다음날 스타인 남매는 간사로부터 마티스 씨가 제시된 가격을 받아들이지 않겠다고 했다면서 어떻게 할 것인지 묻는 전갈을 받았다. 그들은 다시 한번 가서 그 그림을 보기로 했다. 그리고 전람회장으로 갔다. 관람객들이 그 그림을 보고 경멸의 웃음을 터뜨리며 비난의 말을 퍼붓고 있었다. 거트루드 스타인으로서는 도무지 이해할 수 없는 광경이었는데, 그녀가 보기에 거의 완벽에 가까울 정도로 자연스러운 그림이기 때문이었다. 세잔이 그린 초상화는 자연스럽게 다가오지가 않았고 시간이 좀 지나야 자연스럽게 느낄 수가 있었는데 마티스가 그린 그림은 너무나 자연스러웠기에 거트루드 스타인은 왜 사람들이 화를 내는지 납득할 수가 없었던 것이다. 스타인의 오빠는 그 그림이 그렇게까지 마음에 들었던 것은 아니지만 어쨌든 동생의 뜻을 받아들여 그것을 샀다. 그런 다음 거트루드 스타인은 다시 작품을 보기 위해 전람회장을 찾았지만 여전히 사람들이 조롱하는 것을 보고는 기분이 영 좋질 않았다. 그녀가 보기엔 좋은 그림인데 왜 그러는지 이해할 수가 없었기에 기분도 상하고 화가 치밀었는데, 그것은 나중에 그녀가 쓴 글이 너무나 명료하고 자연스러운데 독자들이 조롱하고 분개하기까지 한다는 사실을 자신이 이해할 수 없었던 것과 마찬가지였다.

지금까지가 〈모자를 쓴 여인〉을 구입했던 구매자의 시각에서 바라본 이야기라면 이제부터는 여러 달이 지난 뒤 마티스 부부가 들려준 판매자측의 사정을 들려주겠다. 그림 매매가 이루어진 직후 그들은 서로 만나자는 요청을 했다. 마티스가 편지를 써서 먼저 요청했던지 아니면 스타인 남매가 편지를 써서 요청했는지 거트루드 스타인은 기억하지 못한다. 아무튼 그렇게 해서 금방 그들은 서로를 알게 되었고, 그것도 너무 잘 아는 친한 사이가 되었다.

마티스 부부는 생미셸대로에서 조금 떨어진 선창가에 살고 있었다. 그들의 집은 작은 방 세 개로 이루어진 꼭대기 층 아파트여서 노트르담대성당과 강이 내려다보이는 전망이 좋았다. 마티스는 겨울에 노트르담의 그 풍경을 그렸다. 계단을 오르고 또 올라야 했다. 사람들이 계단을 오르내려야 하는 시절이었다. 밀드러드 올드리치의 경우 그녀가 사는 육층에서 아래에 있는 누군가에게 잘 가라고 인사하는 중에 열쇠를 아래로 떨어뜨리는 버릇이 있어서, 안타깝지만 그녀가 내려갔다가 열쇠를 주워 다시 올라가든지 아니면 아래에 있던 사람이 열쇠를 주워 올라갔다가 다시 내려가야 했다. 분명한 점은 그녀가 종종 이렇게 소리쳤다는 사실이다, 신경쓰지 마세요, 문을 부수고 들어가면 되니까요. 정말 미국인다운 행동이었다. 열쇠는 무거웠고 잊어버리거나 떨어뜨리는 일이 잦았던 것이다. 어느 해 파리에서 여름이 끝나갈 무렵 검게 그을린 얼굴이 아주 건강해 보인다는 칭찬의 말에, 세이옌은 이렇게 말한 적도 있었다. 예 이게 다 아마 계단을 오르내린 덕분일 겁니다.

마담 마티스는 훌륭한 안주인이었다. 집은 작았지만 흠잡을 구석이 하나도 없었다. 그녀는 집안 살림을 잘 정리정돈하는 깔끔한 주부였으며, 음식을 잘하는 뛰어난 요리사이자 생계를 책임지는 사람이었고, 또한 마티스 그림의 모델이기도 했다. 모자를 쓴 여인의 모습을 그린, 〈모자를 쓴 여인〉의 모델이 바로 그녀였다. 찢어지게 가난했던 시절 그녀가 여성용 모자를 파는 조그만 가게를 운영하여 생계를 유지했다. 피부가 정말 검은 마담 마티스는 얼굴이 길고 단단하고 큰 입이 말처럼 아래로 늘어진 여자였다. 머리칼은 검고 풍성했다. 거트루드 스타인은 모자를 머리에 핀으로 고정시키는 그녀의 손동작을 지켜보며 마음에 들어했으며 그래서 한번은 마티스가 모자를 쓸 때의 그녀 특유의 동작을 그려 미스 스타인에게 준 적도 있었다. 마담 마티스는 늘 검은 옷을 입었다. 모자를 쓸 때면 항상 큼직한 검은색 모자 핀을 모자 한가운데와 머리 정중앙이 일치되도록 위치시키고는 단호하면서 큰 동작으로, 모자를 쑥 머리에 꽂곤 했다. 마티스 부부에게는 그들이 결혼하기 전 마티스가 전 부인에게서 얻은 딸이 있었는데, 그애는 디프테리아를 앓은 적이 있었고 수술도 받은 적이 있어 여러 해 동안 목둘레에 은색 단추가 달린 검은 리본을 매고 있어야 했다. 이런 딸의 모습을 마티스는 여러 그림에 담아 남겼다. 딸은 아버지인 마티스를 꼭 빼닮았으며 마담 마티스는, 그녀 자신이 언젠가 한번 아주 소박한 심정으로 감상적으로 설명했듯이, 그 딸을 진심으로 잘 보살펴주었는데 그것은 결혼하기 전 어느 소설에서 여자 주인공이 의붓딸을 정성스레 보살펴 나중에는 평생 동안 그 딸의 사랑을 받았다는 내용에 감동하여, 자신도 그렇게 하리라 결심했기 때문이었다. 마담 마티스도 아들 둘을 두었는데 당시 두 아들은 마티스 부부와 함께 살지 않았다. 작은아들 피에르는 스페인과 접경지역인 프랑스 남부에서 외조부모와 살았고, 큰아들 장은 벨기에와 접경지역인 프랑스 북부에서 친조부모와 살고 있었다.

마티스는 굉장히 활력이 넘치는 사람이어서 사람들은 한동안 그를 보지 못하다가 만나면 너 나 할 것 없이 즐거움에 푹 빠져들곤 했다. 대개가 마티스를 처음 봤을 때보다는 나중에 다시 만날 때 더 큰 즐거움을 느꼈다. 그리고 마티스와 있을 땐 같이 있는 내내 그 활력의 기쁨을 누리는 게 보통이었다. 그러나 마티스가 내보이는 활력엔 삶에 대한 감각이나 의식이 담겨 있지 않았다. 반면 마담 마티스는 남편과는 딴판으로, 그녀를 아는 사람이면 누구나 그녀에게서 삶에 대한 깊은 생각을 읽을 수 있었다.

당시 마티스는 세잔과 고갱이 그린 작은 그림을 한 점씩 소장하고 있었고 자기는 그 두 그림이 필요했다고 말했다. 세잔의 그림은 아내의 결혼 지참금으로 마련했고, 고갱의 작품은 아내가 가지고 있던 유일한 보석인 반지를 팔아 구입했다. 마티스가 그 두 그림을 원했기 때문에 어쨌든 마티스 부부는 행복했다. 세잔의 그림은 목욕하는 사람들과 천막이 그려진 작품이었고, 고갱의 것은 소년의 두상을 그린 그림이었다. 나중에 돈이 굉장히 많은 부자가 되었을 때, 마티스는 그림을 계속 사들였다. 그는 그림을 잘 알고 그림에 자신이 있지만 그 밖에 다른 것은 모른다고 했다. 그리고 자신의 즐거움을 위해서 그리고 자식들에게 최고의 유산을 남겨주고자 마티스는 세잔의 작품들을 구입했다. 후에 피카소도 부자가 됐을 때 그림을 구입했는데 바로 자기가 그린 그림이었다. 그 또한 그림을 믿어서 이제는 자기도 아들에게 최고의 유산을 남기고 싶은 마음에 자신의 그림은 팔지 않고 간직하고 팔았던 그림은 다시 사들였던 것이다.

마티스 부부에게는 힘겨웠던 시절이 있었다. 마티스는 젊을 때 약학을 공부하기 위해 파리로 왔다. 프랑스 북부에 사는 그의 가족은 작은 곡물 가게를 운영했다. 파리에 온 마티스는 그림에 관심을 가지게 되었고, 루브르박물관에서 푸생의 그림들을 모사하기 시작하더니 가족의 허락도 받지 않고 정말로 화가가 되었는데 그럼에도 그의 가족은 학생으로서 필요한 최소한의 경비를 그에게 매달 보내주었다. 그 시기에 딸이 태어났고 그로 인해 생활이 더 어려워졌다. 그런데 처음으로 그가 어느 정도 성공을 거두기 시작했다. 그리고 결혼도 했다. 푸생과 샤르댕의 그림에 영향을 받은 마티스는 정물화를 그리기 시작했고 봄에 열리는 두 번의 대형 전람회 중 하나인 샹드마르스 전람회에서 나름 큰 성공을 거두었다. 그후로 그는 세잔의 영향을 받았고, 그다음엔 흑인 조각의 영향을 받았다. 이 모든 것이 발전하여 〈모자를 쓴 여인〉을 그린 시기의 마티스가 있게 되었다. 전람회에서 큰 성공을 거두고 난 이듬해 겨울을 마티스는 대형 그림을 작업하며 보냈는데 식탁을 차리는 여인의 모습과 식탁 위에 놓인 과일을 담은 멋진 그릇을 묘사한 작품이었다. 그런데 그림을 그리기 위해 과일을 사야 했고 그로 인해 마티스 가족의 살림이 더욱 쪼들리게 되었는데, 당시 파리에서는 과일이, 흔하게 볼 수 있는 과일조차 엄청나게 비쌌으니, 그림을 위해 특별히 구입하는 과일의 가격이 얼마나 될지 상상도 못할 일이었고 더욱이 그림이 완성될 때까지 과일을 원래 상태로 잘 보관해야 했는데 완성되려면 많은 시간이 걸릴 테니 참으로 딱한 일이었다. 과일을 오래 보관하기 위한 방편으로 마티스 부부는 방을 되도록 춥게 만들어야 했는데, 사는 곳이 지붕 바로 아래인데다 때도 겨울인지라 그리 어려운 일은 아니었지만, 그 겨울 내내 마티스는 외투를 걸치고 장갑을 낀 채 그림을 그려야 했다. 마침내 작품이 완성되었고 마티스는 그 그림을 그 전해에 큰 성공을 거둔 전람회에 출품했지만, 거절당하고 말았다. 그 바람에 마티스의 고민이 깊어지고 심각해진 와중에 딸이 몹시 아프기 시작했고, 그 자신도 자기 작품과 관련해서 고통스러운 정신적 갈등에 빠져들었는데, 급기야 자신의 그림을 전시할 가능성도 모두 없어지고 말았다. 결국 그는 집에서 그림을 그리는 대신 화실을 택했다. 그게 비용이 훨씬 덜 들었기 때문이다. 그때부터 아침이면 그림을 그리고, 오후엔 조각을 하고, 늦은 오후엔 누드 스케치 교실을 열고, 저녁엔 바이올린을 켜는 마티스의 일상이 시작되었다. 굉장히 암울한 시기였고 그 자신도 깊은 절망에 빠져 있던 때였다. 아내가 여성용 모자를 파는 작은 가게를 열어 겨우겨우 생계를 유지했다. 그래서 두 아들을 시골에 있는 친가와 외가로 보내 맡겨두어야 했다. 그런 마티스에게 용기를 북돋워준 유일한 곳이 바로 그가 작업하던 화실이었는데 그곳에서 일단의 젊은이들이 주변에 모여들면서 그의 영향을 받았기 때문이었다. 그 젊은이들 가운데 당시 가장 잘 알려진 사람이 망갱이었고, 지금에 와서 유명해진 사람은 드랭이다. 그 시절 마티스를 숭배하다시피 한 새카맣게 어린 젊은이였던 드랭은 심지어 페르피냥 근처 콜리우르까지 먼 시골길을 마티스 부부를 따라갔으며, 그러던 내내 마티스 부부에게 큰 위안을 안겨주었다. 콜리우르로 간 마티스는 그곳에서 나무의 윤곽을 붉게

칠하는 방식으로 풍경화를 그리기 시작했고 붉은 나무들이 경계를 이루듯 서 있는 도로를 따라 마차가 올라가는 모습을 담은 풍경화에서 특유의 공간감각을 선보였다. 그의 그림들은 앵데팡당전에서 서서히 알려지기 시작했다.

마티스는 하루도 빼놓지 않고 매일 작업에 몰두했고 무서우리만치 정말 열심히 일했다. 한번은 볼라르가 그를 찾아왔다. 마티스는 그때 이야기를 사람들에게 즐겨 들려주곤 했다. 나도 자주 그 이야기를 들었다. 마티스를 찾아온 볼라르가 전람회에서 거절당한 대형작품을 보고 싶다고 했다. 마티스는 그림을 보여주었다. 그런데 볼라르는 그림을 바라보지도 않았다. 대신 그는 마담 마티스와 대화를 나누었는데 주로 요리에 관한 이야기로, 프랑스 남자들이 그렇듯 그도 음식을 만들거나 먹는 일을 좋아했고 마담 마티스도 마찬가지였기 때문이다. 마담 마티스가 드러내지는 않았지만 사실 마티스나 마담 마티스나 모두 무척 초조했다. 그런데 이 문은, 볼라르가 궁금하다는 듯이 마티스에게 물었다, 어디로 통하는 거죠, 안뜰로 통하는 겁니까 아니면 계단으로 이어지나요. 안뜰로 이어집니다, 마티스가 대답했다. 아 그렇군요, 볼라르가 말했다. 그리고 볼라르는 마티스의 집을 나섰다.

마티스 부부는 볼라르의 질문에 어떤 상징적인 의미가 담긴 것인지 아니면 그냥 별 뜻 없이 호기심에 물어본 것인지를 놓고 며칠을 고민했다. 하지만 볼라르는 그저 무심코 호기심을 내비친 적이 없었으며, 항상 자신이 생각하는 바를 더욱 분명히 확인할 요량으로 사람들이 매사에 무슨 생각을 하는지 알고 싶어하던 사람이었다. 볼라르의 이런 점은 사람들이 익히 잘 알고 있는 사실이었기에 마티스 부부는 서로에게 그리고 친구들을 볼 때마다 붙잡고 물었다, 왜 볼라르가 그 문에 대해서 그런 질문을 던졌는지. 어쨌든 볼라르는 그해가 저물기 전에 그 그림을 아주 낮은 가격으로 구입했는데, 그림을 어딘가에 치워버려 아무도 보지 못했으며, 그것으로 일은 일단락되었다.

그후로 상황은 더 좋아지지도 나빠지지도 않았지만 마티스는 낙담에 빠지면서 성격이 공격적으로 바뀌었다. 그때 최초의 가을 전람회가 열리면서 작품을 전시해달라는 요청이 오자 마티스는 〈모자를 쓴 여인〉을 보냈고, 그것이 전시되었다. 그리고 조롱과 비난의 대상이 되다가 드디어 팔리게 되었던 것이다.

그때 나이가 서른다섯쯤 된 마티스는, 자존심도 상하고 기분도 영 말이 아니었다. 개막일에 전람회장을 찾아갔던 그는 자기 그림에 대해 사람들이 어떤 말을 하는지 들었고 또 사람들이 작품에 어떤 해코지를 하려고 하는지 직접 목격하고는 발길을 돌린 뒤 다시는 전람회장을 찾지 않았다. 대신 마담 마티스가 혼자 찾아갔다. 그 사람 기분이 상해서 집에 처박혀 나오지도 않았어요. 그때 이야기를 하면서 마담 마티스가 말하곤 했다.

그런데 전람회 사무실의 간사로부터 그 그림을 사겠다는 사람이 나타났다며, 사백 프랑을 제시했다는 전갈이 왔다. 그때 마티스는 기타를 들고 있는 집시 여인을 그리고 있었는데 마담 마티스가 모델이었다. 그녀가 들고 있던 기타에는 나름의 사연이 있었다. 그 이야기를 마담 마티스가 즐겨 들려주곤 했다. 그녀는 해야 할 일이 많은 와중에 틈틈이 남편이 그리는 그림의 모델도 해야 했는데, 그나마 건강해서 다행이었지만 쏟아지는 잠은 어쩔 수 없었다고 했다. 어느 날 그녀가 포즈를 취하고 남편 마티스는 한창 그림을 그리고 있었는데, 그녀가 꾸벅꾸벅 졸기 시작했고 그러다 기타를 건드려 소리를 내고 말았다. 졸지 마, 마티스가 말했다, 정신 차리라고. 그녀는 정신을 차렸고, 그는 다시 그림을 그리기 시작했지만, 곧 그녀는 다시 졸았고 또다시 기타소리가 울렸다. 졸지 말라니까, 마티스가 말했다, 정신 차려. 그녀는 정신이 번쩍 들었으나 그때뿐 이내 다시 졸기 시작했고 이번에는 기타소리가 더 시끄럽게 울려퍼졌다. 그래서 급기야 화가 치민 마티스가 기타를 빼앗아 그자리에서 부숴버렸다. 이야기가 이 부분에 이르자 마담 마티스는 침울한 목소리로 덧붙였다, 우리가 그때 굉장히 어려웠거든요, 그런데 남편이 그림을 계속 그리려면 어쩔 수 없이 기타를 고쳐야 했어요. 그리하여 고친 기타를 들고 마담 마티스가 포즈를 취하고 있을 때 바로 가을 전람회의 간사에게서 전갈이 왔던 것이다. 마티스는 무척 기뻐했다, 그 값이면 당연히 팔아야지, 마티스가 말했다. 아녜요 그러면 안 돼요, 마담 마티스가 가로막고 나섰다, 그들이 관심을 갖고 그림을 사겠다고 나설 정도라면 당신이 제시한 가격에라도 살 거예요, 그리고 마담 마티스는 한마디 덧붙였다, 남은 돈으로 마르고한테 겨울옷도 마련해줄 수 있고요. 마티스는 잠시 망설였지만 결국 마음을 굳혀 애초에 바란 가격에 팔고 싶다고 전갈을 보냈다. 그런데 아무 소식이 없자 노심초사하던 마티스는 괜한 일을 했다며 자책하고 있었는데 하룬가 이틀이 지나 마담 마티스가 다시 한번 기타를 들고 포즈를 취하고 마티스는 그림을 그리던 중, 딸 마르고가 조그만 파란색 전보를 가져왔다. 전보를 뜯어본 마티스는 얼굴을 찡그렸다. 마담 마티스는 겁이 났다, 최악의 일이 벌어진 것이 아닌가 싶었다. 기타가 바닥에 떨어졌다. 무슨 내용이에요, 그녀가 물었다. 그들이 그림을 샀다는군, 마티스가 대답했다. 그런데 왜 오만상을 찡그려 사람 겁먹게 만들어요, 하마터면 기타가 부서질 뻔했잖아요, 그녀가 말했다. 난 당신한테 윙크한 건데, 그가 말했다, 진짜라니까, 너무 가슴이 벅차 말문이 막혀서 말이야.

그런데 있잖아요, 마담 마티스는 이 이야기를 끝낼 때마다 의기양양한 표정을 지으며 말했다, 다 제가 해낸 셈이에요, 제가 원래 가격을 고집했던 게 옳았던 거고, 마드무아젤 거트루드가, 그래요 그 마드무아젤 거트루드가 그 그림을 꼭 사야 한다고 나서서 일이 잘 마무리된 거랍니다.

마티스 부부와의 우정은 빠른 속도로 돈독해졌다. 그즈음 마티스는 자신의 첫번째 거대한 장식화인 〈생의 기쁨〉을 준비하던 중이었다. 그 작품을 위해 그는 작은 것에서 좀더 큰 것 그리고 아주 큰 것 등을 습작으로 그리기도 했다. 마티스가 모든 단순한 색상들을 오직 흰색하고만 섞어 색상을 조화시키고 그 가치를 더 강화하기 위해 인체의 형태를 변형시키는 자신의 의도를 처음으로 실현한 것이 바로 이 그림이었다. 마티스는 음악에서 불협화음을 넣거나 요리할 때 식초나 레몬을 쓰거나 커피맛을 맑게 하기 위해 달걀 껍데기를 넣는 것처럼 변형된 인체의 형태를 그림에 사용했다. 여기서 비유를 들기 위해 불가피하게 요리를 들먹였는데 그 이유는 내가 음식과 요리를 좋아하고 그 분야에 대해서는 어느 정도 아는 것이 있기 때문이다. 어찌되었든 그게 마티스의 아이디어였다. 세잔이 부득불 작품의 미완성과 일그러짐으로 나아갔다면, 마티스는 의도적으로 형태를 변형시켰던 것이다.

차츰차츰 사람들이 마티스와 세잔의 작품을 보러 플뢰뤼스가에 모여들기 시작했는데, 마티스가 사람들을 데려왔고, 한 번 왔던 사람들은 또다른 사람들을 데려왔고, 그러다 사람들이 아무때나 찾아오면서 일이 귀찮아지기 시작했지만, 그렇게 토요일 저녁 모임이 시작되었다. 거트루드 스타인이 밤에 글쓰는 습관을 들인 것도 바로 그 무렵이었다. 밤 열한시가 지나야 비로소 화실의 문을 두드리는 사람이 없으리라는 확신이 들어서였다. 그즈음 거트루드 스타인은 제법 두꺼운 '미국인의 형성'이라는 제목의 책을 준비하면서, 그녀의 독특한 문장, 정확하게 이어져야 하는 긴 문장들과 씨름하고 있었다. 단어뿐만 아니라 문장, 그리고 이어지는 문장들이 중요했고 거트루드 스타인이 인생을 살면서 오랫동안 열정을 쏟아부은 부분도 바로 문장이었다. 아무튼 그때 그녀는 밤늦게 글을 쓰는 습관을 들였고 모든 습관을 뒤죽박죽 엉망으로 만들어버렸던 전쟁이 일어나기 전까지, 밤 열한시에 시작해 동이 틀 때까지 계속 글을 쓰는 습관을 들이게 되었다. 그녀는 동이 트기 전에 일을 멈추려고 애썼다며 해가 떠서 날이 너무 밝아지고 새들도 활기에 넘쳐 날아다니면 잠자리에 들 기분이 나질 않는다고 했다. 그 시절엔 높은 담 뒤에 나무도 많았고 나무엔 새도 참 많았지만, 요즘은 새들이 많이 떠나 잘 보이지 않는다. 하여간 그녀는 글을 쓰다 새벽이 되면 종종 새들과 새벽 여명에 사로잡혀 안뜰로 나가 새벽 풍경에 익숙해질 때까지 기다린 다음 잠자리에 들곤 했다. 그렇게 잠이 들면 정오에야 일어나 안뜰로 양탄자를 갖고 나가 퍽퍽 두들겨 먼지를 떨곤 했는데, 당시엔 모든 사람이, 심지어 그녀 집의 가정부까지 그렇게 양탄자의 먼지를 떨어내는 게 보통이었지만, 그녀로서는 여간 짜증나고 귀찮은 일이 아니었다.

그렇게 이런저런 사정으로 토요일 저녁 모임이 시작되었다.

거트루드 스타인과 그녀의 오빠는 마티스 부부의 집을 자주 방문했고 마티스 부부 역시 그들과 함께 지내는 시간이 많았다. 이따금 마담 마티스가 스타인 남매에게 점심을 대접하곤 했는데, 대개 어느 친척이 마티스 부부에게 토끼고기를 보냈을 때였다. 마담 마티스가 페르피냥 지방 방식으로 단지에 넣어 고아낸 토끼고기는 특이하고 별난 데가 있었다. 그 외에도 마티스 부부에게는 좀 독하지만 감칠맛이 나는 아주 좋은 포도주가 있었다. 론치오라 불리는 마데이라산 포도주도 있었는데 그 또한 맛이 일품이었다. 나는 여러 해가 지난 뒤 조 데이비드슨*의 집에서 마담 마티스와 고향이 같은 조각가 마욜을 만난 적이 있는데, 그가 나한테 포도주 전반에 관해 얘기를 들려준 적이 있다. 그러면서 그는 학생시절 오십 프랑만으로 파리에서 어떻게 지낼 수 있었는지도 알려주었다. 사실은, 그가 말했다, 가족이 매주 집에서 만든 빵을 보내주었고 또 파리에 올 때 포도주를 일 년은 버틸 정도로 많이 싸들고 온데다 빨랫감은 매달 집으로 보냈기 때문에 가능했답니다.

스타인 남매가 마티스 부부와 점심을 같이 먹기 시작하고 얼마 지나지 않아 드랭도 한 번 참석한 적이 있다. 드랭과 거트루드 스타인은 사사건건 의견충돌을 일으켰다. 같이 철학을 논했지만, 드랭은 군복무 시절 프랑스어 번역판으로 읽은 『파우스트』의 2부를 토대로 나름의 생각을 굳혔던 터라 더이상 논의의 진전이 없었다. 두 사람은 결코 친구가 되지 못했다. 거트루드 스타인은 드랭의 작품에 관심도 주지 않았다.

---

* 미국 태생 조각가.

그녀가 보기에 드랭의 그림들은 그런대로 공간감각은 잘 표현됐지만 삶이나 깊이나 입체성은 전혀 드러내지 못했다. 그후 두 사람은 만난 적이 거의 없었다. 그래도 당시 드랭은 마티스 부부와 계속 만났고 특히 마담 마티스가 마티스의 친구들 가운데 가장 좋아하는 사람이 바로 드랭이었다.

어느 날 거트루드 스타인의 오빠가 예전에 서커스단의 광대였던 사고가 라피트가 위쪽에 차린 화랑을 발견한 것이 그즈음이었다. 그곳에서 거트루드 스타인의 오빠는 두 젊은 스페인 화가의 그림을 찾아냈는데, 그중 한 사람의 이름은 모두가 잊고 말았지만, 나머지 한 사람, 그가 바로 피카소였다. 두 화가의 그림에 관심이 많았던 스타인의 오빠는 이름을 잊은 화가가 그린, 카페의 풍경을 담은 수채화를 구입했다. 그리고 사고는 그를 피카소의 그림들이 전시되어 있는 작은 가구 가게로 보냈다. 피카소의 작품 하나에 관심이 갔던 거트루드 스타인의 오빠는 그림을 사고 싶어 가격을 물었지만 요구하는 가격이 거의 세잔과 맞먹을 정도로 비쌌다. 그는 사고에게 돌아가서 그 얘기를 했다. 사고는 웃음을 터뜨렸다. 그리고 말했다, 걱정하지 마십시오, 며칠 뒤에 다시 오세요 아마 그때쯤이면 그 사람의 대형작품이 제 손에 들어올 겁니다. 실제로 며칠 후 사고는 대형작품 한 점을 손에 넣었는데 가격이 아주 쌌다. 거트루드 스타인과 피카소가 그 시절 얘기를 할 때면 두 사람 말이 서로 다를 때가 있지만 이 경우에는 두 사람 다 제시된 가격이 백오십 프랑이었다는 사실을 인정했다. 지금은 잘 알려진 그 그림은 빨간 꽃이 담긴 바구니를 들고 있는 소녀의 누드를 그린 것이었다.

거트루드 스타인은 그 그림을 영 맘에 들어하지 않았는데, 다리와 발의 묘사에서 뭔가 섬뜩하고, 충격과 역겨움을 주는 무엇인가가 있다고 느꼈기 때문이었다. 그녀와 그녀의 오빠는 그 그림을 놓고 격한 언쟁을 벌이는 지경까지 갔다. 그녀 오빠는 그것을 원했지만 그녀는 집에 들이고 싶지 않았다. 남매가 벌인 격론의 내용을 들은 사고가 말했다, 동생분이 다리와 발 모양을 싫어하시나본데 그러면 그림을 잘라 머리 부분만 가져가면 되지 않을까요. 아니 그렇게 할 순 없습니다, 남매는 이구동성으로 말했고, 그래서 결론이 나질 않았다.

거트루드 스타인과 그녀의 오빠는 그 문제로 인해 사이가 멀어지기 시작했고 급기야 서로에게 굉장히 화가 난 상태로 등을 돌릴 지경이 되었다. 그러나 결국에는 오빠가, 그래도 오빠니까, 나이가 위인 오빠가 그 그림을 몹시 원하니 일단 구입하기로 합의를 했고, 이렇게 해서 처음으로 피카소의 작품이 플뢰뤼스가에 들어오게 되었다.

이 무렵 이사도라 던컨의 오빠인 레이먼드 던컨이 플뢰뤼스가에 화실을 임대했다. 처음 그리스 여행을 갔다가 막 돌아온 레이먼드는 그리스 의상을 한 보따리 들고 어느 젊은 그리스 여자와 함께 나타났다. 레이먼드는 예전에 샌프란시스코에 있을 때 거트루드 스타인의 큰오빠 부부와 잘 알고 지낸 적이 있었다. 그 시절 그는 에마 네바다*의 사전 흥행 준비요원으로 일했으며 동시에 파블로 카잘스라는, 당시엔 이름이 전혀 알려지지 않은 무명의 첼리스트를 도와주고 있었다.

당시 던컨의 가족은 오마르 하이얌**에 푹 빠져 있었지만, 아직 그리스에까지 관심을 보이지는 않던 시절이었다. 오마르 하이얌 다음에 그

---

* 미국 오페라 가수.
** 페르시아 수학자, 천문학자이며 시인.

들은 이탈리아 르네상스에 정신을 놓았다가, 이제는 레이먼드가 그리스에 완전히 정신이 팔린 가운데 그리스 여자까지 데려온 것이었다. 그런 오빠를 보고 이사도라는 관심을 끊었는데, 그 여자에게서 그리스 사람치고는 너무 현대적이라는 인상을 받았기 때문이었다. 어쨌든 그리스에서 돌아왔을 때 레이먼드는 완전히 무일푼이었고 그의 그리스인 아내 페넬로페는 임신중이었다. 거트루드 스타인은 그들에게 석탄도 나눠주고, 다른 사람들은 짐을 담은 상자 위에 걸터앉으면 되지만 임신 중인 페넬로페는 사정이 다르기에 앉아 쉴 수 있는 의자도 주었다. 던컨 가족을 도와준 또다른 친구가 있었는데, 대단히 아름다우며 운동선수처럼 강인하게 생긴 영국 여자로, 조각가이기도 하고, 훗날 남극점을 발견한 스콧과 결혼하고 그가 죽어 과부가 되는 캐슬린 브루스였다. 사실 돈이 없기는 캐슬린도 마찬가지였지만 그래도 그녀는 매일 저녁 자기가 먹을 음식을 반으로 나눠 페넬로페에게 갖다주었다. 마침내 페넬로페가 아이를 낳았고, 아이의 이름은 거트루드 스타인의 오빠와 레이먼드가 아이의 출생신고를 하러 가면서 이름을 미처 준비하지 못한 바람에 그냥 아버지의 이름을 따 레이먼드라고 지었다. 지금은 그 아이가 본의 아니게 메날카스라는 이름으로 불리지만 그래도 법적으로는 자기 이름이 레이먼드라는 사실을 알게 되면 좋아할지 모르겠다. 하지만 여기서 신경쓸 문제는 아닌 것 같다.

조각가 캐슬린 브루스는 어린아이의 모습을 조각하는 일을 배우고 있던 터라 거트루드 스타인의 조카를 모델로 세우고 싶다고 부탁했다. 그래서 거트루드 스타인은 조카를 데리고 캐슬린 브루스의 화실을 찾아갔다. 그러던 어느 날 오후, 그들은 그곳에서 H. P. 로셰를 만나게 되었다. 로셰는 파리에서 흔하게 만나게 되는 그런 사람 중 하나였다. 아주 진지하고, 대단히 고상하고, 헌신적이며, 매우 믿음직스럽고 또 굉장히 열정적이며 어디를 가나 사람을 잘 소개해주었다. 그는 모든 사람을 알고 있었고, 그것도 정말로 잘 알아서 어디서든 누구를 소개하든 막힘이 없었다. 그는 작가가 되고 싶어했다. 키가 크고 머리카락이 붉은 그는 어머니, 할머니와 함께 살고 있었다. 실로 많은 경험을 한 그는 오스트리아인들과는 오스트리아의 산을 올랐고, 독일인들과는 독일에 갔다 왔고 헝가리인을 따라 헝가리에도 가봤고 영국인을 따라 영국에도 다녀왔다. 그런데 파리에서 러시아인들과 같이 지낸 적은 있었지만 아직 러시아엔 가지 못했다고 했다. 하지만 피카소가 그에 대해 얘기할 때면 늘 하는 말대로, 로셰는 정말 괜찮은 사람이지만 어쩌면 그저 옮겨다니길 좋아하는 것인지도 모른다.

후에 그는 다양한 국적의 사람들을 데리고 플뢰뤼스가 27번지를 자주 드나들었고 거트루드 스타인도 그를 상당히 좋아했다. 그녀는 늘 그가 굉장히 성실하다고, 어쩌면 반드시 다시 만나야 할 인물은 아닐지언정 어디에 있든 성실하게 살아갈 사람이라고 말하곤 했다. 그런 로셰가 거트루드 스타인과 친해진 뒤 얼마 지나지 않아 그녀의 마음에 흥겨운 감흥을 안긴 적이 있었다. 거트루드 스타인은 자신의 첫번째 작품이 될 『세 인생』을 쓰던 중이었는데 영어를 읽을 수 있었던 로셰가 그 글을 읽고 깊은 감명을 받았다. 그러던 어느 날 거트루드 스타인이 자신이 살아온 이야기를 하고 있는 중에 이야기를 듣던 로셰가 말했다, 좋아요 아주 좋아요 정말 훌륭해요 당신 전기의 아주 중요한 부분이 될 겁니다. 거트루드는 온몸에 전율이 일 정도로 감동을 받았다, 처음으로 그녀는 언젠가 자신도 전기를 쓰게 되리라는 것을 그때 깨달았던 것이다. 비록 그녀가 로셰를 만나지 못한 지 오래되긴 했지만 그녀 말대로 로셰는 어디에 있든 정말 신의를 지니고 성실하게 살아갈 사람임이 분명하다.

이쯤 하고 여기서 다시 캐슬린 브루스의 화실에서 로셰를 만났던 이야기로 돌아가보자. 그들은 이런저런 이야기를 나누었고 그러던 중 어쩌다 거트루드 스타인이 사고의 화방에서 피카소라는 젊은 스페인 화가가 그린 그림을 구입했다는 이야기를 꺼냈다. 그러자 로셰가 말했다, 아 정말정말 잘하셨어요, 그 친구 참 재미있는 젊은이입니다, 제가 잘 압니다. 오 그 사람을 아세요, 거트루드 스타인이 물었다, 누굴 데려가서 만나게 해줄 수도 있나요. 당연하죠, 로셰가 대답했다. 잘됐네요, 거트루드 스타인이 말했다, 우리 오빠가 그 사람을 만나고 싶어 안달이 난 것 같거든요. 그날 바로 그 자리에서 약속이 잡혔고 얼마 뒤 로셰와 거트루드 스타인의 오빠는 피카소를 찾아갔다.

피카소가 지금은 널리 알려져 유명해진 거트루드 스타인의 초상화를 그리기 시작한 것이 바로 그 직후였지만, 어떤 연유로 그리게 되었는지는 사람들의 머릿속에 흐릿한 기억으로만 남아 정확하지 않다. 피카소와 거트루드 스타인이 그 얘기를 하는 것을 자주 듣기는 했지만 두 사람 다 정확하게 기억하지 못했다. 그들은 피카소가 플뢰뤼스가에서 처음 저녁식사를 했던 때는 기억했고 또 거트루드 스타인이 라비냥가에서 초상화를 위해 처음 포즈를 취했을 때도 기억했지만 중간에 있었던 일은 공백 상태로 남고 말았다. 어찌하여 그들이 기억하지 못하는지 알 수 없는 일이다. 피카소는 열여섯 살 이후 누구도 자기 그림의 모델로 세운 적이 없었으며, 그때 그의 나이가 스물넷이었고 거트루드 스타인 역시 누구더러 자신의 초상화를 그려달라고 할 생각은 한 번도 해본 적이 없었는데, 어쨌든 두 사람 다 어쩌다 일이 그렇게 되었는지 알지 못했다. 아무튼 초상화를 그리게 되어 그녀는 아흔 번이나 포즈를 취해야 했고 그러는 동안 정말 많은 일이 일어났다. 이 이야기의 처음으로 돌아가보자.

피카소와 페르낭드가 저녁을 함께 하기 위해 왔는데, 그 당시 피카소는, 내 친한 친구이자 동창인 넬리 재콧이 말했듯이, 잘생긴 구두닦이 같은 모습이었다. 피부에 여린 검은빛이 감도는 피카소는 눈동자가 커서 그런지 활기 넘치는 표정이었고 행동이 거칠지는 않았지만 어딘가 격한 데가 있었다. 그는 거트루드 스타인 바로 옆에 앉았고 거트루드는 빵 한 조각을 집어들었다. 이건, 그 빵을 거칠게 홱 낚아채며 피카소가 말했다, 이 빵은 내 겁니다. 그러자 그녀는 웃음을 터뜨렸고 피카소는 순한 양처럼 어줍은 표정을 지었다. 이렇게 그들은 친해지기 시작했다.

그날 저녁 일본 판화를 좋아하는 거트루드 스타인의 오빠는, 일본 판화 포트폴리오를 하나하나 꺼내 피카소에게 보여주었다. 피카소는 엄숙한 표정을 지으며 판화를 보여주는 대로 순순히 들여다보며 설명에 귀를 기울였다. 피카소가 거트루드 스타인에게 속삭였다, 당신 오빠, 참 좋은 사람입니다, 근데 다른 미국 사람들하고 똑같군요, 일본 판화만 자꾸 보여주는 게, 아빌랑*도 마찬가지고. *나는 별룹니다,* 난 별로

---

* 프랑스 입체파 화가.

라고 생각하는데 말입니다. 내가 말했듯이 거트루드 스타인과 파블로 피카소는 금방 서로를 이해하고 친해졌다.

그런 다음 처음 포즈를 취하는 날이 되었다. 피카소의 화실에 대해선 내가 이미 소개한 바 있다. 그 무렵 피카소의 화실은 예전보다 더 지저분하고, 더 많은 사람이 드나들고, 난롯불도 더 활활 타올랐고, 더 많은 음식이 준비되고 더 많은 방해와 간섭이 있었다. 화실에는 거트루드 스타인이 포즈를 취하고 앉을 망가진 커다란 안락의자가 있었다. 다른 사람들이 앉기도 하고 누워 잠을 자기도 하는 소파도 있었다. 그리고 피카소가 그림 그릴 때 앉는 조그만 부엌 의자와 큼직한 이젤과 굉장히 커다란 캔버스가 여러 개 놓여 있었다. 캔버스도 엄청나게 크고, 사람들의 형상도 그렇고, 군상의 모습도 크게 그려지던 그때가 바로 어릿광대의 시대가 바야흐로 끝나가던 참이었다.

피카소의 화실에 작은 폭스테리어가 있었는데 그놈에게 무슨 문제가 있었는지 전에도 그랬는데 또다시 수의사에게 데려가야 했다. 프랑스인들은 남자든 여자든 아무리 가난하고 아무리 무심하고 아무리 탐욕스러워도 자기 반려동물이 아프면 언제라도 수의사에게 달려간다.

페르낭드는 늘 그렇듯이, 몸집이 크고 정말 아름답고 우아했다. 그녀는 거트루드 스타인이 포즈를 취하는 동안 라퐁텐의 우화를 큰 소리로 읽어주며 거트루드의 귀를 즐겁게 해주겠다고 나서기도 했다. 아무튼 거트루드 스타인은 포즈를 취했고 피카소는 의자를 캔버스 앞으로 바싹 당겨 앉은 다음 온통 갈색이 도는 회색 물감을 풀어둔 아주 작은 팔레트에, 더 진한 갈색이 도는 회색 물감을 섞었고 그렇게 그림이 시작되었다. 이날이 거트루드 스타인이 여든 몇 번인가 아흔 번인가 의자에 앉아 포즈를 취한 나날 중 첫날이었다.

오후가 끝나갈 무렵 거트루드 스타인의 두 오빠와 올케 그리고 앤드루 그린이 그림을 보겠다며 찾아왔다. 그들은 모두 스케치가 대단히 아름답다며 흥분했고 더 나아가 앤드루 그린은 그림을 스케치 상태로 남겨두자고 애걸하다시피 사정하고 또 사정했다. 그러나 피카소는 고개를 가로저으며 말했다, *안 됩니다.*

실로 안타깝게도 당시 어느 누구도 스케치를 사진으로 찍어 남겨둘 생각을 못했고 피카소나 거트루드 스타인은 물론 그 스케치를 본 사람 모두가 그것이 어땠는지 아무도 기억하지 못한다는 것도 참으로 애석한 일이다.

앤드루 그린, 어떻게 해서 그 사람을 만나게 되었는지 아무도 기억하지 못하지만, 아무튼 앤드루 그린은 뉴욕의 아버지라 알려진 앤드루 그린의 조카의 아들이었다. 그는 시카고에서 태어나 자랐지만 키가 크고 몸이 수척하니 마른 게 전형적인 뉴잉글랜드인의 모습이었으며, 더욱이 금발에다 점잖기까지 하여 더욱 그랬다. 놀라운 기억력의 소유자인 그는 밀턴의 『실낙원』을 통째로 외울 수 있을 뿐 아니라 거트루드 스타인이 좋아하는 번역된 중국 시도 모조리 암송할 정도였다. 그는 중국에 가본 적이 있었으며 나중에 밀턴의 『실낙원』을 좋아했던 큰할아버지인 앤드루 그린에게서 많은 재산을 상속받은 후 남양제도에 정착한다. 그에게는 동양적인 것에 대한 열정이 있었다. 스스로 인정했듯이 그는 단순한 중심과 계속 이어지는 디자인을 무척 좋아했다. 박물관에 소장된 그림들은 좋아했지만 현대적인 것은 그게 무엇이든 다 혐오했다. 한번은 스타인 남매가 부재중일 때 그가 한 달간 플뢰뤼스가에 머문 적이 있었는데, 그동안 매일 침대 시트를 바꿔달라고 하고 집안에 있는 모든 그림을 캐시미어 숄로 덮어두는 바람에 엘렌의 심기를 건드리고 화나게 만들었다고 한다. 그는 집안에 있는 그림들이 편안한 느낌을 준다고 말했고, 또 그 점을 부인하지 못했지만, 그래도 그것들을 보고 있을 수가 없었다고 했다. 그는 그 집에서 한 달을 지내고 난 뒤에도 새로운 그림들을 좋아하게 되는 일은 결코 일어나지 않았다고 말했지만, 자신에게 최악의 일이 벌어져 새로운 그림을 좋아하지도 않는데 옛 그림에 대한 취미도 상실해버려서 다시는 박물관에 갈 수 없을 것 같고 어떤 그림도 감상하지 못할 것 같다고 불평했다. 그런 그도 페르낭드의 아름다움에는 이루 말할 수 없이 큰 감동을 받았던 모양이었다. 실제로 그는 그녀의 아름다움에 완전히 사로잡히고 말았다. 그는 거트루드 스타인에게 말했다, 있잖아요, 제가 프랑스어를 할 수 있게 된다면 말입니다, 그녀와 연애를 하면서 저 작달막한 피카소라는 자에게서 그녀를 빼앗아올 겁니다. 당신은 사랑을 입으로 하는 모양이네요, 거트루드 스타인은 웃음을 터뜨리고 말았다. 앤드루 그린은 내가 파리에 오기 전에 떠났고 십팔 년이 지나 다시 돌아왔지만 정말 재미없는 사람이 되어 있었다.

그해는 비교적 조용했다. 마티스 부부는 겨울 내내 프랑스 남부 페르피냥에서 그리 멀지 않은 지중해 연안의 콜리우르에 가 있었는데, 마담 마티스의 가족들이 살고 있는 곳이었다. 레이먼드 던컨 부부는 그들을 처음 찾아온 아내 페넬로페의 여동생, 옷차림을 보면 전혀 그리스 사람이랄 수 없고 오히려 파리지앵에 가깝다고 할 수 있는, 조그마한 체구의 배우를 만난 직후 자취를 감추고 말았다. 그 동생은 검은 피부에 몸집이 굉장히 큰 그리스인 사촌을 데려왔었다. 그 사촌이 거트루드 스타인을 만나러 와서 주위를 둘러보더니 이렇게 선언했다고 한다, 나는 그리스 사람입니다, 내 말뜻은 내게 완벽한 감식력이 있다는 것이고 여기에 있는 그림 모두 내 취향이 아니라는 겁니다. 이 일이 있은 직후 레이먼드, 그의 아내와 아이, 아내의 동생과 그리스 사촌 모두 플뢰뤼스가 27번지 안뜰에서 사라졌고 그 자리는 독일 여자가 대신하게 되었다.

이 독일 여자는 독일 육군 장군의 조카면서 또다른 장군을 대부로 두었으며 오빠는 독일 해군의 함장이었다. 영국인인 그녀의 어머니는 바이에른 궁정에서 하프를 연주했었다. 상대방을 즐겁게 해주는 재주가 있었던 그 여자에게는 이상한 친구들이 있었는데, 모두가 영국인 아니면 프랑스인이었다. 그녀는 조각가였고 관리인의 어린 아들인 로제의 모습을 전형적인 독일 방식으로 조각했다. 로제의 두상을 하나의 받침돌 위에 웃는 모습, 우는 모습, 혓바닥을 쑥 내민 모습, 이렇게 세 형상으로 만들었다. 그리고 그 조각품을 포츠담에 있는 왕립박물관에 팔았다. 그런 연유로 전쟁이 벌어지던 시기에 관리인은 그녀가 조각한 자기 아들이 적국의 도시에 있다는 생각에 자주 눈물 흘리곤 했다. 독일 여자는 뒤집어입을 수 있는 옷이나 조각조각 뜯어낼 수 있는 옷, 길이를 길게도 짧게도 할 수 있는 옷 등을 만들어내어 사람들에게 아주 자랑스럽게 보여주기도 했다. 그녀에게는 그림을 가르쳐주는 선생이 있었는데 삽화에 나오는 허클베리 핀의 아버지 모습을 꼭 빼닮은 듯한 기이한 생김새의 프랑스인이었다. 그녀는 그 사람을 고용한 것은 불쌍하다는 생각이 들었기 때문이라며, 젊었을 때 그는 전람회에서 금메달까지 받았는데 그후로 아무 성과도 내지 못했다고 설명했다. 또한 그녀는 자기는 절대로 하층계급 출신 하녀를 고용하지 않는다고 말했다. 몰락한 귀부인들이 더 식욕을 돋우고 더 효율적인 데가 있다고 말하면서 바느질을 도와줄 사람이 필요하거나 포즈를 잡아줄 모델이 필요할 때는 늘 군 장교나 공무원의 과부들을 부른다고 했다. 한동안 그녀는 오스트리아 출신 하녀를 두기도 했는데 오스트리아식 페이스트리를 맛깔스럽게 잘 만들긴 했지만 오래 데리고 있지는 않았다. 한마디로 아주 유쾌한 여자였고 그녀와 거트루드 스타인은 안뜰에서 자주 만나 이런저런 이야기를 나누곤 했다. 그러면서 그녀는 늘 그 집을 드나드는 사람들에 대해 거트루드 스타인이 어떻게 생각하는지 알고 싶어했다. 그리고 거트루드 스타인의 생각이 추론, 혹은 관찰, 혹은 상상이나 분석 등 어떤 방식으로 이끌어낸 것인지 알고 싶어했다. 이렇듯 재미있는 여자였는데 어느 날 자취를 감추었고 그뒤로는 아무도 그녀에 대해 궁금해하지 않는 와중에 전쟁이 일어났고 그제야 모든 사람이 그 독일 여자가 파리에 살았다는 사실 때문에 곤경에 처한 것은 아닌지 염려했다.

거트루드 스타인은 실제로 매일 오후 몽마르트르로 갔고, 그곳에서 모델로 포즈를 취한 다음 언덕길을 내려와 파리를 가로질러 걸어서 플뢰뤼스가로 돌아오곤 했다. 그때부터 파리 시내를 산책하는 습관이 그녀의 몸에 배게 되었는데, 지금은 개를 데리고 다니지만 당시엔 혼자 걸었다. 그리고 토요일 저녁이면 피카소 커플이 그녀와 함께 그녀의 집까지 걸어와 같이 저녁을 먹었고 그러고 나면 토요일 저녁이 시작되었다.

이렇게 긴 시간 포즈를 취하고 산책을 하는 동안 거트루드 스타인은 명상을 했고 그 명상이 문장으로 이어졌다. 당시 그녀는 『세 인생』의 두번째 이야기, 흑인 여자 멜란차 허버트의 이야기를 쓰던 중이었는데 멜란차의 삶 속에 엮어놓은 가슴 사무치는 슬픈 사건들은 바로 그녀가 라비냥가에서 언덕을 따라 걸어내려오며 생각했던 것들이었다.

헝가리인들이 플뢰뤼스가로 순례를 오기 시작한 것도 바로 이 무렵이었다. 그다음엔 별난 미국 젊은이들이 찾아왔는데, 그 젊은 남녀들이 내보이는 한창때의 참신한 특성에 익숙하지 않았던 피카소는 그들에 대해 이렇게 말하곤 했다, *저들은 남자도 아니고, 저들은 여자도 아니고, 미국인일 뿐이야.* 저 친구들은 남자가 아니야, 여자도 아니야, 그냥 미국인이라고. 한번은 브린 모어 대학 출신 여자가 찾아온 적이 있는데, 유명한 초상화가의 부인으로, 키가 굉장히 크고 아름답긴 했지만 예전에 넘어지면서 머리를 다치는 바람에 늘 이상할 정도로 멍한 표정을 지었다. 하지만 피카소는 그녀를 신뢰해서 여제如帝라고 부르곤 했다. 그 밖에 미술을 배우려고 하는 아주 전형적인 미국인 학생이 있었는데, 그 남학생이 얼마나 자주 들볶았는지, 아니야 그 학생은 장차 미국에 영광을 안길 사람이 절대 아니야, 라고 피카소가 말한 적도 있었다. 또한 피카소는 마천루의 위용을 담은 사진을 처음 접했을 때 그만의 특징적인 반응을 보였다. 그가 말했다, 세상에, 맨 꼭대기 층에 화실을 둔 화가가 애인이 저 많은 계단을 올라오는 동안 혼자 기다리면서 얼마나 마음이 쓰렸을지 상상해봐요.

이 시기에 모리스 드니의 작품 한 점, 툴루즈로트레크의 작품 한 점 그리고 피카소의 수많은 작품이 플뢰뤼스가의 소장품에 추가되었다. 또한 발로통 부부와 알게 되면서 그들과의 우정이 시작된 시점도 바로 이 무렵이었다.

볼라르는 어느 그림에 관한 질문을 받았을 때 이렇게 말한 적이 있다, 오, *그건 세잔인데 가난한 이들이 사 가죠, 오 그건 세잔의 작품인데 가난한 수집상한테나 적격이죠.* 그렇다면 발로통은 무일푼인 사람들에겐 마네와 같은 존재였다. 하지만 발로통의 대형 누드 작품은 마네의 〈올랭피아〉에 견줄 만한 특질은 전혀 보이지 않고 너무 딱딱하고 정적인 느낌만 주었으며, 그가 그린 초상화들은 다비드의 초상화들이 보여주는 우아함은커녕 무미건조한 느낌만 주었다. 더욱더 안타까운 것은 그가 유명한 화상의 여동생과 결혼했다는 사실이었다. 물론 결혼생활은 행복했고 아내 또한 굉장히 매력적이었지만 매주 가족 모임에 참석해야 하는 불편을 감수해야 했고, 아내의 재산 덕에 잘산다는 소리를 듣고 포악한 의붓아들들에게 시달리는 일이 많았다. 발로통, 그는 부드러운 영혼의 소유자로, 정곡을 찌르는 위트에 원대한 야망을 지녔지만 다른 한편으론 무력감도 느꼈는데, 다 유명한 화상의 처남이라는 사실 때문이었다. 물론 그의 그림들이 아주 흥미로웠던 시절도 있었다. 아무튼 그가 거트루드 스타인에게 모델이 되어달라고 부탁한 적이 있었다. 그 이듬해에 그녀는 그 부탁을 들어주었다. 그러면서 거트루드 스타인은 모델이 되어 포즈를 취하는 일을 좋아하게 되었는데, 장시간 조용히 앉아 있다가 다시 긴 시간 어두운 길을 걷다보면 집중력이 향상된 덕분에 좋은 글을 써내려갈 수가 있었던 것이다. 프랑스 비평가 마르셀 브리옹은 거트루드 스타인의 문장에 관해 평하면서 정확성, 절제, 단순한 대비, 무의식의 사용을 거부하는 태도 등 그녀의 글은 음악에 비유하면 바흐의 푸가가 보여주는 대칭적 균형과 아주 흡사한 구조를 지니고 있다고 말한 바 있다.

거트루드 스타인은 종종 자신은 발로통의 그림 기법에서 묘한 감흥을 느낀다는 말을 했다. 그 당시 화가들은 대체로 젊었지만 발로통은 그렇지 않았는데, 그는 이미 1900년 파리 박람회에서 유수한 화가로 인정을 받은 터였다. 초상화를 그릴 때면 그는 먼저 크레용으로 스케치한 다음 캔버스 맨 위에서부터 바로 옆으로 그림을 그려나가기 시작했다. 거트루드 스타인은 그런 기법이 천천히 움직이는 스위스의 빙하처럼 커튼을 서서히 내리는 것과 같다며 이렇게 말했다. 발로통은 천천히 커튼을 내리는데 그 커튼을 캔버스의 맨 아래까지 내리고 나면, 당신의 모습이 나타나게 되지요. 그 과정이 다 끝나려면 약 두 주 정도 걸리는데 그때 발로통이 캔버스를 당신에게 줄 겁니다. 그런데 발로통은 먼저 거트루드 스타인의 초상화를 가을 전람회에 전시했고 그 그림이 크게 주목받자 모두가 기뻐하며 좋아했다.

모두가 적어도 일주일에 한 번 메드라노 서커스를 보러 갔는데, 보통은 모두 같은 날 저녁에 구경을 했다. 그 서커스에서 광대들이 고전 의상 대신 어울리지 않는 의상을 입기 시작했는데 나중에 찰리 채플린이 입어 유명해진 그 의상은 피카소를 비롯해 몽마르트르의 그의 친구들 모두를 즐겁게 해주었다. 또한 그 서커스에는 영국 기수들도 등장했는데 그들이 입은 의상이 유행을 타면서 몽마르트르 주민들 모두가 따라 입기도 했다. 얼마 전 누군가가 요즘 젊은 화가들이 옷을 너무 잘 입는다며 옷차림에 돈을 허투루 쓰는 것이 참 안타깝다고 말한 적이 있다. 그 말을 들은 피카소는 웃음을 터뜨렸다. 그러고는 이렇게 말했다. 내가 확신컨대, 우리가 입던 투박해 보이는 작업복보다 그 젊은 친구들이 유행에 맞춰 입는 옷, 그들이 입고 다니는 정장, 이런 게 더 쌀 겁니다. 아마 여러분은 상당히 거칠고 지저분해 보이는 트위드 천으로 만든 영국제 옷이나 그것을 모조한 프랑스제 옷을 당시에 구하기가 얼마나 어려웠고 또 가격은 얼마나 비쌌는지 상상도 못할 것이다. 그리고 어떻게 보면 당시 화가들이 돈도 많이 쓰고 가진 것을 아끼지 않고 낭비한 것도 사실인데 그 일이 가능했던 것은 정말 좋았던 그 시절 화가들이 석탄이나 사치품을 구입하는 경우를 제외하고 물감이나 캔버스나 집세나 식비를 비롯해서 거의 모든 것에 들어가는 돈을 장기간 빌릴 수 있었기 때문이었다.

겨울이 계속 이어졌다. 『세 인생』의 원고가 얼추 완성되었다. 거트루드 스타인은 올케에게 원고를 한번 읽어달라고 부탁했다. 올케는 부탁대로 원고를 읽고는 깊은 감명을 받았다. 거트루드 스타인은 뛸듯이 기뻐했는데, 자기가 쓴 글을 누군가가 읽고 관심을 가지리라 생각지 못했기 때문이다. 그 시절 그녀는 누구에게도 자신의 작품에 대해서 어떻게 생각하는지 묻지 않았지만, 그래도 사람들이 그녀의 글을 읽고 싶어했던 것은 사실이다. 요즘 들어 거트루드 스타인은 사람들이 자신의 글을 읽게 된다면 분명 재미있어할 거라고 자신 있게 말한다.

거트루드 스타인의 삶에서 오빠의 아내는 늘 중요했지만, 그날 오후에는 더 큰 역할을 한 셈이었다. 이제는 원고를 타자기로 쳐야 했다. 당시 거트루드 스타인에게는 한 번도 사용하지 않은 다 낡은 휴대용 소형 타자기가 한 대 있었다. 당시도 그랬지만 그후로도 여러 해 동안 그녀는 글을 쓸 때는 종잇조각에 연필로 쓴 다음, 그것을 프랑스 학생들이 사용하는 공책에 잉크로 옮겨 적고는 또다시 잉크로 적어 사본을 만들어놓았다. 이런 식으로 여러 차례 종이와 공책에 옮겨 적는 것과 관련해서 그녀의 오빠가 언젠가 이렇게 말한 적이 있다. 나는 내 동생 거트루드가 여러분보다 더 재능이 뛰어난지 어떤지는 모릅니다, 그런 것에는 문외한이니까요, 그러나 한 가지 늘 주목해서 본 것은, 여러분은 그림을 그리거나 글을 쓰다가 마음에 안 들면 내버리거나 찢어버리는데, 동생은 마음에 든다 안 든다는 말도 없이, 그저 여러 번 옮겨 적을 뿐이지 자기가 글을 적어놓은 종잇조각을 어느 것 하나 버린 적이 없습니다.

거트루드 스타인은 『세 인생』을 타자기로 치려고 시도했지만 마음대로 되지 않아 한참 초조해하던 차에, 에타 콘이란 여자가 나타났다. 피카소는 에타 콘과 그녀의 언니를 미스 에타 콘들*이라고 불렀다. 어쨌든 볼티모어 출신인 에타 콘은 거트루드 스타인의 친척으로 파리에서 겨울을 보내는 중이었다. 마침 에타 콘은 하는 일이 없어 심심했던 터라 거트루드 스타인의 원고를 타자기로 쳐 옮기는 일에 큰 관심을 보였다.

에타 콘은 피카소 커플이 좀 무서운 데가 있다고 느꼈지만 그래도 낭만적이라고 생각했다. 그녀가 거트루드 스타인을 따라 어딜 가든 그녀의 눈에는 피카소 커플이 돋보이는 존재들이었고 그러다보니 백 프랑이나 주고 데생 작품을 여러 점 구입하는 일까지 벌어졌다. 당시 백 프랑은 이십 달러에 해당하는 액수였다. 하지만 에타 콘은 낭만적인 자선행위를 위해서라면 그런 액수의 돈이라도 기꺼이 지불할 마음이 있

---

* 일명 '콘 자매'로 알려진 언니 클래리벨 콘과 동생인 에타 콘을 말한다.

었다. 거론할 필요도 없겠지만 아무튼 많은 세월이 흐른 뒤 그 데생들은 그녀의 소장품 가운데 아주 중요한 것들이 되었다.

에타 콘은 자신이 『세 인생』을 타자 쳐주겠다고 하고는 일을 시작했다. 하기야 볼티모어는 주민들이 감수성이 섬세하고 성품 또한 양심적이고 성실한 것으로 정평이 나 있긴 했다. 거트루드 스타인은 문득 에타 콘에게 타자기로 치기 전에 원고 먼저 읽어보라는 말을 깜빡하고 전하지 않은 게 생각났다. 그래서 그녀를 찾아갔는데 에타 콘은 원고를 한 자 한 자 꼼꼼하게 타자기로 두드리고 있어서 그 글의 의미를 부주의하게 잘못 이해할 수가 없었다. 원고를 읽어도 된다는 뜻이 전해지고 그렇게 타자 작업이 계속되었다.

봄이 오고 있었고 포즈를 취하고 앉아 있는 일도 끝나가고 있었다. 그러던 어느 날 갑자기 피카소가 얼굴 전체를 후딱 그려내었다. 당신을 봐야 하는데 이젠 더이상 바라볼 수가 없군요, 피카소는 짜증을 내듯 말을 툭 던졌다. 그래서 초상화가 그 모양대로 남게 되었다.

오랜 기간 포즈를 취한 결과가 그렇게 나온 것에 대해 누가 특별히 실망했는지 아니면 화를 냈는지 아무도 기억하지 못했다. 봄 앵데팡당전이 있었고 그 전시회가 끝나자 거트루드 스타인과 그녀의 오빠는 당시 때가 되면 그랬듯이 이탈리아로 여행을 갈 예정이었다. 파블로와 페르낭드도 스페인에 다녀올 예정이었는데, 페르낭드로서는 첫번째 스페인 여행이어서 드레스와 모자와 향수와 요리용 난로를 사야 했다. 그 시절 모든 프랑스 여자는 다른 나라로 여행을 떠날 때 반드시 프랑스제 요리용 기름 난로를 가지고 다녔다. 아마 지금도 그럴 것이다. 어디를 다니든지 그들에게는 난로가 필수품이었다. 그 바람에 프랑스 여자들은 여행을 다닐 때, 어김없이 수하물 중량 초과로 인한 비용을 지불해야 했다. 마티스 부부가 돌아와 피카소 커플을 만났는데 서로가 굉장히 반가워하기는 했지만, 실상은 서로 그리 좋아하는 것 같지 않았다. 뒤이어 드랭이 피카소를 만나러 찾아왔는데 브라크도 같이 왔다.

그전까지는 마티스가 피카소에 관한 이야기를 들은 적이 없고 피카소 또한 마티스를 만난 적이 없다는 사실이 이상하게 들릴지 모르겠다. 그러나 당시 몇몇씩 친하게 지내는 사람들은 자기들끼리만 알고 지내며 살았기 때문에 다른 무리의 사람들에 관해서는 전혀 아는 바가 없었다. 생미셸부두에 살며 앵데팡당전에 참가했던 마티스는 피카소와 몽마르트르와 화랑 주인인 사고에 대해 전혀 모르고 있었다. 사실을 말하자면, 당시 화가들이 활동하던 초기 시절, 그들의 그림은 몽마르트르에서 골동품 가게를 운영하던 마드무아젤 바일이 차례차례 사주었는데, 사실 그녀는 누가 그린 그림이라도, 꼭 화가가 아니더라도, 그림을 그릴 줄 아는 사람이 그린 그림을 모두 구입했기 때문에, 아주 드문 경우가 아니면 화가들이 다른 화가의 그림을 볼 기회가 거의 없었다. 하지만 세월이 흐른 뒤에는 화가들이 모두 마드무아젤 바일을 매우 고맙게 생각했는데 이후에는 유명해졌지만 이름이 없던 시절 그들이 그린 보잘것없는 첫 작품을 그녀가 구입해주었기 때문이었다.

어쨌든 앞에서 말했듯이 거트루드 스타인이 모델로 앉아 있는 일도 끝났고, 앵데팡당전의 개막전 행사도 끝났으며 모든 사람이 파리를 떠났다.

그렇게 지나간 겨울은 결실이 많았던 시기였다. 오랫동안 거트루드 스타인의 초상화와 씨름하는 가운데, 피카소는 어릿광대 시대, 즉 초기의 매력적인 이탈리아 시대에서 벗어나 나중엔 결국 입체주의로 나아가게 될 치열한 분투의 시기로 접어들었다. 거트루드 스타인은 흑인 여자 멜란차의 이야기를 완성했는데, 『세 인생』의 두번째 부분인 이 이야기의 완성은 문학에서 19세기에서 20세기로 진입하는 당당한 첫걸음이 되었다. 마티스는 〈생의 기쁨〉을 완성했으며 아울러 얼마 지나지 않아 모든 것에 자취를 남기게 될 새로운 유파를 창조해냈다. 그리고 모든 사람이 파리를 떠났다.

그해 여름 마티스 부부는 이탈리아로 떠났다. 사실 마티스는 이탈리아를 그렇게 좋아하지 않았는데, 오히려 그로서는 프랑스나 모로코가 더 마음에 들었지만 마담 마티스는 이탈리아를 가슴 벅차게 받아들였던 모양이다. 소녀시절의 꿈이 이루어진 것이었다. 그녀는 말했다, 내내 혼잣말을 했어요, 드디어 내가 이탈리아에 왔구나. 그리고 앙리에게도 계속 그 말을 들려주었더니 굉장히 흐뭇해하더라고요, 그런데 그러고 나선 이렇게 말하더라고요, 그래서 어쩌라고.

피카소 커플은 스페인에 있었고 페르낭드는 스페인과 스페인 사람들과 지진을 설명하는 장문의 편지를 보내왔다.

피렌체에서 여름을 보내는 일은 잠시 마티스 부부를 방문하고 앨피 모러가 잠시 찾아온 것을 제외하곤 파리에서의 삶과는 아무 상관이 없는 사뭇 다른 삶이었다.

거트루드 스타인과 그녀의 오빠는 피렌체 근처 피에솔레의 언덕 꼭대기에 있는 별장을 빌려, 그곳에서 여러 해 동안 여름을 보냈다. 파리에 온 해 나는 친구와 함께 그 별장에 묵은 적이 있었는데, 그때 거트루드 스타인과 그녀의 오빠는 피에솔레의 또다른 편에 있는 더 큰 별장을 얻어 큰오빠 부부 그리고 아이까지 함께 여름을 보냈다. 카사 리치라 불리는 작은 별장은 대단히 흥겨운 곳이었다. 그곳이 지내기 좋은 곳이 된 데는 어느 스코틀랜드 여자의 공이 컸는데 원래 장로교 집안에서 태어났지만 나중에 열렬한 가톨릭 신자가 된 그녀는 장로교도인 늙은 어머니를 모시고 수녀원 곳곳을 전전했다고 한다. 그러다 카사 리치를 찾아내어 그곳에 정착하게 되면서 혼자 힘으로 그곳을 예배당으로 꾸몄고 결국 그녀의 어머니는 그곳에서 생을 마감했다. 어머니가 돌아가신 후에는 카사 리치를 나와 나중에 더 큰 별장으로 거처를 옮겼기 때문에 은퇴한 사제들을 위한 요양소로 개조한 카사 리치를 거트루드 스타인과 그녀의 오빠가 이 스코틀랜드 여자에게서 빌릴 수 있었던 것이다. 거트루드 스타인은 마치 메리 스튜어트 여왕의 시녀를 꼭 빼닮은 스코틀랜드 주인이 마음에 들었는데 더욱이 뒷자락이 길게 늘어지는 검은 옷을 입고 가톨릭을 표상하는 모든 상징물 앞에 한쪽 무릎을 꿇어 예를 갖추고는 가파른 사다리를 올라 지붕에 난 작은 창을 열어 하늘의 별을 바라보는 그녀의 모습이 경이롭게 보이기까지 했다. 가톨릭의 의식과 프로테스탄트의 찬양이 뒤섞인 묘한 조화가 아닌가.

프랑스인 가정부 엘렌은 단 한 번도 피에솔레에 가본 적이 없었다. 그 무렵 그녀는 결혼을 했다. 그래서 여름 동안 남편을 위해 음식도 만들고 거트루드 스타인과 그녀 오빠의 양말 바닥을 새로 덧대 수선하기도 했다. 잼도 만들었다. 이탈리아에도 파리의 엘렌만큼 살림을 도맡아 봐주는 마다레나라는 여자가 있었지만, 내가 보기엔 유명 인사들에게서 엘렌만큼 높이 평가되는 것 같지는 않았다. 사실 이탈리아는 유명 인사들과 그들의 자제를 자주 보기도 하고 만날 수도 있는 나라다. 이런 상황에 대해 에드윈 도지*는 이렇게 말했다, 위대한 사람들의 삶을 들여다보게 되면 종종 우리는 자손을 남기지 말아야겠다는 생각이 듭니다.

거트루드 스타인은 늘 자기가 보기엔 파리의 겨울이 가장 이상적인 기후라고 말했지만 이탈리아의 뜨거운 열기와 강렬한 햇빛에도 아낌없는 찬사를 보냈다. 그 시절 그녀는 정오쯤에 산책하는 일을 즐겼다. 나는 지금도 그렇고 예전에도 여름날의 뜨거운 태양을 좋아하지는 않았어도 그녀를 따라 산책을 나가곤 했다. 나중에 언젠가 스페인에 갔을 때 나는 더위를 피해 나무 그늘에 앉아 땀을 닦았지만 거트루드 스타인은 내리쬐는 햇볕 아래에서 전혀 지친 기색을 보이지 않았다. 오히려 그 뜨거운 열기 아래 그냥 누워 여름날 한낮의 태양을 똑바로 바라보기까지 했고, 그러면서 그게 눈과 머리를 쉬게 하는 일이라는 말까지 남겼다.

피렌체에는 재미있는 사람들이 많았다. 베런슨** 부부가 있었고 당시 그들과 함께 있던 글래디스 디컨이라는, 국제적으로 미모가 알려진 유명한 여자도 있었는데, 그녀가 어느 해 겨울을 몽마르트르에서 보내고 난 뒤 거트루드 스타인은 매사에 너무 쉽게 놀라는 그녀의 태도가 영 재미없다고 생각했다. 그 외에도 처음 알게 된 러시아 사람인 폰 하이로스와 그의 아내도 있었는데, 나중에 네 명의 남편을 거치게 되는 폰 하이로스의 아내가 한번은 흥에 겨운 목소리로 자기는 남편이었던 남자들과 항상 좋은 친구로 지낸다고 말한 적이 있었다. 당시의 남편은

---

* 미국 건축가.
** 버나드 베런슨. 르네상스 예술 연구로 유명한 미국 미술사학자.

매력적으로 생기긴 했지만 어리석은 구석이 있었고 늘 러시아 이야기만 하는 사람이었다. 그 밖에도 소롤드 부부*를 포함하여 아주 많은 사람이 있었다. 그리고 무엇보다 중요한 것은 대단히 훌륭한 영어 서적 도서관이 있었다는 사실이며 그곳에는 거트루드 스타인에게 무한한 기쁨의 원천이 되었던 온갖 진기한 전기들이 소장되어 있었다. 언젠가 거트루드 스타인은 자기는 어렸을 때부터 엘리자베스시대의 작가를 비롯해 현대 작가에 이르기까지 너무 많은 책을 읽었던 터라, 혹시 나중에 읽을거리가 떨어지면 어쩌나 몹시 겁나고 불안하다는 말을 한 적이 있다. 여러 해 동안 그녀는 불안감을 떨쳐버릴 수가 없어서 어떻게든 늘 책을 찾아 읽고 또 읽었지만 계속해서 읽을거리를 더 찾아야 직성이 풀리는 것 같았다. 그런 그녀 때문에 그녀의 큰오빠가 매일 피렌체에서 가능한 한 최대한 많은 책을 빌려와야 하고, 또 가져온 만큼 많은 책을 반납하러 가야 한다고 불평한 적도 있었다.

거트루드 스타인이 위대한 책, 『미국인의 형성』을 쓰기 시작한 때가 바로 그 여름이었다.

그 책은 그녀가 래드클리프대학 재학시절에 썼던 오래된 일상적인 주제로 시작되었다.

"한번은 화가 치민 어느 남자가 과수원에서 자기 아버지를 땅바닥에 질질 끌며 데려가고 있었다. '그만해라!' 참다못한 늙은 아버지가 신음소리를 내뱉으며 외쳤다. '이제 그만! 난 내 아버지를 이 나무 너머까지는 끌고 가지 않았다.'"

---

* 영국 작가 앨가 소롤드와 그의 연인으로 추정된다.

"우리가 태어날 때 부여받은 기질대로 살아가기란 힘든 일이다. 시작은 좋다. 왜냐하면 젊었을 때는 남의 눈의 티보다는 내 눈의 들보를 먼저 보고 그것을 참지 못해 스스로가 물리치려 격렬하게 싸우기 때문이다. 그러나 나이가 들어가면서 우리는 자신의 죄가 누구에게 해를 끼치기는커녕 오히려 즐겁게 해준다고 생각하게 되고, 그러면서 자신이 지은 죄와의 싸움이 사라지게 된다." 그리고 이 이야기는 한 가족의 역사를 담을 예정이었지만, 내가 파리에 올 때쯤 해서는 그 이야기가 과거에 살았거나 현재 살고 있거나 앞으로 살아갈 모든 사람의 역사가 되어가고 있었다. 베르나르 파이와 마담 세이에르가 진행하던 그 책의 번역 작업만큼 거트루드 스타인이 평생에 걸쳐 기뻐하고 좋아했던 일은 없었다. 지금까지 계속해서 베르나르 파이와 번역을 검토하고 있는 거트루드 스타인은, 영어로도 잘 쓴 작품이지만 프랑스어로 번역된 것도 못지않게 훌륭하다고 말한다. 문학잡지 〈트랑지시옹〉*의 편집자 엘리엇 폴은 거트루드 스타인이 프랑스에서도 베스트셀러 작가가 될 것이라 확신한다고 말한 적이 있다.

여기서 다시 카사 리치에서 여름을 보내던 시절과 문학에 관한 많은 사람들의 생각에 변화를 가져다주게 될 그 긴 문장이 처음 출현하던 시절로 돌아가보자.

거트루드 스타인은 『미국인의 형성』의 첫 부분에 엄청난 열정을 쏟아붓고 있었고 주문에라도 걸린 듯 머릿속으로 온통 그 일만 생각하며 파리로 돌아왔다. 매일 밤늦게까지 일을 하다가 종종 뜬눈으로 새벽의

---

* 1927년 4월 파리에서 창간된 실험적인 문예잡지로 초현실주의, 표현주의 및 다다이즘을 주로 다루었다.

여명을 맞이하던 때가 바로 그 무렵이었다. 그녀는 흥분에 휩싸인 채 파리로 돌아왔다. 돌아와서 제일 먼저 한 일은 완성된 자신의 초상화를 보러 간 것이었다. 피카소는 스페인에서 돌아오던 날 바로 자리에 앉아 거트루드 스타인의 얼굴은 보지도 않은 채 자기 생각대로 얼굴을 그려 냈다. 그리고 거트루드 스타인은 그렇게 완성된 자신의 초상화를 보았고 피카소는 물론 그녀도 완성된 그림에 흡족해했다. 그런데 참으로 이상한 것은 두 사람 다 피카소가 그려낸 얼굴이 어떤 표정인지 전혀 기억을 못한다는 사실이다. 이것 말고도 초상화에 관한 재미있는 이야기가 또 있다.

그리 오래전이 아닌 몇 년 전 거트루드 스타인이 머리를 짧게 잘랐을 때인데, 그렇게 머리를 자르기 전에 그녀는 늘 왕관을 쓴 모양으로 머리를 올리고 다녔고 그 모양대로 피카소가 얼굴과 머리를 그렸는데, 그녀가 머리를 짧게 싹둑 잘랐고, 짧은 머리를 하고 하룬가 이틀 뒤 어쩌다 어느 방에 들어갔는데 그때 피카소는 몇 방 건너 좀 떨어진 곳에 있었다. 비록 그녀가 모자를 쓰고 있긴 했지만 열린 문 두 개 너머로 그 모습을 본 피카소는 서둘러 그녀에게 다가가며 소리쳤다, 거트루드, 대체 뭡니까, 꼴이 이게 뭐냐고요. 뭐가 어때서요, 파블로, 그녀가 되물었다. 좀 봅시다, 그가 말했다. 그녀는 모자를 벗어 자신의 모습을 보여주었다. 아니 그럼 내가 그린 초상화는, 그가 험악하게 인상을 찌푸리며 굳은 목소리로 말했다. 그러나 곧 얼굴을 펴고는 덧붙였다, 그래도 전의 모습과 다를 바 없으니 됐어요.

마티스가 돌아왔고 사람들은 다시 활발하게 움직이기 시작했다. 드랭, 그리고 드랭을 따라 브라크, 이들이 몽마르트르로 거처를 옮겼다.

젊은 화가였던 브라크는 미술을 공부하던 시절부터 마리 로랑생을 알았으며, 같이 공부하던 그 시절 두 사람은 서로 상대방의 초상화를 그려주기도 했었다. 그때 이후 브라크는 다소 지리적인 특징을 보이는 그림을 그렸는데, 둥글게 이어진 구릉의 모습이나 앵데팡당전에 전시된 마티스의 그림에 크게 영향을 받은 것 같은 색상 등이 그런 느낌을 주었다. 브라크는 예전에 드랭을 알게 된 모양인데, 확실치는 않지만 군복무중에 서로 알게 된 게 아닌가 싶었고, 어쨌든 이제 두 사람은 드디어 피카소를 알게 되었다. 이렇게 그들이 만나면서 즐겁고 흥겨운 시기가 시작되었다.

그들은 몽마르트르에 있는 피카소의 집에서 많은 날을 같이 지냈으며 늘 맞은편에 있는 작은 식당에서 함께 식사도 했는데, 다른 어느 때보다도 그 시절 피카소의 모습은 거트루드 스타인이 말했듯이 조수 넷을 뒤에 거느린 키 작은 투우사를 연상시켰으며, 아니 어쩌면 나중에 피카소의 모습을 묘사하는 글에서 거트루드가 언급했듯이, 피카소는 체격이 건장한 근위병 넷을 거느린 나폴레옹과 같은 인상을 주었다. 드랭과 브라크는 굉장히 덩치가 컸고, 마찬가지로 기욤도 육중한 몸을 과시했으며 살몽* 역시 체구가 작지 않았다. 그러나 어느 모로 보나 피카소가 대장이었다.

이렇게 얘기하다보니 살몽과 기욤 아폴리네르의 이야기를 하지 않을 수 없는데, 물론 거트루드 스타인은 이 모든 일이 일어나기 훨씬 전부터 이 두 사람과 마리 로랑생을 알고 있었다.

---

* 프랑스 시인이자 미술평론가. 기욤 아폴리네르와 더불어 입체파를 옹호했다.

그 시절 살몽과 기욤 아폴리네르는 몽마르트르에 살았다. 살몽은 굉장히 나긋나긋한 성격에 활기찬 사람이었지만 거트루드 스타인은 그가 특별히 재미있다고는 생각하지 않았다. 그냥 좋아했을 뿐이었다. 반면에 기욤 아폴리네르는 아주 멋진 사람이었다. 바로 그즈음, 그러니까 거트루드 스타인이 그를 처음 알게 된 시기에, 기욤이 어느 작가와 결투를 한다고 해서 온갖 소문이 떠돌았다. 페르낭드와 피카소는 그 결투 얘기를 할 때면 대단히 흥분된 어조로 정말 많이 웃으며 몽마르트르 사람들이 사용하는 속어를 마구 섞어 떠들어댔지만, 거트루드는 그들을 알게 된 지 얼마 되지 않은 때라, 실제로 어떤 일이 벌어지고 있는지 제대로 알 수가 없었다. 여하튼 사건의 핵심은 기욤이 어떤 작가에게 결투를 신청하는 도전장을 내밀었고 막스 자코브가 기욤의 입회인이자 증인이 되었다는 사실이다. 그리고 기욤과 그의 상대자는 각자가 좋아하는 카페에 앉아 그들의 입회인들이 왔다갔다하는 동안 하루종일 기다려야 했다는 것이다. 거트루드 스타인은 결투가 어떻게 끝났는지 몰랐는데, 결투가 벌어지지는 않았고 대신 입회인들이 각자 담당하는 결투 주역들에게 제시한 청구서가 사람들에게 큰 흥미를 불러일으켰다. 그 청구서에는 입회인들이 언제 커피를 마셨는지 기록되어 있었는데 입회인들이 각 결투 당사자들과 함께 있을 때는 당연히 커피를 마셔야 했고 입회인들끼리 있을 때도 마찬가지였다. 또한 커피에 반드시 브랜디 한 잔을 곁들여야 하는 상황이 어떤 것인지도 문제였다. 그뿐만 아니라 그들이 입회인 역할을 하지 않을 때는 커피를 몇 잔이나 마실 수 있는지도 문제였다. 이렇다보니 계속 만나서 논의를 해야 했고 요구하는 항목들이 계속 추가되었다. 그런 식의 논의가 며칠 동안 이어졌는데, 몇 주 아니면 몇 달 동안 계속될지도 모를 일이었고 결국엔 누가 돈을 받았는지 아무도, 심지어 카페 종업원까지도 모른다고 했다. 그런데 아폴리네르는 아무리 몇 푼 안 되는 돈을 쓰더라도 굉장히 쩔쩔매며 아까워한다고 익히 잘 알려져 있었다. 그래서 그 사건은 더욱 흥미진진했다.

아폴리네르는 굉장히 매력적이고 재미있는 사람이었다. 그의 머리는 로마제국 어느 황제의 머리와 흡사했다. 사람들은 그에게 형이 있다는 얘기는 들었지만 본 적은 없다고 했다. 그 형은 은행에 근무해서 그런지 옷도 잘 차려입고 다니는 편이었다. 몽마르트르 사람들은 통상적으로 옷을 잘 차려입고 나가야 할 일이 생기면, 가령 친척을 만나거나 사업 문제로 외출을 할 때는, 항상 기욤 형의 정장을 빌려 입고 나갔다.

기욤은 비상할 정도로 머리가 총명한 사람으로 어떤 주제가 제시되든, 그리고 그것에 관해 자신이 알든 모르든, 재빨리 그 주제의 전체적인 의미를 포착하고 뛰어난 재치와 상상력을 동원하여 그에 대해 잘 아는 사람들이 미처 생각하지 못한 부분까지 그 의미를 설명해나가곤 했는데, 그의 설명이 대체로 정확했다는 점은 참으로 희한했다.

몇 년이 지난 뒤, 언젠가 한번은, 우리가 피카소 커플과 식사를 했는데, 대화를 나누다가 내가 기욤의 기를 꺾은 적이 있었다. 나는 대단히 뿌듯했지만, 그런데 에바*(피카소가 페르낭드와 헤어진 뒤였다)가 이렇게 말하는 것이 아닌가, 기욤이 굉장히 취해서 그렇지 안 취했으면

---

* 피카소의 두번째 연인 에바 구엘. 피카소는 1911년 에바와 만나 연인관계가 되면서 첫사랑이었던 페르낭드와 헤어진다.

이렇지 않았을 거예요. 그런 상황에서만 사람들이 말로 기욤을 이길 수 있다는 뜻이었다. 불쌍한 기욤. 우리가 기욤을 마지막으로 본 것은 그가 전쟁터에서 파리로 돌아오고 난 뒤였다. 머리에 심한 부상을 입은 그는 두개골의 일부를 제거해야 했다. 그러나 머리에 붕대를 감은 채 파란색 군복을 입고 있는 그의 모습은 참 멋져 보였다. 그는 우리와 함께 점심을 먹었고 한참 동안 참으로 많은 이야기를 나눴다. 피곤했던지 그의 무거운 머리가 자꾸 꾸벅꾸벅 흔들렸다. 그는 엄숙하다고 할 정도로 진지했다. 곧 우리는 자리를 떴고, '프랑스 부상병을 위한 미국 기금'*이라는 단체에서 구호 활동을 하게 되었는데, 그후 다시는 그를 보지 못했다. 나중에 피카소의 아내 올가 피카소는 휴전협정일 밤에 기욤 아폴리네르가 사망했다고,** 그들이 그날 저녁 내내 기욤과 함께 있었고 날이 따뜻해서 창문을 열어두었는데 지나가는 군중이, 기욤을 내놔라, 윌리엄***을 타도하자고 외치며 기욤 아폴리네르의 이름을 거론하는 바람에 기욤은 죽음의 고통 속에서도 괴로워했다고 말했다.****

---

* 제1차세계대전중인 1915년 가을에 프랑스에서 부상당한 병사와 시민을 위한 의료지원 활동 및 난민 구호 활동을 위해 해외 거주 미국 여성들이 파리에 설립한 구호기금 단체로, 미국 적십자사 등 여러 단체와 긴밀한 협조하에 기금을 모으고 의료품 및 각종 물품 지원 활동을 했다.
** 휴전협정은 1918년 11월 11일에 최종 체결되었지만 아폴리네르가 사망한 날은 11월 9일이다. 독일 황제가 패전의 책임을 지고 퇴위한 11월 9일을 휴전협정일로 착각한 듯하다.
*** 기욤(Guillaume)에 해당하는 영어식 이름이 '윌리엄(William)'이다.
**** 이 일은 기욤 아폴리네르의 아버지가 이탈리아인으로 추정되고 어머니는 폴란드 출신이라는 사실, 그리고 그가 루브르박물관에서 〈모나리자〉와 이집트 조각상들을 훔친 혐의를 받은 적이 있다는 사실과 연관이 있는 것으로 추정된다.

사실 기욤 아폴리네르는 대단히 영웅적이었다. 어머니가 폴란드인이고 아버지는 이탈리아인으로 추정되어 어차피 외국인이었던 그는, 사실 전쟁에 자원입대할 필요가 없었다. 그는 나름의 습성을 버리지 못하는 사람으로, 문학을 사랑하는 삶과 식탁의 즐거움에 익숙한 사람이었지만, 모든 것을 버리고 자원입대한 것이다. 처음에 그는 포병에 지원했다. 모든 사람이 포병이 보병보다는 덜 위험하고 좀 편하다고 조언을 했기 때문이었는데, 얼마 지나지 않아 그렇게 어정쩡하게 보호받고 있는 듯 보이는 포병생활에 염증을 느끼고는 보병으로 보직을 바꿨고 전투에서 돌격을 하다 부상당했다. 그가 한참 동안 입원했다가 조금 회복되었다 싶었을 무렵, 우리가 그를 만난 것이고, 결국엔 휴전협정이 이루어진 날 세상을 뜨고 말았다.

기욤 아폴리네르의 죽음은 친구들에게 큰 슬픔을 안긴 것은 물론 그들의 삶에 중대한 변화를 가져왔다. 전쟁이 끝나자마자 세상에 많은 변화의 바람이 불었고 자연히 사람들도 뿔뿔이 흩어지기 시작했다. 기욤은 사람들을 한데 끌어모으는 특별한 재능을 지녀서, 만일 그가 살아 있었더라면 당연히 유대의 구심점이 되었을 테지만, 그가 가버리자 사람들도 서로 멀어지고 만 것이다. 하지만 이 모든 일은 훨씬 뒤에 일어나게 되니 다시 거트루드 스타인이 기욤과 마리 로랑생을 처음 만났던 시기로 되돌아가기로 하자.

사람들은 모두 거트루드 스타인을 거트루드, 아니면 격식을 갖춰 마드무아젤 거트루드라고 불렀고, 피카소는 파블로라고 페르낭드는 페르낭드라고 불렀으며 기욤 아폴리네르는 기욤으로 막스 자코브는 막스라고 불렀지만 마리 로랑생은 모두가 마리 로랑생이라고 불렀다.

거트루드 스타인이 마리 로랑생을 처음 만난 것은 기욤 아폴리네르가 그녀를 데리고 플뢰뤼스가를 찾아왔을 때였는데, 토요일 저녁 모임이 아니라 다른 요일 저녁이었다. 마리 로랑생은 재미있는 여자였다. 두 사람은 아주 독특한 한 쌍이었는데, 특히 마리 로랑생은 지독한 근시였지만, 그 당시 프랑스 여자들과 몇몇 남자가 그랬듯이, 안경을 쓰지 않았다. 대신 그녀는 긴 손잡이가 달린 안경을 사용했다.

마리 로랑생은 그림을 하나하나 꼼꼼히 살펴보았는데, 눈높이에 있는 모든 그림을, 눈을 그림에 아주 가까이 갖다댄 다음 손잡이가 달린 안경을 조금씩 살짝 움직여가며, 그림 전체를 쭉 훑어보는 식이었다. 반면 눈높이에 있지 않은 그림은 아예 쳐다보지도 않았다. 그림을 다 살펴본 그녀가 마침내 이런 말을 내뱉었다, 저는 초상화가 맘에 드는데 그래요 당연한 얘길 거예요, 저 자신이 클루에가 그린 초상화 같으니까요. 그리고 그 말은 사실이었다, 그녀는 진짜 클루에가 그린 초상화 속 인물처럼 보였다. 그녀는 중세 프랑스 여성들처럼 몸은 말랐지만 체격은 아주 당당했다. 목소리는 고음이었지만 아름답게 조율되어 듣기 좋았다. 그녀는 긴 소파에 거트루드 스타인과 함께 앉아 자신이 살아온 삶의 이야기를 하나하나 들려주면서, 천성적으로 남자를 싫어했던 자기 어머니가 실은 여러 해 동안 어느 유명 인사의 정부 노릇을 하다가, 자기를, 마리 로랑생을 낳았다고 했다. 그러면서 그녀는 덧붙였다, 저는 절대로, 기욤을 어머니에게 소개할 수가 없었어요 아 물론 그는 멋진 남자고 어머니도 한번 만나면 분명 좋아하게 될 테지만 엄두가 나질 않았죠. 나중에 제 어머니를 보실 기회가 있을 거예요.

실제로 나중에 거트루드 스타인은 그녀의 어머니를 보게 되었고 그때 나도 파리에 있었던 터라 거트루드를 따라 그녀를 보게 되었다.

마리 로랑생, 참으로 별난 삶을 살아가면서 자신만의 독특한 예술세계를 추구하던 그녀는 어머니와 함께 살았는데, 그녀 어머니는 아주 조용하고, 대단히 유쾌하고, 그러면서도 매우 기품이 있는 여자로, 두 사람의 삶은 흡사 수녀원의 삶을 연상시켰다. 그들의 작은 아파트엔 마리 로랑생이 디자인하고 어머니가 수를 놓은 작품들이 가득했다. 마리와 그녀 어머니가 서로를 대하는 행동을 보면 젊은 수녀와 나이든 수녀가 하는 행동과 꼭 닮았다. 모든 게 참 별났다. 나중에 전쟁이 발발하기 직전 그녀 어머니가 병으로 쓰러져 돌아가셨다. 돌아가시기 전 그녀 어머니는 기욤 아폴리네르를 처음 보았고 금방 그를 좋아하게 되었다.

어머니가 돌아가신 뒤로 마리 로랑생은 평정심을 잃고 불안해했다. 그녀와 기욤은 더이상 만나지 않았다. 어머니가 살아 있을 때는 어머니 모르게 지속되었던 두 사람의 관계가 어머니가 죽기 전 기욤을 보고 좋아했음에도 무슨 연유인지 어머니가 죽은 뒤로는 더이상 지속되질 못했던 것이다. 마리는 친구들의 충고에도 불구하고 어느 독일 남자와 결혼했다. 친구들이 나무라고 말리자 그녀는 이렇게 말했다, 하지만 어머니 같은 느낌을 주는 사람은 그뿐이거든.

마리 로랑생이 결혼한 지 육 주 정도 지났을 때 전쟁이 벌어졌고 마리는 독일 사람과 결혼했다는 이유로 프랑스를 떠나야 했다. 전쟁중에 스페인에서 만났을 때 마리는, 스페인 관리들이 자신을 괴롭히지는 못할 거라고, 여권상으로 자기 아버지가 누구인지 알 수 없어서 혹시라도 프랑스공화국 대통령일지도 모른다는 생각에 조심할 수밖에 없을 거라고 했다.

전쟁이 벌어지는 동안 마리는 매우 불행했다. 그녀는 다분히 프랑스 여자의 면모를 지니고 있었지만 법적으로는 독일인이었다. 당신이 그녀를 만나면 아마 그녀는 이렇게 말할지도 모르겠다, 내 남편을 소개해 드리죠 독일 군인이에요, 근데 남편 이름이 기억나지 않네요. 스페인에서 그녀와 그녀 남편이 이따금 접촉하는 스페인 거주 프랑스인들이 매사에 그녀를 불편하게 만들었는데, 그들이 계속해서 그녀의 조국은 독일이라고 언급했기 때문이었다. 한편 그녀와 편지를 주고받던 기욤은 애국심이 잔뜩 묻어나는 편지들을 써서 그녀에게 보내곤 했다. 마리 로랑생에게는 참으로 불행한 시절이었다.

결국엔 푸아레*의 누이인 마담 그루가 스페인까지 와서 고통 속에 있던 마리에게 도움을 주었다. 마침내 마리는 남편과 이혼하고 정전협정 이후 파리로, 다시 한번 세상 속의 고향으로 돌아오게 되었다. 그녀가 플뢰뤼스가를 다시 찾아온 것이 그즈음으로, 그때는 에리크 사티와 함께 왔었다. 노르망디 출신인 두 사람은 자신의 출신지를 자랑스럽게 생각했다.

초기에 마리 로랑생은 기욤, 피카소, 페르낭드와 그녀 자신의 초상이 들어간 이상한 그림을 그렸다. 페르낭드가 거트루드 스타인에게 그 그림에 관한 이야기를 들려주었다. 거트루드 스타인이 그 그림을 샀고 마리 로랑생은 몹시 기뻐했다. 그녀가 그린 그림을 누군가가 사준 것은 처음이었다.

기욤 아폴리네르가 첫 직장을 구했을 때가 거트루드 스타인이 라비

---

* 프랑스 패션 디자이너.

냥가를 알기 전이었는데, 그 직장에서 그는 신체 단련에 관한 조그만 팸플릿을 편집하는 일을 했다. 그 팸플릿에 피카소가 훌륭한 솜씨로 캐리커처를 그려 실었는데, 그중에는 신체 단련이 어떤 효과를 낳는지를 보여주는 본보기로 기욤의 모습을 그린 것도 있었다.

이제 다시 한번 모든 사람이 여행에서 돌아온 시기와 피카소가 나중에 입체파로 알려지게 될 운동의 선두주자로 나선 시기로 되돌아가보자. 누가 처음에 입체파라는 명칭을 붙였는지는 모르지만 아마 아폴리네르가 처음 그렇게 부르지 않았나 싶다. 어쨌든 아폴리네르는 입체파 화가들을 다룬 최초의 팸플릿을 썼고 그것에 그들의 그림을 삽화로 실었던 사람이다.

거트루드 스타인이 나를 데리고 처음 기욤 아폴리네르를 만나러 갔던 날을 분명히 기억한다. 우리가 찾아간 곳은 순교자의 거리에 있는 작은 독신자 아파트였다. 방안에 체격이 자그마한 젊은이들이 가득했다. 나는 페르낭드에게 물었다, 누구죠, 이 사람들은. 시인들이에요, 페르낭드가 대답했다. 숨이 멎는 듯했다. 나는 전에 시인들을 본 적이 없었다, 물론 시인 한 명은 알았지만 그렇게 많은 시인을 보게 될 줄은 몰랐다. 피카소가 술에 약간 취해서 페르낭드가 크게 화를 내는데도 내 옆에 앉아 스페인의 여러 모습을 담은 사진첩에서 자신이 태어난 정확한 장소를 찾아 알려주겠다고 고집을 부렸던 때가 바로 그날 밤이었다. 나는 상황이 조금 애매했다는 느낌을 안고 그 집을 나섰다.

피카소가 거트루드 스타인과 그녀 오빠를 통해 마티스를 만나고 난 뒤 여섯 달이 지난 후쯤부터 드랭과 브라크는 피카소의 추종자가 되었다. 그사이에 마티스는 피카소에게 흑인 조각을 소개해주었다.

그 당시 골동품의 가치가 있는 미술품을 수집하고 다니는 사람들은 흑인 조각에 대해 잘 알고 있었지만 예술가들은 그렇지 못했다. 현대 예술에서 흑인 조각이 지닌 잠재적인 가치를 처음 인식하고 알아낸 사람이 누군지 나는 확실히 알지 못한다. 어쩌면 페르피냥 출신으로 남부에서 마티스를 알게 되고 마티스에게 흑인 조각에 대해 관심을 가져보라고 권한 사람인 마욜이 아닐까 싶다. 일설에는 드랭이 흑인 조각의 가치를 맨 처음 발견한 사람이라고 한다. 어쩌면 마티스 자신일지도 모르는데 왜냐하면 르네가에서 오랫동안 골동품 거래를 하던 사람이 자기 상점 진열장에 늘 많은 흑인 조각품을 진열해놓았고 마티스가 스케치 수업을 하러 르네가를 자주 드나들었기 때문이다.

어찌되었든 최초로 아프리카 조각품의 영향을 받았던 사람은, 물론 그림이 아니라 조각에서 그 영향을 받았던 사람은 마티스였으며, 피카소가 거트루드 스타인의 초상화를 완성한 직후 그에게 아프리카 조각품에 관심을 가져보라고 권한 사람도 그였다.

아프리카 예술은 완전히 다른 방향으로 마티스와 피카소에게 영향을 미쳤다. 마티스의 경우는 아프리카 예술이 그의 시각보다는 상상력에 더 많은 영향을 주었다고 할 수 있다. 반면 피카소의 경우는 그의 상상력보다는 시각에 더 큰 영향을 미쳤다. 그런데 참으로 이상하게 들릴지 모르겠지만 많은 세월이 지난 뒤 아프리카 예술이 결국엔 피카소의 상상력에도 영향을 미치게 되었고 그것도 피카소가 댜길레프*와 러시아 발레를 통해 러시아 사람들의 오리엔탈리즘을 알게 되고 이것이 그

* 러시아 미술평론가이자 발레 흥행주이며 '발레 뤼스' 무용단의 창립자.

의 상상력에 더해지면서 가능하게 되었다.

피카소가 입체파를 창설했던 초기 아프리카 예술은 순전히 그의 시각과 형식에만 영향을 미쳤을 뿐, 상상력은 여전히 스페인적으로 남아 있었다. 예식과 추상이라는 스페인적 특질은 피카소가 거트루드 스타인의 초상화를 그림으로써 더욱 고취된 바 있었다. 거트루드 스타인은 누구도 부인 못할 충동적인 성향과 단순하고 힘이 넘치는 추상을 지향하는 태도를 늘 견지하고 있었다. 그렇기에 그녀는 아프리카 조각에 아무런 관심을 보이지 않았다. 그녀는 항상 자기도 아프리카 조각을 굉장히 좋아하긴 하지만 유럽인과는 아무 상관도 없는 예술품이라고 말하면서, 아프리카 조각은 순박함이 결여되어 있고, 굉장히 구태의연하고, 너무 옹색하고, 지나치게 기교에 치우쳐서 그것의 선조라 할 수 있는 이집트 조각이 지닌 우아함은 전혀 찾아볼 수 없다고 했다. 그러면서 그녀는 미국인인 자기는 원시적인 것은 좀더 자연스럽고 미개한 모습 그대로를 간직하는 것이 좋다고 했다.

거트루드 스타인과 그녀 오빠의 소개로 서로를 알게 된 마티스와 피카소는 친구가 되었지만 다른 한편으로는 적이기도 했다. 지금 두 사람은 친구도 적도 아니다. 그러나 당시엔 친구이면서 적이었다.

마티스와 피카소는 당시의 관습대로 서로의 그림을 주고받았다. 대체로 화가들은 다른 화가의 그림을 고를 때 가장 자기 마음에 드는 작품을 고르는 것이 관례였다. 그러나 마티스와 피카소는 상대방의 그림 가운데서 누가 봐도 제일 재미없어할 그림을 골랐다. 나중에 두 사람은, 각자가 선택한 그림을 상대방의 약점을 잘 드러내는 본보기로 이용했다. 두 사람이 선택한 그림에 상대방의 강점이 두드러지게 드러나지 않는다는 것은 분명한 사실이었다.

피카소를 추종하는 사람들과 마티스를 추종하는 사람들 사이의 감정이 날로 악화되었다. 이렇게 말하고 보니, 앵데팡당전에 친구와 같이 구경 가서 어느 두 그림 아래 아무 생각 없이 앉아 있던 때가 생각나는데 바로 그 두 그림이 드랭과 브라크가 피카소의 추종자이지 마티스를 따르지 않는다는 사실을 공식적으로 보여준 것이었다.

물론 그렇게 되기까지 그동안 많은 일이 벌어지긴 했다.

마티스는 매년 가을에 열리는 전시회뿐 아니라 앵데팡당전에도 매번 그림을 전시했다. 그러면서 그에게 많은 추종자가 생기기 시작했다. 반면 피카소의 경우, 그는 평생에 걸쳐 어느 전시회에도 그림을 전시하지 않았다. 당시 피카소의 그림은 오로지 플뢰뤼스가 27번지에서만 볼 수 있었다. 물론 드랭과 브라크가, 피카소의 최근 작품에서 절대적인 영향을 받은 두 사람이, 자신들의 작품을 전시했을 그때가 바로 피카소가 최초로 공식적인 전시회에 자신의 작품을 선보인 것이나 다름없다고 말할 수도 있다. 아무튼 그때 이후 피카소에게도 많은 추종자가 생겨나게 되었다.

피카소와 거트루드 스타인의 우정이 깊어지자 마티스는 화가 나면서 초조해지기 시작했다. 그가 말했다, 거트루드, 그녀는 지방색과 연극적 가치를 좋아하는 여자요. 이 말은 거트루드가 지닌 특질 어느 것 하나만 봐도 그녀가 피카소 같은 사람과 깊은 우정을 나누기가 힘들 거라는 뜻이었다. 물론 마티스가 여전히 자주 플뢰뤼스가를 드나들었지만 마음을 솔직히 터놓고 지내는 관계는 더이상 아니었다. 바로 그즈음 거트루드 스타인과 그녀 오빠가 그들 집의 벽에 걸린 그림들을 그린 화가를 점심식사에 초대했다. 물론 이미 사망했거나 나이가 많은 화가는 포함되지 않았다. 앞서 얘기했듯이 거트루드 스타인이 초대한 화가 모두를 즐겁게 대접하고 또 각 화가들이 자기 그림을 마주보고 앉도록 자리배치를 함으로써 점심 모임을 성공적으로 마무리한 것이 바로 그때였다. 실은 어느 누구도 그런 세심한 자리배치를 눈치채지 못한 채 그냥 즐겁게 시간을 보냈지만, 사람들이 모두 떠날 때쯤 마티스만이 문 앞에서 돌아서서 방안을 둘러보다 어떻게 자리가 배치된 것인지 문득 깨달았던 것이다.

마티스는 거트루드 스타인에게 자신의 작품에 흥미를 잃은 것이 아니냐고 넌지시 물어보았다. 그러자 그녀는 이렇게 대답했다, 당신의 내면에 스스로가 맞서 싸워야 할 것이 없으니까 지금까지 당신은 본능적으로 다른 사람들에게 적개심을 품고 그들을 공격할 생각만 한 겁니다. 그래도 지금은 그들이 당신을 따르잖아요.

그것이 그들 대화의 끝이었지만 다른 한편으로는 『미국인의 형성』의 중요한 부분의 시작이기도 했다. 거트루드 스타인이 사람들의 유형을 분명하게 구분짓게 된 데에는 그때의 생각이 중요한 단서가 되었던 것이다.

마티스가 미술을 가르치기 시작한 것도 이 무렵이었다. 그는 생미셸 대로의 선창가, 그가 결혼 이후 쭉 살아왔던 그곳을 떠나 앵발리드 거리로 이사했다. 프랑스에서 이루어진 정치와 종교의 분리 후 프랑스 정부는 수많은 수도원 학교 및 교회의 재산을 소유하게 되었다. 많은 수도원 학교가 문을 닫게 되었고, 그로 인해 많은 건물이 텅 비는 결과가 초래되었다. 앵발리드 거리에 있는 굉장히 웅장한 건물 역시 그중 하나였다.

그렇게 비어 있는 건물들은 임대비용이 아주 저렴했는데, 정부가 그 건물들을 항구적으로 활용할 방법을 강구하게 되면 분명 세입자들을 사전예고도 없이 쫓아낼 것이 분명해서 임대기간이 불확실했기 때문이다. 하지만 정원도 있고 커다란 방이 많은 그런 건물이 임대료도 싸다보니 화가들에게 이상적인 장소여서 임대기간의 불확실성이나 큰 집 살림의 어려움은 충분히 견뎌낼 수 있었다. 마티스 부부도 비어 있는 건물로 이사를 했고 마티스는 작은 방 대신 아주 큰 방을 작업실로 쓸 수 있게 되었으며 더불어 두 아들도 같이 살게 되어 모두가 행복해했다. 그러자 마티스를 추종하던 많은 사람이 현재 마티스가 살고 있는 건물에 미술을 배우려는 사람들을 모아 반을 꾸리면 자기들을 가르쳐줄 수 있냐고 물었다. 그가 수락해서 마티스의 미술학교가 시작되었다.

온갖 국적의 지원자들이 모여들었고 처음에 마티스는 지원자의 수가 많고 국적도 다양한 것에 어안이 벙벙했다. 그는 놀랍기도 하고 기쁘기도 해서 앞줄에 앉아 있던 작은 여성에게, 그림 속에 무엇을 담으려고 하는지, 추구하는 것이 무엇인지 물었고 그녀가 대답했다. *선생님 저는 새로움을 찾고 있어요.* 마티스는 자기는 수강생들의 모국어를 하나도 모르는데 그들은 어떻게 프랑스어를 배웠는지 의아하게 생각하곤 했다. 그런데 이 사실을 알게 된 누군가가 어느 프랑스 주간지에 마티스의 미술학교를 조롱하는 글을 싣고 말았다. 마티스는 기분이 몹시 상해버렸다. 기사에 따르면, 수강생들의 출신이 어디냐는 질문에, 미국 매사추세츠에서 온 사람들이라는 대답이 있었다. 마티스는 그 기사를 대단히 불쾌하게 생각했다.

그러나 이 모든 일에도 불구하고, 이러쿵저러쿵 말도 많았지만 마티스의 미술학교는 날로 번창했다. 문제가 없었던 것은 아니다. 헝가리 출신 수강생 중 한 사람이 수업에 모델로 서서 생활비를 벌면서 틈틈이 누군가를 모델로 세워 자기 그림을 계속 그리고 싶다고 했다. 그 얘기를 들은 젊은 여자들이 항의했는데, 모델이 서는 자리에 누드모델이 설 수는 있지만 그 누드모델이 동료 학생인 것은 별개의 문제라는 것이었다. 또 한번은 역시 헝가리 출신 수강생이 다른 학생이 그림을 그리다 남겨놓은 크레용 지우개로 쓰는 빵을 몰래 먹다가 발각된 적이 있는데 먹을 것이 없을 정도로 너무 가난하다는 사실과 그 더러운 빵이라도 먹으려는 비위생적인 행동이 미국인 수강생들에게 역겹고 불쾌한 인상만 남기고 말았다. 수강생 중에는 미국인도 꽤 있었다. 그중 하나가 돈이 없다고 애원하는 바람에 수강료를 면제해주었는데 나중에 그가 마티스와 피카소와 쇠라의 소품을 한 점씩 구입한 사실이 드러났다. 이 일은, 다른 수강생들 역시 스승이 그린 그림을 소유하고 싶어도 그럴 형편도 못 되어 포기했지만 수강료를 내고 수업을 듣는다는 사정을 고려하면, 다분히 불공평한 처사임이 틀림없었고, 더욱이 그가 구입한 그림 중에 피카소 작품이 있다는 것은 배신행위와 다를 바 없었다. 그리고 또하나 들자면, 가끔 한 수강생이 굉장히 서툰 프랑스어로 마티스에게 뭐라고 말을 하는데 그 말이 그의 원래 의도와는 사뭇 달라서 마티스가 잘못 알아듣고 벌컥 화를 내는 일이 벌어지곤 했고 그럴 때면 그 불운한 수강생은 연신 사과를 해야 했다. 그런 일이 종종 발생하는 극도의 긴장 속에서 모든 수강생은 그림을 배웠다. 한 수강생이 다른 수강생에게 선생과 학생 사이에 끼여 선생에게 나쁜 인상을 심어주는 것이 아니냐고 비난하게 되면 아주 심각하고 복잡한 상황이 오랫동안 전개되었고 그러다가 결국엔 어느 수강생 하나가 사과해야 일이 수습되는 경우가 다반사였다. 수강생들 스스로가 모여 만든 반이기에 상황이 매우 복잡하고 어려웠다.

거트루드 스타인은 그런 복잡하고 심각한 상황을 대단히 즐겁게 여겼다. 마티스는 아주 좋은 소문거리를 제공했고 그녀 역시 마찬가지여서 그 시기에 두 사람은 서로 자신의 이야기를 하면서 웃곤 했었다.

거트루드 스타인은 그때부터 마티스를 늘 C. M, 즉 소중한 *선생님 cher maître*이라고 부르기 시작했다. 그리고 그녀는 마티스에게 자기가 좋아하는 미국 서부의 이야기를 들려주곤 했는데 그전에 꼭 이렇게 말했다, 아 여러분 제발, 유혈이 낭자한 이야기가 아니길 바랍시다. 아무튼 마티스는 자주 플뢰뤼스가를 드나들었다. 엘렌이 그를 위해 오믈렛 대신 달걀 프라이를 준비하던 시절이 바로 그때였다.

『세 인생』의 타자 작업이 마무리되었고 그다음에는 원고를 출판사에 보여줘야 했다. 누군가 거트루드 스타인에게 뉴욕에 있는 에이전트를 소개했고 그래서 그녀는 연락을 취했다. 그러나 아무런 소식이 없었다. 그녀는 직접 출판사와 접촉을 시도했다. 유일하게 관심을 보인 곳이 밥스메릴이었지만 그곳도 결국 원고를 받지 않겠다는 전갈을 보내왔다. 출판사를 찾는 시도가 한동안 계속되었지만 마침내 그녀는 낙담하기는커녕 아무렇지도 않게 자비로 책을 내기로 결정을 내렸다. 당시 파리에 있는 사람들이 종종 자비출판을 했기 때문에 거트루드의 생각이 이상하게 여겨지지는 않았다. 누군가 그녀에게 뉴욕의 그래프턴 출판사를 소개했는데, 특히 역사와 관련된 책을 출판하는 곳으로 잘 알려져 있으며 많은 사람이 자기 책을 내주길 바라는 유명 출판사였다. 출판 계약이 성사되어 『세 인생』이 인쇄되고 교정지가 날아올 일만 남았다.

그러던 어느 날 문을 두드리는 소리가 나더니 아주 멋지고 매우 전형적인 미국인 느낌이 나는 젊은 남자가 미스 스타인을 만나러 왔다고 했다. 그녀가 말했다, 아 예 들어오세요. 그래프턴 출판사의 요청으로 방문한 겁니다, 젊은 남자가 말했다. 아 그러세요, 그녀가 말했다. 실은, 그는 머뭇머뭇하는 목소리로 말했다, 그래프턴 출판사의 사장님이 아마 당신의 영어를 보고는. 이 말이 채 끝나기도 전에, 저 미국인이거든요, 거트루드 스타인이 화가 치민 목소리로 대꾸했다. 예 예 그럼요 아주 잘 알고 있습니다, 그가 말했다, 그런데 글을 써보신 경험이 그리 많지 않으신 것 같아서요. 제 생각엔, 그녀가 웃으면서 말했다, 그러니까 제가 제대로 교육받지 못했다는 인상을 받으셨다는 말씀이로군요. 그는 얼굴을 붉히며 말했다, 그런 말씀이 아니라, 그리고 말을 이었다, 그게 아니라 글을 써본 경험이 많이 없으신 것 같아서요. 예 그래요, 그녀가 말했다, 맞아요. 그게 무슨 상관인가요. 제가 사장한테 직접 편지를 보내겠지만 당신도 그분한테 전하세요, 원고에 담긴 모든 내용은 의도를 가지고 그렇게 쓴 것이고 그분이 해야 할 일은 오로지 원고 그대로 출판하는 일이고 나머지는 다 제가 책임진다고요. 젊은 남자는 그냥 고개 숙여 인사를 하고 나갈 수밖에 없었다.

나중에 그 책이 작가들과 신문기자들의 주목을 받게 되자 그래프턴 출판사의 사장은 거트루드 스타인에게 아주 짧은 편지를 보내 솔직히 그 책이 그렇게 주목받으리라고는 예상하지 못했기 때문에 좀 놀랐으나 이제는 어떤 결과가 나타났는지 봤기에 자기로서는 자기 출판사에

서 그 책이 나왔다는 사실이 아주 뿌듯하고 기쁘다고 전했다. 그런데
그 책이 출판된 건 내가 파리에 온 다음에 일어난 일이다.

4장

파리로 오기 이전의 거트루드 스타인

　나는 다시 한번 파리에 왔고 이제는 플뢰뤼스가를 드나드는 단골손님이 되었다. 그때 거트루드 스타인은 『미국인의 형성』을 쓰고 있었고 『세 인생』의 교정 작업을 막 시작한 참이었다. 나는 그녀의 교정 작업을 도와주었다.

　거트루드 스타인은 미국 펜실베이니아주 앨러게니에서 태어났다. 캘리포니아에서 태어나 그곳을 열렬히 사랑하는 사람이었던 나는 거트루드도 어린 시절 캘리포니아에서 살았던 적이 있었기 때문에 종종 그녀에게 그냥 캘리포니아에서 태어났다고 하라고 간청했지만 그녀는 늘 자기가 펜실베이니아주 앨러게니에서 태어났다는 사실을 확고하게 내세웠다. 태어난 지 육 개월도 채 지나지 않았을 때 앨러게니를 떠난 거트루드는 다시는 자기 고향을 보지 못했으며 더욱이 앨러게니가 지금은 피츠버그로 바뀌었기 때문에 더이상 존재하지도 않는 지명이었다. 그러나 그녀는 자신이 펜실베이니아주 앨러게니에서 태어났다는 사실로 인해 재미있는 일을 경험하곤 했는데 가령 전쟁중에, 우리가 참여했던 전시 봉사활동과 관련하여 서류를 작성할 때마다 담당 공무원들이 출생지를 알려달라고 할 때가 그랬다. 훗날 거트루드는 자신이 펜실베이니아주 앨러게니에서 태어났다고 말하면 프랑스 공무원들이 받아 적으려고 애쓰는 모습을 보고 굉장히 재미있었다고 하면서 만일 내 말대로 캘리포니아 출신이라고 했으면 그런 재미를 못 봤을 거라고 말하곤 했다.

파리에서 거트루드 스타인을 처음 만났을 때 내가 놀란 것은 그녀가 사용하는 탁자 위에 영어 책은 많은데, 프랑스어 책이 한 권도 없고, 심지어 프랑스 신문조차 눈에 띄지 않는다는 사실이었다. 프랑스어로 쓰인 글을 전혀 읽지 않나보군요, 나만이 아니라 많은 사람이 물었다. 안 읽어요, 그녀가 대답했다, 눈으로 느끼기를 좋아하기 때문에 귀로 들리는 언어가 어떤 언어인지는 별로 개의치 않아요, 내가 듣는 것은 언어가 아니라 목소리의 음색이나 리듬이고, 눈으로는 단어나 문장을 보는데 나한테는 단 하나의 언어만 있고 그게 영어거든요. 요즘 내가 좋아하는 것 중 하나가 내 주변 사람들이 영어를 모른다는 점이랍니다. 그래서 내 눈과 내가 쓰는 영어에 더 집중할 수 있게 되었지요. 그렇지 않았더라면 영어를 그토록 소중하게 생각하지 않았을 수도 있었을 거예요. 주변 사람들은 내가 적는 단어 하나 읽을 수 없고, 게다가 내가 글을 쓴다는 사실조차 모르고 있답니다. 그래요, 난 많은 사람과 같이 어울려 사는 것을 좋아하면서도 영어와 더불어 혼자 있는 것도 좋아해요.

그녀가 쓴 『미국인의 형성』의 한 장은 이렇게 시작된다. 나는 나 자신을 위해 그리고 이방인을 위해 글을 쓴다.

거트루드 스타인은 펜실베이니아주 앨러게니에서 대단히 평판이 좋고 점잖은 중산층 가정에서 태어났다. 그녀는 자신이 지적인 가정에서 태어나지 않은 것에 무척 감사하고 있다고 항상 말했으며, 또한 지적이라고 말해지는 사람들을 보면 뭔가 무서운 느낌이 든다고 했다. 그런데 늘 하는 생각이지만 그녀가 온 세상과 친하게 지내면서 지적인 사람들을 만나려면 언제든 만날 수 있고 거꾸로 그 사람들도 그녀를 만날 수 있다는 사실, 그리고 그녀가 그 잘난 사람들의 감탄과 찬사를 자아낸다는 사실은 다소 의외였다. 그런데도 그녀는 언젠가는 지적인 사람들이, 아니 어느 누구라도, 자기가 진정 관심을 가질 만한 존재라는 것을 알게 될 거라고, 그녀와 그녀가 쓴 글에 분명 관심을 가지게 될 거라고 말하곤 했다. 그러면서 신문들이 그나마 자신에게 관심을 두고 있다는 사실에서 위안을 찾기도 했다. 그녀는 말한다, 신문에서는 늘 내 글이 끔찍하다고 하면서 항상 인용해, 그것도 아주 정확하게, 한 자도 틀리지 않고 정확하게 인용하면서도 자기네들이 좋다고 칭찬하는 글은 인용하지 않지. 이 사실이 아주 처절하고 비참했던 시기에 그녀에게 위안이 되었다. 그녀는 종종 말했다, 내 글이 사람들을 감동케 하는 건 틀림없는데, 다만 그들 자신이 감동받았다는 사실을 모를 뿐이야.

그녀는 펜실베이니아주 앨러게니의 두 채가 붙어 있는 땅콩주택에서 태어났다. 한 채엔 그녀 가족이, 다른 집엔 큰아버지의 가족이 살았다. 바로 『미국인의 형성』에 묘사된 가족들이다. 그곳에 그녀 가족이 큰집과 함께 팔 년 정도 살았을 때 거트루드 스타인이 태어났다. 그전부터 사이가 영 좋지 않았던 그녀 어머니와 큰어머니는 그녀가 태어나기 일 년 전에 이르러서는 서로 말도 섞지 않을 정도로 사이가 악화되었다.

『미국인의 형성』에 묘사되었듯이 거트루드 스타인의 어머니는 온화하고 유쾌한 성품을 지닌 작은 여자였지만 성격이 급해 화를 잘 내는 편이라, 다시는 동서를 보지 않겠다고 단호한 태도를 취했다. 사정은 모르지만 필시 무슨 일이 있긴 했다. 어쨌든 함께 사업에서 큰 성공을 거두었던 형제는 급기야 서로 등을 돌리면서 동업 관계가 깨져버렸고, 결국 한 형제는 가족을 데리고 뉴욕으로 건너가 그곳에서 사업이 잘 풀리면서 큰 부자가 되었고, 또다른 형제의 가족, 즉 거트루드 스타인의 가족은 유럽으로 향했다. 처음에 그들은 빈으로 가서 거트루드 스타인이 세 살이 될 때까지 그곳에 거주했다. 거트루드 스타인이 떠올리는 그 시절의 기억에는, 오빠의 교사가 그녀더러 오빠들이 공부할 때 같이 있어도 된다고 허락하고 난 뒤, 호랑이의 으르렁거리는 소리를 묘사했는데 무척 재미있었지만 무섭기도 했던 일이 있다. 그리고 한 오빠가 자주 보여주던 그림책은 여기저기 방랑하던 율리시스의 이야기였는데 그 그림책에서 나무를 구부려 만든 식탁 의자에 앉아 있던 율리시스의 모습을 보았던 기억이 남아 있다. 그녀가 기억하는 또하나는 그들이 자주 놀던 공원에 늙은 황제 프란츠 요제프가 종종 산책을 나왔고 그럴 때면 공원에서 공연하던 악단이 가끔 오스트리아 국가를 연주했는데 그 음악이 마음에 들었다는 것이다. 그 바람에 그녀는 오랫동안 황제를 지칭하는 카이저라는 칭호가 프란츠 요제프의 진짜 이름이라고 믿었으며 다른 사람에게는 절대 붙일 수 없다고 생각했다.

거트루드 스타인의 가족은 삼 년 동안 빈에서 살았는데, 그사이 그녀 아버지가 사업차 미국에 다녀왔고 그후 그녀 가족은 파리로 거처를 옮겼다. 거트루드 스타인에게는 파리에 대한 기억이 더 생생하다. 그녀와 언니가 다녔던 조그만 학교와 학교 운동장 한쪽 구석에 서 있던 작은 여자아이와 그 아이에게 가까이 다가가지 말라고, 그애가 손톱으로 할퀼지도 모른다고 말하던 다른 여자아이들. 아침식사로 프랑스빵과 함께 나왔던 수프를 기억하며 점심으로 양고기와 시금치가 나왔는데 시금치는 무척 좋아했지만 양고기는 싫어해서 맞은편에 앉은 여자아이의 시금치와 자기의 양고기를 바꾸어 먹었던 것도 기억한다. 또 오빠 셋이 학교로 자기와 언니를 찾아왔던 일과 그때 오빠들이 모두 말을 타고 왔던 것도 역시 기억 속에 생생하다. 그리고 파시에 있던 그녀 집의 천장에서 훌쩍 뛰어내리던 검은 고양이와 그 때문에 기겁을 하고 쓰러진 어머니를 구해주었던 이름 모를 이도 기억한다.

그녀 가족은 파리에 일 년을 머문 다음 미국으로 돌아갔다. 거트루드 스타인의 큰오빠는 파리에서의 마지막 며칠 동안의 이야기를 아주 즐거운 표정으로 들려주었는데 그때 큰오빠는 어머니와 함께 쇼핑을 나가, 어머니는 물론 어린 동생 거트루드 스타인에 이르기까지 모든 식구를 위한 바다표범 가죽 코트와 모자와 모피 토시, 그 외에 장갑 수십 켤레와 테 달린 모자와 승마복, 그리고 마지막으로 현미경과 유명한 프랑스 동물학 역사책 한 질 등 마음에 드는 물건을 잔뜩 사들였다고 했다. 그리고 며칠 뒤 그들 가족은 미국으로 향하는 배를 탔다.

이때 파리에서의 삶이 거트루드 스타인에게 상당히 깊은 인상을 남겼던 것이 분명했다. 전쟁 초기, 영국에 있던 그녀와 나는 전쟁 때문에 발이 묶여 꼼짝 못하다가 10월이 되어서야 파리로 돌아왔는데, 돌아온 첫날 밖으로 나갔을 때 거트루드 스타인이 말했다. 이상해, 파리가 많이 달라졌는데 그래도 굉장히 낯익거든. 그런데 곰곰 생각해보니, 알 것 같아, 여기에 프랑스인들 빼고는 다른 사람들이 없잖아(아직은 병사나 동맹군의 모습이 보이지 않았다), 검은색 앞치마를 두른 꼬마들도 보이고, 오가는 사람이 없어서 그런지 거리 모습이 잘 보이는데 이건 내가 기억하는 세 살 때의 파리와 똑같아. 돌을 깔아놓는 도로에서 나는 냄새가 옛날과 같아(사라졌던 말馬들이 다시 도로에 나타났던 것이다), 거리나 공원에서 풍기는 냄새가 내 기억과 똑같아.

미국으로 돌아간 그녀의 가족은 뉴욕에 자리잡았고, 그곳에서 가족들은 거트루드 스타인의 어머니와 큰어머니를 화해시키려고 애썼지만 그녀 어머니는 꼼짝도 하지 않았다.

이 이야기를 하다보니 거트루드 스타인의 먼 친척으로 『세 인생』의 원고를 타이핑해주었던 미스 에타 콘이 생각난다. 피렌체에서 그녀를 처음 만났을 때 그녀는 자기는 어떤 일을 용서할 수는 있어도 절대 잊지 못하는 축에 속한다고 나한테 털어놓은 적이 있다. 반면에 나는 잊을 수는 있지만 용서는 못하는 사람이라고 그녀에게 말한 기억이 난다. 거트루드 스타인의 어머니는 용서하지도 못하고 잊지도 못하는 사람임이 틀림없었다.

거트루드 스타인의 가족은 서쪽 캘리포니아로 가기 전 볼티모어에 있는 그녀 할아버지 집에 잠시 머물렀는데, 그녀 할아버지는 『미국인의 형성』에 묘사되었듯이 신앙심 깊은 노인이었으며, 볼티모어의 오래된 집에서 유쾌하고 즐거운 많은 자손, 거트루드의 삼촌들과 고모들과 함께 살았다.

거트루드 스타인은 잊지도 못하고 용서도 못하는 성격인 그녀 어머니에게 항상 감사하는 마음을 지니고 있었다. 그녀가 이런 말을 한 적이 있다, 한번 상상해봐, 우리 어머니가 큰어머니를 용서해서 아버지와 큰아버지가 사업을 계속하게 되어 우리가 뉴욕에서 살고 그곳에서 자랐다고, 그렇게 한번 상상해봐, 그리고 그녀는 이렇게 말을 이었다, 얼마나 끔찍했겠니. 물론 쪼들리지 않고 부자가 됐을지는 몰라도 그곳에 살면서 자란다는 게 얼마나 소름 끼치는 일이었겠는지 생각해보라고.

캘리포니아 사람인 나는 그녀의 말에 전적으로 동감할 수 있다.

아무튼 그녀 가족은 기차를 타고 캘리포니아로 향했다. 그 여행에서 거트루드 스타인이 기억하는 사건이 있었는데 그녀와 언니가 타조 깃털 장식이 달린 예쁘고 큼직한 오스트리아산 펠트 모자를 쓰고 기차를 탔다가 어딘가에서 언니가 모자를 쓴 채 차창 밖으로 고개를 내밀었더니 그만 모자가 바람에 날아가버린 일이었다. 아버지가 급하게 비상벨을 누르자 기차가 멈췄고, 모자를 찾아오는 아버지를 보고 승객이나 기차 차장이 놀라기도 하고 어이없어하기도 했다는 것이다. 그녀가 기억하는 또다른 일은, 기차를 타기 전 볼티모어의 고모들이 음식이 담긴 멋진 광주리를 줬는데 나중에 열어보니 그 안에 정말 훌륭한 칠면조 고기가 들어 있었다는 것이다. 그리고 나중에는 광주리에 담긴 고기가 점점 줄어들었지만 기차가 멈출 때마다 길가에서 새 음식을 사 안을 채웠던 일이 너무 재미있었다고 했다. 또하나 사막 어딘가에서 피부가 붉은 아메리카 원주민들을 보았던 일과 사막을 지날 때 어느 지점에선가 누군가가 준 복숭아를 먹었는데 기막히게 맛있었다는 것을 그녀는 기억했다.

캘리포니아에 도착한 그녀 가족이 오렌지 농장에 들렀지만 그녀 기억에 오렌지는 없고 대신 아버지의 시가 상자를 작은 라임으로 가득 채우던 일이 무척 신났다는 것이 남아 있다.

느릿느릿 움직이는 역마차를 타고 샌프란시스코로 향한 그녀 가족은 오클랜드에 정착했다. 그녀가 기억하는 건 유칼립투스들이 너무 키가 크고 줄기는 가늘어 황량해 보였다는 것과 동물들의 삶은 너무 거친 야생이라는 느낌이었다. 하지만 이 모든 것과 그 밖에 더 많은 것, 당시 자연 속에서 이루어진 모든 물질적 삶을 그녀는 『미국인의 형성』에 등장하는 허스랜드 가족의 삶 속에 그대로 담아내었다. 이제부터 할 중요한 얘기는 거트루드 스타인이 받은 교육에 관한 것이다.

유럽식 교육의 좋은 점을 받아들이도록 자식들을 유럽으로 데리고 갔던 그녀의 아버지가 이제는 자식들이 쓰는 영어가 순수해지려면 프랑스어나 독일어는 다 잊어버려야 한다고 주장했다. 거트루드 스타인은 겨우 떠듬거리며 말하는 수준 정도로 처음에는 독일어를 배우고 그다음엔 프랑스어를 배웠지만 영어를 읽을 수 있는 수준이 될 때까지는 두 언어를 글로 배워본 적이 없었다. 그녀가 말하듯이 그녀에게는 귀보다는 눈이 더 중요했기에 그후로는 언제나 영어가 그녀의 유일한 언어가 되었던 것이다.

책을 좋아하게 된 것이 그 무렵이었다. 그녀는 활자로 인쇄되어 손에 들어오는 것이면 무엇이든 닥치는 대로 읽었으며 주위에 늘 많은 책이 있었다. 집에는 아무렇게나 나뒹구는 소설책 몇 권과 여행기 몇

권, 어머니가 선물용으로 잘 포장한 책들과 워즈워스의 시집과 스콧의 시집과 그 밖에 다른 시집, 버니언의 『천로역정』과 주석이 달린 셰익스피어 전집, 번스의 시집, 의회기록물과 백과사전 등이 있었다. 그녀는 그 책을 모두 읽고 또 읽었다. 오빠들과 함께 다른 책을 구입하기도 했다. 또한 그녀가 사는 지역에는 무료 도서관이 있었으며 나중에 샌프란시스코에 18세기와 19세기 주요 작가들의 작품을 모아놓은, 상공인을 위한 도서관이 생겼다. 셰익스피어에 흠뻑 빠져 있던 여덟 살 때부터 『클래리사 할로』*는 물론 필딩,** 스몰릿*** 등 여러 작가의 작품을 읽었고 이렇게 읽다가 몇 년 후에는 모든 책을 다 읽어버려 읽을거리가 없으면 어쩌나 걱정하던 열다섯 살 때까지 계속해서 거트루드 스타인은 영어와 더불어 살았다. 역사책도 무척 많이 읽었는데, 종종 그녀는 웃으면서 아마 자기가 자기 세대에서 『찰스 그랜디슨』****이나 워즈워스의 장시는 물론 칼라일의 『프리드리히 대제』와 레키*****의 『영국 헌정사』를 하나도 빼놓지 않고 다 읽은 몇 안 되는 사람일 거라고 말한다. 하기야 요즘도 그녀는 늘 책을 읽는다. 무슨 책이든 손에 잡히는 대로 모조리 읽어내고 지금도 독서중에 누가 방해하면 몹시 싫어하며 무엇보다 한 번 읽은 책을 몇 번째 읽어도 읽는 책이 아무리 시시한 책이라도 놀려서도 안 되고 내용이 어떻게 이어진다고 얘기해서도 절대 안

---

* 18세기 영국 작가 새뮤얼 리처드슨이 1748년에 발표한 장편소설.
** 영국 소설가.
*** 스코틀랜드 태생 시인이자 소설가.
**** 1753년 출간된 리처드슨의 서간체 소설.
***** 아일랜드 역사가이자 정치이론가.

된다. 예전에도 그랬듯이 지금도 그녀에게 책은 현실인 것이다.

연극은 늘 그랬던 것처럼 별로 좋아하지 않는다. 그녀는 연극이 너무 빨리 진행되고, 눈과 귀를 동시에 사용하는 게 몹시 신경쓰여서 감정이 극의 전개를 제대로 따라갈 수 없다고 말한다. 음악은 사춘기 때 그녀가 좋아했던 유일한 예술이었다고 한다. 그런데 지금은 음악에 집중하는 게 어렵기도 하거니와, 관심도 별로 없다고 한다. 물론 이 모든 것은 그녀의 작품이 우리의 귀와 잠재의식을 일깨우는 호소력을 지니고 있다는 일반적인 평에 비추어보면 참으로 이상하게 들릴지도 모르겠다. 그러나 실제로 그녀에게 중요하고 또 적극적으로 움직이면서 무엇을 선택하는 일에 관련있는 것은 그녀의 눈과 정신임이 틀림없다.

캘리포니아에서의 삶은 거트루드 스타인이 열일곱 살쯤일 때 끝났다. 그전 마지막 몇 해는 외로움 속에 보냈고 사춘기의 고뇌 속에 번민으로 지새우던 나날이었다. 먼저 어머니가 돌아가시고 그다음에 아버지가 돌아가신 뒤 그녀는 언니와 오빠 하나와 함께 캘리포니아를 떠나 동부로 향했다. 그들은 볼티모어로 가 그곳에 거주하는 외가 식구들과 살았다. 그곳에서 그녀는 외로움을 조금씩 달랠 수 있었다. 그녀는 종종 나에게 캘리포니아에서 마지막 몇 해 동안 자신이 겪은 절망적인 내면의 삶에서 벗어나 이모와 외삼촌들이 즐기고 있는 유쾌한 삶을 대하는 것이 얼마나 낯설었는지 모른다고 털어놓기도 했다. 나중에 래드클리프대학에 들어간 그녀는 처음으로 글을 쓰면서 그때의 낯선 경험을 담아냈다. 그녀가 쓴 첫번째 글은 아니었다. 그전에도 두 번 글을 쓴적이 있다고 그녀는 기억한다. 한번은 여덟 살쯤일 때 셰익스피어식 희곡을 쓴답시고 지문도 써보고 궁정 사람들의 재치 넘치는 대사도 적어보곤 했었다. 그러다 더이상 재치 있는 말이 떠오르지 않아 그만두었다고 했다.

그녀가 기억하는 또 한번의 시도 역시 비슷한 나이에 있었던 것 같다. 당시 공립학교에서는 학생들에게 대상을 묘사하는 글을 쓰는 훈련을 시키곤 했다. 그녀의 기억에 따르면 그때 그녀는 태양이 구름더미 속으로 빠져들어가는 석양의 풍경을 묘사했다. 어쨌든 그녀의 글은 잘 쓴 여섯 편 가운데 하나로 선정되어 예쁜 양피지에 옮겨 적게 되었다. 그러나 글을 두 차례나 양피지에 옮겨 적으려고 했지만 잘 안되고 더욱이 글씨가 점점 더 엉망이 되는 것 같아 결국엔 다른 아이에게 대신 베껴달라고 했다. 그런데 선생님은 자신의 글을 남에게 대신 써달라고 부탁하는 일은 부끄러운 짓이라고 했던 모양이다. 물론 그녀는 부끄러운 짓을 했다고 기억하지는 않았다.

사실대로 말하자면 그녀의 글씨는 읽기 어려우며 나도 그나마 반듯하게 잘 쓴 글만 읽어낼 수 있다.

그녀는 어떤 기능적인 예술에 빠져들지 못했고 그런 욕구를 지닌 적도 없었다. 방을 정리하거나, 정원을 가꾸거나, 옷이나 그 밖의 것을 손질하는 일에서, 하나의 일이 어떻게 전개되어 완성되는지 그녀는 전혀 모른다. 또한 그녀는 아무것도 그려내지 못한다. 대상과 종이 사이의 관계에 대한 감각이 없다. 의과대학 시절 해부도를 그려야 했을 때도 그녀는 어떻게 오목하게 혹은 볼록하게 그려야 하는지 스케치하는 법을 전혀 몰랐다고 한다. 그녀의 기억에 따르면 아주 어렸을 때 미술 수업을 받은 적이 있었다. 그때 수업에서 선생님이 아이들에게 집에서 컵과 컵받침을 보고 그림을 그려 제출하면 제일 잘 그린 아이에게는 도장이 찍힌 가죽 메달을 상으로 줄 것이며 그다음주에도 마찬가지로 제일 잘 그린 아이에게 메달을 주겠다고 했다. 집으로 돌아온 거트루드 스타인은, 오빠들에게 들은 대로 얘기했고 오빠들은 그녀 앞에 예쁜 컵과 컵받침을 갖다놓고는 어떻게 그림을 그려야 하는지 설명해주었다. 하지만 그녀는 그림을 그리지 않았다. 결국 오빠 하나가 나서서 대신 그림을 그려주었다. 그녀는 그 그림을 제출했고 가죽 메달을 상으로 받았다. 그런데 집으로 돌아오는 길에 장난치며 놀다가 메달을 잃어버렸다. 그것으로 그녀의 미술 수업은 끝나고 말았다.

거트루드 스타인은 재미와 즐거움을 주는 일인 경우 그 일이 어떻게 이루어지는지를 모르는 게 더 좋다며 이렇게 말한다. 살면서 몰입할 일이 한 가지 있으면 그것으로 족하고 인생에서 오로지 즐거움을 만끽하기 위해 하는 나머지 모든 일은 결과만 생각하면 돼. 그래야 일이 이루어지는 과정을 조금 알고 있는 사람보다 오히려 그 일에 대해 더 많은 느낌을 받을 수가 있거든.

프랑스인들이 말하는 전문직업이라는 것에 지나칠 정도로 집착하는 그녀는 사람이 오로지 한 가지 언어만 가질 수 있듯이 전문직업도 오로지 하나만 가질 수 있다고 주장한다. 그녀에게 그 직업은 글쓰기며 그녀의 언어는 영어다.

관찰하고 구성해야 상상력이 생겨난다는 것, 그래야 상상력을 지니게 된다는 것, 이것이 그녀가 많은 젊은 작가에게 가르치는 핵심이다. 한번은 헤밍웨이가 거트루드 스타인은 세잔의 좋은 점이 무엇인지 잘 알고 있다고 어느 글에 쓴 적이 있었는데, 헤밍웨이를 만난 그녀가 그를 바라보며 말했다, 헤밍웨이, 촌평은 문학이 아닙니다.

젊은 작가들은 종종 자기들이 배울 수 있는 것을 다 배우고 나면 거트루드의 자부심이 너무 지나치다고 비난한다. 그녀는 자신의 자부심이 당연하다고 말한다. 자기 시대의 영문학에서 자신은 유일한 존재라는 사실을 그녀는 잘 인식하고 있다. 늘 그렇게 생각하고 있던 터라 언제든 그렇게 말하는 것이다.

그녀는 창작의 기본이 무엇인지 제대로 이해하는 사람이라 그녀의 충고와 비평은 모든 친구에게 매우 값지다. 그녀가 피카소의 그림에 대해 무슨 얘기를 하고 또 그 말이 무슨 뜻인지 예를 들어 설명할 때마다 피카소가 그녀에게 했던, *라콩테 무아 슬라*라는 말을 얼마나 자주 들었는지 모른다. 이것에 대해 말해주세요라는 뜻이다. 요즘도 두 사람은 단둘이 고독한 대화를 길게 나누곤 한다. 피카소의 아파트 화실에서 높이가 낮은 조그만 의자에, 두 사람이 서로 무릎을 맞대고 앉으면 피카소가 말한다, *이것에 대해 설명해주세요.* 그리고 그들은 서로 설명을 해준다. 두 사람은 그림, 개, 죽음, 불행 등 모든 것에 대해 이야기를 나눈다. 피카소는 스페인인이고 인생이 비참하고 쓰라리며 불행하기 때문이다. 거트루드 스타인은 종종 내게 말한다, 파블로가 나도 자기처럼 불행하다고 자꾸 설득하려고 해. 나더러 불행하다는 거야, 그럴 이유가 충분하다며. 그러면 나는 그녀에게 묻는다, 불행하냐고. 그러면 그녀는, 아니 난 그렇게 생각하지 않는데, 아닌가, 하고 웃는다. 그녀는 말하길, 피카소는 내가 그 사람보다 더 용감해서 불행을 보지 못하는 거라고 말해, 그녀가 말을 잇는다, 하지만 난 내가 용기 있다고는 생각하지 않아, 난 용기 있는 사람이 아니야.

아무튼 볼티모어에서 겨울을 보내고 난 뒤 감정이 많이 누그러지고 사춘기의 티도 벗어던지면서 덜 외로워진 거트루드 스타인은 래드클리프대학에 들어갔다. 그녀의 대학생활은 행복했다.

그녀는 하버드의 남학생들과 래드클리프의 여학생들로 구성된 모임의 일원이 되었고 그 모임에서 학생들은 아주 친밀한 관계를 유지하며 재미있게 지냈다. 모임에 속한 심리학 관련 연구를 하던 젊은 철학자이자 수학자인 남학생이 그녀의 인생에 커다란 영향을 미치게 되었다. 그녀와 그 남학생은 뮌스터베르크*의 지도 아래 함께 자동기술법에 관한 일련의 실험을 수행했다. 거트루드 스타인이 작성한 실험의 결과는 〈하버드 심리학 리뷰〉에 실렸고, 그 글은 그녀가 쓴 글 가운데 최초로 인쇄되어 나온 것이었다. 그 글이 흥미로운 점은 훗날 『세 인생』과 『미국인의 형성』에서 더 발전하게 될 자동기술법이 이미 나타나고 있기 때문이다.

래드클리프에 재학하는 동안 거트루드 스타인에게 중요한 사람은 윌리엄 제임스**였다. 그녀는 삶을 즐기면서 자기만의 세계를 누렸다. 철학 모임의 서기였던 그녀는 온갖 부류의 사람들과 즐거운 시간을 보냈다. 농담삼아 갖가지 질문을 던지기를 좋아했고 마찬가지로 여러 질문에 대답하는 것도 좋아했다. 그녀는 그 모든 것을 좋아했다. 하지만 래드클리프에서의 생활이 그녀의 삶에 지속적으로 깊은 인상을 남기게 된 것은 윌리엄 제임스 때문이었다.

그런데 참으로 이상한 점은 헨리 제임스와 관련하여 지금은 그녀가 헨리 제임스에게 대단한 찬사를 보내고 또 그야말로 자신이 숭배하는

---

* 독일 태생 미국 심리학자이자 철학자.
** 미국 심리학자이자 철학자.

선구자이며 20세기의 글쓰기 방식이 어때야 하는지를 감지했던 유일한 19세기 미국 작가로 생각하고 있지만 당시엔 그의 작품에 전혀 관심을 보이지 않았다는 것이다. 거트루드 스타인은 늘 미국이 세상에서 가장 오래된 나라라고 말하는데 남북전쟁과 전쟁 뒤에 등장한 상업적 개념이 담긴 방식으로 미국이 20세기를 창조했기 때문이다. 다시 말해 다른 나라 전부가 이제야 20세기를 살고 있거나 아니면 이제 막 20세기로 진입하려는 참인데, 미국은 이미 1860년대에 20세기를 창조하기 시작했으니 지금의 관점에서 보면 세상에서 가장 오래된 나라라는 것이다.

똑같은 방식으로 그녀는 헨리 제임스가 문학에서 20세기의 방식으로 나아가는 길을 찾아낸 첫번째 작가라고 주장한다. 그런데 정신적인 성장 시기에 나타난 참으로 이상한 현상이지만 그녀는 헨리 제임스의 글을 읽지도 않았고 관심도 두지 않았다. 그러나 그녀가 종종 하는 말처럼 사람은 본디 자기 부모에게는 적대적이지만 조부모한테는 동정심을 내보이기 마련이다. 부모는 너무 가까이 있고, 방해만 놓는 존재이기에, 자식은 고독할 수밖에 없다. 거트루드 스타인이 최근에 들어서야 헨리 제임스의 작품을 읽는 이유가 아마 이런 데에 있을 것이다.

윌리엄 제임스는 그녀를 즐겁게 해주었다. 그의 인품과 가르침, 그리고 모든 일을 즐겁게 생각하고 학생들을 즐겁게 해주는 태도가 그녀의 맘에 들었다. 그는 늘 말하곤 했다, 마음의 문을 열어두세요. 그리고 누군가 이에 반대하며, 하지만 제임스 교수님, 제 말은 사실입니다, 라고 하자 제임스는 이렇게 대꾸했다. 맞습니다, 아주 한심한 사실이죠.

거트루드 스타인은 잠재의식적인 반응을 보인 적이 없었기에 자동기술법 실험의 피검자로서 적합지 못한 학생이었다. 거트루드 스타인이 비록 학부생이었지만 윌리엄 제임스의 특별 요청으로 참여하게 된 심리학 세미나에서, 한 학생이 잠재의식을 넌지시 내비치는 암시들에 관한 일련의 실험을 수행했다. 실험 결과를 발표하는 날, 그 학생은 피검자 중 한 사람이 정말 전혀 아무런 반응도 보이지 않아서 전체 평균이 상당히 내려갔으며 그래서 자기 실험이 잘못된 결론을 도출할 수밖에 없는 상황이라 허락만 해주신다면 그 피검자의 기록은 제외했으면 한다고 말했다. 누구의 기록인가요, 제임스가 물었다. 미스 스타인의 기록입니다, 학생이 대답했다. 아 그렇군요, 제임스가 말했다, 그런데 미스 스타인이 아무런 반응도 보이지 않았다면 내 생각엔 반응을 보인 것과 마찬가지로 반응을 보이지 않은 것도 정상적인 일이므로 기록을 삭제해서는 안 됩니다. 굉장히 화창한 봄날, 기말시험 기간이었던 당시 거트루드 스타인은 매일 밤 그리고 오후에도 오페라를 보러 다녔고 그러지 않을 때는 다른 일에 푹 빠져 있었는데, 그때 바로 윌리엄 제임스 과목의 기말시험이 있었다. 시험지를 앞에 두고 앉았지만 그녀는 답안을 쓸 수가 없었다. 제임스 교수님, 그녀는 답안지 맨 위에다 써내려가기 시작했다. 정말 죄송해요 하지만 오늘은 정말로 철학 시험을 치를 기분이 아니에요, 그리고 그녀는 교실을 나섰다.

다음날 그녀는 윌리엄 제임스가 보낸 엽서 한 장을 받았는데 거기에 이렇게 적혀 있었다, 미스 스타인, 그 심정을 충분히 이해합니다, 나도 종종 그런 기분이 들 때가 있거든요. 그리고 엽서 아래에 그는 그녀의 점수를 적었는데 그 반에서 최고 점수였다.

거트루드 스타인이 래드클리프에서 마지막 학년을 마칠 무렵의 어느 날, 윌리엄 제임스가 그녀에게 앞으로 무엇을 할 거냐고 물었다. 그녀는 잘 모르겠다고 대답했다. 그렇다면, 그가 말했다, 철학이나 심리학을 공부하는 게 좋을 것 같군요. 철학을 하려면 고등수학을 공부해야 하는데 내가 보기엔 수학에 별 흥미를 느끼지 못하는 것 같고, 그럼 심리학인데 그러려면 의학 교육을 받아야 하는데, 올리버 웬들 홈스*가 나한테 했던 말을 그대로 전하면, 의학 교육의 문은 모두에게 열려 있어요. 거트루드 스타인은 생물학과 화학에 관심이 있었던 터라 의과대학 진학에 아무런 문제가 없었다.

문제가 있다면 래드클리프대학에 입학할 때 치른 시험 중 통과한 과목이 반도 안 되었다는 것인데, 그것은 그녀가 학위를 딸 마음이 없었기 때문이었다. 그러나 온 힘을 쏟아 학업에 고군분투하고 개인교습도 열심히 받은 결과 거트루드 스타인은 학위를 따고 존스 홉킨스 의과대학에 진학하게 되었다. 거트루드 스타인과 그녀 오빠가 마티스와 피카소를 알기 시작해서 몇 년이 지난 뒤, 윌리엄 제임스가 파리에 들렀고 두 사람은 다시 만나게 되었다. 그녀는 윌리엄 제임스를 만나러 호텔로 갔다. 윌리엄 제임스는 그녀가 하고 있는 일에 큰 관심을 보였으며, 그녀의 글과 그녀가 들려주는 그림 이야기에도 관심을 보였다. 그러고는 그림을 보겠다며 그녀와 함께 그녀 집으로 갔다. 그림을 보던 그는 놀라 입을 떡 벌리며 말했다, 내가 말했지, 내가 항상 말했어, 마음의 문을 열어두어야 한다고.

그런데 이 년 전쯤 참으로 이상한 일이 벌어졌다. 거트루드 스타인

---

* 미국 의학자이자 시인, 평론가.

은 보스턴에 있는 어느 남자로부터 편지 한 통을 받았다. 편지지에 인쇄된 주소로 보아 그는 법률회사에 근무하는 사람이 분명했다. 편지에서 그는 얼마 전 자기가 하버드도서관에서 책을 읽고 있던 중 이 도서관에 기증된 윌리엄 제임스 문고를 발견했다고 했다. 그리고 그 문고에 소장된 도서들 가운데 거트루드 스타인이 제임스에게 증정한 『세 인생』이 있었다고 했다. 그런데 그 책의 여백에 윌리엄 제임스가 책을 읽으면서 적어놓은 것이 분명한 메모들이 있었다는 것이다. 그러면서 그 남자는 아마도 거트루드 스타인이 그 메모들에 관심이 많을 듯한데, 그 책은 자기 것이 되었고, 따라서 안에 있는 메모도 자기가 발견했기 때문에 자기 소유로 생각한다며, 만일 원한다면, 자기가 대신 그 메모들을 적어주겠다고 했다. 우리는 그 남자의 제의에 어떻게 해야 할지 몰라 당황스러웠다. 결국 거트루드 스타인은 윌리엄 제임스의 메모를 적어 보내주면 좋겠다는 내용의 짤막한 편지를 보냈다. 그에 대한 답신으로 그 남자가 직접 메모를 베껴 보내면서 그에 대한 거트루드 스타인의 의견을 듣고 싶다고 전해왔다. 거트루드 스타인은 어찌해야 할지 몰랐고, 결국 아무것도 하지 않았다.

입학시험에 통과한 그녀는 볼티모어에 머물면서 의과대학을 다녔다. 거트루드에게는 레나라는 하녀가 있었는데 나중에 쓴 『세 인생』의 첫번째 이야기가 바로 그 레나의 이야기다.

의과대학에서의 첫 이 년은 괜찮았다. 그 기간 동안은 거의 모든 수업이 실험실에서 이루어졌으며 거트루드 스타인은 르웰린 바커 교수의 지도 아래 곧바로 연구에 전념하기 시작했다. 그녀는 우선 뇌의 모든 계를 연구했는데, 그것은 비교 연구의 시작이었다. 이때 연구의 모든 것이 훗날 르웰린 바커 교수의 저서에 수록되었다. 그녀는 해부학 교수인 몰 박사를 좋아했는데, 그 역시 그녀의 연구를 지도했다. 그녀가 자주 인용해서 들려주는 말 중에 몰 박사가 어떤 일에 대해 핑계를 대는 학생들에게 하던 말이 있었다. 학생이 무언가 변명을 둘러대면 몰 박사는 깊은 생각에 잠긴 표정으로 이렇게 말했다, 그래 꼭 우리집 요리사 같군. 핑계 없는 무덤이 어디 있겠는가. 우리집 요리사는 한 번도 갓 만든 음식을 내온 적이 없네. 여름에는 날이 너무 더워서 못했다 하고, 겨울에는 날이 너무 추워서 못했다고 하지, 늘 이유를 댄다네. 몰 박사는 모든 학생이 다 자기만의 기술을 발전시킬 수 있다고 믿었다. 그러면서 그는, 누구도 다른 사람에게 어떤 것도 가르칠 수 없다고 말하면서, 처음에는 외과용 메스를 다루는 학생들의 솜씨가 어설프지만 나중에는 모두 솜씨가 늘어 흠잡을 데가 없게 되며 그건 누가 가르쳐서 되는 게 아니라고 했다.

의과대학에서의 첫 이 년은 거트루드 스타인에게 무척 즐겁고 행복한 시절이었다. 많은 사람을 알아가는 일이나 많은 이야기 속에 섞이는 것이 좋았으며 하고 있는 일에 완전히 푹 빠지지는 않았지만 그렇다고 싫증이 나는 것도 아니었고 게다가 볼티모어에는 그녀가 좋아하는 유쾌한 성격의 친척이 많았다. 하지만 마지막 이 년은 지루하게 보냈고, 지루하고 권태롭다는 것을 노골적으로 내비치기도 했다. 학생들 사이에 음모와 갈등이 많았는데, 그녀는 그런 일은 그런대로 즐겼지만, 의학 실습과 이론은 그녀에게 아무런 흥미를 주지 못했다. 그녀가 학업에 싫증을 느끼고 있다는 사실을 모든 교수가 익히 잘 알고 있었지만, 그래도 첫 이 년에 이룬 과학적 실험 연구로 그녀의 이름이 교수들 사이에 꽤 알려진 터였고, 그런 연유로 그들 모두가 그녀에게 필요한 학점을 준 덕에 마지막 한 해도 거의 끝나가게 되었다. 졸업을 앞둔 그즈음 그녀가 순번에 따라 산모들의 분만을 도와야 했는데 바로 그때가 그녀가 훗날 『세 인생』의 두번째 이야기이자, 자신의 혁명적 작품의 시초가 되었던 멜란차 허버트의 이야기에 담아낼 흑인들과 그들 삶의 현장에 주목하던 때였다.

그녀가 늘 얘기하듯이, 그녀는 감당하기 어려운 무력감을 자주 느끼며, 일단 무력감이 시작되면 다른 곳에서 삶을 새로 시작하기 전까지 계속 헤어나오지 못한다.

졸업시험이 가까워지자 일부 교수들이 화를 내기 시작했다. 그녀가 이룬 독창적인 연구실적을 잘 알고 있었던 홀스테드나 오슬러 경과 같은 거물급 교수들은 시험은 단순히 형식적인 절차에 불과하다며 그녀를 통과시켰다. 그러나 그녀에게 그렇게 호의적이지 않은 다른 교수들도 있었다. 항상 웃음을 잃지 않았던 거트루드 스타인도 그때만은 힘들어했다. 교수들의 질문에 열심히 대답하고 싶은 다른 많은 학생을 놔두고, 호의적이지 않던 교수들이 그녀를 콕 집어 질문하던 것이 정말 어처구니없었다고 그녀는 친구들에게 말했다. 어쨌든 교수들은 이따금 그녀에게 질문했고 그녀 말대로, 그녀가 뭘 할 수 있었겠는가, 그들은 그녀가 답을 알면서도 대답할 가치가 없는 질문이라고 여겨서 대답하지 않는다고 생각했던 것이다. 그녀가 말했듯이, 그녀가 처했던 힘든 상황이 그런 것이었고, 그 교수들에게 자신이 공부에 싫증을 느껴 정말 머리가 둔한 의대생이라도 다 기억하고 있는 것을 자신은 잊어버리고 말았다며 사과하고 설명하는 일도 불가능했다. 교수 중 한 사람은 비록 학교의 거물급 교수들이 그녀를 통과시키려고 마음을 먹은 모양이지만 자기는 그녀가 수업을 하나 더 듣지 않으면 통과시키지 않을 생각이고 따르지 않으면 학위를 받을 수 없을 거라고 말했다. 학교에서 큰 소동이 벌어졌다. 가장 친한 친구 매리언 워커가 찾아와 그녀에게 애원하다시피 그러지 말라고 하며, 거트루드 거트루드 제발 여성들의 명분과 이익을 생각해서 잘해봐, 라고 말했지만, 거트루드 스타인은 이렇게 대답했다, 너는 그 여성이라는 명분이 얼마나 따분한지 잘 모를 거야.

그녀를 낙제시킨 교수가 찾아오라고 했다. 그녀는 찾아갔다. 교수는 말했다, 미스 스타인 물론 자네가 여름학기 과목을 수강하면 가을에는 학위를 딸 수 있을 걸세. 그러나 거트루드 스타인은 이렇게 말했다, 아뇨 괜찮아요, 선생님께 얼마나 감사한지 몰라요. 전 정말 너무 무기력하고 창의력도 없어서 선생님이 제가 학위 받는 것을 반대하지 않았어도 아마 저는 의학실습은 하지 않았을 거고, 어쨌든 병리심리학 과목은 듣지 않았을지 몰라요, 그 과목에 별 흥미를 못 느껴요, 아니 의학 공부 전체가 따분해요. 교수는 충격을 받을 정도로 깜짝 놀랐고 거트루드 스타인의 의학 공부는 결국 그렇게 끝나고 말았다.

그녀는 늘 비정상적인 것을 싫어한다고 말했고, 그건 정말 분명한 사실이었다. 정상적인 것은 단순히 복잡미묘하고 흥미로운 차원을 넘어선다고 그녀는 말한다.

불과 몇 년 전 거트루드 스타인의 옛친구인 매리언 워커가 우리가 여름을 보내고 있던 빌리냉으로 거트루드를 만나러 온 적이 있었다. 그녀와 거트루드 스타인은 대학 졸업 이후 만나지 않았고 편지를 주고받지도 않았지만 서로 굉장히 좋아했다. 그러나 다른 한편으론 예전에 그랬듯이 여성의 대의명분과 관련해서는 심한 의견 차이를 보였다. 거트루드 스타인이 매리언 워커에게 설명했듯이, 거트루드는 여성의 대의명분이든 다른 어떤 명분이든 신경쓰지 않았는데, 그런 명분이 자기가 하는 일과는 아무 상관이 없기 때문이었다.

래드클리프와 존스 홉킨스 대학에 다니던 시절 그녀는 종종 유럽에서 여름을 보냈다. 그녀가 의과대학을 다니던 마지막 이삼 년에 그녀 오빠가 피렌체에 정착해 살았는데 의학 공부와 관련된 모든 일이 마무리되자 그녀는 피렌체에 있는 오빠를 찾아갔고 겨울은 오빠와 함께 런던에서 보냈다.

그들은 런던의 어느 하숙집에 묵었는데 그리 불편하지는 않았다. 스타인 남매는 베런슨 부부, 버트런드 러셀, 쟁윌 부부를 통해 많은 사람을 알게 되었으며, 그런 가운데 『뜨내기들과의 방랑』이란 작품을 쓰고 런던의 선술집에 관해서는 모르는 게 없었던 윌러드(조사이아 플린트)도 만났지만, 거트루드 스타인은 그에게 별다른 관심을 두지 않았다. 그녀는 매일 하루종일 대영박물관에서 엘리자베스시대 문학작품을 읽으며 시간을 보냈다. 예전에 좋아하던 셰익스피어와 엘리자베스시대 문학에 대한 사랑이 다시 움트기 시작했고, 그러면서 점차 엘리자베스시대 산문에, 그중에서도 특히 그린*의 산문에 매료되었다. 그녀는 어릴 때 그랬듯이 마음에 드는 구절을 찾아 작은 공책에 가득 적곤 했다. 나머지 시간에는 거리를 돌아다녔는데 그녀의 눈에 비친 런던 거리는 지극히 우울하고 음산할 뿐이었다. 런던에 대한 암울한 기억을 떨쳐내

---

* 로버트 그린. 16세기에 인기가 많았던 영국 극작가이자 산문작가.

지 못한 그녀는 다시 돌아가고 싶은 마음이 들지 않았지만, 1912년 출판업자 존 레인을 만나러 런던에 갔고, 그곳에서 즐겁게 생활하고 또 유쾌하고 재미있는 사람들을 찾아다니고 만나면서 옛 기억은 다 잊어버리고 런던을 무척 좋아하게 되었다.

그녀는 디킨스의 작품을 읽을 때마다 두려움을 느꼈는데 자신이 처음 런던에 갔을 때 그곳이 바로 디킨스의 작품과 같은 인상을 주었다고 자주 말했다. 무엇이든 무서울 수 있지만, 디킨스의 작품 속 같은 런던은 분명 그렇다고 말했다.

물론 런던이 그녀에게 주는 보상이 있었는데, 그린의 산문이 그중 하나고 또하나는 당시 그녀가 발견한 앤서니 트롤럽의 소설인데, 그녀는 특히 그를 빅토리아시대의 가장 위대한 소설가로 꼽았다. 그래서 앤서니 트롤럽의 전집을 수집하기 시작했으며 그중 일부는 구하기가 어려워 타우흐니츠 출판사의 판본만 구할 수 있었는데 아무튼 로버트 코츠*가 거트루드 스타인이 젊은 작가들에게 책을 빌려준다고 언급했던 것이 바로 그 전집이었다. 거트루드는 또한 18세기의 회고록도 상당히 많이 사들였는데 그중에는 『크리비의 기록들』**과 월폴***의 회고록이 있었고 이 회고록들을 그녀는 브래비그 임스****에게 빌려주었는데 자신이 생각하기에 채터턴*****의 삶을 아주 훌륭하게 그렸다고 보았기

---

* 미국 작가이자 미술비평가. 잭슨 폴록과 빌럼 데 쿠닝의 작품과 관련해서 '추상표현주의'라는 용어를 만들어낸 것으로 유명하며 '잃어버린 세대'에 속하는 소설가다.
** 영국 정치가 토머스 크리비가 자신의 일기와 편지 등을 모은 기록물.
*** 영국 정치가이자 소설가, 미술사가.
**** 미국 소설가이자 시인. 1920년대 파리에서 〈시카고 트리뷴〉의 교정자로 일했다.
***** 이른 나이에 자살한 영국 시인으로 낭만주의에 큰 영향을 미쳤다.

때문이었다. 그녀는 책은 읽었지만 그 책들에 관해 이러쿵저러쿵 호들 갑을 떨지 않았고, 물론 인쇄에 대해서도 그렇게 신경을 쓰지는 않았고 인쇄 상태가 나쁘지만 않다면 책이 어느 판본인지 조판은 어떠한지 전혀 개의치 않았다. 그녀의 말에 따르면 또한 바로 이 시기에, 앞으로 읽을거리가 없으면 어쩌나 하는 걱정을 하지 않게 되었는데, 읽을거리는 언제라도 찾을 수 있다고 깨달았기 때문이었다.

그러나 런던의 암울한 풍경과 술 취한 여성들과 아이들 그리고 우울과 외로움이 사춘기 시절에 느꼈던 우울한 정서를 다시 불러내었고 그래서 어느 날 그녀는 불쑥 미국으로 떠나야겠다고 말하고는 정말 떠나버리고 말았다. 그녀는 남은 겨울을 미국에서 보냈다. 그사이 그녀 오빠 역시 런던을 떠나 파리로 갔으며 나중에 거트루드도 파리로 가 오빠와 함께 지내게 되었다. 그리고 그녀는 즉시 글을 쓰기 시작했다. 단편소설이었다.

그 소설과 관련해서 재미있는 점이 하나 있는데 여러 해 동안 그녀가 그 작품을 새까맣게 잊고 있었다는 사실이다. 그녀의 기억에 의하면 그 단편을 쓰고 얼마 지나지 않아 『세 인생』을 쓰기 시작했는데 그녀의 첫 작품이랄 수 있는 그 단편은 까맣게 잊어버렸으며, 그것에 관해서는 나한테도 일언반구 없었는데, 심지어 내가 처음 그녀를 만났을 때도 아무 말이 없었다. 어쩌면 그 작품을 쓴 후 바로 기억에서 지운 것이 아닌가 싶었다. 올봄 우리가 시골로 떠나기 이틀 전 그녀는 베르나르 파이에게 보여주려고 『미국인의 형성』 원고를 찾다가 그동안 완전히 잊고 있었던 첫 단편소설을 정성들여 쓴 원고 두 권을 우연히 발견했다. 그녀는 얼굴을 붉히며 잠시 주저했고, 낌새로 보아 원고를 읽고 싶지 않은 게 분명했다. 그날 저녁 루이스 브롬필드*가 집에 찾아왔고 그녀는 그 원고를 그에게 건네며 말했다, 당신이 한번 읽어보세요.

---

* 미국 작가로 『이른 가을』이란 소설로 1927년 퓰리처상을 수상했으며, 과학 영농 개념을 도입한 선구자이자 자연 보호론자로 유명하다.

5장
1907년~1914년

그렇게 파리 생활이 시작되었고 모든 길이 파리로 통하듯이 우리 모두가 지금은 이곳에 있고, 그래서 나도 파리에서 생활하던 시절에 겪은 이야기를 들려줄 수 있을 것 같다.

처음 파리에 왔을 때 친구와 함께 생미셸대로의 조그만 호텔에 머물렀던 나는, 노트르담데샹가에 있는 작은 아파트를 구해 친구와 함께 지내다가 친구가 캘리포니아로 돌아가게 되면서 혼자 남는 바람에 플뢰뤼스가에 있던 거트루드 스타인의 집에 살다시피 했다.

나는 매주 토요일 저녁을 플뢰뤼스가에서 보냈고 그 외에도 많은 시간을 그곳에서 지냈다. 그러면서 거트루드 스타인을 도와 『세 인생』을 교정하다가 그 일이 끝난 뒤엔 『미국인의 형성』을 타자기로 치기 시작했다. 엉성하게 만들어진 작은 프랑스제 휴대용 타자기는 이 대작을 다

칠 수 있을 만큼 튼튼하지 못해 우리는 크기도 크고 묵직하고 단단해 보이는 스미스 프리미어 타자기를 구입했는데 처음엔 화실 분위기와 전혀 어울리지 않는 듯 보였지만 곧 익숙해지면서 나중에 내가 미국제 휴대용 타자기를 마련할 때까지, 그러니까 전쟁이 끝날 때까지 그것은 화실에 계속 남아 있었다.

앞서 말했지만 페르낭드는 내가 자리를 함께했던 첫번째 천재의 아내였다. 거트루드 스타인의 집에 찾아오는 천재들은 그녀와 대화를 나눴고 그 아내들은 나와 자리를 함께했다. 오랜 세월을 거쳐 끝없는 추억으로 남은 그들의 모습을 어떻게 풀어낼까. 처음엔 페르낭드였고 그다음엔 마담 마티스와 마르셀 브라크와 조제트 그리스와 에바 피카소와 브리짓 기브와 마조리 기브와 해들리 헤밍웨이와 폴린 헤밍웨이와 미시즈 셔우드 앤더슨과 미시즈 브래비그 임스와 포드 매덕스 포드의 아내 미시즈 포드와 그 밖에 수많은 사람, 천재들, 거의 천재에 가까운 사람들과 천재일지도 모를 사람들, 아내가 있는 모든 사람이 있었는데, 나는 정말 그 모든 아내와 함께 앉아 이야기를 나눴고 그리고 나중에도 역시 나는 그들 모두와 자리를 같이하며 대화를 나누었다. 하지만 이 모든 이야기는 페르낭드부터 시작된다.

나는 거트루드 스타인, 그리고 그녀 오빠와 함께 피에솔레의 카사 리치에도 갔었다. 그들과 함께 보낸 여름이 아직도 기억에 생생하다. 유쾌하고 즐거운 경험이었다. 거트루드 스타인과 나는 피에솔레에서 마차를 타고 곧장 시에나로 간 적이 있는데, 우리가 탄 그 낡은 마차는 지금 생각해보니 그 당시 피에솔레에 딱 한 대 남아 있던 마차인 듯하다. 거트루드 스타인은 예전에 그 시에나 거리를 친구와 함께 걸어다녔다고 했지만 그렇게 무더운 이탈리아 날씨를 견디지 못했던 나는 마차를 택했던 것이다. 아무튼 멋진 여행이었다. 그리고 또 언젠가는 로마에 간 적이 있는데 그곳에서 아주 아름답게 생긴 르네상스풍의 검은색 접시를 사서 돌아왔다. 어느 아침 이탈리아인 요리사 마다레나가 세숫물을 들고 거트루드 스타인의 침실로 들어섰다. 거트루드 스타인은 딸꾹질을 심하게 하고 있었다. 그런 그녀를 보고 마다레나가 걱정스러운 표정으로 말했다, 시뇨라 딸꾹질이 멈추질 않네요. 그러자 거트루드 스타인이 딸꾹질을 하면서 말했다, 그러게요. 마다레나는 안됐다는 듯이 고개를 절레절레 흔들며 방을 나섰다. 곧이어 뭔가가 심하게 깨지는 소리가 났다. 마다레나가 바로 이층으로 올라오며, 오 시뇨라, 시뇨라, 하며 급한 목소리로 말했다, 시뇨라가 딸꾹질을 심하게 하는 걸 신경쓰다 시뇨라가 로마에서 조심스럽게 들고 오신 접시를 그만 깨뜨리고 말았어요. 그러자 거트루드 스타인이 욕을 퍼붓기 시작했는데, 예기치 않은 일이 일어나면 욕을 해대는 나쁜 습관이 있었던 터라 그럴 만도 했지만 문제는 그런 습관이 캘리포니아에 살던 어린 시절에 시작된 것이라고 늘 나한테 말하는데 캘리포니아를 사랑하는 나로서는 딱히 뭐라 할 말이 없었다는 것이다. 아무튼 그때 그녀가 욕을 하자 더이상 딸꾹질이 나오지 않았다. 마다레나의 얼굴에 미소가 만발했다. 아 시뇨리나, 마다레나가 나에게 말했다, 딸꾹질이 멈췄어요. 오 아니에요 전 그 예쁜 접시를 깨뜨리지 않았어요, 그냥 깨지는 소리를 냈을 뿐이랍니다, 시뇨리나의 딸꾹질을 멈추게 하고 싶어서요.

거트루드 스타인은 아주 소중히 여기는 물건이 망가지거나 깨지더라도 정말 놀랍게도 잘 참아내는 성향이 있는데, 보통 그 물건을 망가뜨리는 사람은, 이런 말을 하자니 좀 쑥스럽지만, 바로 나였다. 그녀나 살림 도와주는 여자나 개가 망가뜨리는 경우는 없으며, 더군다나 살림 도와주는 여자는 그런 물건에 손도 대지 않는데, 바로 내가 먼지를 떨어낸다고 부산을 떨다가 가끔 실수로 깨뜨리거나 망가뜨리곤 했던 것이다. 그럴 때 내가 깨지거나 망가진 물건이 어떤 것인지 밝히지 않고 전문가에게 맡겨 고쳐 올 테니 허락해달라고 부탁하면, 그녀는 고친 물건은 별 흥미를 주지 못한다면서 고치고 싶으면 고치라고 했고 그래서 고치고 나면 어느샌가 어디에 치워버렸는지 보이지 않았다. 그녀는 싸구려든 귀중한 것이든, 아무튼 부서지기 쉬운 것들이나 식료품점에서 산 병아리나 장터에서 사들인 비둘기를 좋아하는데, 오늘 아침 그중 하나가 못쓰게 되는 일이 벌어졌지만 이번엔 내가 저지른 일이 아니었다. 아무튼 그녀는 그런 것을 모두 좋아하고 오래 기억하지만 그럼에도 그런 것들은 조만간 망가진다는 것을 잘 알았으며 그럴 때면 읽을 책을 찾아내는 것처럼 다른 새것을 찾으면 된다고 했다. 하지만 내가 보기에 새것을 찾아낸다고 위안이 되는 듯하지는 않았다. 그녀는 현재 가지고 있는 것도 좋아하고 새것을 찾아내는 모험도 즐긴다고 말한다. 그녀가 젊은 화가나, 아니면 어떤 물건을 두고 하는 말이 바로 그런 것인데, 그래도 사람이든 물건이든 일단 모두가 괜찮다고 하는 순간 그 사람이나 물건에서 느끼던 새로운 경험이나 느낌이 다 사라지고 말기 때문이다. 그리고 피카소도 한숨을 내쉬며 이런 말을 한 적이 있다, 모든 사람이 다 괜찮고 좋다고 하면 그다음부터는 그 대상에 대한 호감이 그렇게 생각하는 사람이 몇 안 되었을 때 느꼈던 호감만큼 강렬하지는 않게 됩니다.

그해 여름 나는 무더위 속에서 걸어야 했던 적이 있다. 아시시에 가
보자고 하던 날 거트루드 스타인은 아시시에는 걸어서 가야 한다고 고
집을 부렸다. 그녀가 좋아하는 성자가 셋 있는데, 바로 로욜라의 성 이
그나티우스, 아빌라의 성 테레사 그리고 성 프란치스코다. 그런데 내가
좋아하는 성자는 딱 한 사람, 파도바의 성 안토니오인데 그가 잃어버린
물건이나 사람을 찾는 이들의 수호성인이기 때문이며 거트루드 스타
인의 큰오빠가 나에 관해 언급했듯이, 내가 만일 장군이라면 전투에서
패배하는 일은 없겠지만 분명 어디에서 벌어진 전투인지는 잊어버릴
지도 모르는 사람이기 때문이다. 성 안토니오는 내가 잃어버린 것을 찾
도록 도와주는 성자였기에 나는 방문하는 교회마다 성 안토니오의 헌
금함에 상당한 액수의 돈을 넣곤 한다. 처음에 거트루드 스타인은 사치
며 낭비라고 반대했지만 이제는 필요한 일임을 깨달았고 더불어 내가
곁에 없어도 나 대신 성 안토니오를 기려주리라 믿는다.

아시시로 가던 그날은 이탈리아 특유의 매우 무더운 날이었고 우리
는 평상시대로 정오쯤 출발했는데, 가장 무더울 그때가 거트루드 스타
인이 제일 걷기 좋아하는 시간이었기 때문이고, 또한 성 프란치스코는
어느 때고 그곳을 걸었을 테지만 그래도 가장 자주 걸었을 때가 바로
그 시간이었기 때문이다. 우리는 페루자에서 출발하여 푹푹 찌는 계곡
을 가로질렀다. 시간이 흐를수록 나는 옷을 한 겹 두 겹 벗어버렸고, 그
때가 요즘보다 사람들이 옷을 더 많이 걸치고 다녔던 시절이어서 그럴
수 있었다지만, 아무리 그래도 그렇지 당시에는 상상도 못할 일로, 스
타킹까지 벗어던졌던 나는 급기야 눈물까지 찔끔거리며 겨우겨우 아
시시에 도착했다. 거트루드 스타인이 그렇게 아시시를 좋아했던 이유

는 두 가지인데, 하나는 성 프란치스코와 그가 살았던 도시의 아름다움 때문이고 또하나는 그곳에서 늙은 아낙네들이 염소 대신 어린 돼지를 몰고 산을 오르내리기 때문이었다. 아낙네들이 몰고 다니는 까만 돼지 새끼는 늘 빨간색 리본 장식을 달고 있었다. 어린 돼지를 좋아했던 거트루드 스타인은 나이가 들면 까만 새끼돼지를 데리고 아시시의 산언덕을 오르내렸으면 좋겠다는 말을 입에 달다시피 했다. 그랬던 그녀가 지금은 몸집이 큰 흰 개와 작은 검은 개를 데리고 프랑스 앵 지방의 산언덕을 오르내리고 있으니, 그녀가 원하던 바를 그런 식으로 충족시키는 것도 괜찮다고 나는 생각한다.

거트루드 스타인은 늘 돼지를 좋아했고, 그런 까닭에 피카소는 돼지들에 둘러싸인 탕자*의 모습을 담은 멋진 그림을 몇 장 그려 그녀에게 주었다. 그리고 돼지들만 그린 재미있는 스케치 한 점도 주었다. 피카소가 작은 나무판자에 그림을 그려 천장 장식화로서는 가장 작다고 할 수 있는 장식화를 그려준 것도 바로 그즈음이었는데, 과일을 나르는 여자들과 나팔을 부는 천사들이 그려진 그 작품은 바로 거트루드 스타인에게 바치는 오마주였다. 여러 해 동안 그녀는 그 그림을 자기 침대 위 천장에 붙여놓았다. 그 천장 장식화가 벽에 걸리게 된 것은 전쟁 직후였다.

여기서 내가 파리에서 살기 시작했던 초기의 이야기로 돌아가보자. 그때의 내 삶은 플뢰뤼스가와 그곳에서의 토요일 저녁 모임을 중심으로 천천히 돌아가는 만화경 같았다.

---

* 「누가복음」 5장 11~32절 참고.

파리 생활이 시작되던 초기에 일어났던 일들. 정말 많은 일이 있었다.

앞서 얘기했듯이 내가 플뢰뤼스가의 단골 방문객이 되었을 때는 파블로와 페르낭드 두 사람이 다시 합쳤을 때였다. 그해 여름 두 사람은 다시 스페인으로 여행을 떠났고 돌아올 때 피카소가 스페인의 풍경을 담은 풍경화 몇 점을 들고 왔는데 그중 두 점은 아직도 플뢰뤼스가에 걸려 있고 나머지 한 점은 슈킨이 설립했지만 지금은 국유재산이 된 모스크바의 슈킨 컬렉션*이 소장하고 있는데, 아무튼 이것들이 입체파의 시작을 알리는 그림이었다. 이 작품에서는 아프리카 조각의 영향이 보이지 않았다. 오히려 세잔의 영향이 강하게 나타나는데, 특히 세잔의 후기 수채화의 영향으로 하늘을 입방체가 아닌 공간 안에서 분할하는 기법이 두드러지게 나타났다.

그러나 본질적인 것은, 집을 그려내는 수법이 근본적으로 스페인적이고 따라서 본질적으로 피카소 특유의 기법이라는 점이다. 그 그림들에서 무엇보다 피카소가 강조한 것은 스페인 마을에서 집을 짓는 형식이었는데, 집들이 늘어선 모양이 풍경을 따라서 이어지는 것이 아니라 풍경을 가로질러 그 속으로 들어가 풍경과 집들이 구별되지 않게 되는 식이었다. 전시에 대포와 군함을 위장하는 법과 같았다. 전쟁 첫해에, 그 시기에 동거를 했던 피카소와 에바, 거트루드 스타인과 나, 이렇게 넷이 어느 추운 겨울날 저녁 라스파유대로를 거닌 적이 있었다. 추위가 몰아치는 겨울 저녁의 라스파유대로보다 더 추운 곳이 세상에 없다고 생각한 우리는, 그곳의 추위를 모스크바에서 몰려온 추위라고 부르곤

---

* 러시아 사업가 세르게이 이바노비치 슈킨이 모네, 르누아르, 세잔 및 피카소의 그림들을 수집했으나 1917년 러시아혁명 후 정부가 국유재산으로 몰수했다.

했다. 거리를 걷던 중 갑자기 도로에 커다란 대포가 출현했는데, 위장용 도색을 한 대포는 우리도 처음 보는 것이었다. 무엇에 홀린 듯 피카소는 갑자기 걸음을 멈췄다. 그가 말했다. *저런 걸 창안한 사람이 우린데*, 저런 식으로 그림을 그린 게 우리라고. 그의 말이 맞았다, 그도 그런 식으로 그림을 그렸던 것이다. 세잔에서 피카소에 이르기까지 그들이 추구했던 방향이 바로 그것이었다. 피카소의 예지력이 입증된 셈이었다.

다시 이야기의 방향을 그 세 점의 풍경화로 돌려보자. 그 그림들이 처음 벽에 걸렸을 때는 당연히 모든 사람이 거부감을 나타냈다. 사실은 피카소가 그림에 담은 마을 풍경을 그와 페르낭드가 사진으로 찍어뒀었고 그 사진 몇 장을 피카소가 거트루드 스타인에게 건네준 적이 있었다. 사람들이 풍경화 속에 담긴 몇몇 정육면체 형태가 실제로 정육면체로밖에 안 보인다고 하자 거트루드 스타인은 웃으면서 말했다. 이 풍경화들이 너무 사실적이어서 반대하는 거라면 틀린 말은 아니네요. 그러면서 그녀는 사람들에게 피카소가 준 사진을 보여주었고 그녀 말대로 풍경화는 사진처럼 자연의 모습을 있는 그대로 복사한 듯 그려낸 것으로 판명되었다. 몇 년이 지난 뒤 거트루드 스타인의 제안에 따라 엘리엇 폴이 피카소의 그림과 마을 풍경 사진을 〈트랑지시옹〉의 같은 면에 실었는데 대단히 흥미로웠다. 실제로 그때가 바로 입체파의 시작이었다. 색채 또한 스페인 특유의 느낌을 주었는데, 아주 희미하게 초록색이 감도는 옅은 은빛의 노란색 색채는, 이후 피카소의 입체파 시기 그림들, 그리고 그의 추종자들이 그린 그림들에 자주 등장하여 유명해졌다.

거트루드 스타인은 늘 입체파는 순전히 스페인적인 개념이며 스페인 사람들만이 입체파 화가가 될 수 있고 진정한 입체파 작품은 피카소와 후안 그리스가 보여준 입체파 그림뿐이라고 말한다. 피카소가 입체파를 창시했고 후안 그리스는 명료함과 고양된 정신으로 입체파를 널리 확산시켰다. 이런 사실은, 둘 다 스페인 출신이자 거트루드 스타인과 절친했던 피카소와 후안 그리스 중 후안 그리스가 죽었을 때 거트루드 스타인이 그를 기리며 썼던 글인 「후안 그리스의 삶과 죽음」만 봐도 잘 이해할 수 있다.

그녀는 항상 미국인은 스페인인을 이해할 수 있다고 말했다. 서구에서 미국인과 스페인인만이 추상을 구체적으로 실현시킬 수 있는 사람들이라는 것이다. 그러면서 말하길, 미국인들에게 추상은 해체로 표현되는데, 문학과 기계기술에서 그 점이 드러나며, 스페인에서는 의식으로 추상이 표현되는데 너무 추상적이라 의식과 추상을 분리해서 생각할 수가 없다고 했다.

늘 내 기억 속에 있는 것은 어떤 독일인들이 스페인인은 투우를 좋아한다고 하자 그 말을 듣고 혐오스러운 듯이 말하던 피카소의 모습이다. 좋아하지요, 피 흘리는 것을 좋아하니까, 그가 화를 내며 말했다, 그런데 스페인 사람들에게 투우는 유혈이 아니라, 바로 의식 그 자체랍니다.

거트루드 스타인이 말했듯이, 미국인은 스페인인과 닮은 데가 있어서, 그들 역시 추상적이고 무자비하다. 극악무도하지는 않지만 잔인하다. 대부분의 유럽인과는 달리 미국인이나 스페인인은 현세적인 것과는 거리가 먼 사람들이다. 그들의 물질주의는 생존의 물질주의, 소유의 물질주의가 아니라 행동과 추상의 물질주의다. 그런 점에서 입체파는 스페인적이다.

거트루드 스타인과 내가 처음으로 스페인에 왔을 때, 우리는 크게 놀라지 않을 수 없었는데, 그때가 입체파가 시작된 지 일 년 남짓 지났을 뿐인데도 스페인에서는 입체파가 아주 자연스럽게 진행되고 있었기 때문이다. 바르셀로나에 갔더니 많은 상점이 우편엽서 대신 사각형 작은 액자 안에 시가, 진짜 시가를, 파이프, 손수건 등등을 진열해놓고 있었는데, 그 방식이 대다수 입체파 그림들의 배열 방식과 아주 똑같았으며 오려낸 종이로 다른 대상들을 재현해 보충한 것도 마찬가지였다. 그것이 바로 수세기 동안 스페인이 보여왔던 현대적인 특징이랄까 분위기였다.

피카소는 입체파 시기 초기에 그린 그림에 인쇄된 문자를 이용했으며 후안 그리스 역시 색칠한 표면이 뭔가 단단한 것과 부합되고 어울리도록 했는데, 그 단단한 것이 바로 인쇄된 문자였다. 그러다 그들은 점차 인쇄된 것을 이용하는 대신 문자를 물감으로 그리기 시작했고 그러다보니 단단한 느낌이 모두 사라져버렸는데, 문자의 농도를 짙게 색칠해서 그나마 선명하게 대조가 이루어지도록 한 사람은 후안 그리스뿐이다. 그런 식으로 입체파는 조금씩 모습을 드러냈지만 어쨌든 세상에 나오게 된 것이다.

브라크와 피카소가 더 가까워지기 시작한 것이 바로 이 무렵이다. 감정이 넘쳐흐르는 후안 그리스라는 젊은이가 마드리드에서 파리로 건너와 피카소를 *나의 스승*이라 부르며 굉장히 귀찮게 굴었던 때도 바로 그즈음이다. 후안 그리스를 흉내내서 피카소도 브라크를 *나의 스승*이라 부르곤 했는데, 농담으로 던진 이 말을, 몇몇 어리석은 사람들이 진담으로 받아들여 피카소가 브라크를 스승으로 우러러 모신다고 생각했던 일은 유감스럽다.

그런데 여기서 다시 한번 예전으로 쭉 달려가 내가 처음 페르낭드와 파블로를 알게 된 초기의 파리 시절로 되돌아가보자.

그 당시 피카소는 풍경화는 단 석 점만 그리고 평면으로 잘려나간 듯 보이는 사람 머리, 길쭉한 빵 덩어리를 그리기 시작했다.

바로 그 시기 마티스는 미술학교를 계속 운영하며 서서히 이름이 알려지기 시작했고, 그러던 차에 재원이 든든한 중견 화랑인 베르넹 젠 화랑*이 마티스의 전 작품을 후한 가격에 구입하겠다는 제안을 하자 주위 사람 모두가 입을 다물지 못했다. 정말 흥분과 기쁨이 어우러진 시기였다.

그런 일이 가능했던 것은 페네옹이라는 남자가 영향력을 발휘했기 때문이다. *참 잘된 일입니다.* 페네옹에게 깊은 감명을 받은 마티스가 말했다. 페네옹은 하루의 뉴스를 단 두 줄로 즉석에서 작성하는 방법인 *푀이통 앙 되 리뉴*를 창안한 프랑스 언론인이었다. 엉클 샘을 프랑스식으로 익살맞게 그린 모습을 닮은 그는 툴루즈로트레크가 그린 서커스 그림에서 커튼 앞에 서 있는 모습으로 등장하기도 했다.

어쨌든 베르넹 화랑이 무슨 목적에서 그랬는지 모르지만 페네옹을 고용하여 신세대 화가들과 관계를 맺기 시작했다.

상황이 변했고, 그 계약이 그리 오래가지는 않았지만, 어쨌든 그러던

---

* 18세기 말 베르넹 젠 가문이 설립한 화구상으로 출발하여 화랑으로 성장하면서 대를 이어 운영하던 중 1901년 최초로 반 고흐 전시회를 연 뒤 유명 화가들의 전시회를 계속 이어나갔다.

가운데 마티스의 운명에 변화가 찾아온 것은 분명했다. 마티스는 이제 누구나 인정하는 단단한 위치에 올라서게 되었다. 그는 클라마르에 집 한 채와 땅을 구입하여 이사했다. 지금부터는 내가 봤던 마티스의 새집을 설명해보겠다.

클라마르에 있는 마티스의 집은 굉장히 편하고 안락했으며, 여기서 분명히 해둘 것은 무척 꼼꼼한 성격의 마티스 부부는 그때나 이전이나 늘 집을 깨끗하고 단정하게 해두는 습관이 있었고, 미국인들과 오랫동안 접촉하고 사귄 덕에 욕실을 꽤나 세심하게 살피며 신경썼는데, 그 욕실이 일층 식당 옆에 있었다. 그러나 그런 식으로 욕실을 배치하는 것이 그때나 지금이나 프랑스식 관습이라 프랑스인이 사는 집에서는 그다지 신경쓸 문제가 아니었다. 더욱이 욕실을 일층에 두면 사생활이 더 많이 보장되었다. 얼마 전 브라크가 짓고 있는 새집을 둘러볼 기회가 있었는데 욕실이 어김없이 일층에 있었고, 다만 이번에는 거실 아래에 자리잡은 것이 전과 달랐다. 우리가 그 점을 지적하면서 이유를 묻자, 브라크 부부는 욕실이 벽난로 가까운 곳에 있으면 더 따뜻하기 때문이라고 대답했다.

클라마르에 있는 마티스의 땅은 넓었고 정원도 널찍했는데 마티스는 우쭐한 기분이 들면서도 어딘가 섭섭한 마음을 지울 수 없는지 그 정원을 작은 뤽상부르 정원*이라 불렀다. 물론 꽃을 가꾸는 유리온실도 있었다. 나중에 마티스 부부는 온실에 베고니아도 심었는데 자라면서 점점 시들해졌다. 온실 너머에는 라일락들이 자라고 그 너머에는 언제

---

* 뤽상부르궁전의 정원을 가리킨다.

든 뜯어낼 수 있게 지은 커다란 화실이 있었다. 마티스 부부는 그 화실을 무척 마음에 들어했다. 신경이 조금은 무디고 단순한 마담 마티스는 이사하기 전 매일 그곳에 택시를 타고 가서 택시가 기다리고 있는 것도 아랑곳하지 않고 화실을 둘러보고 꽃도 꺾는 일을 일상처럼 즐겼다. 그 당시만 하더라도 택시를 기다리게 하는 일은 백만장자나 할 수 있었고 그것도 아주 드문 경우였다.

클라마르로 이사한 마티스 부부는 기분이 아주 좋았으며 커다란 화실은 곧 큼지막한 조각상과 대형 그림으로 가득차게 되었다. 바야흐로 마티스의 시대였다. 그와 동시에 클라마르가 참으로 아름다운 곳이라는 것을 알게 된 마티스는, 그림을 그리기 시작한 이래 매일 오후에 줄곧 해오던 일, 바로 누드 스케치를 위해 파리로 가야 하는 경우엔 집에 돌아올 수 없었지만, 이제는 어떻게 해서든 매일 오후에 집으로 돌아왔다. 그러던 중 그가 운영하던 미술학교는 문을 닫을 수밖에 없었는데, 정부가 나서서 오래된 수녀원을 넘겨받아 중등학교로 만드는 바람에 미술학교를 더이상 운영할 수 없게 된 것이었다.

그즈음이 마티스 부부에게는 모든 일이 매우 순조롭게 돌아가는 시기가 시작된 시점이었다. 마티스 부부는 알제리는 물론 모로코 북부의 탕헤르를 여행했으며 자신들을 충실히 따르는 독일 학생에게서 라인 백포도주, 그리고 우리 가운데 누구도 본 적이 없는 품종의 대단히 잘생긴 검은 경찰견을 선물로 받기도 했다.

그리고 그 무렵 마티스는 베를린에서 큰 전시회도 열었다. 어느 봄날이 기억에 생생한데, 참으로 아름다운 날이었고 우리는 클라마르에서 마티스 부부와 점심을 같이 먹기로 했다. 그곳에 도착했을 때 마티스 부부는 덮개가 열린 커다란 포장상자 옆에 서 있었다. 다가가서 보니 상자 안에 세상 어디에 이런 게 있을까 싶을 정도로 예쁜 빨간색 리본이 묶인 커다란 월계수 화관이 들어 있었다. 마티스는 상자 안에 있던 카드를 꺼내 거트루드 스타인에게 보여주었다. 카드에는 토머스 위트모어라는 서명과 함께 이런 글이 적혀 있었다, 앙리 마티스에게, 베를린전투에서 거둔 승리를 축하하며. 토머스 위트모어는 보스턴 출신 고고학자이자 터프츠대학의 교수로, 마티스를 대단히 좋아해서 선물을 보낸 것이었다. 마티스가 아주 침울한 표정을 지으며 말했다, 내가 죽은 건 아니잖아. 그러자 마담 마티스는 허리를 굽혀 상자 안에서 잎사귀 한 닢을 뜯어 맛을 보더니 놀란 목소리로 외쳤다. 앙리 이것 좀 봐요, 이거 진짜 월계수잎이에요, 수프에 넣으면 맛있을 것 같아요. 그런 다음 그녀는 한층 더 밝은 목소리로 말을 이었다, 이 리본은 두고두고 우리 마고의 머리에 달아줘도 아주 멋지겠어요.

마티스 부부는 전쟁이 발발할 무렵까지 클라마르에 머물렀다. 그 시기에 마티스 부부와 거트루드 스타인이 만나는 횟수가 점점 줄어들었다. 더욱이 전쟁이 발발한 뒤로 마티스 부부는 집에서 보내는 시간이 많았다. 그들은 외롭기도 했고 걱정도 많았는데, 그 이유는 마티스 가족이 살고 있는 북부 지역 생캉탱이 전쟁이 터지면서 독일군 전선 내에 속하게 된데다 동생이 인질로 잡혔기 때문이었다. 나에게 털실로 장갑 뜨는 법을 가르쳐준 사람이 마담 마티스였다. 놀라울 정도로 깔끔하고 신속한 손놀림으로 털장갑을 만들어내던 솜씨를 내가 배웠던 것이다. 얼마 후 마티스는 니스로 거처를 옮기게 되었고, 거트루드 스타인과 마티스 부부는 여전히 좋은 친구로 남아 있기는 했지만, 이런저런 이유로 서로가 다시는 만나지 못하게 되었다.

그 초기 시절 매주 토요일 저녁이 되면 많은 헝가리인, 정말 많은 독일인, 여러 국적이 뒤섞인 많은 사람이 자주 찾아왔고, 아주 가끔 미국인들도 드나들었지만 영국인은 없었다. 나중에 언급하겠지만, 이들 외에도 온갖 나라의 귀족은 물론 심지어 왕족까지 찾아왔다.

그 시절 드나들었던 독일인 중에 파스킨이라는 사람이 있었다. 파스킨은 마른 몸매에 똑똑한 인상을 풍겼는데, 당시 독일의 풍자잡지 가운데 가장 잘나가던 〈짐플리치시무스〉라는 주간지에 작은 크기의 깔끔한 풍자화를 그려 이미 명성이 꽤 자자했다. 그를 두고 다른 독일인들은 이상한 이야기를 들려주기도 했다. 파스킨이 어느 매춘부의 집에서 자랐다는 둥 어쩌면 왕족 출신일지 모른다는 둥 별별 이야기가 있었다.

초기의 그 시절 이후 서로 만날 일이 없었던 파스킨과 거트루드 스타인은 몇 년 전 네덜란드 출신 젊은 화가로 파스킨의 제자였던 크리스티안스 토니 전시회의 사전 관람회에서 만나게 되었는데 실은 거트루드 스타인이 토니의 그림에 관심이 많았기에 가능했던 일이었다. 그 자리에서 반갑게 인사를 한 두 사람은 긴 시간 얘기를 나누었다.

파스킨은 독일인 가운데 유쾌함으로 따지면 단연 으뜸이라 할 수 있었지만 그래도 우데가 있기에 파스킨을 최고 재미있는 사람으로 꼽지는 못하겠다.

좋은 가문 출신인 우데는 금발은 아니지만, 키가 껑충하고 호리호리한 몸에 가무잡잡한 얼굴과 시원한 이마를 지닌 약삭빠르고 재치 넘치는 독일인이었다. 처음 파리에 왔을 때 그는 뭐 건질 게 없나 살펴본다며 시내에 있는 고미술품 가게와 골동품 가게를 다 찾아다녔다. 하지만 앵그르의 작품으로 여겨지는 그림 한 점, 그리고 초기 피카소 작품 몇 점, 이렇게 몇 작품 외에는 별반 찾아낸 것이 없다고 말했는데, 아마 그보다 더 있었을 것으로 추정된다. 어쨌든 전쟁이 발발한 뒤 그는 독일 비밀본부 소속 고위급 스파이로 의심받기 시작했다.

선전포고가 있은 뒤 프랑스 전쟁사무국 근처에서 우데를 보았다는 말이 떠돌기도 했는데, 분명한 것은 우데가 친구와 함께 지내던 여름별 장이 나중에 힌덴부르크 전선이 형성된 지역 근처에 있었다는 사실이다. 어찌되었든 우데는 대단히 재미있고 흥이 넘쳤다. 세관 관리였던 루소의 그림을 최초로 상품화하여 시장에 내놓은 사람이 바로 그였다. 또한 그는 개인적으로 화랑 비슷한 그림 가게를 운영하기도 했다. 바로 그곳에서 최신 유행의 허름한 차림이나 메드라노 서커스* 패션 복장을 한 브라크와 피카소가 찾아와 우데를 만나서는 열심히 자기소개를 하고 또 각자가 서로를 소개했다.

토요일 저녁 모임에 참석할 때면 우데는 종종 금발에 키가 굉장히 크고 잘생긴 젊은이들을 데리고 나타났는데 그 친구들은 구두 뒤축을 척 붙이며 꾸벅 인사를 하고는 모임 내내 부동자세로 근엄하게 서 있었다. 그런 그들의 모습은 자리에 모인 사람들을 돋보이게 만드는 대단히 효과적인 배경이 되었다. 어느 토요일 저녁이 기억나는데 그날 위대한 학자 브레알**의 아들과 머리가 잘 돌아가는 똑똑한 그의 아내가 모

---

* 메드라노 서커스는 몽마르트르 근처에서 열려 많은 화가가 공연 스케치를 위해 자주 드나들었으며, 피카소, 브라크, 판 동언 등이 서커스 공연장에서 자주 만났다고 한다. 메드라노 서커스 패션 복장이란 이 서커스단의 광대 옷차림을 말한다.
** 프랑스 언어학자.

임에 연주를 하고 싶다는 스페인 출신 기타리스트를 데리고 왔다. 우데와 그가 데리고 온 젊은 경호원들이 배경이 된 그날 저녁 모임은 기타리스트의 연주가 흐르는 가운데 활기에 넘쳤으며, 마놀로도 참석했다. 당시 파리의 전설적인 인물이었던 조각가 마놀로, 내가 그를 본 것은 그때가 처음이자 마지막이었다. 피카소가 흥에 겨워 스페인 남부 춤을 추었지만 그다지 보기 좋지는 않았고, 반면에 거트루드 스타인의 오빠가 춘 춤은 죽어가는 모습을 표현한 이사도라의 춤을 흉내낸 것이었는데 무척 생동감이 넘쳤으며, 그런 와중에 라팽 아질의 주인 프레데리크와 파리 거리의 패거리들을 놓고 페르낭드와 파블로가 설전을 벌였다.* 페르낭드는 차라리 그 패거리가 예술가들보다 낫다고 주장하면서 집게손가락을 뻗어 삿대질하듯 위로 찌르는 시늉을 했다. 그러자 피카소가 응수했다, 하기야 그 패거리들은 소속이라도 있지 예술가들은 그렇지 못하니 그럴 만도 하겠네. 발끈한 페르낭드는 피카소를 잡아 흔들며 말했다, 그런 말로 대충 넘어가려는 모양인데, 참 멍청하군요. 피카소가 씁쓸한 표정으로 그녀 때문에 자기 단추 하나가 떨어졌다고 지적하자 페르낭드는 몹시 화가 나 목소리를 높였다, 역시 당신답군요, 내세울 거라곤 조숙한 어린애에 불과하다는 사실밖에 없으니. 그즈음 두 사람은 라비냥가의 삶을 정리하고 클리시대로변에 있는 아파트로 가

---

* '라팽 아질'은 프랑스에서 가장 오래된 카바레이자 레스토랑의 하나다. 거친 손님들이 드나들고 여러 차례 총격사건이 벌어지면서 문을 닫을 위기에 처한 이 술집을 1905년 유명 가수 아리스티드 브뤼앙이 인수하면서 운영권을 음악가인 프레데리크 제라르에게 넘겼다. 프레데리크가 손님으로 드나들던 깡패들을 몰아내고 술값 대신 그림을 받는 식으로 몽마르트르의 예술가들을 받아들이면서 이곳은 예술가들의 명소가 되었다.

집안일을 돌보는 사람도 두고 넉넉하고 편한 삶을 살아보려 했었지만, 어쨌든 그때 두 사람의 관계가 그리 썩 좋은 편은 아니었다.

다시 우데 이야기로 돌아가야 하는데 그전에 먼저 마놀로에 대해서 알아보기로 하자. 어쩌면 마놀로는 피카소의 가장 오랜 친구인지도 모른다. 그는 별난 스페인 사람이었다. 마놀로는, 들려오는 이야기에 따르면, 마드리드에서 제일 유명한 소매치기와 형제간이었다고 한다. 하지만 마놀로는 사람 자체로 봐서는 온화하고 누구나 칭찬할 만했다. 피카소가 파리에서 스페인어로 대화하는 유일한 사람이 바로 그였다. 파리에 있는 다른 스페인 사람들은 모두가 프랑스 여자를 아내나 애인으로 두고 있어 프랑스어로 말하는 게 몸에 밴 터라 대화를 할 때는 언제나 프랑스어를 사용했다. 그들의 이런 점이 나한테는 늘 굉장히 낯설고 이상하게 보였던 것도 사실이다. 여하간 피카소와 마놀로는 항상 스페인어로 말을 주고받았다.

마놀로를 둘러싼 이야기가 많은데, 먼저 꼽자면 그는 항상 성자를 좋아했고 늘 성자의 보호 아래 살았다고 한다. 처음 파리에 왔을 때 그는 눈에 띄는 첫번째 교회에 들어갔다가 그곳에서 한 여자가 누군가에게 의자를 갖다주고 그 대가로 돈을 받는 광경을 보았다. 그래서 마놀로도 똑같이, 여러 교회를 찾아다니며 사람들에게 의자를 갖다주고는 돈을 받았는데, 그러던 어느 날 그 일은 자기 몫이고 더욱이 그 의자들이 자기 소유라고 주장하는 여자에게 붙잡혀 낭패를 당했다.

한번은 돈이 몹시 궁했던 마놀로가 친구들에게 자기가 만든 조각 작품 하나를 놓고 번호가 적힌 추첨권을 사라고 제안을 했고, 친구들 모두 좋다고 하면서 추첨권을 샀는데, 문제는 그다음에 그들 모두가 모여 번호를 확인하니 전부 같은 번호였다. 그들이 따지고 나서자 마놀로는 번호가 다르면 너희가 섭섭하게 생각할 것 같아서 그렇게 했다고 털어놓았다. 그는 군복무중에 스페인을 떠난 것으로 알려졌는데, 기병대에 근무하던 그가 어느 날 국경을 넘었고, 말과 군장을 팔아 돈을 마련한 후 파리로 가서 조각가가 되었다는 것이 사람들의 말이었다. 또 언젠가 마놀로가 고갱의 친구 집에 며칠 동안 혼자 묵은 적이 있었다고 한다. 그런데 집주인이 돌아와서 보니 고갱이 준 기념품과 그의 스케치 작품들이 몽땅 사라지고 없었다. 마놀로가 볼라르에게 팔아넘겼던 것이었고, 결국 볼라르는 그것들을 주인에게 돌려주어야 했다. 하지만 그런 일에 누구도 개의치 않았다. 마놀로는 이를테면 종교에 빠져 있는 정신 나간 사람처럼 보이면서도 마음씨는 고운 스페인 거지와 다를 바 없었지만 그래도 모든 사람이 그를 좋아했다. 그리스 태생 시인이며 당시 파리에서 너무나 잘 알려진 인물이었던 모레아스*는 마놀로를 너무나 좋아해서 볼일이 있어 외출할 때마다 그를 친구처럼 데리고 다녔다. 그럴 때마다 마놀로는 한 끼 얻어먹을 요량으로 따라나섰지만 모레아스가 식사하는 동안 혼자 남겨진 채 기다려야 했다. 훗날의 기욤 아폴리네르처럼 모레아스가 음식값을 대주는 일이 거의 없었지만, 아니 그런 일이 전혀 없었다고 해야겠지만, 그럼에도 마놀로는 늘 참고 기다리며 언젠가는 사주는 날이 있으리라 희망을 잃지 않았다.

마놀로는 몽마르트르의 작은 식당에서 음식 같은 것을 얻어먹는 대

---

* 그리스 태생 시인이자 예술비평가로 프랑스에서 교육받고 주로 프랑스에 거주하면서 프랑스어로 작품활동을 했다. 1886년 〈르 피가로〉에 「상징주의 선언」을 발표하면서 상징주의의 시작을 알렸다.

가로 조각상을 만들어주며 지냈는데, 앨프리드 스티글리츠*라는 사람
이 마놀로에 관한 이야기를 듣고는 그의 작품을 뉴욕에 전시하고 그중
일부를 팔아준 덕분에 마놀로는 프랑스와 스페인 국경지대에 있는 세
레라는 곳으로 돌아가, 그후 그곳에서 밤을 낮 삼아 일하며 카탈루냐
출신 아내와 함께 살았다.

이제 우데 이야기다. 어느 토요일 저녁 우데는 약혼자를 거트루드
스타인에게 소개했다. 우데의 태도나 행동거지가 예전과 너무 다르고
그가 소개한 약혼자가 굉장히 부유한 집안 출신인데다 대단히 전통적
인 젊은 여성으로 보여 우리는 모두 놀라지 않을 수 없었다. 그런데 알
고 보니 그들의 결혼은 정략적이었다. 우데는 사람들에게서 존경을 받
고 싶었고 그 여자는 유산을 받고 싶었는데, 결혼을 해야 가능했던 것
이다. 두 사람은 얼마 지나지 않아 결혼했고 그 직후에 이혼했다. 그리
고 곧 그녀는 이제 막 두각을 나타내기 시작한 화가 들로네와 결혼했
다. 들로네는 입체파의 사상을 알기 쉽게 통속화한 많은 작품을 그린
최초의 화가로, 기울어진 집들의 그림, 이른바 재해파라 불리는 화풍의
창시자였다.

들로네는 몸집이 큰 금발의 프랑스인이었다. 그에게는 체구는 작지
만 활기 넘치는 어머니가 있었다. 들로네의 어머니는 우리가 어릴 때
상상했던 늙은 프랑스 귀족의 모습을 꼭 빼닮은 나이든 귀족들과 함께
플뢰뤼스가를 찾아오곤 했다. 그들은 항상 카드를 꺼내 위엄이 담긴 감
사의 글을 적어 남겨두었으며 그들이 생각하기에 상황에 어긋난다 싶

---

* 미국 사진작가. 20세기 초 뉴욕에서 화랑을 운영하면서 유럽의 많은 전위 미술가를
소개하는 예술 프로모터로도 큰 활약을 했다.

은 행동이나 말은 전혀 하지 않았다. 들로네는 참으로 재미있는 사람이었다. 능력이 아주 뛰어난데다 지나치다 싶을 정도로 야망도 큰 사람이었다. 그는 항상 피카소의 작품을 놓고 이 그림을 그렸을 때 피카소가 몇 살이었느냐고 물었다. 몇 살 때 그렸다고 알려주면 그는 늘 말했다, 아 나보다 나이가 많았을 때 그렸군요. 나도 그 나이쯤 되면 저 정도는 충분히 그려낼 겁니다.

실제로 들로네는 화가로서 발전 속도가 아주 빠른 편이었다. 그는 플뢰뤼스가를 자기 집 드나들듯 수시로 찾아왔다. 거트루드 스타인은 그런 들로네를 보며 즐거워했다. 사람을 즐겁게 해주는 재주가 있었던 그가 한번은, 파리를 배경으로 서 있는 매력적인 세 미인의 모습을 담은 상당히 멋진 그림을 그렸는데, 모든 사람의 아이디어를 한데 뭉치고 어느 정도의 프랑스식 명쾌함과 자기 자신의 신선함을 더한 대단히 큰 작품이었다. 상당히 독특한 분위기를 담은 그 그림은 큰 성공을 거두었다. 그러나 이후 그림들은 아무런 특징도 없이, 점점 커지기만 하고 공허한 느낌을 주거나 점점 작아지면서도 역시 공허한 느낌만 풍겼다. 기억나는 일이 하나 있는데 그가 그 작은 그림들 가운데 한 점을 들고 찾아와서는 이렇게 말했다, 여기 작은 그림을 당신에게 주려고 가져왔습니다, 보석입니다. 그러자 거트루드 스타인이 맞장구쳤다, 예 작군요, 하지만 보석은 보석이네요.

우데의 전 부인과 결혼한 사람이 바로 들로네였고 두 사람은 그럭저럭 결혼생활을 잘 유지해나갔다. 그들은 기욤 아폴리네르와 친하게 지냈으며 그들에게 음식 만드는 법과 살아가는 법을 가르쳐준 사람이 바로 기욤이었다. 기욤은 보기 드물게 비범한 인물이었다. 기욤을 제외하고 어느 누구도 자기를 초대한 사람들을 놀리고, 그들이 초대한 다른 손님들에게 시답지 않는 농담이나 하고, 그들이 만든 음식에 대해 이러 쿵저러쿵 흉보면서 그들이 항상 더 많은 노력을 하고 또 하도록 자극할 수 없을 텐데, 기욤의 그런 면은 이탈리아 태생인 그의 기질 때문이 아닌가 싶고, 그런 점에서 기욤이 젊을 때 파리에서 했던 행동을 똑같이 할 수 있는 사람은 아마 뉴욕의 화가 스텔라*가 아닐까 싶다.

기욤은 첫 여행의 기회가 찾아오자, 그는 들로네와 함께 독일에 가서 정말 즐거운 시간을 보냈다.

한편 우데는 전 부인이 어느 날 자기 집에 찾아와 들로네의 미래에 관해 이런저런 얘기를 부풀려 자세히 설명하더니, 자기한테 과거, 즉 피카소와 브라크는 다 버리고, 미래, 즉 들로네가 추구하는 것에 헌신하라고 했다는 얘기를 신나게 들려주었다. 그런데 기억해야 할 점은 우데가 그 얘기를 들려줄 당시 피카소와 브라크는 아직 서른 살이 되지 않았을 때라는 사실이다. 아무튼 우데는 만나는 사람 모두에게 아주 재미있게 많은 말을 보태어 그 일화를 들려주며, 있는 그대로 다 털어놓고 하는 얘깁니다, 모두가 알아야 할 얘기거든요, 늘 이렇게 덧붙였다.

그 시기에 우리집에 왔던 또다른 독일인은 따분한 사람이었다. 내가 알기로 그는 자기 나라에서 매우 중요한 인물이고 마티스에게는 언제나 변함없이, 심지어 전쟁중에도 대단히 믿을 만한 친구였다고 한다. 그는 마티스의 미술학교를 지켜주는 성벽과 같은 존재였다. 그러나 마티스는 그를 늘 친절하게 대해주지는 않았고 실제로 그런 적이 드물었

---

* 산업화된 미국의 모습을 그린 것으로 유명한 이탈리아 태생 미래파 화가. 기욤 아폴리네르처럼 스텔라도 자신을 초대한 사람들을 냉소적인 위트로 대했다고 한다.

다. 미술학교에 다니는 여자들이 모두 그 독일인을 좋아했다는데, 사람들이 다 그렇게 생각했던 모양이다. 그는 땅딸막한 체구를 지닌 돈 후안이었다. 그를 사랑했던 스칸디나비아계 여자가 기억난다. 몸집이 큰 그녀는 우리집에서 토요일 저녁 모임이 있을 때 안으로 들어오지 않고 안마당에 서 있기만 했는데 사람들이 들어오거나 나서면서 문이 열릴 때마다 안마당의 어두운 한쪽 구석에서 체셔 고양이*처럼 입이 귀에 걸리도록 씨익 미소 짓는 그녀의 모습이 보이곤 했다. 아무튼 그 독일인은 거트루드 스타인이 늘 신경쓰이고 거슬렸던 모양이었다. 사실 거트루드 스타인은 뜻밖에 기이한 행동도 하고 이상한 물건도 많이 사곤 했다. 그런 그녀를 감히 대놓고 비판하지는 못했지만 나한테는 자기가 흉측하다고 생각하는 물건을 가리키며 묻곤 했다. 그런데 마드무아젤, 당신은 저것이 아름답다고 생각하십니까.

한번은 우리가 스페인에 있을 때, 우리가 처음으로 스페인에 갔을 때였는데, 거트루드 스타인은 쿠엥카라는 도시에서 모조 다이아몬드인 라인석으로 만든 큼직한 거북 장신구 신상품을 사겠다고 고집을 부렸다. 예전부터 갖고 있던 무척 아름다운 보석들이 있었지만, 그녀는 기어코 그것을 걸쇠 장식으로 차고 다니면서 대단히 흡족해했다. 그런데 그때 그 모습을 보고 푸르만**이 너무 놀라 입을 다물지 못했다. 그

---

* 영국 체셔 지방에 목장이 많아 그곳 고양이들이 우유나 크림을 실컷 먹을 수 있어 늘 미소 지었다는 설이 있다. 체셔에서 미소 짓는 고양이 모양으로 치즈를 만들어 판 것에서 유래되었다고 알려진 표현인데, 루이스 캐럴의 『이상한 나라의 앨리스』에 등장하면서 고유명사처럼 쓰이게 되었다.
** 독일에서 풍경화와 실내장식을 공부한 뒤 프랑스 파리로 건너가 마티스의 제자가 된 화가.

는 나를 한쪽 구석으로 끌고 갔다. 저 보석, 그가 말했다, 미스 스타인이 차고 있는 저거는 사실 돌로 만든 거라고요.

얘기를 하다보니 스페인에 갔을 때 사람들이 북적대는 식당에서 겪었던 일이 생각난다. 식당 한쪽 끝에서 갑자기 키가 큰 사람이 일어서더니 거트루드 스타인에게 정중한 자세로 허리를 굽히자 그녀도 마찬가지로 정중하게 응답했다. 그 사람은 토요일 저녁에 우리집에 드나들었던 떠돌이 헝가리인이 분명했다.

우리 두 사람이 다 좋아했다고 인정하지 않을 수 없는 또다른 독일인이 있다. 그 사람은 훨씬 나중에, 1912년쯤에 만났다. 그 역시 키가 홀쩍 크고 얼굴은 가무잡잡했다. 영어로 말하던 그는, 우리가 무척 좋아하던 마스든 하틀리*의 친구였고, 그 바람에 우리 역시 그 독일인을 좋아했는데, 좋아하지 않았다는 말을 절대로 할 수 없을 정도로 너무나 좋아했다.

그는 자신을 부유하지 않은 아버지를 둔 부자 아들이라고 소개했다. 말하자면 대학교수였던 아버지가 재산이 넉넉하진 않았지만 자기한테는 꽤 많은 돈을 물려주었다는 뜻이었다. 이름이 뢰네베크인 매력적인 그는 언제든 저녁식사에 초대받게 되었다. 어느 저녁 그가 초대를 받아 식사에 참석했을 때 그 자리에 이탈리아 예술비평으로 유명한 베런슨이 있었다. 뢰네베크는 그날 루소의 그림을 찍은 사진 몇 장을 갖고 왔다. 그는 그 사진들을 화실에 두고 다른 사람들과 함께 식사 자리에 참석했다. 모두가 루소에 관한 이야기를 꺼내기 시작했다. 그러자 베런슨

---

* 미국 모더니즘 화가이자 시인.

이 곤혹스러운 표정을 짓더니, 그런데 루소, 루소가, 그래요 루소가 훌륭한 화가이기는 하지만 왜들 이렇게 호들갑을 떨며 칭찬하는지 모르겠습니다, 하는 것이었다. 아, 그는 한숨을 내쉬며 말을 이었다, 유행은 변하죠, 나도 그건 인정합니다만, 난 루소가 젊은 사람들에게 유행이 되리라고는 단 한 번도 생각해본 적이 없습니다. 베런슨은 좀 거만하게 구는 경향이 있기에 모두가 그러거나 말거나 그냥 못 들은 척했다. 그러다 결국 뢰네베크가 나서서 부드러운 목소리로 말했다, 하지만 베런슨 씨, 위대한 세관원 루소에 관한 이야기를 전혀 들어본 적이 없으신 모양이군요. 들어본 적 없습니다, 베런슨이 솔직히 인정했고, 그건 사실이었지만, 나중에 사진을 보고 나서도 그는 여전히 이해하지 못하겠다는 듯 대단히 혼란스러운 표정을 지었다. 그러자 그 자리에 같이 있던 메이블 도지*가 나서서 말했다, 그런데요 베런슨 씨, 예술은 피할 수 없는 운명이라는 사실을 기억하셔야 해요. 피할 수 없다는 말은, 베런슨은 마음을 추스르며 대꾸했다, 아시겠지만, 팜파탈인 당신에게 해당되는 말입니다.

우리는 뢰네베크를 좋아했고 게다가 그는 처음 우리집에 왔을 때 거트루드 스타인의 최근 작품의 일부를 그녀 앞에서 인용하며 거론했던 사람이었다. 스타인이 자기 원고의 일부를 그의 친구인 마스든 하틀리에게 빌려주어 알게 된 모양이었다. 아무튼 그녀가 쓴 작품을 그녀 앞에서 직접 인용하며 언급한 사람이 그가 처음이었으니 당연히 그녀가 좋아할 수밖에 없었다. 그런데다 그는 당시 그녀가 쓰고 있던 인물들의

---

* 메이블 도지 루언. 미국 뉴욕의 부유한 은행가 집안 출신인 예술 후원자.

초상 가운데 몇 편을 독일어로 번역하여 그녀에게 국제적인 명성을 안겨주기도 했다. 그러나 사실 성실한 로셰가 『세 인생』을 독일 젊은이들에게 이미 소개했고 그때부터 독일 젊은이들은 그 작품의 매력에 흠뻑 빠져들었었다. 그렇다 해도 뢰네베크는 매력이 넘치는 사람이어서 우리는 그를 정말 좋아했다.

뢰네베크는 조각가였고, 전신 초상을 작은 조각상으로 만드는 일을 아주 잘했으며, 음악을 공부하던 젊은 미국 여자를 사랑하게 되었다. 그는 프랑스와 프랑스적인 모든 것을 좋아했을 뿐 아니라 우리를 무척 좋아하여 서로 잘 지내는 사이였다. 여름이 되면 항상 그랬듯이 우리 모두는 서로 떨어지게 되었다. 그는 대단히 즐거운 여름을 보내게 될 것 같다고 말했다. 어느 백작부인과 어린 백작인 그녀의 두 아들의 초상 조각을 만들어달라는 부탁을 받아 발틱해안에 있는 백작부인의 웅장한 저택에서 여름을 보낼 예정이라고 했다.

겨울이 되어 우리 모두가 다시 돌아왔을 때 뢰네베크는 조금 달라졌다. 우선 그는 독일 해군 군함을 찍은 사진을 많이 가져와서는 계속 우리더러 좀 보라고 재촉했다. 우리는 관심이 없었다. 결국 거트루드 스타인이 입을 열었다, 물론 뢰네베크, 당신 나라에 해군이 있을 테고, 물론 당연한 얘기지만 우리 미국에도 해군이 있고, 모든 나라에 다 해군이 있거든요, 그런데 철갑을 두른 커다란 전함은 해군을 제외한 다른 모든 사람 눈에는 하나같이 다 똑같아 보일 뿐이니, 괜히 바보처럼 그러지 마요. 어쨌든 그는 전과 분명 달랐다. 정말 좋은 시간을 보냈던 것 같다. 백작들 모두와 함께 찍은 사진은 물론 백작부인과 아주 친하다는 독일 왕세자와 찍은 사진도 갖고 있었다. 1913년에서 1914년으로 해가 넘어가던 시기의 겨울도 서서히 지나갔다. 여느 때와 다름없이 모든 일이 평소처럼 진행되었고 우리 또한 늘 하던 대로 저녁 파티를 열었다. 언제 열렸던 파티인지는 잘 기억이 나질 않지만 우리는 그 자리에 뢰네베크가 참석하면 정말 좋을 것 같다는 생각을 했다. 우리는 그를 초대했다. 그는 이틀 일정으로 뮌헨에 가야 하는데 밤에 출발을 해서라도 저녁 파티에 맞춰 돌아오겠다는 전갈을 보내왔다. 정말로 그는 파티에 참석했고 항상 그렇듯이 신나게 파티를 즐겼다.

그 직후 뢰네베크는 북부로 여행을 떠났는데, 성당이 있는 마을들을 찾아다니는 것이 목적이었다. 여행에서 돌아온 그는 높은 곳에서 내려다보고 찍은 북부 마을들의 사진을 우리 앞에 꺼냈다. 이것들이 다 뭐죠, 거트루드 스타인이 물었다. 아 이거요, 그가 말했다, 당신이 관심을 보일 것 같아서 찍은 건데, 성당이 있는 마을 사진들입니다. 당신이 좋아할 것 같다는 생각에 첨탑 맨 꼭대기에 올라가 찍었는데 한번 보세요, 그가 말을 이었다, 당신이 지진파라고 이름 붙인, 들로네의 추종자들이 그린 그림하고 똑같아서 찍어봤습니다, 그는 나를 돌아보며 말을 맺었다. 우리는 그에게 고맙다고 했고 그후로는 그 일을 그냥 잊고 지냈다. 그러다 나중에 전쟁중에 그 사진들을 발견한 나는, 화가 치밀어 죄다 쫙쫙 찢어버렸다.

아무튼 그 무렵 우리는 여름을 어떻게 보낼지 각자 계획을 말하기 시작했다. 거트루드 스타인은 『세 인생』의 계약서를 작성하기 위해 7월에 런던에 가서 존 레인을 만날 예정이라고 했다. 그러자 뢰네베크가 말했다, 아니 영국 대신 독일에 가시는 게 더 좋지 않을까 싶은데요, 런던에 가기 전이나 그후에 가셔도 좋고요, 이렇게 말하는 것이었다. 독일은 가고 싶지 않아요, 거트루드 스타인이 대답했다, 아시겠지만 전 독일인을 좋아하지 않는 편이라. 물론 압니다, 뢰네베크도 물러서지 않았다, 알아요, 하지만 저를 좋아하시니까 그곳에 가면 분명 즐거운 시간을 보내게 될 겁니다. 독일인들도 당신한테 관심이 많으니 그들에게도 뜻깊은 일이 될 겁니다, 그러니 독일에 오세요, 그는 거듭 권했다. 안 갈 겁니다, 거트루드 스타인도 굽히지 않았다, 물론 당신을 좋아하긴 하지만 다른 독일인은 싫어요.

7월에 우리는 영국으로 갔고 그곳에 도착했을 때 거트루드 스타인은 뢰네베크가 보낸 편지를 받았는데 우리가 독일에 오기를 손꼽아 기다리는데 아직도 오지 않아 섭섭하고 그래도 영국이나 스페인 같은 곳에서 여름을 보내는 것은 바람직하지 않을 것 같은데 그렇다고 우리가 계획한 대로 다시 파리로 돌아가는 일도 없었으면 한다는 내용이었다. 이것으로 뢰네베크와 우리의 관계는 자연스럽게 끝나게 되었다. 아무튼 내가 이 이야기를 하는 것은 그럴 만한 가치가 있기 때문이다.

내가 처음 파리에 갔을 때 토요일 저녁 모임에 찾아오는 미국인은 손가락으로 꼽을 수 있을 만큼 찾아보기 힘들었지만, 나중에는 점점 많아졌는데 그들에 관해 말하기 전에 루소를 위해 열었던 파티 이야기를 먼저 하겠다.

이미 앞에서 언급했지만 나는 파리에 머물던 초기에 친구와 함께 노트르담데샹가에 있는 작은 아파트에 살았다. 페르낭드가 피카소와 다시 함께 살게 되면서 나는 더이상 페르낭드에게 프랑스어를 배울 수 없게 되었지만 그래도 그녀는 시간만 되면 자주 찾아오는 손님이었다. 가을이 시작되었고 그해 가을은 지금도 기억이 선명한데, 그때 내가 처음으로 파리의 겨울용 모자를 샀기 때문이다. 검정 벨벳으로 만들었고 멋진 노란색 디자인 장식이 달린 아주 예쁘고 커다란 모자였다. 페르낭드도 나한테 잘 어울린다고 했다.

어느 날인가 페르낭드가 우리와 점심을 같이 하는 중에 루소를 위해 파티를 열고 싶어 추진하고 있다면서 초대할 사람들이 누군지 말하기 시작했다. 우리도 포함되었다. 대체 루소가 누군지. 나는 그 사람이 누군지 정말 몰랐지만 아무튼 파티가 열리고 모든 사람이 참석할 테고, 게다가 우리도 초대를 받았으니 그 점은 정말 아무 문제가 되지 않았다.

그다음 토요일 저녁 플뢰뤼스가에 모인 사람들이 모두 루소를 위한 파티 이야기를 하는 중에 나는 루소가 화가이고 그가 그린 그림을 첫 번째 앵데팡당전에서 본 적이 있다는 사실을 알게 되었다. 그리고 루소가 어느 여자의 모습을 그린 대형 초상화 한 점을 피카소가 최근 몽마르트르에서 발견하여 구입했고, 그 기념으로 루소를 위한 파티를 열기로 했다는 사실도 알게 되었다. 대단히 멋진 행사가 열릴 모양이었다.

페르낭드는 그날 내놓을 음식에 대해 시시콜콜 많은 얘기를 해주었다. 발랑시엔 쌀 요리도 있었는데, 페르낭드가 지난번 스페인 여행에서 요리법을 배웠다는 음식이었고, 그 외에 다른 음식도 주문했는데, 그게 무엇인지는 잊었지만, 하여튼 그녀는 음식을 만들어 파는 체인점인 펠릭스 포탱에서 음식을 많이 주문했다. 모든 사람이 다 기대에 부풀어 있었다. 루소를 아주 잘 알고 있어서 그날 꼭 참석하겠다는 약속을 받아내어 그를 데리고 오기로 한 사람은, 내 기억으로는, 바로 기욤 아폴리네르였고 참석한 모든 사람이 시를 쓰고 노래를 부르기로 되어 있어 몽마르트르 사람들이 즐겨 쓰는 말로 *리골로*, 그러니까 유머와 농담이 오가는 대단히 신나고 흥이 넘치는 여흥이 될 것 같았다. 참석자 모두가 라비냥가 아래쪽에 있는 카페에서 만나 식전주를 마신 다음 피카소의 화실로 이동하여 그곳에서 저녁을 먹기로 예정되어 있었다. 나는 새로 산 모자를 쓰고 집을 나섰고 다른 사람들도 모두 몽마르트르에 있는 약속장소인 카페에 모여들었다.

거트루드 스타인과 내가 카페에 들어섰을 때는 이미 많은 사람이 참석한 듯 보였는데 그 사람들 한가운데에 키가 훌쩍하니 몸매가 날씬한 여자가 가늘고 긴 팔을 벌린 채 몸을 앞뒤로 흔들고 있는 모습이 눈에 띄었다. 대체 무엇을 하고 있는지 알 수가 없었는데, 분명 무슨 운동 동작은 아니었기에 보는 사람으로서는 매우 황당했지만 대단히 매혹적인 모습이었다. 대체 저 사람이 누구예요, 나는 목소리를 낮추어 거트루드 스타인에게 물었다. 아 저 사람은 마리 로랑생인데, 아마 식전주를 너무 많이 마신 게 아닌가 싶네요. 그럼 저분이 바로 페르낭드가 짐승처럼 시끄러운 소리를 내면서 파블로를 짜증나게 한다고 말했던 그 늙은 여자인가요. 파블로를 귀찮게 하는 건 맞지만 아주 젊은 여자고 아무튼 술을 많이 마신 것 같아요, 이렇게 말하며 거트루드 스타인은 안으로 들어섰다. 바로 그때 카페 문가에서 뭔가가 부서지는 것 같은 거친 소리가 나는가 싶더니 페르낭드가 그 큰 체격을 이끌고, 아직도 화가 풀리지 않는다는 듯 몹시 흥분한 상태로 씩씩거리며 나타났다. 펠릭스 포탱에서, 그녀는 말을 제대로 잇지 못했다, 주문한 음식을 아직도 보내지 않았어요. 이 어처구니없는 소식에 모두가 할말을 잊은 듯했지만 나는, 미국인들이 하는 방식대로 페르낭드에게 말했다, 빨리 나오세요, 전화를 걸어보자고요. 당시 파리에서는 사람들이 좀처럼 전화를 하지 않았으며 더욱이 식료품 가게에는 절대 전화하는 법이 없었다. 하지만 페르낭드는 내 말대로 그러자고 했고 우리는 밖으로 나섰다. 우리가 찾아가는 곳마다 전화기가 보이지 않았고 혹 있더라도 고장이었는데, 마침내 고장나지 않은 전화기를 찾아 전화를 걸었지만 펠릭스 포탱이 문을 닫았는지 아니면 닫고 있는 중이었는지 아무리 전화를 걸어도 전혀 응답이 없었다. 페르낭드는 너무 흥분한 나머지 제정신이 아니었지만 나는 겨우겨우 그녀를 달래어 펠릭스 포탱에 주문한 음식이 어떤 건지 알려주면 몽마르트르에 있는 작은 상점들을 돌아다니며 대체할 음식을 찾을 수 있을 거라고 설득했고, 그러자 마침내 페르낭드는 자기가 발랑시엔 쌀 요리를 모두가 먹고도 남을 만큼 많이 만들었으니 그것으로 주문한 음식을 대신할 수 있을 거라고 말했고 실제로 그것만으로도 충분했다.

우리가 다시 카페로 돌아왔을 때는 이미 거의 모든 사람이 떠나버렸고 새로 몇몇 사람이 와 있었는데, 페르낭드는 그들에게도 같이 가자고 했다. 언덕을 힘겹게 오르자 앞서서 카페를 나섰던 사람들 모두가 무리를 지어 가는 모습이 보였다. 그 무리 가운데에서 마리 로랑생이 몸 한쪽은 거트루드 스타인의 부축을 받고 또 한쪽은 거트루드 스타인의 오빠의 부축을 받으며 이리저리 비틀거리며 걸어가고 있었는데, 그녀의 목소리는 여전히 높고 사랑스러웠으며 그녀의 긴 팔은 변함없이 가늘고 우아했다. 물론 기욤은 참석자 모두가 자리를 잡고 앉아 기다리면 직접 루소를 데리고 올 예정이었기에, 당연히 그 무리 속에 없었다.

페르낭드는 천천히 걸어가는 그 무리를 지나쳤고, 나는 그녀를 따라 화실에 도착했다. 대단히 인상적인 화실이었다. 페르낭드와 피카소는 목수들이 쓰는 버팀대를 구해, 그 위에 판자들을 올려놓았고, 그 주변으로 긴 의자들을 배치해놓았다. 그리고 테이블 위에는 최근에 구입한, 깃발과 화관으로 장식된 루소의 초상화가 놓여 있었고 그림 양옆에는 커다란 조각상들이 있었는데, 어떤 것이었는지는 기억나지 않는다. 축제 분위기의 정말 성대하고 신나는 파티였다. 발랑시엔 쌀 요리는 아래에 있는 막스 자코브의 스튜디오에서 준비되고 있는 듯했다. 피카소와 그리 친하지 않았던 막스는 그 자리에 참석하지는 않았지만 자기 스튜디오를 쌀 요리를 준비하고 남자들 외투를 맡겨두는 장소로 사용하도록 해주었다. 여자들 외투는 앞에 있는 스튜디오에 맡기기로 되어 있었는데 그곳은 예전에 시금치를 먹고 지내던 시절의 판 동언이 사용하던 공간으로 이제는 바이양이라는 프랑스인이 사용하고 있었다. 그곳은 나중에 후안 그리스의 스튜디오가 되었다.

내가 모자를 맡기고 멋지게 준비된 화실에 찬사를 보내고 있을 때, 사람들이 도착했고, 갑자기 페르낭드가 계속해서 마리 로랑생을 격하게 비난하는 소리가 들려왔다. 페르낭드는 체격이 크고 당당하니 위압적인 인상을 주었는데, 그런 그녀가 앞을 가로막고는, 마리 로랑생 때문에 자기 파티를 망칠 수는 없다며 그녀를 들여보내지 않겠다고 한 것이었다. 정성을 다해 준비한 자리이고, 루소를 위해 성심을 다해 마련한 잔치이기에 자기나 파블로가 그녀의 행동을 그냥 참고 넘어가지 못한다는 말이었다. 물론 파블로는, 이런 일이 벌어지는 내내, 사람들 눈에 띄지 않는 후미진 구석에 있었다. 그러자 거트루드 스타인이 나서서, 영어와 프랑스어를 섞어가며, 끔찍한 언덕길을 고생고생하며 마리 로랑생을 끌고 왔는데 들여보내주지 않으면 헛고생한 게 아니냐며 차라리 목매달아죽는 게 낫겠다고 항의하기 시작했다. 그러면서 거트루드 스타인은 절대 그러면 안 된다며 게다가 곧 언제라도 기욤과 루소가 도착할 텐데 그전에 모두가 예를 갖춰 점잖게 앉아 있어야 한다고 페르낭드에게 상기시켰다. 바로 그때 비로소 파블로가 앞으로 나서더니 두 사람 사이에 끼어들며 말했다, 맞아요, 맞는 말입니다, 그리고 결국 페르낭드는 물러섰다. 사실 그녀는 기욤 아폴리네르를, 그의 엄숙함과 예리한 위트를 조금은 무서워해서 물러섰고, 비로소 모두가 안으로 들어올 수 있었다. 드디어 참석자 모두가 자리에 앉았다.

모든 사람이 자리에 앉아 쌀 요리 및 다른 음식을 먹기 시작할 무렵, 바로 그 순간에 들어선 기욤 아폴리네르와 루소를 모두가 일어나 열렬히 맞아들였다. 그때 들어선 두 사람의 모습이 아직도 기억에 너무나 생생한데, 짧은 턱수염의 루소는 체구가 자그마한 별 특색 없는 프랑스 사람으로, 어디서든 볼 수 있는 여느 프랑스인과 다를 바가 없었다. 반면에 기욤 아폴리네르는 이목구비가 아주 뚜렷하고 섬세하며, 검은 머리에 얼굴빛이 아주 아름다웠다. 드디어 모든 사람이 다 참석했고 사람들은 다시 자리에 앉았다. 기욤은 슬그머니 마리 로랑생 옆자리로 가 앉았다. 기욤을 보자, 그동안 거트루드 스타인 곁에 비교적 얌전하게 앉아 있던 마리가 또다시 심하게 몸을 움직이면서 소리를 지르기 시작했다. 그러자 기욤이 그녀를 문밖으로 끌고 가더니 아래층으로 내려갔고 어지간히 시간이 지났나 싶을 때쯤 그들이 다시 돌아왔는데 마리는 얼굴에 조금 멍이 들기는 했지만 정신은 그래도 멀쩡한 상태였다. 사람들이 음식을 다 먹고 나서 시를 낭송하기 시작했다. 아 그렇지, 그 직전에 라팽 아질의 주인이자 패거리 예술가들의 수장격인 프레데리크가 늘 데리고 다니는 당나귀를 끌고 어쩌다 화실에 들러 술 한 잔을 얻어 먹고 다시 길거리로 나섰다. 그뒤에 몇몇 이탈리아 출신의 거리 가수들이 파티가 열린다는 얘기를 들었는지 안으로 들어섰다. 그때 테이블 끝자리에 앉아 있던 페르낭드가 벌떡 일어나 얼굴을 붉히더니 집게손가락을 들어올리면서 이 자리는 당신들이 생각하는 그런 파티가 아니라고 소리쳤고, 그들은 곧바로 쫓겨나고 말았다.

그 자리에 있었던 사람들. 거트루드 스타인과 내가 있었고, 당시 막 주목받기 시작한 시인이자 저널리스트인 앙드레 살몽과 피초트와 그의 아내 제르멘 피초트, 그리고 브라크와 그의 아내 마르셀 브라크도 있었을 텐데 잘 기억이 나지 않지만, 어쨌든 그때 마르셀 브라크에 관한 얘기가 오고간 것은 기억나고, 레이날 부부, 가짜 그리스 사람인 아게로와 그의 아내, 그리고 내가 알지도 못하고 기억도 나지 않는 몇몇 부부와 앞 화실을 쓴다는 대단히 친근감 있는 평범한 젊은 프랑스인 바이양도 있었다.

의식이 시작되었다. 기욤 아폴리네르가 자리에서 일어나 엄숙한 목소리로 찬사의 말을 시작했는데, 무슨 말을 했는지는 잘 기억나지 않지만 자신이 썼다는 시를 노래하듯이 읊고 다른 사람들이 *루소의 그림*, 하고 후렴을 합창하며 끝난 것은 기억난다. 그다음에 누군가가, 잘 기억이 나진 않지만, 아마 레이날이 아닌가 싶은데, 아무튼 한 사람이 일어나 제안해서 모두가 건배를 했고, 건배가 끝나자 내 친구 옆에 앉아 진지하게 문학과 여행에 관한 이야기를 하던 앙드레 살몽이 느닷없이, 정말 갑자기 전혀 튼튼해 보이지 않는 테이블 위로 뛰어올라서는 즉흥적으로 찬사의 말을 떠들어대고 시를 낭송하는 게 아닌가. 낭송이 끝나자 그는 큰 잔을 움켜잡고 그 안에 들어 있던 술을 벌컥벌컥 들이켜더니, 술에 완전히 취했는지 바로 인사불성이 되어 막무가내로 싸움을 걸기 시작했다. 남자들 모두가 나서서 그를 붙잡아 말리기 시작했고, 그 바람에 테이블 위의 조각상들이 금방이라도 쓰러질 듯 흔들거리자, 대단히 우람한 체격의 브라크가 잽싸게 양팔로 조각상을 하나씩 감싸들며 막아섰고 또 덩치가 컸던 거트루드 스타인의 오빠가, 체구가 작은 루소와 그의 바이올린이 다칠까봐 보호하고 나섰다. 곧이어 체구는 작지만 힘이 장사였던 피카소가 이끄는 대로 사람들이 살몽을 앞 화실로 끌고 가 안에 가둬버렸다. 그리고 모두 다시 돌아와 자리에 앉았다.

그 이후 저녁은 평화로웠다. 마리 로랑생이 가녀린 목소리로 고혹적인 옛날 노르망디 지역의 노래들을 불러주었다. 아게로의 아내 역시 리무쟁 지역의 아름다운 옛 노래들을 불렀고, 이어서 피초트가 나서서 스페인 종교의식에서 추는 아주 멋진 춤을 추다가 십자가에 못박힌 그리스도의 모습을 흉내내며 바닥에 풀썩 쓰러지는 동작으로 마무리했다. 춤이 끝나자 기욤 아폴리네르가 진지한 표정을 지으며 나와 내 친구에게 다가오더니 북미 원주민의 노래를 불러달라고 청했다. 우리 둘 다 쑥스러워 부르지 못하겠다고 하자 기욤은 물론 모두가 대단히 실망스러운 표정을 지었다. 그러자 루소가 행복한 표정을 지으며 부드럽게 바이올린 연주를 하더니 자신이 썼다는 희곡 작품들에 대한 이야기와 멕시코에 관한 추억담을 들려주었다. 이 모든 일이 아무 탈 없이 아주 평화롭게 진행되었고 새벽 세시쯤 우리는 집으로 돌아가기 위해 모자와 외투를 맡겨둔 곳이자 살몽을 가둬놓았던 화실로 향했다. 화실의 침상

위에 살몽이 곤히 잠들어 있었고, 성냥갑, 파란색 작은 종잇조각과 내 모자의 노란 장식 등 반쯤 씹다 버린 것 같은 물건들이 주위에 흩어져 있었다. 아무리 새벽 세시라지만 그때 내 기분이 어땠을지 한번 상상해 보라. 그러나 곧 살몽이 잠에서 깨어나 아주 매력적인 모습으로 대단히 공손한 태도를 보였고 우리 모두는 함께 거리로 나섰다. 그런데 살몽은 거리로 나서자마자 돌연 고함을 내지르며 언덕길을 마구 달려내려갔다.

거트루드 스타인과 그녀 오빠, 나와 내 친구, 이렇게 우리는 한 택시에 타고, 루소도 같이 태워 그를 집에 바래다주었다.

그로부터 한 달 정도 지난 어느 겨울날 오후 어둠이 내리기 시작한 파리의 거리를 지나 서둘러 집으로 향하고 있는데 누군가 내 뒤를 따라오는 듯한 느낌이 들었다. 더 빠르게 걸음을 재촉했지만 따라오는 발소리가 더 가깝게 들리는가 싶더니 이어서 마드무아젤, 마드무아젤 하고 부르는 소리가 들려왔다. 뒤를 돌아다보았다. 루소였다. 오 마드무아젤 그가 말했다, 날이 어두워지고 나서는 혼자 다니면 안 됩니다, 내가 댁까지 동행하겠습니다. 그는 나를 집에 바래다주었다.

이 일이 있고 얼마 지나지 않아 칸바일러가 파리에 왔다. 칸바일러는 프랑스 여자와 결혼한 독일인으로 결혼 후 여러 해 동안 영국에 살았다. 영국에서 사업을 한 칸바일러는, 언젠가 때가 되면 파리에 화랑을 열겠다는 꿈을 실현하려고 돈을 모았던 모양이었다. 이제 때가 되었다고 생각했는지 그는 비용가에 규모는 작지만 깔끔한 화랑을 차렸다. 처음엔 조심스럽게 화랑을 운영하는가 싶더니 어느 순간부터 입체파 화가들을 위해 자신의 전 재산을 쏟아붓기 시작했다. 물론 처음에는 어려움이 없지 않았는데, 특히 피카소가 항상 의심의 눈을 거두지 않으며 그와 가까이 지내기를 꺼렸다. 페르낭드가 나서서 칸바일러와 협상을 하면서 결국에는 모두 그가 진정으로 그들에게 관심을 갖고 있고 그들의 장래를 믿고 있다는 사실을, 그가 그들의 작품을 시장에서 거래할 수 있는 능력을 지니고 있고 또 그렇게 하리라는 확신을 하게 되었다. 그래서 입체파 화가들은 모두 칸바일러와 계약을 했으며 전쟁이 발발하기 전까지 칸바일러는 그들을 위해 자신이 할 수 있는 모든 일을 해주었다. 자신의 화랑을 드나드는 화가들과 함께 지내는 오후 시간이 칸바일러로서는 사실상 바사리*가 되어 그들을 지켜보는 시간과도 같았다.** 그는 입체파 화가들을 믿었으며 장차 그들이 위대한 화가가 되리라 굳게 확신했다. 그가 자신이 믿는 화가들의 명단에 후안 그리스를 추가한 것은 전쟁이 일어나기 불과 일 년 전 일이었다. 그리고 거트루드 스타인이 칸바일러의 화랑에서 후안 그리스의 그림들을 처음 보고 그중 세 점을 구입한 것은 전쟁이 발발하기 바로 두 달 전이었다.

피카소가 늘 입버릇처럼 하는 말이 있는데 당시 자기가 칸바일러에게 곧 전쟁이 벌어질 듯한데 자칫하다간 큰 고초를 겪게 될 것이니, 어서 프랑스 시민권을 획득하라고 재촉했다는 것이었다. 그럴 때마다 칸바일러는 자기가 군복무를 해도 괜찮을 나이라면 입대하겠다고 했지만 사실 그는 괜히 또다시 군대에 가는 일이 벌어질까봐 프랑스 시민

* 이탈리아 르네상스시대 화가이자 건축가로 르네상스시대 예술가 이백여 명의 삶과 작품을 다룬 『가장 뛰어난 화가, 조각가 및 건축가들의 삶』이란 미술사 책을 집필했다.
** 바사리가 자기 시대의 예술가의 삶과 작품을 다루면서 그 시대를 '르네상스'라는 용어로 규정했듯이, 칸바일러가 새로 떠오르는 입체파 화가들이 시대의 주요 미술의 흐름을 이끌어가게 될 것으로 보았다는 의미에서 이렇게 표현한 듯하다.

이 되는 것은 원하지 않았다. 전쟁이 벌어졌고, 가족과 스위스에서 휴가를 보내고 있던 칸바일러는 다시 돌아오지 않았다. 그가 소유하고 있던 재산과 모든 그림이 몰수되었다.

전쟁이 끝난 뒤 칸바일러가 소장하고 있던 그림들, 전부가 사실상 입체파 화가들이 전쟁이 일어나기 삼 년 전 그린 그 그림들을 프랑스 정부가 경매에 부쳤는데, 그 일을 계기로 전쟁 이후 옛 무리 모두가 처음으로 다시 만나게 되었다. 그런데 전쟁도 끝나고 이때다 싶었는지, 다분히 의도적으로, 나이든 화상들측에서 입체파를 몰아내려는 시도를 주도하고 나섰다. 경매에서 자기가 전문가라고 나섰던 사람이 있었는데, 유명한 화상이던 그 작자는, 자기가 바라는 것이 바로 입체파를 말살하는 것이라 공언하기도 했다. 그는 가능한 한 작품 가격을 최대한 낮추어 경매에 모인 화가들의 기를 최대한 꺾어버리려 했다. 사정이 이럴진대 화가들이 어떻게 방어하고 나설 수 있었겠는가.

경매를 위해 그림을 공개적으로 전시하기 하루 전인가 이틀 전인가 우리는 우연히 브라크 부부와 자리를 같이하게 되었는데 그 자리에서 브라크의 아내 마르셀 브라크가 자기들은 결심을 굳혔다고 말했다. 프랑스 정부 주관의 경매였고, 그래서 스페인인인 피카소와 후안 그리스는 어떻게 손을 써볼 수가 없었다. 마리 로랑생은 엄밀히 말하자면 독일인이었고, 립시츠*는 당시엔 아직 러시아 국적이었던데다 유명해지기 전이었다. 그러나 브라크는 프랑스인이고, 전투에 공을 세워 훈공십자장을 받았고, 장교로 진급하고 레지옹 도뇌르 훈장도 받았으며 머리

---

* 제정러시아 리투아니아 태생의 입체파 조각가.

에 심한 전상도 입은 바 있어 자기가 원하는 대로 할 수 있는 사람이었다. 게다가 브라크는 그 전문가라는 자와 한판 붙을 만한 나름의 타당한 이유가 있었다. 사실 브라크는 전시회에서 그림을 파는 화가들에게 늘 주어지는 특권인, 자기 그림을 살 만한 고객들의 명단을 화상에게 보내는 일을 당연하게 생각하여 그에게 명단을 보냈던 모양인데, 어찌된 영문인지 그림 카탈로그가 예상 고객들에게 전달되지 않았던 것이다. 우리가 도착했을 때 브라크는 이미 자기가 마음먹은 일을 다 끝낸 뒤였다. 말하자면 우리가 들어섰을 때는 한바탕 소동이 막 끝난 참이었다. 정말 큰 구경거리가 벌어졌던 모양이었다.

사건은 브라크가 전문가라는 자에게 다가가 왜 화상으로서 해야 할 일을 하지 않았느냐고 따지면서 벌어지기 시작했다. 전문가는 자기가 하고 싶은 대로 했고 앞으로도 그럴 것이라고 대답하면서 브라크에게 노르망디의 돼지라고 욕했다. 브라크가 주먹을 날렸다. 브라크는 우람한 체격이었지만 전문가는 그리 크지 않아서 브라크가 그리 세게 치지도 않았는데 그 자리에 쓰러지고 말았다. 경찰이 출동해 두 사람을 경찰서로 연행했다. 경찰서에서 두 사람은 서로 다른 주장을 펼쳤다. 물론 전쟁영웅 브라크가 그에 합당하게 정중한 대접을 받던 와중에 전문가에게 철면피 같은 놈이라고 욕을 했고 그 순간 전문가가 도저히 못 참겠다는 듯이 화를 내며 날뛰기 시작하자 그 광경을 본 경찰서장이 나서서 대놓고 호통을 치기도 했다. 일이 다 마무리되고 난 직후 마티스가 들어서더니 무슨 일이 일어났고 지금 어떻게 되어가는지 알고 싶어했다. 거트루드 스타인이 자초지종을 설명했다. 이야기를 듣고 마티스가 정말 마티스답게 말했다. *브라크가 옳은 일을 했군, 그자가 프랑스를 훔치려*

한 거야, 우리가 다 알고 있듯이 그건 프랑스를 훔치는 짓이야.

사실 그 사건이 벌어지자 구매자들이 겁을 먹고 경매장을 빠져나가는 그 바람에 드랭의 그림을 제외한 모든 그림이 거의 팔리지 않았다. 불쌍한 후안 그리스는 그림이 정말 안 팔렸는데도 짐짓 태연한 척 애쓰는 모습이 역력했다. 그는 거트루드 스타인에게, 그래도 괜찮은 값을 받고 팔았답니다, 라고 말했지만 표정은 어두웠다.

그나마 다행인 것은, 전쟁중에 프랑스의 적으로 싸우지 않았던 칸바일러가 이듬해 당국의 허가를 받아 파리로 돌아왔다는 사실이었다. 물론 그가 다른 화가들에게는 더이상 필요한 존재가 아니었을지 몰라도 후안 그리스로서는 그가 절실히 필요한 상황이었고 사실 그 어려운 시기에 칸바일러가 후안 그리스에게 보여주었던 굳건한 의리와 관대함에 대한 보답은 나중에 후안이 죽기 전 유명해지면서 많은 화상이 뿌리칠 수 없는 제안을 해왔을 때 모든 유혹을 뿌리치고 칸바일러에게 의리를 지키고 따뜻한 마음을 보인 것으로 대신할 수 있었다.

칸바일러가 파리로 돌아오면서 입체파 화가들의 대의명분을 상업적으로 대변하고 나선 것은 입체파 화가 모두에게 상당히 의미 있는 일이었다. 그들의 현재와 미래가 단단한 반석 위에 올라선 셈이었다.

피카소 부부는 라비냥가에 있는 낡은 화실을 나와 클리시대로의 아파트로 이사했다. 페르낭드는 가구를 사들이기 시작하더니 하녀까지 고용했는데 물론 수플레 요리를 만들 줄 아는 사람으로 골랐다. 햇빛이 환하게 잘 드는 좋은 아파트였다. 그러나 대체로 페르낭드는 전보다 더 행복해 보이지는 않았다. 그 아파트에 많은 사람이 드나들었고 심지어 오후의 차 마시는 시간에도 손님들이 들이닥치곤 했다. 특히 브라크가 자기 집인 양 문턱이 닳도록 드나들었는데, 그때가 브라크와 피카소의 관계가 절정에 달하던 시기였고, 그들이 처음으로 그림에 악기를 그려 넣기 시작한 때이기도 했다. 또한 피카소가 입체 모형을 만들기 시작한 것도 이때였다. 피카소는 정물화를 그려 사진으로 찍어두었다. 나중에는 종이 모형 조각도 만들었는데, 그중 하나를 거트루드 스타인에게 주었다. 어쩌면 그게 피카소의 종이 모형 조각 중 유일하게 남아 있는 것인지도 모른다.

그때 푸아레에 관한 이야기를 처음 들었다. 푸아레는 센강에 집처럼 사용하는 하우스보트를 갖고 있었는데 그 보트에서 파티를 열면서 파블로와 페르낭드를 초대했다는 것이다. 그리고 그가 페르낭드에게 황금빛 술이 달린 장미색 스카프를 선물로 주었고 모자에 달고 다니라며 유리 섬유 장식도 주었는데, 당시로서는 완전히 최신식 아이디어 제품이었다. 페르낭드가 그 장식을 나에게 주었고 나는 그뒤로 여러 해 동안 가운데가 뾰족한 작은 밀짚모자에 달고 다녔다. 아마 지금도 그게 어딘가에 있을 듯하다.

피카소의 아파트에 드나들던 이들 가운데 입체파 화가 중에서도 가장 나이가 어린 사람도 있었다. 그의 이름은 모른다. 군복무중인데 외교관이 될 예정이라고 했다. 그가 어떻게 어울리게 되었고 과연 그림을 그리기나 했는지 모르겠다. 내가 아는 것이라곤 그가 입체파 화가 중 가장 나이가 어리다고 알려져 있었다는 사실뿐이다.

그 시기에 페르낭드는 새 친구를 사귀게 되었는데 종종 나에게 그 사람 얘기를 해주었다. 바로 마르쿠시스*와 같이 살고 있던 에바였다. 어느 날 저녁 파블로, 페르낭드, 마르쿠시스와 에바, 이렇게 네 사람이 함께 플뢰뤼스가에 온 적이 있다. 그때 우리는 처음이자 마지막으로 마르쿠시스를 보았고, 그후 정말 많은 세월이 지나는 동안 그를 보지 못했다.

페르낭드가 에바를 좋아하게 된 이유를 나는 충분히 이해할 수 있었다. 앞서 말했지만 페르낭드가 무척 좋아한 여자 주인공은 자그마한 체구에 소극적인 성향의 에벌린 소였다. 그런데 바로 그 에벌린 소를 빼닮은, 아담한 체구에 어디 하나 흠잡을 데 없는 프랑스 여자 에바가 나타난 것이다.

네 사람이 함께 찾아오고 난 뒤 얼마 지나지 않아 피카소가 찾아와 거트루드 스타인에게 라비냥가에 화실을 하나 얻어야겠다고 말했다. 라비냥가에 가야 작업이 더 잘될 것 같다는 것이다. 그래서 피카소는 라비냥가에 있던 예전 화실을 다시 얻으려 했지만 뜻대로 되지 않아 대신 아래층에 있는 화실을 얻었다. 어느 날 우리는 새로 차린 화실로 피카소를 만나러 갔다. 그는 부재중이었고 거트루드 스타인은 장난삼아 명함을 남겨두었다. 그리고 며칠 뒤 다시 찾아갔을 때 피카소는 그림을 그리고 있었는데 거기에는 *귀여운 내 여자*라는 글자가 적혀 있었으며 아래쪽 한쪽 구석에 거트루드 스타인이 며칠 전에 남겨두었던 명함이 그려져 있었다. 화실을 나섰을 때 거트루드 스타인이 말했다, *귀여운 내 여자*가 페르낭드는 아닌 게 분명해. 나는 누군지 궁금했다. 며칠이 지난 뒤 우리는 알게 되었다. 파블로가 에바와 함께 도망쳤던 것이다.

---

* 폴란드 태생 프랑스 화가이자 조각가.

그 일은 봄에 있었던 일이다. 당시 사람들은 페르피냥 근처의 세레에서 여름을 보내는 것을 당연하게 여겼는데, 아마 마뇰로 때문에 그런 것 같았고, 어쨌든 사람들은 여름이 되자 만사 제쳐두고 다시 세레로 몰려갔다. 페르낭드는 피초트 부부와 함께였고 에바는 파블로와 함께였다. 그곳에서 몇 차례 격렬한 싸움이 있었고 그뒤 모두가 다시 파리로 돌아왔다.

우리가 파리로 돌아오고 난 뒤, 어느 날 저녁, 피카소가 찾아왔다. 그는 거트루드 스타인과 단둘이서 긴 시간 이야기를 주고받았다. 파블로가 다녀갔어, 그를 배웅하고 들어오면서 스타인이 말했다, 그런데 페르낭드에 대해서 놀라운 얘기를 하더군, 대단히 아름다운 여자라 계속 같이 지내고 싶었는데 너무 속 좁고 사소한 것에 신경쓰는 태도를 더는 견딜 수가 없다는 거야. 거트루드 스타인은 파블로와 에바가 라스파유 대로에 집을 얻어 살고 있다면서 내일 같이 가서 만나보자고 했다.

그즈음 거트루드 스타인은 페르낭드가 보낸 편지 한 통을 받았는데, 프랑스 여자의 절제가 돋보이는, 매우 정중하고 차분한 내용이었다. 페르낭드는 거트루드 스타인에게 전하고 싶은 말이 있다면서 자신은 거트루드와 파블로의 한결같은 우정을 잘 알고 있고 거트루드가 자신에게 온갖 애정과 동정을 보여준 것도 잘 알지만 이제는 자기가 파블로와 헤어졌으니, 거트루드와 파블로의 우정이 선택의 문제가 아님을 잘 알기에 앞으로는 거트루드와 교유하는 일이 불가능할 것 같다고 했다. 그러면서 거트루드와의 만남을 즐거운 마음으로 영원히 기억할 것이며, 자기에게 정말 필요한 상황이 발생하면 거트루드의 관대함에 의지할 날이 올 수도 있을 거라고 덧붙였다.

그리고 몽마르트르를 떠난 피카소도 다시는 그곳으로 돌아오지 않았다.

내가 처음 플뢰뤼스가에 갔을 때 거트루드 스타인은 『세 인생』의 원고를 교정중이었다. 나는 곧바로 교정을 도왔고 얼마 지나지 않아 책이 출간되었다. 나는 스타인에게 로마이크 클리핑 뷰로*가 제공하는 기사를 받아보게 해달라고 요청했는데, 사실 나는 어릴 적 〈샌프란시스코 아로고넛〉 잡지에 나온 로마이크 회사에 대한 광고를 본 이래 그 회사를 좋아해왔다. 곧 주문한 기사들이 배달되기 시작했다.

자비를 들여 인쇄한데다 전혀 알려지지 않은 사람이 쓴 책인데도, 거트루드 스타인의 책에 많은 신문이 주목했다는 사실이 놀랍다. 거트루드 스타인을 대단히 기쁘게 한 것은 〈캔자스시티 스타〉에 실린 서평이었다. 그때부터 몇 년 동안 그녀는 누가 쓴 서평인지 대체 누가 썼을 것 같냐고 궁금해하며 자주 물었지만 알아내지는 못했다. 대단히 호의적인 시각에서 깊은 이해심을 드러내는 글이었다. 나중에 다른 사람의 평을 접하고 실망을 금치 못할 때면 그녀는 그때 그 서평이 얼마나 큰 위안이 되었는지 모른다고 말하곤 했다. 「해설로서의 작문」**이란 글에서 그녀는 말한다, 어떤 대상에 대해 글을 쓸 때 당시엔 대상이 아주 선

---

* 1881년 영국 런던에 설립된, 고객의 주문에 따라 신문이나 잡지의 기사를 발췌해서 제공해주던 언론 서비스 업체.
** 스타인이 1925년에서 1926년으로 넘어가는 겨울에 쓴 글로 1926년 봄 케임브리지 문학회와 옥스퍼드대학에서 한 강연 내용이다. 그녀는 이 에세이에서 예술의 발전 과정에서의 모더니즘의 역할을 전쟁의 진화 과정 속 제1차세계대전의 역할에 비유하고, 『세 인생』과 『미국인의 형성』의 글쓰기 과정을 설명하면서 자기만의 독특한 문장 구조에 관해 썼다.

명하게 다가오지만 그후에는 의심이 들기 시작하는데, 그럴 때 다시 그 글을 읽으면 처음 글을 썼을 때처럼 그 대상에 빠져들게 된다.

첫 책과 관련해서 그녀를 기쁘게 했던 또다른 일은 H. G. 웰스가 극찬에 가까운 평을 했다는 사실이다. 그 글이 상당한 의미로 와닿았는지 그녀는 웰스의 글을 수년 동안 따로 보관했다. 그 당시 그녀는 웰스에게 편지를 썼고 여러 번 만나자고 했지만 실제로 성사되지는 않았다. 지금에 와서 만날 것 같진 않다.

당시 거트루드 스타인은 『미국인의 형성』을 집필중이었다. 한 가족의 역사로 시작했다가 그 가족이 아는 모든 사람의 역사로 내용이 바뀌더니 급기야 온갖 부류의 개개인의 역사로 변했다. 그럼에도 그 이야기에는 죽음을 앞둔 한 주인공이 있었다. 주인공이 죽음을 맞이하던 날 나는 밀드러드 올드리치의 아파트에서 거트루드 스타인을 만났다. 밀드러드는 거트루드 스타인을 아주 좋아했고 책이 어떻게 끝날지 굉장히 관심이 많았다. 천 쪽이 넘는 방대한 분량의 그 책을 나는 타자기로 치기 시작했다.

내가 늘 하는 말이 있는데 어떤 그림이 진정으로 무엇을 그린 것인지 어떤 사물이 진정 무엇인지 알려면 매일 그 위에 내려앉는 먼지를 닦아내야 하듯이, 어떤 책이 무엇에 관한 책인지 알려면 매일 타자를 치든 교정을 보든 해야 한다는 것이다. 그래야 단순히 읽기만 해서는 알 수 없는 것이 드러난다는 뜻이다. 참으로 많은 세월이 지난 뒤 제인 힙*은 거트루드 스타인의 작품이 지닌 특징을 놓치고 있다가 교정을 보

---

* 미국 출판업자이자 편집자.

면서 비로소 알게 되었다고 토로한 바 있다.

『미국인의 형성』이 완성되었고, 그러자 거트루드 스타인은 역시 긴 글이 될 거라며 『즐거운 긴 이야기』라고 이름을 붙인 책을 쓰기 시작했는데 결국은 긴 이야기가 되지 못했고, 동시에 집필을 시작했던 『많고도 많은 여성』* 역시 길게 끌고 갈 수 없었는데 인물들의 초상을 쓰기 시작하면서 두 작품 다 중단할 수밖에 없었기 때문이다. 이렇게 해서 인물들의 초상이 시작된 셈이다.

엘렌은 일요일 저녁에 남편과 함께 집에 있었는데, 사실 그녀는 늘 우리집에 오고 싶어했지만 일요일 저녁까지 올 필요는 없다고 우리가 말렸기 때문이었다. 음식 만드는 것을 좋아하는 나는 오 분 만에 뚝딱 음식을 만들어내는 재주가 있어 솜씨를 발휘하고 싶을 때가 있는데, 더군다나 가끔은, 거트루드 스타인이 미국 음식을 만들어달라고 부탁하기도 했다. 어느 일요일 저녁 서둘러 미국 음식 하나를 준비한 나는 얼른 와서 같이 저녁 먹자고 화실에 있던 거트루드 스타인을 불렀다. 대단히 상기된 표정으로 들어선 그녀는 식탁에 앉으려고도 하지 않았다. 보여주고 싶은 게 있어서 그래, 그녀가 말했다. 나는 그러지 말고 식기 전에 먹자고 했다. 아니, 그녀가 말했다, 먼저 보고 나서 먹자고. 사실 거트루드 스타인은 뜨거운 음식을 좋아하지 않았고 나는 음식이 식기 전에 먹는 것을 좋아했으니, 이 점에서는 서로 완전히 달랐다. 그녀는

---

* 『즐거운 긴 이야기』와 『많고도 많은 여자』는 스타인이 실험적인 스타일로 쓴 글로, 『즐거운 긴 이야기』는 사람이 혼자일 때보다는 둘 이상씩 무리를 지을 때 더 활발하고 즐거운 행동을 보인다는 생각에서 사람들 행동에 대한 관찰을 담은 글이고, 『많고도 많은 여자』는 일상과 여성들, 그리고 여성들의 정체성에 관한 생각을 담은 글이다.

음식이 식을 때까지 기다릴 수는 있지만 일단 음식을 그릇에 담아 내오면 다시 데울 수는 없으니 내가 원하는 대로 음식을 뜨거울 때 내놓아도 괜찮다고는 했다. 나는 몇 차례나 음식 먼저 먹자고 했지만 그사이 음식은 식어버렸고 별수없이 그녀가 쓴 글을 먼저 읽어야 했다. 작은 공책 페이지 앞뒤로 쓴 글이었다. 에이더라고 불리는 인물의 초상이었는데, 『지리와 희곡』의 첫 부분이었다. 글을 읽어내려가던 나는 그녀가 나를 놀리는가 싶어 따졌지만, 그녀는 되레 자기 자서전을 읽으면서 반발하는 거냐고 했다. 결국 나는 끝까지 다 읽게 되었고 글이 너무나 마음에 들었다. 그리고 우리는 같이 저녁을 먹었다.

이것이 연작으로 길게 이어지는 인물 초상의 시작이었다. 그녀는 자신이 아는 거의 모든 사람의 초상을, 그것도 온갖 양식과 문체를 동원하여 써내려갔다.

에이더 다음에는 마티스와 피카소의 초상이, 그리고 마티스와 피카소는 물론 스타인에게 관심이 많아 〈카메라 워크〉* 특별호에 이 세 사람의 사진을 실었던 스티글리츠의 초상이 뒤를 이었다.

그다음에 그녀는 자기 집에 드나들었던 모든 사람에 대한 짧은 초상을 쓰기 시작했다. A. B. 프로스트**의 아들인 아서 프로스트의 초상도 있었다. 아서 프로스트는 마티스의 제자였는데 자신의 초상을 읽더니 마티스나 피카소의 초상보다 세 쪽이나 더 길다는 사실을 알고는 듣기 민망할 정도로 엄청나게 자랑하고 다녔다.

---

* 앨프리드 스티글리츠가 사진을 예술로 정립하겠다는 목표로 1903년에서 1917년까지 발행했던 계간지.
** 미국 일러스트레이션의 황금기를 이끌었던 삽화가이자 만화가.

A. B. 프로스트는 아들 아서가 정통 화가가 되어 명예도 얻고 돈도 벌기를 바랐는데 그 길을 가지 못해 애석하다며 자기 아들을 마티스에게 소개해준 팻 브루스*에게 불만을 표했다. 그러자 팻 브루스가 말했다, 말을 물가로 끌고 갈 수는 있어도 억지로 물을 마시게 할 수는 없습니다. 브루스 씨, 그래도 대부분의 말은 물을 마시잖소, A. B. 프로스트의 응수였다.

브루스, 패트릭 헨리 브루스는 마티스의 초기 제자들 가운데 아주 열심이었던 축으로 얼마 지나지 않아 젊은 마티스 파를 결성하기까지 했지만, 그렇게 행복하지는 않았다. 거트루드 스타인에게 자신의 불행을 설명하면서 그는 말했다, 사람들은 위대한 예술가들이 겪는 슬픔, 위대한 예술가들의 비극적 불행에 관해 떠들면서도 어쨌든 그래도 그들은 위대하다고 말합니다. 그런데 어느 별 볼 일 없는 예술가가 위대한 예술가 못지않게 비극적 불행과 슬픔을 경험하더라도 그는 위대한 예술가는 아닌 겁니다.

거트루드 스타인은 조각가 미시즈 휘트니의 제자였던 나델만과 리와 러셀은 물론 첫번째 영국인 친구이자 가장 친했던 해리 필런 기브**의 초상도 썼다. 망갱과 로셰와 푸르만의 초상뿐 아니라 파리에 있는 크리스천 사이언스 교회의 대표였던 여성과 결혼한 뒤 그녀를 파괴했던 스웨덴 출신 뚱뚱한 조각가 다비드 에드스트룀의 초상도 썼다. 그리

---

* 미국 입체파 화가로 1904년에서 1933년까지 프랑스 파리에 거주하면서 르누아르와 세잔의 영향을 받아 그림을 그렸다.
** 폴 세잔의 영향을 많이 받은 영국 화가.

고 한 번도 작품을 완전하게 끝내지 못했던 조각가 브레너*의 초상도 있었다. 브레너는 경탄할 만한 기술을 지니고 있었지만 온갖 강박관념에 사로잡혀 작품을 제대로 완성하지 못했다. 거트루드 스타인은 그런 그를 좋아했고 지금도 마찬가지다. 한번은 그녀가 그를 위해 몇 주 동안이나 포즈를 취해주었고 그가 만들어낸 것은 단편적이었지만 굉장히 아름다웠다. 나중에 브레너는 코디**와 함께 〈토양〉이라는 작은 평론지를 발간하기도 했는데 이 두 사람이 바로 거트루드 스타인의 글을 대단히 이른 시기에 발행해준 사람들이다. 그보다 앞서서 거트루드 스타인의 글을 실어준 유일한 잡지가 있는데, 앨런 노턴***이 발간한 〈로그〉라는 작은 판형의 잡지로, 여기에 프랑스 백화점 '갤러리 라파예트'에 대한 거트루드 스타인의 글이 실렸다. 물론 훨씬 뒤에 칼 밴 베천****의 손을 거쳐 이루어진 일이었다.

또한 그녀는 에타 콘과 그녀의 언니인 닥터 클래리벨 콘에 관한 초상도 썼다. 아울러 '미스 퍼와 미스 스킨'이라는 제목으로 미스 마스와 미스 스콰이어에 관한 초상도 썼다. 물론 밀드러드 올드리치와 그녀 여동생에 관한 초상도 빠지지 않았다. 모든 사람이 글로 된 초상을 받아 읽었으며 모두가 무척 기뻐했고 정말 신나는 일이었다. 겨울의 많은 시간이 이런 일로 채워졌고 그다음 우리는 스페인으로 향했다.

---

* 리투아니아 태생 조각가로 메달 조각가인 형 빅토르와 함께 미국 뉴욕으로 이주했다. 예술을 위한 예술을 내세우는 한편 자신의 작품에 스스로 만족을 느끼지 못해 작품 전시는 물론 판매도 전혀 하지 않았다.
** 브레너와 함께 1914년에 워싱턴스퀘어 갤러리를 운영한 미국 화가.
*** 미국 시인이자 문학편집자.
**** 거트루드 스타인의 출판 대리인이었던 미국 소설가이자 사진작가.

스페인에서 거트루드 스타인은 또다른 글을 쓰기 시작했는데 나중에 『부드러운 단추들』*로 발표될 것이었다.

나는 스페인을 굉장히 좋아했다. 우리는 여러 차례 스페인을 여행했는데 그럴수록 스페인을 더욱더 좋아하게 되었다. 거트루드 스타인은 어떤 주제에 대해서도 공평하게 대하는 내가 스페인과 스페인 사람들에 관해서는 예외라고 말한다.

스페인에 들어선 우리는 곧장 아빌라로 향했고 아빌라에 도착하는 순간 그곳에 온 마음을 빼앗긴 나는, 죽을 때까지 아빌라에 살아야 한다고 주장했다. 내 말에 기분이 몹시 상한 거트루드 스타인은, 아빌라가 좋다고 하면서도, 자기한테는 파리가 필요하다며, 나름의 주장을 굽히지 않았다. 반면에 나는 아빌라 말고는 어떤 곳도 필요하지 않다고 생각했다. 우리는 이 문제로 심하게 언쟁을 벌였다. 그럼에도 어쨌든 우리는 열흘 동안 그곳에 머무르게 되었고 더욱이 아빌라의 성녀 테레사가 거트루드 스타인이 젊은 시절 숭모하던 영웅이었기에 정말 마음껏 그곳의 모든 것을 즐길 수 있었다. 거트루드 스타인이 몇 년 전에 쓴 오페라 대본 『네 성자』**에는 나를 감동의 소용돌이 속으로 몰아넣었던 아빌라의 풍경이 아름답게 묘사되어 있다.

---

* 1914년 발간된 『부드러운 단추들』은 일상의 사물을 다양한 시편으로 묘사한 책이다. 언어와 사물 사이의 관계를 실험적으로 재창조해낸 이 작품은 언어로 표현된 입체파의 걸작으로 평가된다.
* 『3막 속의 네 성자』을 가리킨다. 16세기 스페인의 성자 로욜라의 성 이그나티우스와 아빌라의 성 테레사를 중심으로 허구의 성자 성 세틀먼트와 성 차베스의 이야기를 다룬 이 오페라는 거트루드 스타인이 대본을 쓰고 미국 작곡가 버질 톰슨이 곡을 붙였으며 1934년에 처음 공연되었다.

그다음 우리는 마드리드로 향했고 그곳에서 거트루드 스타인이 볼티모어 시절부터 알고 지내던 옛친구, 브린 모어 대학의 조지아나 킹*을 만났다. 조지아나 킹은『세 인생』에 대한 초기의 비평 가운데 가장 흥미로운 글을 썼다. 스트리트가 쓴 스페인대성당에 관한 책**을 재편집하던 그녀는 그 일과 관련하여 스페인 전역을 두루 돌아다니고 있던 참이었다. 아무튼 그녀는 우리에게 유익한 조언을 많이 들려주었다.

그 시절 거트루드 스타인은 재킷과 스커트로 구성된 갈색 코듀로이 정장을 걸치고, 피에솔레의 어느 여성이 늘 손수 짜서 만들어준 작은 밀짚모자를 쓰고, 샌들을 신고, 종종 지팡이를 들고 다녔다. 그해 여름 그녀가 들고 다니던 지팡이의 손잡이는 호박으로 만든 것이었다. 그녀의 이런 모습은 모자와 지팡이를 빼면 피카소가 그린 그녀의 초상화와 흡사하다. 아무튼 그녀의 옷차림은 스페인에서는 아주 이상적인 차림이었고, 그래서 스페인 사람들은 그녀가 어떤 종교단체에 속한 사람이라고 생각하고는 우리를 지극한 마음으로 존중해주고 극진히 대접했다. 지금도 기억나는 일이 있는데 한번은 톨레도에 있는 어느 수도원 교회에서 한 수녀가 귀중한 물건을 보여준 적이 있다. 그때 우리는 제단으로 오르는 계단 근처에 있었다. 갑자기 무엇인가 깨지는 것 같은 소리가 울려퍼졌는데, 거트루드 스타인이 지팡이를 바닥에 떨어뜨린 것이었다. 그 수녀는 얼굴이 하얗게 질렸고, 예배를 드리던 사람들도 모두 깜짝 놀라고 말았다. 그런데 거트루드 스타인이 지팡이를 다시 집어들고

---

* 히스패닉 문화 연구의 선구자이자 사진작가.
** 영국 건축가 조지 에드먼드 스트리트가 1865년 펴낸『스페인의 고딕 건축』을 가리킨다.

는 놀라서 어쩔 줄 모르는 수녀를 안심시키려는 듯 말했다, 괜찮아요 지팡이가 부러지지는 않았네요.

스페인을 여행하던 그때 나는 내가 스페인식 변장이라고 부른 옷차림을 하고 다녔다. 늘 검정 실크 코트, 검정 장갑에 검정 모자 차림이었는데, 그나마 누린 한 가지 호사가 있다면 모자에 예쁜 조화 장식을 단 것이었다. 길에서 어쩌다 시골 아낙네들을 만나면 그들은 어김없이 큰 관심을 내보이며 그 꽃을 만져봐도 되는지 매우 정중하게 묻곤 했는데, 생화인지 조화인지 확인하고 싶었던 모양이다.

그해 여름 우리는 쿠엥카에도 가봤는데, 영국 화가 해리 기브가 알려준 곳이었다. 해리 기브는 보기 드물게 선견지명이 있었다. 영국 북부 출신인 그는, 젊을 때는 영국에서 동물화가로 이름을 날리다가 결혼한 뒤 독일로 건너갔지만, 자신이 하는 작업에 불만을 품고 있던 차에 파리에 새로운 미술학교가 생겼다는 소식을 들었다. 파리로 건너온 그는 바로 마티스에게 큰 영향을 받기 시작했다. 그리고 피카소에게도 관심을 갖게 되면서 그 두 사람의 영향 아래서 대단히 주목할 만한 그림을 그렸다. 그런 뒤에는 이 모든 경험을 바탕으로 또다른 일에 뛰어들었는데 그것은 전쟁이 끝난 뒤 초현실주의자들이 추구하고자 했던 바를 거의 완벽하게 이루어낸 것이었다. 그에게 딱 하나 부족한 점이 있었다면 프랑스인들이 풍취*saveur*라고 부르는, 다시 말해 회화에서 우아함이라 불리는 것이었다. 이런 결점으로 인해 그의 그림이 프랑스 관람객의 시선을 사로잡는 것은 거의 불가능한 일이었다. 물론 그 시절에 영국 관람객이 프랑스 파리에 있을 턱이 없었다. 해리 기브에게 힘든 시절이 찾아왔다. 사실 그에게는 편안한 때가 없었다. 내가 자리를 같이했던 천재들의 아내 가운데 가장 호감이 가는 사람 중의 하나인 브리짓과 함께 그는 씩씩하고 훌륭하게 모든 일을 헤쳐나가긴 했지만, 하루하루가 매우 힘들었던 것은 사실이다. 그러다 얼마 후부터는 형편이 조금씩 나아지기 시작했다. 그를 믿고 지지하는 후원자가 두세 명 나타났는데, 그때가 1912년에서 1913년 사이였고, 덕분에 해리 기브는 더블린에 가서 획기적인 전시회를 열 수 있었다. 그때 그는 거트루드 스타인이 쓰고 메이블 도지가 피렌체에서 인쇄했던 『빌라 쿠로니아의 메이블 도지의 초상』을 여러 권 가져갔었고, 그래서 그즈음 카페에서 더블린의 작가들 중 누군가가 거트루드 스타인의 글을 큰 목소리로 읽어대는 소리를 들을 수 있었다. 해리 기브를 초청했던 후원자 닥터 고가티가 그 글을 직접 큰 소리로 읽기도 하고 다른 사람에게도 큰 소리로 읽게 했던 것이다.

그 일이 있고 난 뒤 전쟁이 발발했고 안타깝게도 해리에게 다시 암운이 깃들기 시작했으며, 이어서 고통 속에 몸부림쳐야 했던 기나긴 시기가 찾아왔다. 누구에게나 좋을 때도 있고 힘들 때도 있지만, 그에게는 힘든 때가 더 많았는데, 최근에 들어서야 비로소 운명의 바퀴가 새로 회전하기 시작했다. 거트루드 스타인이 자기 세대의 화가 중 유난히 변함없이 사랑했던 두 화가에 대해 그들은 죽은 뒤에야 인정받을 거라고, 비극적 삶이라는 운명을 안고 태어났다고 확신한 적이 있는데 그 두 화가가 바로 후안 그리스와 해리 기브였다. 세상을 뜬 지 오 년이 지난 후안 그리스는 드디어 세상에 이름이 알려지기 시작했다. 그러나 아직 살아 있는 해리 기브는 여전히 무명이다. 거트루드 스타인과 해리 기브는 늘 서로 사랑하는 충실한 친구로 지내고 있다. 거트루드 스타인이 초기에 쓴 멋진 초상 중 한 편이 해리 기브의 초상으로, 그 글은 〈옥스퍼드 리뷰〉에 발표되었고 그후 『지리와 희곡』에 수록되었다.

어쨌든 그런 해리 기브가 우리에게 쿠엥카에 관한 이야기를 들려주었고 우리가 구불구불 이어지다 어느 낯선 곳 한가운데서 끊어지는 작은 철길을 탔더니 그곳에 쿠엥카가 있었다.

우리는 쿠엥카에서 아주 신나게 지냈고 쿠엥카 주민들도 우리를 즐겁게 해주었다. 그곳 사람들이 귀찮을 정도로 우리에게 잘해주는 바람에 서서히 불편한 마음이 들기 시작했다. 그러던 어느 날 우리가 산책을 나섰는데, 돌연 마을 주민들이, 특히 어린아이들이, 예상 밖으로 우리한테 거리를 두고 멀찍이 떨어져 있는 것이 아닌가. 그런데 곧 제복을 입은 남자가 다가와 인사를 한 뒤 자기는 경찰인데 그 지역 지사가 우리가 거리를 돌아다닐 때 항상 멀리 따라다니면서 혹 주민들이 우리에게 성가시게 하는 일이 없는지 잘 지켜보라고 지시를 내렸다며 불편하게 생각지 않았으면 한다고 말했다. 우리는 전혀 불편하지 않았으며, 오히려 매력적인 데가 있었던 그가 우리 둘이서는 좀처럼 찾아갈 수 없었을 아름다운 장소 곳곳으로 우리를 안내해주기까지 했다. 옛날에는 스페인이 그런 곳이었다.

우리는 다시 마드리드로 돌아왔고 그곳에서 라 아르헨티나*와 투우를 발견했다. 라 아르헨티나는 마드리드의 젊은 기자들이 이제 막 눈여겨보기 시작한 무용가였다. 우리는 스페인 무용을 구경하기 위해 여러 음악홀을 찾아다니던 참이었는데, 우연히 어느 음악홀에서 그녀를

---

* 아르헨티나 태생 스페인 여성 무용가인 안토니아 메르세 이 루쿠에의 예명.

처음 보게 되었고, 그뒤로는 매일 오후뿐 아니라 저녁까지 그녀의 공연을 보러 다녔다. 우리는 투우장에도 갔다. 처음에는 투우경기가 무서워서 제대로 볼 수가 없었는데 거트루드 스타인이 지금은 봐도 돼, 이젠 보지 말고, 이런 식으로 일러준 덕택에, 마침내는 투우경기를 끝까지 볼 수 있게 되었다.

드디어 우리는 그라나다로 향했고 그곳에 머무는 상당 기간 동안 거트루드 스타인은 지독하게 열심히 작업에 몰두했다. 그라나다는 그녀가 정말 한결같이 좋아하는 곳이었다. 미국-스페인 전쟁이 끝난 직후 아직 대학생이었던 그녀는 오빠와 함께 스페인 곳곳을 돌아다닌 적이 있었는데 그때 그녀가 스페인을 처음 경험한 곳이 바로 그라나다였다. 둘은 즐거운 시간을 보냈던 모양인데 그때의 경험 중에 지금도 그녀가 늘 들려주는 이야기가 한번은 그녀가 식당에서 보스턴 출신이라는 어느 아버지와 그의 딸을 만나 얘기를 나누던 중 갑자기 무슨 끔찍한 소리가 들렸는데, 바로 당나귀 울음소리였다. 이게 무슨 소리야, 어린 딸이 겁에 질려 떨리는 목소리로 물었다. 그러자 아버지가, 아, 무어족 최후의 한숨소리란다, 하고 대답했다는 것이다.

우리는 그라나다의 모든 것을 마음껏 즐겼고 영국 사람 스페인 사람 할 것 없이 재미있는 사람들을 많이 만났으며 거트루드 스타인의 스타일에 점차 변화가 찾아온 것도 그라나다에서 보낸 시기부터였다. 그녀의 말에 따르면 그때부터 그녀는 오로지 사람들의 개성과 그들의 내면에서 일어나는 일에 관심을 가지게 되었고, 눈에 보이는 세상의 리듬을 표현하겠다는 욕망을 처음 느낀 것도 그해 여름 그라나다에서였다고 한다.

그녀가 보고, 듣고 묘사하는 과정은 긴 고문과도 같았다. 지금도 항상 그렇지만, 예전에 그녀는 늘, 외적인 것과 내적인 것이 안고 있는 문제를 놓고 괴로워했다. 그림에 관해서 그녀가 항상 고민하고 걱정하는 문제 중 하나는 화가들이 느끼는 고뇌, 즉 그들로 하여금 정물화를 그리게 만드는 괴로움, 결국 인간이라는 존재는 본질적으로 그림으로 표현할 수 없는 존재라는 그 문제였다. 아주 최근에 다시 한번 그녀는 어느 화가가 이 문제의 해결에 무언가 보탬이 되지 않을까 생각하기 시작했다. 그녀는 그전만 하더라도 전혀 관심을 두지 않았던 화가인 피카비아에게 관심을 갖게 되었는데 그 이유는 인간을 그리면서 나타나는 문제를 해결하지 않으면 그 문제를 결코 해결할 수 없다는 사실을 적어도 그는 알고 있다고 생각하기 때문이었다. 피카비아의 추종자도 한 사람 있는데, 같은 문제에 직면한 그가 그 문제를 풀어내게 될 것이다. 어쩌면 해결하지 못할 수도 있다. 어쨌든 거트루드 스타인이 항상 언급하는 그 문제와의 기나긴 싸움이 그때 시작되었다.

그 시기는 또한 거트루드 스타인이 「수지 아사도」와 「프레시오실라」와 「스페인의 집시들」*을 쓰던 때였다. 그녀는 묘사를 위해 모든 것을 실험했다. 새로운 단어를 만들려고 하다가 곧 포기하기도 했다. 영어가 그녀의 언어였기에 영어로 그 일을 해내야 했고, 문제점도 해결해야 했다. 꾸며내고 지어낸 단어들은 어딘가 마음에 들지 않았고, 그런 시도는 사물을 있는 그대로 모방하고 싶은 감정으로의 도피에 불과했다.

아니다, 그녀는 계속 자신의 실험을 멈추지 않았으며, 파리로 돌아온

---

* 스타인의 실험적인 시편들이다.

이후 대상을 묘사하고 방과 사물들을 묘사했는데, 그런 일련의 과정은 스페인에서 시도한 최초의 실험들과 연계된 것이었고, 그 결과가 바로 『부드러운 단추들』이었다.

그럼에도 그녀의 주요 연구대상은 사람이었고 사람들의 초상을 글로 옮기는 작업은 결코 끝나지 않고 계속되었다.

우리는 늘 그랬던 것처럼 플뢰뤼스가로 돌아왔다.

내가 처음 플뢰뤼스가에 왔을 때 나에게 강한 인상을 심어준 사람 가운데 하나가 밀드러드 올드리치였다.

당시 오십대 초반이었던 밀드러드 올드리치는, 조지 워싱턴을 닮은 얼굴, 백발에 정말 깨끗하고 멋진 옷을 입고 장갑을 낀 그녀는 매우 다부지고 활기 넘치는 인상을 풍겼다. 여러 국적의 사람들이 모인 무리 속에서 눈에 띌 정도로 멋진 모습이었으며 보는 이마다 고개를 끄덕이게 만들었다. *미국의 영광을 보여주는 사람이 바로 이 사람입니다.* 피카소가 이렇게 얘기할 수 있고 실제로 그렇게 말했던 사람 중 한 명이 바로 그녀였다. 그녀는 자신을 존재하게 해준 조국에 대해 대단한 자긍심을 갖고 있었다.

여동생이 미국으로 떠나고 난 뒤 밀드러드는 라스파유대로와 도로용지로 사용되던 부아소나드 거리가 만나는 모퉁이의 어느 건물 꼭대기 층에서 혼자 살았다. 그녀 집의 창가에는 카나리아들이 북적대는 굉장히 큰 새장이 있었다. 우리는 그녀가 카나리아를 좋아하는 모양이라고 생각했다. 사실은 그게 아니었다. 한번은 어느 친구가 집을 비우는 동안 돌봐달라며 카나리아 한 마리를 그녀에게 맡겼다. 다른 일에서도 그렇듯이, 밀드러드는 그 카나리아를 새장 속에 넣고 애지중지 잘 보살펴주었다. 이런 밀드러드의 모습을 보고 카나리아를 좋아하는 모양이라고 생각한 또다른 친구가 카나리아 한 마리를 주었다. 당연히 밀드러드는 카나리아 두 마리를 살뜰히 보살펴주었고 그 덕분에 카나리아 수가 늘어나면서 새장도 커지기 시작했다. 1914년 위리라는 곳의 마른강이 보이는 언덕 꼭대기 아파트로 이사를 한 뒤 그녀는 카나리아를 모두 날려보내고 말았다. 시골에서 고양이들이 카나리아를 잡아먹을 수도 있다는 게 그녀가 내세운 구실이었다. 나중에 그녀가 카나리아를 날려보낸 진짜 이유를 말해주었는데, 정말로 카나리아를 견딜 수 없었다는 것이었다.

밀드러드는 아주 뛰어난 살림꾼이었다. 지금과는 달리 예전엔 그녀에 대해 아주 다른 인상을 지니고 있었던 나는, 어느 오후 그녀를 만나러 갔다가, 리넨 옷감으로 만든 옷을 뛰어난 솜씨로 아름답게 수선하고 있는 그녀의 모습을 보고 깜짝 놀라지 않을 수 없었다.

해외전보 주고받는 일을 숭배하다시피 아주 좋아했던 밀드러드는, 돈에 쪼들리며 빠듯하게 사는 일도 마다않고 즐기며 살았던 그녀는, 돈을 제법 벌긴 했지만 펑펑 써대는 바람에 한계에 부딪히게 되었고, 결국 만성적인 적자에 시달리며 고생을 사서 하는 꼴이 되고 말았다. 그당시 밀드러드는 마테를링크*의 〈파랑새〉를 미국 무대에 올리는 일과 관련하여 계약을 추진중이었다. 그 과정에서 끊임없이 해외전보를 주고받아야 했는데, 한번은 저녁 늦게 노트르담데상에 있던 우리 작은 아파트로 찾아와 장문의 전보를 보내야 하는데 돈 좀 빌려달라고 나한테

---

* 1911년에 노벨문학상을 수상한 벨기에 시인이자 극작가.

사정하던 그녀의 모습이 옛 기억 속에 남아 있다. 그런데 며칠 뒤 그녀는 빌린 돈의 다섯 배 정도 값어치는 되는 예쁜 진달래꽃과 함께 돈을 갚았다. 매번 그런 식이니 그녀가 늘 쪼들리며 사는 것이 하등 이상하지 않았다. 하지만 그녀가 무슨 말을 할 때면 모든 사람이 다 귀를 기울였다. 밀드러드처럼 이야기를 재미있게 하는 사람은 이 세상 어디에도 없을 것 같았다. 그녀가 플뢰뤼스가 집의 커다란 안락의자에 앉아 이야기를 꺼내기 시작하면 서서히 주변으로 사람들이 모여들던 광경이 아직도 눈에 선하다.

밀드러드는 거트루드 스타인을 아주 좋아했으며, 그녀의 작품에도 대단한 관심을 보였는데, 특히『세 인생』에는 열광에 가까운 찬사를 보냈으나, 그런데『미국인의 형성』에 대해서는 물론 깊은 감명을 받은 것 같긴 해도 어딘가 마음에 들지 않는 표정을 보였으며,『부드러운 단추들』에는 굉장히 실망하는 눈치였지만, 그래도 그녀는 거트루드 스타인에게 변함없는 신뢰를 보였으며 거트루드 스타인이 어떤 작품을 쓰든 그 안에 가치 있는 무엇인가가 있다고 확신했다.

거트루드 스타인에 대한 밀드러드의 기쁨과 자긍심은 1926년 거트루드 스타인이 케임브리지와 옥스퍼드에서 강연을 했을 때 감동 그 자체로 이어졌다. 강연장으로 떠나기 전 거트루드 스타인은 밀드러드 앞에서 강연 내용을 읽어주어야 했다. 그 일이 두 사람 모두에게 큰 즐거움이었다.

밀드러드 올드리치는 피카소를 좋아했으며 게다가 마티스까지도 좋아했는데, 사실은 그것이 다분히 사적인 감정이어서 그녀는 고민이 많았다. 어느 날인가 그녀가 나에게 고백했다, 앨리스, 이래도 괜찮은 건지 말해줘, 그 사람들도 괜찮을까. 거트루드 스타인도 그 사실을 알고 있고 괜찮을 거라고 생각하고 있어, 그리고 부끄러운 일은 아니잖아, 거짓도 아니고.

간혹 의심스러운 일이 벌어지곤 하던 그 시절에 그래도 밀드러드 올드리치는 그 모든 일을 기꺼이 받아들였다. 그녀는 혼자 우리집에 오는 것을 좋아했지만 다른 사람들을 데리고 오는 것도 좋아했다. 아주 많은 사람을 데려오기도 했다. 당시 〈뉴욕 선〉에 글을 기고하던 헨리 맥브라이드*를 데리고 온 것도 바로 그녀였다. 거트루드 스타인이 고민에 빠져 괴로워하던 시절 내내 사람들 앞에서 그녀의 위신을 세워준 사람이 바로 헨리 맥브라이드였다. 거트루드 스타인을 비방하는 사람들에게 그는 이렇게 말하곤 했다, 웃고 싶으면 마음대로 웃으십시오, 하지만 웃을 때는 그녀와 함께 웃어야지 그녀를 비웃는 일은 삼가시죠, 그래야 더 신나게 웃으며 즐길 수 있을 테니까요.

헨리 맥브라이드는 세속적인 성공을 믿지 않았다. 그는 늘 말하곤 했다, 그런 성공은 사람을 망치게 합니다, 파멸로 이끈다고요. 그러면 거트루드 스타인은 침울한 표정을 지으며 대답했다, 하지만 헨리, 그런 식으로 말하면 그건 내가 성공하리라고 생각하지 않는다는 뜻이잖아요, 나는 작은 성공이라도 거뒀으면 해요, 정말입니다. 아직도 출간되지 않은 내 원고들을 생각해봐요. 그래도 헨리 맥브라이드는 단호했으며 항상 이렇게 말했다, 내가 당신에게 바라는 게 있다면, 그건 성공하지 말라는 겁니다. 그것만이 당신한테 도움이 되는 유일한 방책입니다.

---

* 미국 미술평론가.

이 점에 대해서 그는 한 치의 양보도 없었다.

그렇지만 그런 그도 밀드러드가 성공을 거두자 뛸듯이 기뻐했으며 지금은 이제 거트루드 스타인이 작은 성공이나마 마음껏 누릴 때가 됐다고 생각한다. 그녀가 성공하더라도 망가지는 일은 없을 거라고 생각하는 것이다.

로저 프라이*가 처음 우리집에 찾아왔을 때가 그 무렵이었다. 그는 클라이브 벨** 부부를 데리고 왔으며 나중에는 다른 사람들도 많이 데려왔다. 그 시절 클라이브 벨은 자기 아내나 로저 프라이와 잘 어울렸다. 하지만 한 가지 불만이 있었는데 아내나 로저 프라이가 지나치게 주요 미술작품에만 관심을 보인다는 것이었다. 그로서는 두 사람의 그런 면을 이해할 수 없었다. 아주 재미있는 사람이었던 클라이브 벨도 나중에 진짜 예술비평가가 되자 재미가 별로 없어지고 말았다.

반면에 로저 프라이는 변함없이 매력적인 사람이었는데, 손님으로 찾아올 때나 자기 집에 사람을 초대할 때나 늘 유쾌한 모습이었다. 나중에 볼일이 있어 런던에 가게 된 우리는 시골에서 그와 함께 하루를 보내기도 했다.

로저 프라이가 피카소가 그린 거트루드 스타인의 초상화를 보고 흥분을 감추지 못한 적이 있다. 그는 〈벌링턴 리뷰〉에 그 작품에 관한 글을 쓰면서 피카소가 그린 초상화를 찍은 사진과 라파엘이 그린 초상화를 찍은 사진 두 장을 나란히 싣고 설명을 덧붙였다. 두 초상화가 가치

---

* 영국 화가이자 비평가로 영국의 작가, 지식인, 철학자, 화가들의 그룹인 '블룸즈버리 그룹'의 일원이었다.
** 영국 예술비평가로 버지니아 울프의 언니인 버네사와 결혼했다.

로 따지면 똑같이 중요하다는 주장이었다. 그는 정말 많은 사람을 데리고 왔다. 곧바로 플뢰뤼스가는 영국인으로 넘쳐나기 시작했으며, 그중에는 어거스터스 존*과 램**도 있었는데, 어거스터스 존은 즐거운 표정을 짓고 다녔지만 그리 진지해 보이지 않았고, 반면에 램은 다소 별난 구석이 있는 듯했으나 매력적인 사람이었다.

로저 프라이에게 젊은 제자들이 많이 생겼던 때가 바로 이 무렵이었다. 그들 가운데 윈덤 루이스***가 있었다. 큰 키에 호리호리한 몸매의 그는 전도유망한 프랑스 청년처럼 보였는데, 어쩌면 그의 발이 프랑스 사람 발을 많이 닮아서, 아니면 적어도 그의 신발이 프랑스식이어서 그랬는지 모른다. 플뢰뤼스가 집에 자주 찾아왔던 윈덤 루이스는 자리에 앉아서 그림을 측정하곤 했다. 실제로 자를 대며 측정한 것은 아니었지만 아무튼 굉장히 신중하게 캔버스의 크기를 재고, 캔버스 내의 선의 길이 및 필요하다 싶은 모든 것의 크기와 길이를 재는 행동을 하는 바람에 실제로 자로 재고 있는 듯한 인상을 준 것은 사실이다. 거트루드 스타인은 그를 꽤 좋아하는 편이었다. 어느 날인가 그가 와서 로저 프라이와 언쟁을 벌였다며 이야기를 늘어놓자 거트루드 스타인이 특히 더 좋아하고 재미있어하는 눈치였다. 사실은 불과 며칠 전에 로저 프라이가 찾아와 이미 들려준 이야기였다. 두 사람 다 아주 똑같은 이야기를 하면서도 내용은 서로 달랐는데, 달라도 너무 달랐으니 그럴 만도 했다.

---

* 영국 웨일즈 태생 화가.
** 헨리 램. 오스트리아 태생 영국 화가.
*** 영국 화가이자 작가, 비평가. 소용돌이주의 문학잡지 〈블라스트〉의 편집자였다.

미국 보스턴미술관, 그리고 그뒤에는 영국 켄싱턴박물관에서 근무했던 프리처드가 오기 시작한 것도 이 무렵이었다. 프리처드는 옥스퍼드대학 출신 젊은이들을 많이 데려왔다. 방안에 들어선 정말 멋있는 젊은이들은 피카소를 훌륭하다고 생각했다. 그들은 피카소에게서 후광이 비치는 것 같다고 했는데 어떻게 보면 맞는 말이었다. 옥스퍼드 출신 젊은이들과 함께 온 사람이 터프츠대학의 토머스 위트모어였다. 생기 있고 붙임성 있는 그는 나중에 어느 날인가 거트루드 스타인을 대단히 기쁘게 한 적이 있는데 바로 이 말을 해서였다, 모든 우울은 소중합니다.

모든 사람이 누군가를 데리고 왔다. 앞에서 말했지만 토요일 저녁 모임의 성격이 점점 변하기 시작했는데, 달리 말해서, 찾아오는 사람의 부류가 바뀌었다는 뜻이다. 누군가가 인판타 에우랄리아*를 데려왔고 그뒤에도 몇 차례나 더 데리고 왔다. 그녀는 다른 사람들을 즐겁게 해주었으며 왕족다운 놀라운 기억력으로 늘 내 이름을 기억했는데 처음 본 이후 몇 년이 지난 뒤 정말 우연히 방돔광장에서 마주쳤을 때도 여전히 내 이름을 기억하고 있었다. 그녀는 처음 플뢰뤼스가에 와서 방에 들어섰을 때에는 다소 겁먹은 표정을 지었었다. 아마 좀 이상한 곳이라고 생각해서 그런 것 같았는데 그뒤로는 점차 마음에 드는지 얼굴이 환해졌다.

---

* 스페인 여왕 이사벨라 2세의 막내딸. 어린 시절부터 자유분방한 성격으로 여러 논란을 불러일으켰다. 왕족이면서도 진보적인 시각을 지닌 그녀는 1912년 첫 저서인 『인생의 실타래』를 비롯한 여러 글을 통해 스페인 사회나 스페인의 정책에 비판적인 시각을 내보였다.

큐나드 부인*은 당시 어린 소녀에 불과했던 딸 낸시**를 데리고
와서는, 대단히 정중하게 결코 잊을 수 없는 방문이었다며 인사하기도
했다.

또다른 사람들도 있었다. 많은 사람이 찾아왔었다. 바이에른의 어느
장관은 정말 많은 사람과 함께 왔다. 자크에밀 블랑슈***는 재미있는 사
람들을 데리고 왔고, 알퐁스 칸****도 마찬가지였다. 디즈레일리*****를
여자로 바꿔놓은 듯 놀랍도록 그를 닮은 레이디 오톨린 모렐*****도 있
었는데 키가 큰 그녀는 선뜻 들어서지 못하고 이상하리만치 수줍게 문
가에 서성거렸다. 네덜란드 왕족에 준하는 집안 출신인 어느 여인은 경
호원이 택시를 잡으러 간 사이 잠시 혼자 남게 된 짧은 순간에도 대단
히 겁에 질린 표정을 지었다.

루마니아 공주도 있었는데, 그녀를 싣고 온 택시운전사가 대기하고
있다가 더이상 기다릴 수 없었던 모양이었다. 엘렌이 들어오더니 다급
한 목소리로 운전사가 더는 기다리지 않을 것 같다는 말을 전했다. 그
런데 그 말이 떨어지자마자 세차게 문 두드리는 소리가 들렸고, 바로
이어서 운전사가 나타나 더 기다리지 못한다고 선언했다.

끝없는 다양성이었다. 온갖 사람이 찾아왔지만 그렇다고 어느 한 사

---

* 미국 태생인 영국 사교계 유명 인사.
** 낸시 큐나드. 작가이자 정치활동가.
*** 19세기 후반부터 20세기 초반까지 프랑스 파리와 영국 런던에서 주로 활동한 프
랑스 후기 인상주의 화가.
**** 프랑스 미술품 수집가.
***** 영국 작가, 정치가로 1874년부터 1880년까지 영국 총리를 지냈다.
****** 영국 귀족이자 사교계 인사로 많은 예술가와 지식인을 후원했다.

람 때문에 분위기가 크게 바뀌지는 않았다. 거트루드 스타인은 평온한 자세로 그냥 의자에 앉아 있었으며 의자가 있어 앉을 수 있는 사람들은 그녀처럼 앉아 있고, 나머지 사람들은 서 있었다. 서로 잘 아는 친구들인지 난롯가 주위에 모여 앉아 담소를 나누는 이들도 있었고 그 외에도 수많은 낯선 사람들이 드나들었다. 그때 기억이 아주 생생하다.

또다시 말하지만 정말 모든 사람이 누군가를 데리고 왔다. 윌리엄 쿡*은 시카고 사람을 많이 데려왔는데, 체격이 우람한 대단히 부유한 마나님들과, 마찬가지로 돈도 많고 키가 크고 몸매는 가녀린 아름답게 생긴 부인들이었다. 그해 여름 우리는 지도에서 발레아레스제도를 발견했고, 작은 배를 타고 그곳에 있는 마요르카섬으로 향했는데 그 배 안에 쿡도 있었다. 그 역시 지도에서 섬을 본 모양이었다. 우리는 그곳에 잠시 머물렀지만 그는 여름 내내 눌러앉았고, 나중에 다시 그 섬을 찾아갔다는데 미국인들이 그 섬의 도시인 팔마를 알게 되어 구름처럼 몰려들기 전에 최초로 혼자 그곳을 찾은 미국인이 바로 쿡이었다. 아무튼 전쟁중에 우리 세 사람은 마요르카섬을 다시 찾아간 적이 있다.

피카소가 젊었을 때 바르셀로나에 있다는 친구 레벤토스**에게 보내는 편지를 우리에게 주었을 때가 바로 그해 여름이었다. 그런데 그 사람이 프랑스어는 하나요, 거트루드 스타인이 묻자, 피카소는 킬킬거리며 대답했다, 거트루드 당신보다는 더 잘할 겁니다.

레벤토스는 우리에게 즐거운 시간을 마련해주었다. 그와 소토 가문의 후손***이 거의 이틀 동안 긴 시간에 걸쳐 우리를 데리고 다녔는데,

---

* 미국 태생 국외이주 예술가.
** 스페인 작가.

여기서 긴 시간이라고 한 것은 낮은 물론 밤시간도 대부분 함께 보냈기 때문이다. 그때는 자동차가 등장한 지 얼마 안 되는 시절이었는데, 그들은 자동차가 있어서 우리를 차에 태워 초기 교회들을 보여주겠다며 언덕이 많은 지역으로 돌아다녔다. 언덕을 오를 때면 신나게 차를 몰아 오르고 내려올 때는 즐거운 기분에 속도를 늦춰가며 천천히 내려왔으며 거의 두 시간마다 음식을 이것저것 먹곤 했다. 마침내 밤 열시가 다 되어 다시 바르셀로나로 돌아왔는데 그들이 말했다, 이제 식전주 한 잔씩 하고 저녁을 먹죠. 그동안 너무 많이 먹어 음식이 물릴 지경이었지만 그래도 우리는 즐겁게 식사했다.

그로부터 많은 세월이 흐르고 난 뒤인 몇 년 전에 피카소는 어린 시절 친구였다는 사람을 또 우리에게 소개해주었다.

사바르테스****와 피카소는 열다섯 살 때부터 서로 친하게 지냈다는데 거트루드 스타인이 피카소를 만나기 전에 사바르테스가 남아메리카로 사라져 몬테비데오, 우루과이 등지를 돌아다니는 바람에 그녀는 그 친구에 대해 전혀 들은 바가 없던 터였다. 그런데 몇 년 전 어느 날 피카소가 사바르테스를 플뢰뤼스가 집으로 데리고 오겠다는 말을 전했다. 사실 사바르테스는, 우루과이에서 지내던 중에, 여러 잡지에서 거트루드 스타인의 글을 몇 편 읽고 그녀의 작품에 대한 찬사의 마음을 갖게 되었다. 당연히 피카소가 그녀를 알리라고는 전혀 상상도 못했

*** 피카소를 레벤토스와 만나게 해준 앙헬 페르난데스 데 소토를 말한다. 피카소는 1903년에 술집에서 술을 마시는 소토의 모습을 그렸는데, 그것이 그의 청색시대 작품이며 〈압생트를 마시는 사람〉으로도 알려진 〈앙헬 페르난데스 데 소토의 초상〉이다.
**** 스페인 조각가이자 시인.

다고 했다. 남아메리카에서 여러 해를 보낸 뒤 처음 파리에 온 그는 피카소를 찾아갔고 어쩌다 거트루드 스타인에 관한 이야기를 하게 되었다. 그러자 피카소가 이렇게 말했다는 것이다, 그녀는 하나밖에 없는 친구지, 내가 찾아가는 유일한 곳이 바로 그녀 집이야. 이 말을 듣고 사바르테스가 이렇게 말했다고 했다, 나 좀 데려다주게, 그래서 그 두 사람이 찾아왔던 것이다.

이런 식으로 해서 거트루드 스타인과 스페인 사람들은 자연스럽게 친해졌고 지금도 그들의 우정은 점점 더 깊어지고 있다.

미래파들이, 이탈리아의 미래파 화가들이 파리에서 대규모 전시회를 열어 사람들의 불만을 사며 큰 논란거리가 된 것이 이즈음이었다. 모든 사람이 흥분했으며 이 전시회는 아주 잘 알려진 화랑에서 개최되어 모두가 찾아갔다. 그 전시회 때문에 자크에밀 블랑슈는 몹시 속이 뒤틀려 있었다. 우리가 튈르리공원에서 몸을 부르르 떨며 배회하는 그를 발견했을 때 그가 물었다, 보기엔 그럴듯하지만 정말 괜찮은 건가요. 아니요 괜찮지 않아요, 거트루드 스타인이 대답했다. 당신 말을 들으니 마음이 놓이는군요, 자크에밀 블랑슈의 말이었다.

이탈리아의 미래파 화가 모두가 세베리니*를 따라 피카소 주변으로 모여들었다. 그리고 피카소는 그들 모두를 데리고 플뢰뤼스가를 찾아왔다. 내 기억에 마리네티**는 나중에 혼자 왔던 것 같다. 어쨌든 모든 이가 미래파 화가는 죄다 따분하다고 생각했다.

---

* 미래파 운동을 주도적으로 이끌었던 이탈리아 화가.
** 이탈리아 시인이자 편집자이며 예술이론가.

어느 날 저녁엔 조각가 엡스타인*이 플뢰뤼스가를 찾아왔다. 거트루드 스타인이 1904년 파리에 처음 왔을 때, 그때만 하더라도 엡스타인은 마른 체격에 용모가 아름다운 사람으로 뤽상부르박물관의 로댕 조각품들 사이를 슬그머니 지나다니는 우울한 유령과도 같은 존재였다. 그는 빈민가인 유대인 거주지역 게토를 연구한 허친스 햅굿의 연구서에 삽화를 그렸으며 기금을 받아 파리에 온 매우 궁핍한 처지였다. 그가 오스카 와일드에게 바치는 스핑크스 조각품을 와일드의 무덤** 위에 올려놓으려고 파리에 왔을 때가 내가 그를 처음 본 순간이었다. 그때 엡스타인은 단단한 체격의 덩치가 큰 사람으로 변해 있었고, 인상적이긴 해도 옛날만큼 멋져 보이진 않았다. 그에게는 굉장히 보기 드문 갈색 눈을 지닌 영국인 아내가 있었는데, 그런 색조의 눈은 이전에 본적이 없었다.

볼티모어에서 온 닥터 클래리벨 콘은 위풍당당한 모습으로 찾아왔다가 떠났다. 그녀는 거트루드 스타인의 작품을 목청 높여 낭송하기를 좋아했고 실제로 어느 누구도 흉내내지 못할 만큼 멋지게 낭송했다. 그녀는 편안하고 우아하고 안락한 것을 좋아했다. 그녀는 동생 에타와 함께 여행중이었다. 그런데 호텔에 유일하게 남아 있는 방이 편하지 않았다. 에타는 하룻밤만 지낼 곳이니 참으라고 언니에게 사정했다. 그러자 닥터 클래리벨이 말했다, 에타, 오늘 하룻밤이 내 인생 그 어떤 밤보다 중요하고 나는 정말 편하고 안락했으면 좋겠어. 그런 그녀가 전쟁이 발

---

* 제이콥 엡스타인 경. 미국 태생 유대인으로 1910년 영국 국적을 획득한 뒤 영국 현대 조각사에 큰 역할을 했다.
** 페르라셰즈 묘지에 있다.

발했을 때 어쩌다보니 과학 연구와 관련된 일로 뮌헨에 있게 되었다. 그곳을 떠나야 했지만 여행은 매우 불편한 일이어서 그녀는 결국 뮌헨을 떠나지 못했다.

이런 닥터 클래리벨을 모든 사람이 다 유쾌하게 받아주었다. 훨씬 나중의 일이지만 피카소는 그녀의 모습을 그리기도 했다.

에밀리 채드본*이라는 여자도 찾아왔었는데, 바로 그녀가 레이디 오톨린 모렐을 데리고 왔고 보스턴 사람들도 많이 데려왔었다.

한번은 밀드러드 올드리치가 마이라 에드절리라는 아주 특이한 사람을 데리고 온 적이 있었다. 아주 젊을 때 샌프란시스코에서 사람들이 멋진 드레스를 입고 참석하는 마르디 그라 축제** 무도회에 갔던 나는, 그곳에서 아주 아름답고 대단히 똑똑해 보이는 인상에 키가 상당히 큰 여자를 본 기억이 떠올랐다. 그 여자가 바로 젊을 때의 마이라 에드절리였다. 유명한 사진작가 겐테가 그녀의 모습을 수없이 많은 사진으로 남겼는데, 대개 고양이와 함께 있는 모습이었다. 미니어처 작가로 런던에 간 마이라 에드절리는 유럽에서 엄청난 성공을 거둔 미국인이 되었다. 그녀는 모든 사람, 그리고 왕실 가족까지 미니어처 작품으로 그려냈으며, 그렇게 작품활동을 하는 내내 진지하면서도 유쾌하고 태평하고 솔직한 샌프란시스코 사람 특유의 태도를 잃지 않았다. 그런 그녀가 공부를 더 하겠다며 파리로 온 것이었다. 파리에 와서 밀드러드 올드리치를 만나고 나서는 그녀에게 헌신적인 사람이 되었다. 실제로 1913년, 밀드러드의 수입이 급격하게 줄어들어 힘들었을 때 그녀가 연금을

---

* 미국 미술품수집가이자 자선활동가. 뉴욕 메트로폴리탄미술관의 종신 펠로였다.
** 기독교에서 주현절에 시작하여 재의수요일 전날에 절정을 이루는 카니발 축제.

받을 수 있도록 하고 마른강변의 언덕 꼭대기에서 노후를 보낼 수 있도록 도운 사람이 바로 마이라였다.

마이라 에드절리는 거트루드 스타인의 작품이 더 널리 알려져야 한다고 정말 간절히 바랐다. 밀드러드가 아직 출간되지 않은 스타인의 원고가 많다는 이야기를 들려주자 마이라는 당장 무슨 조치를 취해야 한다고 말했다. 그러고는 나서서 일을 추진하기 시작했다.

마이라는 자기가 존 레인이란 사람을 좀 알고 있다면서 거트루드 스타인과 내가 반드시 런던에 가야 한다고 말했다. 그러나 그전에 우선 마이라가 편지를 쓰고 그다음에는 내가 거트루드 스타인을 위해 우리가 알고 있는 모든 사람에게 편지를 써야 했다. 그녀가 어떤 식으로 편지를 써야 하는지 알려주었다. 내 기억에 편지는, 당신이 알고 있을지 모르고 있을지 모르겠지만, 미스 거트루드 스타인은, 이렇게 시작하면서 편지를 써내려가며 해야 할 말을 다 하는 식이었던 것 같다.

마이라가 압박하듯 끈질기게 부추기는 바람에 우리는 1912년 겨울, 그리고 1913년 겨울에 런던에 갔으며, 그곳에서 몇 주 동안 지내게 되었다. 런던에서 우리는 굉장히 좋은 시간을 보냈다.

마이라는 우리를 런던 남쪽의 서리 지역 리버힐에 있는 커넬 로저스* 부부의 집으로 데리고 가 머물게 해주었다. 놀Knole공원과 아이팀 모트 장원 가까이에 있는 시골집으로, 아름다운 저택과 아름다운 공원들 곁에 위치해 있었다. 물론 내가 아주 어렸을 때 영국에 간 적은 있었지만, 육아실에서만 지내야 하는 아무것도 모를 때였기에, 처음으로 영국 시

---

* 1946년 7월 28일 〈뉴욕 타임스〉 부고란에 실린 거트루드 스타인의 부음 기사에서 스타인의 임종을 지켜봤다고 언급되는 동명의 의사로 추정된다.

골집을 경험했던 때가 바로 스타인과 함께 로저스 부부의 집에 머문 때라 할 수 있다. 나는 그 집의 모든 것을 마음껏 즐겼다. 안락함, 모닥불, 수태고지를 전하는 천사 같은 큰 키의 늘씬한 하녀들, 아름다운 정원들, 어린아이들, 그 모든 것에서 전해지는 편안함. 게다가 수많은 멋진 물건들과 아름다운 것들. 이게 뭐죠, 내가 어떤 물건을 보고 미시즈 로저스에게 물으면 그녀는 대답했다, 아 그건 저도 몰라요, 우리가 이곳에 왔을 때 원래부터 있던 거예요. 그 말을 들은 나는 이 집을 거쳐갔을 수많은 아름다운 신부들이 그 집에 처음 들어왔을 때 나처럼 그 모든 아름다운 물건을 보고 감탄하는 모습을 머릿속에 그려보았다.

거트루드 스타인은 시골집 방문을 나만큼 좋아하지는 않았다. 끊길 듯 말 듯 계속 이어지는 즐거운 대화, 전혀 그치는 법 없이 줄기차게 들려오는 영어로 떠들어대는 사람들 목소리가 그녀로서는 꽤나 신경쓰였던 모양이다.

나중에 다시 런던을 방문했을 때는 전쟁으로 발이 묶이는 바람에 친구들과 함께 오랜 기간 여러 시골집에 머물러야 했는데, 그때 거트루드 스타인은 많은 시간을 되도록 혼자 지내려고 했으며 세 끼 혹은 네 끼의 식사 중 적어도 한 끼는 피하려고 했고, 그렇게 하는 것이 그녀로서는 더 좋았던 듯했다.

아무튼 우리는 영국에서 좋은 시간을 보냈다. 거트루드 스타인은 런던에 대한 옛날의 암울했던 기억을 깨끗이 씻어냈는지 그 이후로 수없이 영국을 즐겨 찾아갔다.

우리는 시골에 있는 로저 프라이의 집을 찾아갔고 그곳에서 퀘이커 교도인 그의 누이에게 극진한 대접을 받았다. 레이디 오톨린 모렐의 집도 방문해서 많은 사람을 만났다. 물론 클라이브 벨의 집에도 갔었다. 우리는 늘 여기저기 돌아다녔으며, 쇼핑도 하고, 물건을 주문하기도 했다. 나는 그때 구입했던 가방과 보석함을 아직도 가지고 있다. 이루 말할 수 없을 정도로 즐거운 시간을 보냈다. 그리고 존 레인도 자주 만나러 갔다. 실은 일요일 오후마다 그의 집으로 가서 차를 마시기로 되어 있었고 거트루드 스타인은 그의 사무실에서 그와 면담을 몇 차례 갖기로 했다. 나는 레인이 운영하던 출판사인 보들리 헤드 근처 상점들에 어떤 물건이 있는지 속속들이 다 기억하고 있는데 거트루드 스타인이 그의 사무실에 있는 동안 별일이 없으면 모르겠지만 무슨 일이 있으면 밖에서 기다려야 했고 그럴 때면 상점을 돌아다니며 물건 구경을 했기 때문이다.

존 레인의 집에서 보낸 일요일 오후는 대단히 흥겹고 즐거운 시간이었다. 기억하기로는 우리가 처음 런던에 머물렀을 때 그 집에 두 번 갔던 것 같다.

존 레인은 우리에 대해 대단히 관심이 많았다. 그의 아내는 보스턴 출신으로 아주 친절했다.

일요일 오후에 존 레인의 집에서 차를 마시는 일은 참으로 별난 경험이었다. 존 레인은 『세 인생』과 『메이블 도지의 초상』을 갖고 있었다. 그런데 그 책을 누구에게는 보여주고 누구에게는 보여주지 않는 식으로 사람을 선별했는데 왜 그러는지 이유를 아무도 몰랐다. 또한 책을 보여줘도 절대로 읽어보지 못하게 했다. 누구에게 책을 보여줘도 그 사람 손에 쥐여주었다가는 얼른 다시 빼앗으며 들릴 듯 말 듯한 목소리로 거트루드 스타인이 자기 집에 와 있다고 했다. 사람들을 서로 소개해주는 일도 없었다. 이따금 거트루드 스타인을 이 방 저 방 데리고 다니며 갖가지 사진을 보여주었는데, 각 시대별 영국 학교의 모습을 찍은 묘한 사진이었고, 그중 몇몇은 아주 재미있는 것이기는 했다. 간혹 사진을 어떻게 손에 넣게 되었는지도 들려주었다. 하지만 사진에 관해서는 전혀 아무 말도 하지 않았다. 그는 또 그녀에게 비어즐리*가 그린 수많은 삽화를 보여주기도 했으며 둘이서 파리에 관한 이야기를 나누기도 했다.

두번째 일요일에 존 레인은 거트루드 스타인에게 보들리 헤드 출판사로 다시 찾아와줬으면 좋겠다고 했다. 그렇게 해서 그의 사무실에서 면담이 길게 이어졌다. 그는 자기 아내가 『세 인생』을 읽고 좋은 작품이라 높게 평가했다고 하면서 자신은 아내의 판단을 가장 신뢰한다고 말을 꺼냈다. 그러면서 거트루드 스타인에게 언제 다시 런던에 올 예정이냐고 물었다. 그녀는 아마 다시 오지 못할 것 같다고 대답했다. 그렇군요, 그가 아쉽다는 듯 말했다, 7월에 다시 오시면 우리 쪽에서 준비를 다 해놓고 기다릴 수 있을 것 같긴 한데. 그리고 그는 이렇게 덧붙였다, 어쩌면, 그래요 어쩌면 내가 이른봄에 파리에서 당신을 만날 수도 있을 것 같군요.

그리고 우리는 런던을 떠났다. 전반적인 상황을 고려했을 때 영국에서 우리는 행복하고 만족스러웠다. 매우 즐겁게 지낸데다 거트루드 스타인이 출판업자와 대화를 나눈 것도 그때가 처음이었기 때문이다.

밀드러드 올드리치가 종종 일단의 무리를 이끌고 토요일 저녁에 찾

---

* 영국 삽화가이자 작가로 퇴폐적이고 에로틱한 미학을 추구했다.

아오곤 했었다. 어느 날 저녁에 많은 사람이 그녀와 함께 찾아왔는데 그중 메이블 도지가 있었다. 그때 받은 그녀에 대한 인상이 아직도 기억난다.

그녀는 이마 위로 숱이 많아 억세 보이는 앞머리를 드리웠고 살이 통통하게 쪘으며 진하고 긴 속눈썹에 대단히 예쁜 눈을 가진 조금은 고풍스러운 요염함을 지닌 여자였다. 목소리는 사랑스러웠다. 그녀를 보자 내 젊은 시절의 영웅이었던 배우 조지아 케이밴이 떠올랐다. 아무튼 메이블 도지는 우리에게 피렌체로 와서 같이 시간을 보낼 수 없겠느냐고 물었다. 우리는 여름이면 늘 하던 대로 스페인에서 지내다가 가을이 되면 파리로 돌아올 예정인데 어쩌면 그다음에 갈 수 있을지 모르겠다고 했다. 우리가 여름이 지나 파리로 돌아왔을 때 빌라 쿠로니아로 와달라고 메이블 도지가 긴급하게 보낸 전보 몇 통이 와 있어서 우리는 그녀의 요청대로 피렌체로 갔다.

우리는 빌라 쿠로니아에서 매우 즐거운 시간을 보냈다. 우리는 에드윈 도지도 좋아했고 메이블 도지도 좋아했지만 그곳에서 만난 콘스턴스 플레처를 특히 좋아했다.

콘스턴스 플레처는 우리보다 하루 정도 더 늦게 도착했고 내가 역으로 그녀를 마중하러 나갔다. 메이블 도지는 그녀가 굉장히 몸집이 크며 풍성한 자주색 겉옷을 입고 있을 테고 귀가 안 들린다고 설명해주었다. 그런데 실상 만나보니 그녀는 초록색 옷을 걸치고 있었고 귀가 안 들리는 게 아니라 눈이 지독한 근시였으며, 굉장히 유쾌했다.

콘스턴스의 부모님은 로드아일랜드 뉴버리포트 출신으로 그곳에서 살았다. 에드윈 도지의 가족도 같은 마을 출신이라 두 집안은 끈끈한 유대관계를 맺고 있었던 터였다. 콘스턴스가 열두 살이었을 때 그녀 어머니가 남동생에게 영어를 가르치던 선생과 사랑에 빠지고 말았다. 콘스턴스는 어머니가 곧 가족을 버리고 떠나리라는 사실을 알고 있었다. 그래서 그녀는 일주일 동안 침대에 누워 울었고 결국에는 어머니와 장차 의붓아버지가 될 사람을 따라 이탈리아로 떠났다. 영국인이었던 의붓아버지의 열정으로 자연히 콘스턴스도 영국 여자로 자라게 되었다. 그녀의 의붓아버지는 이탈리아에 거주하는 영국인들 사이에서는 이름깨나 날리던 화가였다.

콘스턴스 플레처는 열여덟 살에 『숙명』이라는 제목의 베스트셀러 작품을 썼으며 바이런의 후손인 러블레이스 경과 약혼했다.

그러나 콘스턴스는 결혼하지 않고 그 이후 쭉 이탈리아에서 살았다. 그러다 베네치아에 영구적으로 정착했다. 물론 그녀의 부모가 사망한 뒤의 일이었다. 젊은 시절에 그녀가 쓴 「로마의 호아킨 밀러」라는 글을 캘리포니아 사람인 나는 늘 좋아했었다.

이제는 나이가 들어 비교적 늙은 축에 속했지만 그래도 콘스턴스는 매력적이고 인상적이었다. 자수 바느질을 좋아하는 나는 화관을 자수 놓는 그녀의 솜씨에 반하고 말았다. 그녀는 리넨에 미리 도안을 그려넣지 않고 그저 천을 양손으로 잡고는, 이따금 한쪽 눈에 갖다대며 수를 놓았는데, 그러다보면 마침내 화관 모양이 천에 나타났다. 그리고 그녀는 유령 이야기를 좋아했다. 메이블은 빌라 쿠로니아에도 유령이 둘 나타난다며 그녀 나름의 대단히 효과적인 연상 방식으로 유령 이야기를 해서 자기 집에 찾아오는 미국인들을 놀라게 하고 겁먹게 하기를 즐겨했다. 한번은 그녀가 조 데이비슨과 이본 데이비슨 부부, 플로렌스 브래들리,* 메리 푸트** 및 그 밖에 많은 사람을 초대하여 파티를 열고는 그들 모두를 공포에 몰아넣은 적도 있었다. 그리고 그때 효과를 극대화하려는 의도에서 그 동네 사제를 불러들여 구마 의식을 치르기도 했다. 초대받은 손님들의 심정이 어떠했을지 상상해보라. 그러나 콘스턴스 플레처는 유령을 좋아했고 특히 둘 중 나중에 나타났다는 유령, 그 집에서 자살했다는 우수어린 표정에 생각에 잠겨 있는 어느 영어 가정교사 유령에 마음을 쏙 빼앗겼다.

어느 날 아침 나는 몸이 좀 어떠냐고 물어보기 위해 콘스턴스 플레처가 자고 있는 방으로 들어갔는데, 실은 간밤에 그녀의 상태가 썩 좋아 보이지 않았기 때문이었다.

나는 방안으로 들어가서 문을 닫았다. 몸집이 큰 콘스턴스 플레처가 창백한 얼굴로 빌라에 마련된 거대한 르네상스풍의 여러 침대 중 하나에 누워 있었다. 문 옆에는 대단히 커다란 르네상스풍 찬장이 있었다. 콘스턴스 플레처가 말했다, 멋지고 즐거운 밤을 보냈어요, 밤새 온화하고 상냥한 유령이랑 같이 있었으니까요, 실은 방금 전까지 같이 있다가 떠났거든요. 내 생각엔 아마 찬장 안으로 들어가지 않았나 싶은데, 그 찬장 문 좀 열어주실래요. 나는 그렇게 했다. 거기 있죠, 콘스턴스 플레처가 물었다. 나는 아무것도 보이지 않는다고 대답했다. 아 알겠어요, 콘스턴스 플레처의 말이었다.

우리는 즐거운 시간을 보냈고 그러는 사이 거트루드 스타인은 『메이블 도지의 초상』을 썼다. 콘스턴스 플레처의 초상도 썼는데 그 글은 나

---

* 미국 화가이자 배우.
** 미국 화가.

중에 『지리와 희곡』에 들어가게 되었다. 여러 해가 지나고 전쟁이 끝난 다음에 나는 런던에서 이디스 시트웰*이 거트루드 스타인을 위해 주선한 파티에서 시그프리드 서순**을 만난 적이 있었다. 그는 거트루드 스타인의 『지리와 희곡』에 수록된 콘스턴스 플레처의 초상을 읽었다고 말을 꺼낸 뒤 그 글로 인해 자기가 처음으로 거트루드 스타인의 작품에 관심을 가지게 되었다고 말했다. 그러면서 그가 덧붙였다, 혹시 콘스턴스 플레처를 잘 아시면 그녀의 놀라운 목소리에 대해서 말씀해주실 수 있습니까. 나는 이게 무슨 소린가 호기심이 생겨 이렇게 말했다, 그럼 그녀를 모르시는 모양이죠. 모릅니다, 그가 말했다, 본 적은 없지만 그녀가 제 인생을 망쳤답니다. 아니 어떻게, 나는 놀라서 물었다. 왜냐하면, 그가 대답했다, 그 여자 때문에 제 어머니와 아버지가 헤어졌거든요.***

콘스턴스 플레처에게는 대단히 큰 성공을 거둔 희곡 한 편이 있는데 〈초록색 양말〉이라는 제목의 그 연극은 런던에서 장기 공연될 정도로 인기가 있었지만, 그녀의 실제 삶은 이탈리아에 있었다. 그녀는 이탈리아인들보다 더 이탈리아인이 되었다. 물론 그녀가 의붓아버지를 존경하여 영국인으로 성장했지만 실제로 그녀의 마음을 사로잡은 것은 마키아벨리가 말하는 권모술수였다. 그래서 그녀는 이탈리아인보다 더 이탈리아적인 방식으로 교묘하게 술책을 부릴 수 있을 뿐 아니라 유

---

* 영국 시인이자 비평가. 그녀의 집은 런던 시인들이 자주 드나드는 장소였다.
** 영국 시인이자 소설가로 제1차세계대전중 서부전선에서 장교로 복무하면서 전쟁시를 썼다.
*** 서순의 아버지 앨프리드 서순이 콘스턴스 플레처의 초기 소설을 후원했는데, 그가 플레처에게 매료되는 바람에 아내와 헤어지게 되었다고 한다.

감없이 잔재주를 발휘하는 사람이 되면서 여러 해 동안 베네치아에서 영국인들뿐 아니라 이탈리아인들 사이를 휘젓고 다녔던 것이다.

우리가 빌라 쿠로니아에 있는 동안 앙드레 지드가 찾아온 적이 있다. 그날 저녁은 정말 따분했다. 뮤리엘 드레이퍼*와 폴 드레이퍼**를 처음 만났을 때도 그즈음이었다. 거트루드 스타인은 언제든 폴을 반기고 그를 대단히 좋아했다. 그의 미국적인 열정, 모든 것을 흥겨운 목소리로 인간적으로 설명하려는 태도를 기쁜 마음으로 받아들였다. 폴은 서부에서 온갖 모험을 다 겪었는데 이런 그의 경험이 두 사람 사이를 이어주는 또다른 계기이기도 했다. 폴 드레이퍼가 런던으로 돌아간 뒤 메이블 도지는 "진주 없어짐 시중들던 사람 의심스러움"이라고 적힌 전보 한 통을 받았다. 너무 당황한 나머지 어쩔 줄 몰라하던 메이블이 거트루드 스타인에게 어떻게 하면 좋겠느냐고 물었다. 왜 잠자는 사람을 깨우고 그래요, 거트루드 스타인이 귀찮다는 듯 말했다, 그냥 가만히 있어요. 그러다 그녀가 벌떡 일어나 앉더니 말했다, 그거참 재미있는 말이군요, 시중들던 사람 의심스러움, 흥미로운 말이네요, 그런데 그 시중들던 사람이 누군지. 그러자 메이블은 지난번에 빌라에 도둑이 들었을 때 경찰이 어느 누구도 혐의자로 특정할 수 없어 더이상 수사할 수 없다고 했기에 이번에 폴이 그런 복잡한 상황을 피하기 위해 시중들던 하인을 의심하고 있는 거라고 설명했다. 이렇게 메이블이 설명하는 동안 전보가 또 왔는데, "진주 찾았음"이라는 내용이었다. 시중들

---

* 미국 작가이자 여성운동가.
** 뮤리엘의 남편으로 스타인이 말하길 허황된 이야기를 즐겨하는 미국 서부 출신 사람 중 하나.

던 사람이 진주를 옷 칼라를 보관하는 상자 속에 집어넣었던 것이다.

하바이스*도 나중에 미나 로이**로 알려지게 되는 그의 아내와 함께 피렌체에 있었다. 그들은 일꾼을 불러들여 집을 수리하는 중이라 집안이 엉망진창이라고 했지만 우리에게 맛있는 점심을 대접하기 위해 잘 정리해두었다. 하바이스와 미나는 아주 일찍부터 거트루드 스타인의 작품에 관심이 많던 사람들 축에 속했다. 특히 하바이스는 『미국인의 형성』 원고를 읽고 진작부터 그녀 작품에 푹 빠져 있었다고 했다. 그럼에도 그는 쉼표는 좀 찍어야 하는 게 아니냐고 주장했다. 거트루드 스타인은 쉼표는 필요하지 않다고, 의미는 본질적인 것이라 쉼표로 설명되어서는 안 되며 어떻게 보면 쉼표는 잠시 쉬며 숨을 쉬어야 한다는 표시에 불과한 것으로 사람들이 언제 멈춰서 숨을 쉬어야 하는지는 스스로가 알고 있어야 한다고 말했다. 그러나 스타인이 하바이스를 대단히 좋아했고 그가 팬으로서 주는 선물이라며 멋진 그림도 한 점 주었기 때문에, 그녀는 하바이스를 위해 자기 원고에 쉼표 두 개를 찍어주었다. 여기에 덧붙일 말은 나중에 스타인이 원고를 다시 읽으면서 붙였던 쉼표 두 개를 다시 빼버렸다는 것이다.

마찬가지로 거트루드 스타인의 작품에 관심이 많았던 미나 로이는 쉼표가 없어도 글을 이해할 수 있었다. 그녀는 언제나 이해할 수 있는 능력을 갖춘 사람이었다.

거트루드 스타인이 『메이블 도지의 초상』을 완성하자 메이블 도지는 당장 그 글을 책으로 찍어내고 싶었다. 그래서 멋진 무늬가 들어간

---

* 영국 화가이자 사진작가.
** 영국 태생 시인이자 극작가이며 소설가.

피렌체 종이로 장정해 삼백 부를 찍었다. 콘스턴스 플레처가 교정지를 수정했고 우리 모두는 너무 신나서 어쩔 줄 몰랐다. 메이블 도지가 문득 떠오른 생각이라며 거트루드 스타인이 이 집 저 집 초대를 받아 가서 그 집 사람들의 초상을 써주고 나중에 미국 백만장자들의 초상을 써준다면 굉장히 신나고 돈도 많이 버는 일이 되지 않겠느냐고 했다. 그 말을 듣고 거트루드 스타인은 웃음을 터뜨렸다. 그리고 얼마 뒤 우리는 파리로 돌아왔다.

거트루드 스타인이 희곡을 쓰기 시작한 것이 그해 겨울이었다. 극작의 시작은 『그렇게 됐어요』라는 제목의 희곡이었다. 해리 기브와 브리짓 기브 부부가 주선한 디너파티를 다루었다. 그다음에 그녀는 『숙녀들의 목소리』라는 희곡도 썼다. 희곡을 쓰는 일에 대한 그녀의 관심과 흥미가 지금도 계속 이어지고 있다. 그녀는 풍경이 전쟁터나 연극에서 너무나 자연스럽게 배경이 되기 때문에 당연히 극을 써야 한다고 말한다.

메이블 도지의 친구인 플로렌스 브래들리가 그해 겨울을 파리에서 보내고 있었다. 이미 무대 경험이 있었던 그녀는 예전부터 소극장 무대에 작품을 올리고 싶은 마음이 컸던 모양이었다. 그래서인지 그녀는 거트루드 스타인의 희곡들을 무대에 올리는 일에 진지한 관심을 보였다. 그 시기에 디무스*도 파리에 있었다. 그때 그는 사실 그림보다는 글에 관심이 많았고 특히 거트루드 스타인의 희곡작품에 흥미를 느꼈다. 그와 플로렌스 브래들리는 함께 있을 때면 언제나 그 작품들에 관한 이야기를 나누곤 했다.

---

* 수채화와 유화를 주로 그린 미국 화가로 정밀주의 화풍을 발전시켰다.

그후로 거트루드 스타인은 디무스를 만난 적이 없다. 그가 그림을 그리고 있다는 소식을 처음 들었을 때 거트루드 스타인은 대단히 큰 관심을 보였다. 이 두 사람이 편지를 주고받지는 않았지만 그래도 둘 다 잘 아는 친구들 편에 서로의 소식을 전하곤 했다. 디무스는 항상 언젠가는 자기 마음에 쏙 드는 작은 그림을 그려 그녀에게 보내주겠다는 전갈을 보내곤 했다. 그리고 많은 세월이 지난 뒤, 지금으로부터 이 년 전 우리가 집을 비운 사이에 누군가가 플뢰뤼스가 우리집에 작은 그림 한 점을 놓고 갔는데 디무스가 거트루드 스타인에게 주려고 그렸다는 내용의 쪽지가 함께 있었다. 뛰어나게 잘 그린 작은 풍경화였는데 지붕과 창문들을 어찌나 세밀하고 미묘하게 표현했는지 호손이나 헨리 제임스의 작품에 나오는 지붕이나 창문 못지않게 기이하면서도 생생한 느낌을 주었다.

메이블 도지가 미국으로 건너간 것이 그 일이 있고 얼마 지나지 않아서였고 그 겨울은 일반 대중이 처음으로 당대의 미술작품들을 구경할 수 있는 기회를 갖게 된 아머리 쇼*가 열린 때이기도 했다. 마르셀 뒤샹의 〈계단을 내려오는 누드〉가 대중에게 선보인 곳이 바로 그 전람회였다.

피카비아와 거트루드 스타인이 만난 것도 그즈음이었다. 저녁식사 초대를 받아 피카비아의 집에 갔던 기억이 나는데 정말 즐거운 자리였

---

* Armoury Show. 1913년 2월 뉴욕 제69연대의 병기고에서 미국 화가 및 조각가 협회 주관으로 개최된 국제 현대미술 전람회. 야수파와 입체파를 비롯한 유럽 아방가르드 미술의 실험적 화풍의 그림을 전시하여 미국 미술계에 충격을 안겨주었으며 미국 화가들이 독창적으로 자기 실험을 할 수 있도록 하는 계기가 되었다.

으며, 가브리엘 피카비아*는 생기가 넘치고 대단히 쾌활했고, 피카비아는 좀 어두웠지만 그래도 활기에 넘쳤으며, 마르셀 뒤샹은 노르만족 출신 젊은 십자군 기사와 같은 모습이었다.

전쟁 초기에 뉴욕에 갔던 마르셀 뒤샹이 그곳에서 얼마나 큰 열광을 불러일으켰는지 나는 아주 잘 알고 있다. 그의 형제 중 하나는 전쟁중에 입은 부상 후유증으로 얼마 전 사망했고, 또다른 형제는 아직 전선에 있었는데 정작 그 자신은 군복무 부적합 판정으로 입대할 수가 없었다. 큰 절망에 빠진 그는 미국으로 갔다. 그런데 모든 미국인이 그를 사랑으로 반겨주었다. 미국인들이 얼마나 그를 좋아했던지 미국 사람이 파리에 오면 제일 먼저, 마르셀은 잘 있습니까 하고 묻는다는 농담 아닌 농담이 파리에 퍼져 있을 정도였다. 전쟁이 끝난 직후, 언젠가 한번 거트루드 스타인이 브라크를 만나러 간 적이 있었는데, 어쩌다보니 그의 화실에 미국 젊은이 셋이 있었고, 아무튼 그 화실에 들어서자마자 거트루드 스타인이 브라크에게 마르셀은 잘 있죠 하고 안부를 물었다. 그러자 그 미국 젊은이들이 단숨에 바로 그녀에게 몰려가 다짜고짜 질문을 던졌다, 마르셀을 만난 적이 있나요. 그녀로서는 웃음이 나올 수밖에 없었지만, 미국인들이 이 세상에 마르셀이 단 한 명만 있다고 믿고 있는 어쩔 수 없는 사정을 잘 이해하고 있던 터라, 그들에게 브라크의 아내 이름이 마르셀이고 좀전에 바로 그 마르셀 브라크의 안부를 물은 것이라고 알려주었다.

그 시절에 피카비아와 거트루드 스타인은 그렇게 좋은 친구가 되지

---

* 프랑스 미술비평가이자 작가. 프랑시스 피카비아의 첫번째 아내로 레지스탕스 조직원 활동도 했다.

못했다. 그는 계속 주절주절 떠들어대며 그녀가 뒤늦게 찾아온 사춘기의 무례함이라고 부르는 저속한 행동을 하여 짜증나게 만들었던 것이다. 그런데 참 묘하게도 바로 작년에 이 두 사람이 서로를 굉장히 좋아하기 시작했다. 그녀는 피카비아의 소묘와 작품에 무척 관심이 많아졌다. 작년에 있었던 그의 전시회를 시작으로 둘의 관계가 변했던 것이다. 이제 거트루드 스타인은 피카비아가 어떤 의미에서는 화가로서의 재능을 지니고 있지 못하지만 그래도 지금까지도 그랬고 앞으로도 어느 시대든 상관없이 엄청난 가치를 지닌 나름의 아이디어는 가지고 있다고 확신한다. 그녀는 그를 그 사조의 레오나르도 다빈치라고 부른다. 그 말이 맞는데, 그는 모든 것을 이해하고 창안하고 발명해내는 사람이기 때문이다.

아머리 쇼가 열린 겨울이 지나가자마자 메이블 도지는 유럽으로 다시 돌아오면서 자크에밀 블랑슈가 그녀의 소장품이라 부른 온갖 부류의 젊은이들을 데리고 왔다. 그 가운데 칼 밴 베천, 로버트 존스* 그리고 존 리드**가 있었다. 칼 밴 베천은 메이블 도지와 함께 플뢰뤼스가를 찾아왔던 것은 아니다. 그는 나중에 봄에 혼자 찾아왔다. 나머지 두 사람은 메이블과 함께 왔다. 그들 모두가 찾아왔던 날 저녁이 기억난다. 피카소도 있었다. 피카소는 존 리드를 곱지 않은 시선으로 바라보며 말했다, *브라크와 같은 종류의 사람인데 재미는 훨씬 없군*, 브라크와 같은 부류인 것 같은데 훨씬 재미없는 사람이구먼. 존 리드가 스페

---

* 미국 무대, 의상 디자이너.
** 미국 시인이자 모험가이며 진보 저널리스트. 1913년 메이블과 함께 파리로 돌아온 뒤 그녀가 빌라 쿠로니아로 돌아가기 전까지 그녀와 연인관계였다.

인 여행을 했다며 들려준 이야기가 기억난다. 그는 스페인에서 정말 별난 광경을 많이 봤다며, 살라망카 거리에서 사람들에게 쫓기는 마녀들을 본 적도 있다고 했다. 스페인에서 여러 달을 지낸 경험이 있는 나는 고작 몇 주 동안 스페인 여행을 하고 신나게 떠들어대는 그의 이야기를 좋아하지도 않았고 믿지도 않았다.

로버트 존스는 거트루드 스타인의 모습에서 대단히 좋은 인상을 받은 모양이었다. 그는 그녀를 황금색 의상으로 치장하고 싶다고 하면서 당장 그 자리에서 옷을 디자인하고 싶다고 했다. 하지만 거트루드 스타인은 그의 말을 시답지 않게 여겼다.

우리가 런던의 존 레인의 집에서 만났던 사람들 가운데 고든 케인과 그녀의 남편이 있다. 배서대학을 다녔던 고든 케인은 여행할 때마다 하프를 가지고 다니며 연주하고, 호텔방에 들어서면 설혹 단 하룻밤을 묵는다 해도 방안의 가구를 자기 뜻대로 전부 재배치하는 여자였다. 키가 크고, 머리카락이 장밋빛으로 빛나는 그녀는 참 잘생긴 외모를 지녔다. 그녀의 남편은 유머가 넘치는 영국 유명 작가로 존 레인이 관리하는 작가였다. 그때 런던에서 케인 부부가 우리를 너무 즐겁게 환대해주었기 때문에 그들이 파리에 온 첫날 밤에 우리는 식사를 대접하고 싶다고 했다. 같이 식사를 하던 날 무슨 일이 있었는지는 잘 모르지만 아무튼 엘렌이 정말 맛없는 요리를 내놓았던 것으로 기억한다. 사실 오랜 세월 우리 뒷바라지를 해준 엘렌이 우리를 실망시킨 것은 딱 두 번이었다. 케인 부부를 대접했을 때와 두 주쯤 후에 칼 밴 베천이 왔을 때다. 밴 베천이 왔을 때 역시 엘렌은 이상한 요리를 했는데, 저녁식사가 갖가지 전채 요리로만 마련되었던 것이다. 하지만 그건 나중에 벌어진 일이다.

　아무튼 저녁식사를 하는 중에 미시즈 케인은 집주인 동의도 구하지 않고 자기 마음대로 아주 친한 친구이자 대학 동창인 미시즈 밴 베천을 식사 후에 오라고 했다며 미시즈 밴 베천이 너무 우울하고 불행한데 그녀가 거트루드 스타인이라면 틀림없이 자기 인생에 도움이 될 만한 좋은 기운을 줄 것 같다며 몹시 만나고 싶어하기 때문이라고 했다. 그 말을 듣고 거트루드 스타인은 밴 베천이란 이름을 들은 기억은 어렴풋이 나지만 누군지 정확하게는 모른다고 했다. 그녀는 사람 이름을 잘 기억하지 못하는 편이었다. 어쨌든 미시즈 밴 베천이 왔다. 그녀는 미시즈 케인처럼 굉장히 키가 컸는데, 키 큰 여자들은 너나 할 것 없이 죄다 배서대학에 들어가는 게 아닌가 싶었고, 그녀 역시 아름다웠다. 미시즈 밴 베천이 결혼생활이 끔찍했다며 이런저런 이야기를 늘어놓았지만 거트루드 스타인은 딱히 별 관심을 보이지 않았다.

　플로렌스 브래들리가 〈봄의 제전〉* 두번째 공연을 같이 보러 가자고 한 것은 그로부터 약 일주일 뒤였다. 러시아 발레단의 초연이 있었는데 그 공연이 엄청난 소동을 불러일으켰다. 파리 전체가 흥분에 휩싸인 듯했다. 플로렌스 브래들리는 칸막이가 있는 4인용 특별 좌석으로 표 세 장을 구해, 우리더러 같이 가자고 했다. 그러는 동안 뉴욕의 젊은 저널리스트인 칼 밴 베천을 소개하는 메이블 도지의 편지가 도착했다. 거트루드 스타인은 돌아오는 토요일 저녁에 같이 식사하자고 그를 초대했다.

---

* 러시아 작곡가 스트라빈스키의 음악에 맞춰 공연되는 이 작품은 1913년 5월 29일 파리에서 초연되었다.

우리는 러시아 발레를 보기 위해 일찍 집을 나섰다. 당시는 위대한 무용수인 니진스키와 함께하는 러시아 발레가 큰 인기를 누리던 초기였다. 니진스키는 정말 뛰어난 발레 무용수였다. 무용은 나를 엄청나게 흥분시키는 예술이며 내가 아주 잘 알고 있는 분야이기도 한데 그동안 내가 본 아주 위대한 무용수는 세 사람이었다. 내가 생각하는 천재들은 세 명인 경향이 있는 듯한데, 내가 잘못 꼽은 게 아니라 우연히도 사실이다. 내가 그동안 본 진정 위대한 무용수 세 명은 바로 라 아르헨티나, 이사도라 던컨 그리고 니진스키다. 내가 알고 있는 세 명의 천재*와 마찬가지로 이 천재 무용수들도 국적이 서로 다르다.

특별석에 들어선 우리는 좌석 하나는 남겨두고 앞에 있는 세 자리에 앉았다. 바로 우리 앞 아래쪽 좌석에 기욤 아폴리네르가 있었다. 연미복을 입은 그는 중요한 인사인 듯 보이는 여러 숙녀의 손에 열심히 입을 맞추고 있었다. 연미복을 입고 손에 입을 맞추면서 위대한 세계 속으로 진입하는 최초의 사람이었다. 그런 모습을 보고 있자니 매우 재미있고 즐거웠다. 그런 식으로 행동하는 그의 모습을 본 것이 그때가 처음이었다. 물론 전쟁이 끝난 뒤에는 사람들이 모두 그런 식으로 행동했지만 전쟁 전에는 그가 유일했다.

공연이 시작되기 직전 우리가 앉아 있던 특별석의 네번째 자리에 사람이 앉았다. 누군가 싶어 돌아보니 키가 크고 몸매가 좋은 젊은 남자였는데, 네덜란드인이거나, 아니면 스칸디나비아 사람 혹은 미국인일 것 같은 그는 앞면 전체에 작은 주름을 촘촘하게 잡은 부드러운 이브

---

* 1장 마지막 부분에서 언급한 거트루드 스타인, 파블로 피카소, 앨프리드 화이트헤드를 말한다.

닝 셔츠를 입고 있었다. 우리는 사람들이 그런 식의 이브닝 셔츠를 입고 다닌다는 얘길 들어본 적이 없어서 매우 인상적인 복장이라고 생각했다. 그래서 그날 저녁 집으로 돌아왔을 때 거트루드 스타인은 「한 남자의 초상」이라는 제목으로 그 미지의 사람에 관한 초상을 썼다.

공연이 시작되었다. 무대가 오르자마자 격앙과 열광이 뒤섞이며 분위기가 달아올랐다. 지금이야 너무 잘 알려져서 전혀 특이하거나 별난 것도 없는, 색상이 화려한 배경의 무대가 나타나자 프랑스 관객들은 격분에 휩싸였다. 음악이 연주되고 춤이 시작되는가 싶더니 바로 관객들이 쉭쉭거리며 야유하기 시작했다. 곧 이어서 옹호자들이 박수를 치며 환호하는 소리가 들렸다. 우리는 음악 연주를 하나도 들을 수 없었는데, 말이 나왔으니까 하는 얘기지만 내가 〈봄의 제전〉 공연을 본 것이 그때가 처음이고 그뒤로 본 적이 없었고, 말 그대로 공연 내내 음악소리를 한 가락도 듣지 못했기 때문에, 나는 〈봄의 제전〉의 음악을 전혀 모르는 신세가 되고 말았다. 그나마 눈으로 볼 수 있었던 무용은 참으로 멋졌는데 우리 옆 박스석에 앉아 있던 남자가 지팡이를 공중으로 마구 휘두르다가, 그 사람 옆자리에서 열심히 공연을 보던 사람과 심한 언쟁을 벌이게 되고, 급기야 그가 언쟁을 벌이던 상대가 규정을 무시하고 쓰고 있던 오페라 모자를 지팡이로 내리쳐 부수고 마는 일이 벌어지는 바람에 제대로 집중할 수가 없었다. 정말 믿기 어려울 정도로 험악한 분위기였다.

그다음 토요일 저녁엔 칼 밴 베천이 와서 같이 저녁을 먹기로 되어 있었다. 그날 그가 왔는데 젊은 사람인 그는 발레 공연장에서 본 남자가 입었던 것과 똑같이 주름 장식이 많은 부드러운 이브닝 셔츠를 입고 있었다. 당연히 그가 바로 미시즈 밴 베천의 비극적 이야기에 등장하는 주인공 혹은 악당이었다.

앞서 얘기했듯이 엘렌은 그녀 인생에서 두번째로 대단히 형편없는 음식을 내놓았다. 무슨 이유인지 물론 그녀 자신은 잘 알고 있겠지만 아무튼 그녀는 전채 요리를 계속 내오더니 마지막에는 달짝지근한 오믈렛을 내놓았다. 거트루드 스타인은 칼 밴 베천의 과거 삶에 관해 자신이 알고 있는 이야기를 이따금 툭툭 던지면서 그를 놀리기 시작했다. 당연히 밴 베천은 당황할 수밖에 없었다. 묘하게 재미있는 저녁이었다.

이후로 거트루드 스타인과 칼 밴 베천은 단짝 친구가 되었다.

칼 밴 베천은 앨런과 루이스 노튼에게 거트루드 스타인의 작품에 관심을 갖도록 하고 그들을 부추겨 그들이 창간한 〈로그〉라는 소잡지에 수록된 거트루드 스타인의 글 가운데 첫번째인 갤러리 라파예트에 관한 글을 싣도록 한 사람이었다. 지금은 폐간되어 찾아보기 힘든 그 잡지의 다른 호에, 칼 밴 베천은 거트루드 스타인의 작품에 관한 짧은 에세이를 게재하기도 했다. 또한 자신의 초기 저서에 거트루드 스타인이 메모지에 쓴 "장미는 장미고 장미는 장미다"*라는 문구를 무슨 신조처럼 인쇄해넣기도 했다. 최근 거트루드 스타인은 그를 위해 벨리의 산자락 아래에 있는 도공을 시켜 그 지역 황토로 접시 몇 개를 만들어 그 테두리를 따라 "장미는 장미고 장미는 장미다"라는 표현을 새기고 접시 한가운데에는 그의 이름 '칼'을 집어넣었다.

---

* 스타인이 1913년에 써서 1922년에 발표한 「신성한 에밀리」라는 시에 나오는 구절이다. 장미라는 개념이 닳고 닳아 본래의 의미가 퇴색되어버려 단어의 본래적인 의미와 정서를 환기시키기 위한 표현으로 알려져 있다.

늘 언제든 칼 밴 베천은 대중에게 거트루드 스타인의 이름과 그녀의 작품을 알리려고 애썼다. 그의 이름이 널리 알려지고 나서 사람들이 그에게 올해의 가장 중요한 작품으로 무엇을 꼽겠느냐고 물었을 때 그는 거트루드 스타인의 『세 인생』이라고 대답했다. 거트루드 스타인에 대한 그의 충심과 그녀의 작품을 알리려는 노력은 한결같았다. 그가 『미국인의 형성』을 출판하도록 크노프 출판사를 설득했는데 거의 일이 성사되는가 싶다가 출판사측에서 결정을 내리지 못하는 바람에 무산된 적도 있었다.

"장미는 장미고 장미는 장미다"라는 기발한 표현에 관한 말이 나왔으니 하는 말이지만, 거트루드 스타인의 어느 원고에서 그 표현을 발견하여 그것을 편지지에, 테이블보나 그녀가 허락하는 모든 곳에 도안으로 집어넣자고 주장한 사람이 바로 나였고 내가 나서서 그렇게 해주겠다고 했다. 당시 그렇게까지 한 것이 지금도 나로서는 대단히 뿌듯하다.

어쨌든 칼 밴 베천은 그 시기에 자기가 생각하기에 거트루드 스타인을 기쁘게 해주고 도와줄 수 있다고 판단되는 사람들에게 소개 편지 보내는 일을 습관처럼 즐겁게 했다. 그리고 대단한 사리판단으로 사람을 골라 편지를 보낸 덕분에 거트루드 스타인은 그의 주선으로 만나는 사람을 모두 좋아했다.

그렇게 해서 만난 사람들 가운데 그녀가 제일 처음 좋아한 이가 에이버리 호프우드*였는데 어쩌면 그녀가 가장 많이 좋아한 사람이었을지도 모른다. 두 사람의 우정은 몇 년 전 에이버리가 죽을 때까지 계속되었다. 에이버리는 파리에 오면 항상 거트루드 스타인과 나에게 같이 식사하자고 요청했다. 우리 세 사람이 같이 식사하는 일은 사실 서로를 알기 시작한 초기부터 관례처럼 굳어진 일이었다. 거트루드 스타인은 외식을 그다지 좋아하지 않는 편이었지만 에이버리의 요청은 한 번도 거절한 적이 없었다. 그렇게 외식을 할 때마다 그는 식사 테이블을 꽃으로 아름답게 장식하고 메뉴도 대단히 엄선해서 준비했다. 그는 프티 블뢰**라고 하는 작은 전보를 끊임없이 보내 식사자리를 주선했으며, 같이 식사를 하는 동안 우리는 늘 즐겁게 시간을 보냈다. 그 시절 여린 노란빛 머리카락을 한쪽으로 살짝 기울인 그의 모습은 양을 닮았었다. 그뒤 거트루드 스타인이 그에게 얘기를 할 때 가끔 그 양의 모습이 늑대로 변하곤 했었다. 내가 알기로 그럴 때면 거트루드 스타인이 이렇게 말했던 것 같다, 제발 에이버리. 두 사람은 서로 아주 좋아하는 사이였다. 에이버리가 세상을 뜨기 얼마 전 찾아와서 저녁식사를 대접하는 대신 다른 것을 주고 싶습니다, 이렇게 말하고는 덧붙였다, 어쩌면 그림을 한 점 줄 수 있을 것 같기도 합니다만. 거트루드 스타인은 웃으면서 말했다, 괜찮아요, 그러고는 그에게 말했다, 에이버리, 언제든 우리집에 와서 같이 차 한잔 하면 돼요. 그러자 그는 앞으로는 식사를 하자는 프티 블뢰 말고도 언제 오후에 차 한잔 하러 오겠다는 프티 블뢰도 보내겠다고 했다. 한번은 그가 거트루드 애서턴***과 함께 찾아온 적이 있었다. 그때 그는 아주 부드러운 목소리로 이렇게 말했다, 내가 너무도 사

---

* 미국 재즈시대 극작가.

** 프랑스 파리에서 종이를 반으로 접어 접힌 부분을 제외한 세 면을 고무풀로 봉해 튜브에 넣어 전하던 파란색 전보를 가리킨다.

*** 고향인 캘리포니아를 배경으로 하는 작품을 많이 쓴 미국 소설가.

랑하는 두 거트루드가 서로 알고 지냈으면 해서요. 그날은 어디 하나 흠잡을 데 없이 유쾌하고 즐거운 오후였다. 모두가 즐거워하고 기뻐했으며 캘리포니아 출신인 나는, 젊은 시절에 거트루드 애서턴을 우상처럼 생각했기 때문에 당연히 너무도 만족스러웠다.

우리가 에이버리를 마지막으로 보았을 때가 그가 마지막으로 파리에 왔을 때였다. 그때 여느 때와 다름없이 함께 식사를 했으면 한다는 전갈을 보내고 나서 우리를 데리러 온 그는 거트루드 스타인에게 말하길 실은 그녀에게 부탁할 일이 있어서 친구 몇몇도 초대했다고 했다. 그러면서 그는 말했다, 알고 있겠지만, 지금까지 나랑 같이 몽마르트르에 간 적이 한 번도 없는데 오늘 밤에 꼭 같이 가주길 절실히 원하고 있거든요. 몽마르트르가 나의 몽마르트르가 되기 전에 당신의 몽마르트르였다는 것은 물론 잘 알고 있지만 가줄 거죠. 그녀는 웃으면서 대답했다, 당연히 같이 가야죠 에이버리.

저녁식사를 마친 뒤 우리는 그와 함께 몽마르트르 언덕을 올랐다. 우리는 독특하고 특이한 곳을 찾아 많은 곳을 다녔으며 에이버리는 대단히 흡족해하고 즐거워했다. 장소를 옮길 때마다 우리는 택시를 타고 이동했고 에이버리 호프우드와 거트루드 스타인은 붙어다니며 길게 많은 이야기를 나누었는데 그렇게 마음을 터놓고 은밀한 이야기까지 다 하는 것으로 보아 그렇게 즐거운 시간을 보내는 것이 그때가 마지막일지 모른다는 불길한 예감을 했던 게 틀림없었다. 드디어 서로 헤어질 때가 되었을 때 그는 우리를 택시에 태우면서 거트루드 스타인에게 그날 저녁이 자기 인생에서 가장 즐거운 최고의 저녁 중 하나였다고 말했다. 다음날 그는 남쪽으로 떠났고 우리는 시골로 향했다. 얼마 지나지 않아 거트루드 스타인 앞으로 그녀를 다시 만나 얼마나 행복했는지 모른다는 내용으로 그가 보낸 엽서가 왔고 바로 그날 아침 〈헤럴드〉*에 그가 사망했다는 소식이 실렸다.

앨빈 랭던 코번**이 파리에 나타난 것은 1912년경이었다. 그는 특이한 미국인이었는데 마찬가지로 특이한 영국 여자인 자기 의붓어머니와 함께 찾아왔다. 앨빈 랭던 코번이 다양한 모습의 헨리 제임스 사진을 다 찍고 난 뒤였다. 저명한 남성들의 사진을 담은 책을 출간하고 난 뒤였던 그때 그는 이제는 저명한 여성들의 사진을 담은 책을 그 책의 짝으로 내고 싶어했다. 내 생각엔 거트루드 스타인에 관한 얘기를 그에게 들려준 사람이 로저 프라이가 아닌가 싶다. 어쨌든 그녀를 유명 인사로 생각하고 우리집에 찾아와 그녀 사진을 찍은 최초의 사진작가가 그였는데 거트루드 스타인은 대단히 만족해했다. 그는 거트루드 스타인을 찍은 멋진 사진을 그녀에게 주고는 사라졌는데 그후로 그녀가 사람들에게 종종 그의 소식을 물었지만 아무도 몰랐던 것 같다.

이렇게 해서 우리는 무난히 1914년 봄으로 들어서게 된다. 그해 봄이 시작되기 전 겨울 동안 집에 찾아왔던 사람들 가운데 버나드 베런슨의 의붓딸이 있었다. 그녀는 젊은 친구를 데려왔는데, 호프 멀리스***라는 그 친구는 우리가 여름에 영국에 오면 케임브리지에 꼭 들러 자

---

* 여기서 말하는 〈헤럴드〉는 1887년 〈뉴욕 헤럴드〉의 파리판으로 간행된 〈파리 헤럴드〉다. 6장 첫 부분에 언급되는 〈헤럴드〉 역시 〈파리 헤럴드〉를 가리킨다.
** 미국 사진작가. 앙리 마티스, 헨리 제임스, 마크 트웨인, 시어도어 루스벨트, W. B. 예이츠 등 유럽과 미국의 예술가, 작가, 정치인의 사진 33장을 담은 『저명한 남성들』을 출간했다.
*** 영국 시인이자 소설가이며 번역가.

기 가족과 함께 지내야 한다고 말했다. 우리는 그러겠다고 약속했다.

그 겨울에 거트루드 스타인의 오빠는 피렌체에 정착해서 살겠다고 결정을 내렸다. 그들은 공동으로 구입한 그림들을 나누기 시작했다. 거트루드 스타인은 세잔과 피카소의 그림을 갖고 오빠는 마티스와 르누아르의 그림을 갖기로 했는데, 다만 마티스의 〈모자를 쓴 여인〉은 거트루드의 몫으로 했다.

우리는 스튜디오와 작은 집을 오가는 작은 통로를 만들기로 계획을 세웠는데, 그러다보니 문 하나를 뜯어내고 통로에 회반죽을 발라야 했으며 화실은 새로 페인트칠을 하고 집은 도배를 새로 하고 전기도 끌어오자고 했다. 우리는 계획한 대로 하나하나 해나갔다. 6월 말에야 모든 일이 다 끝났는데 집이 아직 제대로 정리가 되지 않았을 때 거트루드 스타인이 존 레인이 보낸 편지를 받아서 내용을 보니 글쎄 편지를 받은 다음날 파리에 오는데 그녀를 만나러 오겠다는 것이었다.

우리는 땀을 뻘뻘 흘리며 열심히 일했고, 나와 관리인과 엘렌이 나서서 집 정리를 해서 손님 맞을 준비를 끝냈다.

존 레인은 윈덤 루이스가 편집한 〈블라스트〉* 첫 호를 가지고 와 거트루드 스타인에게 건네주며 그 잡지에 대한 그녀의 생각을 알고 싶다고 하더니 관련해서 글을 좀 써줄 수 있겠느냐고 물었다. 그녀는 잘 모르겠다고 대답했다.

그러자 존 레인은 자기가 『세 인생』을 다시 찍어내기로 거의 마음을 굳혔으니 7월 중에 런던에 올 수 있느냐고 묻고는 올 때 다른 원고가

---

* 소용돌이주의를 대표하는 문학잡지.

있으면 가져왔으면 한다고 말했다. 그녀는 그러겠다고 하고는 그때까지 다 완성한 초상을 한데 모아 책으로 내면 어떠냐고 제안했다. 『미국인의 형성』은 고려 대상에서 제외되었는데 작품이 너무 길다는 게 이유였다. 아무튼 일이 그렇게 마무리되었고 존 레인은 떠났다.

그즈음 쉴셰르가에서 우울하고 쓸쓸하게 살던 피카소가 좀더 멀리 떨어진 곳인 몽루즈로 이사하게 되었다. 그때가 그에게 불행한 시기였다고는 할 수 없지만 그래도 몽마르트르 시절 이후로는 스페인 사람 특유의 징징대듯 낄낄거리는 그의 웃음소리를 어느 누구도 듣지 못했다. 그의 친구들, 그 친구들 가운데 많은 사람, 그들이 피카소를 따라 몽파르나스로 갔지만 분위기는 예전 같지 않았다. 친했던 브라크와의 관계도 시들해지고 옛친구들 가운데 자주 만나는 사람은 기욤 아폴리네르와 거트루드 스타인뿐이었다. 피카소가 화가들이 사용하는 기존의 유화 물감 대신에 리폴린이라는 브랜드의 페인트를 사용하기 시작한 것도 그해부터였다.* 어느 날인가는 리폴린 페인트에 관해서 장황하게 설명한 적도 있었다. 그날 피카소는 진지한 목소리로 그 페인트를, *색상의 건강함*, 그러니까 그림의 건강을 위해 기본이 되는 페인트라고 말했다. 지금도 그렇지만 그 시절 그는 그림이든 뭐든 죄다 리폴린 페인트로 색칠했고, 그를 추종하는 많은 젊은 화가나 나이든 화가들도 그를 따라 하고 있다.

이 무렵 피카소는 종이, 그리고 주석을 비롯한 온갖 재료로 모형 조

---

* 미술사가들은 1912년경부터 그림을 빨리 그리고 싶어했던 피카소가 유화 물감 대신 페인트 회사인 리폴린에서 가정용으로 판매하던 에나멜 페인트를 사용한 것으로 추정한다. 리폴린 페인트는 유화 물감보다 건조가 빨랐다.

각도 만들고 있었는 데, 이런 종류의 작업이 훗날 그가 〈퍼레이드〉*의 유명한 무대를 설치하는 데 토대가 된 것이라 할 수 있다.

밀드러드 올드리치가 마른강변의 언덕 꼭대기 아파트로 은퇴 준비를 하고 있던 때도 바로 그 무렵이었다. 그녀 역시 불행했던 것은 아니지만 우울하고 슬픈 삶을 살고 있었다. 그녀는 그 봄날 저녁이면 종종 우리와 같이 택시를 타고 떠나는, 그녀가 말하는 우리의 마지막 드라이브를 원했다. 그녀는 부아소나드가에 있는 아파트 꼭대기 층에서 우리에게 작별인사를 건네다가 너무 자주 집 열쇠를 계단 중앙에 떨어뜨리곤 했다.

우리는 틈만 나면 밀드러드 올드리치와 함께 시골에 가 그녀가 살 집을 둘러보았다. 마침내 그녀는 시골집으로 들어갔다. 우리는 그곳에 가서 하루를 그녀와 함께 보냈다. 밀드러드는 불행하지는 않았지만 슬픈 기색이 역력했다. 커튼도 다 달고, 책도 정리하고, 모든 걸 다 깨끗이 정리했는데 이젠 뭘 할까, 밀드러드는 말했다. 나는 그녀에게 내가 아주 어릴 때, 우리 어머니 말에 따르면 내가 이젠 뭘 해야 해요, 항상 이렇게 말했다는데 지금은 뭘 해야 하나, 라고 바뀌었을 뿐이라고 말해주었다. 밀드러드는 우리가 런던으로 떠나면 여름 내내 우리를 보지 못하니 그게 가장 최악이라고 말했다. 우리는 런던에 가도 한 달만 묵을 것이고, 실제로 돌아오는 표도 구했으니, 반드시 돌아올 것이고, 돌아오자마자 만나러 올 테니 걱정하지 말라고 안심시켜주었다. 어쨌든 그

---

* 세르게이 댜길레프가 창단한 발레단 '발레 뤼스'가 1917년 5월 18일 파리의 샤틀레 극장에서 초연한 발레 작품. 레오니드 마신의 안무, 에리크 사티의 음악, 장 콕토의 시나리오, 그리고 피카소의 의상과 무대 디자인으로 이루어진 공연이었다.

녀는 드디어 거트루드 스타인이 책을 출판해줄 출판업자를 만나게 됐다며 좋아했다. 그러나 존 레인을 조심하라고, 그자는 교활한 여우라고 말했고, 우리는 그녀에게 키스를 하고 그녀 집을 나섰다.

엘렌은 플뢰뤼스가 27번지를 떠나야 했는데, 최근에 작업장에서 감독관으로 승진한 그녀 남편이 더이상 일하지 말고 집에서 살림만 하라며 다그쳤기 때문이었다.

간단히 말하면 1914년 봄과 초여름에 옛 삶이 끝나버린 것이다.

6장
전쟁

　전쟁이 발발하기 전에 유럽에 살고 있던 미국인들은 전쟁이 벌어지리라고는 전혀 생각하지도 못했고 믿지도 않았다. 거트루드 스타인은 지금도 늘 마당에서 놀던 건물 관리인의 어린 아들 얘기를 하는데, 그아이가 이 년에 한 번씩 꼭 자기 아버지가 전쟁에 참가할 거라고 말했다 한다. 예전에 거트루드 스타인의 사촌들이 파리에 살면서 시골 여자아이를 하녀로 둔 적이 있었다. 러일전쟁이 벌어지고 있었고 사람들 모두가 최신 소식에 귀를 기울이며 온통 그 얘기만 하고 있을 때였다. 그러던 어느 날 그 하녀가 잔뜩 겁에 질려 접시를 떨어뜨리며 비명을 질렀다, 대문 앞에 독일 사람들이 있어요.

　1914년 여름에 아이오와 출신으로 나이가 일흔이던 윌리엄 쿡의 아버지가 생전 처음 유럽 여행을 하고 있었다. 전쟁이 일어났다고 하자 그의 아버지는 도저히 믿을 수 없다며 가족 간에 싸우는 일, 즉 내전은 이해할 수 있지만 이웃하고 심각하게 맞붙으며 싸우는 일은 이해할 수 없다고 했다고 한다.

1913년과 1914년은 거트루드 스타인이 신문 읽는 일에 큰 재미를 붙이고 있을 때였다. 프랑스어로 된 것은 그게 무엇이든 절대 읽지 않았던 그녀는 당연히 프랑스 신문은 읽지 않았고, 늘 〈헤럴드〉만 손에 들고 있었다. 1914년으로 접어드는 겨울엔 〈데일리 메일〉*을 추가로 구독했다. 그 신문에서 그녀는 여성의 참정권을 주장하는 여성들에 관한 기사와 로버츠 경**이 영국에서 벌이고 있는 의무병역운동에 관한 기사를 즐겨 읽었다. 로버츠 경은 그녀가 어린 시절에 좋아했던 영웅 가운데 한 사람이었다. 그리고 그가 쓴 『인도에서 보낸 사십일 년』***은 그녀가 즐겨 읽었던 책이었으며 대학시절 방학을 이용해서 오빠와 함께 영국 에드워드 7세의 대관식 행렬을 구경했을 때, 로버츠 경을 직접 두 눈으로 본 적도 있었다. 그녀는 그렇게 〈데일리 메일〉의 기사를 즐겨 읽었지만, 그녀가 말하듯, 아일랜드 문제를 다룬 기사에는 별 관심이 없었다.

우리는 7월 5일에 영국으로 갔고 약속된 일정에 따라 일요일 오후에

* 중요 뉴스는 물론 연예기사를 좋아하는 독자를 겨냥하여 1896년에 창간된 영국의 타블로이드판 일간지.

** 영국 아일랜드계 집안 출신이자 인도 태생의 영국 육군 원수로 제2차 영국-아프가니스탄 전쟁, 남아프리카 전쟁에서 지휘관으로 활약했다.

*** 로버츠 경이 인도에서 중위에서 총사령관이 되기까지 사십일 년 간 군복무를 하면서 겪었던 일을 서술한 책으로, 자신이 경험한 주요 군사작전은 물론 1857년 인도인 용병이 일으킨 세포이 항쟁이나 제2차 영국-아프가니스탄 전쟁 등 주요 사건의 정치적 원인과 그 결과에 대한 그의 생각이 담겨 있다.

존 레인을 만나기 위해 그의 집으로 향했다.

그곳엔 많은 사람이 다양한 이야기를 나누고 있었는데 그중 몇몇이 전쟁 이야기를 주고받았다. 그런데 그들 중 한 사람이 나서서, 누군가가 나에게 런던의 어느 큰 일간지의 논설위원이라고 귀띔해주었는데, 아무튼 그 사람이 8월이면 늘 프로방스산 무화과를 먹었는데 이제는 먹지 못하는 게 아니냐며 한탄했다. 왜 못 먹죠, 누가 물었다. 전쟁이 났으니까요, 그가 대답했다. 그러자 또다른 누군가가, 내 생각엔 월폴*
아니면 그의 형제인 것 같은데, 독일은 모든 궤도트럭**을 기관차와 선로 전환기와 연계해서 일일이 다 번호를 붙여놓는다며, 그렇게 뛰어난 시스템을 지닌 나라를 어떻게 이길 수 있겠느냐고 말했다. 하지만, 무화과를 먹는다는 사람이 말했다, 궤도트럭들이 독일의 선로와 선로 전환기가 있는 곳에 머물고 있는 한 시스템이 잘 돌아갈지 모르지만, 전쟁이 적극 공세로 전환되어 그것들이 독일국경을 넘어서면, 제가 장담합니다만 그 번호 때문에 엄청난 혼란이 벌어지게 될 겁니다.

이것이 내가 분명하게 기억하는 7월의 그날 일요일 오후에 있었던 일의 전부다.

우리가 집을 나서려 할 때, 존 레인이 거트루드 스타인에게 자기가 일주일 동안 시내에 나가 있을 텐데 7월 말에 자기 사무실에서 다시 만났으면 한다고, 그때 『세 인생』을 계약하자고 했다. 그러면서 그가 말했다, 제 생각엔, 현재 돌아가는 상황으로 보아 완전히 새로운 작품보다는 그 작품으로 시작하는 게 더 좋을 듯합니다. 그 책은 자신 있습니다.

---

* 영국 소설가인 휴 월폴을 말하는 것 같다.
** 철도 차량 아래에 있는 바퀴로 이루어진 차대를 말한다.

제 아내가 대단히 열광하고 있는데 아마 독자들도 그럴 겁니다.

열흘 정도 시간 여유가 있었던 우리는 호프*의 어머니인 미시즈 멀리스의 초대를 받아들여, 케임브리지에서 며칠 지내기로 했다. 우리는 그곳으로 가서 정말 즐거운 시간을 보냈다.

손님으로 방문하기에 정말 편안하고 아늑한 집이었다. 거트루드 스타인이 특히 좋아했는데, 사람들이 나누는 이런저런 대화에 신경쓰지 않고 그냥 방에 있든지 정원을 거닐든지 본인이 하고 싶은 대로 할 수 있었기 때문이었다. 음식이 맛있고 신선했는데, 스코틀랜드식이라는 음식도 너무 훌륭했고, 게다가 케임브리지대학의 고위 인사들을 만나다니 더욱 즐겁고 기쁜 일이었다. 우리는 그들이 안내하는 대로 그들 집의 정원을 둘러보기도 하고 여러 집에 초대되어 재미있는 시간을 보내기도 했다. 멋진 날씨, 수많은 장미꽃, 남녀가 어울려 추는 모리스 댄스 등 모든 것이 흥겹고 유쾌했다. 우리는 뉴햄칼리지에서 점심을 먹자는 초대를 받았는데 호프 멀리스가 열정적으로 따르는 학자인 제인 해리슨**이 거트루드 스타인을 몹시 만나고 싶어했기 때문이었다. 우리는 홀의 연단에 칼리지 교수진과 같이 앉았는데 정말 경외심을 불러일으키는 자리였다. 그러나 그 자리에서 나눈 대화가 특별히 즐거웠던 것은 아니었다. 해리슨 교수와 거트루드 스타인이 서로에게 그다지 각별한 관심을 보이지 않았기 때문이었다.

우리는 화이트헤드 박사와 그의 아내에 관한 이야기를 익히 많이 들어왔다. 그런데 그들은 더이상 케임브리지에 살지 않았다. 그 전해에

---

* 영국 시인, 소설가이자 번역가인 호프 멀리스.
** 영국 고전학자이자 언어학자.

화이트헤드 박사가 케임브리지대학을 떠나 런던대학으로 자리를 옮겼던 것이다. 그런 그들이 곧 케임브리지로 와 미시즈 멀리스의 집에서 같이 저녁식사를 할 예정이라고 했다. 그들 부부가 왔고 내가 꼽은 세 번째 천재를 만날 수 있었다.

기분좋은 저녁식사 자리였다. 나는 케임브리지대학의 시인인 하우스먼의 옆자리에 앉아, 물고기와 데이비드 스타 조던*에 대해 이야기를 주고받았지만 그 대화보다는 화이트헤드 박사를 지켜보는 일이 더 흥미롭고 재미있었다. 나중에 우리는 정원으로 자리를 옮겼는데 그때 화이트헤드 박사가 다가와 내 옆에 앉았고 우리는 케임브리지의 하늘에 대해 이야기를 나누었다.

거트루드 스타인과 화이트헤드 박사와 미시즈 화이트헤드는 점차 서로에게 관심을 갖기 시작했다. 미시즈 화이트헤드가 런던에 있는 자기네 집에서 식사를 한번 하자고 했고 그런 다음엔 주말, 그러니까 7월 마지막 주말을 솔즈베리 평원 근처, 로크리지에 있는 자기네 시골집에서 같이 지내자고 했다. 우리는 그녀의 청을 기쁘게 받아들였다.

다시 런던으로 돌아온 우리는 멋진 시간을 보냈다. 우리는 거트루드 스타인의 오빠가 가져간 이탈리아산 가구 몇 개를 대신할 가구로 안락한 의자 몇 개와 옥양목을 씌운 편안한 긴 소파 하나를 주문하기로 했다. 시간이 제법 많이 걸리는 일이었다. 우리는 의자나 소파에 앉아보며 직접 치수를 재고 그림들과 잘 어울리는 옥양목을 골라야 했는데,

---

* 미국의 어류학자로 인디애나대 총장과 스탠퍼드대학 초대 총장을 지냈다. 우생학을 지지했으며, 전쟁이 최고의 유전자를 죽인다며 반군국주의 운동을 펼치면서 미국이 제1차세계대전에 개입하는 것을 반대했다.

그래도 이 모든 일을 무리 없이 잘해낼 수 있었다. 나중에 우리에게 편안함을 안겨준 그 의자들과 소파가 1915년 1월 어느 날, 전쟁중임에도 불구하고 플뢰뤼스가 집 문 앞에 배달되었을 때 우리가 얼마나 기뻐하며 반겼는지 모른다. 전쟁통에 힘든 시절이라 해도 사람은 마음의 위안을 주는 것이 필요하고 편안함과 안락함을 누릴 수 있어야 한다. 어쨌든 우리는 미시즈 화이트헤드의 초대를 받아들여 런던의 그들 집에서 식사를 했고 그런 가운데 그들을 더욱 좋아하게 되었으며 그들 역시 우리를 더욱 좋아하게 되었는데 내가 이렇게 말할 수 있을 정도로 그들은 정말 친절하게 우리를 대해주었다.

거트루드 스타인은 보들리 헤드 출판사에서 존 레인을 만나기로 한 약속을 지켰다. 두 사람은 굉장히 긴 대화를 나누었는데, 그때는 정말 오래 기다려야 해서 나는 별수없이 출판사에서 제법 멀리 떨어진 곳까지 나가 상점의 진열창들을 하나도 빼놓지 않고 다 구경하며 돌아다니며 이제나저제나 기다려야 했고, 그러던 중 마침내 거트루드 스타인이 계약서를 들고 밖으로 나왔다. 대단히 만족스러운 클라이맥스였다.

그다음 우리는 주말을 화이트헤드 부부와 함께 보내기로 한 약속에 따라 그들의 시골집이 있는 로크리지로 가기 위해 기차를 탔다. 우리에게는 주말여행용 트렁크가 있는데, 그게 여간 든든한 게 아닌 것이, 우리가 처음 런던을 방문했을 때 사용했던 그 트렁크를 다시 신나게 들고 다녔다. 나중에 내 친구 하나가 이런 말을 했다, 그들이 주말을 같이 보내자고 한 것인데 육 주나 거기에 있었잖아. 실제로 그랬다.

우리가 도착했을 때 하우스 파티가 한창이었는데, 몇몇 케임브리지 대학 사람들, 젊은이들, 화이트헤드 부부의 어린 아들로 열다섯 어린 나이지만 키가 크고 의젓하니 잘생긴 에릭, 그리고 뉴햄에서 돌아온 지 얼마 안 된 딸 제시가 있었다. 모두가 곧 있을 제시 화이트헤드의 핀란드 여행에 대해 얘기하는 것으로 보아 사람들이 전쟁에 대해서 그렇게 심각하게 생각하지 않는 것 같았다. 낯선 외국 땅에 가서도 친구를 잘 사귀는 제시는, 지리에 대한 관심과 대영제국의 영광을 드높이고 싶은 열정이 강했다. 제시에게는 핀란드 친구가 있었는데, 그 친구가 여름에 핀란드에 와서 자기 가족과 함께 지내자면서 분명히 러시아에 대항하는 반란이 있을 거라고 했다는 것이다. 그 말을 들은 미시즈 화이트헤드는 당연히 기분이 꺼림칙했지만 말린다고 될 일이 아니라서 그냥 허락해주었다. 그들에게는 큰아들인 노스도 있었지만 그때는 멀리 떨어진 곳에 있어 자리를 같이하지 못했다.

내가 기억하는 바로는, 그때 갑자기 전쟁이 확산되는 것을 방지하자는 회담이 열리면서, 그레이 경과 러시아 외무장관*이 만난다는 소식이 들려왔다. 그런데 회담이 더 진척되기 전에 프랑스에 최후통첩이 전달되었다. 거트루드 스타인과 나는 완전히 절망에 빠지고 말았고 화이트헤드 박사의 아내인 에벌린 화이트헤드도 마찬가지였는데, 그녀는 프랑스인의 피를 물려받아 프랑스에서 태어나고 프랑스에서 성장하여 프랑스에 대한 강한 공감의식이 있었기 때문이었다. 그런 다음 벨기에가 침공당하는 일이 벌어졌고 그때 큰 소리로 신문을 읽으며 그 소식을 들려주던 화이트헤드 박사의 온화한 목소리가 아직도 귓전에 생생한데 어쨌든 그 소식을 들은 모두가 루벤이란 도시가 파괴되었다며 벨

---

* 제1차세계대전 당시 영국 외무장관이었던 에드워드 그레이경과 러시아 외무장관인 드미트리예비치 사조노프를 말한다.

기에라는 작은 나라의 용감한 사람들을 어떻게 도와주어야 하는지 떠들어대기 시작했다. 절망과 슬픔 속에 빠져 있던 거트루드 스타인이 나에게 물었다, 루뱅이 어디야. 정말 몰라서 그러는 거야, 하고 내가 물었다. 몰라, 그녀가 말했다, 나와 상관이 없는 곳이겠지만, 그래도 그곳이 어디에 있는지 알고는 있어야지.

주말이 지나갔고 우리는 미시즈 화이트헤드에게 떠나야 한다고 말했다. 하지만 지금은 파리로 돌아갈 수 없을 거예요, 그녀가 말했다. 알고 있어요, 우리가 대답했다, 대신 런던에 머물면서 기다리죠 뭐. 오 안돼요, 그녀가 거듭 말렸다, 파리로 돌아갈 수 있을 때까지 우리와 함께 있어요. 그녀는 매우 상냥했고 우리는 아주 우울했지만 그들을 좋아했고 그들도 우리를 좋아해서 우리는 그러겠다고 했다. 그러던 중 영국이 전쟁에 참가한다는 소식이 들려왔는데 우리를 더없이 안심시키는 소식이었다.

우리는 짐을 넣어둔 트렁크도 찾고, 미국에 전보도 보내고 돈도 찾기 위해 런던에 가야 했는데, 미시즈 화이트헤드도 딸과 함께 벨기에인들을 도와줄 수 있는 방도가 있는지 알아보기 위해 런던에 가고 싶어했다. 나는 런던으로 가던 그때 일을 너무도 잘 기억하고 있다. 비록 기차가 심하게 붐비지는 않았지만, 어디를 가든 사람이 많았던 것 같고, 기차역은 조그만 시골역까지 모든 역이 사람들로 발 디딜 틈이 없었는데, 그래도 사람들은 전혀 불편해지는 않았고 그냥 수가 너무 많았을 뿐이다. 우리가 기차를 갈아타야 하는 역에서 미시즈 애스틀리를 만났는데, 마이라 에드절리의 친구인 그녀를 파리에서 만난 적이 있었다. 오 안녕하세요, 그녀가 쾌활한 목소리를 높여 말했다, 우리 아들과 작별인사를 나누기 위해 런던으로 가는 중이랍니다. 아들이 어디 멀리 떠나는 모양이죠, 우리는 정중하게 물었다. 예 그래요, 그녀가 말했다, 아들 녀석이 경비대에서 근무하고 있는데, 오늘 밤에 프랑스로 떠난다지 뭐예요.

런던에서는 쉬운 일이 하나도 없었다. 거트루드 스타인의 신용장은 프랑스은행의 신용장이었지만 내 것은 다행히도 액수가 적은데다 캘리포니아에 있는 은행의 신용장이었다. 내가 액수도 적어서 다행이라고 한 것은 내 신용장으로는 은행에서 큰 금액을 내주지는 않지만 액수가 적은데다 이미 많이 쓴 상태라 그나마 남아 있는 금액은 군말 없이 내줄 것이었기 때문이다.

거트루드 스타인은 볼티모어에 있는 사촌에게 돈을 보내달라고 전보를 보냈고, 트렁크를 찾은 다음, 기차역에서 에벌린 화이트헤드를 만나 셋이 함께 로크리지로 향했다. 그곳으로 돌아가니 정말 안심이 되면서 다행이다 싶었다. 그 시기에 런던의 호텔에서 묵는다는 건 너무나 끔찍한 일이 될 것이기에 우리는 그녀가 베풀어준 친절과 호의에 감사하지 않을 수 없었다.

로크리지에 도착하고 나서 하루가 지나고 이어서 또 하루가 지나는 삶이 이어졌는데 정확히 무슨 일이 있었는지 기억이 흐릿하다. 하지만 그 집 아들인 노스 화이트헤드가 멀리 떨어진 곳에 있는 바람에 미시즈 화이트헤드는 혹시 아들이 무작정 군에 입대하지나 않을까 걱정이 이만저만이 아니었다는 것은 분명히 기억난다. 그녀는 아들 노스를 두 눈으로 보아야 했다. 그래서 그들은 아들에게 당장 집으로 돌아오라는 전보를 보냈다. 노스가 왔다. 그녀의 걱정이 맞았다. 노스는 이미 입대를 하려고 가장 가까운 곳에 있던 모병센터를 찾아갔는데 그나마 다행인 점은 노스보다 먼저 와서 기다리던 지원자들이 너무 많아서 그의 차례가 되기도 전에 마감되어 센터 사무실 문이 닫혔다는 것이었다. 미시즈 화이트헤드는 키치너*를 만나러 바로 런던으로 향했다. 화이트헤드 박사의 형제가 인도에 주교로 있는데 그 주교가 젊을 때 키치너와 아주 친했다고 했다. 미시즈 화이트헤드는 미시즈 키치너의 소개장을 받아냈고 그 덕에 노스는 장교로 임관되었다. 미시즈 화이트헤드는 아주 편안한 마음으로 집으로 돌아왔다. 노스는 사흘 후에 군에 입대해야 했는데 그전에 자동차 운전을 배워야 했다. 사흘이라는 시간이 순식간에 지나갔고 노스는 집을 떠났다. 그는 바로 프랑스로 배치받았는데 별다른 장비 없이 떠난 모양이었다. 그런 다음에는 기다림의 시간이 찾아왔다.

에벌린 화이트헤드는 전시 지원 사업을 계획하고 온갖 사람을 돕는 데 분주한 나날을 보냈으며 나는 최대한 그녀를 도와주었다. 거트루드 스타인과 화이트헤드 박사는 틈만 나면 하염없이 시골 주변을 산책하며 돌아다녔다. 두 사람은 철학과 역사에 대해 이야기를 주고받았는데, 화이트헤드 박사와 러셀이 공저한 위대한 저서**에 대한 아이디어를 낸 이가 러셀이 아니라 바로 화이트헤드 박사라는 것을 거트루드 스타인이 확실히 깨닫게 된 것이 그즈음이었다. 세상 누구보다도 가장 온화하고 관대한 화이트헤드 박사는 자기 자신을 위해서는 어떤 것도 요구

---

* 제1차세계대전 초기에 육군 장관이었다. "조국이 그대를 원한다"라는 표어와 함께 정면을 바라보는 그의 얼굴이 실린 포스터로 유명하다.

** 화이트헤드와 러셀이 같이 펴낸, 세 권으로 된 『수학 원리』를 가리킨다.

하지 않으면서 똑똑하고 뛰어난 사람이라면 누가 됐든 온 마음으로 존중해주었는데, 의심의 여지 없이 러셀이 바로 그 똑똑하고 뛰어난 사람 축에 속했다.

산책을 하고 집으로 돌아오면 거트루드 스타인은 나에게 산책이 어땠는지 그리고 초서Chaucer 시대의 풍광을 그대로 유지하고 있는 시골, 옛날 브리턴족이 오가던 초록으로 뒤덮인 오솔길이 아직도 길게 뻗어 있는 시골의 광경은 물론, 진기했던 그해 여름 하늘에 떠 있던 세쌍둥이 무지개에 관한 이야기를 신나게 늘어놓곤 했다. 화이트헤드 박사와 거트루드 스타인은 산책중에 사냥터지기와 두더지 사냥꾼들과 긴 대화를 나누기도 했다. 그런데 어느 두더지 사냥꾼이 이런 말을 했다는 것이다, 그런데 선생님, 영국이 한 번도 전쟁에 휘말린 적이 없어도 늘 승리를 거둔 나라가 아닙니까. 그 말에 화이트헤드 박사는 온화한 미소를 지으며 거트루드 스타인을 바라보았다. 그러면서 박사가 점잖게 말했다, 우리야 그렇게 얘기할 수 있겠죠. 화이트헤드 박사가 그리 확신에 차 보이지 않았는지, 사냥터지기가 나서며 이렇게 말했다, 하지만 화이트헤드 박사님, 우리 영국은 힘이 막강한 나라입니다, 그렇지 않은가요. 화이트헤드 박사는 차분한 목소리로 이렇게 대답할 수밖에 없었다고 한다, 나도 그렇길 바랍니다, 그럼요 나도 우리 나라가 그런 나라이길 바라고 있습니다.

독일군이 점점 더 파리 가까이까지 진격해 들어왔다. 하루는 화이트헤드 박사가 거트루드 스타인에게, 그들이 수풀이 우거진 작은 숲을 지나 진격하고 있는 모양입니다, 라고 말하고는 그녀를 진정시키며 물었다, 원고 가운데 뭐라도 가지고 있는지 아니면 혹시 전부 다 파리에 남겨두었나요. 모두 파리에 있어요, 그녀가 말했다. 그 말을 듣고 화이트 헤드 박사가 말했다, 이걸 물어도 될지 많이 망설였지만, 걱정이 되어서요.

독일군들이 점점 더 진격해 들어와 파리 근처에 다다랐고 로크리지에서의 마지막날 거트루드 스타인은 그저 슬픔에 잠긴 채 꼼짝 않고 앉아, 도무지 방에서 나올 생각을 안 했다. 파리를 사랑했던 그녀는 원고나 그림은 걱정은커녕 생각지도 않고, 오로지 파리만 생각하며 슬픔에서 헤어나지 못하고 있었다. 나는 그녀의 방으로 올라가서 큰 소리로 외쳤다, 다 괜찮대, 파리는 안전하대, 독일군이 퇴각하는 중이래. 그러자 그녀는 내 얼굴을 보지 않겠다는 듯 고개를 돌리며 말했다, 괜히 그런 식으로 말할 필요 없어. 아니야 사실이야, 내가 말했다, 진짜라니까. 그러고는 우리는 함께 부둥켜안고 울었다.

영국에서 우리가 알고 지내던 사람들은 밀드러드 올드리치가 거트루드 스타인에게 보낸 편지를 통해서 마른전투*에 관한 이야기를 처음 듣게 되었다. 밀드러드 올드리치의 편지는 사실 『마른강변의 언덕 꼭대기』**라는 자신의 책을 언급한 첫 편지였다. 우리는 그 편지를 받고, 우선은 밀드러드가 무사하다는 사실에, 그리고 마른전투에 관해 알게

---

* 1914년 9월 2일에서 12일까지 파리에서 멀지 않은 마른강 유역에서 프랑스군과 독일군 사이에 벌어진 제1차마른전투를 말한다. 독일은 프랑스를 침공하면서 사십 일 내에 파리를 점령하여 승리를 거두겠다는 목표를 세웠으나 이 전투에서 프랑스군이 승리함에 따라 계획이 무산된다.

** 1914년 7월 마른강변의 언덕 꼭대기로 이사한 밀드러드 올드리치는 제1차세계대전중 마른전투가 벌어지는 것을 언덕 꼭대기에서 지켜보며 전쟁 동안의 자신의 삶에 관해 편지를 쓰기 시작했는데, 그때 쓴 일기와 거트루드 스타인에게 보낸 편지들을 바탕으로 한 책 『마른강변의 언덕 꼭대기』를 1915년에 펴냈다.

된 것에 너무나 기뻤다. 그 편지를 사람들이 돌려 읽기 시작했고 이 사람 저 사람 손을 거치면서 결국엔 이웃에 있는 모든 사람이 다 읽었다.

나중에 파리로 돌아오고 난 뒤 우리는 서로 다른 사람을 통해 마른 전투에 관해 두 차례나 더 듣게 되었다. 나한테는 캘리포니아에서 학교에 다닐 때 사귄 넬리 재콧이라는 옛친구가 있는데, 불로뉴쉬르센*에 살고 있는 그녀의 안부가 몹시 궁금하고 걱정이 되었다. 그래서 친구에게 전보를 보냈는데 그녀가 정말 개성이 톡톡 튀는 답장을 전보로 보내왔다, *위험하지 않으니 걱정하지 마*, 위험하지 않으니 걱정 마. 옛날에 피카소를 잘생긴 구두닦이라고 부르고 페르낭드에 대해서는, 괜찮은 사람인 것 같은데 네가 왜 신경쓰는지 모르겠다고 말한 사람이 바로 넬리였다. 그리고 마티스에게는 아내를 여러 방식으로 보는 게 아닌지, 마담 마티스가 어떻게 보이고 또 그림으로서는 어떻게 보이는지, 그리고 어떻게 아내로 봤다가 그림으로 볼 수 있는지 추궁하듯 꼬치꼬치 캐물어 마티스의 얼굴을 붉으락푸르락하게 만든 사람 또한 넬리였다. 한번은 어떤 젊은이가 거트루드 스타인에게 와서, 넬리 당신을 사랑합니다, 이름이 넬리가 맞죠, 그렇죠라고 말했다는, 거트루드 스타인이 즐겨 인용하며 언급하는 이야기를 들려주었던 사람도 넬리였다. 그뿐 아니라 영국에서 돌아온 우리가 사람들이 다 정말 친절했다고 말하자, 응 그렇구나, 그런 종류의 사람들은 내가 잘 알지, 이렇게 말한 사람도 바로 넬리였다.**

---

* 파리 근교 부촌으로 현재의 불로뉴비양쿠르의 옛 이름.
** 여기서 넬리는 '친절하다'와 '종류'란 말이 영어로 똑같이 'kind'인 것을 놓고 말장난을 하고 있다.

그런 넬리가 우리에게 마른전투에 대해서 설명해주었다. 있잖아, 그녀가 말했다, 내가 일주일에 한 번씩은 하녀를 데리고 시내로 나가 이것저것 물건을 사잖아. 그런데 불로뉴에서는 택시를 잡기 힘들어 갈 때는 전차를 타고 올 때 택시를 타거든. 그날도 평소처럼 전차를 타고 시내로 나갔는데 특별하게 이상하다는 느낌을 받지 않았고 그래서 쇼핑을 마치고 차도 마시고 난 뒤 길모퉁이에서 택시를 잡으려고 했어. 그런데 몇 차례나 택시를 잡아 세워 어디로 간다고 행선지를 말하자 모두 그냥 가버리지 뭐야. 택시기사들이 가끔 불로뉴로 가기 싫어한다는 것을 알고 있던 터라 하녀 마리에게 우리를 불로뉴까지 태워주면 팁을 많이 주겠다고 하라고 했지. 마리가 나이든 기사가 운전하는 택시를 세웠을 때 내가 기사에게 말했어, 우리를 불로뉴까지 데려다주면 섭섭지 않게 팁을 많이 드릴게요. 그랬더니 그 기사가 손가락을 코에 대면서 말하는 거야, 이런, 대단히 애석합니다만 마담 힘들 것 같습니다, 오늘은 어떤 택시도 도심 제한구역 밖을 벗어날 수 없답니다. 왜 그런 거죠, 내가 물었지. 그랬더니 그 사람이 대답 대신 윙크를 하고는 그냥 가버리는 거야. 별수없이 우린 전차를 타고 불로뉴로 돌아왔지. 물론 나중에 사정을 이해하게 되었지, 갈리에니 장군과 택시에 관한 이야기*를 들었던 거야, 이어서 넬리는 덧붙였다, 그게 마른전투였어.

마른전투에 관한 또다른 이야기는 우리가 영국에서 처음 파리로 돌아왔을 때 앨피 모러에게서 들은 이야기였다. 앨피가 말했다, 카페에

---

* 제1차세계대전 당시 파리 방위군 사령관이었던 갈리에니 장군은 제1차마른전투가 벌어졌을 때 파리 택시들에게 도움을 청해서 650대의 택시로 병력과 무기 등을 신속하게 마른강으로 실어나르게 하여 전투를 승리로 이끌었다.

앉아 있었는데 파리가 창백했답니다, 앨피가 계속 말을 이었다, 무슨 뜻인지 알고 계실지 모르겠지만, 파리가 멀건 연녹색 압생트 술처럼 그리 밝지 않았다는 겁니다. 아무튼 그냥 앉아 있다가 많은 말이 큰 트럭들을 끌고 천천히 지나가는 광경을 보게 되었는데 말 옆에서 군인들이 따라가는 모습과 '프랑스은행'이라는 글자가 적힌 상자들이 보이더군요. 그러니까 그런 식으로 금을 옮겼던 겁니다, 앨피가 덧붙였다, 마른 전투가 있기 전에 말입니다.

물론 영국에서 파리로 돌아갈 날을 기다리던 암울했던 시기에도 많은 일이 있었다. 화이트헤드 부부의 집을 드나드는 사람들이 무척 많았고 당연히 서로 이런저런 논의를 하고 토론하는 일이 잦았다. 먼저 리턴 스트레이치*가 있었다. 그는 로크리지에서 그리 멀지 않은 곳에 있는 작은 집에 살고 있었다.

어느 날 저녁 그가 미시즈 화이트헤드를 찾아왔다. 마른 몸매에 부드러운 턱수염을 기르고 누르스름한 안색에 가냘프면서도 높은 목소리를 지닌 사람이었다. 우리는 그 전해에 에델 샌즈**의 집에 초대를 받아 조지 무어***를 만나러 갔을 때 그를 본 적이 있었다. 거트루드 스타인과 멜린 식품회사의 아기 모델****처럼 생긴 조지 무어, 그 둘은 서로에게 별 관심이 없는 듯했다. 그때 리턴 스트레이치와 나는 피카소와 러시아 발레에 관해 이야기를 나누었다.

_____

* 영국 전기 작가이자 비평가.
** 미국 태생 영국 화가.
*** 아일랜드 출신 소설가이자 시인, 미술비평가.
**** 멜린 식품회사 광고에 나온 볼이 통통한 우량아.

아무튼 그날 저녁 리턴 스트레이치가 찾아왔고 그는 독일에서 실종됐다는 자기 누이를 어떻게 하면 구할 수 있을지 미시즈 화이트헤드와 논의하기 시작했다. 그녀는 어떤 사람이 도와줄 수 있으니 그에게 부탁을 해보라고 했다. 리턴 스트레이치가 주저주저하더니 말을 꺼냈다, 그러면 좋겠지만, 난 그를 한 번도 만나본 적이 없습니다. 무슨 말인지 알아요, 미시즈 화이트헤드가 다독이듯 말했다, 그래도 그한테 편지를 보내 한번 만날 수 있는지 물어는 봐야지요. 그렇게 못합니다, 리턴 스트레이치가 힘없이 말했다, 한 번도 본 적이 없는 사람인데 어떻게.

그주에 모습을 드러낸 또 한 사람은 버트런드 러셀이었다. 그는 화이트헤드 박사의 아들 노스가 전선으로 떠나던 날 로크리지를 찾아왔다. 러셀은 평화주의자로 논쟁적인 사람이었는데 화이트헤드 박사나 그의 아내는 러셀과 오랜 친구 사이이긴 하지만 그날만은 그가 자신의 견해를 펴는 것을 그냥 참고 들어줄 수 없는 심정이었다. 러셀이 오자 거트루드 스타인은, 사람들이 전쟁이니 평화니 하는 중대하고 심각한 주제를 놓고 열띤 토론을 하는 것을 피하게 하고 싶은 마음에, 교육 문제를 화제로 내세웠다. 그러자 이참에 잘됐다 싶었는지 러셀이 나서서 미국 교육제도의 취약점, 특히 그리스 연구를 태만히 하고 있다는 점을 지적하며 문제가 많다는 식으로 설명했다. 그의 지적에 거트루드 스타인은 물론 섬나라인 영국은 같은 섬나라였는지 아니면 섬나라였을지도 모르는 그리스를 필요로 했을 거라고 대답했다. 어쨌든 그리스 문화는 본질적으로 섬 문화인 반면에, 대륙의 문화가 절실히 필요했던 미국은 불가피하게 라틴 문화를 원했다는 것이다. 거트루드 스타인의 주장이 러셀의 신경을 곤두서게 만들었고, 이후 러셀은 열변을 토해내기 시작했다. 그러자 거트루드 스타인은 더욱 진지해지면서, 그리스가 섬이라는 사실은 논외로 하더라도, 영국인들에게 그리스 문화가 어떤 가치를 지니는지 그리고 영국인들의 심리와는 다른 미국인들의 심리를 바탕으로 보면 미국인들에게는 그리스 문화가 왜 별 가치가 없는 것으로 비치는지 길게 설명하기 시작했다. 그녀는 웅변을 하듯 미국인의 성격에는 실체가 없는 추상적 특성이 담겨 있다고, 자동차와 에머슨*에 관한 이야기를 뒤섞어가며 설명하면서, 그 모든 것이 미국인들이 그리스 문화를 필요로 하지 않음을 입증한다고 열변을 토하기 시작했는데, 그런 식의 주장에 러셀은 더더욱 흥분하며 대응했고 결국 모든 사람이 잠자리에 들 때까지 모두가 꼼짝없이 그들의 논쟁을 계속 듣고 있어야 했다.

그 당시에는 많은 토론이 벌어지곤 했다. 화이트헤드 박사의 형제인 주교가 어느 날 가족과 함께 점심식사를 하러 왔다. 그들은 벨기에를 구하기 위해 어떻게 영국이 전쟁에 참가하게 되었는지 그 주제만 계속 물고 늘어지며 이야기를 이어갔다. 계속 참다가 더이상 참지 못한 나는 급기야 벌컥 소리를 질렀다, 왜 그런 식으로만 말씀하시는 거죠, 왜 여러분은 영국을 위해 싸우는 거라는 말씀은 안 하시는 겁니까, 자기 조국을 위해 싸우는 게 치욕이나 불명예는 아니잖아요.

주교의 아내는 그 상황에서 참으로 어이없는 말을 했다. 그녀는 정중하고 진지한 목소리로 거트루드 스타인에게 미스 스타인 제가 이해하기로는 당신은 파리에서 중요한 인물이라고 알고 있습니다만, 이렇

---

* 미국 초월주의 운동을 주도한 시인이자 철학자.

게 서두를 꺼내며 말을 이었다. 제 생각엔 당신처럼 중립을 지키는 사람이 프랑스 정부에 건의해서 퐁디셰리*를 우리 영국에게 반환하라고 하면 참 좋을 것 같습니다. 그러면 우리에게 아주 유익한 일이 되겠지요. 주교 부인의 말에 거트루드 스타인은 정중하게 유감이지만 자기가 화가나 작가들 사이에서는 중요한 사람일지 모르겠지만 정치인들에게는 그리 유명하지 않다고 대답했다. 그러자 주교 부인이 말했다, 하지만 그래도 별 상관이 없어요. 저는 당신이 프랑스 정부에 우리에게 퐁디셰리를 주라고 건의해야 한다고 생각합니다. 점심이 끝난 뒤 거트루드 스타인은 들릴 듯 말 듯 작은 소리로 나에게 말했다, 도대체 그 빌어먹을 퐁디셰리가 어디 있는데 그러는 거야.

거트루드 스타인은 영국인들이 독일의 조직에 관해서 말할 때면 불같이 화를 내곤 했다. 그녀는 독일엔 조직이 없다고, 방법만 있지 조직은 없다고 주장했다. 그녀는 화난 목소리로 말했다, 여러분은 그 차이를 잘 모르는 모양인데, 미국 사람들은 두 명이 됐든 스무 명이 됐든, 아니 수백만이라도 하더라도 무슨 일을 할 때면 스스로를 조직화하여 움직이지만 독일 사람들은 그런 식으로 하질 못하고, 그저 공식적으로 어떤 방식을 만들어내고 그에 따라 움직이는데 그런 걸 조직이라고 할 수는 없다고요. 그녀는 또 이렇게 주장했다, 독일 사람들은 현대적이라 할 수 없고, 오히려 우리가 조직이라고 생각하는 것을 거꾸로 뒤집어 방법으로 전환시키는 사람들이라고요, 아시겠어요. 현대적이지 않기

---

* 인도 동남부의 항구도시로 프랑스의 인도 식민지화가 시작되면서 1674년 프랑스 동인도회사의 지배하에 놓인 곳. 여러 차례 영국과 프랑스의 점령이 반복되다가 1954년 인도 정부에 반환되었다.

때문에 그들은 이번 전쟁에서 승리할 가능성이 없는 거라고요.

우리를 몹시 짜증나게 만들었던 또하나는 미국에 있는 독일인들이 미국을 연합군에 대항하도록 만들 거라는 영국인들의 주장이었다. 그런 식으로 말하는 영국인이 있으면 누구든 상관하지 않고 거트루드 스타인은 말했다, 바보 같은 소리 하지 마세요, 미국은 근본적으로 프랑스와 영국과 같은 생각을 지녔고 독일과 같은 중세국가와 생각을 같이 할 수 없다는 사실을 깨닫지 못하면, 미국이라는 나라를 제대로 이해하지 못하고 있는 겁니다. 우리는 공화주의자입니다, 그녀는 목소리에 힘을 주어 강조했다, 미국은 속속들이 지극히 철저한 공화국인데 공화국은 프랑스와 모든 게 같고 영국과는 상당 부분에서 공통점이 있지만 독일과는 그 나라 정부 형태가 무엇이든 간에 아무 공통점이 없단 말입니다. 그 시기에 그리고 그 이후에 미국인은 공화국에 살고 있는 공화주의자이며 너무 열렬한 공화주의자라서 단연코 다른 어떤 존재로는 볼 수 없다는 그녀의 주장을 귀가 따갑도록 얼마나 자주 들었는지 모른다.

긴 여름이 서서히 흘러가고 있었다. 아름다운 날씨와 아름다운 시골 풍경, 화이트헤드 박사와 거트루드 스타인은 계속해서 시골길 주변을 돌아다니며 온갖 주제를 놓고 많은 대화를 나누었다.

이따금 우리는 런던에 갔다 오곤 했다. 정기적으로 쿡 여행사에 들러 언제 우리가 파리로 돌아갈 수 있는지 물어보았지만 늘 아직은 안 된다는 대답만 들었다. 거트루드 스타인은 존 레인을 만나러 갔다. 그는 몹시 심란하여 일이 손에 잡히지 않는 모양이었다. 그는 열정이 넘치는 애국자였다. 물론 현재로서는 아무 일도 못하고 있지만 그래도 전쟁 관련 책을 발간할 생각이라는 그는 곧 정말 어느 순간에 상황이 바뀔지 모르고 어쩌면 전쟁이 끝나버릴 수도 있다면서 어찌할 바를 모르는 듯했다.

거트루드 스타인의 사촌과 우리 아버지가 미합중국 무장 순양함인 테네시호 편으로 돈을 부쳤다. 우리는 돈을 찾으러 갔다. 각자 체중계에 올라 몸무게를 재고 키도 재야 했고 그러고 나서야 돈을 받을 수 있었다. 어떻게 이럴 수가 있지, 우리는 서로를 바라보며 말했다, 어떻게 십 년 동안 보지도 못한 사촌과 육 년 동안 만나본 적이 없는 아버지가 우리 키와 몸무게를 알고 있는지 모르겠어. 정말 수수께끼 같은 일이었다. 그래서 사 년 전 거트루드 스타인의 사촌이 파리에 왔을 때 그녀가 사촌에게 처음 꺼낸 말이 이것이었다, 줄리언 테네시호 편으로 돈을 보낼 때 어떻게 내 키와 몸무게를 알고 있었던 거니. 그가 심드렁하게 대답했다, 내가 알고 있었나. 아니 어쨌든, 그녀가 말했다, 네가 알려줬으니까 그 사람들이 그 숫자를 적어놓은 게 아닐까. 그가 말했다, 잘 기억이 안 나는데, 아무튼 내가 워싱턴에 네 여권 사본을 보내달라고 요청했을 때 누군가가 물어봤을 테니까 알려줬겠지 뭐. 그렇게 수수께끼 같은 문제가 풀렸다.

또한 우리는 파리로 돌아가기 위한 임시 여권을 발급받기 위해 미국 대사관을 찾아가야 했다. 우리에게는 서류가 없었는데, 사실 당시에는 무슨 서류든 가지고 있는 사람이 아무도 없었다. 그래도 거트루드 스타인은 파리에서 사람들이 등록 *문서*라고 부르는 서류를 가지고 있었는데 그녀가 미국인으로 프랑스에 거주한다는 사실이 기록된 것이었다.

대사관에는 줄을 서서 차례를 기다리는, 전혀 미국인 같지 않은 사람들로 발 디딜 틈이 없을 정도였다. 마침내 차례가 되어 우리는 대단히 피곤해 보이는 젊은 미국인 앞으로 안내되었다. 그에게 거트루드 스타인은 기다리는 사람들 가운데 왜 미국인처럼 보이지 않는 사람이 많은지 물었다. 그러자 젊은 미국인이 한숨을 푹 내쉬었다. 그래도 그들은 훨씬 수월한 편입니다, 그가 말했다, 필요한 서류라도 가지고 있으니까요, 정작 미국 출생 미국인들은 서류 없이 무작정 찾아오거든요. 그럼 서류 없이 온 사람들은 어떻게 처리하느냐고 거트루드 스타인이 물었다. 그가 말했다, 우리야 어림짐작으로 판단할 도리밖에 없습니다만, 그저 판단이 옳기를 바랄 뿐이죠. 그런데 이제, 그가 이어서 말했다, 제가 하는 대로 따라서 선서를 하시겠습니까. 오 이런, 그가 말했다, 너무 자주 하다보니 오히려 잊어버렸네요.

쿡 여행사에서 10월 15일쯤이면 파리로 돌아갈 수 있다고 말했다. 미시즈 화이트헤드는 우리와 함께 파리로 가고 싶어했다. 그녀의 아들인 노스가 외투도 없이 전선으로 떠났는데, 그게 마음에 걸려 외투 한 벌을 구했는데 평상시대로 보냈다가는 철이 지나 너무 늦게 받을까봐 걱정이었다. 그래서 그녀는 본인이 직접 전해주든지 아니면 아들에게 바로 전해줄 수 있는 사람을 알아보려고 파리로 갈 준비를 했다. 그녀는 서둘러 전쟁사무국과 키치너에게서 서류를 받아 우리와 함께 출발했다.

런던을 떠날 때의 기억이 잘 나지 않는데, 밝은 대낮에 떠났는지 밤에 떠났는지조차 기억에 없지만 우리가 영불해협을 항해하는 배에 올라탔을 때가 낮이었던 것으로 보아 아마 낮에 런던을 떠난 게 틀림없다. 사람들이 꽉 들어찬 배였다. 안트베르펜*에서 퇴각하여 배에 올라

탄 벨기에 병사와 장교가 많았는데, 모두 피로에 지쳐 퀭하게 풀린 눈빛이었다. 그렇게 피로에 절었으면서도 경계의 눈빛을 감추지 않는 군인들을 본 것이 그때가 처음이었다. 앉을 자리를 찾기가 쉽지 않았지만 우리는 몸이 성치 않은 미시즈 화이트헤드가 앉을 데를 겨우 하나 찾아냈고 얼마 지나지 않아 우리는 프랑스에 도착했다. 미시즈 화이트헤드가 준비한 서류가 얼마나 대단했는지 우리는 곧바로 기차에 탈 수 있었고 밤 열시경에 파리로 들어설 수 있었다. 역에서 내려 택시를 탄 우리는, 아무런 피해도 입지 않은 아름다운 파리, 그 파리 시내를 지나 플뢰뤼스가로 향했다. 다시 집으로 돌아왔던 것이다.

그동안 너무나 멀리 떨어져 있는 듯했던 사람들 모두가 우리를 찾아오기 시작했다. 한번은 앨피 모러가 와서 자기가 좋아하는 마른강변의 마을에서 지낸 이야기를 하면서, 자기는 늘 마른강에서 낚시를 즐겼는데, 전시 동원된 기관차가 보이고 독일군이 나타나는 바람에 너무 겁나고 두려워 교통편을 구하려고 사방팔방 뛰어다닌 끝에 무사히 파리로 돌아올 수 있었다고 자랑스레 떠들어댔다. 앨피 모러가 떠나고 그를 문까지 배웅해준 거트루드 스타인이 얼굴에 미소를 지으며 돌아왔다. 그러자 미시즈 화이트헤드가 감정을 억누르며 조심스럽게 말을 꺼냈다, 거트루드 당신은 앨피 모러에 대해서는 늘 따뜻한 말로 감싸는 것 같은데 이런 시국에 어떻게 그런 이기적인 겁쟁이를 좋아할 수 있는지 모르겠군요. 그 사람은 오로지 자기 목숨 중한 것만 생각하고, 따지고

---

* 영어식 발음 '앤트워프'로 잘 알려진 벨기에 제2의 도시. 독일의 벨기에 침공으로 1914년 9월 말에서 10월 초까지 독일군에 포위되었다가 결국 벨기에가 항복하면서 군 병력을 철수했고, 전쟁이 끝날 때까지 독일 치하에 있었다.

보면 이편도 저편도 아니잖아요. 거트루드 스타인은 웃음을 터뜨렸다. 아니 어떻게 그런 생각을 하세요, 그녀가 말했다, 이해 못하겠지만, 앨피한테는 여자친구가 있는데 그 여자가 독일군에게 붙잡힐까봐 겁에 질려 어찌나 노심초사하는지 저러다 죽겠다 싶을 정도랍니다.

그때 파리에는 사람이 많지 않았고 우리는 오히려 그런 상황이 마음에 들어 곳곳을 돌아다니면서 파리에 있다는 사실에 너무나 기뻐했고, 더할 나위 없이 신나고 멋지다고 생각했다. 곧 미시즈 화이트헤드가 아들에게 외투를 전달해주는 방안을 찾아내고 난 뒤 영국으로 돌아갔고 우리는 파리에서 겨울을 맞이하게 되었다.

거트루드 스타인은 뉴욕에 있는 친구들에게 원고를 보내 자기 대신 잘 보관해달라고 부탁했다. 위험한 상황이 모두 끝났기를 바랐지만 그래도 그리 하는 편이 더 좋을 것 같았고 게다가 체펠린 비행선*이 하늘에 모습을 드러내던 시기이기도 했다. 사실 우리가 영국을 떠나기 전에 런던은 밤마다 칠흑 같은 어둠에 휩싸여 있었다. 그래도 파리는 1월까지는 평상시와 다름없이 계속해서 거리에 불빛을 밝히고 있었다.

그 일이 어떻게 일어났는지 전혀 기억이 나질 않지만 칼 밴 베천이 주선하고 또 앨런과 루이스 노턴 부부가 관여해서 가능한 일이었을 텐데, 어쨌든 도널드 에반스**라는 사람이 원고 세 편을 한데 모아 작은 책으로 내고 싶은데 거트루드 스타인이 그 책의 제목을 생각해주면 좋겠다는 내용의 편지를 보내왔다. 그 원고 중 두 편은 우리가 처음 스페

---

* 제1차세계대전에서 독일이 공중 폭격이나 정찰용으로 영국 공습에 활용했던 비행선이다.
** 미국 시인이며 출판업자이자 저널리스트.

인 여행을 갔을 때 쓴 것이고 음식, 방 등에 관한 원고는 여행에서 돌아온 즉시 쓴 것이었다. 거트루드 스타인이 말하곤 했듯이, 그 글들은 외부의 사물과 내면의 세계를 혼합하는 글쓰기의 시작이었다. 그때까지 그녀는 사물의 본질적 특성과 그 내부에 관심을 갖고 있었고, 그런 관심 속에 연구를 계속하면서 외부에서 바라본 내면의 세계를 묘사하기 시작했던 것이다. 그녀는 그 세 편의 글이 출간된다는 생각에 굉장히 기뻐하며 바로 도널드 에반스의 제안을 받아들였고, 책 제목을 '부드러운 단추들'이라고 하면 좋을 것 같다고 제안했다. 도널드 에반스는 자기 회사 이름이 '클레어 마리'라면서 계약서를 보내왔는데 여느 계약서와 별반 다르지 않았다. 우리는 계약서에 당연히 '클레어 마리'라는 이름이 들어 있을 줄 알았는데 어디에도 없었다. 책이 출간되었는데 칠백오십 부인지 천 부인지 기억이 나질 않지만 아무튼 사람의 시선을 끌만한 대단히 예쁜 작은 책이었고 거트루드 스타인은 매우 기뻐했는데, 그 책은, 지금 모두가 알고 있듯이, 젊은 작가들에게 대단히 큰 영향을 주었지만 동시에 전국의 신문 칼럼니스트들에게는 오랫동안 비웃음과 놀림의 대상이 되기도 했다. 내가 여기서 분명히 말하지만 지금도 거트루드 스타인은 칼럼니스트들이 진짜로 웃길 때면, 그 사람들 자주 그렇게 너무 웃기거든, 하면서 그들이 쓴 글을 나에게 큰 소리로 읽어주곤 한다.

그러는 동안에 1914년에서 1915년으로 해가 바뀌고 황량하고 쓸쓸한 겨울이 계속되었다. 겨울 어느 날 밤, 내 생각에 틀림없이 1월 말이었던 것 같은데, 그날 밤 나는 예나 지금이나 변하지 않는 습관대로 일찍 잠자리에 들었고, 거트루드 스타인 역시 늘 하던 대로, 아래층 스튜디오에서 일을 하고 있었다. 그런데 갑자기 그녀가 조용히 나를 부르는 소리가 들렸다. 무슨 일 있어, 내가 물었다. 아니 별일은 아니고, 그녀가 말했다, 그런데 괜찮으면 따뜻한 옷 걸치고 아래층으로 내려올 수 있을까, 그러는 게 더 좋을 것 같은데. 내가 물었다, 무슨 일 있어, 혁명이 일어났나. 건물 관리인들과 그들의 아내들은 입만 열면 혁명 이야기를 했다. 프랑스인들은 혁명에 익숙하고 또 수차례 혁명을 경험한 적이 있어, 무슨 일이 일어났다 싶으면 즉각 그것을 떠올리며 말한다, 혁명이 일어났다고. 실제로 한번은 몇몇 프랑스 군인들이 혁명에 관해 무슨 말인가 했을 때 거트루드 스타인이 참다못해 발끈하며 그들에게 말한 적이 있었다, 정말 어처구니가 없네요, 그래요 당신들은 단 한 번 완벽하게 훌륭하고 멋진 혁명을 치러내긴 했지만 그 밖의 나머지는 좋은 혁명이라고 할 수 없다고요. 지적 면모를 갖춘 국민이 그런 식으로 늘 한 얘기 하고 또 하는 식으로 아무 생각 없이 지내는 것은 바보 같은 짓거리라고밖에 볼 수 없어요. 그녀의 말에 프랑스 군인들은 당황하고 멋쩍은 표정을 지으며 말했다, *당연하죠, 마드무아젤,* 지당하신 말씀입니다.

그런데 나 역시 그녀가 나를 깨웠을 때 이렇게 묻고 말았다, 혁명이 벌어지고 군인들이 나타난 건가. 아니, 그녀가 말했다, 그런 건 아니고. 그럼 뭐야, 나는 짜증 섞인 목소리로 물었다. 나도 잘 모르겠는데, 그녀가 대답했다, 경보가 울려서 그래. 아무튼 내려오는 게 좋겠어. 나는 불을 켜려고 했다. 그러자 그녀가 다급하게 말렸다, 안 돼, 불은 켜지 마. 그냥 손만 내밀어 내가 잡아줄 테니 조심해서 내려와 여기 아래층 소파에서 자면 될 거야. 나는 내려갔다. 칠흑같이 어두웠다. 소파에 앉고 나서 내가 말했다, 몸에 무슨 이상이 생긴 건지 왜 자꾸 무릎이 떨리면서 서로 부딪치는지 모르겠네. 거트루드 스타인은 웃음을 터뜨렸다. 잠깐만 기다려, 담요 갖다줄 테니, 그녀가 말했다. 어디 가지 말고 그냥 곁에 있어, 내가 말했다. 그녀는 뭔가를 찾아내어 내 몸을 덮어주었고 잠시 후 뭔가가 크게 펑 터지는 소리가 났고, 이어서 몇 차례 더 폭발음이 들려왔다. 둔한 소음이었고 이윽고 거리에 나팔소리가 울려퍼지고 나서야 우리는 공습경보가 끝났음을 알았다. 우리는 불을 켰고 곧 잠자리에 들었다.

여기서 말해두지만 만일 그때 내가 무릎이 떨리면서 서로 부딪치는 경험을 하지 않았더라면 시나 산문에서 그런 식으로 묘사한 것이 사실이라고 믿지 않았을 것이다.

그다음번에 체펠린 비행선이 출현하여 경보가 울린 적이 있었는데 경보가 울리고 얼마 지나지 않았을 때, 피카소와 에바가 우리와 함께 식사를 하게 되었다. 그때 우리는 화실이 있는 이층짜리 건물이 우리가 잠을 자는 조그만 부속건물 지붕보다 안전하지 않다는 사실을 알게 되었고 이미 건물의 여자 관리인은 자기 방은 사람 머리 위로 육층이나 더 있는 것과 마찬가지여서 훨씬 안전하다며 우리더러 그 방에 가서 지내는 게 어떻겠느냐는 제안까지 했었다. 그 당시 에바는 몸이 좋지 않은데다 공포에 질려 있던 터라 우리 모두는 관리인의 방으로 갔다. 심지어 엘렌의 뒤를 이어 집안일을 도와주는 브르타뉴 출신의 하녀 잔 풀까지 따라왔다. 그런데 잔은 그런 식으로 예방조치를 하며 조심하는 일에 지쳤는지 모두가 그러지 말라고 강하게 말리는데도 불구하고 부엌으로 가더니, 규정도 무시한 채 불을 켜고 계속 설거지를 해댔다. 관리인의 좁은 칸막이방에 계속 있자니 지겹기도 하고 답답했던 우리는 그 방을 나와 화실로 향했다. 불빛이 많이 새어나가지 않도록 촛불을 켜서 테이블 아래에 놓은 뒤, 에바와 나는 애써 잠을 청했고 거트루드 스타인과 피카소는 새벽 두시까지 이야기를 나누었으며 이윽고 경보가 해제되는 소리가 들리자 피카소와 에바는 자기 집으로 돌아갔다.

당시 피카소와 에바는 공동묘지가 내려다보이는, 쉴셰르가의 꽤 비싼 스튜디오 아파트에 살고 있었다. 그리 유쾌한 시절은 아니었다. 유일한 낙이 있었다면 포병이 되겠다고 말 타는 연습을 하다가 자꾸 낙마한다는 기욤 아폴리네르의 편지를 받아 읽어보는 일이었다. 그 당시 유일하게 그들과 친했던 또다른 사람들은 그들이 G. 아포스트로피라 부르던 러시아인*과 남작 부인이라는 그의 누이였다. 이 두 사람은 앙리 루소가 죽자 그의 화실에 있던 그림들을 모두 사들였다. 빅토르 위고가 심었다는 나무**가 있는 곳 위쪽의 라스파유대로에 아파트 한 채를 갖고 있던 그들은 그래도 재미있는 사람들이었다. 피카소는 그들에게 러시아 알파벳을 배우고는 일부 그림에 러시아 글자를 집어넣기 시작했다.

그렇게 유쾌하고 신나는 겨울은 아니었다. 새로운 사람들과 옛 인연들이 찾아왔다 떠나곤 했다. 그 무렵 엘렌 라 모트***가 등장했는데, 그녀는 대단히 영웅적인 면이 있었지만 한편으로는 걱정이나 겁이 많기도

* 프랑스에서 활동한 러시아 입체파 화가인 세르지 페라를 피카소와 아폴리네르가 장난스럽게 부르던 별명.
** 위고는 라스파유대로가 생기기 전에 플라타너스나무들이 우거진 시골이었던 몽파르나스의 조용하고 아담한 빌라에 살면서 집 앞에 아카시아나무를 심었다고 한다.
*** 미국 간호사이자 저널리스트로 제1차세계대전 동안 간호사로서 겪었던 경험을 기록한 『전쟁의 여파』의 저자.

했다. 그녀는 세르비아에 가고 싶어했고 에밀리 채드본도 같이 따라가고 싶어했지만 결국 둘 다 가지 못하고 말았다.

이 일에 관해 거트루드 스타인이 쓴 짧은 단편이 있다.

엘렌 라 모트는 자기 사촌인 뒤 퐁 드 느무르*에게 준다며 갖가지 전쟁기념품을 수집하고 있었다. 그녀가 그것들을 어떻게 수집했는지 이야기를 들어보면 무척 흥미진진했다. 당시엔 모든 사람이 전쟁 기념품이라며 이상한 물건을 많이 들고 왔는데, 말의 머리를 뚫고 지나간 철 화살, 포탄 조각, 파편으로 만든 잉크통, 철모 등이 있었고, 심지어 어떤 사람은 체펠린인지 비행기인지 어떤 것인지 기억이 나질 않지만, 아무튼 무슨 파편을 가져와 우리에게 주겠다고 해서 정중히 사양한 적도 있다. 이상한 겨울이었다. 아무 일도 벌어지지 않은 것 같으면서도 온갖 일이 벌어졌다. 내 기억이 맞다면 누군가가, 내 생각엔 휴가 나온 아폴리네르였던 것 같은데, 아무튼 한 사람이 콘서트를 열고 블레즈 상드라르**의 시를 낭송했던 때가 바로 그 시기였다. 내가 에리크 사티라는 이름과 그의 음악을 처음 들었을 때이기도 했다. 그 콘서트와 시 낭송이 누군가의 화실에서 열렸는데 사람들이 많이 모여 성황을 이루었던 것으로 기억한다. 거트루드 스타인과 후안 그리스의 우정이 시작된 것도 그 시기였다. 후안 그리스는 라비냥가의 스튜디오에 살고 있었는데 예전에 술에 취한 살몽을 혼자 가둬두었더니 내 모자의 노란 장식을 씹어 뱉어놓았던 그곳이었다.

---

* 마르그리트 라모 뒤 퐁 리를 말하는 것으로 보인다. 여성참정권 운동, 도시빈민구제를 위한 교육과 보살핌 프로그램 운영 등 적극적으로 정치, 사회 활동을 했다.
** 프랑스로 귀화한 스위스 태생 소설가이자 시인.

우리는 그곳에 자주 갔다. 후안은 그림을 사는 사람이 없어 힘든 시기를 보내고 있었지만, 전선에 나가 있는 프랑스 예술가들은 먹고 지내는 데 별 어려움이 없었으며 게다가 그 예술가들의 아내나 애인은 어느 시기 동안 같이 지냈다는 사실만 확인되면 수당을 받았다. 에르뱅*의 안타까운 사례도 있었는데, 체구는 작지만 멋진 남자였던 그는 너무 왜소하다는 이유로 군대에서 쫓겨났다. 그는 감당할 수 없을 정도로 무거운 짐을 날라야 했는데 너무 무거워서 아무리 기를 써도 소용이 없었다고 애처롭게 말했다. 군복무 부적격자로 집으로 돌아온 그는 거의 아사 직전이었다. 누가 우리에게 그의 이야기를 들려주었는지 잘 모르겠지만, 아무튼 그는 솔직하고 진지한 초기 입체파 화가 중 한 사람이었다. 그나마 다행이었던 것은 거트루드 스타인이 힘을 써서 로저 프라이가 그에게 관심을 갖게 된 것이었다. 로저 프라이가 에르뱅을 데리고 영국으로 건너가 그의 그림을 소개하면서 에르뱅은 유명세를 얻기 시작했고, 지금도 꽤 명성이 자자한 것으로 알고 있다.

후안 그리스의 경우는 사정이 훨씬 더 어려웠다. 그 당시 후안은 굉장히 큰 고통 속에 있었으며 특별히 사람들과 잘 어울리는 성격도 아니었다. 대단히 우울하고 지나치게 감정적인 데가 있으면서도 늘 그렇듯 총명하고 지적이었다. 그때 그는 거의 전적으로 검은색과 흰색으로만 그림을 그렸기에 당연히 그의 작품은 대단히 음침한 인상을 주었다. 한편 그와 친하게 지내던 칸바일러는 스위스에 망명중이었고, 스페인에 있던 그의 누이가 도와주긴 했지만 큰 도움은 되지 못했다. 그러니

---

* 오귀스트 에르뱅. 피카소의 영향으로 입체파에 감화를 받았던 프랑스 화가.

그의 상황이 절망적일 수밖에.

그런데 바로 그즈음, 나중에 전쟁이 끝난 뒤 칸바일러가 소장하고 있던 그림들을 경매에 부칠 때 전문가를 자처하며 입체파를 죽이겠다고 말했던 그 화상이 입체파를 구원하겠다고 나서더니 그나마 자유롭게 그림을 그릴 수 있던 입체파 화가들과 계약을 맺기 시작했다. 그렇게 계약을 맺은 화가 중 후안 그리스가 있었고 그 일이 당장은 그에게 큰 도움이 되었다.

파리로 돌아왔을 때 당연히 우리는 바로 밀드러드 올드리치를 만나러 갔다. 우리는 그녀가 군사지역 안에 살고 있었기에 그녀를 만나려면 특별 허가를 받아야 할 것이라고 생각했다. 그래서 우리는 관할 경찰서로 찾아가 어떻게 해야 하는지 알아보았다. 담당 경찰관이 어떤 서류를 가지고 있느냐고 물었다. 미국 여권, 그리고 프랑스 거주 등록증요, 거트루드 스타인이 주머니에 넣고 있던 서류를 잔뜩 꺼내며 말했다. 그 서류들을 하나하나 살펴보던 경찰관이 물었다, 이건 뭡니까, 여기 노란 종이가 또하나 있는데요. 아 그거요, 거트루드 스타인이 대답했다, 은행에 돈을 맡기고 받은 증서입니다. 그러자 경찰관이 진지한 목소리로 말했다, 제 생각엔, 그것도 같이 챙겨 가는 게 좋겠습니다. 제가 보니까, 그가 덧붙였다, 이 서류들만 잘 챙기시면 아무 문제가 없을 것 같습니다.

그런데 사실 밀드러드를 만나러 가는 데 아무 서류도 내보일 필요가 없었다. 우리는 밀드러드와 며칠을 같이 보냈다.

밀드러드는 우리가 그 겨울에 알고 지내던 사람들 중에서 가장 씩씩하고 쾌활한 사람이었다. 마른전투가 벌어지던 힘든 시기를 겪어낸 그녀는, 살고 있던 언덕 꼭대기에서 아래쪽 숲에 있던 독일 창기병들도 두 눈으로 보고, 그 아래쪽에서 벌어진 전투도 직접 목격하는 사이에 시골 사람이 다 되어 있었다. 우리는 그녀가 프랑스 농부처럼 보인다고 놀렸는데 미국 뉴잉글랜드 농촌 지역에서 태어나고 자란 그녀는, 조금은 우스꽝스러웠지만, 실제로 프랑스 농부처럼 보였다. 프랑스 가구가 놓여 있고 프랑스 그림도 걸어둔 작은 프랑스 농가에, 프랑스 하인과 프랑스산 푸들까지 키우고 있는 그 집 내부가, 그래도 철저히 미국적인 분위기를 풍기고 있는 것은 언제 봐도 늘 놀라웠다. 그 겨울에 우리는 그녀를 몇 차례 더 만났다.

마침내 봄이 찾아왔고 우리는 잠시 집을 떠나 있기로 했다. 한동안 미국 병원에서 프랑스 부상병들을 간호하던 우리의 친구 윌리엄 쿡은 마요르카의 팔마로 다시 돌아갔다. 그림을 그려 생계를 유지하던 쿡이 계속 그렇게 사는 게 힘들다고 팔마로 떠났는데 당시 스페인 환율이 매우 낮아 그곳에서는 하루에 몇 프랑만 있어도 대단히 풍족하게 살 수 있었기 때문이었다.

우리도 팔마로 가서 잠시 전쟁을 잊고 살자고 마음을 먹었다. 당시 우리는 런던에서 발급받은 임시여권만 갖고 있었기 때문에 대사관을 찾아가 스페인 영토로 갈 수 있는 정식여권을 발급받아야 했다. 처음에 우리를 면접한 사람은 친절해 보이는 나이든 신사였는데 외교 업무 담당이 아닌 것이 분명했다. 불가능합니다, 그가 말했다, 왜냐하면, 이렇게 말을 이었다, 나를 보십시오, 나도 파리에서 사십 년을 살고 있고 조상 대대로 미국 사람인데도 불구하고 여권이 없습니다. 안 되는 일입니다, 그가 말했다, 미국에 가신다면 여권을 받을 수 있어요 아니면 여권 없이 프랑스에 계속 계시든지요. 거트루드 스타인은 대사관 사무국 사람들 아무나 불러달라고 강하게 요청했다. 곧 상기된 얼굴에 머리칼이 붉은 젊은 직원이 나타났다. 그 역시 똑같은 말을 했다. 거트루드 스타인은 그의 말을 잠자코 듣고 있었다. 그러다 그녀가 말했다, 나하고 똑같은 입장인 사람이 있는데, 그러니까 미국 태생 미국인으로 유럽 거주 기간이 나하고 똑같고 나처럼 작가인데 그 사람도 당장은 미국으로 돌아갈 의향이 없는데도 당신네 부서에서 정식 여권을 발급받았단 말예요. 젊은 직원은 얼굴이 더욱 상기되어 말했다, 아무래도 분명히 무슨 착오가 있었을 겁니다. 아니 아주 간단한 일이잖아요, 거트루드 스타인이 응수하고 나섰다, 당신네 기록들을 살펴보면 당장이라도 확인할 수 있는 일이지요. 그 직원이 사라지더니 바로 다시 돌아와 말했다, 네 하신 말씀이 맞습니다만 워낙 특별한 경우라서 그렇습니다. 그러자 거트루드 스타인이 심하게 따지고 들었다, 그럴 수는 없지요, 어떤 시민에게는 특권을 주고, 비슷한 상황에 있는 또다른 시민에게는 줄 수 없다, 이건 말이 안 되잖아요. 젊은 직원이 다시 자리를 뜨더니 잠시 후 돌아와 이렇게 말했다, 네 네 그럼 이제 예비 면접을 하도록 하겠습니다. 면접이 끝나자 그가 가급적 여권을 발급하지 말고 그래도 정말 원하는 사람이 있으면 발급해주라는 지시가 있었다고 궁색한 변명을 늘어놓았다. 어쨌든 우리는 굉장히 빨리 여권을 받게 되었다.

그런 다음 우리는 팔마로 향했는데 몇 주만 있을 생각이었지만 결국은 겨울이 다 지날 때까지 머물게 되었다. 제일 먼저 우리가 간 곳은 바르셀로나였다. 거리에 그렇게 많은 사람이 오간다니 신기할 정도였다. 세상에 사람이 그렇게나 많이 남아 있으리라고는 상상도 못했다. 인적 드문 거리, 사람이 보이더라도 군복을 입은 이들뿐이라 군인 말고는 아무도 없는 그런 거리 풍경에 익숙한 터라, 람블라스 거리를 오가는 인파를 보니 당혹스러울 정도였다. 우리는 호텔 창가에 앉아 거리 풍경을 바라보았다. 나는 일찍 자고 일찍 일어나는 사람이고 거트루드 스타인은 늦게 자고 늦게 일어나는 사람이라 같이 거리를 내다보는 일이 많지는 않았지만 그래도 같이 있는 시간에 거리를 내다보면 언제 어느 순간이든 람블라스 거리를 오가는 수많은 사람이 보였다.

바르셀로나를 뒤로하고 우리는 다시 한번 팔마에 도착했고 마중나온 쿡이 우리를 위해 모든 일을 다 준비해놓고 있었다. 어느 때라도 믿고 의지할 수 있는 사람이 바로 윌리엄 쿡이었다. 그때 윌리엄 쿡은 가난했지만 나중에는 상속을 받아 굉장한 부자가 되었는데 밀드러드 올드리치가 곤란한 지경에 처하게 되고 거트루드 스타인도 그녀를 더이상 도와주지 못하는 처지가 되자, 그는 거트루드 스타인에게 백지수표를 내밀며 말했다. 밀드러드를 위해 필요한 만큼 다 쓰셔도 됩니다, 우리 어머니가 밀드러드의 책을 아주 좋아하거든요.

윌리엄 쿡은 자주 사라지는 바람에 소식을 못 들을 때가 많았지만 이런저런 이유로 그가 필요하다 싶을 때면 어김없이 나타났다. 나중에 그가 미국 육군에 입대했을 무렵 거트루드 스타인과 나는 '프랑스 부상병을 위한 미국 기금'이라는 단체에서 전시 구호 활동을 하고 있었는데 그 일 때문에 거트루드 스타인을 아침 일찍 깨워야 할 때가 많았다. 당시 그녀와 쿡은 갑자기 마주하는 일출이 가져다주는 불쾌한 감정을 토로하는, 대단히 울적한 내용의 편지를 주고받았다. 그들이 주장하는 바에 따르면, 일출은, 그 전날 밤부터 서서히 다가와야 좋지, 아침에 느닷없이 마주치면 너무 끔찍하다는 것이었다. 나중에 거트루드 스타인을 마른전투에 동원되었던 옛날 택시에 태워 운전을 가르쳐준 사람도 윌리엄 쿡이었다. 그렇게 운전을 가르쳐줄 당시 쿡은 생활이 어려워 파리에서 택시 운전을 했었고, 1916년인 그때 거트루드 스타인은 '프랑스 부상병을 위한 미국 기금'의 구호 활동을 위해 운전을 해야 했다. 그래서 어두운 밤이 되면 두 사람은 방어진지 밖까지 나가 전쟁 전에 출고된 2기통짜리 구식 르노 택시에 심각한 표정으로 앉았고, 그런 다음 윌리엄 쿡이 가르쳐주는 대로 거트루드 스타인은 운전을 배웠던 것이다. 어디 그뿐인가, 거트루드 스타인이 영어로 쓴 유일한 영화 대본의 영감을 준 사람도 윌리엄 쿡이었는데, 얼마 전 나는 그 대본을 다른 작품들과 함께 묶어 『오페라와 희곡들』이라는 책으로 플레인 에디션*에서 출간했다. 그녀가 쓴 영화 대본이 한 편 더 있는데 첫 대본을 쓰고 몇 년 뒤에 프랑스어로 쓴 것으로, 역시 『오페라와 희곡들』에 수록되어 있으며 그녀가 키우던 바스켓이라는 이름의 흰 푸들에게서 영감을 받았다고 했다.

이쯤 해두고 다시 마요르카의 팔마 이야기로 돌아가자. 우리는 전에 두 해 여름을 팔마에서 보내며 그곳을 좋아했는데 또다시 찾았을 때 역시 마음에 쏙 들었다. 지금이야 많은 미국인이 그곳을 좋아해서 찾아가지만 당시엔 쿡과 우리가 그 섬의 유일한 미국인이었다. 영국인도 있었는데, 대략 세 가구 정도 사는 것 같았다. 그중에 넬슨 제독 휘하에 있던 어느 함장의 후손인 미시즈 펜폴드가 남편과 함께 살고 있었는데, 할말은 똑 부러지게 하는 나이든 여자였다. 그녀가 자기 집에서 차를

---

* 스타인이 토클러스와 함께 만든 출판사로, 1930년부터 스타인의 작품을 출간했다.

마시던 평화주의자 성향을 지닌 열여섯 살짜리 영국 아이 마크 길버트가 케이크를 먹지 않겠다고 하자 이렇게 말했다. 마크 네가 조국을 위해 싸울 수 있을 만큼 나이를 먹은 거니 아니면 아직 케이크를 먹고 있을 정도로 어린 거니. 그러자 마크가 얼른 케이크를 먹었다고 한다.

팔마에는 프랑스 가족도 서넛 있었는데, 그중에 프랑스 영사이며 이탈리아 출신 매력적인 아내와 같이 살고 있는 마르샹 씨와 우리는 곧 가까운 사이가 되었다. 우리가 들려준 모로코 이야기에 무척 기뻐했던 이가 바로 그였다. 그는 프랑스 정부가 당시 모로코의 술탄이었던 물레이 하피드*의 퇴위를 유도할 무렵 모로코 탕헤르의 프랑스인 거주 지역에서 근무했다. 그 당시 우리는 열흘 동안 탕헤르에 머문 적이 있었는데, 처음 스페인을 여행하던 중에 있었던 일이었고 그때는 거트루드 스타인에게 중요한 일이 많이 일어나던 시기이기도 했다.

탕헤르에 있던 그때 여행 안내자로 고용한 모하메드가 우리를 무척 좋아했었다. 그는 여행 안내자라기보다는 함께 긴 시간 산책을 할 만큼 마음에 드는 동료가 되어 우리를 자기 사촌들이 살고 있는 놀라울 정도로 깨끗한 아랍 중산층의 집으로 데리고 가 같이 차를 마시며 즐거운 시간을 보내기도 했다. 우리는 모든 게 흥겹고 즐거웠다. 그는 스스럼없이 정치 이야기를 꺼내기도 했다. 물레이 하피드 궁전에서 교육을 받았다는 그는 궁전에서 무슨 일이 벌어지고 있는지 속속들이 알고 있었다. 물레이 하피드가 물러나면서 얼마나 많은 돈을 챙길지, 그리고 언제 물러나려고 하는지 들려주었다. 우리는 그런 이야기를 재미있게

---

* 1908년에서 1912년까지 모로코의 통치자였던 물레이 압델하피드. 그가 1912년 3월에 퇴위함으로써 모로코는 프랑스 보호령이 되었다.

들었으며 마찬가지로 그가 어떤 이야기를 하든지 항상 이런 말로 끝맺는 것도 좋았다, 두 분이 다시 여기에 오시면 그때는 전차가 다닐 테고 그러면 힘들게 걸어다닐 필요가 없어 정말 좋을 겁니다. 나중에 스페인에서 신문을 읽던 우리는 모로코의 상황이 모하메드가 얘기한 대로 진행되고 있다는 기사를 접하고는 더 볼 것도 없다며 더이상 관심을 두지 않았다. 그뒤 팔마에서 마르샹 씨를 만나 우리가 유일하게 모로코를 방문했을 때 겪은 일을 얘기하던 중에 그 이야기를 들려주었던 것이다. 그러자 그가 말했다, 그게 바로 외교라는 겁니다, 어쩌면 이 세상에 아랍인이 아니면서 프랑스 정부가 필사적으로 알아내려고 했던 것이 무엇인지 알고 있는 사람이 당신 두 분밖에 없었을지 모르고, 두 분도 우연히 그 얘기를 알게 되었지만 사실 두 분께는 별로 중요한 정보가 아니었겠지요.

팔마에서의 생활이 너무 즐거웠던 터라 우리는 그해 여름 더이상 다른 곳으로 떠나지 말고 팔마에서 죽치고 지내기로 했다. 우리는 프랑스에 있던 하녀 잔 풀을 팔마로 불러들였고 우편배달부의 도움을 받아 팔마 외곽, 테레노 지역의 도스 데 마요 거리에 있는 작은 집을 찾아내 자리를 잡았다. 대단히 만족스러웠다. 그래서 그해 여름만이 아니라 이듬해 봄이 될 때까지 계속 그곳에서 살았다.

오랫동안 우리는 런던의 무디도서관* 회원이었던 터라 어디에 가든지 그 도서관의 책을 받아볼 수 있었다. 거트루드 스타인이 빅토리아 여왕이 쓴 서간문 전부를 나에게 큰 소리로 읽어주던 때가 바로 우리

---

* 영국 출판업자 찰스 에드워드 무디가 세운 대출 전문 도서관.

가 팔마에 살던 때였고 그녀가 선교사들의 자서전과 일기에 관심을 갖게 된 것도 바로 그 시기였다. 무디도서관은 온갖 책을 소장하고 있었고 그녀는 그 책들을 다 읽었다.

거트루드 스타인이 훗날 『지리와 희곡』에 수록되는 희곡작품 대부분을 썼던 시기가 바로 마요르카의 팔마에 머물던 그때였다. 그녀는 어떤 특별한 풍경을 보면 희곡을 쓰게 된다고 항상 말하는데 테레노 주변 시골 풍경이 바로 그랬다고 한다.

우리는 마요르카 사냥개를 키웠는데, 몸통이 대륙의 스페인 사냥개처럼 한 가지 색이 아니라 줄무늬가 있었고, 달밤에 춤추는 모습이 약간 미친 게 아닌가 싶은 품종이었다. 우리는 그 개에게 폴리브라는 이름을 붙여주었는데 〈르 피가로〉에 폴리브라는 서명이 들어간 기사들*을 재미있게 읽었기 때문이었다. 폴리브는, 마르샹 씨가 말한 것처럼 *세상 모든 사람을 반갑게 맞아주긴 하지만 충성은 한 사람에게만 바치는 아랍인* 같았다. 그런데 폴리브는 식탐이 엄청나 더러운 오물까지 먹어버릴 정도로 못 말리는 개였다. 혹시 좀 나아질까 싶어 재갈을 물렸는데 영국 영사를 모시는 러시아 출신 하인이 그 모습을 보고는 격분하는 바람에 그만두어야 했다. 좀 지나자 폴리브는 이제 양들을 못살게 괴롭히는 데 재미가 들린 모양이었다. 심지어 폴리브 때문에 우리는 쿡하고 언쟁을 벌이기도 했다. 쿡은 마리로즈라는 폭스테리어를 키웠는데 우리 생각에는 마리로즈가 폴리브를 꼬드겨 못된 장난을 치게 하고는 짐짓 자기는 잘못이 없다는 듯이 슬쩍 물러나 폴리브만 욕먹게 만

---

* 프랑스 작가이자 정치가인 조제프 레이나크가 '폴리브'라는 필명으로 제1차세계대전이 시작되고 끝난 다음날까지 전쟁의 실상을 폭로하는 기사를 썼다.

든 것이 분명했다. 반면에 쿡은 우리가 폴리브를 잘못 기르고 있다고 확신하는 것 같았다. 하지만 그런 폴리브에게도 멋진 면이 있었다. 나는 항상 방 한가운데 바닥에 있는 꽃병에 월하향을 한 다발씩 꽂아두었는데 글쎄 폴리브가 꽃향기를 맡으며 의자에 얌전히 앉아 있는 게 아닌가. 한 번도 꽃을 먹어버리려 하지 않고, 정말 점잖게 향기만 맡고 있었다. 한번은 일주일 동안 집을 비울 일이 있어 폴리브를 옛 벨베르 성을 지키는 경비대원에게 맡긴 적이 있었다. 그러다 일주일 뒤 찾으러 갔을 때 그 녀석은 우리를 알아보지 못했을 뿐만 아니라 자기 이름도 알아듣지 못했다. 아무튼 폴리브는 그 당시에 거트루드 스타인이 쓴 많은 희곡에 등장했다.

그 당시 전쟁에 관한 마요르카섬 주민들의 감정은 대단히 복잡했다. 그러는 가운데 그들은 전쟁 비용이 얼마가 될지에 가장 많은 관심을 보였다. 그들은 전쟁을 치르는 데 일 년에, 한 달에, 일주일에, 하루에, 한 시간에, 심지어 일 분에 비용이 얼마나 들지 매시간 머리를 맞대고 논의할 수 있는 듯했다. 어느 여름날 저녁, 그들이 오백만 페세타, 백만 페세타, 이백만 페세타, 자 잘 주무십시오, 잘 자요, 하는 소리를 들었던 우리는 그들이 낮이고 밤이고 전쟁 비용을 계산하는 데 온 정신이 팔려 있다는 것을 알게 되었다. 주민 대부분은 물론 좀더 나은 중산층에 속하는 사람들까지 글을 읽고 쓰거나, 숫자 계산하는 일을 힘들어하는 데다 여자들은 완전 까막눈이기 때문에 그들이 전쟁 비용을 따지며 계속 화젯거리로 삼는 게 얼마나 흥미진진하고 재미있는 일일지 상상이 되긴 했다.

우리 이웃 중 한 사람이 독일 출신 가정교사를 두었는데 독일군이 승리를 거뒀다는 소식이 들릴 때마다 그녀가 독일 국기를 내다 걸었다. 그런 행동에 우리도 최선을 다해 대응하려 했지만, 안타깝게도 연합군이 승리했다는 소식이 많지 않았다. 섬 주민 중 하층민들이 적극적으로 연합국을 지지했다. 호텔 웨이터는 스페인이 연합국 편에 서서 전쟁에 참가하기를 학수고대하고 있었다. 그는 스페인군이 세상 어느 나라의 군대도 따라오지 못할 정도로 적은 군량으로 먼 거리를 행군할 수 있는 능력을 지니고 있어 큰 도움이 될 거라고 확신했다. 호텔 웨이트리스는 병사들을 위해 뜨개질하는 나에게 관심을 보였다. 나를 유심히 지켜보던 그녀가 말했다, 뜨개질이 굉장히 느리네요, 하기야 귀한 숙녀분들이 다 그렇기는 하지요. 기분이 좀 상했지만 그래도 나는 이렇게 대꾸해주었다, 그렇긴 하지만, 여러 해 하다보면 빨라질지 누가 알아요, 당신만큼은 못해도 지금보다야 빨라지겠지요. 그렇게 안 될 거예요, 그녀는 단호했다, 귀한 숙녀분들은 뜨개질을 빨리 못해요. 그런데 사실 나는 뜨개질을 굉장히 빨리하게 되었으며 뜨개질을 하며 동시에 책도 읽을 수 있을 정도였다.

우리는 기분좋게 섬 생활을 영위해가며, 산책도 많이 하고 음식도 잘 먹었을뿐더러, 브르타뉴 출신 우리 하녀 잔이 있어 더욱 즐겁게 지낼 수 있었다.

잔은 모자에 항상 삼색 리본*을 달고 다닐 정도로 애국심이 강했다. 한번은 그녀가 화가 많이 나서 씩씩거리며 집으로 돌아온 적이 있었다. 섬에 있는 또다른 프랑스 출신 하녀를 보고 오는 길이라면서 말했다, 아니 이게 말이 되는지 생각해보세요, 마리가 얼마 전에 소식을 들었는데 글쎄 자기 오빠가 물에 빠져 죽었는데 시민장이 치러졌다는 거예요.

아니 어떻게 그럴 수가 있지, 나 역시 흥분하지 않을 수 없어 물었다. 그러게요, 잔이 말했다, 아직 군에 소집되지도 않았다는데 말도 안 되는 소리죠. 전쟁중에 시민장을 치른 형제가 있다는 것은 대단히 큰 영광이었다. 그렇긴 해도 어쨌든 그런 일은 드물었다. 잔은 스페인 신문을 봐야 하는 일에 큰 불만이 없었는데, 그녀에 의하면, 스페인 신문이라도 중요한 단어들은 다 프랑스어로 쓰여 있어서 읽는 데 큰 어려움이 없다는 것이었다.

잔은 틈만 나면 프랑스 마을에서 살던 때의 이야기를 꺼내 계속 조잘거렸고 오랫동안 묵묵히 들어주던 거트루드 스타인이 어느 날 느닷없이 더는 못 들어주겠다며 외면해버리고 말았다.

마요르카에서 살아가는 일이 베르됭전투가 시작되기 전까지는 무척 즐겁고 재미있었다. 그런데 독일군의 베르됭 공격이 시작되면서 우리 모두는 비통에 잠기기 시작했다. 서로 위로하며 견뎌보려 했지만 쉽지 않았다. 마요르카에 살고 있던 프랑스인으로 중풍에 걸렸음에도 몇 달에 한 번씩 프랑스 영사를 찾아가 군에 입대하게 해달라고 졸랐다는 조판공은 베르됭이 함락되더라도 걱정할 필요가 없다고, 바로 프랑스로 진격해 들어갈 수 있는 것은 아니라고, 그저 독일군의 사기만 좀 올라갈 뿐이라고 말했다. 하지만 우리 모두는 절망에 빠져 슬퍼했다. 그전만 하더라도 자신감에 넘쳤던 나도 이제는 전쟁 앞에서 속수무책일 수밖에 없다는 두려운 생각에 빠졌다.

팔마항구에는 팡투름호라는 독일 국적선이 정박해 있었는데 전쟁

---

* 파랑, 하양, 빨강의 세 가지 색상으로 된 프랑스 국기를 연상시키는 리본.

전에 지중해 연안의 항구를 돌아다니며 핀과 바늘을 팔던 배였다. 대단히 큰 증기선이라 전쟁이 발발한 후에도 항해가 가능했을 것 같긴 하다. 그런데 전쟁이 발발하면서 팔마항에 붙들려 더이상 출항을 할 수 없게 되었다. 배에 타고 있던 함장을 비롯한 고급 선원들과 일반 선원 대부분이 바르셀로나로 떠나고 없었지만 그 큰 배만은 여전히 항구에 발이 묶여 있었다. 우리집 창문 아래로 내려다보이는 곳에 있던 배는 심하게 녹슨 상태로 방치되어 있었다. 그런데 베르됭전투가 시작되면서 돌연 어느 순간부터, 사람들이 그 팡투름호에 새로 페인트를 칠하기 시작했다. 우리 심정이 어떠했을지 상상해보라. 그렇지 않아도 불행했던 우리는 설상가상으로 절망에 빠졌다. 우리는 프랑스 영사에게 그 일을 얘기했고 그도 우리에게 정말 끔찍한 일이라고 말했다. 매일매일 더 나쁜 소식이 들려왔고 팡투름호 한쪽 면 전체에 페인트칠이 끝났을 무렵 갑자기 페인트 작업이 중단되었다. 그들이 우리보다 먼저 소식을 들었던 것이다. 베르됭이 함락되지 않으리라는 것을. 베르됭은 위험에서 벗어났다. 그곳을 점령하려던 독일군이 점령계획을 포기하고 물러나고 말았던 것이다.

그 일이 있고 나서는 우리 둘 다 더이상 마요르카에 있고 싶지 않았고, 이젠 그만 집으로 돌아가야겠다는 생각뿐이었다. 바로 그즈음 쿡과 거트루드 스타인은 내내 자동차 얘기만 했다. 그들 누구도 자동차 운전을 해본 적이 없지만 점점 관심을 갖기 시작했다. 쿡은 또한 파리로 돌아가면 무슨 일을 해서 먹고살지 걱정하기 시작했다. 마요르카에서는 돈을 많이 벌지 못해도 별 탈 없이 지낼 수 있지만 파리에서는 어림도 없을 것 같았다. 그래서 펠릭스 포탱 체인점의 배달 마차를 모는 마부로 취직할 생각을 했던 그는, 나중에는 자동차보다는 말이 더 좋다는 식으로 말하기도 했다. 어쨌든 그는 파리로 돌아갔고 우리가 마드리드를 경유하는 긴 여정 끝에 마침내 파리에 도착했을 때, 그는 파리의 택시운전사가 되어 있었다. 경력이 쌓이자 나중에 그는 르노에서 생산하는 택시의 시운전자가 되었고 시속 80킬로미터로 택시를 달릴 때 뺨을 때리는 바람이 얼마나 시원하고 상쾌한지 아느냐며 신이 나서 흥분한 목소리로 떠들던 그의 모습이 지금도 기억난다. 그리고 그뒤에 그는 미군에 입대했다.

우리는 마드리드를 경유하여 집으로 돌아왔다. 그런데 마드리드에서 참 별난 일을 겪었다. 우리는 여권에 입국사증을 받기 위해 미국 영사관을 찾아갔다. 체격은 크지만 영 기력이 없어 보이는 영사는 필리핀 사람을 조수로 두고 있었다. 영사가 우리 여권을 살펴보기 시작했는데, 크기를 재고, 무게를 달고, 위와 아래를 거꾸로 놓고 보기도 하더니 마지막으로 자기가 보기엔 별 이상이 없는데 어떻게 판단을 내려야 할지 모르겠다고 했다. 그러면서 조수인 필리핀 사람에게 어떻게 생각하느냐고 물어보았다. 조수도 판단을 내릴 수 없다는 영사의 말에 동의하는 것 같았다. 역시나 조수가 알랑거리는 목소리로 말했다, 어떻게 하는 게 좋을지 말씀드릴게요, 두 분이 프랑스 파리에 거주할 생각이니 프랑스 영사관을 찾아가 문의하면 될 것 같은데 프랑스 영사관에서 괜찮다고 하면, 당연히 우리 영사님도 서명을 해줄 겁니다. 조수의 말에 영사는 짐짓 그게 자기 생각이라는 듯이 고개를 끄덕였다.

우리는 화가 머리끝까지 치밀었다. 미국 여권이 제대로 된 여권인지 아닌지를 미국 영사가 아니라 프랑스 영사가 결정한다니, 말도 안 되는 웃기는 일이 아닌가. 그러나 달리 어찌해볼 도리가 없었던 우리는 프랑스 영사관으로 발길을 돌려야 했다.

우리 차례가 되자 담당자인 부영사가 우리 여권을 건네받아 살펴보고는 거트루드 스타인에게 물었다, 마지막으로 스페인에 간 건 언제입니까. 그녀는 바로 대답하지 못하고 잠시 머뭇거렸는데, 사실 누가 갑자기 질문을 던지면 그 순간 머릿속이 하얘져서 아무것도 기억하지 못하는 사람이기에, 잠시 생각하다가 잘 기억이 안 나는데 아마 어느 날이 아닌가 싶다는 식으로 말했다. 그러자 부영사는 아니라고 하면서, 다른 연도를 댔다. 그녀는 그의 말이 맞는 것 같다고 했다. 이어서 그는 그녀가 여러 차례 스페인을 방문했을 때가 언제인지 일일이 날짜를 언급하더니 나중에는 대학생 시절 그녀가 미국-스페인 전쟁 직후 오빠와 스페인에 갔을 때까지 언급했다. 거트루드 스타인 곁에 서서 지켜보던 나는 내내 조마조마하고 겁이 났는데 오히려 그녀는 부영사와 날짜를 하나하나 확인하는 데 완전히 재미를 붙인 것 같았다. 마침내 그가 말했다, 실은 제가 여러 해 동안 크레디 리요네 은행 마드리드 지점의 신용장 담당 부서에서 근무했고 기억력도 아주 좋은 편이라 당신을 기억하고 있어요, 당연히 아주 잘 기억하고 있지요. 그 말을 들은 우리는 대단히 기뻤다. 그는 여권에 서명을 해주면서 이제 다 됐으니 미국 영사관으로 돌아가서 그곳 영사에게도 서명을 받으라고 알려주었다.

그때 우리는 미국 영사 때문에 대단히 화가 났지만 지금 생각해보면 프랑스 영사가 여권의 소유자가 기피 인물인지 아닌지를 결정하기 전까지 미국 영사가 프랑스로 입국하려는 사람들의 여권에 서명을 해주지 않기로 양쪽 영사관이 합의했던 게 아닌가 싶다.

우리가 파리로 돌아왔을 때 파리의 분위기는 전과는 완전히 딴판이었다. 더이상 우울한 도시가 아니었다. 거리도 텅 비어 있지 않았다. 하지만 우리는 이제는 집에만 있지 말자고, 전쟁에 끼어들어 보탬이 되어보자고 마음을 굳혔다. 어느 날 피라미드 거리를 산책하던 우리는 미국 여자가 운전하는 포드 자동차가 길이 정체되어 서 있는 것을 보았는데, 그 차에 '프랑스 부상병을 위한 미국 기금'이라는 문구가 붙어 있었다. 바로 저거야, 내가 말했다, 우리가 할 일이 저거라고. 나는 거트루드 스타인을 바라보며 이어서 말했다, 무슨 큰일은 아니더라도, 그래 당신은 운전만 하고 나머지는 내가 다 맡아서 하면 될 것 같아. 우리는 차가 서 있는 곳으로 다가가 운전을 하던 미국 여자와 얘기하고 그다음에는 그 조직의 대표로 있다는 미시즈 레이스럽*과 면담을 하게 되었다. 열정이 넘치고, 항상 모든 일에 열성을 다 바치는 그녀가 우리에게 말했다, 차를 한 대 구하세요. 하지만 어디서 구해야 하죠, 우리가 물었다. 미국에서요, 그녀의 말이었다. 그런데 어떻게, 우리가 물었다. 누구한테 부탁하세요, 말이 끝나기 무섭게 그녀가 알려주었고, 거트루드 스타인은 그녀 말대로, 자기 사촌에게 부탁했고 몇 개월 후 포드 자동차가 우리 앞에 도착했다. 그사이에 쿡이 자기 택시에 거트루드 스타인을 태워 운전을 가르쳐주었다.

　앞서 말했지만 파리는 예전의 파리가 아니었다. 모든 것이 변했고, 사람들도 쾌활했다.

---

* 미국 가수. 1914년에 '프랑스 부상병을 위한 미국 기금'을 창립하고, 전쟁 구호물품의 부족을 미국에 알려 지원을 끌어냈다. 파리에서 병원 지원과 재건사업에 적극 참여한 공로로 레지옹 도뇌르 훈장을 받았다.

돌아와보니 우리가 파리를 떠나 있는 동안 에바가 세상을 떴고 피카소는 몽루즈에 있는 작은 집에 살고 있었다. 우리는 그를 만나러 갔다. 그는 침대를 붉은빛이 도는 보라색 아주 화사한 비단 덮개로 씌워놓았다. 저 덮개 어디서 구한 거예요 파블로, 거트루드 스타인이 물었다. 아 그거, 피카소가 대단히 흡족한 표정을 지으며 대답했다, 그거 어느 귀한 여자분이 준 겁니다. 침대 덮개를 피카소에게 준 사람은 칠레 출신 유명한 사교계 여성이었다. 정말 멋졌다. 그리고 피카소는 몹시 기분이 좋아 보였다. 그는 수시로 우리집을 드나들었는데, 굉장히 상냥한 파크레트*나 산골 출신으로 자유를 갈구했던 대단히 사랑스러운 여자 이렌**을 데리고 오기도 했다. 또한 피카소는 에리크 사티와 폴리냐크 가문의 공작부인***과 블레즈 상드라르도 데리고 왔다.

에리크 사티를 알게 되어 무척 기뻤다. 노르망디 출신인 그는 고향을 무척 사랑하던 사람이었다. 마리 로랑생도 노르망디 출신이고, 브라크도 마찬가지였다. 나중에 전쟁이 끝난 뒤 한번은 사티와 마리 로랑생이 우리집에 와 점심을 먹는데 둘이 서로 노르망디 출신이라는 사실에 열광하며 기뻐했다. 에리크 사티는 음식과 와인을 좋아했으며 아는 것도 많았다. 그때 우리에게는 밀드러드 올드리치의 하녀의 남편이 준 좋

---

* 프랑스 패션모델.
** 에바가 죽고 난 뒤 1916년 봄에 피카소가 사랑한 프랑스 화가 이렌 라구.
*** 유명한 싱어 재봉틀을 발명한 아이작 싱어의 딸로 미국 태생이지만 생의 대부분을 파리에서 지내며 많은 음악가에게 작품을 위촉하고 후원 활동을 했을 뿐 아니라 파리의 공공주택 개발과 구세군 활동 지원 등 사회 활동에도 적극적이었던 위나레타 싱어를 말한다. 싱어는 1893년 프랑스의 귀족이자 작곡가였던 폴리냐크 가문의 공작과 결혼하여 공작부인이 되었다.

은 브랜디가 좀 있었는데 에리크 사티가 술을 잔에 따라 맛을 음미하며 천천히 마시면서, 시골에서 보낸 어린 시절 이야기를 재미있게 들려주었다.

에리크 사티가 여러 차례 우리집을 방문하는 중에 음악에 관해서 얘기한 적이 딱 한 번 있었다. 프랑스 현대음악이 독일 현대음악에 빚진 게 하나도 없다는 사실을 인정받게 되어 기쁘다면서 자기는 항상 그렇게 생각하고 있었다고 했다. 드뷔시가 길을 열어놓은 뒤 프랑스 음악가들이 드뷔시를 따르거나 아니면 자신만의 프랑스식 음악을 찾아낸 결과라는 것이었다.

그는 재미있는 이야기들, 주로 노르망디에 관한 이야기를 들려주었는데, 그런 이야기를 할 때면 재기발랄하고 위트가 넘쳤지만 때로는 대단히 신랄해지기도 했다. 아무튼 그는 매력적인 저녁 손님이었다. 그로부터 여러 해가 지난 뒤 버질 톰슨*이, 우리가 생라자르역 근처 그의 작은 집에서 그를 처음 만났을 때, 우리를 위해 〈소크라테스〉** 전곡을 연주해준 적이 있었다. 거트루드 스타인이 사티의 열성적인 지지자가 된 것이 바로 그때부터였다.

세르비아로 가려 했으나 가지 못한 엘렌 라 모트와 에밀리 채드본은 여전히 파리에 머물고 있었다. 존스 홉킨스 대학병원에서 간호사로 일한 적이 있었던 엘렌 라 모트는 전선 근처에서 간호 활동을 하고 싶어

---

* 미국 작곡가이자 지휘자, 음악비평가. 1926년 파리에서 스타인을 만난 이후 예술적 동반자로 지냈다. 그가 작곡한 오페라 중 〈3막 속의 네 성자〉와 〈우리 모두의 어머니〉의 대본이 스타인의 작품이다.
** 에리크 사티가 폴리냐크 가문의 공작부인 의뢰로 발표한 작품으로, 플라톤의 대화편에 나오는 소크라테스 관련 내용을 바탕으로 한다.

했다. 여전히 총성을 두려워했지만 그래도 전선에서 부상병을 보살피고 싶어서 두 사람은 전선에 병원을 세운 메리 보든터너를 만났고 마침내 엘렌 라 모트는 몇 달 동안 전선에서 간호 활동을 할 수 있었다. 그뒤 그녀와 에밀리 채드본은 중국으로 떠나 그곳에서 아편 반대 운동의 지도자로 활동했다.

메리 보든터너는 작가였고 또 계속 작가로 남을 작정이었다. 대단히 열광적이라 할 정도로 거트루드 스타인의 작품에 푹 빠져 있던 그녀는 전선을 오가는 중에도 항상 플로베르의 작품과 거트루드 스타인의 작품을 옆에 끼고 다닐 정도였다. 그녀는 부아 드 볼로뉴 공원 인근에 집을 구해 살고 있었는데 난방이 잘되어서 우리는 겨울에 석탄이 떨어지면 그 집에 가서 저녁도 먹고 몸도 녹이며 지내는 것이 너무 즐거웠다. 우리는 그녀의 남편 터너도 좋아했다. 영국 육군 대위인 그는 역스파이 활동을 성공적으로 수행하고 있었다. 돈이 많은 메리 보든과 결혼했지만 백만장자를 신뢰하지 않는 사람이었다. 주둔하고 있던 마을의 여성들과 어린아이들을 위해 반드시 자기가 크리스마스 파티를 열어주겠다고 말하던 그는 전쟁이 끝나면 뒤셀도르프에서 영국 세관이 되든지 아니면 캐나다로 가서 소박한 삶을 살겠다는 말을 늘 입에 달고 다녔다. 그건 그렇다 치고, 그는 자기 아내에게 자주 이런 말을 했다, 당신은 백만장자가 아니야, 진짜 백만장자는 아니라고. 그에게는 백만장자에 관한 나름의 영국식 기준이 있었던 것이다. 메리 보든은 전형적인 시카고 사람이었다. 거트루드 스타인이 늘 말하듯 시카고 사람들은 시카고 출신이라는 티를 내지 않으려고 너무 많은 노력을 기울이기 때문에 출신지를 알기 어려울 때가 많다. 시카고 사람들은 시카고 말투를 지우기 위해 갖가지 방법을 다 동원한다. 목소리를 낮추거나 높이고, 영국식 억양을 쓰고, 독일식 억양까지 동원하고, 느릿느릿 말하고, 목청을 굉장히 높이고 중국인이나 스페인 사람인 척하며 입을 열지 않는 등 별의별 수를 다 쓴다. 반면에 메리 보튼은 정말 속속들이 시카고 사람이었고 거트루드 스타인은 그런 그녀와 시카고에 대단한 관심을 가졌다.

그러는 사이 우리는 미국에서 오고 있는 중이라는 포드 트럭이 도착하기를 기다렸고 트럭이 온 다음에는 차체를 개조할 때까지 또 기다려야 했다. 너무 많이 기다렸다. 거트루드 스타인이 전쟁에 관한 짧은 시를 많이 쓰기 시작한 것이 바로 그때였는데, 그중 일부가 나중에 미국에 관한 글만 모아 펴낸 『유용한 지식』*에 수록되어 있다.

전에 『부드러운 단추들』이 발간되자 그 책을 곱지 않은 눈으로 바라보던 많은 신문이 재미삼아 거트루드 스타인의 작품을 흉내내거나 조롱하는 글들을 싣기 시작했었다. 급기야 〈라이프〉는 '거트루드 스타인 따라 하기'라는 시리즈를 싣기 시작했다.

어느 날인가 거트루드 스타인이 당시 〈라이프〉의 편집자였던 메이슨 씨에게 불쑥 편지를 써서 보냈는데 진짜 거트루드 스타인이 쓴 글은 헨리 맥브라이드가 지적했듯이 그것을 흉내낸 글보다 더 재미있을 뿐 아니라, 모든 면에서 훨씬 익살과 재치가 넘치는데, 왜 진짜가 쓴 원본은 싣지 않느냐고 따지는 내용이었다. 그런데 놀랍게도 메이슨이라는 편집자가 글을 보내주면 자기도 너무 기쁘겠다고 답장을 보냈다. 그

* 스타인이 1914년에서 1926년 사이에 쓴 짧은 글 가운데 예전에 발표하지 않는 미국과 미국 사람에 관한 풍자적인 글을 모아 1928년에 출간한 책.

리고 실제로 그들은 그렇게 했다. 거트루드 스타인이 보낸 글 두 편을 실었는데, 하나는 윌슨 대통령에 관한 내용이었고 또하나는 더 긴 분량으로 프랑스에서의 전시 구호 활동을 다루었다. 어떻게 보면 메이슨 씨는 당시 사람들 대부분보다 훨씬 용감했다.

그해 겨울 파리는 몹시 추웠고 석탄은 부족했다. 마침내 우리집 석탄도 다 떨어졌다. 석탄을 아낀다고 큰 방을 닫아놓고 작은 방에서만 지내며 겨우겨우 버텼지만 결국 다 떨어지고 만 것이다. 정부에서 석탄이 필요한 가난한 사람들에게 배급해주고는 있었지만 우리는 그걸 받자고 하녀를 보내 줄을 서게 하는 것은 온당치 못하다고 생각했다. 살을 에는 추위가 몰아치던 어느 날 오후, 밖으로 나선 우리는 길 한쪽 모퉁이에 서 있는 경찰관을 보았는데 그 옆에는 그의 상관인 경사도 있었다. 거트루드 스타인이 그들에게 다가갔다. 안녕하세요, 그녀가 그들에게 말을 붙였다, 어떻게 해야 할지 몰라서요. 저는 플뢰뤼스가의 작은 집에서 여러 해 동안 살고 있는데요. 아 예, 그들이 고개를 끄덕이며 말을 받아주었다, 우리는 당신이 어떤 분인지 아주 잘 알고 있습니다. 아 그러세요, 그녀가 말했다, 집에 석탄이 떨어지는 바람에 작은 방 하나마저 난방을 못하고 있어요. 그렇다고 쓸데없이 하녀를 보내 구해 오라고 하고 싶지는 않고요, 옳은 일이 아닌 것 같아서요. 그래서 드리는 말씀인데, 그녀가 말을 이었다, 어떻게 하면 좋을지 말씀해주셨으면 하는데요. 경찰관이 경사를 바라보자 경사가 고개를 끄덕였다. 무슨 말씀인지 알겠습니다, 그들이 말했다.

우리는 집으로 돌아왔다. 그날 저녁 그 경찰관이 사복 차림으로 석탄 두 자루를 들고 찾아왔다. 우리는 고마운 마음으로 석탄을 받았을 뿐 아무것도 묻지 않았다. 브르타뉴 출신으로 키가 크고 늠름한 그 경찰관은 완전히 우리집 사람이 되었다. 우리를 위해 만사 제쳐두고 온갖 일을 다 해주었는데, 집도 청소해주고, 심지어 굴뚝까지 깨끗이 청소해주었을 뿐 아니라, 언제 집안에 있어야 하는지 언제 집밖으로 나서도 되는지 알려주기까지 했으니 독일 체펠린 비행선이 출현하는 어두운 밤에는 그가 틀림없이 바깥 어딘가에 있을 거라는 생각만으로도 크게 안심이 되었다.

이따금 체펠린이 출현했다는 경보가 울렸지만, 우리는 다른 모든 것과 마찬가지로 그 경보에도 이제는 익숙해지기 시작했다. 저녁식사 시간에 경보가 울려도 우리는 식사를 멈추지 않았고 밤에 경보가 울려도 거트루드 스타인은 전과는 달리 나를 깨우지 않았는데, 그녀에 따르면 내가 잠이 들면 그냥 자게 내버려두는 게 낫다면서 경보 사이렌이 울려 나를 깨우면, 깨우는 데 더 시간이 걸려 다 깨우고 나면 이미 경보가 해제되고 난 뒤라는 것이었다.

우리의 작은 포드 트럭이 개조가 끝나고 준비를 마친 상태가 되었다. 그 트럭은 나중에 온티auntie라는 이름으로 불리게 되었는데 비상시에도 늘 놀라울 정도로 침착하게 행동하고 적당히 비위만 맞춰주면 대단히 정중하고 품위 있게 처신하는 거트루드 스타인의 이모aunt 폴린을 생각하며 붙인 이름이었다.

하루는 피카소가 찾아왔는데 날씬한 몸매에 우아하게 생긴 청년이 그의 어깨에 기대어 있었다. 장이라고 하는 친굽니다, 파블로가 알려주었다, 장 콕토와 같이 우리는 이탈리아로 떠날 겁니다.

피카소는 러시아 발레 공연의 무대 디자인을 맡는다는 생각에 흥분을 감추지 못했는데, 그 공연의 음악은 사티, 시나리오는 장 콕토가 담당했다. 모두가 전쟁터로 떠나고 없었고, 몽파르나스에서의 생활도 그리 흥겹지 않았으며, 충실한 하인이 있는 몽루즈의 집도 활기를 잃었으니, 피카소에게도 변화가 필요했던 것이다. 그는 로마에 간다는 생각에 대단히 들떠 있었다. 우리는 작별인사를 나누었고 그렇게 우리 모두는 각자 다양한 방식으로 삶을 꾸려나가기 시작했다.

작은 포드 트럭이 준비를 마쳤다. 거트루드 스타인은 프랑스 자동차로 운전을 배웠는데 사람들은 프랑스 차나 미국 차나 다 똑같다고 했다. 하지만 운전을 배워본 적이 없는 내가 생각해봐도 차가 다 똑같을 것 같지는 않았다. 트럭이 준비되자 우리는 파리 외곽으로 나가 차를 받았고 거트루드 스타인이 운전해서 시내로 들어섰다. 아니나다를까 시내에서 그녀가 제일 먼저 겪은 일은 두 전차 사이 선로에 들어선 채 시동이 꺼져 오도 가도 못하게 된 것이었다. 그러자 사람들이 전차에서 내려 우리 차를 선로 밖으로 밀어내주었다. 그다음 이튿날에는 차가 제대로 가는지 시험해보자며 샹젤리제까지 가기로 했는데 도중에 또다시 차가 멈춰 서서 꼼짝도 안 하는 것이었다. 사람들이 모여들어 우리 차를 도로 옆 인도까지 밀어낸 다음 뭐가 문제인지 알아봐주겠다고 나섰다. 거트루드 스타인이 크랭크를 돌려보고, 다른 사람들도 모두 크랭크를 돌려보았지만, 차는 여전히 꼼짝도 하지 않았다. 마침내 어느 나이든 승용차 운전자가 나서더니 이렇게 말했다, 기름이 떨어진 겁니다. 우리는 그럴 리가 없다며, 기름 있어요 아직 적어도 1갤런은 남았을 텐데요, 이렇게 당당하게 대꾸했지만 그 사람은 계속 한번 더 살펴보라고 했고 역시 그의 말대로 기름이 없었다. 그러자 사람들이 샹젤리제 거리를 지나던 군 트럭 행렬을 멈춰 세웠다. 트럭들이 정차했고 군인 두세 명이 엄청나게 큰 기름 탱크를 들고 와서는 작은 포드 트럭에 기름을 넣으려고 했다. 당연히 순조롭게 진행되지 않았다. 결국엔 내가 택시를 타고 우리가 사는 지역에 있고 주인도 잘 아는 빗자루와 자동차 기름을 파는 상점으로 가서 기름 한 통을 사 왔고 드디어 우리는 알카자르데테,* 당시 '프랑스 부상병을 위한 미국 기금'의 본부가 있던 곳에 도착할 수 있었다.

마침 미시즈 레이스럽이 몽마르트르까지 가야 하는데 혹 자기를 태워줄 차가 있을까 싶어 기다리고 있던 중이었다. 나는 우리 차로 데려다줘도 괜찮겠냐고 제안하고는 거트루드 스타인에게 가서 그 사실을 알렸다. 그러자 그녀는 에드윈 도지가 한 이야기를 들려주었다. 한번은 그의 어린 아들이 테라스에서 그 아래에 있는 정원까지 날아가고 싶어 했다. 그러자 아내인 메이블 도지가 이렇게 말했다. 해봐. 그 이야기를 전하면서 에드윈 도지가, 스파르타적인 엄마가 되기란 참 쉽네요, 라고 말했다는 것이다.

아무튼 미시즈 레이스럽이 우리 트럭이 있는 곳으로 왔고 트럭이 출발했다. 솔직히 고백하는데 그 두 사람이 돌아올 때까지 내가 얼마나 속을 끓이며 초조해했는지 아무도 모르겠지만 무사히 돌아왔으니 천만다행이었다.

우리는 미시즈 레이스럽과 상의했고 그녀는 어느 미국 기구나 단체가 한 번도 방문한 적이 없다는 페르피냥으로 우리를 보내기로 했다.

---

* '프랑스 부상병을 위한 미국 기금' 본부로 사용되기 전, 카페 겸 콘서트홀이던 시절의 건물 이름.

우리는 차를 타고 출발했다. 사실 파리에서 차를 타고 가장 멀리 간 곳이 퐁텐블로였던 우리로서는 더 멀리까지 간다는 사실에 너무 흥분되고 가슴이 뛰었다.

파리 남쪽 페르피냥으로 가는 동안 우리는 몇 차례 모험을 겪었는데, 가는 중에 한번은 눈 속에 갇혔을 때 나는 길을 잘못 든 게 분명하니 차를 돌려야 한다고 자신 있게 말했다. 그러자 거트루드 스타인은, 잘못 들어섰든 제대로 들어섰든 계속 갈 거야, 이렇게 말하는 것이었다. 그녀는 차를 후진시키는 데에 서툴렀고 지금도 그녀는 어디서 어느 종류의 차를 몰든 여전히 후진을 잘 못한다. 앞으로 나아가는 것은 아주 잘했지만, 후진은 너무 서툴렀다. 우리 둘이 지금까지 그녀의 운전에 관해 심한 논쟁을 벌인 유일한 문제는 후진에 대해서였다.

아무튼 그렇게 남쪽으로 트럭을 몰고 가는 길에 우리의 첫 군인 대자代子*를 차에 태웠다. 그때부터 전쟁이 끝날 때까지 길에서 걸어가는 군인을 만나면 태워주는 일이 습관이 되었다. 우리는 낮이든 밤이든 일이 있을 때마다 차를 몰았고 프랑스의 아주 한적한 오지에서 길을 가다 군인을 만나면 항상 차를 멈춰 태워주었는데, 어쩌다 군인들을 만나 태워주는 일보다 더 즐거운 일이 없었던 것 같다. 그렇게 만난 군인들 중 몇몇은 꽤나 무심하고 무덤덤했다. 한번은 거트루드 스타인이 자기를 도와 대신 무슨 일인가를 해준 군인에게, 항상 자기를 도와주는 사람들이 있다며, 어디서든 무슨 일이 생기면 군인이든 승용차 운전자든 아니면 그 누구든 간에 어김없이 나타나 도와준 덕분에, 타이어를 갈아

---

* military son. 자원봉사자가 여러 방식으로 후원하는 군인.

끼거나, 크랭크를 돌리거나 차를 수리하는 일 등을 자기 힘을 들이지도 않고 처리할 수 있었다고 말한 적이 있었다. 그러면서 그녀는 그 군인에게 덧붙였다, 당신은 *아주 친절해요*, 아주 마음씨 곱고 친절하시군요. 그런데 그 군인이 무덤덤하게 대답했다, 마담, 모든 군인이 다 마음씨 곱고 친절합니다.

'프랑스 부상병을 위한 미국 기금'의 다른 운전사들은 거트루드 스타인에게 누구든지 그녀를 도와주게 만드는 능력이 있는 게 아니냐며 희한하다고 생각하는 것 같았다. 종종 자기 차를 몰고 다니는 미시즈 레이스럽도 누가 자기를 도와준 적이 한 번도 없었다고 했다. 거트루드 스타인의 경우는 군인들이 도와준 것은 물론, 방돔광장에서는 민간인 승용차 운전자가 내려 그녀의 낡은 포드 트럭의 크랭크를 돌려준 적도 있었다. 거트루드 스타인이 말하길 다른 사람들은 혼자 할 수 있는 능력이 있어 보이기 때문에 굳이 누가 나서서 도와줘야겠다는 생각을 안 하는 것이라고 했다. 하지만 자기는 혼자 해낼 수 없어 보이며, 다정하고, 사람은 누구나 다 동등하다고 보는 민주적인 사고를 지녔으며, 자기가 원하는 게 무엇인지 잘 알아서 그렇다고 했다. 지금도 그녀는 말한다, 누구든 그런 사람이 되어야 다른 이들이 나서서 도와줄 거예요. 그러면서 덧붙여 주장한다, 진정으로 마음속 깊이 가장 심오한 평등의식을 심어두는 것이 중요해요. 그래야 당신을 위해 누구든 나서서 도와줄 겁니다.

우리의 첫 군인 대자를 차에 태워준 곳은 시골 마을인 솔리외에서 그리 멀지 않은 곳이었다. 그는 솔리외에서 가까운 작은 동네에서 도축업자로 일했다고 했다. 우리가 그를 차에 태우게 된 과정은 프랑스 군대가 얼마나 민주적인지를 잘 보여주는 좋은 예였다. 군인 세 명이 길을 따라 걷고 있었다. 우리는 차를 세우고는 셋 중 한 사람을 발판에 태워줄 수 있다고 말했다. 세 사람 모두 휴가를 받아 근처 가장 가까운 도시에서 출발해 시골길을 따라 집으로 향하는 중이었다. 한 사람은 중위, 다른 사람은 중사 그리고 또 한 사람은 사병이었다. 그들은 우리에게 감사하다고 했고 이어서 중위가 다른 두 사람에게 물었다, 자네들집이 얼마나 먼가. 두 군인은 각자 집까지 얼마나 남았는지 말하고는 이어서 중위에게 물었다, 그런데 중위님, 중위님은 어디까지 가셔야 합니까. 중위가 남은 거리를 말했다. 그런 다음 세 사람은 사병이 제일 멀리까지 가니 그를 태우는 게 합당하다고 의견 일치를 보았다. 그렇게 해서 사병이 자기 상관인 중사와 중위에게 경례를 하고는 우리 차에 오르게 되었다.

바로 앞에서 말했듯이 그 사병이 우리의 첫 군인 대자였다. 그후로도 우리는 많은 군인을 대자로 두게 되었는데, 대자 대모 관계를 유지하는 일이 힘들긴 해도 정말 보람되었다. 군인 대모가 의무로 해야 할 일은 편지를 받는 만큼 답장을 해주고 열흘에 한 번꼴로 위문품이나 맛있는 음식을 싸서 보내는 것이었다. 군인들은 위문품을 좋아했지만 그보다는 위문편지를 진짜 더 좋아했다. 게다가 답장은 또 얼마나 빨리 보내던지. 내가 보기엔, 편지를 보내기가 무섭게 바로 답장이 오는 것 같았다. 그리고 대모라면 대자의 가족사를 다 기억해두어야 하는데 한 번은 편지를 잘못 뒤섞는 바람에 내가 아내도 잘 알고 있고 어머니는 돌아가셨다고 했던 군인에게는 어머니에게 안부를 전해달라고 하고, 어머니만 계시다는 또다른 군인에게는 아내에게 안부를 전해달라고

하는 정말 끔찍한 일을 저지르고 말았다. 그들이 보낸 답장은 너무 슬
프고 안타까운 나머지 더 읽을 수가 없을 정도였다. 그들은 내 실수를
이해하는 듯했지만 그 둘이 얼마나 큰 상처를 받았을지는 충분히 짐작
하고도 남았다.

　우리를 가장 기쁘게 해준 대자는 남부에 있는 도시 님에서 만난 군
인이었다. 하루는 님 시내에 나갔다가 내가 돈이 상당히 많이 들어 있
던 지갑을 떨어뜨리고 말았다. 그 사실을 까맣게 모르고 있다가 호텔에
돌아오고 나서야 지갑이 없어진 것을 알고는 크게 당황했다. 그런데 우
리가 저녁을 먹고 있을 때 직원이 오더니 누가 우리를 만나고 싶어한
다고 전했다. 밖으로 나가자 어떤 남자가 손에 내 지갑을 들고 서 있었
다. 그는 길거리에서 지갑을 주웠는데 일이 끝나자마자 주인을 찾아 돌
려주려고 호텔로 왔다고 했다. 지갑에 내 명함이 있었는데 그곳 사람이
아니니 당연히 호텔에 묵고 있을 거라고 생각했던 모양인데다 그때만
하더라도 우리는 님에서도 제법 잘 알려져 있기도 했다. 나는 마땅히
보답해야 한다고 생각하고는 지갑에서 상당한 액수의 돈을 꺼내 주려
고 했지만 그는 괜찮다며 손사래를 쳤다. 대신 청이 있는데 들어줄 수
있느냐고 물었다. 자기는 가족을 이끌고 마른 지역에서 피난 왔다며 아
벨이라는 열일곱 살 아들이 자원입대를 해서 지금은 님에 주둔한 수비
대에서 복무중인데, 나더러 그 아들의 대모가 되어달라는 것이었다. 나
는 그 자리에서 흔쾌히 그러겠다고 하고는 아들에게 빠른 시일 내로
저녁에 자유시간이 주어지면 나를 찾아오라는 말을 전해달라고 했다.
그리고 다음날 저녁에 내 생각에 아마 세상에서 가장 어리고, 가장 귀
엽고, 가장 키가 작은 군인이 아닐까 싶은 이가 찾아왔다. 바로 아벨이

었다.

곧 우리는 아벨을 대단히 좋아하게 되었다. 그가 전선에서 보낸 첫 편지를 단 한시도 잊은 적이 없다. 전선에서 마주치는 모든 것이 전혀 놀랍지 않고, 사람들이 들려준 이야기나 자기가 상상했던 것과 너무나 똑같다며, 다만 탁자나 책상이 없어서 무릎에 종이를 올려놓고 편지를 써야 하는 점만 다를 뿐이라는 내용으로 시작되는 편지였다.

그다음에 만났을 때 아벨은 왼쪽 어깨에 붉은색 실로 엮은 견장을 달고 있었는데, 자기가 속한 연대 전체가 레지옹 도뇌르 훈장을 받았다고 해서 든든하고 자랑스러웠다. 그뒤로 한참이 지나 휴전이 되고 프랑스군과 함께 알자스로 들어서고 나서, 우리는 아벨을 초대하여 같이 알자스에서 며칠을 보냈는데 그때 아벨은 스트라스부르대성당 꼭대기까지 올라간 씩씩하고 당당한 청년이 되어 있었다.*

우리가 남부의 님에서 마침내 파리로 돌아왔을 때, 아벨이 찾아와 우리와 일주일을 함께 보냈다. 첫날에 우리는 그에게 모든 것을 보여주었는데 그날이 끝날 때쯤 그가 엄숙한 목소리로 말했다, 제 생각엔 이 모든 것이 우리가 싸워서 지켜야 할 가치가 있는 것 같습니다. 하지만 아벨은 파리의 저녁을 무서워해서 그가 외출을 할 때면 우리는 반드시 누군가를 불러 같이 다니도록 해야 했다. 전선에서는 낮이건 밤이건 전혀 겁을 내지 않던 그가 파리의 밤은 무서워했다.

얼마 후 그가 편지를 보내 가족이 다른 지역으로 이사를 가게 되었다며 새 주소를 알려주었다. 그런데 뭔가 잘못된 건지 새 주소로 연락

---

* 프랑스군이 도시를 점령하는 데 아벨이 일조했음을 암시한다.

을 했지만 소식이 끊기면서 우리는 그를 잃고 말았다.

대자와 관련된 얘기는 여기까지 하고 아무튼 우리는 마침내 페르피낭에 도착하여 병원을 방문하고 의료물품을 나눠주기 시작했으며 병원마다 물품이 더 필요한 것 같다는 내용의 전갈을 본부에 전달하기도 했다. 처음에는 그런 일이 좀 힘들었지만 곧 우리가 맡은 일을 깔끔하게 잘 처리해나갔다. 또한 우리에게 할당된 상당한 양의 위문품을 받아 전달하기도 했는데 그런 일은 언제라도 기쁜 일이었고, 마치 날마다 크리스마스가 계속 이어지는 것 같은 즐거움을 맛보았다. 우리는 항상 병원장의 허락을 받아 위문품을 군인들에게 직접 나눠주곤 했는데 그것만으로도 즐거운 일이었지만 군인들에게 바로 감사의 엽서를 쓰게 하고 그 엽서들을 모아 자루에 담아 미시즈 레이스럽에게 보내면 그녀가 그것을 미국으로 부쳐 위문품을 보낸 사람들에게 전달했으니 이 또한 큰 기쁨이었다. 그러니 모든 사람이 다 기뻐하고 좋아할 수밖에 없었다.

그런데 문제는 휘발유였다. '프랑스 부상병을 위한 미국 기금'은 프랑스 정부의 지시에 따라 휘발유를 구입할 수 있는 권한이 부여된 기관이었다. 그러나 돈을 주고도 구입할 휘발유가 없었다. 휘발유를 많이 비축해둔 프랑스군이 휘발유를 공급할 수 없었던 것은 돈을 주고 구입할 수는 있어도 무상으로 제공받아서는 안 된다는 제한이 우리에게 있었고 군은 휘발유를 돈을 받고 판매할 수 없다는 규정에 묶여 있었기 때문이었다. 그 문제로 우리는 군수부대의 물자배급을 책임지고 있는 장교와 면담을 해야 했다.

거트루드 스타인은 어디든 차를 몰고 갈 수 있을 정도로 만반의 태세를 갖추었을 뿐 아니라, 주변에 도와줄 사람이 없어도 자주 혼자 크랭크를 돌리기도 했고, 차를 수리하기도 했는데, 비록 차를 처음 몰 때는 내가 기대한 만큼 차를 분해해서 다시 조립하는 수준까지는 안 되었지만 그래도 이제는 차 수리도 제법 잘한다고 인정할 정도는 되었고, 게다가 아침에 일어나는 일도 순순히 받아들이기까지 했지만, 그러나 어느 관공서에 가든 사무실 안으로 들어가 누가 됐든 공무원과 면담하는 일은 한사코 거절했다. 공식적으로는 내가 기관의 위임을 받은 대리인이고 그녀는 운전사였기에 물자배급 책임 장교인 소령과의 면담은 내가 가서 할 수밖에 없었다.

소령은 매력적으로 잘생겼다. 그가 나에게 여기저기 갔다 오라고 하는 통에, 일이 금방 끝나지 않고 오래 걸리긴 했지만 결국엔 문제가 매끄럽게 잘 마무리되었다. 그동안에 소령은 나를 계속 마드무아젤 스타인이라고 불렀는데 그 이유는 내가 제시한 모든 서류에, 운전사인 거트루드 스타인의 이름이 적혀 있었기 때문이었다. 그런데 있잖습니까, 그가 말했다, 마드무아젤 스타인, 제 아내가 당신을 좀 만나보기를 어찌나 원하는지 저더러 우리집에 오셔서 식사라도 같이 할 수 있는지 물어보라고 하지 뭡니까. 나는 무척 당황하지 않을 수 없었다. 잠시 머뭇거렸다. 결국 나는 이렇게 말하지 않을 수 없었다, 그런데요 제가 마드무아젤 스타인이 아니거든요. 내 말에 놀랐는지 그가 자리에서 벌떡 일어나다 말았다. 그게 무슨 소린지, 그가 외치듯 큰 소리로 말했다, 마드무아젤 스타인이 아니라뇨. 그러면 당신은 누굽니까. 기억해두어야할 것은 그때가 전시이고 페르피냥은 거의 스페인 국경과 접경지역에 있다는 사실이다. 그런데요, 내가 말했다, 마드무아젤 스타인을 직접보고 싶다면 보실 수는 있어요. 마드무아젤 스타인은 어디에 있습니까,

그가 물었다. 나는 기어들어가는 목소리로 말했다, 저 아래에 있는데요, 차 안에 있어요. 그게 무슨 소리입니까, 그가 물었다. 말씀드릴게요, 내가 말했다, 운전사는 마드무아젤 스타인이고 저는 기관 대리인인데 마드무아젤 스타인은 사무실에 들어와 기다리다 사람들과 면담하고 이런저런 설명을 늘어놓는 일을 참고 기다리는 성격이 아니거든요, 그래서 그녀가 차에 앉아 기다리는 동안 제가 대신 일을 처리하는 거예요. 그러자 그가 단호한 목소리로 말했다, 아무리 그래도 그렇지요, 만일 제가 당신더러 어디다 서명하라고 했으면 어쩔 뻔했습니까. 내가 얼른 대답했다, 그러면 아마 당신한테 지금 말씀드리고 있는 사정을 미리다 얘기했을 거예요. 그가 말했다, 그럼 그 말씀이 사실인지, 우리 같이 내려가서 마드무아젤 스타인을 만나봅시다.

우리는 아래로 내려갔고 작은 포드 트럭 운전석에 앉아 있는 거트루드 스타인에게 소령이 다가갔다. 두 사람은 만나자마자 바로 친구가 되었고 소령은 초대하겠다는 말을 거듭 꺼냈고 우리는 그의 집으로 가 함께 저녁을 먹게 되었다. 즐거운 시간이었다. 소령의 아내인 마담 뒤부아는 음식과 와인의 고장인 보르도 출신이었다. 그리고 무엇보다도 수프가 얼마나 맛있던지. 마담 뒤부아가 만들어 내온 수프의 맛은 나에게는 지금까지도 세상의 다른 수프를 맛볼 때 기준이 된다. 간혹 그 맛에 근접하는 수프가 좀 있긴 하지만, 맛이 거의 같은 수프는 몇 안 되고 그 맛을 능가하는 수프는 하나도 없다는 게 내 판단이다.

페르피냥은 리브살트와 멀지 않은데 리브살트는 바로 조프르 장군*

---

* 제1차마른전투에서 결정적인 승리를 거둬 '마른의 승리자'라는 명성을 얻은 프랑스 육군 장성. '파파 조프르'는 그의 별명이다.

이 태어난 곳이다. 리브살트에 작은 병원이 하나 있었는데 우리는 파파 조프르에게 경의를 표한다는 의미에서 지원물품을 추가로 더 갖다주었다. 또한 우리는 그곳의 작은 거리에 있는 조프르 장군의 생가 앞에서 적십자 표시와 A.F.F.W* 표시가 붙은 우리의 작은 포드 트럭과 트럭 좌석에 앉아 있는 우리 모습이 같이 나오도록 사진을 찍었으며 그것을 현상하여 미시즈 레이스럽에게 보냈다. 그 사진이 들어간 우편엽서들이 구호기금 모금을 위해 미국에서 판매되었다. 그러는 동안 미국이 전쟁에 가담했고 우리는 사람을 시켜 미국 성조기가 인쇄된 리본을 우리에게 잔뜩 보내도록 한 다음 그 리본들을 잘라 만나는 모든 군인에게 나눠주었고 그 군인들과 우리가 모두 무척 기뻐했다.

이 일을 떠올리면 어느 프랑스 농부가 생각난다. 나중에 님의 시골에 있었을 때 우리는 미군 앰뷸런스의 위생병을 차에 태운 적이 있었다. 그 젊은이는 폭포를 보겠다고 하고 나는 어느 병원에 갈 일이 있어 도중에 우리 두 사람은 차에서 내려 각자 갈 길을 갔고 거트루드 스타인은 차에 그대로 남아 있었다. 내가 볼일을 마치고 돌아오자 그녀가 말하길 자기가 혼자 있는데 어느 나이든 농부가 다가와 그 젊은이가 어떤 군복을 입고 있는지 물어보더라고 했다. 그래서 그녀는 자랑스럽게 이렇게 말했다고 했다, 아 그 젊은이요, 미국 육군 군복을 입고 있던데요, 당신 나라를 도울 새로운 연합군이죠. 그러자 그 나이든 농부가 오 그렇군요, 하고 말했다는 것이다. 그때 일을 생각하면 나는 자문해본다, 과연 우리가 함께 이룰 수 있는 게 뭘까, *우리가 함께 이룰 수 있*

---

* The American Fund for French Wounded. '프랑스 부상병을 위한 미국 기금'의 약칭.

는 게 뭘까 나는 자문해본다.

　페르피냥에서의 임무가 끝나자 우리는 파리로 돌아왔다. 그런데 도중에 자동차에서 일어날 법한 모든 일을 다 겪게 되었다. 어쩌면 페르피냥이 너무 무더워서 포드 트럭이라도 견디지 못했던 게 아닌가 싶었다. 페르피냥은 지중해 연안에 있는 도시인데다 해발보다 낮아 푹푹 찌는 날이 많았다. 늘 해가 뜨겁게 내리쬐는 것을 좋아하고 심지어 더 뜨겁게 쨍쨍했으면 좋겠다던 거트루드 스타인도 그때 한 번 무더위를 겪고 나서는 뜨거운 열기를 그리 열광하듯 바라지 않게 되었다. 그녀는 위에서 내리쬐는 열기와 아래에서 올라오는 지열 속에서 차의 크랭크를 돌려야 하는 통에, 자기 몸이 뜨거운 열 속의 팬케이크처럼 푹 익어버렸다고 말했다. 그녀가, 이놈의 차를 폐차하고 말겠어, 이놈의 차를 버리는 거 말고는 다른 수가 없어, 하고 얼마나 자주 얘기했는지 모른다. 그런 그녀를 나는 차가 다시 출발할 때까지 계속 힘내라고 격려하고 너무 그러지 말라고 다독여야 했다.

　미시즈 레이스럽도 우스갯소리를 하며 거트루드 스타인을 놀린 적이 있는데 바로 자동차와 관련해서였다. 전쟁이 끝난 뒤 우리 두 사람은 프랑스 정부로부터 메달을 수여받았는데, 르코네상스 프랑세즈라는 감사 메달*이었다. 프랑스 정부는 메달을 수여할 때 항상 수여 이유를 적은 표창장을 같이 준다. 그런데 그 표창장에 적힌 우리의 용감한 공적 내용은 똑같았으나, 다만 다른 것이 있다면 내 경우는 *쉼없는*, 그러니까 부단한 헌신에 경의를 표한다고 한 반면, 거트루드 스타인의 경

---

* 제1차세계대전 동안 법적, 군사적 의무가 없는데도 부상자와 장애인과 난민을 도운 민간인들에게 감사의 표시로 수여했던 메달.

우는 그 표현이 빠져 있었다는 것이다.

파리로 돌아오는 길에 우리는, 언급했듯이 자동차 문제로 온갖 일을 다 겪었지만 그래도 결정적인 순간에 도로에서 만난 부랑자 같은 노인이 힘을 보태 차를 밀어주고 들어준 덕택에 그나마 거트루드 스타인은 겨우겨우 차를 몰아 느베르까지 갈 수 있었다. 느베르에서 우리는 처음으로 미국 군인들을 만났다. 병참부대와 해병대로, 프랑스에 제일 먼저 도착한 파견부대였다. 그곳에서 거트루드 스타인이 해병대의 슬픈 노래라고 했던 군가를 처음 듣게 되었는데, 미 육군 병사는 누구든 때로 상관에게 대들며 불복종하지만, 해병대에서는 절대로 그런 일이 없다는 내용이었다.

느베르에 도착하자마자, 우리는 탄 맥그루를 수소문했다. 캘리포니아 출신 파리 시민인 그와 우리는 안면만 튼 사이이긴 했지만 군에 있었기 때문에 도움을 줄 수 있지 않을까 싶었던 것이다. 그가 우리를 찾아왔다. 우리는 곤란한 사정을 그에게 털어놓으며 도움을 청했다. 얘기를 다 듣고 난 그가 말했다, 그렇군요 우선 차를 호텔 차고에 세워두시면 내일 병사 몇이 가서 고쳐드릴 겁니다. 우리는 그의 말대로 했다.

그날 저녁 우리는 맥그루 씨가 말한대로 Y.M.C.A에서 지냈는데 그곳에서 실로 몇 년 만에 처음으로 미국인다운 미국인들, 천성적으로 절대 유럽에는 올 것 같지 않은 부류의 전형적인 미국인들을 만나게 되었다. 정말 짜릿한 경험이었다. 당연히 거트루드 스타인은 그들 모두와 이야기를 나누며, 어느 주 어느 도시에서 왔는지, 무슨 일을 하다가 왔는지, 나이는 몇이고 어떻게 잘 지내고 있는지 등 별 소소한 것까지 다 알고 싶어했다. 그녀는 미국 남자들과 같이 있는 프랑스 여자들에게 말을 걸고 그 프랑스 여자들이 자신들이 미국 남자를 어떻게 생각하는지 알려주면, 미국 남자들은 프랑스 여자에 대한 자신들의 생각을 있는 그 대로 거트루드 스타인에게 알려주었다.

이튿날 거트루드 스타인은 차고에서 캘리포니아와 아이오와, 차를 고쳐주러 파견된 두 병사를 그녀가 부르는 이름이었는데, 그 두 병사와 정말 잘도 놀았다. 그 둘과 함께 있는 게 즐거웠던 모양인데 어디선가 귀가 먹을 정도로 큰 소리가 들리면, 두 병사는 서로 마주보고는 거드름 피우는 목소리로 말했다, 프랑스 운전사가 기어를 바꿀 때 저런 소리가 난다니까. 이렇게 말하긴 미안하지만 그래도 할말을 하자면 느베르에서 출발하고 나서 우리 차가 그렇게 잘 버텨내지 못한 것이 거트루드 스타인, 그리고 아이오와와 캘리포니아가 진짜 신나게 노닥거린 탓이 아닌가 싶지만 그래도 우리는 어찌어찌 파리까지는 갈 수 있었다.

거트루드 스타인이 아이오와주가 캔자스주와 어떤 면에서 다른지, 캔자스주는 네브래스카주와 어떻게 다른지 등을 각 장으로 나눠 미국의 역사를 써야겠다는 생각을 품은 것이 바로 그때였다. 그녀는 글을 몇 편 썼고 그 글들은『유용한 지식』에 수록되었다.

우리는 파리에 그리 오래 머무르지 않았다. 차가 고쳐지자마자 님으로 떠났는데, 가르, 부슈드론 그리고 보클뤼즈라는 세 지역 임무가 주어졌기 때문이었다.

님에 도착한 우리는 대단히 편안하게 지낼 수 있었다. 도착하자마자 도시를 담당하는 군의관의 최고책임자인 닥터 파브르를 만났고 그나 그의 아내가 어찌나 친절하게 대해주었는지 마치 고향에 온 것처럼 편했는데, 우리가 이제 일을 시작하자며 준비하고 있을 때 닥터 파브르가 부탁할 게 있다고 했다. 님의 군병원에는 앰뷸런스가 한 대도 남아 있지 않았다. 그런데 군병원에 소속된 육군 대위인 약제사가 그만 심한 병에 걸려 다 죽게 되었는데, 자기 집에서 죽음을 맞이하고 싶다고 했다는 것이다. 그의 아내가 계속 곁에서 지켜보며 간호해줄 테니 우리더러 차에 태워 대위의 집까지만 데려다주면 된다고 했다. 당연히 우리는 그러겠노라 했고 부탁대로 해주었다.

대위의 집으로 가는 길은 산악지대를 지나는 길고도 험한 여정이었고 다시 되돌아오기 훨씬 전부터 날은 이미 어두워져 있었다. 님까지 가려면 아직 한참 가야 하는데 갑자기 도로에 사람으로 보이는 두 형체가 보였다. 낡은 포드 차의 전조등 불빛이 흐려 훤히 비쳐주지 못하는데다, 도로변을 따라 아무것도 보이지 않았기 때문에 그 사람들이 누군지 분명하게 확인할 수 없었다. 그러나 길을 가다 누가 좀 태워달라고 하면 늘 그렇듯이 우리는 차를 세웠다. 장교임이 분명한 사람이 다가와 말했다, 님으로 가야 하는데 우리 차가 고장나서요. 알겠어요, 우리는 그들을 차에 태우며 말했다, 두 분 다 차 뒤에 오르세요, 거기에 매트리스와 다른 물건이 있을 텐데, 편하게 자리잡고 앉으시면 돼요. 우리는 님으로 향했다. 도시로 들어설 무렵 내가 작은 창을 통해 어디서 내려주면 되는지 묻자, 두 분은 어디로 가시는 중입니까, 하고 되묻는 소리가 들렸다. 우린 뢱상부르호텔로 가는데요, 내가 말했다. 저희도 그곳에서 내리면 됩니다, 대답하는 소리가 들렸다. 우리는 뢱상부르호텔 앞에 차를 세웠다. 불빛이 환했다. 차 뒤쪽에서 뭔가 뒤적거리는 소리가 들리는가 싶더니 키가 작고 최고 고위 장성을 뜻하는 참나무 잎사귀 모양 계급장을 달고 목에는 레지옹 도뇌르 훈장이 걸려 있는,

험상궂은 표정의 남자가 우리 앞에 나타났다. 그가 말했다, 감사의 마음을 표해야 하는데 그전에 먼저 두 분이 누군지 여쭤어봐도 되겠습니까. 나는 쾌활한 목소리로 대답했다, 우리는 '프랑스 부상병을 위한 미국 기금'의 파견요원으로 지금은 님에서 활동하고 있어요. 그가 되받아쳤다, 난 이 지역을 관할하는 사령관이오, 그런데 댁의 차를 보니 프랑스군 번호판을 달고 있던데 이런 경우엔 즉각 보고했어야 했습니다. 그래야 하나요, 내가 말했다, 몰랐어요, 정말 죄송해요. 이젠 괜찮습니다, 그가 목에 잔뜩 힘을 주며 말했다, 혹시 무엇이든 원하거나 필요한 게 있으면 알려주십시오.

휘발유 부족 문제가 계속 해결되지 않고 있던 터라 그 자리에서 바로 그것을 알려주었고 굉장히 친절했던 장군은 우리를 위해 모든 조치를 취해주었다.

키가 작은 프로티에 장군과 그의 아내는 프랑스 북부 출신으로 전쟁으로 집을 잃는 바람에 난민이 되었다고 했다. 나중에 독일군의 '빅 베르타'*가 파리를 포격하면서 포탄 하나가 플뢰뤼스가 바로 근처에 있는 뤽상부르공원에 떨어졌는데, 솔직히 고백컨대 그때 나는 울음을 터뜨리며 비참한 난민이 되고 싶지 않다고 소리를 질렀다. 그동안 불쌍한 난민을 많이 도와주었는데 내가 바로 그 난민 처지가 된다니 그럴 만도 했다. 그러자 거트루드 스타인이 말했다, 프로티에 장군의 가족도 난민이지만 그렇게 비참해하지 않잖아. 하지만 감당할 수 없을 정도로 비참해지면 어떻게 해, 나는 비통한 목소리로 투덜거렸다.

---

* 독일군이 1914년에서 1918년까지 사용하던 420밀리 대구경 곡사포.

곧 미국 군대가 님에 들어오기 시작했다. 하루는 마담 파브르가 우리를 만나 자기 집 요리사가 미군을 봤다는 말을 전했다. 영국군을 미군으로 잘못 본 걸 거예요, 우리가 말했다. 절대 그럴 리 없어요, 마담 파브르가 말했다, 그 요리사가 애국심이 펄펄 끓는데 그런 것도 구분 못할까 봐요. 그건 그렇다 치고 어찌되었든 미군 병사들이 들어왔는데, 그들은 S.O.S, 즉 The Service of Supply*라고 불렸고, 사람들이 그 부대 이름을 말할 때 'of'에 강세를 두던 것이 지금도 기억 속에 또렷하다.

얼마 지나지 않아 우리는 그 미군들을 다 알게 되었고 그중 일부와는 아주 잘 알고 지냈다. 그중에 던컨이라는 병사가 있었는데, 신나게 무슨 이야기를 해도 무슨 소리인지 도통 알 수 없을 정도로 특유의 말투가 강한 남부 출신 병사였다. 그래도 집안사람들 모두가 볼티모어 출신이라 그의 말을 알아듣는 데 전혀 어려움이 없었던 거트루드 스타인은 그와 큰 소리로 웃고 떠들곤 했는데, 내가 이해할 수 있었던 것은 오로지 사람들이 그를 신병 취급하며 굉장히 우스꽝스럽게 여긴다는 점뿐이었다. 사실 님의 주민들도 나만큼이나 난감해했다. 님에 거주하는 귀부인 중에는 영어를 잘하는 사람이 많았다. 님에서는 잘사는 집들이 보통 영국 출신 가정교사를 두고 있었기 때문에 그 집 부인들은 늘 영어를 잘한다고 자랑하고 다니곤 했지만 미국 군인의 말을 못 알아들을뿐더러 미국 군인도 자기가 쓰는 영어를 알아듣지 못한다고 불평을 터뜨렸다. 솔직히 말하면 내 경우도 그들과 별반 다르지 않았다.

미국 군인들은 누구라 할 것 없이 죄다 켄터키, 사우스캐롤라이나

---

* 제1차세계대전중 미국이 프랑스, 영국, 이탈리아, 네덜란드에 파견한 원정군의 군수지원단을 말한다.

등 남부 출신이어서 말을 알아듣기가 힘들었다.

그럼에도 던컨은 소중하고 사랑스러운 군인이었다. 그가 부대의 보급 담당 중사였기 때문에 우리는 프랑스 병원 곳곳에 입원중인 미군 병사를 찾아내면 그를 항상 대동하여 흰 빵도 나눠주고 군복을 잃어버린 경우 새 군복을 지급할 수 있었다. 던컨은 자기가 최전선에 가지 못한 것을 슬퍼하는 불쌍한 군인이기도 했다. 오래전에 입대해서 멕시코 원정대에서도 근무했던 그는 프랑스에 와서는 후방에서 편하게 지냈고 더이상 다른 곳으로 전출될 가능성이 없었는데, 그가 군대의 복잡한 회계장부 기입법을 잘 알고 있는 몇 안 되는 인재여서 상관들이 전선으로의 전출을 추천하지 않았기 때문이었다. 전 갈 겁니다, 그는 비통한 목소리로 말하곤 했다, 저를 사병으로 강등시킨다 해도 전선으로 갈 겁니다. 그러나 우리가 그에게 얘기해줬듯이 프랑스 남부에는 탈영병이 득실거렸는데, 곳곳에서 마주칠 때마다 그들은 묻곤 했다, 이 근방에 혹시 군사경찰이 있는지 좀 알려주시겠습니까. 던컨은 그런 삶을 살 사람이 아니었다, 불쌍한 던컨. 휴전이 이루어지기 이틀 전, 우리를 찾아온 그는 술에 취한 상태로 몹시 괴로워하는 모습이었다. 평소에는 술을 입에 대지도 않았지만 전방은 구경도 못해본 채 귀국해서 가족들을 만난다고 생각하니 너무 분해서 술을 마신 것이었다. 그가 우리와 함께 있었던 작은 거실의 앞방에는 그의 상관인 장교 몇이 있었는데 그들이 술에 취한 던컨의 모습을 보면 안 좋을 것 같았다. 더구나 귀대 시간도 다 되어가는데 던컨은 테이블에 머리를 대고 거의 잠들기 일보 직전이었다. 그때 거트루드 스타인이 목청을 높여 딱 부러지게 말했다, 던컨, 그가 대답했다, 예. 그녀가 그에게 말했다, 던컨 잘 들어. 미스 토클러스가 일어설 텐데, 그러면 너도 따라 일어나서 그녀 뒷머리에 시선을 고정시키라고, 알았지. 예, 그가 대답했다. 그런 다음 그녀가 밖으로 나가면 뒤따라가는데 내 차에 탈 때까지 절대로 눈 돌리지 말고 그녀 뒷머리만 쳐다보고 걷는 거야. 예, 그가 말했다. 그는 거트루드 스타인이 시키는 대로 했고 그녀는 그를 부대에 데려다주었다.

귀여운 던컨. 미군이 생미엘에서 마을 마흔 개를 탈환했다는 소식에 흥분하며 기뻐 날뛰던 사람이 바로 그였다. 그날 오후 그는 물품 상자를 전달하기 위해 우리와 함께 아비뇽으로 가야 했다. 가는 동안 차의 보조발판에 꼿꼿하게 앉아 있던 그의 눈에 돌연 집 몇 채가 보이기 시작했던 모양이었다. 저건 무슨 집이죠, 던컨이 물었다. 오 작은 마을이네요. 그러자 던컨은 바로 입을 다문 채 전에는 한 번도 본 적이 없는 풍경인 듯 잠자코 주변을 바라보기만 했다. 얼마 뒤 갑자기 긴 한숨소리가 들리는가 싶더니, 그의 목소리가 들렸다, 마을 마흔 개라 했는데 별거 없군요.

우리는 미군 보병들과 즐거운 나날을 보냈다. 군인에 대한 이야기를 하라면 오로지 보병 이야기만 하고 싶을 정도다. 그들은 깜짝 놀랄 정도로 프랑스인들과 잘 지냈다. 그들이 함께 힘을 모아 철도의 차고를 수리하는 작업을 한 적이 있었다. 그런데 미군 병사들을 힘들게 한 것이 딱 하나 있었는데 바로 긴 작업시간이었다. 그들은 무슨 일을 하면 온 신경을 집중해서 매달리기 때문에 오래 버티기가 힘들었다. 결국엔 조정이 이루어져 미군은 그들 나름의 작업시간에 맞춰 일하고 프랑스인들은 그들 시간에 맞춰 일하기로 했다. 당연히 우호적인 경쟁 심리도 많이 있었다. 가령 미군 병사들은 또다시 충격을 받을 텐데 마무리 작업에 너무 공들일 필요가 없다는 입장이었지만, 프랑스 사람들은 끝손질이 안 끝나면 일이 마무리되는 게 아니라고 말했던 것이다. 그러나 어쨌든 양측은 서로를 아주 좋아했다.

거트루드 스타인은 항상 미국에 가는 것보다 전쟁중이라도 지금 있는 곳이 훨씬 더 좋다고 했다. 미국에서는 경험할 수 없는 방식으로 우리가 여기에서 미국과 함께 있다는 것이 그녀의 생각이었다. 가끔 님에 있는 병원에 미군 병사가 후송될 때가 있었고 그런 경우 거트루드 스타인이 의학 공부를 했다는 사실을 알고 있는 닥터 파브르는 그녀가 그들 곁에 있어주기를 원했다. 미군 병사가 기차에서 떨어지는 사고가 났다. 그는 조그만 프랑스 기차가 그렇게 빠를 줄 모르고 조심하지 않았던 모양인데, 기차가 너무 빨리 달리는 바람에 그만 균형을 잃고 떨어져 죽었던 것이다.

엄청난 사고였다. 거트루드 스타인은 그 지역 행정 책임자인 지사의 부인 그리고 지역 사령관의 부인과 함께 장례식에 참석한 주요 문상객이었다. 던컨과 두 명의 또다른 병사가 나팔을 불었고 모든 참석자가 각자 조사를 읽었다. 장례식을 주도한 개신교 목사가 거트루드 스타인에게 고인이 어떤 사람이고 어떤 선행을 했는지 물었고 잘 모르는 그녀는 병사들에게 물어봐야 했다. 어떤 선행을 베풀었는지 알 수 없었다. 분명한 것은 고인이 예전에 참으로 까다롭고 냉정한 시민이었다는 사실뿐이었다. 그러니까 여러분은 고인이 어떤 좋은 점을 지녔는지 모른다는 거군요, 그녀가 안타깝다는 듯이 말했다. 그때 마침내 고인의 친구가 나섰는데, 테일러라는 병사가 엄숙한 표정의 얼굴을 들어 위를 쳐다보며 말했다, 제가 말씀드리죠 저 친구는 마음이 빨래통만큼이나 넓었습니다.

예전에도 그랬지만, 지금도 내가 궁금해하는 것은 그 당시 거트루드 스타인을 잘 알고 지내던 보병들 가운데 과연 그녀를 신문기사에 등장하는 거트루드 스타인과 연관지어 생각했던 사람이 단 하나라도 있었을까 하는 점이다.

우리는 눈코 뜰 새 없이 바쁘게 지냈다. 곳곳에 미국 병사가 있었는데, 님에 주둔한 부대뿐만 아니라 주변의 작은 병원에 입원중인 미군이 많아 그들을 찾아가 위문을 해야 했으며, 우리가 맡은 임무의 일환으로 병원에 입원중인 프랑스 군인도 문병해야 했고, 나중에 스페인 독감이 퍼졌을 때는 거트루드 스타인과 님에 있는 군의관이 반경 수킬로미터 안에 있는 마을을 찾아다니며 휴가차 집에 있다 독감에 걸린 병사와 장교들을 님으로 후송해야 했다.

거트루드 스타인이 또다시 많은 글을 쓰기 시작한 때가 바로 분주하게 곳곳을 돌아다니며 긴 여정을 이어가던 시기였다. 여정중에 바라본 풍경, 낯선 삶의 모습이 그녀의 창작열을 끌어올렸던 것이다. 그녀가 진정으로 풍경의 진수를 보여주는 론 지역의 골짜기를 좋아하기 시작한 것이 바로 그때였다. 우리는 지금도 론의 골짜기에 있는 빌리냉에 살고 있다.

그 무렵 거트루드 스타인은 「떠나 돌아오지 않는 사람들」이란 시를 썼고, 그 작품이 바로 〈베니티 페어〉에 실리게 되었다. 헨리 맥브라이드가 크라우닌실드*를 부추겨 그녀 작품에 관심을 갖도록 애쓴 결과였다.

---

* 〈베니티 페어〉의 편집자로 당대 최고의 작가들을 지면에 소개했다.

어느 날 아비뇽에 있던 우리는 브라크를 만났다. 머리에 심한 부상을 입은 그가 회복차 아비뇽 근처의 소로그에 와 있었던 것이다. 동원령이 떨어졌을 때 그가 머물던 곳이기도 했다. 아무튼 브라크 부부를 다시 보니 이루 말할 수 없을 정도로 반가웠다. 그전에는 피카소가 거트루드 스타인에게 편지를 보내 자기가 *젊은 여자*, 진짜 젊은 여자와 결혼하게 되었다는 소식을 전하면서 거트루드 스타인에게 결혼 기념 선물이라며 아름다운 작은 그림 한 점과 자기 아내를 그린 그림을 찍은 사진을 함께 보낸 일이 있었다.

그로부터 여러 해가 지난 뒤 피카소는 나에게 준다며 그 아름다운 작은 그림을 태피스트리 캔버스에 다시 그려주었고 나는 그림에 따라 수를 놓았는데 그렇게 내 태피스트리 작업이 시작되었다. 사실 내가 나서서 직접 피카소에게 그림을 그려달라고 부탁하는 것은 가당치 않은 일이라 생각한다고 거트루드 스타인에게 말했는데 그녀가, 좋아, 내가 주선하지, 이렇게 말했던 것이다. 그러던 어느 날 우리집에 들른 피카소에게 그녀가 대뜸 그 말부터 꺼냈다. 파블로, 당신이 나한테 준 저 작은 그림을 앨리스가 태피스트리로 만들고 싶어해서 내가 알아봐주겠다고 했거든요. 그러자 피카소는 뭐 그런 부탁까지 하느냐는 표정을 지었지만 그래도 기분좋은 눈길로 그녀를 바라보며, 누군가가 해야 한다면, 당연히 내가 해야죠, 라고 말했다. 그 말을 듣자마자 거트루드 스타인이 태피스트리 캔버스를 들이밀며 말했다. 그러면, 지금 여기다 그려요, 그리고 피카소는 그림을 그려주었다. 그후 나는 피카소가 그려준 드로잉을 따라 태피스트리 작업을 계속 해왔고 성공적으로 완성된 태피스트리들은 오래된 의자들과 기가 막히게 잘 어울렸다. 그런 식으로 나는 루이 15세 시대의 작은 의자 두 개를 장식했다. 피카소는 지금도 아주 친절하게 내 작업용 캔버스에 드로잉을 하고 채색도 해주고 있다.

브라크가 아폴리네르 역시 진짜 젊은 여자와 결혼했다는 소식을 전해주었다. 우리는 함께 이런저런 소문을 주고받으며 많은 잡담을 나누었다. 그러나 따지고 보면 새로운 소식은 별로 없었다.

시간은 계속 흘러갔고, 우리는 매우 분주한 나날을 보냈으며 이윽고 휴전협정이 이루어졌다. 작은 마을 곳곳을 돌아다니며 그 소식을 전한 이는 우리가 처음이었다. 병원에 입원중인 프랑스 병사들은 기뻐하기 보다는 이제 살았다며 안심하는 눈치였다. 그러나 휴전이 지속적인 평화로 이어지지 않을 거라고 생각하는 것 같았다. 어느 프랑스 병사가 기억나는데 거트루드 스타인이 그에게 자 이제 평화가 찾아왔어요, 하고 말하자, 이렇게 대꾸했다, 적어도 이십 년은 지속되어야 평화죠.

다음날 아침 우리는 미시즈 레이스럽이 보낸 전보를 받았다. 즉시 여기로 와 프랑스군과 함께 알자스로 갔으면 함. 우리는 쉬지 않고 달렸다. 그날 바로 본부에 도착했다. 그리고 얼마 안 있어 곧바로 알자스로 떠났다.

알자스로 출발한 우리는 가는 도중에 처음이자 마지막으로 사고를 당하고 말았다. 도로마다 상황이 끔찍한 것이, 진흙, 움푹 팬 바큇자국, 눈, 눈이 녹아 만들어진 진창, 게다가 알자스로 진군하는 프랑스군으로 북새통을 이루어 엉망진창이었다. 그런데 우리 차가 지나가는 중에, 군대 취사시설을 끌고 가던 말 두 마리가 갑자기 길에서 벗어나 날뛰더니 우리 포드와 부딪치는 바람에 자동차의 진흙받이가 떨어져나가고 공구함이 떨어졌는데, 그보다 최악은 삼각형 모양의 조타축이 심하게 구부러진 것이었다. 군인들이 진흙받이와 흩어진 공구들을 주워 우리에게 돌려주긴 했지만 구부러진 조타축은 어찌해볼 도리가 없었다. 그래도 우리는 계속 차를 몰았는데, 차는 진흙밭이 된 도로 위에서 이리저리 흔들거리며, 언덕을 오르내리며 앞으로 나아갔고, 그러는 동안 거트루드 스타인은 핸들만 꼭 붙잡고 있었다. 그렇게 40여 킬로미터를 갔을까, 마침내 우리는 도로에서 미군 앰뷸런스 요원 몇을 만나게 되었다. 어디로 가면 우리 차를 고칠 수 있을까요. 조금만 더 가십시오, 그들이 말했다. 조금 더 가자 미군 앰뷸런스부대가 보였다. 그들에게 여분의 진흙받이는 없었지만 삼각 조타축은 구할 수 있었다. 내가 담당자로 보이는 중사에게 사정을 말하자, 그는 투덜거리더니 어느 정비병에게 작은 소리로 한마디 던졌다. 그리고는 우리를 향해 돌아서더니 걸걸한 목소리로 말했다, 시운전을 해보시오. 그러자 정비병이 상의를 벗어 라디에이터 위로 던졌다. 거트루드 스타인이 말했듯이 미국인들은 자기 차 앞에서 그렇게 행동한다.

예전에 우리는 진흙받이가 무슨 용도로 쓰이는지 전혀 몰랐는데 낭시에 도착해서야 알게 되었다. 프랑스군 정비소에서 새 진흙받이도 달고 공구함도 끼운 후 우리는 다시 출발했다.

곧 우리는 아군과 적군의 참호가 늘어선 최전선에 들어섰다. 당시 현장을 직접 목격하지 못한 사람은 최전선이 어떤 곳인지 상상할 수 없을 것이다. 무서운 것이 아니라 낯설었다. 부서진 집과 폐허가 된 마을에 익숙한 우리였지만 최전선은 달랐다. 풍경이었다. 어느 나라에서도 찾아볼 수 없는 낯선 풍경이었다.

언젠가 어느 프랑스 간호사가 한 말이 기억나는데 그녀가 전선에 관해 했던 유일한 언급이, *정말 매혹적인 풍경이에요*, 사람을 홀리는 풍경이라는 말이었다. 우리가 두 눈으로 목격했던 최전선의 풍경이 바로 그랬다. 낯설고 기이했다. 위장막, 막사, 모든 것이 그곳에 있었다. 습하고 어둡고 사람이 간혹 눈에 띄긴 했지만 중국인인지 유럽인인지 알 수 없었다. 우리 차의 팬벨트가 멈추고 말았다. 어느 군용차가 멈추더니 한 사람이 와서 머리핀으로 팬벨트를 고쳐주었고, 우리는 그때의 경험 때문에 지금도 머리핀을 꽂고 다닌다.

우리가 큰 관심을 갖고 주목해서 살펴본 또하나는 프랑스군의 위장막과 독일군의 위장막이 얼마나 다른지 여부였는데, 그러다 한번은 우연히 정말 깔끔한 위장막을 발견하고 알아봤더니 미군의 위장막이었다. 아이디어는 똑같았지만 결국 국적이 어디냐에 따라 불가피하게 결과가 다르게 나온 것이었다. 색채 구성도 다르고, 디자인도 달랐으며, 설치 방식 또한 달랐는데, 그런 점이 예술 전반의 이론과 그 이론의 필연성이 나라마다 어떻게 다른지를 명백하게 보여주는 듯했다.

드디어 알자스의 스트라스부르에 들어선 우리는 뮐루즈로 향했다. 뮐루즈에서 우리는 5월까지 계속 머물렀다.

알자스에서의 임무는 병원 위문이 아니라 난민을 돌보는 일이었다. 전쟁으로 엉망이 된 황폐한 지역 곳곳에 무너져내린 고향집을 찾아 돌아가는 주민들이 넘쳐났고 그때부터 '프랑스 부상병을 위한 미국 기금'은 각 가정마다 담요, 속옷, 어린아이와 유아용 털양말 그리고 털실로 짠 아기 신발을 나눠주는 일을 주로 했다. 우리가 받은 털실로 짠 아기 신발은 당시 아이를 곧 출산할 예정이라는 소문이 떠돌던 미시즈 윌슨*이 여러 곳에서 받은 축하 선물의 일부라는 확인되지 않은 말이 떠돌았다. 아무튼 아기 신발을 많이 받긴 했지만 알자스에서 그것만으로 는 턱없이 부족했다.

우리의 본부는 뮐루즈에 있는 큰 학교 건물의 회의실에 마련되었다. 이미 자취를 감춘 독일 교사들의 빈자리를 군복무중이던 프랑스 교사 들이 임시로 채워 학생들을 가르쳤다. 교장은 가슴이 아플 지경이라고 했는데, 아이들이 기가 죽어 너무 고분고분해져서도 아니고 프랑스어 를 배우고자 하는 열의가 부족해서도 아니라, 아이들의 옷차림 때문이 었다. 프랑스에서 아이들은 항상 깔끔한 차림으로 다닌다. 프랑스에서 누더기옷을 입은 어린아이는 눈을 씻고 찾아봐도 없는데 모든 프랑스 여자가 가난하거나 나이가 들거나 상관없이 모두 말쑥한 차림으로 다 니듯이, 시골 마을에서 남의 집에 위탁되어 부양받는 고아조차 깨끗한 차림으로 다닌다. 그들이 항상 청결한 것은 아닐지라도 옷차림만은 항 상 말쑥했다. 이런 관점에서 보면 비교적 부유한 편인 알자스 어린아이 들조차 얼룩덜룩하고 너덜너덜한 옷을 입고 다니는 것은 정말 비통해 할 만한 일이었으니 프랑스 교사들이 괴롭고 고통스러웠던 것이다. 우 리는 검은색 어린아이용 앞치마로 어떻게 해서든 교장 선생을 도와주 려고 최선을 다했지만 큰 도움이 되지 못했으며, 게다가 그 앞치마를 난민용으로 남겨두어야 했기 때문에 더이상 어찌해볼 도리가 없었다.

우리는 알자스 지방과 그곳에 거주하는 온갖 부류의 알자스 주민들 을 매우 잘 알게 되었다. 그들은 프랑스 군인이 진심으로 성실하게 자 신들을 돌봐주는 것에 매우 놀라는 눈치였다. 독일군 수중에 있을 때는

---

* 제1차세계대전 당시 미국 대통령이었던 우드로 윌슨의 아내를 말함.

그런 일이 없었다. 하지만 프랑스 군인은 프랑스인이 되고자 하는 열의는 있지만 완전히 프랑스인은 아닌 알자스 주민을 대단히 불신했다. 그들은 솔직한 사람이 아닙니다, 프랑스 군인의 말이었다. 사실이었다. 프랑스 사람들은 어떤 위치에 있든 모두 다 솔직하다. 매우 공손하고, 눈치가 빠르고 영리하긴 하지만 조금만 지나면 항상 진실을 말한다. 그러나 알자스 사람들은 영리하지도, 공손하지도 않으며 어쩔 수 없는 상황에서도 진실을 털어놓지 않는다. 그래도 프랑스인들과 새롭게 접촉을 하게 되면 어쩌면 프랑스인의 그런 면을 배우게 되지 않을까 싶다.*

우리는 구호품을 나눠주었다. 전쟁의 상흔이 고스란히 남아 있는 마을 곳곳을 찾아다녔다. 보통은 배급하는 일을 도와달라고 지역 사제에게 부탁해야 했다. 우리에게 많은 조언을 해주어 아주 친해진 사제가 있었는데 그의 집은 큰 방 하나만 덜렁 남아 있었다. 그 큰 방을 본인이 칸막이나 차단막을 사용하지 않고 직접 방 세 개로 나눠 꾸며놓았는데, 각 방마다 비치된 가구나 용품을 보아 세 방 중 첫번째는 응접실이었고, 두번째는 주방 겸 식사를 하는 곳이었으며 마지막이 침실이었다. 그의 집에서 점심을 같이 한 우리는 아주 맛있게 음식을 먹었고 그가 내놓은 알자스산 와인도 맛이 그만이었는데, 처음 그의 집을 방문했을 때 우리를 응접실에서 맞이한 그는, 잠시 실례하겠다며 침실로 가 손을 씻고 왔고, 그런 다음 정식으로 우리를 식사하는 방으로 안내했는데, 마치 옛날 방식에 따라 설치된 무대에서 움직이는 듯했다.

---

* 알자스는 독일과 프랑스가 영토의 지배권을 번갈아 취했지만 제1차세계대전이 끝난 시점에 프랑스어를 사용하는 사람이 아주 적을 정도로 비교적 오랫동안 독일 문화권에 속했던 지역이었다.

구호품을 나눠주고 눈길을 뚫고 차를 몰아 사람들을 모두 만나 얘기하고 그들의 얘기를 들어주던 우리는 5월 말이 되어 모든 일이 끝남에 따라 알자스를 떠나기로 했다.

메스, 베르됭을 경유하고 밀드러드 올드리치의 집을 지나 우리는 집으로 돌아왔다.

변화한 파리가 또다시 우리를 맞이했다. 물론 우리는 가만히 있지 않았고 거트루드 스타인은 매우 열심히 글을 쓰기 시작했는데, 그녀가 『지리와 희곡』의 마지막에 수록된 두 편, 「알자스의 말투」와 또 한 편의 정치 관련 극*을 쓴 것이 바로 그즈음이었다. 전시 구호 활동을 완전히 저버릴 수 없었던 우리는 계속 일부 업무를 맡아 했는데, 병원을 찾아다니며 이제는 많은 사람의 관심 밖으로 밀려난 부상병들을 위문하는 일이었다. 전쟁 동안 돈을 너무 많이 쓴 우리는 절약하며 살 수밖에 없었는데, 하인을 구하는 일만 해도 불가능하지는 않았지만 몹시 어려웠던 것이, 보수가 올라도 너무 올랐기 때문이었다. 결국 우리는 당분간 하루에 몇 시간씩 시간을 정해놓고 일하는 *가정부*를 두기로 했다. 그 당시 나는 거트루드 스타인은 우리집 운전사이고 나는 요리사라는 말을 자주 하곤 했다. 아침 일찍 시장에 나가 필요한 물품을 구입하는 일도 우리 몫이었다. 혼란스러운 세상이었다.

---

* 「알자스의 말투」는 알자스에서의 경험을 바탕으로 쓴 짧은 희곡으로 알자스 주민들이 쓰는, 프랑스어나 독일어와는 다른 그들 나름의 변형된 독일어와 관련된 것으로 전쟁과 전후의 알자스 주민들의 정서가 어떤지를 암시하는 작품이다. 여기서 언급되는 "또다른 정치 관련 극"이란 전쟁 이후 파리에서의 축하 장면으로 시작해서 대통령 선거와 관련해서 어린 소년의 모습을 그리고 있는 「국가의 심리학, 당신이 바라보는 것」을 말한다.

파리에는 제시 화이트헤드가 평화위원회의 비서로 와 있었는데 평화위원회에 관심이 많았던 우리는 위원회에 관한 모든 것을 알고 싶었다. 거트루드 스타인이 그 위원회의 젊은 청년을 묘사한 것이 바로 그때였다. 그는 위원회와 함께 파리에 온 이후로 계속 파리에서 지내서 자기는 전쟁에 대해 모르는 게 없다고 자랑하듯 떠들었다. 거트루드 스타인의 사촌들이 찾아왔고, 모든 사람이 다시 몰려들었으며, 모두가 불만을 표하면서 분주히 움직였다. 쉼이 없는 삶이었고 모든 게 뒤죽박죽인 세상이었다.

거트루드 스타인과 피카소가 언쟁을 벌였다. 두 사람 다 자기들이 무엇 때문에 싸웠는지 몰랐다. 어쨌든 두 사람은 일 년 가까이 만나지 않다가 아드리엔 모니에*의 집에서 열린 파티에서 우연히 마주치게 되었다. 피카소가 그녀에게, 잘 지내냐고 묻고는 자기 집에 한번 오라는 식으로 말을 했다. 아뇨 가지 않을 겁니다, 그녀가 시큰둥하게 대답했다. 그러자 피카소가 내게 다가와 말했다, 거트루드를 우리집에 초대했는데도 오지 않겠다고 하는데, 진심일까요. 그렇게 말했으면 안 갈 거예요. 그다음 일 년을 더 두 사람은 서로 만나지 않았고 그사이에 피카소의 아들이 태어났고 막스 자코브는 피카소가 아들의 이름을 대부의 이름을 따라 짓지 않았다고 투덜거렸다. 그 이후 얼마 안 되어 어느 화랑에 우리가 들렀는데 피카소가 다가오더니 거트루드 스타인의 어깨에 손을 올리며 말했다, 맙소사 여기서 다 보다니, 우리 친구합시다. 그래요, 거트루드 스타인이 대답했고 두 사람은 서로 껴안았다. 언제 만

---

* 프랑스 작가이자 출판업자.

나러 가면 되겠습니까, 피카소가 묻자, 글쎄요, 거트루드 스타인이 말했다, 요즘 우리가 워낙 바빠서 그렇긴 한데 주말 저녁은 괜찮을 것 같네요. 에이 말도 안 되죠, 피카소가 말했다, 우린 내일 저녁에 갈 겁니다, 그리고 다음날 그들이 왔다.

파리가 달라졌다. 기욤 아폴리네르는 죽고 없었다. 우리가 만난 사람이 엄청나게 많았지만 내가 기억하는 한 옛날에 알던 사람은 하나도 없었다. 파리는 사람으로 넘쳐났다. 전쟁통에 끔찍하게 많은 사람이 목숨을 잃었다고 클라이브 벨이 말했다는데, 내가 보기에는 실로 어마어마하게 많은 성인 남녀가 어느 순간에 불쑥 세상에 태어난 것 같았다.

앞서 말했듯 당시 우리는 쉴 틈 없이 바빴고 돈을 아껴가며 살아야 했으며 밤낮으로 수시로 사람들을 만났는데 그러는 가운데 드디어 개선문 아래를 지나는 연합군의 개선 행진이 있을 거라는 얘기를 들었다.

'프랑스 부상병을 위한 미국 기금' 소속 회원들은 샹젤리제 거리를 따라 설치된 긴 의자에 앉아 행진을 구경하기로 했는데 당연히 파리 시민들이 그 의자들 때문에 행진을 구경할 수 없다며 항의를 해서 클레망소*가 즉시 의자들을 치우게 했다. 다행히도 제시 화이트헤드가 개선문이 바로 내려다보이는 호텔방에 묵고 있었는데 그녀가 우리더러 자기 방에 와서 같이 구경하자고 했다. 우리는 흔쾌히 그러겠다고 했다. 참으로 기쁘고 멋진 날이었다.

행진이 있던 날 우리는 해뜰 무렵에 일어났는데, 더 늦으면 차를 타고 파리 시내를 지나는 게 거의 불가능할 것 같았기 때문이다. 그날은

---

* 당시 프랑스 총리.

온티의 마지막 여정이었다. 페인트로 그린 적십자 표시를 다 지운 뒤였지만 어쨌든 포드 트럭이었다. 우리의 포드 트럭이 그 명예로운 길을 다 지난 뒤 곧바로 우리는 마찬가지로 포드사에서 만든 2인승 소형 오픈카인 고다이바로 갈아탔다. 그 차가 고다이바로 불리게 된 것은 차가 속을 다 드러낸 알몸으로 세상에 나왔기 때문인데 우리 친구들이 각자 그 속이 보이지 않게 장식할 물건을 주었다.*

아무튼 온티가 실질적으로 마지막 여정을 나선 셈이었다. 우리는 강가에 온티를 세우고 호텔까지 걸어갔다. 거리마다 남자, 여자, 어린아이, 군인, 사제, 수녀 등 온갖 사람이 인산인해를 이루고 있었는데, 행진하는 광경을 더 잘 보겠다고 사람들의 도움을 받아 나무로 기어오르는 두 수녀의 모습도 눈에 띄었다. 호텔로 들어간 우리는 정말 훌륭한 곳에 자리를 잡고 행진 광경을 하나도 빠짐없이 구경할 수 있었다.

행진의 처음부터 끝까지 다 구경한 우리 눈에 제일 먼저 띈 것은, 스스로 휠체어를 몰고 지나가는 상이용사들이었다. 군대 행진이 있을 때면 늘 부상을 당해 전역한 상이용사들을 앞세우는 것이 프랑스의 오랜 전통이었다. 그들 모두 씩씩한 모습으로 개선문을 통과했다. 거트루드 스타인은 어릴 때 개선문 주위에 쳐진 쇠사슬 줄에 올라 그네놀이를 했었는데 그때의 가정교사가 1871년에 독일군이 개선문 아래를 행진** 한 이후부터 누구도 그 아래를 걸어서 지나다니지 못하게 했다는 말을 들려주었다며 어린 시절 일을 기억해내기도 했다. 그런데 이제는 독일군을 제외한 모든 나라의 군인이 개선문 아래를 당당하게 지나고 있

---

* 벌거벗은 레이디 고다이바의 이야기에 빗대어 자동차 이름을 지었다는 의미.
** 프로이센-프랑스 전쟁 때 프로이센군이 개선문 아래를 행진한 일.

었다.

나라마다 행진하는 모습이 달랐는데, 어떤 나라 군인들은 천천히, 또 어떤 나라는 빠르게, 그리고 프랑스군은 자기네 국기를 들고 행진했는데, 가장 압권인 장면은 퍼싱 장군*을 필두로 부하들이 성조기를 들고 뒤따르며 발을 착착 맞춰 멋지게 행진한 모습이 아닌가 싶다. 당시 시대상에 관해 거트루드 스타인이 쓴 영화 대본**에서 묘사한 광경이 바로 그 행진이었는데 그 글은 『오페라와 희곡들』에 실리게 되고 나는 그 책을 플레인 에디션에서 출간한 바 있다.

어쨌든 마침내 모든 것이 다 끝났다. 우리는 샹젤리제 거리를 걷고 또 걸었으며 전쟁은 끝났고 피라미드 두 개를 쌓아올린 듯 흉물스럽게 놓여 있던 노획한 적의 대포 더미들이 하나둘씩 철거되고 평화가 우리 앞에 성큼 다가왔다.

---

* 제1차세계대전중 프랑스에 파견된 미국 사령관.
** 『오페라와 희곡들』의 맨 마지막에 수록된 「한 편의 영화」를 가리킨다.

7장
전쟁이 끝난 뒤, 1919년~1932년

그때 우리는, 요즘 들어 그 시절을 되돌아보면, 계속해서 사람들을 만났던 것 같다.

전쟁이 끝나고 처음 몇 년 동안의 기억이 뒤죽박죽 뒤섞여 어떤 일이 먼저고 어떤 일이 뒤에 일어났는지 생각해내기가 어렵다. 피카소가 한번은, 거트루드 스타인과 날짜에 관한 이야기를 하던 중에 이런 말을 한 적이 있다, 내가 전에도 말했는데 잊으신 모양이군요, 우리가 젊었을 때는 일 년 동안에도 엄청나게 많은 일이 일어났거든요.* 거트루드 스타인의 저작 목록과 관련해서 기억을 되살리려고 전쟁 직후의 몇 년을 되돌아보던 중, 단 일 년 동안 얼마나 많은 일이 있었는지 알게 되어

---

* 2장 첫 문단에서 거트루드 스타인과 피카소의 대화중에 등장하는 내용.

너무나 놀라고 말았다. 물론 그때 우리가 그렇게 젊었던 것은 아니지만 어쨌든 세상에는 너무나 많은 젊은이가 있고 아마 그들도 나이가 들면 같은 생각을 할 듯하다.

옛 무리들은 사라지고 없었다. 마티스는 이제 니스에 영구적으로 정착했고 물론 거트루드 스타인과 여전히 둘도 없는 친구이긴 하지만, 사실상 이제 두 사람은 만나지 않게 되었다. 거트루드 스타인과 피카소가 만나지 않게 된 것도 그때였다. 이 두 사람은 각자 둘을 다 아는 사람과 만나 얘기하다가 상대방 얘기가 나오면 정이 듬뿍 담긴 다정한 말로 서로를 존중해주기는 했지만 실제로 만나지는 않았다. 기욤 아폴리네르는 죽었다. 이따금 브라크와 그의 아내를 보긴 했는데, 그 무렵 브라크와 피카소는 돌이킬 수 없을 정도로 사이가 틀어져 있었다. 만 레이*가 피카소의 모습을 찍은 사진을 들고 우리집에 찾아왔던 어느 저녁이 기억나는데 그때 우연히 브라크도 같이 있었다. 사진을 서로 돌려보던 중 차례가 되자 브라크가 말했다, 이 신사분이 누군지 알아봐야겠어요, *이분이 누구인지 알아봐야겠습니다.* 그로부터 상당한 시간이 흐른 뒤 거트루드 스타인이 '오랫동안 친구관계를 지속하지 못한 것에 관하여'라는 명칭으로 기렸던 시기가 그때였다.

병에 걸려 건강이 좋지 않았던 후안 그리스는 대단히 의기소침해했다. 그동안 몹시 아팠는데 좀처럼 회복의 기미가 없었다. 박탈감과 낙담이 원인이었다. 칸바일러가 전쟁이 끝나자마자 상당히 일찍 파리로 돌아왔지만 예전에 알던 사람들이 후안을 제외하고는 모두 다 성공해

---

* 미국 시각 예술가이자 사진작가.

서 자리를 잡은 뒤라 더이상 그의 도움을 받을 필요가 없었다. 『마른 강변의 언덕 꼭대기』로 엄청난 성공을 거둔 밀드러드 올드리치는, 멋지게 벌어들인 돈을 그녀다운 방식으로 우아하게 써버렸으며 조금씩 불안해하면서도 아직까지도 돈을 물 쓰듯 펑펑 쓰며 즐기고 있다. 우리는 한 달에 한 번 정도 그녀를 만나러 가는데, 실은 그녀의 남은 생애 동안 어떻게든 정기적으로 찾아가려고 노력하는 중이다. 그녀는 성공의 절정에 오른 시기에도 다른 누구보다 거트루드 스타인이 찾아오는 것을 가장 반겼다. 실제로 그녀는 거트루드 스타인이 〈애틀랜틱 먼슬리〉에 작품을 싣기 위해 노력하고 있다는 얘기를 듣고 크게 기뻐했다. 밀드러드는 만일 〈애틀랜틱 먼슬리〉가 받아준다면 그보다 큰 영광은 없을 거라고 입에 침이 마르도록 말했지만, 그런 일은 일어나지 않았다. 밀드러드를 대단히 화나게 한 일이 또하나 있었다. 『미국 인명록』에 거트루드 스타인의 이름이 오르지 않은 것이었다. 사실 따지고 보면 미국 작가의 이름이 수록되기 전의 인명록은 영국 작가들의 나열에 불과했다. 이런 사실이 밀드러드 올드리치를 몹시 분개하게 만들었다. 『미국 인명록』은 쳐다보기도 싫다니까, 그녀가 나에게 말했다, 죄다 별볼 일 없는 사람들이고 거트루드의 이름은 눈 씻고 찾아봐도 없으니 이거야 원. 이어서 말했다, 뭐 그래도 좋아요 다만 거트루드가 그런 식으로 매장당하지 않길 원해요. 불쌍한 밀드러드. 그런데 올해 들어서야 비로소 『미국 인명록』이 그들 나름대로 무슨 이유가 있었는지는 몰라도 거트루드 스타인의 이름을 목록에 추가했다. 그리고 더이상 말할 필요도 없지만 〈애틀랜틱 먼슬리〉는 여전히 그녀의 글을 싣지 않고 있다.

〈애틀랜틱 먼슬리〉와 관련한 일화는 정말 웃기는 이야기다.

내가 말했듯이 거트루드 스타인은 〈애틀랜틱 먼슬리〉에 일부 원고를 보냈는데, 그들이 받아주리라고 큰 기대는 하지 않았지만 그래도 기적처럼 받아준다면, 그녀도 기쁘고 밀드러드도 뛸듯이 기뻐할 일이었다. 그런데 편집부에서 보낸 긴 답장은 다소 논쟁의 여지가 있었다. 거트루드 스타인은 그 글을 편집부에 근무하는 보스턴 출신 여자가 썼을 거라고 생각하고, 제기된 사항에 반박하는 내용을 담은 제법 긴 편지를 미스 엘렌 세지윅 앞으로 보냈다. 잡지사에서 바로 답장을 보냈는데 거트루드 스타인의 주장에 답하는 형식의 내용이면서 동시에 자기들도 그녀의 작품에 관심이 없는 것은 아니지만 어쩔 수 없다고, 하지만 그 글들이 서평 코너에 실린다면 〈애틀랜틱 먼슬리〉의 독자도 받아주기는 할 것 같은데, 그러려면 잡지의 한 부분, 내 기억이 옳다면, '컨트리뷰터스 클럽'이라는 기고자 칼럼에 누군가가 그 원고를 소개하는 글을 실어줘야 한다는 것이었다. 그러면서 답변을 쓴 사람이 엘렌이 아니라 엘러리 세지윅이라며 끝맺었다.

당연히 거트루드 스타인은 답변을 보낸 사람이 엘렌이 아니라 엘러리라는 사실을 기쁘게 받아들이며 '컨트리뷰터스 클럽'에 글이 실리는 것에 동의했지만, 역시나 그녀의 원고에 대한 글은 실리지 않았다.

우리는 날마다 새로운 사람들을 만나기 시작했다.

누군가가 우리한테 들려준 말인데, 말한 사람이 누군지는 잊었지만, 아무튼 어느 미국 여성이 우리가 사는 지역에 영어 도서를 대출해주는 서점을 운영하기 시작했다는 것이다. 당시 우리는 경제적인 문제로 무디도서관 이용을 중단했는데, 물론 몇몇 책을 공급해주는 미국 도서관이 있기는 했지만, 거트루드 스타인은 더 많은 책을 빌려 읽어보고 싶어하던 차였다. 탐문 끝에 우리는 실비아 비치*라는 여성을 만나게 되었다. 실비아 비치는 열과 성을 다해 거트루드 스타인을 맞아주었으며 두 사람은 곧 친구가 되었다. 거트루드 스타인은 실비아 비치가 운영하는 서점의 최초 연간 구독자가 되었고 실비아 비치는 이에 대단한 자긍심을 갖게 되어 그녀에게 감사의 마음을 품게 되었다. 그녀의 작은 서점은 에콜 드 메드신 근처 작은 거리에 있었다. 그때만 해도 그 서점을 찾는 미국인들이 많지 않았다. 그 서점을 자주 찾아왔던 사람들은 『비비 더 비비스트』라는 책의 저자라는 사람과 마르셀 슈보브의 질녀**와 떠돌이 아일랜드 시인 몇몇이었다. 그 시절 우리는 실비아를 매우 자주 만났으며, 그녀 역시 우리집에 자주 찾아오기도 하고 낡은 우리 차를 타고 같이 시골을 돌아다니기도 했다. 우리는 아드리엔 모니에도 만났고 그녀는 발레리 라르보***를 우리집에 데리고 왔는데 두 사람 다 『세 인생』에 지대한 관심을 보였으며 특히 발레리 라르보는, 우리가 이해한 바로는, 그 작품을 번역할 생각을 품고 있는 듯했다. 트리스탕 차라****가 파리에 처음 등장한 게 이 시기였다. 아드리엔 모니에는 차라의 등장에 대단히 흥분하며 열광했다. 피카비아가 전쟁중에 스위스에서 그를 찾아냈고 두 사람은 함께 다다이즘을 창조했는데, 이후 많은 갈등과 언쟁 끝에, 다다이즘을 벗어난 초현실주의를 만들어냈다.

---

* 생애 대부분을 파리에서 보낸 미국 태생 서적상이자 출판업자. 1919년에 영어 서적을 파는 '셰익스피어 앤드 컴퍼니' 서점을 열었다.

** 초현실주의적 사진과 포토몽타주로 유명한 프랑스 사진작가 클로드 카운.

*** 영미문학을 프랑스어로 번역 소개한 것으로 유명한 프랑스 소설가이자 비평가.

**** 루마니아 태생의 프랑스 아방가르드 예술가.

차라가 우리집에 왔다. 내 생각엔 피카비아가 데려온 게 아닌가 싶지만 확신이 안 섰다. 사실 그간 사람들 사이에 그가 폭력적이고 사악하다는 이야기가 떠돌았지만 나는 그게 무슨 소리인지 납득하지 못하다가, 차라가 우리집에 왔을 때 차 탁자 옆 내 곁에 앉아 그다지 흥분하지 않고 즐겁고 차분하게 이야기를 나누던 모습을 본 이후로는 특히 그런 식으로 떠도는 말을 더더욱 믿지 않게 되었다.

아드리엔 모니에는 실비아가 오데옹가*로 서점을 옮겼으면 했는데 처음에는 주저하던 실비아가 결국 이사를 했고 그후로는 그녀를 자주 만날 수 없었다. 실비아가 서점을 옮긴 직후 그들은 파티를 열었고 우리도 참석했는데 그 자리에서 거트루드 스타인은 실비아를 따라다니는 옥스퍼드대학 학생들이 있다는 사실을 처음 알게 되었다. 그곳에서 만난 옥스퍼드 젊은이 몇몇이 거트루드 스타인을 만난 게 무척 기쁘고 즐겁다며 원고를 달라고 부탁하더니 급기야 1920년 〈옥스퍼드 매거진〉에 그녀의 글을 실어주었다.

실비아 비치는 이따금 사람을 무리로 데려오기도 했는데, 대체로 젊은 작가들과 나이든 여자들이 같이 오는 경우가 많았다. 에즈라 파운드가 온 것도 그즈음이었는데, 그의 방문 역시 실비아 비치 덕에 가능한 일이었다. 나중에는 실비아 비치가 우리집을 찾아오지 않았지만 한번은 그녀가 셔우드 앤더슨이 파리에 왔는데 거트루드 스타인을 만나고 싶어한다며 조만간 찾아갈 거라는 전갈을 보내왔다. 거트루드 스타인은 즉각 너무 반가운 일이라고 답신을 보냈고 셔우드 앤더슨이 아내와

---

* 모니에가 처음 서점을 열었던 곳.

음악평론가 로젠펠드를 데리고 우리집을 찾아왔다.

셔우드 앤더슨이 방문했을 때 나는 어떤 이유에선가, 필시 복잡한 집안 사정 때문일 텐데, 그 자리에 없었지만, 어쨌든 집으로 돌아와보니 거트루드 스타인이 대단히 들떠 있고 기분이 굉장히 좋아 보였는데 최근에는 좀처럼 볼 수 없던 모습이었다. 당시 거트루드 스타인은 조금은 참담하달까 우울한 나날을 보내고 있었는데, 출간되지 못한 채 남아 있는 원고들을 앞으로도 누가 출판해줄 희망도 보이지 않고 진정으로 인정해주지도 않을 것 같다는 생각에 젖어 있었기 때문이었다. 그런데 셔우드 앤더슨이 찾아와서 대단히 솔직하고 직접적으로 말하는 그의 화법대로 자신이 그녀의 작품을 어떻게 생각하고 있는지, 그녀의 작품이 작가로서의 자신의 발전에 어떤 의미가 있는지 털어놓았다. 그런 말을 한 후 당시의 그로서는 더욱더 드문 일인데 즉각 자신이 한 말을 글로 써서 내놓겠다고도 했던 것이다. 그때 이후 지금까지 거트루드 스타인과 셔우드 앤더슨은 늘 최고의 친구로 지내고 있는데 사실 그의 방문이 그녀에게 얼마나 큰 의미였는지 과연 그가 알고는 있을지 의문이다. 아무튼 그 직후 셔우드 앤더슨은 약속대로 『지리와 희곡들』의 '서문'을 썼다.

당시는 어딜 가든 누구라도 만나게 되는 시절이었다. 미국 출신 주엣 부부는 페르피냥 근처에 있는 10세기에 건축된 성을 소유하고 있었다. 우리는 전쟁 때 그 성에서 그 부부를 만난 적이 있었는데 그들이 파리에 왔다는 소식을 듣고는 그들이 묵고 있는 호텔로 찾아갔다. 그곳에서 우리는 처음으로 맨 레이를 만나고 나중에는 로버트 코츠*도 만났는데, 두 사람이 각각 어떻게 그곳에 오게 되었는지는 모른다.

우리가 들어섰을 때 방에는 많은 사람이 있었는데 얼마 지나지 않아 거트루드 스타인이 한구석에 앉아 있던 어느 키 작은 남자와 이야기를 나누기 시작했다. 그리고 우리가 방을 나설 때 그녀는 그 남자와 약속까지 잡았다. 그녀는 그가 사진작가인데 참 재미있는 사람 같다고 하면서, 나에게 윌리엄 쿡의 아내 진 쿡이 그녀의 사진을 미국에 있는 쿡의 친구들에게 보내고 싶어한다는 사실을 상기시켰다. 그래서 우리 세 사람은 맨 레이의 호텔로 향했다. 맨 레이는 들랑브르가에 있는 아담한 호텔의 작은 객실에 묵고 있었는데, 조그만 방에 그렇게 많은 물건이 가득차 있으면서도 감탄이 절로 나올 정도로 잘 정돈해놓은 공간을 여태까지 본 적이 없었으며, 배의 좁은 선실도 그 정도로 깔끔하게 정리된 경우를 보지 못했다. 침대, 커다란 카메라 세 대, 여러 종류의 조명 장치, 윈도 스크린. 그는 작은 벽장에서 현상작업을 하고 있었다. 맨 레이는 우리에게 마르셀 뒤샹과 그 밖에 수많은 사람을 찍은 사진을 보여주며 혹시 우리집에 가서 스튜디오와 거트루드 스타인의 사진을 찍어도 괜찮겠느냐고 물었다. 그가 찾아와 사진을 찍었고 내 사진도 몇 장 찍었는데 그렇게 해서 나온 사진들을 보자 거트루드 스타인과 나는 기분이 너무 좋았다. 맨 레이는 지금까지도 계속 주기적으로 거트루드 스타인의 사진을 찍고 있으며 그녀는 조명을 잘 활용하는 그의 촬영 방식이 정말 마음에 들어 푹 빠졌다고 늘 입버릇처럼 말한다. 그래서 그런지 그녀는 사진을 찍는 날은 항상 싱글벙글 웃는 얼굴로 집으로 돌아온다. 그런데 어느 날 그녀가 자신을 찍은 맨 레이의 사진들이 최

---

* 미국 소설가이자 미술비평가.

근에 내가 그녀를 찍은 스냅사진 한 장을 빼고는 다른 누가 찍은 사진보다 훨씬 더 좋고 마음에 든다고 말했다. 이 말이 맨 레이의 기분을 좀 상하게 만들었던 것 같다. 잠시 후 그가 그녀에게 와서 포즈를 취해달라고 부탁했고 그녀는 부탁을 들어주었다. 그가 말했다, 마음대로 움직이세요, 눈이며, 머리며, 그게 다 하나의 포즈가 될 테지만 그 안에 스냅 촬영의 특성이 모두 들어갈 겁니다. 여러 자세로 오랫동안 포즈를 취했고, 그녀는 그가 요구하는 대로 몸을 움직였으며, 그렇게 해서 나온 결과인 그가 찍은 그녀의 마지막 사진들은 정말 놀라울 정도로 특이하고 재미있었다.

전쟁이 끝난 직후 우리는 주엣 부부가 묵고 있는 호텔에서 로버트 코츠도 만났다. 그날의 기억은 아직도 생생하다. 춥고 어두운 날, 어느 호텔의 위층 어딘가였다. 그곳엔 젊은 사람들도 많았는데 갑자기 거트루드 스타인이 자동차에 불을 켜놓고 와야 하는데 잊었다며 또다시 벌금을 물고 싶지 않다고 말했다. 사실 얼마 전에 길을 비켜달라고 경찰관을 향해 내가 경적을 울렸다가 벌금을 물었고 그녀도 우체국 근처에서 길을 잘못 들어서는 바람에 벌금을 낸 적이 있었기 때문이었다. 알겠습니다, 빨강 머리 청년이 툭 내뱉고는 쏜살같이 아래로 내려가더니 곧 돌아왔다. 불을 켜놨습니다, 청년이 보고했다. 어느 차가 내 차인지 어떻게 알았죠, 거트루드 스타인이 물었다. 오 알고 있습니다, 빨강 머리 청년 코츠가 말했다. 우리는 언제 만나든 코츠를 좋아했다. 파리 시내를 돌아다니다 아는 사람을 만나는 일이 그리 흔치 않은데, 모자도 쓰지 않고 빨간 머리칼을 그대로 드러낸 코츠를 전혀 예상치도 못한 곳에서 자주 만났으니 참 신기한 일이긴 했다. 그때 〈브룸〉*이 막 등장했는데, 그 얘기는 곧 다시 하기로 하고, 아무튼 그 시기에 거트루드 스타인은 코츠가 자기가 쓴 작품을 보여주자마자 그의 작품에 대단한 관심을 보이기 시작했다. 코츠는 자신만의 독특한 리듬을 지닌 유일한 젊은이이며, 그가 쓴 글을 보면 눈으로도 소리를 들을 수 있다며, 다른 사람들의 글은 대부분 그렇지 않다고 그녀는 말했다. 또한 우리는 코츠가 묵고 있는, 섬에 있는 시티호텔을 좋아했고, 그의 모든 면을 좋아했다.

거트루드 스타인은 코츠가 구겐하임 상을 받기 위해 연구 계획서를 준비하고 있다는 얘기를 듣고는 좋은 일이라며 반겼다. 굉장히 재미있는 작은 소설이었던 그 연구 계획은 거트루드 스타인이 후원자였지만, 안타깝게도 탈락하고 말았다.

앞서 말했듯이 〈브룸〉이 등장했다.

전쟁 전에 알던 젊은 친구가 있었는데, 잘 아는 것은 아니고 조금 아는 정도였던 그는 이름이 엘머 하든**으로, 파리에서 음악공부를 했었다. 전쟁이 벌어지던 동안 우리는 엘머 하든이 프랑스군에 입대하여 싸우다 심한 부상을 입었다는 소식을 전해들었다. 들어보니 정말 기막힌 이야기였다. 엘머 하든은 미군 병원에서 부상당한 프랑스 군인들을 간호했는데 그가 맡은, 한쪽 팔을 쓸 수 없을 정도로 심하게 부상당한 대위가 다시 전선으로 복귀할 준비를 하고 있었다. 그 모습을 본 엘머 하든은 더이상 환자만 간호하는 데 만족할 수 없었다. 그래서 그가 페테 대위에게 말했다, 저도 대위님을 따라가겠습니다. 불가능하네, 페테 대

---

* 미국 작가 해럴드 러브와 앨프리드 크레임보그가 1921년 11월 미국 뉴욕에서 창간한 국제 문예지.
** 1919년 『프랑스 병사가 된 어느 미국인』를 쓴 엘머 스텟슨 하든.

위가 말했다. 그래도 전 갈 겁니다, 엘머는 뜻을 굽히지 않았다. 그래서 결국 두 사람은 택시를 타고 전쟁사무국에 들르고 치과도 찾아가고* 그 다음에 또 어디를 갔는지는 모르지만, 그 주말에 페테 대위는 부대에 복귀했고 엘머 하든은 대위가 속한 연대에 사병으로 들어가게 되었다. 그뒤 엘머 하든은 용감하게 싸우던 중 부상을 당했다. 전쟁이 끝난 뒤 우리는 그를 다시 만났고, 그후로도 자주 만나게 되었다. 엘머 하든과 그가 우리에게 보내곤 했던 아름다운 꽃송이들은 평화가 찾아온 시절 에도 우리에게 큰 위안과 위로가 되었다. 그와 나는 늘 우리가 전쟁을 기억하는 세대의 마지막 사람이 될 거라고 말하곤 한다. 하지만 우리 둘조차 이미 조금씩 전쟁을 잊어가는 게 아닌가 싶기도 하다. 하루는 엘머가 자신이 큰 승리를 거뒀다고 선언했는데, 브르타뉴 사람인 페테 대위를 설득해 참 멋진 전쟁이었다는 사실을 인정하도록 했다는 것이 다. 그전까지만 하더라도 페테 대위에게 참 멋진 전쟁이었다고 말하면 페테 대위는 아무 대답도 하지 않았는데, 이번에는 엘머가 참 멋진 전 쟁이었습니다, 라고 하자, 페테 대위가 답했다는 것이다, 그래 엘머, 참 멋진 전쟁이었어.

케이트 버스**는 매사추세츠주 메드퍼드 출신으로, 엘머와 고향이 같 았다. 파리에 있던 그녀가 우리를 만나러 왔다. 엘머가 그녀를 소개한 것 같지는 않은데 어쨌든 그녀가 우리를 찾아왔다. 그녀는 거트루드 스 타인의 글에 관심이 많았는데 그 무렵까지 구입할 수 있는 거트루드

---

* 치과를 찾아갔다는 것은 치과진료 기록을 남겨 전사하는 경우 그 기록과 시신의 치 열을 대조하여 신원을 확인하기 위한 조치로 추정된다.
** 미국 저널리스트이자 작가이며 비평가. 키티 버스라고도 한다.

스타인의 책은 모두 소장하고 있었다. 그녀는 크레임보그를 데려와 우리와 만나게 했다. 크레임보그는 유럽에서 〈브룸〉을 간행하기 위해 해럴드 러브와 함께 파리에 와 있었다. 크레임보그는 아내와 함께 우리집을 자주 드나들었다. 그는 특히 거트루드 스타인이 『미국인의 형성』이후 썼던 『즐거운 긴 이야기』를 연재물로 싣기를 간절히 원했다. 물론 해럴드 러브가 동의하지 않았다. 대신 크레임보그는 그 책에 나오는 문장을 마음껏 큰 소리로 읽어대곤 했다. 그와 거트루드 스타인 사이엔 서로에 대한 호감 외에도 둘을 이어주는 또다른 끈끈한 유대감이 있었는데, 『세 인생』을 출간한 그래프턴 출판사에서 그도 거의 비슷한 시기에 자신의 첫번째 책을 출판했기 때문이었다.

케이트 버스는 많은 사람을 우리집에 데리고 왔다. 그중에는 주나 반스*와 미나 로이도 있었는데 그들은 제임스 조이스도 데려오고 싶어했지만 그러지는 못했다. 우리는 피렌체에서 미나 하바이스라는 이름으로 알고 지냈던 미나를 만나서 너무 반가웠다. 미나는 유럽 여행이 처음이라는 글렌웨이 웨스콧**을 데리고 왔다. 글렌웨이의 영어 말투는 우리에게 깊은 인상을 남겼다. 헤밍웨이가 그의 말투를 설명해주겠다고 나섰다. 헤밍웨이가 말했다, 당신이 시카고대학에 입학해서 자신이 앞으로 쓸 말투를 적어두면 졸업할 때 그대로 말하게 될 겁니다. 그러니까 당신이 원하는 바에 따라 16세기가 됐든 현대가 됐든 어느 시대의 말투든 다 가질 수 있다는 뜻이죠. 글렌웨이는 그날 자기 이름의 머리글자가 새겨진 실크 담뱃갑을 놓고 갔는데, 우리가 잘 보관하고 있다

---

* 미국 화가이자 작가.

** 미국 시인이자 소설가. 시카고대학 출신이다.

가 나중에 다시 우리집에 왔을 때 돌려주었다.

미나는 또한 로버트 매컬먼*도 데려왔다. 당시 매컬먼은 굉장히 점잖고, 매우 성숙하고 잘생긴 사람이었다. 그가 콘택트 출판사에서 『세 인생』을 출간하고 그로 인해 사람들의 입방아에 오른 것은 훨씬 나중에 일어난 일이다. 파리는 원래 그런 곳이지만 이왕 말이 나왔으니까 하는 말인데 그때 이후 거트루드 스타인과 그는 다시는 친구가 될 수 없었다.

케이트 버스가 어니스트 월시**를 데려왔는데, 아주 젊은 다혈질 청년이었던 그가 몹시 걱정이 되었던 모양이었다. 우리는 나중에 벨레라는 도시에서 헤밍웨이와 함께 그를 다시 만난 적이 있지만, 그를 아주 잘 알게 되지는 않았다.

우리는 에즈라 파운드를 그레이스 런스버리***의 집에서 만났는데, 파운드는 우리집에 와서 함께 저녁을 먹은 다음 계속 머무르며 우리와 이런저런 얘기를 나누는 중에 일본 목판인쇄에 관한 말을 꺼냈다. 거트루드 스타인은 그를 좋아하기는 했지만 재미있는 사람이라고는 생각하지 않았다. 그녀는 그가 시골 마을 해설사와 같다면서 이렇게 말했다, 시골 마을에서야 그를 아주 뛰어나다고 여기겠지만, 다른 곳에서는 별로 훌륭하게 보지 않을걸. 에즈라 파운드는 T. S. 엘리엇에 관한 말도 했다. 우리집에서 T. S에 관한 얘기가 나온 것이 그때가 처음이었다. 그런데 얼마 지나지 않아서는 모든 사람이 T. S를 입에 올리기 시작했다.

---

* 미국 시인이자 출판업자로 1923년 파리에 콘택트 출판사를 차렸다.
** 미국 시인이자 잡지 편집자.
*** 미국 시인이자 극작가. 스타인이 볼티모어에 살 때 친구였다.

키티 버스도 그에 관한 말을 했고 훨씬 뒤에는 헤밍웨이도 그를 대단히 중요한 작가라고 말했다. 그뒤로 상당한 시간이 흐른 뒤에는 레이디 로더미어*가 그에 관한 얘기를 하더니 거트루드 스타인에게 자기 집에 와서 그를 만나보라며 초대했다. 그들은 〈크라이테리언〉이라는 잡지를 창간하려는 중이었다. 사실 우리는 그전 여러 해 동안 보지 못하다가 다시 만나게 된 뮤리엘 드레이퍼를 통해 레이디 로더미어를 만난 적이 있었다. 거트루드 스타인은 굳이 레이디 로더미어의 집에까지 가서 T. S. 엘리엇을 만나는 일이 그다지 달갑지 않은 눈치였지만, 우리 모두가 꼭 가야 한다고 주장하자, 마뜩잖은 목소리로 그러겠다고 했다. 입고 갈 이브닝드레스가 없던 나는 이참에 하나 만들기로 했다. 그런데 벨이 울리더니 레이디 로더미어와 T. S가 걸어들어왔다.

엘리엇과 거트루드 스타인은 진지한 대화를 나누었는데, 대화 내용이 주로 부정사를 분리해서 쓰는 것과 그 밖에 다른 문법 오류와 거트루드 스타인이 그런 표현을 쓰는 이유에 관한 것이었다. 마침내 레이디 로더미어와 엘리엇이 가려고 자리에서 일어섰는데 그때 엘리엇이 만일 자기가 〈크라이테리언〉에 거트루드 스타인의 작품을 싣는다면 가장 최신작이라야 가능할 거라고 말했다. 그들이 떠나고 난 뒤 거트루드 스타인이 말했다, 괜히 드레스 완성하겠다고 신경쓰지 마, 그 집에 갈 필요 없으니까, 그리고 그녀는 T. S. 엘리엇의 초상을 쓰기 시작했고 그 글을 「11월 15일」이라고 불렀는데, 그날이 그 글을 쓴 날이니 의심의 여지 없이 그녀의 최신작이었다. 모직은 모직이고 실크는 실크로 만든

---

* 신문사를 경영하는 거물인 로더미어 자작의 부인으로 프랑스에 정착하여 앙드레 지드 등의 프랑스 작가들을 후원했다.

것이고, 혹은 모직은 양털로 만든 것이고 실크는 실크로 만든 것이라는 내용이 전부였다. 그녀는 그 글을 T. S. 엘리엇에게 보냈고 그는 글을 받았지만 당연히 잡지에 실어주지 않았다.

그후로 오랫동안 편지들이 오고갔는데, 거트루드 스타인과 T. S. 엘리엇이 아니라, T. S. 엘리엇의 비서와 내가 주고받은 것이었다. 우리는 서로 상대방에게 서Sir라고 존칭을 붙였으며, 나는 A. B. 토클러스라고 서명하고 그녀는 자기 이름의 머리글자로 서명했다. 그로부터 한참이 지난 뒤에야 나는 엘리엇의 비서가 젊은 남자가 아니라는 사실을 알게 되었다. 나 역시 젊은 남자가 아니라는 사실을 그녀가 알게 되었는지는 모른다.*

그렇게 편지를 주고받으며 자주 연락을 했는데도 아무 일도 일어나지 않았으며 거트루드 스타인은 우리집에 찾아오는 모든 영국인에게 장난삼아 그 이야기를 들려주었는데 그 당시는 정말 많은 영국인이 우리집을 드나들던 때였다. 어쨌든 마침내 전갈이 왔는데 이른봄이었던 그때, 〈크라이테리언〉에서 미스 스타인이 기고한 글을 10월호에 싣고자 하는데 그래도 되는지 묻는 것이었다. 그녀는 10월 15일에 「11월 15일」이 나온다니 그보다 더 적절한 일이 어디 있겠냐는 식의 답을 보냈다.*

다시 한번 긴 침묵의 시간이 흐른 뒤 이번에는 교정지가 왔다. 우리는 이게 웬일인가 싶어 깜짝 놀랐지만 곧 교정지를 돌려주었다. 어느 젊은 직원이 윗사람의 허락 없이 보낸 것이 분명했는데 왜냐하면 교정

---

* 둘 다 여성인데 편지에서 남성에게 붙이는 '서(Sir)'라는 존칭을 쓴 것에 대한 언급.

지를 받은 직후 바로 실수가 있었다고, 아직 그것을 게재할 생각이 없다는 사과의 편지가 왔기 때문이었다. 이 이야기 역시 나중에 그 원고가 결국 출간된 이야기와 더불어 우리집에 드나드는 영국인들이 다 듣게 되었다. 그후 그 원고는 『조지아시대의 이야기들』*에 다시 실리게 되었다. 나중에 거트루드 스타인은 케임브리지대학에서 있었던 강연에서 엘리엇이 거트루드 스타인의 작품은 대단히 훌륭하지만 우리에겐 맞지 않다고 말했다는 얘기를 듣고는 기뻐했다.

다시 에즈라 이야기로 돌아가자. 에즈라가 우리집을 다시 찾아왔는데 〈더 다이얼〉의 편집자와 동행했다. 그때는 일본 목판인쇄에 관한 얘기를 할 때보다 분위기가 더 안 좋았고, 훨씬 더 험악했다. 에즈라가 너무 흥분하고 격분한 나머지 거트루드 스타인이 애지중지하던, 내가 피카소의 디자인을 따라 태피스트리 장식을 한 안락의자에서 떨어지는 바람에 거트루드 스타인이 노하여 펄펄 뛰었던 것이다. 결국 에즈라와 〈더 다이얼〉의 편집자는 떠났지만, 기분좋을 사람은 하나도 없었다. 거트루드 스타인은 다시는 에즈라를 만나고 싶어하지 않았고, 에즈라는 그 이유를 전혀 모르는 것 같았다. 하루는 그가 뤽상부르공원 근처에서 거트루드 스타인을 만났을 때 이렇게 말했다, 댁으로 가서 한번 뵙고 싶습니다. 미안해요, 거트루드 스타인이 대답했다, 토클러스가 치통을 앓는데다 요즘 우리가 야생화를 꺾느라 아주 바빠서요. 그 말은, 거트루드 스타인의 모든 문학작품이 그렇듯이 다 사실이었지만, 에즈라는 기분이 상했던 모양이었고, 그후로 우리는 그를 다시 만나지 않았다.

---

* 1927년 퍼트넘 출판사에서 펴낸 작품 선집으로 올더스 헉슬리, 서머싯 몸, 에벌린 워 등의 작품과 거트루드 스타인의 「11월 15일」이 함께 실렸다.

전쟁이 끝나고 그렇게 여러 달이 지나는 중 어느 날 우리는 작은 길을 걷다가 어느 가게의 진열창 앞에서 누가 보면 참 이상하게 생각할 만큼 안을 들여다봤다가 뒤로 물러났다가 다시 몸을 숙여 들여다보고는 좌우를 둘러보는 남자를 보았다. 립시츠, 거트루드 스타인이 불렀다. 아 예, 립시츠가 대답했다, 철로 된 수도꼭지를 사려고요. 그게 어디 있는데요, 우리가 물었다. 어디긴요 저 안에 있죠, 그가 대답했고, 정말로 그 안에 있었다. 거트루드 스타인은 예전에 립시츠를 지나가는 식으로 알게 되었는데 그 일로 해서 두 사람은 친구가 되었고 곧 그는 그녀에게 포즈를 취해달라고 부탁했다. 얼마 전 장 콕토의 흉상을 완성한 그가 그녀의 흉상도 조각하고 싶어했던 것이다. 그녀는 누가 부탁하면 언제든 포즈를 취할 수 있는 사람이었고, 포즈를 취할 때의 그 정적을 좋아했기에 비록 조각을 좋아하지는 않았지만 립시츠에게 그러겠다고 말하고는 포즈를 취하기 시작했다. 내 기억으로 그때는 봄인데도 무척 더웠고 립시츠의 스튜디오는 숨이 턱턱 막힐 정도로 뜨거운 열기로 가득했지만 그들은 그곳에서 작업을 하며 몇 시간을 같이 있었다.

립시츠는 남 얘기를 무척 재미있게 했고 거트루드 스타인은 어떤 이야기든 시작과 중간과 끝을 아주 좋아했는데 립시츠는 몇몇 이야기의 빠진 부분을 아주 잘 채워넣는 능력이 있었다.

그러고 나서 그들은 예술에 관해 이야기를 나누었고 거트루드 스타인은 그가 만든 그녀의 초상 조각을 무척 좋아해서 둘은 아주 친한 친구가 되었다. 그리고 앉아서 포즈를 취하는 일이 끝났다.

하루는 우리가 동네를 지나 어느 미술 전시회에 갔을 때였는데 누군가 거트루드 스타인에게 다가와 말을 걸었다. 그러자 그녀가 이마의 땀

을 훔치며 말했다, 참 덥네요. 그는 자기가 립시츠의 친구라고 했고 그
녀는 답했다, 그래요 거긴 정말 더웠어요. 립시츠는 완성한 두상 조각
품을 사진으로 찍어 가져오기로 했는데 오지 않았고 우리도 정신없이
바빴으나 그래도 이따금 거트루드 스타인은 왜 립시츠가 오지 않는지
궁금해했다. 그러던 차에 어떤 사람이 그 사진들을 보고 싶다고 해서
그녀는 사진을 가져오라고 그에게 편지를 보냈다. 그가 왔다. 그녀는
왜 이제까지 오지 않았느냐고 물었다. 그는 우리집에 오지 않았던 이유
가 그의 모델이 되어 포즈를 취하고 앉아 있는 일이 정말 지겨웠다는
스타인의 말을 누가 직접 들었다며 전해주었기 때문이라고 했다. 오 저
런, 그녀가 말했다, 내 말 좀 들어봐요 사람들은 나를 사람이든 사물에
대해서든 할말을 다 하는 사람으로 알고 있어요, 나는 사람에 관해 얘
기하고, 그 얘기를 사람들에게 하고, 기분이 내키면 하고 싶은 대로 다
말하는데 그래도 주로 얘기하는 것은 내 생각이니, 당신이든 누구든 내
가 하는 말을 마음 편하게 받아들이면 되는 거예요. 립시츠는 그제야
마음이 놓인다는 듯한 표정이었고 둘은 즐겁고 편안하게 얘기를 주고
받은 뒤 서로 이렇게 말했다, 또 만나요, 우리 또 만나요. 립시츠는 떠
났고 우리는 여러 해 동안 그를 보지 못했다.

　그런 다음 제인 힙이 나타나서 립시츠의 작품 일부를 미국으로 가져
가고 싶은데 거트루드 스타인이 와서 좀 골라주면 좋겠다고 했다. 하지
만 내가 어떻게요, 거트루드 스타인이 정색하며 말했다, 립시츠가 분명
히 대단히 화가 나 있을 텐데, 이유는 모르겠지만 화난 건 확실하거든
요. 그러자 제인 힙은 립시츠가 자기는 그 누구보다도 거트루드 스타인
을 더 좋아하는데 그녀를 보지 못해 마음이 너무 아프다는 말을 했다

고 전했다. 그 말을 들은 거트루드 스타인이 말했다, 오 그렇군요, 나도 그 사람을 아주 좋아하는데. 그래요 같이 가요. 그녀는 립시츠에게 갔고, 두 사람은 따뜻하게 포옹하고는 같이 즐거운 시간을 보냈는데 그녀가 한 유일한 복수는 헤어질 때 립시츠에게, *곧 또 봐요*라고 말한 것이었다. 그 말에 립시츠는 이렇게 답했다, *당신 정말 짓궂군요.* 그때 이후 두 사람은 둘도 없는 친구가 되었으며 거트루드 스타인은 립시츠를 위해 가장 아름다운 초상인 그의 초상을 썼고 두 사람 모두 둘 사이에 있었던 언쟁에 대해서는 일절 아무 말도 하지 않았는데 두번째 만날 때 무슨 일이 있어 그녀가 더이상 묻지 않았는지 그가 알고나 있는지 모르겠다.

거트루드 스타인이 장 콕토를 다시 만나게 된 건 립시츠의 공이 컸다. 거트루드 스타인이 모르고 있던 사실인, 콕토가 그의 소설『포토마크』에서『메이블 도지의 초상』을 언급하고 인용했다는 사실을 립시츠가 그녀에게 알려주었던 것이다. 당연히 그녀는 뛸듯이 기뻐했는데 콕토가 그녀의 작품을 언급한 최초의 프랑스 작가였으니 그럴 만도 했다. 두 사람은 한두 차례 만났고 그러면서 우정이 시작되었는데 그 우정은 주로 자주 편지를 주고받고 서로를 아주 좋아하고 있으며 두 사람이 공통적으로 잘 알고 있는 젊은 친구들과 나이든 친구들이 많다는 사실에 기반한 것이지, 서로 자주 만나서 이루어진 우정은 아니었다.

그즈음 조 데이비슨도 거트루드 스타인의 모습을 조각했다. 그때는 모든 게 순조로웠는데, 위트와 흥이 넘치는 조는 거트루드 스타인을 즐겁게 해주었다. 그 무렵 우리집에 드나든 사람들이 누구인지, 그들이 진짜 사람이었는지 아니면 조각상이었는지 잘 기억나진 않지만 아무튼 많은 사람이 찾아왔다. 그 가운데 링컨 스테픈스*가 있었는데 참 묘하게도 그는 우리가 재닛 스커더**를 자주 만나기 시작한 때와 연결된 인물이었지만 그때 무슨 일이 있었는지는 잘 기억나지 않는다.

그러나 내가 재닛 스커더의 목소리를 처음 들었을 때의 기억은 지금도 생생하다. 그때는 처음 파리에 온 내가 친구와 함께 노트르담데샹의 작은 아파트에 살 때니 아주 옛날이다. 아무튼 그때 열심히 다른 사람을 만나고 사귀느라 정신이 없던 내 친구가 마티스의 그림을 한 점 구입해서 벽에 막 걸어둔 참이었다. 밀드러드 올드리치가 우리 아파트를 방문했는데, 따뜻한 봄날 오후였고 밀드러드는 창밖으로 몸을 기울여 주변 풍경을 바라보고 있었다. 그런데 갑자기 밀드러드의 목소리가 들렸다, 재닛, 재닛 이리 올라와요. 무슨 일이에요, 느리게 이어지는 아주 사랑스러운 목소리였다. 이리 올라와서 내 친구 해리엇과 앨리스를 만나봤으면 하니 어서 올라와서 친구들도 보고 그들이 사는 새 아파트 구경도 해요. 어쩜담, 재닛이라는 여자의 목소리였다. 그러자 밀드러드가 다시 입을 열었다, 여기 마티스가 새로 그린 큰 그림도 있어요. 올라와서 구경해요. 지금은 안 되겠는데요, 여자의 대답이었다.

재닛은 나중에 클라마르에 살고 있던 마티스를 상당히 자주 만났다. 당시 거트루드 스타인과 그녀는 늘 변함없이 다정한 친구로 지냈는데, 적어도 그들이 처음 서로를 자주 만나기 시작하던 시기부터 쭉 잘 아는 친구로 지냈다.

닥터 클래리벨 콘처럼 재닛은 거트루드 스타인의 작품은 하나도 이

---

* 20세기 초 미국 탐사 전문 저널리스트.
** 미국 조각가이자 화가.

해하지 못한다고 하면서도, 그녀의 작품을 읽고 느끼고 다 이해한다는 듯이 큰 소리로 읽어대곤 했다.

전쟁 이후 처음으로 우리는 론강의 골짜기에 가보자고 했는데 재닛도 친구와 함께 우리 승용차 고다이바와 똑같은 차를 타고 가겠다고 했다. 이 이야기는 곧 다시 하겠다.

여러 달을 그렇게 정신없이 보내는 와중에도 우리는 밀드러드 올드리치가 레지옹 도뇌르 훈장을 받아야 한다고 생각하고는 열심히 노력했다. 종전 후 전시에 공을 세운 많은 사람이 레지옹 도뇌르 훈장을 받았는데 모두 기구나 단체에 속한 이들이었고 밀드러드 올드리치는 소속이 없었다. 거트루드 스타인은 밀드러드 올드리치가 꼭 받아야 한다며 온 신경을 집중했다. 우선 그녀는 밀드러드가, 미국에서 누구나 다 읽는 자신의 책을 통해 프랑스를 옹호하는 선전을 한 것은 아무도 하지 못한 일이라고 생각했고, 게다가 밀드러드도 훈장을 받으면 좋아하리라는 것을 알고 있었다. 그래서 우리는 홍보 운동을 시작했다. 물론 여러 기구가 막강한 영향력을 행사하고 있는 상황에서 쉬운 일은 아니었다. 우선 우리는 여러 부류의 사람을 움직이게 해야 했다. 저명한 미국인의 명단을 구해 그들에게 서명을 부탁하기 시작했다. 사람들이 서명을 거절하지는 않았지만, 그들의 서명이 도움이 될지언정 결과를 가져다주는 것은 아니었다. 밀드러드에 대한 존경심이 대단했던 자카시* 씨가 큰 도움이 되었지만 그가 알고 있는 많은 사람 모두 자기 일이 우선이었다. 우리는 미국 재향군인회에서도 관심을 갖도록 해서 그나마

---

* 미국 화가이자 편집자인 어거스트 F. 자카시로 추정된다.

대령 출신인 두 사람의 관심을 얻어내긴 했지만, 그들도 다른 사람의 이름을 대면서 그들이 서명하면 자기도 하겠다고 했다. 그런 식으로 우리는 많은 사람을 만나서 얘기하고 관심을 갖도록 했고 그들 모두 도와주겠다고 약속했지만 그뿐이었지 아무 일도 일어나지 않았다. 결국 우리는 프랑스 상원의원을 만나기로 했다. 대단히 큰 도움이 될 사람이었지만 당시 상원의원들이 워낙 바빴기에 어느 날 오후 우리는 그의 비서를 만나기로 했다. 그날 거트루드 스타인은 그 비서를 고다이바에 태워 집에 데려다주었다.

나중에 알게 된 사실이지만 그 비서는 운전을 배우려고 애를 썼지만 아직 배우지 못한 상태였다. 그런데 거트루드 스타인이 교통이 복잡한 파리 시내에서 마치 노련한 운전사처럼 별것 아니라는 듯 무심히 편하게 차를 모는 모습을 보고, 그리고 동시에 그녀가 저명한 작가라는 사실을 알고는 크게 감동받은 모양이었다. 비서는 어쩌면 밀드러드 올드리치의 서류들이 정리함 속에 처박혀 있을지도 모르는데 자기가 꺼내 다시 검토할 수 있게 하겠다고 말했고 실행에 옮겼다. 그러고 나서 얼마 지나지 않아 어느 날 아침 밀드러드가 사는 마을의 시장이 그녀의 집을 찾아가 공식 업무차 방문했다고 말했다. 그러면서 그녀에게 레지옹 도뇌르 훈장을 받기 위해 예비로 서명해야 한다며 서류를 내밀었다. 시장이 말했다, 명심하셔야 합니다, 마드무아젤, 이런 일이 종종 있는데 다 원하는 대로 되지는 않습니다. 그러니 혹시 안 되더라도 실망하지 않길 바랍니다. 밀드러드는 차분한 목소리로 조용히 대답했다, 시장님. 내 친구들은 이런 종류의 일을 시작하면 그 일이 성취될 때까지 끝을 봐야 하거든요. 그리고 그렇게 되었다. 우리가 생레미로 가는 도중에 아비뇽에 도착했을 때 밀드러드가 훈장을 수여받았다고 알려주는 전보가 왔다. 당연히 우리는 환호했고 밀드러드 올드리치는 세상을 떠나는 그날까지 훈장을 받았을 때의 뿌듯함과 기쁨을 결코 잊지 않았다.

전쟁이 끝난 후 분주하게 보냈던 초기 몇 년 동안 거트루드 스타인은 정말 많은 글을 썼다. 옛날만큼은 아니지만, 밤이면 밤마다, 하지만 어느 곳에서든, 사람들이 수시로 찾아와도 시간이 빌 때, 내가 볼일을 보러 간 사이 도로에 차를 정차해놓고 기다리는 중에도, 포즈를 취할 때도 틈틈이 글을 썼다. 특히 그 시절 그녀는 복잡한 거리에 차가 서 있는 동안에 작업하는 것을 유난히 좋아했다.

그녀가 재미있는 이야기인 「멜란차보다 더 멋진」을 쓴 때가 바로 그 시절이었다. 당시 〈브룸〉의 편집을 혼자 맡았던 해럴드 러브가 『세 인생』에 나오는 흑인 여자 멜란차의 이야기만큼 멋진 글이 있다면 싣고 싶다고 했던 것이다.

그녀는 글을 쓸 때 거리의 소음과 자동차의 움직임에 큰 영향을 받았다. 또한 그녀는 스스로 한 문장을 설정해놓고 포크와 메트로놈으로 장단을 맞추는 식으로 그때의 기분과 가락에 맞춰 글 쓰는 것을 좋아했다. 『아메리칸 캐러번』*에 수록된 「밀드러드의 생각들」이 그 당시 쓴 실험적인 글 중 가장 성공적이라고 그녀는 생각했다. 또 한 작품은 〈리틀 리뷰〉에 실린 「본즈가 태어난 곳」이다. 「1920년~1921년의 도덕 이야기들」, 그리고 그녀가 똑같이 동등하고 똑같이 유명한 사람 백 명을 상상으로 창조하여 썼다고 하는 「백 명의 저명인사」도 있다. 이 두 편

* '올해의 미국문학'이라는 부제를 달고 1927년 발간된 책으로 헤밍웨이와 거트루드 스타인 등의 작품을 수록했다.

은 나중에 『유용한 지식』에 수록되었다.

해리 기브도 그즈음 잠시 파리로 돌아왔었다. 그는 거트루드 스타인이 그 시절에 무엇을 했는지 보여주는 작품을 출간해야 한다고 열을 내며 떠들었다. 작은 책이 아니라요, 그는 끊임없이 말했다, 큰 책이요, 사람들이 재미와 열정을 느끼며 코를 박고 읽을 수 있는 책 말입니다. 반드시 출판해야 합니다, 그가 말했다. 이젠 존 레인도 활동을 안 하고, 그렇다고 다른 출판업자가 관심을 갖고 들여다볼 리도 없죠, 그녀의 말이었다. 상관없습니다, 해리 기브가 흥분된 목소리로 말했다, 출판업자들이 알아야 하고 당신은 많은 작품을 책으로 내놓아야 하는 것이 핵심입니다, 그러고 나서 그는 고개를 돌려 나를 바라보며 말을 이었다, 앨리스 당신이 이 일을 맡으세요. 그의 말이 옳고 또 마땅히 그래야 한다는 것을 나는 알고 있었다. 하지만 어떻게.

나는 이 문제를 케이트 버스에게 얘기했고 그녀는 자신의 작은 책을 내준 포 시스 컴퍼니가 어떻겠느냐고 제안했다. 거트루드 스타인이 매사 일이 뒤틀릴 때면 윌리엄 쿡이 사용하던 말을 흉내내어 '진심으로 존경하옵는 브라운 씨'라고 불렀던 그곳의 브라운 씨라는 사람과 나는 연락을 취하기 시작했다. 마침내 모든 일을 잘 정리했고 1922년인 그해 7월, 우리는 남쪽으로 향했다.

앞서 얘기했듯이 론강의 골짜기로 가기로 한 우리는 포드 소형 오픈카인 고다이바를 타고 출발했고, 재닛 스커더는 미시즈 레인과 동행하여 고다이바와 똑같은 차종인 포드 소형차를 타고 따라왔다. 그들은 결국엔 엑상프로방스 근처에 집을 구입하게 되지만, 그라스에 집을 살 목적으로 그라스로 간다고 했다. 그리고 우리는 전쟁 동안 너무 좋아했던 시골을 평화기에 다시 찾아가기 위해 생레미로 갈 생각이었다.

파리를 떠나 약 100킬로미터 정도 달렸을 때 재닛 스커더가 빵 경적을 울렸는데 잠시 멈춰 기다리라는 우리끼리 정한 신호였다. 재닛이 우리 차 옆으로 다가왔다. 내가 보기에는, 하고 그녀가 진지하게 말을 꺼냈는데, 거트루드 스타인은 항상 재닛을 보병이라고 불렀고, 세상에 정말 진지한 존재가 딱 둘이 있는데 보병과 재닛 스커더라고 늘 말했었다. 또 늘 이런 말도 했었다, 재닛은 있잖아, 보병의 예민함과 온갖 멋진 면모와 외로움을 다 갖춘 여자야. 그런 재닛이 옆으로 다가와, 아주 진지하게 말했다, 내가 보기에, 길을 잘못 들어선 것 같아요, 저기 표지판에 파리-페르피냥이라고 적혀 있는데 나는 그라스로 가야 하거든요.

어쨌든 그때 우리는 로름까지밖에 못 왔는데 갑자기 피곤이 엄습해 왔다. 정말 피곤했다.

우리는 재닛과 미즈 레인에게 계속 차를 몰고 그라스로 가라고 했지만 그들도 잠시 쉬었다 가겠다고 했고 우리 모두는 같이 쉬었다. 1916년 이후, 그러니까 마요르카의 팔마에서 쉬면서 지냈던 이후 우리가 가만히 쉬었던 때가 그때가 처음이 아니었나 싶다. 쉬고 나서 우리는 천천히 생레미로 향했고 그들은 그라스까지 더 간 다음 얼마 있다가 다시 돌아왔다. 그들은 우리에게 뭘 할 거냐고 물었고 우리는 대답했다, 아무 일 안 하고 그냥 쉬면서 지낼 겁니다. 그래서 그들은 다시 떠났고 엑상프로방스에서 집을 구입했다.

거트루드 스타인이 늘 하는 말에 따르면, 재닛 스커더는 쓸모없는 부동산을 구입하는 일에 정말 개척자적인 열정을 지녔다. 우리가 도중에 어느 작은 마을에서 잠시 멈추기라도 하면 재닛은 구입할 만한 부동산이 어디 없나 둘러보곤 했는데 그럴 때마다 거트루드 스타인은 심하게 반대하고 나서면서, 그녀의 등을 떠밀어 그냥 가자고 했다. 그녀는 원래 부동산을 구입하려고 했던 그라스가 아닌 어디에서든 부동산을 사고 싶어했다. 마침내 그녀가 엑상프로방스에서 집과 땅을 샀는데 제발 사지 말라고 말도 하고 전보도 보내고 전화도 한 거트루드 스타인이 자기가 꼭 그곳의 집과 땅을 봐야겠다고 고집을 피운 후에 구입한 것이었다. 그래도 그녀가 구입 후 일 년이 지난 시점에서 처분할 수 있었던 것은 그나마 천만다행이었다. 그해에 우리는 생레미에서 조용히 지낼 수 있었다.

처음에는 한두 달 머물다 떠날 생각이었는데 어쩌다보니 그곳에서 겨울을 나버리고 말았다. 이따금 재닛 스커더를 찾아가거나 그녀가 찾아와서 만나는 경우를 제외하고는 시골 사람들 외에 그 누구도 만나지 않았다. 우리는 아비뇽에 가서 필요한 물건을 사기도 하고, 가끔 예전부터 잘 알고 있던 동네를 찾아가기도 했지만 대체로 생레미 주변을 돌아다니거나, 거트루드 스타인이 그해 겨울에 쓴 글에서 여러 차례 거듭 묘사했던 작은 산언덕들이 이어진 알피유로 올라가, 물통을 달고 가는 당나귀를 따라 산을 오르는 엄청난 양떼를 구경하거나 로마시대의 기념비 위에 올라가 앉아 있거나 종종 레보 마을을 찾아가는 식으로 시간을 보냈다. 우리가 묵은 호텔이 그리 편안하지는 않았지만 계속 그곳에 머물렀다. 또다시 론강의 골짜기가 우리 머리 위로 마법의 주문을 펼쳤던 것이다.

거트루드 스타인이 문법의 용도, 시적 형식 그리고 풍경극이라 불리게 되는 것에 대해 명상했던 시기가 그해 겨울이었다.

그녀가 「해명」을 썼을 때가 그 겨울이었는데, 1927년 〈트랑지시옹〉에 실렸다. 이 글은 그녀가 안고 있는 표현상의 문제점을 서술하고 그에 대한 대답을 내놓은 최초의 시도였다. 또한 그녀의 글쓰기가 어떤 의미를 지니는지 그리고 그녀의 글이 왜 그런 식이어야 하는지를 분명하게 밝히려는 최초의 노력이기도 했다. 나중에 많은 세월이 흐른 뒤 그녀는 문법, 문장, 단락, 어휘 등에 관한 논문들을 썼는데, 나는 그 글들을 모아 플레인 에디션에서 『어떻게 쓸 것인가』라는 제목으로 출간했다.

그녀가 젊은 세대에게 대단히 큰 영향을 끼친 시를 쓴 것도 그해 겨울 생레미에 머물 때였다. 그리고 그녀가 쓴 「캐피털 캐피털스」는 버질 톰슨이 음악으로 만들기도 했다. 「손을 빌려주오: 네 가지 종교」는 『유용한 지식』에 실렸다. 그녀는 이 희곡에 늘 지대한 관심을 보였는데, 나중에 『오페라와 희곡들』을 낳게 한 최초의 시도였던 이 작품은, 하나의 극으로서의 풍경이라는 개념을 최초로 구현했다. 그녀는 또 이 시기에 「셔우드 앤더슨에게 바치는 발렌타인 선물」을 썼는데, 이 작품 역시 『유용한 지식』에 수록되었으며, 「인디언 소년」이라는 시는 후에 〈리뷰어〉에 발표되었고, (칼 밴 베천이 우리에게 헌터 스태그*라는 남부 출신 젊은 청년을 보냈는데 이름만큼이나 매력적인 젊은이였다), 그 외에도 거트루드 스타인이 옥스퍼드와 케임브리지에서 강연할 때 자신의 작품을 설명하는 데 이용한 작품인 「7일의 성자들」 「생레미에서의 성자들과의 대화」가 그 시기에 쓰였다.

---

* 미국 작가이자 서평가이며 도서수집가.

그 시절 그녀는 인내심을 갖고 꼼꼼히 살피고 주의를 기울여 글을 썼으며, 글을 쓰는 데 온 정신을 집중했다.

드디어 『지리와 희곡들』의 초판본이 우리 손에 들어왔으며, 겨울이 지나갔고 우리는 파리로 돌아왔다.

생레미에서 보낸 긴 겨울은 전시와 전후의 정신없이 분주했던 삶을 마감하는 기간이었다. 물론 그후에도 너무나 많은 일이 일어날 것이고, 친구도 생기게 되고 누구와는 적대적인 감정 때문에 등을 돌리게 되는 등 많은 일이 있을 테지만 쉬지도 못하고 눈코 뜰 새 없이 보내는 일은 이제 더이상 있어서는 안 되었다.

거트루드 스타인은 자기 기분을 편안하게 해주는 것이 딱 두 가지라며, 그것은 그림과 자동차라고 늘 말한다. 그런데 이제는 개도 포함해야 할 것 같다.

전쟁이 끝난 직후 그녀는 젊은 프랑스 화가 파브르의 작품에 관심을 보였는데, 그는 탁자 위의 정물과 풍경에는 타고난 감각을 지니고 있었지만 그게 다였다. 그다음에 그녀의 관심을 끈 화가는 앙드레 마송이었다. 당시 마송은 거트루드 스타인이 변함없이 지대한 관심을 가지고 지켜보던 후안 그리스의 영향을 많이 받은 화가였다. 거트루드 스타인은 앙드레 마송을 특히 흰색의 화가로 흥미롭게 바라보았으며 제멋대로 그린 선으로 이루어진 그의 구성에 관심이 많았다. 마송은 곧 초현실주의자들의 영향을 받게 되었다.

들로네와 그의 추종자들과 미래파 화가들이 피카소의 화풍을 대중이 알기 쉽게 통속화했다면 초현실주의자들은 피카비아를 통속화했다. 피카비아가 예전부터 지금까지도 고민하고 있는 문제가 있는데, 하나의 선은 음악소리의 진동을 가져야 하고 그 진동은 인간의 형체와 얼굴을 희미하게 품고 있는 선을 통해 나오는 진동이어야 한다는 것이었다. 그것이 바로 실체는 없지만 형체와 얼굴을 느끼게끔 만드는 그의 방식이었다. 수학적인 개념에서 나온 이 아이디어가 마르셀 뒤샹에게 영향을 끼쳐서 〈계단을 내려오는 누드〉가 나오게 된 것이다.

피카비아는 평생 그 개념에 집중하고 그것을 성취하려고 노력해왔다. 거트루드 스타인은 아마 지금쯤 그가 문제를 거의 해결하는 단계에 들어섰을 거라고 생각한다. 대중화를 꾀하는 화가들이 취하는 방식으로 그 개념에 접근한 초현실주의자들은, 선이 진동이 되어서 그것이 본질적으로 그들을 더 높은 차원으로 상승시킬 수 있을 거라는 생각을 받아들이고 있다. 진동하는 선의 창조자가 되고자 했던 피카비아는 그 선이 아직 창조되지 않았고 만일 창조된다면 선이 그 자체로 존재하는 것이 아니라, 진동을 일으키는 대상의 정서에 따라 존재하게 된다고 생각하고 있다. 그런 선을 창조하고자 하는 피카비아와 그의 추종자들에 관한 이야기는 이것으로 충분하지 않을까 싶다.

거트루드 스타인은 작품을 통해 자신이 지적 열정을 다해 내적 현실과 외적 현실을 정확하게 묘사하는 일에 몰두하고 있음을 보여주었다. 그 일에 집중함으로써 정서의 단순화를 이끌어낸 그녀는, 그 결과로 시와 산문에서의 연상 감정을 제거했다. 그녀는 아름다움, 음악, 장식, 감정의 결과가 절대로 시나 산문의 원인이 되어서는 안 되며, 심지어 사건조차도 감정의 원인이 되어서는 안 되는 것은 물론 시와 산문의 소재가 되어서도 안 된다고 생각한다. 감정 그 자체도 시나 산문의 원인이 되어서는 안 되었다. 시나 산문은 외적 현실이든 내적 현실이든 그것을 정확하게 재생산해야 한다는 것이 그녀의 생각이다.

바로 이 정확성이라는 개념으로 인해 거트루드 스타인과 후안 그리스 사이에 깊은 이해관계가 형성되었던 것이다.

후안 그리스 또한 정확성의 개념을 생각해냈지만 그에게 정확성이란 신비주의에 토대를 둔 정확성이었다. 신비주의자인 그에게는 정확성이 필요했던 것이다. 거트루드 스타인의 경우는 그 필요성이 지적인 것으로, 즉 정확성에 대한 순수한 열정이었다. 그녀의 작품이 종종 수학자들의 연구와 비교되고 프랑스 비평가가 바흐의 작품과 비교했던 것이 바로 그런 이유 때문이다.

선천적으로 뛰어난 재능을 지닌 피카소는 지적 목적이 그리 뚜렷하지 않았다. 창작 활동을 하는 동안 그는 스페인의 제례의식에, 그리고 나중에는 흑인 조각으로 표현한 흑인의 제례의식(아랍 문화에 기반을 두었는데, 스페인 제례의식 또한 아랍 문화를 토대로 했다)에 그리고 그뒤에는 러시아의 제례의식에 사로잡혀 있었다. 엄청난 힘과 열정으로 창작 활동을 하면서, 그는 그 위대한 제례의식들을 자신의 이미지 속에 담아내었다.

후안 그리스는 피카소가 멀리하고 싶었던 유일한 사람이었다. 그 둘은 그런 관계였다.

거트루드 스타인과 피카소의 우정이 어쩌면 전보다 더 친밀하게 발전할 수도 있었을 시절에(왜냐하면 피카소의 아들이 2월 4일에 태어났고 그녀의 생일은 2월 3일이라, 그녀가 해마다 생일 수첩에 그 두 날짜에 밑줄을 그어가며 기억할 정도였기 때문이다), 그녀가 후안 그리스와 가깝게 지내서 피카소는 영 기분이 안 좋았다. 한번은 갤러리 시몽에서 후안 그리스의 전시회가 끝날 무렵 피카소가 격한 목소리로 그녀에게 말했다, 왜 그 사람 작품을 옹호하고 지지하는지 이유를 알려주시오, 그의 작품을 좋아하지도 않잖아요, 그런데 그녀는 아무 대답도 하지 않았다.

나중에 후안이 죽었을 때 거트루드 스타인은 가슴이 무너지는 듯한 슬픔에 잠겼는데 피카소가 집에 찾아와 하루종일 머물다 갔다. 그때 무슨 얘기가 오갔는지는 모르지만 내가 분명히 알고 있는 것은 거트루드 스타인이 비통한 목소리로 피카소에게 던진 말이다, 당신은 애도할 권리가 없어요, 그러자 그가 대꾸했다, 당신도 나한테 그런 식으로 말할 권리가 없죠. 그의 말에 그녀는 화를 벌컥 내며 말했다, 당신은 그에게 어떤 의미가 있었는지 몰라요 당신한테는 그런 면이 없으니 당연하겠지만. 내가 왜 그걸 모르겠습니까, 그의 대답이었다.

거트루드 스타인이 쓴 글 중 우리의 심금을 울리는 가장 감동적인 것이 「후안 그리스의 삶과 죽음」이다. 그 글은 〈트랑지시옹〉에 실렸고 나중에 베를린에서 후안 그리스를 추모하는 회고전이 열렸을 때 독일어로 번역되었다.

피카소가 절대로 멀리하고 싶지 않았던 사람은 브라크였다. 한번은 거트루드 스타인과 대화를 나누던 중에 그가 이런 말을 했다, 그래요, 브라크와 제임스 조이스, 이 둘은 모두가 이해할 수 있는 불가해한 사람들입니다. *모두가 이해할 수 있는 불가해한 사람들.*

우리가 파리로 돌아왔을 때 맨 처음 일어난 일은 헤밍웨이가 셔우드 앤더슨의 소개 편지를 들고 찾아온 것이었다.

우리가 헤밍웨이를 처음 만났던 날 오후, 그의 첫인상이 지금도 기억 속에 생생하다. 보기 드물게 잘생긴 젊은이였던 그는 스물세 살이었다. 얼마 안 가 젊은이 모두가 스물여섯이 될 때였다. 바야흐로 스물여섯의 시대가 다가오고 있었다. 이삼 년이 지나는 동안 모든 젊은이가 스물여섯이 되기 때문이었다. 스물여섯 살은 그 시기와 장소에 아주 적합한 나이였다. 조지 라인스*같이 아직 스무 살이 안 된 젊은이도 한둘 있었지만, 거트루드 스타인이 그들에게 조심스럽게 설명했듯이 그들은 그리 중요한 축에 끼지 못했다. 우리가 젊은이라고 부르는 이들은 스물여섯 살을 가리키는 것이었다. 나중에, 세월이 한참 흐른 뒤에는 젊은이는 스물한 살과 스물두 살을 지칭하게 되었지만.

어쨌든 헤밍웨이는 스물세 살이었고, 다소 이국적인 생김새에, 사람들의 호기심을 끌기보다는 굉장히 호기심이 많은 눈매를 지닌 젊은이였다. 그는 거트루드 스타인의 앞에 앉아 그녀의 말을 귀담아들으면서 그녀를 바라보았다.

곧이어 두 사람은 대화를 나누기 시작했는데, 시간이 흐르면서 점점 더 많은 이야기를 주고받았다. 그는 그녀에게 언제 저녁에 자기 아파트로 와서 자신이 쓴 작품을 봐달라고 부탁했다. 그때도 그랬지만 지금도 헤밍웨이는 낯설지만 느낌이 좋은 지역에서 아파트를 찾아내고 좋은 가정부를 구하고 맛있는 음식을 찾아내는 데 뛰어난 본능적인 감각을 지니고 있다. 우리가 찾아간 아파트는 그가 파리에서 처음 구한 것으로 테르트르광장 근처에 있었다. 우리는 그곳에서 저녁을 보냈고 그와 거트루드 스타인은 그때까지 그가 쓴 작품들을 자세히 살펴보며 검토하

---

* 미국 사진작가.

기 시작했다. 헤밍웨이는 소설부터 쓰기 시작했는데 그렇게 시작한 것이 불가피한 일이었고 나중에 매컬먼이 콘택트 출판사에서 출간해준 시도 몇 편 있었다. 거트루드 스타인은 오히려 시를 더 마음에 들어하며 직접적이면서 키플링풍이라고 했지만, 소설은 뭔가 부족한 느낌이든다고 했다. 이 작품에는 묘사가 많네요, 그녀가 말했다, 하지만 특별히 좋은 묘사가 없어요. 다시 써보세요 집중해서, 그녀의 충고였다.

그때 헤밍웨이는 어느 캐나다 신문사의 파리 특파원이었다. 그렇기에 그곳에 그는 자신이 캐나다의 관점이라고 부르는 것을 내보여야 하는 의무가 있었다.

그와 거트루드 스타인은 함께 산책도 하고 대화도 많이 나누곤 했다. 그러던 어느 날 그녀가 그에게 말했다, 이봐요 헤밍웨이, 당신이나 당신 아내가 돈이 좀 있다고 했죠. 다른 일 안 하고 조용히 살아도 될 정도인가요. 그렇습니다, 그가 대답했다. 그렇다면, 그녀가 말했다, 그렇게 해요. 신문사 일을 계속하다보면 다른 것은 절대 보지 못하게 돼요, 오로지 단어만 보게 될 텐데 그래서는 안 되거든요, 물론 작가가 될 의향이 있다면 그렇다는 거예요.

헤밍웨이는 당연히 작가가 될 생각이라고 말했다. 헤밍웨이가 아내와 함께 여행을 떠났는데 얼마 지나지 않아 그가 혼자 찾아왔다. 아침 열시경에 우리집에 와서 계속 머물며 점심도 같이 먹었고, 오후 내내 계속 있다가 저녁도 같이 먹은 후 밤 열시까지 가지 않고 계속 머물다가 갑자기 그가 아내가 임신했다고 선언하고는 굉장히 침통한 목소리로 덧붙였다, 그런데 제가, 나이도 아직 어린 제가 어떻게 아버지가 될 수 있겠어요. 우리는 최선을 다해 그를 달래고 위로하고는 집으로 돌려 보냈다.

그들 부부가 다시 우리집을 찾아왔을 때 헤밍웨이는 결심을 굳혔다고 했다. 아내와 함께 미국으로 돌아가 일 년 동안 열심히 일해서 번 돈과 가지고 있던 돈으로 먹고살 거고 신문사를 그만두고 작가가 되겠다고 했다. 그렇게 그들은 떠났고 돌아오겠다고 약속했던 해에 갓난아기를 데리고 다시 돌아왔다. 신문사 일은 그만두었다.

그들이 파리로 돌아와서 제일 먼저 하려고 했던 것은 아기가 세례를 받는 일이었다. 그들은 거트루드 스타인과 내가 대모가 되어주기를 원했고, 헤밍웨이의 전쟁 동료였던 사람이 대부가 될 거라고 했다. 사실 우리 모두는 서로 다른 종교를 갖고 태어났고 또 대부분은 어떤 종교 활동도 거의 하지 않아서, 어느 교회에서 아기가 세례를 받을 수 있는지 알아내기가 쉽지 않았다. 우리 모두, 그해 겨울의 상당한 시간을, 그 문제를 논의하며 보냈다. 마침내 아기한테 감독교회가 좋을 것 같으니 거기에서 세례를 받자는 결론에 도달했다. 대부모들이 각기 어떤 역할을 하며 세례가 진행되었는지 나는 잘 알지 못하지만, 어쨌든 아기는 감독교회 예배당에서 세례를 받았다.

작가나 화가가 대부모가 되는 경우 그들은 대체로 믿고 따를 수 있는 사람이 못 되는 경우가 많다고들 한다. 그 말은, 얼마 안 가 친교관계가 금방 시들해진다는 것이다. 내가 아는 사례도 몇 가지 있는데, 불쌍한 파울로 피카소*의 대부모들은 계속 돌아다니며 얼굴도 보여주지 않고 있으며 우리도 마찬가지로 헤밍웨이 대자의 얼굴을 보거나 소식

---

* 파블로 피카소의 아들.

을 들은 지 오래되었다.

　그래도 우리는 처음에는 대부모 역할을 적극적으로 했는데, 특히 내가 열심이었다. 나는 대자를 위해 작은 의자를 수놓아 장식했고 밝은색 실로 뜨개질해서 옷도 만들었다. 그러는 사이 우리 대자의 아버지 헤밍웨이는 작가가 되겠다는 일념으로 대단히 열성적으로 글을 썼다.

　거트루드 스타인은 다른 사람의 글을 세세하게 고쳐주는 법이 절대로 없는 대신 일반적인 원칙을 엄격하게 고수하는데, 그 원칙이란 글쓰는 이가 보고자 하는 것을 보는 방식, 그리고 그 시각과 그에 따라 써가는 방식 사이의 관계를 말한다. 그 시각이 완벽하게 완성되지 않아 단어들이 감정을 싣지 않고 무미건조해질 때, 글은 단순해지며, 그 점은 분명하다고 그녀는 주장한다. 헤밍웨이가 『우리 시대에』라는 책에 추후 수록되는 짧은 글을 쓰기 시작한 때가 이 시기였다.

　어느 날 헤밍웨이가 몹시 흥분된 얼굴로 찾아와 열을 내며 포드 매덕스 포드와 〈트랜스애틀랜틱〉*에 관한 이야기를 떠들어대기 시작했다. 포드 매덕스 포드는 몇 달 전 〈트랜스애틀랜틱〉을 창간했다. 우리는 아주 오래전에, 실제로 전쟁 전에 당시 이름이 포드 매덕스 휴퍼였던 포드 매덕스 포드를 만난 적이 있었다. 그때 그는 같이 살던 바이얼릿 헌트**와 함께 찾아왔었는데 바이얼릿 헌트와 거트루드 스타인은 차탁 앞에 나란히 앉아 많은 이야기를 나누었다. 나는 포드 매덕스 휴퍼 옆에 앉았었는데 그 사람이 대단히 마음에 들었고 그가 들려주는

---

* 포드가 1924년 창간한 〈트랜스애틀랜틱 리뷰〉를 말한다.
** 페미니즘 소설을 주로 쓴 영국 작가.

미스트랄*과 타라스콩**에 관한 이야기도 재미있었으며 프랑스 왕당파의 지역에서는 그가 부르봉왕가의 왕위 요구자***를 닮았다는 이유로 따라다니는 사람들이 많다는 이야기도 재미있었다. 나는 부르봉왕가의 왕위 요구자를 한 번도 본 적은 없지만 그 당시 포드는 분명 부르봉가 사람처럼 보였을 수도 있을 것이다.

우리는 포드가 파리에 있다는 소식을 그전부터 들어 알고 있었지만, 그를 만나지는 못했다. 그리고 거트루드 스타인은 그가 발행하는 〈트랜스애틀랜틱〉을 몇 호 보고는 재미있다고 했지만 그뿐이었지 더는 생각하지 않던 참이었다.

그런데 헤밍웨이가 대단히 흥분한 상태에서 찾아와 포드가 거트루드 스타인이 쓴 글을 다음 호에 싣고 싶어한다는 말을 전하면서 자기는, 즉 헤밍웨이는, 『미국인의 형성』을 연재해서 실으면 좋겠다고 당장 첫 오십 쪽을 가져가야 한다고 했다. 당연히 거트루드 스타인도 헤밍웨이의 생각이 좋다며 흥분을 감추지 못했지만, 우리가 제본해서 갖고 있는 책 한 권 말고는 따로 보관해둔 원고가 없었다. 괜찮습니다, 헤밍웨이가 말했다, 제가 베껴쓰겠습니다. 그와 나 둘이서 원고를 베꼈고, 그것이 〈트랜스애틀랜틱〉 다음 호에 실리게 되었다. 그리하여 진정으로 현대문학의 시작을 알리는 그 기념비적인 작품의 시작 부분이 인쇄되어 실렸고, 우리 모두 대단히 기쁘고 행복했다. 나중에 거트루드 스타

---

* 1904년 노벨문학상을 수상한 프랑스 프로방스 출신의 시인 프레데리크 미스트랄.
** 프로방스에 있는 도시 이름.
*** 명목상 프랑스 국왕에 추대된 앙리 5세, 즉 샹보르 백작 앙리를 말하는 것으로 보인다.

인과 헤밍웨이의 사이가 원만하지 않았을 때에도, 그녀는 항상 『미국인의 형성』의 한 부분이 인쇄되어 세상에 나오게 된 것에 그의 역할이 컸다는 사실을 고마워하며 기억하곤 했다. 지금도 그녀는 늘 말한다, 그래 내가 헤밍웨이한테 약점 잡힌 거야. 그래도 결국 따지고 보면 그가 우리집 문을 두드린 최초의 젊은이였고 포드로 하여금 『미국인의 형성』의 첫 부분을 인쇄하도록 만들었으니까.

나 자신은 헤밍웨이가 정말 그런 역할을 했는지 그다지 믿지 않는 편이다. 어떤 일이 있었는지 지금도 잘 모르지만 그 이면에는 분명 다른 이야기가 있을 거라고 확신하고 있다. 그 일에 대한 내 속마음이 그렇다.

거트루드 스타인과 셔우드 앤더슨은 헤밍웨이가 대화의 주제로 떠오르면 너무 신나서 떠들었다. 셔우드가 지난번에 마지막으로 파리에 머무는 동안 두 사람은 헤밍웨이 이야기를 자주 했었다. 헤밍웨이는 두 사람이 만들어낸 작가로 둘 다 마음을 다해 빚어낸 작품인 그를 어느 정도 자랑스러워하면서도 한편으로는 부끄럽게 생각했다. 헤밍웨이가 한번은 셔우드 앤더슨과 그의 모든 작품을 폄하한 적이 있는데, 그가, 즉 헤밍웨이 자신이, 동시대 작가들과 힘을 합해 구하고자 하는 미국문학을 위해서라는 명목으로 편지를 보내면서 셔우드에게, 그가, 즉 헤밍웨이 자신이 셔우드의 작품에 대해 어떻게 생각하고 있는지 말했는데, 그 생각이라는 것은 아무리 봐도 칭찬이라고 할 수 없었다. 셔우드가 파리에 오자 당연히 헤밍웨이는 겁을 먹고 걱정하는 눈치였다. 꿀릴 게 없는 셔우드야 당당할 수밖에.

다시 말하지만 셔우드와 거트루드 스타인은 헤밍웨이 얘기만 나오면 지칠 줄 모르고 신나게 대화했다. 두 사람은 헤밍웨이가 소심한 겁쟁이라는 데 동의했으며, 거트루드 스타인은 주장하길, 그가 마크 트웨인이 묘사한 미시시피강의 평저선 선원들 같다고 했다. 하지만 두 사람은 헤밍웨이의 진실을 담은 이야기는 대단한 책이 될 거라면서, 그 이야기는 그가 쓰고 있는 글이 아니라 헤밍웨이의 진실한 고백이어야 한다는 데 동의했다. 그리고 그 책은 당시의 헤밍웨이의 독자들이 아니라 또다른 독자들을 위한 것이 될 것이며 아주 훌륭할 것이라고 했다. 그리고 그다음에 또 두 사람이 동의한 것은 헤밍웨이만 보면 마음이 약해진다는 것이었는데 그가 너무나 착한 제자이기 때문이었다. 그 사람은 버르장머리 없는 제자라고요, 나는 그들의 말에 반발했다. 그러자 두 사람이 말했다, 이해하지 못했으면서도 잘 따라와주는 제자가 있다는 것은 기분좋은 일이라고, 다시 말하면 헤밍웨이는 열심히 훈련을 받고 있고 누구든 훈련을 잘 받으면 선생이 좋아할 수밖에 없다는 뜻이었다. 물론 두 사람은 그것이 그들의 약점이 될 수 있다는 점을 인정하기는 했다. 거트루드 스타인은 더 나아가 이렇게 덧붙였다, 있잖아 그는 드랭과 비슷한 데가 있어. 드 튀유 씨가 한 말을 기억할지 모르겠는데, 내가 드랭이 어떻게 성공하게 되었는지 이해하지 못하겠다고 했을 때 그가 말하길 드랭이 현대예술가처럼 보이면서도 박물관 냄새가 나기 때문이라고 했거든. 그런데 헤밍웨이가 바로 그런 사람이야, 현대작가처럼 보이면서 박물관 냄새가 나거든. 그러나 진정한 헤밍웨이의 이야기, 자기 자신을 털어놓는 이야기는 안타깝지만 결코 쓰지 못할 거야. 언젠가 그 자신이 혼자 중얼거렸듯이, 결국 경력, 바로 연륜의 문제였다.

이쯤에서 다시 스타인의 글을 베끼던 때의 이야기로 돌아가보자. 헤밍웨이가 처음부터 끝까지 다 해냈다. 원고를 베끼고 교정도 보고 수정했다. 교정을 본다는 것은, 내가 전에 말했듯이, 먼지를 떨어내는 일과 같아서, 그냥 읽을 때는 알 수 없는 가치를 가르쳐준다. 원고 교정을 보면서 헤밍웨이는 많이 배웠고 자신이 배운 것을 소중하게 여겼다. 그가 거트루드 스타인에게 편지를 보내 『미국인의 형성』을 쓰는 모든 일을 해낸 사람은 그녀이며 그나 그가 아는 사람 모두 온 삶을 다 바쳐서라도 책이 출간되기를 간절히 바란다고 했던 때가 바로 그 무렵이었다.

헤밍웨이는 책 출간을 끝까지 해낼 수 있으리라는 희망을 품고 있었다. 그즈음 누군가가, 스턴이라는 이름이었던 것 같은데, 출판업자와 연결시켜줄 수 있다고 말한 적이 있었다. 거트루드 스타인과 헤밍웨이는 그의 말을 믿었지만, 불과 얼마 후에 헤밍웨이가 스턴을 신뢰할 수 없는 지경에 이르렀다고 보고했다. 그 일은 끝났다.

그 일이 있기 전 미나 로이가 매컬먼을 우리집에 데려왔다. 그후 매컬먼은 가끔 우리집을 찾아왔고 자기 아내도 데려오고 윌리엄 카를로스 윌리엄스도 데려왔다. 그렇게 찾아오던 그가 마침내 콘택트 출판사에서 『미국인의 형성』을 내고 싶다고 했고 결국 출간했다. 그 이야기는 뒤에 다시 하기로 하자.

그사이에 매컬먼이 헤밍웨이가 쓴 시 세 편과 단편 열 개를 내주고 윌리엄 버드*가 『우리 시대에』를 출판하면서 헤밍웨이가 세상에 알려지게 되었다. 그러면서 헤밍웨이는 더스패서스와 피츠제럴드와 브롬

* 미국 저널리스트이자 출판업자.

필드와 조지 앤타일을 비롯해 모든 사람을 알게 되었고 그러는 사이 해럴드 러브가 다시 한번 파리에 왔다. 헤밍웨이는 이미 작가로 인정받고 있었다. 그는 또한 셔우드 덕택에 섀도복싱을 했고, 아울러 내게서 투우 이야기를 들었다. 나는 늘 스페인 춤과 스페인 투우를 사랑해왔으며 투우사와 투우 장면을 찍은 사진을 사람들에게 보여주기를 아주 좋아했다. 거트루드 스타인과 내가 투우장 맨 앞줄에 있다가 우연히 사진에 찍힌 적이 있는데 그때 사진을 사람들에게 보여주는 일 또한 너무 신났다. 그 무렵 헤밍웨이는 어느 소년에게 권투를 가르치고 있었다. 권투를 잘 모르는 아이였는데, 어쩌다보니 헤밍웨이를 녹아웃시켜버렸다. 그런 일이 가끔 있을 수 있다고 생각한다. 어찌되었건 그 시절 헤밍웨이는 스포츠맨이었지만 너무 쉽게 지쳐버렸다. 자기 집에서 걸어서 우리집에 오다가 녹초가 되기 일쑤였다. 하기야 전쟁에 시달린 몸이니 그럴 만도 했다. 남자들이 죄다 그렇다고 하는 엘렌의 말처럼, 지금도 그는 몸이 허약하다. 최근에 아주 강건하게 생긴 그의 친구 하나가 거트루드 스타인에게 이런 말을 했다, 어니스트는 몸이 굉장히 약해요, 운동이다 뭐다 한다고 할 때마다 항상 어딘가 부러지는데, 팔, 아니면 다리가 부러지고, 머리가 깨지는 일도 있다니까요.

그 시절 초기에 헤밍웨이는 동시대 작가들을 다 좋아했지만 커밍스* 는 예외였다. 그가 모든 것을 다 베낀다고 비난하면서, 그것도 아무거나 베끼는 게 아니라 유명 작가의 작품을 베낀다고 했다. 그러나 『거대

---

* 미국 20세기 초 모더니즘의 실험정신을 대표하는 시인이자 화가이며 극작가인 e. e. 커밍스.

한 방』*을 읽고 대단히 감명받았던 거트루드 스타인은 커밍스는 남의 글을 베끼지 않았으며, 천성적으로 무미건조함과 불모가 지배하면서도 강한 개성을 지닌 뉴잉글랜드의 전통을 물려받은 작가라고 말했다. 헤밍웨이와 거트루드 스타인은 이 점에서 서로 의견을 달리했다. 그들은 또한 셔우드 앤더슨에 대해서도 서로 견해가 달랐다. 거트루드 스타인은 셔우드 앤더슨이 문장을 통해 직접적인 감정을 전달하는 데 뛰어난 재능을 지니고 있는데, 바로 미국의 위대한 전통에 속하는 것이며, 실제로 셔우드를 제외하고는 그렇게 명료하고 열정이 담긴 문장을 단 하나라도 쓸 수 있는 작가가 미국에는 없다고 주장했다. 헤밍웨이는 그렇게 생각하지 않았으며, 그는 셔우드의 취향을 좋아하지 않았다. 취향은 문장하고 아무 상관이 없어요, 거트루드 스타인의 주장이었다. 그녀가 덧붙이길 피츠제럴드가 젊은 작가 중 유일하게 글을 문장 속에 자연스럽게 잘 담아낸다고 했다.

거트루드 스타인과 피츠제럴드는 서로와 관련해서 매우 특이한 사연이 있다. 거트루드 스타인은 피츠제럴드의 『낙원의 이쪽』을 아주 감명 깊게 읽었다. 그녀는 작품이 출간되었을 때 읽었는데 그녀가 젊은 미국 작가를 아무도 모르던 시기였다. 그 작품은 새로운 세대의 대중을 위해 창조되었다고 그녀는 말했다. 그녀는 이 견해를 단 한 번도 바꾼 적이 없다. 아울러 『위대한 개츠비』도 마찬가지로 훌륭한 작품이라고 생각한다. 독자들이 동시대의 많은 유명 작가는 다 잊는다 해도 피츠제럴드의 작품은 계속 읽으리라는 게 그녀의 생각이다. 피츠제럴드는 늘

---

* e. e. 커밍스가 제1차세계대전 당시 프랑스에서 스파이 혐의로 구금되었던 경험을 바탕으로 쓴 소설.

말하길 거트루드 스타인이 그런 말을 한 것은 그녀의 말뜻을 자꾸 생각하게 만들어 자신을 괴롭히기 위해서라면서, 그녀의 말이 자기가 여태껏 들은 것 중 가장 잔인하다고 자기가 좋아하는 방식대로 덧붙였다. 그럼에도 불구하고 두 사람은 만나기만 하면 아주 즐겁게 지낸다. 지난번에 만났을 때도 헤밍웨이와 함께 좋은 시간을 보냈다.

이젠 매컬먼 얘기를 해보자. 매컬먼에게는 거트루드 스타인이 매력적이라고 생각하는 자질, 바로 다작하는 능력이 있으나, 그녀는 그의 글이 따분하다고 불평했다.

글렌웨이 웨스콧도 있었지만 글렌웨이 웨스콧은 단 한 번도 거트루드 스타인의 관심을 끈 적이 없었다. 나름의 달콤한 시럽을 가졌지만 그것을 쏟아내지 못하는 사람이다.

그런 다음 헤밍웨이의 작가 경력이 시작되었다. 한동안 그의 모습을 자주 보지 못하다가 다시 그가 나타나기 시작했다. 그는 거트루드 스타인에게 나중에 그가 『태양은 다시 떠오른다』에서 사용하게 되는 대화들을 하나하나 자세히 읊어주곤 했으며 두 사람은 해럴드 러브의 성격을 놓고 쉼없이 말을 주고받았다.* 그때 헤밍웨이는 미국 출판업자들에게 보여줄 단편집을 준비하고 있었다. 우리는 한동안 그의 얼굴을 보지 못했는데 어느 날 저녁 그가 시프먼**을 데리고 나타났다. 시프먼은 재미있는 청년이었는데 성년이 되면 수천 달러를 상속받을 것이라고 했

---

* 여기서 해럴드 러브의 성격을 놓고 대화를 했다는 것은 헤밍웨이가 해럴드 러브를 비롯한 지인들과 스페인 여행중 어느 여자로 인해 러브를 질시하여 그와 주먹다짐을 했던 일이 있었기 때문으로 추정된다.
** 미국 작가이자 시인인 에번 시프먼.

다. 아직은 성년에 도달하지 못했다. 시프먼은 성인이 되면 〈트랜스애틀랜틱 리뷰〉를 사들일 것이라고 헤밍웨이가 말했다. 그가 성인이 되면 초현실주의 평론지를 지원하기로 했다고 앙드레 마송이 말했다. 성인이 되면 그는 시골에 집을 살 것이라고 후안 그리스의 아내 조제트 그리스가 말했다. 그런데 사실 그때 시프먼을 알았던 사람들 가운데 시프먼이 성인이 되어 유산으로 무엇을 했는지 아는 사람은 단 하나도 없는 것 같다. 어쨌든 헤밍웨이는 〈트랜스애틀랜틱〉 매입과 관련된 이야기를 하려고 시프먼을 데리고 왔는데 그 참에 미국에 보내려는 자신의 원고도 가져왔다. 그는 그 원고를 거트루드 스타인에게 내밀었다. 그는 단편들을 모은 원고에 명상적인 짧은 이야기를 덧붙였는데 거기에 『거대한 방』이 자신이 읽은 작품 가운데 가장 위대하다고 썼다. 바로 그날 거트루드 스타인이 말했다, 헤밍웨이, 촌평은 문학이 아닙니다.

이 일이 있고 난 뒤 우리는 한참 동안 헤밍웨이를 보지 못했다. 그러다 한번은, 『미국인의 형성』이 출간된 직후 누군가를 만나러 갔는데 그곳에 있던 헤밍웨이가 거트루드 스타인에게 다가오더니 『미국인의 형성』의 서평을 쓸 수 없을 것 같다며 그 이유를 설명하기 시작했다. 그때 누군가가 묵직한 손을 그의 어깨에 내려놓으며 불쑥 말을 던졌는데 포드 매덕스 포드였다, 젊은 친구, 거트루드 스타인과 말하고 싶은 사람은 바로 납니다. 그러더니 포드가 그녀에게 말했다, 내 새 책을 당신한테 헌정하고 싶은데 허락해주시길 부탁드립니다. 그래도 되겠습니까. 거트루드 스타인과 나 우리 둘은 감격에 겨워 어쩔 줄 모를 정도로 큰 기쁨에 휩싸였다.

그때 이후 몇 년 동안 거트루드 스타인과 헤밍웨이는 만나지 않았다. 그러던 어느 날 우리는 그가 다시 파리에 왔는데 많은 사람에게 정말 그녀를 만나고 싶다고 얘기하고 다닌다는 말을 듣게 되었다. 그때부터 나는 그녀가 산책을 나갈 때마다 농담삼아 말하곤 했다, 돌아올 때 헤밍웨이의 팔을 붙잡아 끌고 와. 그런데 하루는 정말 그녀가 헤밍웨이를 데리고 왔다.

두 사람은 앉아서 한참 얘기를 주고받았다. 어쩌다 나는 그녀의 말을 듣게 되었다, 헤밍웨이, 어쨌거나 당신은 90퍼센트 로터리클럽 회원이 된 것 같군요.* 그래도 그렇지요, 그가 말했다, 80퍼센트라고 해줄 수는 없나요.

못 해요, 그녀가 유감스럽다는 듯 말했다, 나는 못 해요. 그래도 따지고 보면, 그녀가 늘 말하듯이, 그는 그래도 개인적인 이익만을 취하지 않는 좋은 면을 지녔고, 나도 이렇게 말할 수 있을 것 같다, 그런 좋은 면을 지니고 있다고.

그때 이후 두 사람은 자주 만났다. 거트루드 스타인은 항상 그를 만나는 것이 좋고, 그는 정말 훌륭하다고 말한다. 그리고 그가 자기 이야기를 할 수만 있다면 그보다 더 좋을 게 없다고 한다. 그들이 나눈 마지막 대화에서 그가 너무나 많은 경쟁상대를 죽여 땅속에 묻어버렸다고 그녀는 비난했다. 저는 절대로, 헤밍웨이가 말했다, 정말로 누구를 죽인 적이 없어요 한 사람을 빼고는 그런데 그는 나쁜 사람이거든요, 죽어 마땅하죠, 하지만 제가 다른 누군가를 죽였다면 제가 의식하지 않고 모르는 상태에서 저지른 일일 테니, 제 책임은 아닙니다.

---

* 헤밍웨이가 사교의 폭을 넓히고 지인들과 잘 어울려 다니는 것을 친목과 상부상조로 유명한 로터리클럽에 비유해서 비꼬는 말.

한번은 포드가 헤밍웨이에 대해 이런 말을 한 적이 있다, 그자가 와서 내 발아래 앉아서는 날 찬양하더군. 뭔가 찜찜하더라고. 헤밍웨이도 한번은 이렇게 떠벌렸다, 내 작은 불꽃을 점점 더 줄이는데 그러다 갑자기 큰 폭발이 일어나죠. 만일 그런 폭발만 있다면 내 작품은 너무 자극적이어서 누구도 감당할 수 없을 겁니다.

거트루드 스타인은 늘 말한다, 어쨌거나, 그래 내가 무슨 말을 하든 상관없이, 헤밍웨이에 대해서는 이상하게 마음이 약해지거든.

하루는 오후에 제인 힙이 나타났다. 〈리틀 리뷰〉에 「본즈가 태어난 곳」과 「셔우드 앤더슨에게 바치는 발렌타인 선물」이 실리고 난 뒤였다. 제인 힙이 자리를 잡고 앉았고 우리는 이야기를 나누기 시작했다. 그렇게 그녀는 계속 머물며 우리와 저녁도 먹고 밤이 되었지만 갈 생각도 하지 않고 있다가 동틀 무렵에 자리에서 일어났는데 그녀를 집에 데려다주기 위해 밤새 불을 켜놓은 채 기다리던 우리의 포드 소형차 고다이바가 그만 방전이 되는 바람에 시동이 걸리지 않아 그녀를 데려다줄 수 없었다. 그때나 지금이나 거트루드 스타인은 제인 힙을 무척 좋아하지만, 마거릿 앤더슨에게는 관심을 보이지 않았다.

다시 한번 여름이 찾아왔고 이번에 우리는 코트다쥐르로 떠나 앙티브에서 피카소 가족을 만났다. 내가 피카소의 어머니를 본 것은 그때가 처음이었다. 피카소는 유난히 어머니를 많이 닮았다. 거트루드 스타인과 피카소의 어머니는 서로 언어가 달라 대화하는 데 어려움이 있었지만 그래도 서로 즐거울 만큼 어느 정도 이야기는 나누었다. 그들은 거트루드 스타인이 처음 피카소를 알았을 때의 모습에 관해 말을 주고받았다. 그때는 정말 놀라울 정도로 아름다웠어요, 거트루드 스타인이 말했다, 후광이 드리운 것처럼 빛이 나더라니까요. 오 그래요, 피카소의 어머니가 말을 받았다, 그때 우리 아들이 아름다웠다고 생각하시는 모양인데 분명히 말씀드리지만 어릴 때에 비하면 아무것도 아닐 거라오. 어릴 때 우리 아들은 아름다운 천사이자 악마였다오, 사람들이 한 번 보면 눈을 떼지 못할 정도로 예뻤으니. 그 말을 들은 피카소가 조금 심통이 나는지 끼어들었다. 그러면 지금은요. 아 지금, 두 사람이 함께 말했다, 지금이야 그때 예쁜 모습이 남아 있지 않지. 그러면서 그의 어머니는 얼른 말을 덧붙였다, 그래도 있잖니, 너는 정말 멋지고 아들로서 어디 하나 흠잡을 데 없단다. 피카소는 어머니의 말에 만족할 수밖에 없었다.

자기는 영원히 삼십대일 거라고 떠벌리던 장 콕토가 피카소의 짧은 전기를 쓰고 있을 때가 바로 그즈음이었고, 그래서 그는 피카소에게 전보를 보내 생년월일을 알려달라고 했다. 당신 것도 알려주시오, 피카소가 답장을 보냈다.

피카소와 장 콕토 이 두 사람에 관한 이야기는 아주 많다. 거트루드 스타인도 그렇지만 피카소도 누가 갑자기 부탁을 하면 당황하고 언짢아하는 성격이었는데 장 콕토는 갑작스럽게 부탁을 하면서 기분을 상하게 하는 데 선수였다. 그러면 피카소는 화를 내고 오랫동안 복수를 해댔다. 얼마 전 두 사람을 둘러싼 사건이 벌어졌는데 긴 이야기다.

피카소가 스페인에 있을 때 일인데, 바르셀로나에서, 스페인어가 아닌 카탈루냐어로 간행되는 어느 신문의 편집기자인 젊은 시절 친구가, 그를 인터뷰한 적이 있었다. 인터뷰가 카탈루냐어로 나오지 스페인어로는 나오지 않는다는 것을 알고 있었던 피카소는, 이참에 마음껏 하고 싶은 대로 얘기를 다 하고 즐기자고 마음을 먹었던 것 같았다. 그는 장 콕토의 인기가 파리에서 점점 치솟고 있는데, 얼마나 인기가 많은지 깔끔한 이발소 어디를 가도 탁자 위에 놓인 그의 시를 볼 수 있다고 말했다.

내가 말하지만 그는 정말 인터뷰를 하면서 마음대로 다 말해버렸고 그런 다음 파리로 돌아왔다.

그런데 바르셀로나에 있는 어떤 카탈루냐 사람이 인터뷰가 실린 신문을 파리에 있는 카탈루냐 출신 친구에게 보냈고 파리에 있던 그 친구는 기사를 프랑스어로 번역해서 프랑스 친구에게 주었고 그 프랑스 친구가 그 인터뷰를 어느 프랑스 신문에 실었던 것이다.

피카소와 그의 아내가 함께 그때 무슨 일이 벌어졌는지 우리에게 들려주었다. 장은 그 기사를 보자마자, 파블로를 만나려고 했다. 파블로는 만나지 않겠다고 거절하면서, 하녀에게 그가 늘 외출한다고 그리고 낮에는 그들 누구도 전화를 받을 수 없다고 하라고 일러두었다. 결국 콕토는 프랑스 언론과의 인터뷰에서 자기한테 너무나 큰 상처를 안긴 인터뷰는 스페인 신문사가 피카비아하고 한 인터뷰이지 자기 친구, 즉 피카소와 한 인터뷰가 아니라고 판명되었다고 말했다. 당연히 피카비아가 반박하고 나섰다. 콕토는 피카소에게 그런 인터뷰를 하지 않았다고 공개적으로 밝혀달라고 애원했다. 하지만 피카소는 아무 말 없이 조용히 집에서 꼼짝도 하지 않았다.

그런 일이 있고 나서 피카소 부부가 처음 외출한 날 저녁에 그들이 극장에 갔는데 그들 앞에 장 콕토의 어머니가 앉아 있었다. 막간에 주어지는 첫 휴식시간 때 그들은 콕토의 어머니에게 인사를 했고, 피카소나 콕토를 다 아는 친구들이 몰려와 주위를 둘러싼 상태에서 콕토의 어머니가 말했다, 이보게, 나나 장이나 그런 야비하고 끔찍한 인터뷰를 한 사람이 당신이 아니라는 것을 알면 얼마나 안심이 되겠나, 그러니 말해주게 당신이 한 게 아니라고.

그러자 피카소의 아내가, 나도 같은 어머니로서 다른 어머니에게 마음의 상처를 안겨드릴 수가 없다며 당연히 피카소가 인터뷰를 한 게 아니라고 말했고 피카소도 그럼요 그럼요 당연히 아닙니다, 라고 말해서, 대중 앞에서 공식적으로 그런 인터뷰를 하지 않았다고 발표한 셈이 되었다.

앙티브 해변에서, 작은 파도들이 밀려오고 밀려나가는 광경을 신나게 지켜보던 거트루드 스타인이 「피카소의 초상 완결판」 「칼 밴 베천의 두번째 초상」, 그리고 「아내가 암소를 얻게 될 때: 사랑 이야기」를 썼을 때가 바로 그해 여름이었는데 여기서 마지막 글에는 나중에 후안 그리스가 아름다운 삽화를 그려넣었다.

로버트 매컬먼이 『미국인의 형성』을 출판하기로 완전히 결심을 굳힌 가운데, 우리는 그해 여름에 원고의 교정을 보기로 했다. 그 전해 여름에 우리는 여름이면 늘 어디로 떠났듯이 앙티브에서 피카소 가족을 만날 생각이었다. 나는 『미식 가이드』를 읽고 음식이 맛있는 곳을 한 군데 찾아냈는데, 벨레 시내에 있는 페르놀레호텔이었다. 벨레는 이름만으로도 유명하고 그 자체가 자연이지, 거트루드 스타인의 오빠의 말이었다. 우리는 8월 중순에 그곳에 도착했다. 지도로 보니 그곳은 산악 지대 높은 곳에 있는 듯했고 거트루드 스타인이 가파른 절벽을 좋아하지 않아 협곡을 따라 차를 모는 동안 나는 긴장했고 그녀는 투덜거렸지만, 마침내 기분좋게 시골 풍경이 확 펼쳐졌고 우리는 벨레에 도착했다. 우리는 정원이 있는 호텔을 잡아야 한다고 생각했는데 비록 우리가 묵을 호텔에 정원은 없었지만 그래도 쾌적했다. 우리는 그곳에서 여러 날을 보냈다.

그렇게 호텔에 도착했을 때 동그스름한 얼굴에 쾌활한 표정을 지으며 마담 페르놀레가 우리가 호텔에 며칠 묵을 생각이면 숙박 일수나 주 단위로 숙박비를 내면 된다고 했다. 우리는 알겠다고 했다. 그러는 동안 피카소 부부는 우리에게 무슨 일이 있는지 궁금했던 모양이었다. 우리는 벨레에 있다고 알려주었다. 그리고 우리는 벨레가 브리야사바랭*이 태어난 곳이라는 사실을 알게 되었다. 지금 우리는 빌리냉에 살고 있는데, 브리야사바랭이 태어난 집의 현주인이 쓰던 가구를 사용하면서 더없이 즐거운 나날을 보내고 있다.

우리는 또한 라마르틴**이 벨레에서 학교를 다닌 사실도 알게 되었는데 거트루드 스타인은 지금도 라마르틴이 잠시 머물던 곳이든 오래 머물던 곳이든 그가 머무른 곳은 어디든 음식이 맛있다고 말한다. 마담 레카미에***역시 그 지역 출신으로 그곳엔 아직도 그녀 남편 가족의 후손이 모여 살고 있다. 이 모든 사실을 우리는 하나하나 알게 되었고 그러는 사이 우리는 편하게 지내다 그곳을 떠났다. 그리고 그다음 여름에 우리는 『미국인의 형성』의 교정을 봐야 해서 일찍 파리를 떠나 다시 벨레로 갔던 것이다. 정말 대단한 여름이었다.

---

* 프랑스 법률가이자 정치인이며 미식평론가.
** 프랑스 제2공화국이 세워지는 데 큰 역할을 했던 정치인이자 낭만파 시인.
*** 19세기 초반 프랑스 정계, 예술계에 강력한 영향력을 행사했다.

『미국인의 형성』은 큰 판형에 촘촘히 인쇄된, 천 쪽에 달하는 두꺼운 책이었다. 다랑티에르*는 나에게 그 책이 56만 5천 단어로 되어 있다고 했다. 〈트랜스애틀랜틱〉에 실린 부분을 제외하면, 모두가 1906년에서 1908년 사이에 쓴 글로 아직은 원고 상태 그대로였다.

책을 한 장 한 장 넘길수록 문장들이 점점 더 길어졌고, 때로는 한 문장이 여러 쪽에 걸쳐 계속 이어지기도 했는데 식자공이 프랑스인인지라, 실수를 저질러서 한 줄을 빠뜨리는 경우에 그 줄을 다시 찾아 끼워 넣는 일이 무척 힘들었다.

우리는 아침에 캠핑용 의자와 점심거리와 교정지를 들고 호텔을 나서서, 하루종일 교정지와 씨름하며 프랑스 식자공들의 잘못을 바로잡곤 했다. 교정을 4교까지 봐야 했는데 도중에 내가 잘못해서 안경을 부러뜨렸고, 눈까지 고장나는 바람에 결국 거트루드 스타인 혼자 교정을 마무리했다.

아무튼 그렇게 교정을 보는 동안 우리는 장소를 자주 바꿔가며 일했는데 아름다운 곳을 많이 찾아내긴 했지만 그런 곳에서도 늘 인쇄가 잘못된 부분이 끝없이 나오는 교정지를 들고 다닐 수밖에 없었다. 우리가 마음에 들어 자주 가던 조그만 산 가운데 한 곳은 멀리 있는 몽블랑이 한눈에 들어오는 곳으로 우리는 그곳을 마담 몽블랑이라고 불렀다.

우리가 수시로 찾아갔던 곳이 또 있는데 어느 시골 교차로 근처 작은 개울이 만들어낸 조그만 연못가였다. 중세의 풍광을 거의 그대로 담고 있어, 중세시대의 소박했던 방식대로 많은 일이 벌어졌던 곳이 아닐

---

* 프랑스 인쇄업자로 20세기 초 프랑스에 거주하던 영미 작가들의 책을 인쇄하는 데 많은 도움을 주었다.

까 하는 생각이 들었다. 기억나는 일이 있는데 한번은 소를 몰고 가던 시골 사람이 우리에게 다가왔다. 매우 정중한 목소리로 그가 물었다, 두 분 보시기에 제 꼴이 엉망 아닌가요. 그러게요, 우리가 대답했다, 얼굴이 피범벅이네요. 아 그렇군요, 그가 말했다, 저놈의 소들이 언덕에서 미끄러지는 통에 제가 붙잡는다고 하다가 그만 같이 미끄러지고 말았는데 얼굴이 어떻게 됐는지 볼 수가 없으니 이거야 원. 우리는 그가 얼굴의 피를 씻어내는 것을 도와주었고 그는 고맙다고 하고는 제 갈 길을 갔다.

거트루드 스타인이 두 편의 긴 글을 쓰기 시작했을 때도 바로 그 여름이었고, 그 글들은 『소설』*과 「자연의 현상들」**인데 「자연의 현상들」은 나중에 문법과 문장에 관한 명상을 담은 연작으로 이어지게 된다.

「자연의 현상들」은 우선 「묘사에 익숙해지기」***라는 글로 이어지는데, 이 글은 나중에 시진 출판사에서 출간된다. 그때 거트루드 스타인은 자신이 본 것은 무엇이든 자연현상이라고, 그 자체로 존재하는 것이라고 생각하며 풍경을 묘사하기 시작했으며, 그렇게 글을 쓰는 것을 굉장히 재미있다고 여기면서 습작을 했는데, 그것들이 나중에 『오페라와 희곡들』 시리즈로 이어지게 되었다. 나는 되도록 평범하고 일상적인

---

* 스타인과 토클러스의 일상을 서술한 것으로 토클러스가 『미국인의 형성』이 출간될 때까지 많은 도움을 준 것에 대한 감사의 마음을 담은 글이다. 나중에 『감사의 마음을 담은 소설』로 발전한다.
** 스타인이 프랑스 시골을 돌아다니며 관찰한 경험을 바탕으로 자연현상에 관한 자신의 생각을 서술한 글이다.
**** 스타인이 케임브리지와 옥스퍼드 대학 강연을 마치고 프랑스로 돌아온 다음에 쓴 것으로, 눈으로 관찰한 것을 어떻게 이해하고, 그것을 어떻게 글로 옮길 수 있는지를 궁구했다.

것을 쓰려고 애쓰지, 그녀가 나에게 하던 말이었다. 그런데 때로는 좀 걱정어린 표정으로 이렇게 말하기도 했다, 그런데 이건 그렇게 평범하지 않아 마음에 안 들어. 그녀가 완성한 마지막 글이 바로『명상 스탠자』*인데, 요즘 내가 그것을 타자기로 치고 있고, 그녀는 그 작품이 평범한 것을 그리고자 하는 자신의 노력이 이루어낸 결과라고 했다.

그런데 여기서 다시 하던 얘기로 돌아가자. 우리는 파리로 돌아왔고, 교정도 거의 마쳤으며, 제인 힙이 나타났다. 제인은 몹시 흥분한 상태였다. 그녀는 자기한테 깜짝 놀랄 계획이 있다고 했는데, 나는 그 계획이 뭔지 잊어버렸지만, 아무튼 거트루드 스타인은 그 계획을 듣고 굉장히 즐거웠던 모양이었다. 그것은 미국에서『미국인의 형성』을 출간하는 것과 관련된 일이었다.

그런데 이 문제와 관련해서 여러 가지 복잡한 상황이 벌어졌고 매컬먼이 화를 내기 시작했다. 그로서는 당연히 그럴 만했는데, 아무튼 우여곡절 끝에『미국인의 형성』이 출간되었지만 매컬먼과 거트루드 스타인은 더이상 친구가 되지 못했다.

거트루드 스타인이 아주 어렸을 때 그녀의 오빠가 말했다, 2월에 태어난 내 동생은 같은 달에 태어난 조지 워싱턴을 많이 닮아서 그런지, 충동적이고 생각이 느리거든. 복잡한 일이 많이 벌어진 것은 당연한 일이었는지 모른다.

『미국인의 형성』이 나온 같은 해 봄에 우리는 새로운 봄 전시회가 열리는 화랑으로 향했다. 제인 힙이 어느 젊은 러시아 화가 얘기를 들려

---

* 164개의 스탠자를 5부로 구성한 시집으로, 세상은 존재하고 어떤 일이든 일어날 수 있다는 가능성을 찬양하는 작품이다.

주면서 그의 작품에 관심이 많다고 해서 한번 가서 보자고 했던 것이다. 우리가 고다이바를 타고 다리를 건너는 중에 제인 힙과 그 젊은 러시아 화가의 모습이 보였다. 우리는 그가 그린 그림을 보았고 거트루드 스타인 역시 관심이 간다고 했다. 물론 그도 우리집을 찾아왔다.

『어떻게 쓸 것인가』에서 거트루드 스타인은 이런 말을 한다, 이제 위대한 대가의 시대가 지난 회화는 소수파의 예술로 돌아갔다.

그녀는 누가 소수파 예술의 지도자가 될지 대단히 관심이 많았다.

지금부터 그 얘기를 해보겠다.

그 젊은 러시아인은 재미있는 사람이었다. 그는 자신이 색이 아닌 색을 칠한다고, 파란 그림을 그리고 몸 하나에 달린 세 개의 머리를 그린다고 말했다. 예전에 피카소도 몸 하나에 달린 세 개의 머리를 그린 적이 있었다. 곧 그 러시아 화가는 하나로 된 세 개의 형체를 그리기 시작했다. 그렇게 그림을 그린 사람은 그가 유일했다. 비록 그도 어느 그룹의 일원이었지만 어떤 면에서 그만이 독특했다. 거트루드 스타인이 그 러시아 화가를 알게 된 직후에 그 그룹이 어느 화랑에서, 내 생각엔 드루에 화랑이 아닌가 싶은데, 전시회를 열었다. 당시 그 그룹은 그 러시아 화가, 프랑스인 하나, 아주 젊은 네덜란드인 하나, 그리고 러시아 출신 두 형제로 구성되어 있었다. 네덜란드인을 빼면 모두가 스물여섯 살이었다.

그 전시회에서 거트루드 스타인은 조지 앤타일을 만났는데 그가 나중에 우리집에 찾아오겠다고 하더니 버질 톰슨을 데리고 나타났다. 거트루드 스타인은 조지 앤타일을 좋아하긴 했지만 그리 재미있는 사람으로 여기진 않았고, 버질 톰슨은 나는 별로 마음에 들지 않지만 대단히 재미있는 사람이라고 생각했다.

어쨌든 그 이야기는 뒤에 다시 할 예정이다. 지금은 다시 그림으로 돌아가자.

러시아 화가 첼리셰프*의 작품은 그룹의 다른 사람들의 작품에 비해 가장 힘이 넘치고 가장 성숙하고 가장 흥미로웠다. 그때 이미 그는 사람들이 베베 베라르라고 부르는 프랑스인 크리스티앙 베라르**와 철천지원수였는데, 첼리셰프는 그가 모든 것을 표절한다고 했다.

르네 크르벨***은 그들 모두와 친구였다.

얼마 후 그들 중 한 화가가 피에르 화랑에서 개인전을 열기로 했다. 전시회가 열리는 날 그곳으로 가던 도중에 르네를 만났다. 우리는 발걸음을 멈출 수밖에 없었다. 그는 무슨 일로 격분했는지 화가 머리끝까지나 있었다. 그가 특유의 뛰어난 격렬함을 드러내며 떠들어댔다. 그가 말했다, 화가라는 작자들이, 한 점당 수천 프랑을 받고 그림을 파는데 자신들의 가치를 돈으로 인정받는다고 어찌나 허세를 부리는지, 그런데 우리 작가들은 그 작자들보다 덕성은 두 배나 높고 무한하게 큰 생명력을 지녔는데도 불구하고 먹고살기가 막막해서 책을 내줄 출판업자들을 졸졸 쫓아다니며 구걸이나 하고 비위나 맞춰야 하니 이게 말이 됩니까. 그러나 언젠가 그날이 오겠죠, 그러면서 르네는 예언이라도 하듯 말을 이었다, 그자들이 우리한테 와서 자신들을 재창조해달라고 하면 그때 우리는 냉정하게 그들을 평가할 겁니다.

---

* 러시아 태생 초현실주의 화가인 파벨 첼리셰프를 말한다.
** 프랑스 화가.
*** 프랑스 작가.

르네는 그때도 그랬지만 지금도 독실하다고 할 정도로 헌신적인 초현실주의자다. 그가 프랑스인이어서 그런지는 몰라도, 자기 안에 있는 정열적인 고양된 영혼을 뒷받침해줄 수 있는 근본적이면서도 지적인 정당화가 그때도 그에겐 필요했고 지금도 절실히 원하고 있다. 그런데 그는 전쟁 직후의 세대여서 그런지 종교나 애국심을 정당화할 근거를 찾아내지 못했는데, 전쟁이 열정으로서의 애국심과 종교를 둘 다 파괴하여 그의 세대에게 아무것도 남겨놓지 않았기 때문이었다. 그런 그에게는 초현실주의가 자기 정당화의 토대였다. 초현실주의는 그가 살아왔고 사랑하는 혼란스러운 부정의 세계를 명징하게 밝혀주었다. 그의 세대 중 유일하게 그만이 이것을 표현하는 데 성공했는데, 초기의 책에서는 어느 정도 표현해냈다고 한다면, 그의 마지막 책 『디드로의 클라브생』*에서는 아주 적절하게 그리고 그의 특질인 뛰어난 격렬함과 열정을 담아 성공적으로 표현해냈다.

거트루드 스타인은 처음에는 그 화가들 그룹이 아니라 오로지 그 러시아 화가에게만 관심을 두었다. 그 화가에게 대한 관심이 점점 커져가던 그녀가 나중에는 좀 어리둥절해하며 당혹해하는 것 같았다. 그녀는 말하곤 했다. 미술과 문학에서의 새로운 운동을 일으킨 힘들이 계속 지속되면서 지금도 미술과 문학에서 새로운 운동을 만들어내고 있다는데, 설사 그렇다고 해도, 그 힘들을 포착하고 그것들을 창조하고 또 재창조하기 위해서는 대단히 뛰어나고 탁월한 창조력이 필요하거든. 그런데 분명 그 화가한테는 그런 창조력이 없어. 그렇긴 해도 눈에 띄게

---

* 부르주아와 특권계층과 개인주의를 비난하는 격렬한 논조를 담고 있다.

새로운 창조적 아이디어는 있거든. 대체 그게 누구에게서 비롯된 걸까. 젊은 화가들이 자기의 작품에 대해 거트루드 스타인이 생각을 바꾼 게 아니냐며 불평하면 그녀는 늘 그들에게 이렇게 말한다, 당신들 그림에 대한 내 생각이 바뀐 것은 내 탓이 아니라, 그냥 그림들이 벽 속으로 사라졌기 때문이고, 내가 이젠 더이상 그 그림들을 보지 않으니 당연히 그것이 문밖으로 나가게 된 거랍니다.

그사이에 내가 말했듯이 조지 앤타일이 버질 톰슨을 데리고 우리집을 찾아왔고 그때 이후 버질 톰슨과 거트루드 스타인은 친해지면서 상당히 자주 만나는 친구 사이가 되었다. 버질 톰슨은 이미 거트루드 스타인의 글 「수지 아사도」 「프레키시오실라」 그리고 「캐피털 캐피털스」를 음악으로 만들었다. 거트루드 스타인은 버질 톰슨의 음악에 대단히 관심이 많았다. 그는 사티의 음악을 잘 이해하고 있는 것이 분명했고 운율학을 자기 것으로 소화하는 능력도 있었다. 그는 거트루드 스타인의 작품의 상당 부분을 아주 잘 이해했는데, 그럼에도 밤에 잠을 자면 꿈에 자기가 이해하지 못한 무엇인가가 나타난다고 했다. 하지만 대체로 자기가 이해하는 내용만으로도 무척 만족하고 있었다. 거트루드 스타인은 자신의 글을 음악으로 구성해낸 그의 곡을 즐겨 들었다. 그들은 정말 자주 만났다.

버질의 방에는 크리스티앙 베라르의 그림이 상당히 많았는데 거트루드 스타인은 당연히 그 그림들을 자주 들여다보게 되었다. 하지만 그것들을 어떻게 생각해야 할지는 도무지 알 수 없었던 모양이다.

그녀는 버질 톰슨과 함께 그 그림들에 대해 끊임없이 이야기를 주고받았다. 버질은 자기가 그림에 대해서는 아는 게 없지만 그 그림들이 훌륭하다고 생각한다고 말했다. 거트루드 스타인은 그에게 새로운 운동에 대해 느꼈던 자신의 당혹감을 얘기하면서 운동 뒤에 있는 창조력은 그 러시아 화가의 것은 아니라고 말했다. 버질은 그녀의 말에 자기도 전적으로 동감한다면서 그 창조력은 베베 베라르, 그러니까 크리스티앙이라는 사람의 것이 분명하다고 말했다. 그러자 그녀는 아마 그 말이 정답일 거라고 했지만 여전히 대단히 미심쩍어하는 표정이었다. 그녀는 베라르의 그림에 대해 이런 말을 한 적이 있다, 거의 대단한 수준에 오른 것 같으면서도 어떻게 보면 아니야. 그녀가 버질에게 설명해준 것처럼, 가톨릭교회에서는 히스테릭한 사람과 성자를 확실하게 구분한다. 예술세계의 경우도 그래야 한다. 광적인 감수성이 창작이라는 걸 모습으로 보일 수도 있지만, 진짜 창작은 그것과는 사뭇 다른 독특한 힘을 지니고 있다. 거트루드 스타인은 예술이라는 관점에서 보면 베라르는 성자라기보다는 히스테릭한 사람이라고 생각하는 듯했다. 그때는 그녀가 새로 활기를 되찾아 초상을 쓰기 시작했던 때였고 그녀 말에 따르면, 그래서 마음을 맑게 하고 생각을 분명하게 정리하기 위해 그 러시아 화가와 프랑스 화가의 초상을 썼던 것이었다. 한편, 버질 톰슨을 통해 그녀는 조르주 위네*라는 젊은 프랑스인을 만나게 되었다. 그와 거트루드 스타인은 서로에게 대단히 헌신적인 관계가 되었다. 그는 그녀가 쓰는 단어의 소리를 좋아했고 그 의미도 좋아했으며 그녀의 문장 또한 좋아했다.

　그의 집에는 친구들이 그려줬다는 그의 초상화가 상당히 많이 있었

---

* 프랑스 그래픽 예술가이자 시인.

다. 그중 하나는 러시아 형제 화가 중 한 사람이, 또하나는 어느 젊은 영국 화가가 그려준 것이었다. 거트루드 스타인은 그 초상화들 어느 것에도 특별히 관심을 보이지 않았다. 그러나 젊은 영국 화가가 그렸다는 한쪽 손을 그린 그림이 있었는데 그녀는 좋아하지는 않았지만 무슨 까닭인지 그 그림을 기억해두었다.

그 무렵 모든 사람이 각자 자기 일에 전념하기 시작했다. 버질 톰슨은 거트루드 스타인에게 오페라 대본을 써달라고 부탁했다. 그녀는 성자들 가운데 누구보다 좋아하는 성자로 언제나 아빌라의 성 테레사와 로욜라의 성 이그나티우스를 꼽았는데, 그 두 성자에 대한 오페라를 써보겠다고 했다. 그녀는 작업을 시작해 봄철 내내 열심히 쓰는가 싶더니 드디어 『3막 속의 네 성자』를 완성하여 버질 톰슨에게 주어 곡을 만들도록 했다. 그는 작곡했다. 그렇게 해서 탄생한 오페라는 대본으로 보나 음악으로 보나 흠잡을 데 없이 아주 재미있는 작품이었다.

몇 년 동안 여름마다 우리는 벨레에 있는 호텔을 찾아갔다. 그러다가 어느 때 가든 그 시골을 너무 좋아하게 되었는데, 론강의 골짜기는 물론 그곳 사람들, 나무들, 소떼 등 그곳의 모든 것이 너무나 마음에 들었고, 급기야 우리는 집을 구하기 시작했다. 어느 날 우리는 어느 골짜기 건너편에 있는 집을 보게 되었는데 바로 우리가 꿈에 그리던 집이었다. 저 농부한테 가서 저곳이 누구 집인지 좀 물어봐줘, 거트루드 스타인이 내게 말했다. 나는 말했다, 소용없어 누가 봐도 좋은 집인데 사람이 살고 있을 거야. 그래도 가서 물어봐, 그녀가 재촉했다. 정말 내키지 않았지만 나는 그녀 말대로 했다. 농부가 말했다, 아 네, 아마 세를 놓은 집일 거요, 집주인이 젊은 여자라는데, 가족이 모두 죽는 바람에

세를 놓은 것 같고 지금은 벨레에 주둔한 군부대의 중위가 살고 있다고 알고 있다오, 그런데 곧 부대가 철수한다고 하니까. 가서 부동산 중개업자한테 물어보는 게 좋을 거요. 우리는 농부 말대로 했다. 나이가 많은 농부는 정말 친절해서 우리에게 거듭 *조심해서 천천히 가시오, 조심해서 천천히 가라*고 당부했다. 우리는, 골짜기 건너편에서 봤던 집을, 중위가 집을 비우면 바로 계약하기로 약속했다. 삼 년 전에 마침내 중위가 모로코로 떠났고 우리는 그때까지도 골짜기 건너편에서 보기만 했던 그 집을 얻게 되었는데 날이 갈수록 더더욱 마음에 들어서 무척 기쁘다.

어쨌든 우리가 아직 호텔에 머무르고 있을 때, 하루는 내털리 바니*가 몇몇 친구를 데리고 와 같이 점심을 먹었는데, 친구들 중에 클레르몽토네르 공작부인**이 있었다. 거트루드 스타인과 공작부인은 서로 알게 되어 기쁘다며 좋아했고 이 두 사람의 만남은 나중에 기분좋은 결과들을 많이 낳았다. 그 이야기는 나중에 다시 언급하겠다.

다시 화가들 이야기로 돌아가자. 오페라가 완성되고 파리를 떠나기 전에 우리는 어쩌다 봉장 화랑에서 열린 전시회에 가게 되었다. 그곳에서 러시아 형제 화가 중 한 사람인 예브게니아 베르만을 만났는데, 거트루드 스타인은 그 화가의 그림에 관심이 없지 않았다. 그녀는 그와 함께 그의 화실로 가서 그가 그린 그림 전부를 둘러보았다. 그는 현대

---

* 미국 작가로 파리로 이주한 이후 금요일마다 문학살롱을 열어 국외이주 작가들에게 큰 영향을 미쳤다.
** 프랑스 작가인 엘리자베트 드 그라몽을 말한다.

운동을 창시한 화가들이 아닌 것이 분명한 다른 두 화가*보다 훨씬 더 순수한 지성을 갖춘 듯 보였으며, 따라서 새로운 운동의 창조적 아이디어는 예브게니아 베르만의 것이 아닌가 싶었다. 당시 자기 말에 귀를 기울이는 사람이 있으면 누구에게든 자기 이야기를 서슴없이 꺼냈던 거트루드 스타인은 그 아이디어가 원래 그의 것이었는지 그에게 물었다. 그는 다분히 지적이면서 은근한 미소를 머금으며 자신의 아이디어라고 생각한다고 말했다. 그의 말이 진짜인지 거짓인지 그녀는 확신할 수 없었다. 그는 우리를 만나러 빌리냉까지 찾아왔고 그녀는 서서히 그가 비록 대단히 좋은 화가이긴 하지만 아이디어를 창조해낼 만큼 뛰어나지는 않다는 결론에 다다르기 시작했다. 그래서 또다시 누구의 아이디어인지 탐색하기 시작했다.

다시 파리를 떠나기 직전의 이야기로 돌아가면, 그때 우리가 들렀던 봉장 화랑에서 그녀는 폭포 옆에 앉아 있는 시인을 그린 그림을 보았다. 누구의 그림이지, 그녀가 물었다. 젊은 영국 화가 프랜시스 로즈**의 그림입니다, 누군가가 대답했다. 오 그렇군요 그림에 별 관심이 있는 건 아닌데. 그림 가격은요. 비싸지 않습니다. 거트루드 스타인의 말에 의하면 그림값은 삼백 프랑 아니면 삼십만 프랑이라고 한다. 그녀는 그림을 삼백 프랑에 샀고 우리는 여름을 지내기 위해 파리를 떠났다.

조르주 위네가 편집자가 되겠다는 결심을 굳히고 나서 드 라 몽타뉴라는 출판사를 운영하기 시작했다. 사실 이 출판사를 시작한 사람은, 모든 사람과 친했던 조르주 마라티엥이었는데, 그가 미국으로 가서 미

* 파벨 첼리셰프와 크리스티앙 베라르를 말한다.
** 스타인이 적극 지지하고 후원했던 영국 화가.

국 시민이 되겠다고 하는 바람에 조르주 위네가 인수하여 운영한 것이다. 그가 첫번째로 발간할 책은 『미국인의 형성』의 첫 육십 쪽을 프랑스어로 번역한 것이었다. 거트루드 스타인과 조르주 위네가 같이 그 부분을 번역했고 그녀는 대단히 만족해했다. 그 책이 나온 뒤 나중에 이어서 거트루드 스타인이 쓴 『10인의 초상』*이 출간되었는데 그 책에는 초상 글과 함께 화가들이 그린 자화상과 그 화가들이 그린 다른 사람의 초상화, 베라르가 그린 버질 톰슨의 초상화, 베라르 자신의 자화상, 첼리셰프의 자화상, 피카소의 자화상과 피카소가 그린 기욤 아폴리네르와 에리크 사티의 초상화, 젊은 네덜란드 화가인 크리스얀스 토니의 자화상과 그가 그린 베르나르 파이의 초상화 등이 스케치 삽화로 들어갔다. 이 두 책 모두 반응이 좋아 모든 사람들이 만족하고 기뻐했다.

또다시 모든 사람이 떠났다.

겨울이면 거트루드 스타인은 하얀 푸들 바스켓을 데리고 동물병원으로 가 목욕을 시키는데 그럴 때면 그녀는 영국 화가가 그린 낭만주의풍 그림을 구입했던 봉장 화랑에 가서 바스켓의 몸이 마를 때까지 기다리곤 했다. 그런데 집에 돌아올 때면 항상 그 화가가 그린 그림을 더 사들고 오는 것이었다. 그녀는 왜 계속 사 오는지 아무 말이 없었고 그림은 쌓여만 갔다. 그러자 몇몇 사람이 그녀에게 그 젊은 화가에 관한 얘기를 꺼내기 시작하더니 그를 소개해주겠다고 했다. 거트루드 스타인은 사양했다. 그녀는 그럴 필요 없다면서 젊은 화가들에 대해서는

* 스타인이 1913년에서 1929년까지 자신만의 독특한 스타일로 서술한 예술가 열 명의 초상화와 글을 묶은 책으로, 그녀와 대상이 된 예술가들과의 깊은 인간관계를 담고 있다.

어느 정도 알고 있고, 그래서 이제는 그들이 그린 그림을 알아가는 것으로 충분하다고 했다.

그사이 조르주 위네가 「어린 시절」이라는 시를 썼다. 거트루드 스타인이 그 시를 번역하겠다고 제안했다가 그 시에 관한 시를 쓰는 것으로 대신했다. 처음에는 조르주 위네가 너무 기쁘다며 좋아하더니 그뒤에는 전혀 그렇지 않은 모양이었다. 거트루드 스타인은 자기가 쓴 시에 「우정의 꽃이 시들고 우정이 식어버리기 전에」라는 제목을 붙였다. 모든 사람이 그 시를 오해했다. 사람들의 관계가 틀어지고 말았다. 거트루드 스타인은 속이 상했지만 「왼편에서 오른편으로」라는 유쾌한 짧은 글을 통해 그 일과 관련된 이야기를 털어놓는 것으로 위안을 삼았고 그 글은 〈하퍼스 바자〉 런던판에 실렸다.

어느 날 거트루드 스타인이 관리인을 불러 프랜시스 로즈의 그림들을 벽에 거는 일을 도와달라고 부탁했을 때가 그로부터 얼마 지나지 않았을 때였는데, 그때까지 그녀가 모은 로즈의 그림이 서른 점 남짓 되었다. 그 그림들을 벽에 거는 동안 내내 거트루드 스타인은 신경이 곤두서서 툴툴거렸다. 나는 그렇게 신경쓰이고 마음에 들지 않으면 왜 일을 시작했느냐고 물었다. 그녀는 짜증이 나는 걸 어떻게 하느냐며, 그림 서른 점을 벽에 거니까 방의 모습이 전체적으로 바뀌는데 어찌 신경이 안 쓰일 수 있겠느냐고 했다. 우리는 한동안 그 문제를 더이상 거론하지 않았다.

『미국인의 형성』이 출간된 직후의 시기로 돌아가보자. 그때 거트루드 스타인의 『지리와 희곡들』에 관한 서평이 이디스 시트웰의 서명과 함께 〈아테네움〉에 실렸다. 조금 생색을 내며 쓴 긴 글이었지만 나는 그 서평이 좋았다. 하지만 거트루드 스타인은 탐탁하게 생각하지 않았다. 그런데 일 년 뒤 런던판 〈보그〉에 이디스 시트웰이 쓴 글이 실렸는데 거기서 그녀는 〈아테네움〉에 서평을 쓴 이후 일 년 동안 오로지 『지리와 희곡들』을 다시 읽으며 지냈고 이제는 그 책이 얼마나 중요하고 아름다운지 알게 되었다는 점을 말하고 싶다고 했다.

어느 날 오후 우리는 엘머 하든의 집에서 런던판 〈보그〉의 편집자 미스 토드를 만나게 되었다. 그녀는 이디스 시트웰이 곧 파리에 오는데 거트루드 스타인을 굉장히 만나고 싶어한다고 했다. 그러면서 이디스 시트웰은 워낙 수줍음이 많아서 찾아가서 만나도 되는지 망설이고 있다고 덧붙였다. 엘머 하든이 그녀와 동반하여 찾아오겠다고 했다.

나는 이디스 시트웰의 첫인상을 지금도 또렷하게 기억하고 있는데, 그때의 인상은 지금도 그대로 남아 전혀 바뀌지 않았다. 키가 무척 크고, 약간 구부정한 자세에, 선뜻 나서지 못하고 뒤로 물러서다가 주춤주춤 나서는 태도, 그리고 지금까지 내가 본 사람 가운데 가장 인상적인 독특한 코를 지닌 아름다운 여성. 처음 만났던 그때와 그후 거트루드 스타인과 그녀가 나눈 많은 대화에서 시를 이해하는 그녀의 섬세하고 완벽한 태도에 내가 얼마나 기뻐했던지. 그녀와 거트루드 스타인은 만나자마자 바로 친구가 되었다. 친구 사이라는 게 다 그렇듯 두 사람의 사이도 나름 어려웠을 때가 있었지만 나는 지금도 거트루드 스타인과 이디스 시트웰은 본질적으로 친구가 틀림없으며, 두 사람은 서로 친구가 되어 매우 좋아하고 있다고 확신한다.

이디스 시트웰이 파리에 왔던 그때 우리는 자주 만났고 얼마 후에 그녀는 런던으로 돌아갔다. 1925년인 그해 가을 거트루드 스타인은 케임브리지대학 문학회 회장이 보낸 편지를 받았는데 그다음해 초봄에 와서 강연을 해줄 수 있겠느냐는 내용이었다. 강연을 해달라는 말에 몹시 당황한 거트루드 스타인은 바로 거절하는 답장을 보냈다. 얼마 안 있어 이디스 시트웰이 거절을 수락으로 바꿔야 한다는 편지를 보내왔다. 일차적으로 제일 중요한 일은 거트루드 스타인이 강연을 해야 한다는 것이고 게다가 케임브리지측의 요청을 그녀가 수락하면 옥스퍼드 대학에서도 강연을 요청할 계획이라는 내용도 덧붙였다.

사실 딱히 강연 요청을 거절할 이유가 없었던 거트루드 스타인은 그러겠노라는 답장을 보냈다.

그녀는 강연을 해야 한다는 생각에 몹시 당황하고 어쩔 줄 몰라하면서, 심지어 이런 말까지 했다, 평화가, 평화로울 때가 전쟁보다 훨씬 더 두렵고 무서워. 이 두려움에 비하면 깎아지른 절벽은 아무것도 아니야. 그녀는 너무 떨리고 자신이 없었던 모양이었다. 그나마 다행이었던 것은 1월 초에 우리의 포드 차가 온갖 말썽을 일으키기 시작했다는 사실이다. 괜찮다 싶은 좋은 정비소에 낡은 포드 차를 가져가면 크게 신경 쓰지 않고 대충 손봐주기 때문에 거트루드 스타인은 차에 이상이 있으면 몽루즈에 있는 격납고처럼 생긴 허름한 정비소로 차를 끌고 가 수리공들이 고치는 동안 앉아서 기다리곤 했다. 하기야 차를 맡기고 나면 마땅한 차편이 없어 다른 데로 갈 수도 없으니 그냥 기다리는 편이 더 나았다.

춥고 어둑어둑한 어느 날 오후 그녀는 운전석에서 나와 자기 포드 차 옆에 있던 찌그러진 또다른 포드의 보조발판에 앉아 자기 차가 분해되고 다시 조립되는 과정을 지켜보며 글을 쓰기 시작했다. 여러 시간을 그렇게 앉아 기다리며 글을 쓰고는, 수리된 차를 끌고 얼어붙은 몸으로 벌벌 떨며 집으로 돌아왔을 때는,「해설로서의 작문」전체가 완성된 상태였다.

강연 원고는 일단 완성되었지만 그다음은 원고를 어떻게 읽어 전달하느냐가 문제였다. 모든 사람이 조언을 했다. 그녀는 집에 누가 찾아오든 그들 앞에서 원고를 읽었고 찾아온 손님 가운데 일부는 본인이 나서서 원고를 그녀에게 읽어주기도 했다. 바로 그즈음 어쩌다 파리에 머물고 있던 프리처드가 에밀리 채드본과 함께 각자 조언도 해주고 청중 역할도 해주었다. 프리처드는 영국식으로 원고 읽는 법을 보여주었지만 에밀리 채드본은 미국식으로 읽는 법을 가르쳐주는 바람에 거트루드 스타인은 더 걱정이 되었고 어떻게 읽어야 할지 모르겠다는 눈치였다. 하루는 오후에 내털리 바니의 집에 간 적이 있었다. 그 집에 굉장히 나이가 많으면서도 정말 매력이 넘치는 프랑스인 역사 교수가 있었다. 내털리 바니가 그 교수에게 강연을 잘하는 방법을 거트루드 스타인에게 가르쳐달라고 부탁했다. 되도록 말을 빨리 하고 절대 위를 쳐다보지 마시오, 이게 노교수의 조언이었다. 그런데 전에 프리처드는 가능한 한 천천히 말하고 절대 아래를 내려다봐서는 안 된다고 했으니 누구말을 따라야 할지. 어쨌든 나는 거트루드 스타인의 새 드레스와 새 모자를 주문했고 우리는 이른봄에 런던으로 향했다.

바야흐로 1926년 봄이 되었지만 영국은 여전히 여권심사를 매우 엄격하게 실시하고 있었다. 우리 여권엔 아무 문제가 없었지만 거트루드 스타인이 공무원의 질문에 대답하는 것을 죽기보다 싫어한다는 것이 문제였고, 이것저것 따져 묻는 질문에 어떻게 답변할지 늘 걱정이 태산인 와중에 이미 강연 때문에 심리적으로 영 불안한 상태였다.

어쩔 수 없이 내가 여권 두 개를 들고 계단을 타고 아래로 내려가 입국 담당자를 만났다. 아 그런데, 담당자 중 한 사람이 물었다, 미스 거트루드 스타인은 어디에 있습니까. 갑판에 있어요, 내가 대답했다, 내려오고 싶지 않다는군요. 내려오고 싶지 않다, 그가 내 말을 따라 읊조렸다, 예 그러면 좋습니다, 내려오고 싶지 않다, 다시 한번 읊조리던 그는 입국 도장을 꾹 눌러 찍어주었다. 그렇게 해서 드디어 우리는 런던에 도착했다. 이디스 시트웰은 우리를 위해 파티를 열었고 남동생인 오스버트 역시 파티를 열어주었다. 오스버트는 거트루드 스타인에게 큰 위안이 되었다. 사람을 초조하게 만들고 신경을 곤두서게 만드는 상황이 어떤지 너무나 잘 알고 있던 그는 호텔에서 그녀 옆에 앉아 자기나 그녀가 무대공포증을 겪을 수 있는 경우를 하나하나 짚어가며 대비시켜준 덕분에 그녀는 마음을 많이 가라앉힐 수 있었다. 그녀는 늘 오스버트를 정말 좋아했다. 그녀는 틈만 나면 그가 왕의 숙부와 같은 사람이라고 말했다. 그는 생각도 깊고 친절하며 책임지지 않아도 되는 일도 이것저것 신경써주면서도 차분한 사람으로, 영국 왕의 숙부가 지녀야 할 성품의 소유자였다.

드디어 강연이 열리는 날 오후에 우리는 케임브리지에 도착했고, 문학회 회장과 그의 친구 몇 명과 함께 차를 마신 다음 만찬을 들었다. 정말 유쾌한 기분으로 만찬을 마친 다음 우리는 강연장으로 향했다. 남자들과 여자들, 정말 다양한 청중이 모여 있었다. 거트루드 스타인은 곧 마음을 추스르고 편하게 강연을 시작했고, 강연이 아주 잘 진행되어 끝난 후, 남자들이 나서서 많은 질문을 했고 모두가 열렬한 관심을 갖고 집중하는 모습을 보여주었다. 반면에 여자들이 아무 질문도 하지 않고 말도 하지 않았다. 거트루드 스타인은 여자들은 질문은 하지 않기로 한 건지 아니면 그냥 질문하지 않은 것인지 참 이상하다고 생각했다.

그다음날 우리는 옥스퍼드로 갔다. 우리를 맞아준 젊은 액턴*과 점심을 먹고 난 뒤 강연장으로 향했다. 거트루드 스타인은 강연자로서 전날보다 훨씬 더 편해 보였고 그래서 그런지 이번에는 정말 훌륭하게 강연을 마칠 수 있었다. 정말 멋지게 해냈는데 나중에 그녀는 이렇게 말했다, 프리마돈나가 된 느낌이었다니까.

강연장에는 뒤에도 많은 사람이 서 있어야 할 정도로 발 디딜 틈 없이 청중이 꽉 들어차 있었으며, 강연이 끝나고 진행된 토론이, 한 시간 넘게 진행되었는데도 자리를 뜨는 사람이 하나도 없었다. 정말 흥미진진하고 열띤 토론이었다. 청중이 온갖 질문을 던졌는데, 무엇보다 그들은 거트루드 스타인이 자기 방식의 글쓰기를 하면서 왜 그것이 옳은 방식이라고 생각하는지 그 까닭을 듣고 싶어했다. 그녀는 다른 사람들이 뭐라 생각하든 아무 상관이 없다면서 어쨌거나 지금까지 거의 이십 년 동안 그런 식으로 글을 써왔으니 사람들이 자기 강연을 듣고 싶어하는 게 아니냐는 식으로 대답했다. 물론 그렇다고 해서 사람들이 자신의 방식이 과연 옳은지 입증할 수는 없어도, 그것을 하나의 가능한 글쓰기 방식으로 생각하기 시작했다는 의미는 아니지만, 달리 생각하면 그런 글쓰기가 무언가를 암시하는 것임은 받아들이고 있다는 뜻이라

---

* 해롤드 액턴. 영국 작가이자 학자로 옥스퍼드 재학중에 〈옥스퍼드 브룸〉이라는 잡지를 창간했다.

는 게 그녀의 말이었다. 사람들이 웃음을 터뜨렸다. 그러던 중에 한 사람이 벌떡 일어났는데, 나중에 그는 학장으로 밝혀졌지만, 어쨌든 그 사람이 『7일의 성자들』에서 달무리, 달무리가 달을 따라간다는 문장이 무척 재미있고 흥미로웠다고 말했다. 그는 그것을 자기가 여태껏 읽어 왔던 문장 가운데 가장 아름답게 균형잡힌 문장으로 인정한다면서, 그런데 달무리가 달을 따라가는 게 맞느냐고 물었다. 거트루드 스타인이 대답했다, 달을 보면 달무리가 달을 둘러싸고 있는데 달이 움직이면 달무리가 따라 움직이지 않을까요. 그럴 것 같긴 한데, 그가 말했다. 그렇다면, 그 경우에, 그녀가 말을 이었다, 달무리가 달을 따라가지 않는다면 그걸 어떻게 알 수 있죠. 그는 그냥 자리에 앉았다. 그러자 그 학장 옆에 앉아 있던 중견교수 역시 벌떡 일어나 질문을 던졌다. 그 두 사람은 여러 차례 서로 번갈아가며 자리에서 일어나 궁금한 것을 계속 물었다. 그러던 중에 첫번째 사람이 다시 일어서더니 말했다, 당신은 모든 것이 같으면서도 모든 것은 늘 다른 법이라고 말하는데, 어떻게 그런 일이 가능한 거죠. 그녀가 대답했다, 한번 생각해보세요, 당신들 두 분, 두 분이 서로 번갈아가며 일어나시는데, 그건 똑같은 행동이죠 하지만 두 분도 분명히 인정하시겠지만 두 분은 동일인이 아니라 항상 다른 사람으로 존재하잖아요. *인정합니다.* 학장인 그가 말했고 강연은 종료되었다. 우리가 강연장을 나서는데 한 사람이 내 곁으로 나가와 너무 감동받았다며 이번 강연이 칸트의 『순수이성비판』을 읽은 이후로 가장 멋진 경험이었다고 고백하기도 했다.

강연에 참석했던 이디스 시트웰과 그녀의 남동생인 오스버트와 새셔버럴도 모두 기뻐하며 축하해주었다. 강연이 재미있었을 뿐 아니라 짓궂은 질문을 던지는 사람들을 유머감각을 가지고 재치있게 다루고 머쓱하게 만든 것도 신나는 일이었다는 것이다. 이디스 시트웰은 새셔 버럴이 집에 돌아가는 내내 그 이야기를 하며 킬킬댔다고 했다.

이튿날 우리는 파리로 돌아왔다. 시트웰 남매는 우리가 더 머무르며 인터뷰도 하고 좀 쉬었다가 기회가 닿으면 이런저런 행사를 하길 바랐지만 거트루드 스타인은 충분히 즐거움을 만끽했고 많은 영광을 누렸다고 생각했다. 그녀가 입버릇처럼 말하듯이, 그때 더없이 영광스러운 시간을 즐겼다. 말이 나왔으니 하는 말인데, 그녀가 늘 주장하듯이, 예술가에게는 비평이 필요하지 않고, 오로지 자신의 진가를 인정받기만 하면 된다. 예술가가 비평을 원한다면 그는 예술가가 아니다.

몇 개월 뒤 레너드 울프*가 「해설로서의 작문」을 호가스 출판사의 에세이 시리즈로 출간했다. 또한 그 글은 〈더 다이얼〉에 실렸다.

밀드러드 올드리치는 거트루드 스타인의 영국에서의 강연이 성황리에 끝났다는 소식을 듣고는 자기 일처럼 뛸듯이 기뻐했다. 선량한 뉴잉글랜드 사람인 그녀로서는, 옥스퍼드와 케임브리지가 인정해주었다는 사실이, 〈애틀랜틱 먼슬리〉의 인정보다 훨씬 더 중요했던 것이다. 우리는 파리로 돌아오는 길에 그녀를 만나러 갔고 그녀는 강연 내용을 자기한테 다시 읽어달라고 했고 아울러 강연장에서 있었던 일을 하나도 빠뜨리지 말고 다 들려달라고 했다.

밀드러드 올드리치는 힘든 나날을 애써 견뎌내고 있었다. 그녀가 받던 연금이 갑자기 끊겼는데 우리는 오랫동안 그 사실을 까마득히 모르

---

* 영국의 정치이론가이자 작가이며 출판업자로 버지니아 울프의 남편이다.

고 있었던 것이다. 어느 날인가 하루는 아메리칸 라이브러리*의 사서인 도슨 존스턴이, 미스 올드리치가 자기한테 집을 곧 비워야 하니 빨리 와서 자신의 책을 몽땅 다 가져가라고 했다는 내용의 편지를 보냈다고 거트루드 스타인에게 알려주었다. 무슨 영문인가 싶어 우리가 당장 그 녀를 찾아갔는데 밀드러드가 연금이 끊겼다고 했다. 그 연금은 나이가 들어 기력이 쇠약해진 여자가 주던 것 같았는데 그녀가 망령이 들어 어느 날 아침에 불쑥 변호사를 불러서 그동안 여러 해 동안 많은 사람 에게 주고 있던 연금을 죄다 끊으라고 했다는 것이다. 거트루드 스타인 은 밀드러드에게 너무 걱정하지 말라며 안심시켰다. 케이트 버스가 연 락을 취해 카네기재단에서 오백 달러를 보내주었고, 윌리엄 쿡은 거트 루드 스타인에게 백지 수표를 건네며 부족한 것이 있으면 그것으로 다 해결하라고 했고, 밀드러드의 친구라는 프로비던스 로드아일랜드 출 신의 사람도 돕겠다고 나섰으며 〈애틀랜틱 먼슬리〉측에서는 기금 모 금을 시작했다. 여러 사람 덕분에 곧바로 밀드러드 올드리치의 생활은 안정을 되찾았다. 상황이 이렇게 되자 그녀는 괜히 사정을 알려준 게 아닌지 후회된다는 표정으로 거트루드 스타인에게 말했다, 나는 우아 하게 빈민원에 들어갈 수 있었는데 당신이 막았어요, 그러다보니 당신 이 내 집을 빈민원으로 바꿔놓았고 나는 이곳의 유일한 입소자가 된 셈이로군요. 거트루드 스타인은 그녀를 위로하며 혼자 있더라도 우아 하고 품위 있게 지낼 수 있을 거라고 달랬다. 거트루드 스타인이 그녀 에게 말했다, 어찌되었든 밀드러드, 그 누구도 당신이 잘 살아오지 못

---

* 미국이 제1차세계대전에 참전하면서 해외 파병 병사들에게 도서 및 정기간행물을 보급할 목적으로 전미도서관협회가 주도하여 미군 해외주둔기지에 설치했던 도서관.

했다는 말은 하지 못할 거예요. 밀드러드 올드리치는 여생을 편안하게 지냈다.

전쟁이 끝난 뒤 윌리엄 쿡은 러시아의 트빌리시라는 도시에 적십자 구호 활동과 관련한 일로 삼 년 동안 머무른 적이 있었다. 하루는 저녁에 그와 거트루드 스타인이 마지막 투병중이던 밀드러드를 문병하러 쿡의 차를 타고 갔다가, 안개 낀 저녁 늦게 돌아오고 있었다. 쿡의 차는 소형 오픈카였지만 전조등이 어찌나 밝은지 안개를 뚫고 비칠 정도였다. 그런데 그들 바로 뒤로 또다른 소형차가, 쿡이 속도를 높이면 그 차도 속도를 높이고, 속도를 늦추면 따라서 속도를 늦추는 식으로 일정한 거리를 두고 따라오는 것이었다. 거트루드 스타인이 쿡에게 말했다, 당신이 이렇게 밝게 길을 비춰주니 저 사람들 참 운이 좋네요, 저 차는 전조등 불빛이 약한데 당신 덕을 보고 있는 셈이잖아요. 그러게 말입니다, 쿡이 어딘가 평소와는 다른 목소리로 대답했다, 나도 그렇게 생각하고 있던 참이지만 소비에트 러시아에서 체카*의 감시를 받으며 삼 년을 지내고 나니까, 미국인인 나도, 어떤 때는 아직도 섬뜩하니 묘한 기분이 들 때가 있어요, 그래서 계속 혼자 속으로 생각하지 않을 수가 없더군요, 우리를 따라오는 저 차가 비밀경찰은 아니겠지 하고 말입니다.

앞에서 르네 크르벨이 우리집에 왔었다는 얘기를 했다. 나는 우리집에 찾아왔던 젊은이 가운데 르네를 제일 좋아했던 것 같다. 그는 프랑스인이 보일 수 있는 최고의 매력을 지녔는데, 그 매력이 가장 빛날 때면 미국인의 매력은 저리 가라고 할 정도였으니, 프랑스인의 매력은 가

---

* 1917년 러시아 볼셰비키 정부가 창설한 비밀경찰.

히 최고라 할 수 있다. 아마 마르셀 뒤샹과 르네 크르벨이 프랑스인의 매력을 가장 완벽하게 보여주는 본보기일 것이다. 우리는 르네를 아주 좋아했다. 그는 젊고 난폭하고 병약하고 혁명적이고 상냥하고 부드러웠다. 지금도 거트루드 스타인과 르네는 서로를 무척 좋아하고 있는데, 르네는 영어로 쓴 아주 유쾌한 편지를 그녀에게 보내고, 그녀는 자주 그를 꾸짖을 정도로 친한 사이다. 우리가 그를 알던 초기에, 우리에게 베르나르 파이의 이야기를 처음 들려준 사람이 바로 그였다. 그는 베르나르 파이가 클레르몽페랑대학의 젊은 교수인데 우리를 그 사람 집으로 데려가고 싶다고 했다. 어느 날 오후에 그는 실제로 우리를 그 집에 데리고 갔다. 그러나 베르나르 파이는 거트루드 스타인이 기대했던 사람이 전혀 아니었고 그와 그녀는 서로 특별히 주고받을 얘깃거리가 없었다.

내 기억에 그해 겨울과 그다음해 겨울 동안 우리는 파티를 많이 열었던 것 같다. 당연히 시트웰 남매를 위한 다과회도 있었다.

칼 밴 베천은 많은 흑인을 우리집에 보냈고 게다가 조세핀 베이커*를 파리로 데려온 우리 이웃인 미시즈 레이건**이 데려온 다른 흑인들도 있었다. 칼은 우리에게 폴 로브슨***도 보냈다. 폴 로브슨은 거트루

---

* 미국 태생 무용수이자 배우, 인권운동가. 당대 지식인들과 예술가로부터 '검은 비너스' '검은 진주'라는 찬사를 받았다.
** 미국 사교계 인사이자 예술 후원자이며 무대 연출가.
*** 연극 무대와 영화에서 많은 활동을 한 미국 연기자. 컬럼비아대학에서 법학학위를 받았으나 법조계로 진출하는 대신 연극무대에 뛰어든 이후 브로드웨이에서 주도적인 역할을 한 최초의 흑인으로 유명하며 인종차별에 반대하는 인권운동가로도 활동했다.

드 스타인에게 관심이 많았다. 그는 이 세상에 살고 있으나 이 세상 사람이 아닌* 사람이 알고 있는 방식으로만 미국적 가치와 미국인의 삶을 알고 있을 뿐이었다. 그리고 방에 다른 사람이 들어서는 순간부터 그는 영락없는 흑인이 되었다. 거트루드 스타인은 그가 부르는 흑인 영가를 듣기 싫어했다. 흑인 영가는 다른 무엇보다 당신의 것이 아닌데, 대체 왜 당신 것으로 끌어들이는 거죠, 그녀가 말했다. 그는 아무 대답도 하지 않았다.

한번은 정말 매력적으로 생긴 남부 출신 여성과 같이 있게 되었는데, 그녀가 그에게 물은 적이 있었다, 태어난 곳이 어디죠, 그러자 그가 대답했다, 뉴저지입니다, 그 말에 그녀가 말했다, 남부가 아니군요, 안타까운 일이네요, 그리고 그가 말했다, 저도 그게 아쉽습니다.

거트루드 스타인은 흑인들이 박해로 고통받고 있는 게 아니라 아무 것도 아닌 존재로 취급받아 고통을 겪고 있다고 결론을 내렸다. 그녀는 아프리카계 사람은 원시인이 아니며, 매우 오래되었지만 또 한편으로는 지극히 편협한 문화를 지녔고 아직도 그런 문화의 잔재가 그들에게 남아 있다고 주장한다. 결과적으로 아무 일도 일어나지 않을뿐더러 일어날 수도 없다는 것이다.

칼 밴 베천이 옛날에 주름 장식이 많은 셔츠를 입고 왔던 때 이후 처음으로 모습을 드러냈다. 물론 그동안에도 그와 거트루드 스타인은 친분을 유지하며 편지도 주고받았다. 그런데 이제 실제로 그가 온다 하니

---

* 원문의 "in it but not of it"은 성경을 통해 널리 알려진 표현인 "in the world not of the world"의 축약형 표현으로, 예수를 따르는 사람들은 잠시 이 세상에 살지만 이 세상에 속하지 않은 존재라는 의미다. 요한복음 17장 11~19절 참고.

까 거트루드 스타인은 조금 걱정이 되는 모양이었다. 그가 찾아왔고 그들은 전보다 더 친해졌다. 거트루드 스타인은 그에게 사실은 좀 걱정했었다고 말했다. 난 전혀 그렇지 않았는데요, 칼의 대답이었다.

젊은 사람들이 몰려오다시피 했던 그때 우리집에 왔던 다른 젊은이 중 브래비그 임스가 있었다. 거트루드 스타인이 얘기하듯, 브래비그의 목적이 사람들 비위 맞추는 데 있었던 듯하지만 어쨌든 우리는 그를 좋아했다. 엘리엇 폴을 우리집에 데려온 사람이 그였고 엘리엇 폴은 〈트랑지시옹〉을 가지고 왔다.

우리는 브래비그 임스를 좋아했지만 실은 엘리엇 폴을 더 좋아했다. 엘리엇 폴은 무척 재미있는 사람이었다. 그는 뉴잉글랜드 출신이지만 십자군 조상을 둔 가문의 혈통이 아직도 남아 있는 프랑스 시골 마을에서 이따금 볼 수 있는 사라센 사람과 비슷했다. 엘리엇 폴은 그런 사람이었다. 그에겐 신비롭다기보다는 서서히 사라지는 성향이 있었는데, 실제로 그는 조금씩조금씩 모습을 드러냈다가 서서히 사라졌으며, 그다음으로 외젠 졸라스와 마리아 졸라스*가 등장했다. 그들은 일단 모습을 드러내자, 그 모습 그대로 머물렀다.

그 무렵 파리의 〈시카고 트리뷴〉에 기고하던 엘리엇 폴은 거트루드 스타인의 작품에 관한 논평을 연재하고 있었는데, 그녀의 작품을 최초로 진지하게 대중적인 관점에서 평가한 글이었다. 그와 동시에 그는 젊은 저널리스트들과 교정자들을 작가로 변모시키는 일도 진행했다. 그는 브래비그 임스와 이야기를 하다가 갑자기 말을 끊더니, 거기서부터

---

* 외젠 졸라스는 프랑스계 미국 작가이자 문학평론가이며, 그의 아내인 마리아는 평화운동가이자 번역가이다.

시작하면 되겠네, 라고 하여 브래비그가 첫 작품『교수의 아내』를 쓰도록 만든 사람이었다. 다른 사람들에게도 마찬가지였다. 그는 아코디언을 연주했는데 아코디언에 타고난 재능이 없는 사람은 흉내낼 수 없을 정도로 잘 연주했으며 거트루드 스타인을 위해 그녀가 좋아하는 소가곡인 〈쓸쓸한 소나무 오솔길〉 〈내 이름은 6월〉을 대단히 빨리 배워, 브래비그 임스의 바이올린 반주에 맞추어 연주하기도 했다.

〈쓸쓸한 소나무 오솔길〉*은 세월이 흘러도 거트루드 스타인의 마음을 계속 울리는 노래였다. 밀드러드 올드리치가 소장하고 있던 레코드판 중에 그 노래가 있었는데 위리에 있는 그녀의 집에서 같이 오후를 보낼 때면, 거트루드 스타인은 마음을 주체하지 못해 축음기에 판을 올려 〈쓸쓸한 소나무 오솔길〉을 계속 틀어놓고 들었다. 그녀는 그 노래 자체를 좋아하기도 했지만 전쟁 동안 보병들 때문에 소설『쓸쓸한 소나무 오솔길』**이 부린 마술에 혹해서 빠진 적이 있었다. 병원에 입원 중인 병사가 그녀를 각별히 따르고 좋아하게 되었을 때, 수시로 이런 말을 했었다, 제가 전에 정말 훌륭한 소설을 읽었는데, 그게 뭔지 아십니까, 바로『쓸쓸한 소나무 오솔길』입니다. 결국 병사들은 님에 있는 부대에서 그 소설책을 구했고, 그 책은 모든 부상병의 침대 곁을 벗어난 적이 없었다. 병사들이 그 책을 제대로 읽은 건 아니지만, 그녀가 이따금 살펴보면, 며칠에 한 문단 정도 읽는 수준인데도 그 소설 얘기만

---

* 1913년에 발표된 대중가요로, 1908년에 출간되어 베스트셀러가 된 존 폭스 주니어의 동명 소설에서 영감을 받아 만들어진 노래다.
** 동명 노래에 영감을 준 존 폭스 주니어의 소설로 산골 지역을 배경으로 두 가문의 갈등과 외부인과 산골 아가씨의 사랑을 그렸다.

나오면 목이 쉬도록 떠들어댔고, 특히 그녀에게 뭔가 해주고 싶은 마음이 들 때면 손때가 묻고 너덜너덜해진 그 책을 빌려줄 테니 한번 읽어보라고 권하기도 했다.

그녀는 무슨 글이든 읽는 것을 좋아하는지라 당연히 그 책을 읽었지만 이해가 안 된다는 듯 어리둥절한 표정을 지었다. 사실 무슨 스토리가 있는 것도 아니고 흥미진진하지도 않고, 그렇다고 아찔한 모험담도 아니었는데, 대단히 잘 쓰긴 했지만 대체로 산악지대의 풍경을 묘사한 것에 그치고 만 작품이었다. 나중에 그녀는 남부 출신 여성이 옛일을 회상하며 남북전쟁 때 남군에 있던 산악지역 출신 병사들이 빅토르 위고의 『레 미제라블』을 읽겠다며 자기 차례가 오기를 기다리곤 했다는 말을 우연히 들었다고 했는데, 그 작품 역시 스토리는 많지 않고 묘사만 잔뜩 있다는 사실이 어쩌면 그렇게 똑같은지 놀랍다고 했다. 그래도 거트루드 스타인은 자신이 〈쓸쓸한 소나무 오솔길〉이란 노래를 좋아하듯이 그때 보병들은 그 소설을 좋아했던 것이고 자신을 위해 엘리엇 폴이 아코디언으로 그 노래를 연주해준 것이라는 사실은 인정하고 있다.

하루는 엘리엇 폴이 몹시 흥분한 모습으로 들어섰는데, 사실 그는 평소에도 잘 흥분하지만 감정을 그대로 드러내거나 표현하는 법이 없었다. 그런데 그날은 그가 속내를 드러내고 표현했다. 그는 거트루드 스타인의 조언을 바란다고 했다. 파리의 잡지사에서 편집자 자리를 제안받았는데 맡을지 말지 고민이라는 것이었다. 거트루드 스타인은 당연히 제안을 수락해야 한다는 입장이었다. 그녀가 말했듯이, 결국 따지고 보면, 우리 모두는 자기 책이 출간되기를 원한다. 글쓰는 이는 자기 자신과 낯선 독자들을 위해 글을 쓰는데 모험을 하는 출판업자가 없으면 어느 작가가 낯선 독자와 만날 수 있을까.

그래도 그녀는 엘리엇 폴을 여간 좋아하는 게 아니어서 그가 너무 큰 위험부담을 떠안는 것은 원치 않았다. 위험부담은 없습니다, 엘리엇 폴이 말했다, 잡지에 들어갈 돈이 몇 년 동안은 보장되어 있으니까요. 그거 잘됐네요, 거트루드 스타인이 말했다, 그리고 하나 확실한 것은 당신이 다른 누구보다도 더 훌륭한 편집자라는 사실이에요. 당신은 이기적이지 않고 누구보다 자신의 느낌을 잘 아니까요.

그렇게 해서 〈트랑지시옹〉이 시작되었고 당연히 그 잡지는 모든 사람에게 상당히 큰 의미를 지니게 되었다. 엘리엇 폴은 〈트랑지시옹〉에 싣고 싶은 작품을 신중하게 선별했다. 그는 그 잡지가 너무 대중적인 잡지가 되지 않을까 염려스럽다고 했다. 그러면서 자주 이렇게 말했다, 만일 구독자 수가 이천 명을 넘어서면, 전 그만둘 겁니다.

그는 거트루드 스타인이 자신의 글쓰기를 설명하기 위해 한 첫 노력인, 생레미에서 쓴 「해명」을 〈트랑지시옹〉 창간호에 싣기로 마음먹었다. 그 뒤를 이어서 「아내가 암소를 얻게 될 때: 사랑 이야기」가 실렸다. 그는 항상 이 이야기에 열광적인 관심을 보였다. 또한 그는 거트루드 스타인이 좋아하는 그림들을 설명한 「언제든 볼 수 있는」이라는 에세이와 탈주를 다룬 짧은 소설 「만일 그가 생각한다면」을 마음에 들어했고, 그래서 이 두 글도 〈트랑지시옹〉에 실었다. 그는 자신이 관심을 갖고 있는 작가들의 작품에 서서히 대중이 눈을 크게 뜨고 관심을 갖도록 하겠다는 분명한 목적의식이 있었고 그래서 내가 말했듯이 아주 신중하게 작품을 선정했다. 피카소에게 대단히 관심이 많던 그는 후안 그리스에게도 깊은 관심을 갖기 시작했는데 후안 그리스가 죽은 뒤에는 전에 〈트랜스애틀랜틱 리뷰〉에 프랑스어로 실렸던 그의 회화를 옹호하는 글을 번역해서 게재했을 뿐 아니라, 거트루드 스타인이 쓴 애도의 글 「후안 그리스의 삶과 죽음」을 실었으며 역시 그녀가 쓴 「한 스페인 사람」도 소개했다.

그리고 엘리엇 폴은 서서히 사라졌고 외젠과 마리아 졸라스가 등장했다.

〈트랑지시옹〉은 점점 두꺼워지기 시작했다. 〈트랑지시옹〉은 거트루드 스타인의 요청으로 『부드러운 단추들』을 재출간했고, 그때까지의 최신작을 포함한 그녀 작품들의 연보도 실었으며 그뒤에는 그녀가 쓴 오페라 대본인 『3막 속의 네 성자』도 실어주었다. 이렇게 자신의 작품을 소개해준 것에 거트루드 스타인은 대단히 고맙게 생각했다. 그러나 〈트랑지시옹〉의 최근 호에는 그녀의 작품이 하나도 실리지 않았다. 그리고 〈트랑지시옹〉은 폐간되었다.

거트루드 스타인이 즐겨 인용하듯, 운문에 자유를 주기 위해 사라진 소잡지 가운데 아마 가장 젊고 신선했던 것이 〈블루스〉*였다. 그 잡지의 편집자 찰스 헨리 포드가 파리에 왔는데 그는 그 〈블루스〉만큼이나 젊고 신선했으며 또한 품성이 정직해서 사람들을 기쁘게 했다. 거트루드 스타인은 젊은 사람들 가운데 그와 로버트 코츠만 자기 나름의 언어 감각을 지녔다고 생각한다.

그즈음 옥스퍼드와 케임브리지 사람들이 가끔 플뢰뤼스가에 드나들

---

* 미국 시인이자 소설가 찰스 헨리 포드가 두 친구와 함께 창간한 잡지.

었다. 그중 한 명이 페이슨 앤드 클라크 출판사의 편집자인 브루어*를 데리고 왔다.

브루어는 거트루드 스타인의 작품에 관심이 많았으며 비록 그가 약속한 건 아무것도 없었지만 두 사람은 그녀의 작품을 출판할 수 있는지 여부를 놓고 많은 이야기를 나누었다. 그녀는 얼마 전 『소설』이라는 짤막한 소설을 탈고한 참이었고, 또 한 편의 짧은 소설을 쓰고 있던 중이었는데 그녀가 낭만적 아름다움과 자연을 묘사한 조각품 같은 작품이라고 말하는 『마음씨 고운 루시 처치』**라는 소설이었다. 그녀는 브루어의 요구대로 홍보를 위해 그 작품을 요약한 글을 썼고 그는 열정적인 관심을 갖고 열심히 미국에 전보를 보냈다. 그러다 그는 우선은 짧은 글을 모아 책으로 내는 게 좋겠다고 했고 그녀는 그렇다면 자신이 미국에 관해 쓴 짧은 글을 모두 모아 내보라고 하면서 제목을 '유용한 지식'으로 하면 되겠다고 제안했다. 그녀의 제안대로 일이 성사되었다.

파리에는 모험적으로 사업을 펼치는 화상이 많지만, 미국에는 사업을 하면서 모험을 감수하는 출판업자가 없다. 파리에는 인상파 화가들을 지원하다 두 차례나 파산을 당했던 뒤랑뤼엘, 세잔을 위해 발벗고 나섰던 볼라르, 피카소를 지원했던 사고와 모든 입체파 화가를 위해 뛰었던 칸바일러와 같은 화상이 있다. 그들은 어떻게 해서든 돈을 벌어 그 돈으로 당장은 팔리지 않지만 자신들이 원하는 작품들을 계속 구입하면서 그것들이 대중의 시선을 끌어모을 때까지 끈질기게 화가들을

---

* 1928년 페이슨 앤드 클라크를 인수한 조지프 브루어.
** 프랑스의 작은 시골 마을 뤼세에서의 경험을 바탕으로 썼다.

지원하고 그림을 구입했다. 그들이 모험적인 것은 자신들의 사업을 보험이라고 느끼고 생각하기 때문이다. 물론 선택을 잘못하는 바람에 완전히 파산한 화상들도 있다. 그러나 좀더 모험심이 강한 파리의 화상들이 모험을 즐기는 것은 그것대로 그들의 전통이기도 하다. 내 생각엔 출판업자들이 그렇게 하지 못하는 데에는 여러 가지 많은 이유가 있는 듯하다. 출판업자 가운데 그나마 존 레인만은 모험을 마다하지 않았다. 그래도 그는 엄청난 부자로 죽은 것은 아닐지라도 그때까지 잘살았고, 그리고 죽을 때도 적당히 부자인 상태에서 죽었다.

우리는 브루어가 존 레인처럼 모험을 무릅쓰는 출판업자였으면 하는 희망을 품고 있었다. 그가 『유용한 지식』을 출간하기는 했지만, 결과는 예상했던 바와 전혀 달랐고 그래서 그는 거트루드 스타인의 작품을 계속 출간하면서 서서히 대중을 확보하는 데 힘을 기울이기보다는 차일피일 미루다 결국엔 못 하겠다고 물러섰다. 불가피한 일이었는지 모른다. 그러나 그게 현실이었고 앞으로도 그런 일이 계속될지 몰랐다.

그래서 내가 나서서 거트루드 스타인의 작품을 출판하는 문제를 생각하기 시작했다. 그녀에게 내 출판사의 이름을 지어달라고 부탁을 하자 그녀는 웃으면서 말했다, 그냥 플레인 에디션이라고 해. 그래서 출판사 이름이 플레인 에디션이 된 것이다.

출판에 뛰어들면 해야 할 일이 무엇인지 내가 아는 건 책을 인쇄하여 배본하는 것, 책이 팔리도록 유통시키는 것 이 두 가지가 전부였다.

나는 이 두 가지 일을 어떻게 해야 하는지 만나는 사람마다 물어보았다.

처음에는 누구와 같이 할까 생각했지만 곧 마음이 내키지도 않고 꺼림칙한 생각이 들어 모든 것을 혼자 해내기로 마음먹었다.

거트루드 스타인은 우리가 낼 첫 책인 『마음씨 고운 루시 처치』가 학교 교과서처럼 보이도록 표지를 파란색으로 하길 바랐다. 일단 인쇄를 맡기고 나니 그다음 문제는 배본이었다. 이 문제와 관련해서 나는 많은 사람의 조언을 구했다. 사람들이 해준 조언은 괜찮은 것도 있었지만 그렇지 못한 것도 있었다. 파리에 거주하는 작가들에게 많은 위안이 되는 친구였던 윌리엄 A. 브래들리*가, 나에게 〈퍼블리셔스 위클리〉를 구독하라고 말했다. 확실히 현명한 조언이었다. 내가 출판이라는 새로운 사업의 이런저런 점을 배우는 데 그 주간지가 큰 도움이 되었지만, 서적상에게 어떻게 다가가야 하는지는 현실적으로 진짜 어려운 문제였다. 철학자이자 친구인 랠프 처치가, 서적상들에게 매달리라고, 그 일이 출판 사업에서 가장 중요하다고 말했다. 아주 훌륭한 조언이었지만 어떻게 서적상에게 다가간단 말인가. 바로 그때 친구 하나가 친절하게도 어느 출판업자가 서적상 목록을 가지고 있는데 오래된 것이지만 사본을 구해줄 수 있다고 했다. 그 목록이 내 손에 들어왔고 나는 서적상들에게 홍보용 회보를 보내기 시작했다. 처음에는 회보를 돌리는 것이 좋았지만 나는 곧 그게 옳은 방법이 아니라고 결론을 내렸다. 어쨌든 미국에서 주문이 들어오기 시작했고 큰 어려움 없이 수금이 되면서 나는 더 기운을 내기 시작했다.

파리에서의 책 배본은 훨씬 수월했지만 어려움이 없지 않았다. 파리에서 영어로 된 책을 파는 모든 서점의 진열장에 우리 책을 꽂아넣는

---

* 미국 작가, 서평가, 번역가이며 출판 기획자.

일은 어렵지 않았다. 거트루드 스타인은 거의 황홀해하며 어린아이처럼 신나서 뛰어다녔다. 전에는 자기 책이, 프랑스어로 번역된 『10인의 초상』을 제외한 그 어떤 책도 서점 매대에 놓인 것을 본 적이 없었으니 그럴 만했는데, 하루종일 서점 진열장에 놓인 『마음씨 고운 루시 처치』를 바라보며 파리 시내를 돌아다니다 집에 돌아와 계속 그 얘기를 나에게 하는 것이 일상처럼 되었다.

책은 진열된 것은 물론이고 팔리기도 했는데 그해에 내가 반년 동안 파리를 떠나야 할 일이 있어 파리에서의 유통과 판매를 프랑스 에이전트에게 맡길 수밖에 없었다. 처음에는 일이 잘 진행된다 싶었는데 결국엔 잘 안 되었다. 그래도 그런 식으로나마 사업을 하나하나 배워나가야 할 수밖에 없었다.

다음에 낼 책을 『어떻게 쓸 것인가』로 정한 나는 『마음씨 고운 루시 처치』가 차분한 교과서처럼 보이긴 해도, 그 장정이 영 마음에 안 들었던 터라, 다음 책은 디종의 인쇄소에서 인쇄하고 판형은 엘제비어*와 같은 판형으로 결정했다. 그런데 장정을 어떻게 할 것인가는 역시 어려운 문제였다.

나는 『어떻게 쓸 것인가』를 전과 동일한 방식으로 판매할 생각이었는데, 가지고 있는 서적상 목록이 옛날 것이라는 사실을 깨닫게 되었다. 또한 그냥 한번 편지를 보내고 마는 것이 아니라 후속 편지도 써야 한다는 말도 들었다. 그 문제는 엘렌 두 포이스**가 도와주었다. 또한

---

* 17세기 네덜란드 서적상, 출판업, 인쇄업으로 유명한 가문의 이름으로 그곳에서 낸 작은 책들이 대단한 인기를 끌었다.
** 오헨리상을 받은 미국 작가이자 저널리스트.

서평을 받아야 한다는 말도 들었다. 그것 역시 엘렌 두 포이스가 구원자로 나서주었다. 그리고 광고도 해야 한다는 말도 들었다. 필연적으로 광고는 비용이 많이 들어간다. 책을 출판하고자 하는 내 계획이 점점 더 야심 차게 커짐에 따라, 비용을 대기 위해서 돈을 가지고 있어야 했다. 서평을 받는 일도 만만치 않았는데, 사람들이 내 책을 인용하긴 하는데, 내 말과 문장을 제대로 알지도 못하겠는데 내 책이 그들의 신경을 건드리나봐, 거트루드 스타인이 말했듯, 사람들이 그녀의 작품을 두고 우스꽝스럽게 언급하는 말은 많았다. 그러나 진지한 서평을 받아내는 일은 너무 어려웠다. 그녀에게 찬사의 편지를 보내는 작가들이 제법 있었는데 서평을 쓸 만한 위치에 있는 그들조차 나서서 서평을 쓰지는 않았다. 이런 상황과 관련해 거트루드 스타인이 즐겨 인용하는 브라우닝*의 예가 있는데 브라우닝이 어느 저녁 파티에 참석했을 때 유명한 문학계 인사가 그에게 다가와 그의 시를 극찬하는 말을 장황하게 늘어놓았다는 것이다. 그 사람의 말을 잠자코 듣고 있던 브라우닝이 말했다, 그렇다면 지금 당신이 한 말을 글로 써주실 건가요. 그러자 상대방은 아무 대답도 하지 못했다고 한다. 거트루드 스타인의 경우엔 그래도 주목할 만한 몇몇 예외가 있는데, 셔우드 앤더슨, 이디스 시트웰, 베르나르 파이, 루이스 브롬필드가 서평을 써준 것이 그것이다.

나는 또한 거트루드 스타인의 시 「우정의 꽃이 시들고 우정이 식어버리기 전에」를 샤르트르에서 대단히 멋지고 아름다운 디자인에 담아 백 부 한정판으로 인쇄했다. 백 부는 손쉽게 팔려나갔다.

---

* 영국 빅토리아조의 시인이자 극작가 로버트 브라우닝을 말한다.

『어떻게 쓸 것인가』를 책으로 만들어가는 과정은 이전 책을 제작할 때보다 훨씬 마음에 들고 재미있었지만 늘 그렇듯 여전히 표지를 비롯한 장정의 문제가 속을 썩였다. 프랑스에서는 고상하면서도 상업적으로 사람의 눈길을 끌 수 있게 만드는 장정을 하는 것이 사실상 불가능했는데, 프랑스 출판업자들이 책을 오로지 종이로만 씌우려 하기 때문이다. 나는 그런 방식이 영 마음에 들지 않았다.

하루는 저녁에 작가들이 다정한 친구라고 부르는 조르주 푸페*의 집에서 열린 파티에 참석했다. 그곳에서 모리스 다랑티에르를 만났다. 예전에 『미국인의 형성』을 인쇄했던 그는 항상 그 책을 대단하다 말하고 그런 책을 자기가 제작했다고 자랑하며 뿌듯해하는 사람이었다. 그는 디종을 떠나 파리 근교에서 핸드프레스로 대단히 예쁘게 책을 만들어내고 있었다. 친절한 사람이어서 나는 편하게 고민을 털어놓았다. 잠깐만요, 저에게 해결책이 있습니다. 순간 나는 그의 말을 가로막았다, 기억하셔야 할 게 있는데요 나는 이 책들을 비싸게 만들고 싶지 않거든요. 가만히 보면 거트루드 스타인의 책을 읽는 독자들이 작가, 대학생, 아니면 도서관 사서와 젊은 사람들인데 다들 돈이 없잖아요. 거트루드 스타인은 독자를 원하지 장서가를 원하는 게 아니거든요. 그런데 그녀 뜻과는 달리 그녀의 책들이 종종 장서가의 책으로 전락하는 경우가 많아요. 책을 수집만 하는 사람들이 『부드러운 단추들』과 『메이블 도지의 초상』을 비싼 돈을 들여 구입하는데 그렇다고 그녀가 기뻐하지는 않아요, 그녀는 자신의 책이 읽히길 원하지 소장되길 원하는 게 아니거든

---

* 양차세계대전 사이에 출판계의 유명 인사로 등장한 사람으로 추정된다.

요. 그럼요, 예, 이해합니다. 근데 제가 제안하려는 건 그런 게 아닙니다. 우리는 당신이 의뢰한 책을 단식 인쇄판에 올릴 건데 비교적 비용이 저렴하게 들어요, 제가 꼭 그렇게 할 겁니다, 그리고 보기 좋게 잘 다듬어 말끔하게 내놓을 건데 그리 비싸지 않은 종이를 쓰면서 아름답게 인쇄하고 표지도 다른 표지처럼 하지 않고 『미국인의 형성』을 제작할 때 썼던 것처럼 똑같이 두꺼운 종이로 장정하고, 그 두꺼운 종이로 책 크기에 딱 맞게 앞뒤 표지와 책등을 작은 상자처럼 통으로 만들어, 거기에 인쇄된 본문을 딱 끼울 겁니다. 그렇게 하면 그 책을 비싸지 않은 합리적인 가격에 판매할 수 있죠. 나중에 보시면 알 겁니다, 이상이 그의 말이었다.

희망이 보이면서 점점 더 욕심이 생긴 나는 『오페라와 희곡들』부터 시작해서 『마티스, 피카소와 거트루드 스타인 그리고 두 편의 짧은 이야기』를 진행하고, 그다음에 『두 편의 장시와 많은 짧은 시편』, 이렇게 세 권의 책을 시리즈처럼 연달아 내고 싶었다.

그동안 모리스 다랑티에르는 자기가 한 말을 지켰다. 그는 『오페라와 희곡들』을 인쇄했고 합리적인 가격에 멋진 책으로 나왔으며 이제는 두번째 책인 『마티스, 피카소와 거트루드 스타인 그리고 두 편의 짧은 이야기』를 인쇄하고 있다. 그리고 나는 이제 최신의 서적상 목록을 확보하고 다시 한번 힘을 내서 일을 진행중이다.

내가 말했듯이 영국에서 강연을 마치고 돌아온 뒤 우리는 정신이 없을 정도로 많은 파티를 열었는데, 자주 파티를 열어야 했던 것은 성공적인 강연을 축하한다고 시트웰 남매가 찾아왔고, 칼 밴 베천도 왔고, 셔우드 앤더슨도 다시 찾아왔기 때문이었다. 그 밖에도 파티를 열어야 할 일이 아주 많았다.

거트루드 스타인이 베르나르 파이를 다시 만난 것이 그즈음이었고 그때 두 사람은 서로 상당히 많은 이야기를 나누었다. 거트루드 스타인은 그와 만나고 나서 더 자극을 받고 위안도 얻은 모양이었다. 그들은 서서히 친구가 되기 시작했다.

지금 기억나는 일이 있다. 한번은 방에 들어가 베르나르 파이가 하는 말을 들었는데 자기가 살면서 지금까지 만난 이들 가운데 제일 중요한 사람은 피카소, 거트루드 스타인 그리고 앙드레 지드라는 것이었다. 그러자 거트루드 스타인이 솔직하게 물었다, 그 말은 맞는데 거기에 왜 지드가 들어가죠. 그뒤로 일 년 정도 지났을까 그때의 대화를 언급하면서 베르나르 파이가 그녀에게 말했다, 당신 말이 틀렸다고 자신 있게 말할 수가 없군요.

그해 겨울 셔우드가 파리에 왔는데 그 사람 자체가 우리에게는 큰 기쁨이었다. 그는 스스로 알아서 즐겁게 지내는 사람이었고 우리는 그 사람이 있으면 그냥 즐거울 뿐이었다. 당시 그는 명사 대접을 받았는데 분명히 말해둘 것은 그가 모습을 드러냈다가는 이내 사라지는 명사라는 사실이다. 그가 펜클럽에서 초청받은 일이 기억난다. 내털리 바니와 턱수염을 길게 기른 어느 프랑스인이 그의 후원자가 되기로 했다는 것이다. 셔우드는 거트루드 스타인도 참석해주길 바랐다. 그녀는 그를 대단히 좋아하기는 하지만 펜클럽은 마음에 들지 않는다고 말했다. 내털리 바니도 그녀의 참석을 종용하기 위해 찾아왔다. 개를 데리고 산책하던 중에 바깥에서 붙들린 거트루드 스타인은, 몸이 아파서 못 간다며 이해해달라고 했다. 다음날 셔우드가 나타났다. 어땠어요, 거트루드 스타인이 물었다. 그게 말입니다, 그가 말했다, 나를 위한 파티가 아니라 웬 거대한 여자를 위한 파티였지 뭡니까, 꼭 탈선한 화물차 같은 꼴이던데.

우리는 스튜디오에 전기 라디에이터를 설치했는데, 핀란드 출신 하녀의 말마따나 우리도 살림살이를 점차 현대식으로 바꿔가기로 했다. 그 하녀는 늘 왜 우리가 집안을 현대식으로 꾸미지 않는지 알 수가 없다는 표정을 짓곤 했다. 거트루드 스타인이 하는 말이 사람이 머리는 앞서가더라도 일상생활에서는 구태의연하고 통상적인 면모를 보일 수 있다는 것이다. 그녀가 그런 말을 하면 피카소는 이런 말로 그녀를 거든다, 미켈란젤로에게 르네상스풍 가구를 선물로 주면 고맙게 여길까요, 아닙니다 그 사람은 고대그리스시대의 동전을 더 원할 겁니다.

어쨌건 우리는 전기 라디에이터를 설치했고 셔우드가 찾아와 우리는 그에게 크리스마스 파티를 열어주었다. 라디에이터가 이상한 냄새를 풍기며 열기를 쏟아내는 바람에 무척 덥긴 했지만 우리 모두는 그런 것쯤이야 상관없다는 듯 멋진 파티를 마음껏 즐겼다. 최신식 스카프타이를 맨 셔우드는 평소처럼 대단히 멋진 모습이었다. 셔우드 앤더슨은 옷을 잘 입었고 그의 아들 존도 그런 면에선 아버지 판박이였다. 존과 존의 누이가 아버지를 따라 우리집에 왔다. 셔우드가 파리에 있을 때 존은 어딘가 자신이 없어 보이고 낯도 심하게 가리는 아이였다. 그런데 셔우드가 떠나고 다음날 존이 우리집에 왔을 때, 소파 팔걸이에 편하게 걸터앉아 있는 모습이 보기에도 예뻤고 아이도 그런 자신의 모습이 멋지다는 것을 알고 있었다. 사람들 눈에는 아무것도 변한 게 없을지 몰라도 아이는 분명 변했고 본인도 그 사실을 알고 있었다.

거트루드 스타인과 셔우드 앤더슨이 헤밍웨이와 관련해서 재미있는 대화를 나눈 것이 셔우드가 찾아왔던 바로 그때였다. 그들은 서로를 아주 신나게 즐겼다. 대화를 나누다가 두 사람은 둘 다 그동안 그랜트 장군*을 위대한 미국의 영웅으로 생각했고 지금도 계속 그렇게 생각하고 있다는 사실을 알게 되었다. 그들은 둘 다 링컨은 별로 좋아하지 않았다. 지금까지 쭉 그랜트 장군을 좋아하고 있었던 것이다. 그래서 그들은 함께 그랜트 장군의 전기를 쓸 계획까지 세웠다. 거트루드 스타인은 지금도 언젠가는 전기가 나올 수 있을 거라 생각하고 있다.

그 시절 우리는 파티를 많이 열었고 그러는 중에 마담 드 클레르몽토네르도 자주 찾아왔다.

그녀와 거트루드 스타인은 만나면 서로 즐거워했다. 살아온 삶이나 받은 교육이나 관심사가 서로 완전히 달랐지만 그들은 각자가 상대방을 잘 이해하고 있다는 사실에 마음이 통하면서 기뻐했다. 또한 그들이 만나는 여성들 가운데 유일하게 머리를 여전히 길게 기른 사람이 바로 그 둘이기도 했다. 거트루드 스타인은 예전부터 늘 긴 머리칼을 머리 위로 말아올렸는데, 그 구식 스타일을 한 번도 바꾼 적이 없었다.

한번은 우리집에서 열린 파티에 마담 드 클레르몽토네르가 아주 늦게, 거의 모든 사람이 떠난 뒤에 참석한 적이 있었는데, 그녀의 머리가 짧게 잘려 있었다. 이 머리 마음에 드나요, 마담 드 클레르몽토네르가 물었다. 마음에 드네요, 거트루드 스타인이 대답했다. 잘됐네요, 마담 드 클레르몽토네르가 다시 입을 열었다, 당신도 마음에 든다 하니 내

---

* 미국 남북전쟁 때 남군 총사령관을 지낸 그랜트 E. 리 장군.

딸도 마음에 들어할 테고 내 딸이 좋아하면 그걸로 족해요. 그날 밤 거
트루드 스타인이 말했다, 나도 머리를 자를까봐. 그러더니 그녀가 머리
를 좀 잘라달라고 부탁했고 나는 그녀 말대로 해주었다.

이튿날 저녁에도 나는 그녀의 머리를 자르고 있었고, 실은 하루종일
조금씩 자르다보니 저녁 무렵이 되자 머리가 꼭 모자를 쓴 모양으로
바뀌었는데 바로 그때 셔우드 앤더슨이 들어섰다. 보세요, 괜찮아 보이
나요, 내가 조마조마한 심정으로 물었다. 좋습니다, 그가 대답했다, 꼭
수도승 같네요.

내가 앞서 말했듯이, 피카소는 그런 그녀의 모습을 보고, 순간 화를
내며, 아니 그럼 내가 그린 초상화는, 하더니 이내 말을 이었다, 그래도
전의 모습과 다를 바 없으니 됐습니다.

우리에겐 골짜기 건너편에서 바라보기만 하다가 구입했던 시골집이
있었는데 그곳에 가기 직전에 우리는 하얀 푸들 바스켓을 발견했다. 우
리집 근처에서 열린 도그 쇼에 나온 작은 강아지로 파란 눈, 핑크색 코
에 털이 하얀 것이 팔짝 뛰어오르더니 글쎄 거트루드 스타인의 팔에
안기는 것이 아닌가. 새로 받아들인 강아지를 데리고 새 포드 자동차에
오른 우리는 새집으로 향했고 세 가지 새로운 것들을 마음껏 즐겼다.
비록 바스켓이 지금은 다루기 힘든 커다란 푸들이 되었지만, 그래도 그
녀석은 아직도 거트루드 스타인의 무릎에 올라앉곤 한다. 그녀는 바스
켓이 물을 마시면서 내는 소리의 리듬에 귀를 기울이다가 문장과 문단
의 차이, 문단은 감성적이지만 문장은 그렇지 않다는 사실을 문득 깨닫
게 되었다고 한다.

시골집에 있던 그 여름에 베르나르 파이가 와서 우리와 함께 지냈

다. 거트루드 스타인과 그는 정원 뜰에서 삶에 관해, 그리고 미국에 관해, 그리고 그들 자신과 우정에 관해, 주제를 가리지 않고 모든 것에 관해 이야기를 주고받았다. 그러면서 더욱 돈독해진 그들의 우정은 거트루드 스타인의 생애에서 영원히 계속 이어진 네 개의 우정 중 하나다. 심지어 그는 거트루드 스타인을 생각해서 귀찮게 구는 바스켓도 잘 받아주었다. 최근에 피카비아가 우리에게 멕시코산 작은 개를 주었는데, 우리는 그 개에게 바이런이란 이름을 붙여주었다. 베르나르 파이는 시인 바이런을 생각나게 한다면서 바이런을 좋아했다. 그런 그를 두고 거트루드 스타인은 그가 바이런을 최고로 좋아하는 건 당연한데 그건 바이런이 아메리카산이기 때문이고 자기가 바스켓을 좋아하는 것은 당연히 그 개가 프랑스산이기 때문이라며 놀려댄다.

우리가 살고 있는 빌리냉에서 옛 인연들을 새로 만나게 되었다. 하루는 거트루드 스타인이 걸어서 은행에 갔다가 돌아와서는 주머니에서 명함을 꺼내며 이렇게 말했다, 내일 브롬필드 부부와 점심을 같이 하자고 했어. 예전에 헤밍웨이를 만나던 시절에 거트루드 스타인은 브롬필드와 그의 아내를 만났고 그때 이후 가끔 만나기는 했지만, 그리고 브롬필드의 누이와도 정말 가끔 만나기는 했지만, 이제 와서 갑자기 그들 부부와 점심을 같이 하다니. 무슨 이유라도 있어, 내가 물었고, 거트루드 스타인은 환한 얼굴로 이렇게 대답했다, 그 사람이 정원에 대해서 아주 잘 알고 있거든.

우리는 브롬필드 부부와 점심을 같이 했고 그녀 말대로 그는 정원과 화초와 토양에 관해서 모르는 게 없었다. 처음에 거트루드 스타인과 그는 정원을 가꾸는 사람으로 서로를 좋아하더니, 그다음에는 미국인으로서 그리고 작가로서 서로를 좋아했다. 거트루드 스타인은 그가 재닛 스커더와 같은 성향이고, 보병 기질의 미국인이지만, 엄숙하고 진지하지는 않다고 말한다.

어느 날 졸라스 부부가 퍼먼이라는 출판업자를 우리집에 데려왔다. 많은 출판업자가 그랬듯이 그도 『미국인의 형성』에 열광하는 사람이었다. 하지만 너무 길어서 지겨울 겁니다, 천 쪽이나 되는데, 거트루드 스타인이 말했다. 그렇다면, 좀 줄일 수는 없을까요, 그는 사백 쪽 정도로 줄이자고 했다. 그러지요 뭐, 거트루드 스타인이 말했다, 아마 할 수 있을 겁니다. 잘 줄이면 출판하겠습니다, 퍼먼의 말이었다.

거트루드 스타인은 어떻게 줄일지 생각하더니 곧 작업을 시작했다. 그녀는 여름의 한 시기를 그 일에 매진했고 그녀 자신은 물론 브래들리와 나도 잘된 일이라고 생각했다.

그러던 중 거트루드 스타인이 엘리엇 폴에게 퍼먼의 제안에 대해 말한 적이 있었다. 그때 엘리엇 폴이 말했다, 그가 여기에 있으니까 그런 제안을 할 수 있지만, 미국에 돌아가면 출판사 사람들이 그렇게 하도록 내버려두지 않을걸요. 어느 출판사인지는 모르겠지만 분명히 승인하지 않을 겁니다. 엘리엇 폴의 말이 맞았다. 로버트 코츠와 브래들리가 나서서 애를 썼음에도 불구하고 아무 일도 일어나지 않았다.

한편 프랑스 작가들과 독자들 사이에서 거트루드 스타인에 대한 평판이 좋아지면서 그녀의 이름이 알려지기 시작했다. 그들은 특히 프랑스어로 번역된 『미국인의 형성』의 일부와 『10인의 초상』에 관심이 많았다. 베르나르 파이가 그녀의 작품에 관한 글을 써서 〈르뷔 유로페엔〉에 게재한 것이 바로 그즈음이었다. 그 잡지는 그녀가 우리 개 바스켓에 관해 프랑스어로 쓴 유일한 글인 짧은 영화 대본도 실어주었다.

프랑스 작가들과 독자들은 그녀의 초기작은 물론 최근작에도 대단한 관심을 내보였다. 마르셀 브리옹은 〈에샹주〉라는 잡지에 그녀의 작품에 대한 진지한 비평을 실었는데, 그 글에서 그녀의 작품을 바흐의 음악에 비유하기도 했다. 그후 그는 〈레 누벨 리테레르〉에 그녀의 작품이 나올 때마다 그에 대한 평론을 실었다. 그는 특히 『어떻게 쓸 것인가』에 깊은 감명을 받았다고 했다.

그즈음 베르나르 파이는 『미국의 10대 소설가』라는 책에 실릴 그녀의 작품으로 『세 인생』 중 흑인 여성 멜란차에 관한 이야기를 번역하고 있었고, 그 번역 작품에는 그가 〈르뷔 유로페엔〉에 게재했던 비평이 서문으로 들어갈 예정이었다. 어느 날 오후 그가 우리집에 와서는 자기가 번역한 멜란차의 이야기를 큰 소리로 읽어주었다. 마침 그 자리에 있던 마담 드 클레르몽토네르는 큰 감동을 받았다.

그로부터 얼마 지나지 않아 하루는 마담 드 클레르몽토네르가 거트루드 스타인과 하고 싶은 이야기가 있는데 집에 찾아가도 되겠느냐고 물었다. 그녀가 와서 이런 말을 했다, 이제는 더 많은 대중에게 당신을 알려야 할 때가 왔어요. 나는 대중을 믿거든요. 거트루드 스타인도 대중을 믿었지만 문제는 그들에게 다가가는 길이 늘 막혀 있다는 것이었다. 그렇지 않아요, 마담 드 클레르몽토네르가 말했다, 길이 열릴 거예요. 우리 같이 방법을 모색해봐요.

그녀는 대작, 그러니까 중요한 책의 번역부터 시작해야 한다고 했고 거트루드 스타인은 『미국인의 형성』을 제안하며 미국의 어느 출판업자가 그 책을 사백 쪽 분량으로 줄여달래서 그동안 그것을 준비했다는 애기를 들려주었다. 바로 그거면 되겠네요, 그녀가 말했다. 그리고 그녀는 떠났다.

마침내 얼마 지나지 않아, 스톡 출판사의 부텔로 씨가 찾아와 거트루드 스타인을 만났고 책을 출간하기로 결정을 내렸다. 번역가를 찾는 일에 어려움이 좀 있었지만, 결국엔 그 문제도 해결되었다. 베르나르 파이가 바론 셸리에르라는 번역가의 도움을 받아 번역에 착수했고, 그래서 올봄에 나온 책이 그 번역본이며, 올여름 거트루드 스타인이, 영어로 된 책이 참 훌륭한 책인데, 프랑스어로 된 책이 그보다 더 훌륭하다고 할 순 없어도, 그래도 영어로 된 책만큼 아주 훌륭하지, 라고 말하던 바로 그것이다.

지난가을 빌리냉에서 파리로 돌아왔을 때 나는 평소처럼 여러 가지 일로 정신없이 바빴고 거트루드 스타인은 못을 사야 한다며 르네가에서 열린 바자에 갔다. 그녀는 그곳에서 칠레 화가 게바라*와 그의 아내를 만났다. 그들은 우리의 이웃이었는데, 그들이 그녀에게 말했다, 내일 오셔서 차나 한잔 하시죠. 거트루드 스타인이 대답했다, 저희가 집에 돌아온 지 얼마 안 돼서요, 며칠 뒤로 하죠. 그냥 오세요, 메로드 게바라가 말했다. 그러더니 말을 덧붙였다, 한 사람이 또 올 텐데 당신이 보면 반가워할 거예요. 누구요, 늘 호기심이 많은 거트루드 스타인이 물었다. 프랜시스 로즈 경이에요, 그들이 이구동성으로 말했다. 좋아요, 갈게요, 거트루드 스타인이 말했다. 이제 그녀는 프랜시스 로즈를 만나는 일에 더이상 거부감을 느끼지 않았다. 그래서 우리는 만났고 당연히

---

* 영국에서 활동하다 기네스 가문의 메로드와 결혼한 후 프랑스에 거주했던 알바로 게바라를 말한다.

그는 당장 그녀를 따라 우리집으로 왔다. 이름만 들어도 상상이 가겠지만, 그는 성질이 불같은 데가 있는 사람이었다. 그런데 말입니다, 그가 물었다, 피카소가 내 그림을 보고는 뭐라고 했습니까. 거트루드 스타인이 대답했다, 그 사람이 처음 당신 그림을 봤을 때, 이렇게 말하더군요, 적어도 저 그림은 다른 그림들처럼 우둔하지는 않군. 그다음에는요, 그가 또 물었다. 그다음엔 늘 한쪽 구석으로 가서 캔버스를 거꾸로 돌려 보고는 아무 말도 하지 않더라고요.

그날 이후 우리는 프랜시스 로즈를 자주 만났지만 거트루드 스타인은 그의 그림에 흥미를 잃지 않았다. 이번 여름에 그는 우리가 골짜기 건너편에서 처음 보았던 우리 시골집을 그렸으며 『마음씨 고운 루시처치』에서 찬사를 아끼지 않았던 폭포도 화폭에 담았다. 또한 그는 그녀의 초상화도 그렸다. 그 초상화를 그도 좋아하고 나도 좋아하는데 그녀도 좋아하는지 어떤지는 본인이 확답을 하지 않지만, 그녀가 하는 말로 봐서는, 아마 좋아하는 것 같기는 하다. 올여름에 우리는 즐거운 시간을 보냈고, 베르나르 파이와 프랜시스 로즈는 둘 다 정말 매력적인 손님이었다.

미국에서 재미있고 멋진 편지를 써서 보내는 방식으로 처음 거트루드 스타인과 알게 되어 친분을 맺은 젊은이가 있는데 바로 폴 프레더릭 볼즈*다. 거트루드 스타인은 그에 대해 여름에는 굉장히 유쾌하고 분별 있는 사람인데 겨울이 되면 전혀 그렇지 않다고 말한다. 여름에 애런 코플런드**가 볼즈와 함께 우리를 만나러 왔는데 처음 만나는 순간

---

* 미국 작곡가이자 작가이며 번역가.
** 미국 작곡가이자 작가.

부터 거트루드 스타인은 그를 좋아하게 되었다. 볼즈가 거트루드 스타인에게 전해준 말인데 그녀가 듣고 좋아했던 그 말은, 코플런드가 겨울에 늘 하던 대로 유쾌하지도 않고 분별없이 지내던 그에게 협박하듯 말했던, 네가 스무 살이 된 지금 열심히 일하지 않으면, 서른이 됐을 때 아무도 널 좋아하지 않을 거야, 였다.

한동안 많은 사람, 그리고 출판업자들이 거트루드 스타인에게 자서전을 써보라고 권했는데 그때마다 그녀는 늘 이렇게 대답했다, 가능하지 않을 것 같네요.

그런 그녀가 나를 놀리려는 건지 나더러 내 자서전을 써보라고 조르기 시작했다. 그녀는 말하곤 했다, 그냥 편하게 생각하고, 돈 많이 벌 생각만 해. 그러더니 그녀는 내 자서전의 제목을 어떻게 할지 이런저런 안을 내놓기 시작했다.『위대한 사람들과 함께한 인생』『나와 자리를 같이했던 천재들의 아내들』『거트루드 스타인과 함께 지낸 이십오 년의 삶』.

그러더니 그녀는 점점 심각해지기 시작했고 급기야 이런 말까지 했다, 정말로 진심으로 하는 말인데 자서전을 써야 해. 어쩔 수 없이 결국 나는 여름에 시간이 나면 한번 써보겠다고 약속했다.

포드 매덕스 포드가 〈트랜스애틀랜틱 리뷰〉의 편집을 맡고 있을 때 그가 거트루드 스타인에게 이런 말을 했다고 한다, 나는 꽤 뛰어난 작가이고 아주 훌륭한 편집자이며 대단히 능력 있는 사업가지만 이 세 가지 역할을 동시에 잘 소화해낼 수는 없어요.

나는 꽤 훌륭한 살림꾼이고 꽤 능력 있는 정원사이고 꽤 솜씨 좋은 바느질꾼이고 꽤 멋진 비서이고 꽤 꼼꼼한 편집자이고 개를 잘 돌보는 꽤 좋은 수의사로 동시에 그 모든 역할을 잘 수행해야 하는데 이제는 꽤 뛰어난 작가의 역할도 해야 한다니 나로서는 너무 벅차고 감당하기 어려운 일이다.

한 달 반 전인가 거트루드 스타인이 말했다, 내가 보니까 당신이 영 자서전을 쓸 것 같지 않더라고. 그럼 내가 어떻게 나올지 알 거야. 당신 대신에 내가 쓸 거라고. 디포가 로빈슨 크루소의 자서전을 쉽게 썼듯이 나도 쉽게 꾸밈없이 쓸 거야. 그리고 그녀는 그 말대로 했고 이 책이 바로 그 자서전이다.

한 여자의 초상, 그리고 그 안의 풍경들

미국인으로 파리에 거주하며 수많은 예술가를 만나 그들과 교류하며 아직 세상에 알려지기 전의 유명 화가와 작가를 후원하고 격려하며 그들의 앞길을 열어주었던 사람. 후대의 문학과 미술 세계에 모더니즘이라는 새로운 경향의 발흥에 발판을 마련한 많은 예술가의 활동에 구심점 역할을 했던 여성. 예술의 새로운 창조에 대한 감각이 뛰어나 누구보다 다른 예술가들의 재능을 일찍 발견해낼 수 있었던 뛰어난 선구안을 지닌 천재. 그런 예술가들에 비해 작가로서의 명성을 누리지 못한 채 그냥 영향력 있는 예술 후원자로 머물고 만 듯한 아쉬움이 큰 예술계의 대모. 소설, 시, 희곡 등 여러 장르를 넘나들며 많은 작품을 발표하면서 언어 실험을 통해 과거의 전통에서 벗어나려는 노력을 계속했지만 이해 불가능한 실험적인 문체로 주목받지 못했던 작가. 그러나 자신의 재능과 천재성에 대한 확고한 믿음을 바탕으로 세상이 거부하는 자신의 작품을 출판사를 차려 자비로 출간하면서 자신만의 글쓰기를 결코 포기하지 않았던 작가.

거트루드 스타인. 많은 독자에게 친숙하지 않고 낯선 작가다. 어쩌면 제1차세계대전 이후 파리에 모여든 젊은 미국 작가들을 보고 "길 잃은 세대(이 표현은 전후 초기에 스타인과 가까웠던 어니스트 헤밍웨이가 1926년에 발표한 자신의 첫 소설인 『태양은 다시 떠오른다The Sun Also Rises』의 서문에 "당신 모두가 길 잃은 세대You are all a lost generation"라고 인용하면서 널리 알려지게 되었다)"라고 불렀다는 정도로만 알려진 작가일지도 모른다. 생존했을 때나 사후에나 대중의 인기를 얻지 못했으니 작가로서는 실패(?)한 사람일지 모른다. 통속적인 의미의 작가는 분명 아니었다. 전통과 관습의 틀에서 벗어난 독립적 사유 속에 세상을 어떻게 바라볼 것인가에 대한 궁금증이 많아서, 그 궁금증을 자신의 작품 속에 올곧게 담아내려는 노력을 게을리하지 않은 작가였다. 달리 말하면, 스타인은 그녀 자신을 위해 글을 썼다. 또 한편으로 그녀는 사람 하나하나가 귀중하고 다른 사람과 다를 바 없다는 인식을 지녔던, 넉넉한 포용력의 소유자였다. 동시에 주변 사람들이 지닌 잠재력을 감지하고, 그 잠재력을 발휘하게 유도하고 길을 터준 혜안을 지닌 시대의 예언가이기도 했다.

오빠 레오와 함께 폴 세잔의 풍경화를 구입한 것을 시작으로 사람들의 경멸을 받던 앙리 마티스의 그림들을 구입하고, 그것들을 보러 오는 사람들로 시작된 플뢰뤼스가의 토요 모임. 아직 널리 알려지지 않았던 스페인 출신 화가 피카소, 그리고 입체파 화가들을 비롯한 온갖 국적의 예술가들과 함께 어울리며 형성된 세계. 그 세계의 출발은 시대가 이해하지 못하고 인정해주지 않는 예술적 재능을 발견해내는 스타인의 감각, 시대를 초월하는 예술에 대한 인식에서 시작되었다. 그리고 그 인식은 파리라는 공간이 있었기에 가능했다.

파리를 사랑했던 거트루드 스타인. 젊었을 때 파리 몽파르나스에 정착한 이후 사십 년 넘게 파리에 거주한 사실에서 알 수 있듯이, 파리가 삶의 전부였던 여성. 파리라는 공간과 스타인이라는 인격이 결합되어 형성된 것이 그녀의 세계였다. 과연 그녀에게 파리는 어떤 곳이었으며, 어떤 상징성을 지니는 장소였을까?

"결국엔 파리"

…파리, 사람들이 기억을 지우는 곳, 파리, 즐거움 그 자체, 파리, 우리의 영혼이 사는 곳, 파리, 아름다움 그 자체, 결국엔 파리.

—e. e. 커밍스, 『거대한 방』에서

파리에 정착하기 전 미국 존스 홉킨스 의과대학에 다니던 스타인은 학업을 다 마치지 못한다. 의학에 흥미가 없었기 때문이기도 하지만 그 밑바탕에는 남성중심적인 의과대학 분위기에서 여성의 제한된 역할과 구속에 대한 거부감이 있었다. 또한 노골적으로 드러내지는 않았지만 자신의 동성애 성향을 그대로 내보일 수 없는 사회적 분위기 역시 그녀에게는 심리적 압박이었을지도 모른다. 젊은 시절부터 스타인은 이미 남성에게 경제적으로 의존할 수밖에 없는 여성이 남성의 성적 욕망의 대상으로 전락하고, 여성이기 이전에 인간으로 대접받기보다는 항상 여성이라는 틀에서 벗어날 수 없는 사회적 관습을 비판한 여성이었다. 어쩌면 그런 연유로 자신이 독립된 개체로서 자주적인 삶을 영위하기 위해서는 그런 관습과의 단절이 절실했을 수 있다. 여성으로서 자신의 삶을 선택하고, 그 선택을 아무런 구속 없이 자유롭게 행사할 수 있는 삶의 터전은 어디였을까? 그녀가 찾아낸 자유의 장소이자 정신적 공간, 그런 토포스topos가 바로 파리였다.

그녀가 파리를 생의 중심 공간으로 삼은 까닭은 무엇일까? 그것은 그녀가 파리에 거주했던 20세기 초 파리를 감싸고 있던 문화적 분위기와 무관하지 않다. 누가 무엇을 하든 개의치 않는 완전한 무심함의 세계. 서로 다름을 인정하고, 성적 개방성을 받아주는 자유로운 분위기. 사회적 관습에 속박되지 않고 자유분방한 삶을 살았던 보헤미안의 세계. 전통과 관습의 굴레에서 벗어나 자신만의 창조적 재능과 사유를 담은 독창적인 예술세계를 자유롭게 창조해낼 수 있었던 도시. 여성이 초대자가 되어 남성중심적 사회에서 소외되지 않고 여성적 감각으로 지적인 대화에 참여하며 대화를 이끌어가는, 17세기부터 이어져내려온 살롱 문화의 중심지. "결국엔 파리"였다.

미국에서는 상상도 못했을 자유로운 삶을 마음껏 끌어안을 수 있도록 해준 파리. 자신이 태어난 미국을 떠났기에 가능했던 새로운 현재와 그 현재가 잉태한 미래. 그렇기에 거트루드 스타인은 파리의 자신의 거처에서 미술품 수집으로 시작된 살롱의 주인이 되어 수많은 예술가를 지켜보고, 격려하고, 도움을 주며 이제는 더이상 경험할 수 없을 시기, 자유가 숨쉬는 시기이자 시대를 앞서가는 예술적 도전과 변화의 시기의 구심점이 되었다. 또다른 한편으로 파리에서 그녀는 자신과 호흡이 맞는 화가를 찾아내어 그들의 실험적 기법에 공감하며, 그 감각을 글로 표출했다. 소설, 시, 희곡 등 여러 장르의 글을 쓰며 자신의 목소리에 귀를 기울이며 본래의 자신을 찾아가는 긴 여정을 시작한 곳이 바로 파리였다.

사실 거트루드 스타인의 삶과 문학에 대한 태도가 어떠했는지, 그 면면을 다 이해하고 받아들이기는 쉽지 않다. 특히 그녀의 문학세계는 문체의 난해함으로 온전한 이해가 불가능할 정도다. 추상 화가들이 그림을 재현과 결별시켰듯이, 그녀는 언어를 피상적인 현실 재현의 도구로 사용하지 않았다. 이러한 그녀의 태도는 예나 지금이나 문학 속에서 어떤 '의미'를 찾아내려는 노력, 즉 이해 가능한 구도 속에 작품을 속박하려는 시도를 거부하는 태도이기도 하다. 언어는 우리의 사고에 영향을 미친다. 이 말은 거꾸로, 우리가 사용하는 언어가 우리 사고의 흔적이고 세계관의 흔적이라는 뜻이며, 따라서 다른 언어를 사용하면 세계관도 다를 수 있다는 말과 다를 바 없다. 언어의 한계로 파생되는 인식의 한계다. 이런 연유로 스타인은 어떤 단어나 개념을 하나의 의미로 포획하여 고정시키는 것은 우리의 의식을 제한하는 것으로 보았다. 단어나 개념이 상황에 따라 그 의미나 뜻이 바뀔 수 있음을 인정해야 우리 의식이 확장되고 세상에 대한 우리의 이해가 새로워질 수 있다는 것이다.

이런 스타인의 생각은 대학에 다닐 때 심리학자인 윌리엄 제임스

밑에서 공부한 것에서 비롯된 것이다. 특히 윌리엄 제임스가 말한 '의식의 흐름'이라는 개념에 많은 영향을 받은 것으로 알려져 있다. 거칠게 말하면, 우리의 의식은 단절되지 않고 물 흐르듯 계속 흘러가는 것이고, 그 흐름 속에 있는 마음은 고정된 것이 아니라 다양한 양상으로 계속 이어지는 현재진행형의 상태 속에 있으며, 그런 상태에서 어떤 아이디어가 계속 반복되어 떠오른다 해도 그것은 상황에 따라 다른 의미를 함축하고 있다는 윌리엄 제임스의 생각이 스타인의 글쓰기의 중심에 있다고 할 수 있다.

"똑같은 강물에 발을 두 번 담글 수 없다." 오늘 우리가 보는 강물이 어제의 강물이 아니듯, 우리의 의식 또한 마찬가지다. 강물처럼 흐르는 의식으로 담아내는 사람의 모습, 세상의 풍경을 어찌 관습에 물든 진부한 언어로 그려낼 수 있을까. 언어가 기존의 정형화된 정서가 아닌 투명한 정서를 반영하면 가능하지 않을까? 그러면 사람들, 그리고 그 사람들이 사는 세상에 대한 이해가 새롭게 형성되지 않을까? 바로 이런 사유가 실제 글쓰기에 적용되면서 그녀의 글은 단순하면서도 이해하기 쉽지 않은 어려운 글이 되었고, 대중에게 외면받게 되었다.

그래도 덜 실험적인 문체로 비교적 대중이 이해하기 쉽게 쓴, 덕분에 그녀가 어떤 존재인지를 세상 사람들이 알게 된 계기를 제공했던 작품이 바로 『앨리스 B. 토클러스의 자서전』(이하 『자서전』)이다. 이 작품을 통해 우리는 거트루드 스타인이 어떤 삶을 살았고, 어떤 문학적 태도를 견지했는지를 가늠해볼 수 있다.

『자서전』은, 작품의 맨 마지막에 언급된 말에서 유추할 수 있듯이,

스타인이 토클러스를 끌어들여 쓴 자신의 자서전이다. 스타인이 토클러스인 양 하면서 자신을 대상화하여 객관적인 시각에서, 마치 옛날에 할머니가 긴 겨울밤 따뜻한 아랫목에 앉아 지난 삶을 되돌아보며 조곤조곤한 목소리로 이야기를 들려주듯 자신의 이야기를 풀어놓는다. 이 작품을 통해서 우리는 관습에 물든 세상의 시각이 아니라, 감정에 휘둘리지 않는 무채색의 마음과 색안경을 끼지 않은 벌거벗은 눈으로, 수많은 예술가를 담담하게 지켜보았던 엄청난 탄력의 정신을 소유했던 거트루드 스타인의 모습을 충분히 확인할 수 있다. 당대의 천재적인 화가나 작가들이 기존 전통과의 단절을 통해 새로운 시도를 하며 변화를 이끌어내며 새로운 창조를 낳았다면, 그녀의 문학세계도 그와 다르지 않았음을 깨달을 수 있다.

또한 우리는 이 작품을 통해 "내 조국은 미국이지만 내 고향은 파리"라고 했던 그녀가 그 고향과도 같은 파리에서 구축한 세계가 어떤 풍경을 담고 있었는지 엿볼 수 있다. 그 세계는, 비유적으로 말하면, 그녀가 중심이 된 동심원의 세계였다. 제1차세계대전 전 그녀의 집을 드나들었던 화가들과 엮어나가던 세계, 그리고 전후 미국의 국외이주 문인들의 대모 역할을 하며 그들과 공유하던 세계, 이 두 세계의 중심에 그녀가 있었다. 파리라는 공간과 스타인이라는 인격이 결합되어 형성된 세계였다. 그 세계에서 그녀는 시류에 영합하지 않고 자신만의 예술세계를 구축하려 했던 예술가들과 전후 혼돈스러운 현실에서 방황하던 문인들에게 손을 내밀어 부조리한 현실을 넘어서서 변화하는 시대의 본질이 어디에 있는지를 탐색하게 도와주었던 것이다. 이런 의미에서 『자서전』은 단순히 개인적인 삶의 기록에만 머물지 않는다. 거트루드 스타인이라는 개인이 차분한 발길로 건너왔던 시대, 그녀가 무심한 눈으로 투시했던 시대에 바치는 글이며 증언이다.

　세상을 살면서 인연을 맺은 사람들을 한 사람씩 호명하듯 기억에서 불러내어 지난 일을 하나하나 되살리는 일이 쉬운 것은 아니다. 더욱이 시대를 앞서가던 예술가들의 모습과 자신의 삶을 한데 엮어 한 시대의 풍경을 그려낸다는 것은, 대단히 의미 있는 일이지만, 간단치 않은 일이다. 물론 이 작품을 읽는다고 그녀를 중심으로 펼쳐졌던 예술의 세계가 어떤 풍경이었는지 다 알 수 있는 것은 아니다. 하지만 그 풍경은, 감히 불교에서 말하는 용어를 빌려 말하자면, 예술가라는 온갖 꽃으로 장엄하게 장식된 '잡화엄식雜花嚴式'의 풍경이라 할 수 있다. 제1차세계대전 전후에 파노라마처럼 펼쳐진 예술의 풍경, 그 풍경을 눈으로 보고 쓴 글이 바로 이 『자서전』이다. 우리는 이 작품을 읽으며 토클러스의 말처럼, "천천히 돌아가는 만화경 같"은(본문 143쪽) 삶의 풍경을 감상하면 될 것 같다.

　이 작품을 우리말로 옮기는 작업이 쉽지 않았다. 서술은 단순하다. 이야기를 들려주는 방식으로 서술된 글이다. 그러나 한 대상에 대한 기억이 떠오르면 그와 관련된 또다른 기억이 꼬리에 꼬리를 물고 떠오르는 것처럼, 서술의 내용이 뒤엉킨 경우가 많다. 이야기가 길게 이어지는 경우 문장 또한 길다. 문장부호의 경우, 딱 한 번 나오는 따옴표를 제외하곤 쉼표와 마침표뿐이다. 대화의 경우도 따로 부호를 붙이지 않았다. 이런 스타인의 문체를 존중하여 우리말로 옮기다가 중단한 적이 한두 번이 아니다. 짧은 문장을 선호하는 추세에 비추면 너무 낯설어

독자들이 쉽게 받아들이기 어려울 것 같았기 때문이다.

스타인은 우리가 의미하는 바가 아무리 중요한 것이라도 실상 아무도 귀담아듣지 않고 또 그 의미를 모르기 때문에 명증성은 중요하지 않다고 했다. 다만 우리가 의미하는 바가 무엇인지 자신이 충분히 알고 있고, 또 그것을 표현하고자 하는 열정이 있으면 언젠가는 많은 사람이 우리의 의도를 깨달을 날이 온다고 생각했다. 이것이 사람이 사람을 이해하는 방식이라는 것이다(『네 명의 미국인』에서). 이런 스타인의 생각을 떠올리며, 그녀의 말을 억누르고 싶지 않은 마음에, 비록 우리말로 옮기기가 쉽지 않지만 최대한 원문의 서술방식을 존중하여 옮겼다. 물론 긴 문장의 경우 불가피하게 문장을 끊었으며, 신문이나 잡지나 책 제목은 알기 쉽게 문장부호를 붙였다. 그렇더라도 편하게 읽을 수 없는 낯선 번역임은 틀림없다. 긴 호흡으로 읽어주시기 바란다.

번역에 관한 이런 생각을 이해하고 받아준 문학동네 편집부에 감사드린다. 특히 꼼꼼한 손길로 거칠고 혼란스러운 원고를 하나하나 다듬고 오류도 바로잡아준 손예린 편집자에게는 정말 고맙다는, 진심어린 감사의 마음을 전한다.

어지러웠던 시대를 관조의 눈길로 바라보고, 많은 사람과 어울리면서 그들의 성장과 함께했던 스타인처럼, 이 책을 읽는 모든 분은 공감과 포용의 마음으로 함께 어울려 사는 세상을 가꿔나가리라 믿는다.

윤희기

1874년	2월 3일 미국 펜실베이니아주 엘러게니(1907년 현재의 피츠버그에 귀속)에서 부유한 독일계 유대인 가정의 3남 2녀 중 막내로 태어남.
1874~1878년	생후 육 개월 때 자녀들에게 유럽의 문화적 감수성을 심어주고 싶어했던 부모님을 따라 오스트리아 빈에서 삼 년, 프랑스 파리에서 일 년 가까이 체류함. 가족이 유럽에서 돌아와 캘리포니아주 오클랜드에 정착. 스타인은 어린 시절을 캘리포니아에서 보냄.
1892년	부모님이 돌아가신 뒤(어머니는 1888년, 아버지는 1891년 사망), 언니 버사와 바로 위 오빠인 레오와 함께 이모가 있는 볼티모어로 이주. 이후 레오와 더욱 각별한 사이가 됨. 미술애호가 클래리벨과 에타 콘 자매를 알게 됨.
1893~1898년	래드클리프대학에 입학하여 유명한 심리학자 윌리엄 제임스의 지도를 받고, 1898년 대학을 우등으로 졸업함. 윌리엄 제임스의 권유로 1897년 가을 존스 홉킨스 의과대학에 등록하나 의학에 대한 관심이 시들해지며 졸업은 하지 못함.
1903년	1902년 오빠 레오를 따라 영국 런던에 간 후 미술품 수집가로서의 본격적인 활동을 위해 레오가 파리로 거처를 옮기면서 같이 파리의 플뢰뤼스가 27번지에 정착함. 이후 많은 유명 화가 및 작가와의 교류가 시작됨.
	존스 홉킨스 의과대학 시절 한 여자에게 애정을 품은 경

험과 그와 관련한 삼각관계에 따른 갈등을 바탕으로 한 단편 「Q. E. D.」를 씀. 이 작품은 스타인 사후인 1950년에 「있는 그대로의 사실Things As They Are」로 출간됨.

1907년   미국을 떠나 파리에 온 앨리스 B. 토클러스와 처음 만남. 1910년 토클러스가 스타인의 아파트에 들어와 같이 살기 시작함. 이후 두 사람은 인생의 동반자가 됨.

1909년   세 여자의 고단한 삶의 여정을 다룬 세 편의 이야기를 묶은 『세 인생Three Lives』 출간.

1914년   스타인과 토클러스와의 관계를 반대한 레오가 수집한 미술품을 나눈 뒤 플뢰뤼스가 27번지의 아파트를 떠남.
일상의 평범함을 의식의 흐름 수법으로 쓴 실험적 글을 모은 『부드러운 단추들Tender Buttons』 출간.

1914~1918년   제1차세계대전. 전쟁을 피해 토클러스와 함께 파리를 떠나 스페인 마요르카섬의 팔마에서 지내다 1916년 다시 파리로 돌아옴. 전쟁중 토클러스와 함께 '프랑스 부상병을 위한 미국 기금'에서 자원봉사 활동을 함.

1922년   1908년에서 1920년까지 쓴 인물의 초상, 여러 국적의 사람에 대한 묘사 및 극작품을 모은 『지리와 희곡들 Geography and Plays』 출간. 이 작품집에 실린 1913년에 쓴 시 「신성한 에밀리Sacred Emily」에 "장미는 장미고 장미는 장미다Rose is a rose is a rose is a rose"라는 그 유명한 표현이 나옴.
제1차세계대전 이후인 1920년대는 파리에 거주하던 국외 이주 미국 작가들이 스타인의 집 플뢰뤼스가 27번지에 특히나 모여들었던 시기.

1925년   실험적 모더니즘 소설로 두 가족의 이야기를 다룬 『미국인의 형성The Making of Americans』 출간.

1926년	영국 케임브리지대학과 옥스퍼드대학에서 1925년 겨울에 쓴 자신의 독특한 문장 구조에 관한 논의를 담은 글 「해설로서의 작문Composition as Explanation」의 내용에 관한 강연을 함.
	토클러스와 같이 지낸 일상을 서술하고, 토클러스가 『미국인의 형성』이 출간될 때까지 많은 도움을 준 것에 대한 감사의 마음을 담은 글을 씀. 이 글은 사후인 1958년에 『감사의 마음을 담은 소설A Novel of Thank You』로 출간됨.
1927년	네 명의 성자 이야기를 다룬 오페라 대본 〈3막 속의 네 성자Four Saints in Three Acts〉를 씀. 미국 작곡가 버질 톰슨이 1928년에 곡을 붙여 1934년에 처음 공연됨.
1928년	미국과 미국 사람에 관한 글을 모은 풍자적인 작품 『유용한 지식Useful Knowledge』 출간.
1929년	케임브리지와 옥스퍼드 대학 강연을 마치고 프랑스로 돌아온 1926년 여름에 쓴 글로 풍경을 관찰하고 그것을 어떻게 글로 옮길 수 있는지를 보여주는 「묘사에 익숙해지기An Acquaintance With Description」 발표.
1929~1933년	명상이라는 정신적 공간 속에 언어적 구조를 구축하고 탐색하는 시편들을 비롯한 시를 쓴 시기로, 이때 쓴 시들이 사후인 1956년에 예일대학 출판부에서 『명상 스탠자 및 그 밖의 시편들Stanzas in Meditation, and Other Poems』로 출간됨.
1930년	토클러스와 함께 '플레인 에디션Plain Edition' 출판사를 세워 작품을 자비로 출간하기 시작함.
	프랑스의 작은 마을을 둘러싼 자연의 아름다움을 그린 소설 『마음씨 고운 루시 처치Lucy Church Amiably』를 플레인 에디션에서 출간.

1931년	문법, 문장, 단락, 어휘 등에 관한 글을 모은 『어떻게 쓸 것인가How to Write』를 플레인 에디션에서 출간.
1932년	두 편의 오페라와 열여덟 편의 희곡이 수록된 『오페라와 희곡들Operas and Plays』을 플레인 에디션에서 출간.
1933년	잡지에 소개한 마티스와 피카소에 관한 에세이에 사람들의 행동과 여성들에 관한 이야기를 담은 글을 추가하여 『마티스 피카소 그리고 거트루드 스타인, 그리고 두 편의 짧은 이야기Mattise Picasso and Gertrude Stein with Two Shorter Stories』 출간.
	『앨리스 B. 토클러스의 자서전The Autobiography of Alice B. Toklas』 출간.
	율리시스 S. 그랜트, 라이트 형제 중 한 사람인 윌버 라이트, 조지 워싱턴 및 헨리 제임스를 각각 종교지도자, 화가, 소설가, 장군 등 역할을 바꿔 상상하여 실험적인 에세이 네 편을 씀. 이 글은 사후인 1947년에 『네 명의 미국인 Four in America』으로 출간됨.
1934년	초기에 쓴 에세이와 인물들의 초상을 모은 『초상과 기도들Portraits and Prayers』 출간.
	10월에 거의 삼십 년 동안 떠나 있던 미국 뉴욕에 입국하여 대대적인 환영을 받으며 순회 강연과 여행을 하고 1935년 5월 다시 프랑스로 돌아감.
1937년	『앨리스 B. 토클러스의 자서전』에서 다룬 부분 이후의 일을 회고한 후속편 『누구나의 자서전Everybody's Autobiography』 출간.
1939년	둥근 세상에서 자신이 누구인지 알고 싶어 모험을 떠나는 '로즈Rose'라는 소녀의 이야기를 그린 유일한 어린이 책 『세상은 둥글다The World is Round』 출간.

1939~1945년	제2차세계대전. 유대인인 스타인과 토클러스는 두 사람의 안전을 염려한 친구들의 권유로 파리를 떠나 프랑스 남부 빌리냉으로 거처를 옮김. 그러나 스타인과 토클러스가 프랑스에 그대로 남아 안전하게 지내고 스타인이 수집한 소중한 미술품들이 나치 독일에 압수되지 않은 데 프랑스의 친나치 비시정권에 깊숙이 관여했던 오랜 친구인 베르나르 파이의 도움이 있었다는 점, 비시정권을 이끌었던 필리프 페탱 장군을 찬양하는 글을 썼다는 점, 박해받는 유대인을 대신하여 발언한 적이 한 번도 없었다는 점 등은 스타인의 정치적 입장에 대한 많은 논란을 불러일으킴.
1940년	파리가 독일에 점령당한 날 프랑스 사람과 그들의 문화에 대한 회고를 담아 의식의 흐름 수법으로 쓴『프랑스 파리 *Paris France*』출간.
1941년	대중적 인기가 무엇인지, 여성의 정체성이 무엇인지를 그린『아이더: 소설*Ida A Novel*』출간.
1945년	프랑스가 나치에 점령된 후 연합군에 의해 해방되기까지의 회고를 기록한『내가 지켜본 전쟁들*Wars I Have Seen*』출간.
1946년	제2차세계대전이 끝나 고국의 삶으로 돌아가기 전 미군 병사들과 간호병들이 느낀 불안한 심리를 대화 형식으로 그린 단편「브루지와 윌리Brewsie and Willie」발표. 19세기 미국의 여성 참정권 운동을 그린 오페라 대본 〈우리 모두의 어머니The Mother of Us All〉를 씀. 1947년 버질 톰슨이 스타인의 대본에 맞춰 작곡함.
1946년	7월 27일 벨기에 여행 이후 위암이 악화되어 72세를 일기로 사망. 파리 페르라셰즈 묘지에 안장됨. 1967년에 사망한 토클러스도 같은 묘지에 나란히 묻힘.

문학동네 세계문학전집 발간에 부쳐

　세계문학은 국민문학 혹은 지역문학을 떠나 존재하는 문학이 아니지만 그것들의 총합도 아니다. 세계문학이라는 용어에는 그 나름의 언어와 전통을 갖고 있는 국민문학이나 지역문학의 존재를 인정하면서 그것을 넘어서는 문학의 보편적 질서에 대한 관념이 새겨져 있다. 그 용어를 처음 고안한 19세기 유럽인들은 유럽문학을 중심으로 그 질서를 구축했지만 풍부한 국민문학의 전통을 가지고 있는 현대의 문학 강국들은 나름의 방식으로 세계문학을 이해하면서 정전(正典)의 목록을 작성하고 또 수정한다.

　한국에서도 세계문학 관념은 우리 사회와 문화의 변화 속에서 거듭 수정돼왔다. 어느 시기에는 제국 일본의 교양주의를 반영한 세계문학 관념이, 어느 시기에는 제3세계 민족주의에 동조한 세계문학 관념이 출현했고, 그러한 관념을 실천한 전집물이 출판됐다. 21세기 한국에 새로운 세계문학전집이 필요하다는 것은 명백하다. 우리의 지성과 감성의 기준에 부합하는 세계문학을 다시 구상할 때가 되었다.

　문학동네 세계문학전집은 범세계적으로 통용되는 고전에 대한 상식을 존중하면서도 지난 반세기 동안 해외 주요 언어권에서 창작과 연구의 진전에 따라 일어난 정전의 변동을 고려하여 편성되었다. 그래서 불멸의 명작은 물론 동시대 세계의 중요한 정치·문화적 실천에 영감을 준 새로운 작품들을 두루 포함시켰다.

　창립 이후 지금까지 한국문학 및 번역문학 출판에서 가장 전문적이고 생산적인 그룹을 대표해온 문학동네가 그간 축적한 문학 출판 경험을 바탕으로 새로운 세계문학전집을 펴낸다. 인류가 무지와 몽매의 어둠 속을 방황하면서도 끝내 길을 잃지 않은 것은 세계문학사의 하늘에 떠 있는 빛나는 별들이 길잡이가 되어주었기 때문이다. 우리가 자부심과 사명감 속에서 그리게 될 이 새로운 별자리가 독자들의 관심과 애정에 힘입어 우리 모두의 뿌듯한 자산이 되기를 소망한다.

문학동네 세계문학전집 편집위원
민은경, 박유하, 변현태, 송병선, 이재룡, 홍길표, 남진우, 황종연

세계문학전집 261

앨리스 B. 토클러스의 자서전

초판 인쇄 2025년 4월 7일
초판 발행 2025년 4월 22일

지은이 거트루드 스타인 | 옮긴이 윤희기

책임편집 손예린 | 편집 김혜정 이희연
디자인 백주영 이주영 | 저작권 박지영 형소진 오서영 조경은
마케팅 정민호 서지화 한민아 이민경 왕지경 정유진 정경주 김수인 김혜원 김예진 나현후 이서진
브랜딩 함유지 박민재 이송이 김희숙 박다솔 조다현 김하연 이준희
제작 강신은 김동욱 이순호 | 제작처 영신사

펴낸곳 (주)문학동네 | 펴낸이 김소영
출판등록 1993년 10월 22일 제2003-000045호
주소 10881 경기도 파주시 회동길 210
전자우편 editor@munhak.com
대표전화 031) 955-8888 | 팩스 031) 955-8855
문학동네카페 http://cafe.naver.com/mhdn
인스타그램 @munhakdongne | 트위터 @munhakdongne
북클럽문학동네 http://bookclubmunhak.com

ISBN 979-11-416-0995-5 04840
      978-89-546-0901-2 (세트)

www.munhak.com

● 문학동네 세계문학전집은 계속 출간됩니다